首都师范大学文艺学学科 编

文艺学与文化研究工作坊（2013）

The workshop of literary theory and cultural studies

社会科学文献出版社
SOCIAL SCIENCES ACADEMIC PRESS (CHINA)

写在前面

法国著名社会学家布迪厄曾经主编过一本叫《社会学工作坊》的书刊，以"工作坊"名之，意在区别于一般的论文集或刊物，探索一种学术研究的工艺，力求把一个产品（最终结果，在学术活动中就是研究论文）的生产程序、机制、环节、技术等，而不仅仅是产品本身进行呈现。就像带一个人到工厂的制作现场参观一个产品的制作工艺和流程（从材料选择、构思，到模型选择、加工等），而不是只到产品陈列室看产品，更不是直接到商店购买商品。两者的根本区别在于：参观制作过程不仅可以告诉你这是什么，而且还向你解释它是怎么制作和生产出来的。或者说，它不仅给你猎物，甚至不仅给你枪，而且告诉你怎么用枪打到这只猎物。

保罗·杜盖伊和斯图尔特·霍尔写过一本书《文化研究：索尼随身听的故事》。该书通过对索尼随身听的个案研究，不仅向读者说明了文化实践和文化习俗如何在我们生活中发挥重要作用，而且呈现了文化研究的关键概念和分析方法（所以才起了这样的书名）。显然，对于一个有志于学术研究的研究生而言，给他看一篇精彩的论文，不如给他看这个论文的制作过程和制作技巧，正如对于一个有志于狩猎的年轻人而言，给他猎物不如给他枪，而只给他枪则不如教他如何使用枪。

这种对学术研究方法和程序的重视在西方是有传统的，现在英美国家的大学还非常流行"工作坊"的学术研究模式（特别是在合作研究中）：若干个（一般 10 个以内）对某个共同话题有兴趣的学者，从不同角度就该话题分别写出初稿，大家交换阅读，接着在一起相互切磋商讨，提出修改意见，再接着由作者修改，然后再切磋，直到最后写成论文发表。

受他们的启发，我先是尝试在我主编的《文化研究年度报告》（2010年开始，每年一本）中设立了"文化研究工作坊"栏目，每期发表一项重量级的研究成果（可以是学术论文，也可以是有价值的原创性调研报告和民族志访谈），同时还请作者尽量细致地"交代"自己的研究过程（选题缘起、收集材料、调查研究、写作进展、修改加工等）中涉及的各个环节。从2014年开始，我还决定在首都师范大学文艺学学科进行类似尝试，每年编一本《文艺学与文化研究工作坊》，推出研究生（以硕士生为主）完成的代表性学术成果（一般是其学位论文），同时要求作者尽量细致地呈现自己的研究和写作过程中涉及的各个环节（选题缘起、收集材料、调查研究、写作进展、修改加工等，以及特别是和指导教师的互动）。

我们的尝试包含了这样的意思：现代的学术研究不仅是一个人的神秘精神活动，而且是一项技术活（当然绝不仅仅是技术活，否则就成为技术主义或技术拜物教）；既然是技术活，就与别的技术活（比如，制作一张桌子）有类似的地方。要生产一项高质量的学术成果，光有好的创意或念头（good idea）是不够的，还要熟悉现代学术研究的一些操作程序。即使是好的创意也离不开平时的学术训练（训练总是包含有技术成分），而绝不是什么神秘的顿悟。

陶东风

2014年5月30日

目 录

当代中国青年偶像的变迁
　　——以《中国青年》为个案 …………………………… 朱　楠 / 1
新国旧梦：晚清科幻小说与民族主义
　　——以《新纪元》为中心 ………………………………… 翁立萌 / 37
革命生活的审美化及其对生活美学的启发 ………………… 亓吉亮 / 99
方东树的学术思想与诗歌观念 ……………………………… 郭青林 / 126
中晚唐庶族与韩孟、苦吟诗派 ……………………………… 任雅芳 / 182
中国古代诗"识"论研究 …………………………………… 张文秀 / 218
知识分子写作（1986～2000）
　　——以当代诗歌场域自主性为中心的考察 …………… 赵　薇 / 257
1940年代新诗现代化诗学思想研究 ………………………… 龙扬志 / 326

当代中国青年偶像的变迁
——以《中国青年》为个案

朱 楠[*]

新中国成立前夕，解放战争胜利成果的不断扩大，标志着中国共产党以武力夺取政权过程的基本结束，为巩固新政权和建设社会主义做好政治宣传工作，成为新政权成立的筹备工作的当务之急。正是在这样的历史环境中，党领导创办的《中国青年》《中国妇女》等一系列刊物，迎来了复苏发展的春天。1948年12月20日，《中国青年》复刊后的第一期正式出版，毛泽东第二次为这个刊物题写刊头。作为针对青年群体进行政治宣传的主流话语的最高机关刊物，《中国青年》继承了创刊以来的革命传统，积极配合政府工作的需要，担负着国家意识形态对青年进行引导、教育、整合的职责。

一 作为国家意识形态政治-道德符号的革命榜样（1949~1966年）

在复刊后的十八年中，《中国青年》宣传、介绍了一大批具有革命[①]文

---

[*] 文化研究方向；指导教师：陶东风。
[①] 本文所指的革命，是指由中国共产党领导的社会主义革命。虽然在新中国成立初期直至"文革"结束，武装斗争式的暴力革命运动已经基本结束，中国社会进入了和平建设时期，但是阶级斗争、群众运动的思想依然在党和国家的工作中占主导地位，因此这一时期仍属于革命时期。根据陶东风教授的观点，"社会主义革命意义上的革命文化，发轫于20世纪初期，成熟于40年代，繁荣于解放后，极盛于'文革'时期"[参见《革命的祛魅：后革命时期的革命书写》，《渤海大学学报》（哲学社会科学版）2010年第6期]。本文第一章所探讨的历史时期，恰好是革命文化的繁荣时期。

化特点的典型人物，他们中有毛主席的好战士雷锋，有社会主义建设的先锋"铁人"王进喜，也有为了保护国家财产献出生命的向秀丽、丁佑君，还有返乡务农的知识青年典型，等等。虽然这些传记主人公的事迹所占篇幅长短不一，传记主人公的职业也不尽相同，但从总体上看，他们仍具有一些共同的特征。首先，这些主人公都具有非常鲜明的政治宣传色彩，对这些主人公的宣传报道，往往是配合党的政策需要进行的。比如，在新中国成立的头几年里，传记主人公多为革命领袖或者战斗英雄，到了1964年前后，主人公中开始出现返乡务农的知识青年，并且数量逐渐增多。其次，他们大多来自工、农、军三大领域，以无产阶级的革命者、革命事业的建设者为主，他们与革命意识形态、集体主义价值观有着密切的关系，特别是在面对国家利益与个人利益的抉择时，他们都选择了前者。

此外，知识分子的形象几乎被排除在传记文本之外，即使有极为少数的几位入选者，他们的形象也同新政权的建立密切相关，是革命的文人或知识分子。以聂耳为例，他的入选并非取决于他艺术上的造诣，而是由于他与新政权之间存在的密不可分、极为特殊的关系——中华人民共和国国歌的作曲者，他的事迹与形象已经成为新中国这一共同体文化标志的一部分，因而他的无产阶级革命战士的身份已经远远地超越了他的单纯知识分子或艺术家的身份。

（一）文化认同建设与青年身份规训

在任何一个民族国家建立或者统一的过程中，文化认同都是极为关键的战略问题，因为这关乎政权的合法性和稳定性。正如安德森将民族界定为一种特殊的"想象的政治共同体"来强调民族的文化建构属性[①]一样，民族成员虽无法完全相互认识，却可以通过诸如历史故事、典型事物、游行庆典等表征相互联结。因此，《中国青年》在这一时期树立的革命榜样就如同人民英雄纪念碑、天安门广场、五星红旗等符号一样，共同表征着刚刚成立的新中国政权。虽然各地的青年因为地域遥远、交通不便等因素无法认识他们中的大多数人，不能亲自参与到各种轰轰烈烈的运动中去见证那些伟大而辉煌的时刻，但是他们可以通过阅读革命榜样的传记来建立起一

---

① 〔美〕本尼迪克特·安德森：《想象的共同体：民族主义的起源与散布》，吴叡人译，上海人民出版社，2008，第6页。

种"在场感",建构关于新中国的共同记忆。

这些经过精心筛选的传记,便成为一种具有意识形态再生产作用的文本,它们不但能够将那些符合新文化道德标准的人物形象传递给读者,而且将榜样成长的经历阐释为普通人在共产主义道德不断感召下成长为共产主义战士的典范过程。更为重要的是,这种经典的成长模式被认为是可被效仿的,它们能够生产出更多践行新价值观念与行为准则的优秀青年。革命榜样以及他们的事迹作为新中国价值体系的一种文化表征,赢得了青年们的追随与崇拜,在青年中形成一种象征性的力量。这些形象作为革命时期新的道德秩序和伦理规范的承载者,以生动形象的方式向青年传递着新的价值观念,向青年群体灌输着无产阶级的革命意识形态。

党历来重视青年群体在社会中所起到的重要作用,青年运动更被党视为中国革命的重要组成部分。从五四运动、五卅运动,到北伐战争,再到"一二·九"运动,在中国共产党的历史叙事中,青年运动不仅被表述为历史悠久、意义重大的革命性运动,而且这种记叙力图表明,青年运动之所以能够保持先锋性和正确性,从根本上讲是由于它与党保持了密切的联系,没有党的领导就没有青年运动的伟大历史成就。早在1926年,斯大林就曾指出过青年运动的重要性,"在中国,青年问题现在是有头等的意义,学生青年(革命的青年)、青年工人、青年农民——一切这些力量,能够推动中国革命向前进展"。[1] 在1939年纪念五四运动二十周年大会上的讲话中,毛泽东将中国青年自五四以来在中国革命中所体现的重要作用概括为:"起了某种先锋队的作用,就是带头作用,就是站在革命队伍的前头","中国的革命运动,都是从觉悟了的学生青年、知识青年开始发起的"。[2]

党对青年力量的重视一直延续到新中国成立后的青年工作中。新中国成立伊始,举国上下面临着建设新中国这一艰巨的历史任务。因此,在动员人民力量参与伟大的革命建设事业的时候,党中央特别指出,必须将青年作为一支主力军进行着力动员,发挥广大青年的积极作用。虽然青年所蕴含的巨大的革命能量是不可否认的,但是青年人由于年轻冲动、缺乏社会经验等特点又被认为是在政治上不够成熟、容易动摇的,还需要在共产

---

[1] 任弼时:《在中国新民主主义青年团第一次全国代表大会上的政治报告》,《中国青年》1949年第7期。

[2] 毛泽东:《在延安五四运动二十周年纪念大会的演讲》,《中国青年》1949年第7期。

党的指导下不断地学习与改造。此外，尽管身处解放区的青年们已经在革命旭日中沐浴成长，不断剔除了封建残余思想，形成了正确的价值观、人生观，正在以全新的风貌投身到社会主义革命与建设中，但是那些生活在国统区、被反动教育体制浸染着的青年们还没有形成正确的国家政权意识，无法树立正确的观念迎接新时代的到来，他们仍须接受社会主义思想教育的帮助与改造。所以，对作为"社会主义建设后备军"的青年们进行意识形态规训被认为是极为必要与迫切的。这种规训直接体现在毛泽东为《中国青年》复刊所题的著名题词中，"军队向前进，生产长一寸，加强纪律性，革命无不胜"。① 短短二十个字涵盖了对青年的革命斗争与生产建设两个方面的要求，而革命所向披靡、战无不胜的前提保障是要不断加强对青年的纪律性建设，而所谓的纪律性从根本上来说就是对党领导的绝对认同与绝对服从。

但是，原有的曾被广泛认同的五四青年文化传统中所包含的诸种元素，如自由、民主、个性解放、崇尚西化、对于支配制度与文化的反抗等，在这一时期则是不符合革命意识形态所倡导的集体主义、对党的绝对服从等价值观念的，甚至是与之相冲突的。对于五四青年文化内涵的修改与剔除，也为此时的新民主主义青年想象提供了必然性。如何将传统意义融入当下，建构出新的符合社会主义价值观念的具有权威性的符号性框架，用之标示青年的义务与职责，指导青年效仿与学习，就迫切地呼唤着对新民主主义青年进行身份建设。

"新民主主义青年"这一称谓产生于新中国成立前夕。1949年1月1日，中共中央发表《中国共产党中央委员会关于建立中国新民主主义青年团的决议》。② 该决议表明，为进一步团结和教育广大青年，整合以往的社会青年群体，期待他们在新社会更好地发挥应有的力量，所以成立新民主主义青年团。为更好地指导全国青年团的工作和组织广大青年学习，中央决定由中央青年工作委员会负责出版《中国青年》定期刊物。1949年4月11日，中国新民主主义青年团第一次代表大会开幕，会议宣布中国新民主主义青年团正式成立，"新民主主义青年"随即成为对符合政治标准的青年人的共同命名。

---

① 该题词见《中国青年》1949年第1期。
② 该文件见《中国青年》1949年第2期。

为了与以往的"五四青年""新青年"等从社会文化角度对青年身份进行标志的称谓相区别,"新民主主义青年"这一身份的建构具有突出的政治色彩,它是指在党的帮助和培植下成长起来的、具有正确的政治方向与强烈的无产阶级道德意识的青年。这一身份的获得并不是一个自然过程,而是需要不断地用新民主主义道德标准锻造自己,通过党的考查,获得党的允许后才能够实现的。对于这一身份的内在精神维度,《中国青年》也有详细的阐释,这种青年人应当具有的新品质包含许多具体的要素,如"要培养青年团员们具有革命的人生观、具有共产主义的理想,成为中国共产党的后备军","无论做什么事情,都要懂得所做的事情的意义,也就是说:要联系到我们的理想、国家和人民的利益","还要具有全心全意为人民服务,为了人民、为了群众,不惜牺牲个人利益的大公无私的精神"。①

那么,青年人何以获得这些优秀的品质?该刊物马上给出了答案,要言之,这在很大程度上要归因于新环境的熏陶和接受新教育——"我们必将以新品质的范例,号召大家学习。同时又将以批评与自我批评的方法,来去掉坏的品质"。② 由此而知,实例教育和批评与自我批评的方法一同被作为新中国教育培养青年人养成新品质的重要途径,尤其是在新中国成立初期的传媒状况的局限性下,纸质媒介是实例教育宣传推广过程中最为重要、最易普及的渠道。在很大程度上,实例教育是通过传记教育的形式得以实现的。这从一个方面为我们解释了在新中国成立之后,《中国青年》上刊载的人物传记会迅速增多的原因。

根据1949年7月《团中央委员会关于〈中国青年〉的决定》③ 要求,《中国青年》改为周刊,它所承担的重要任务之一就是要向各级团组织及广大青年及时地宣传、介绍典型。为了更好地指导各地方团组织的工作,该决定要求《中国青年》要切实做到更进一步地结合实际,对具有典型意义的团员进行实例介绍就是更为与实际结合的一种主要方法。在该决定中,关于"团的省级以上的委员会每月至少供给《中国青年》周刊稿件一篇,各地团组织机关刊物通讯组,应同时为《中国青年》周刊的通讯组"的要

---

① 循心:《培养青年人的新品质》,《中国青年》1950年第16期。
② 循心:《培养青年人的新品质》,《中国青年》1950年第16期。
③ 《团中央委员会关于〈中国青年〉的决定》,《中国青年》1949年第12期。

求,为《中国青年》及时发现典型、宣传典型提供了制度保障。1955年《中国青年》发表理论文章《大力发现与培养青年先进人物是青年团组织十分重要的工作》,①再次强调典型建构与宣传工作的重要性。这些规定不仅保障了《中国青年》宣传典型人物的迅速与及时,并且使典型宣传行为逐渐实现制度化。至此,典型宣传不仅是一种自上而下的政治灌输,而且是一种"自下而上的积极支持"。

(二) 革命意识形态话语制约下的传记文本

介于纪实报道与文学书写之间的传记文本,为革命意识形态话语提供了绝佳的运作空间:一方面,意识形态话语对典型事迹真实性的强调,隐藏了传记文本是经过对多种文学叙述方式选择重塑后的载体这一事实,有利于将主人公塑造成可供学习效仿的对象,突出其作为行为准则与价值标准的普遍适用性;另一方面,渲染、抒情、传奇等文学修辞方式对原始事迹的修饰,使得传记文本在亦真亦幻的讲述中显得更富于煽动性和感染力。虽然传记通常采用一种非常私人化的讲述方式,将个体成长中的经历与感受呈现给读者,但作为意识形态宣传手段,其内容与意图受到政治权力的左右。传记文本传递的信息,不仅仅在为受众讲述一个关于英雄的个体故事,而且通过对这个故事的讲述向受众传递"什么是英雄"的价值评判以及"怎样才是成为英雄"的规范过程。

1. "重生"模式的使用:青年与共产党想象性关系的建立

在新中国成立初期,传记文本倾向于将主人公生命遭遇的变化置于整个社会的历史性变迁之中,并力图将二者阐释为一种必然的联系。在此影响下,对主人公"重生"情节的强调与放大成为典型叙事模式。

"重生"模式在文本中的运用,首先体现在时空的转换,即由旧中国到新中国,由万恶黑暗的旧社会到美好光明的新社会,为主人公带来肉体的"重生"。此时的传记文本,大多数热衷于展现主人公是如何在党的领导下从童年的悲惨境遇中迈向新生的。1959年,共青团发起了向"党的好女儿"向秀丽学习的号召,在回顾向秀丽的成长过程时,传记中有这样触目惊心的描写:"三个小弟妹又因患病没钱医而白白死去,接着又一个弟弟被日本鬼子的炸弹夺取了生命。全家大小虽然都起早摸黑地干着编席等零活,但

---

① 《大力发现与培养青年先进人物是青年团组织十分重要的工作》,《中国青年》1955年第1期。

还是吃不到一餐干饭……卖给地主当养女,七岁当牛做马,无论严冬酷暑,常遭毒打……"这样不堪回首的日子直到党的到来才发生了翻天覆地的变化,"1949年10月14日,广州解放。十六岁的向秀丽头一次感觉到愉快和欢乐。……解放后的广州,革命秩序迅速建立了,物价日渐平稳,工厂恢复了生产,人民生活安定了……到处都是一片生气勃勃的新气象"。① 文本对"血债仇""阶级恨"等苦难过去的生动再现,很容易在有着相似体验的青年群体中引发情感共鸣,将"没有共产党就没有新中国"从一句抽象的口号转化成每个人都经历过的、真实可信的生活情境。意识形态所要建构的党与青年之间的关系在文本的形象演绎下变得具体化、现实化了。

从更深的层面来看,这种"重生"模式的运用还体现在主人公精神的巨大飞跃上,这种精神"重生"具有更高等级的标准,即青年对党彻底认同的表现。党领导的革命使向秀丽翻身成了主人,因此向秀丽将对党的感激之情化为了内心的坚定信念:"党需要你干什么就干什么,需要你到哪里,就奔向哪里","我在旧社会吃了这样多的苦,今天生活得到很大改善,多做一些工作,不为共产主义,还想什么呢?"② 也正是对党的感激与追随,在关键的时刻向秀丽才能有舍身就义的勇气。

"重生"模式通过对个人生命历程中特定阶段的特写式再现,将过去与现在串联在一起,共同呈现在此时此刻读者的阅读活动中。"黑暗"与"光明"所形成的巨大反差很容易在情感上引发对是非功过的价值评判,不证自明地彰显社会主义制度的优越性。文本所体现的不仅是贫苦大众翻身做主人的渴望,而且是党对革命前景的美好承诺。"痛说革命家史"式的忆苦思旧,对今日幸福的来之不易进行了强化,这一切美好都有赖于党的恩赐——没有共产党领导的革命,就没有这美好的新生活,甚至没有享受美好事物的个体生命。这种逻辑关系的反复强化,就使得青年对党的绝对服从乃至"为党献身"成为一种再合理合法不过的要求。因为青年的新生是党赐予的,理应为了维护党的事业而随时准备奉献生命。

2. 亲情话语对人民伦理的遮蔽:青年与共产党想象性关系的强化

出于政治教育与意识形态宣传的目的,传记文本所蕴含的伦理价值必然会经过政治道德原则的整饬与规范,原本充满偶然性的个体生命的经历

---

① 黄文:《党的好女儿向秀丽——记向秀丽同志的生平事迹》,《中国青年》1959年第6期。
② 黄文:《党的好女儿向秀丽——记向秀丽同志的生平事迹》,《中国青年》1959年第6期。

和体验被整合到社会主义事业的整体目标和进程之中,在宏伟蓝图的实现过程中,个体生命必须皈依于"大写的人民"。因此,从叙事伦理的角度来看,这一时期的传记采用的并不是"个体叙事",而应是属于"人民伦理的大叙事"。

在人民伦理的大叙事下,个体的生命想象与生命意义变得无关紧要,所有价值评判标准都取决于国家意识形态的天平。但是在传记文本中,人民伦理对于个体生命的征用并没有以一种强制性的、直白的话语显现,而是通过诸如"党的好儿子""无产阶级的好女儿""毛主席的好孩子"等温情话语进行了转换。在文学语言的渲染下,原本是革命对青年提出的献身要求变成了母亲对孩子的挚爱式和孩子对母亲的依恋式的最纯粹的表达。

在这一方面,最为典型的就是雷锋形象的建构与宣传。1963年《中国青年》以第5、6期合刊的形式出版了"学习雷锋专辑",刊发了雷锋传记、雷锋日记摘录、领导人的题词,以及大量的纪念文章。在雷锋日记中我们能够看到大量的"党啊,母亲"式亲情话语,这种亲情话语不仅体现在雷锋与党的关系上,而且表现在雷锋与党的领导人之间的想象性关系上,这样的例子在文本中大量存在:"可巧,我在昨天晚上做梦就梦见了毛主席。他老人家像慈父般的抚摸着我的头,微笑着对我说:好好学习,永远忠于党,忠于人民!"[1] "……亲爱的党,我慈祥的母亲,我要永远做您忠实的儿子,……为建设社会主义和实现共产主义而献出自己的全部力量和生命"。[2] 在真挚深情的话语下,雷锋表达了对人民伦理的绝对认同——党赐予了我新生命成了我的母亲,作为党的忠实儿子就要为党无条件地献身。

母子伦理的反复出现,将意识形态的叙事伦理隐藏在温情话语之下,不断强化了党与青年之间的想象性关系,读者对"祖国母亲""党啊,妈妈"之类的亲情话语的接受过程,也就成了对意识形态所建构的党与青年之间"救赎—感恩"关系的认可过程,青年对党的绝对服从得到进一步的强化。于是,人民伦理便被温情脉脉的亲情话语所遮蔽。更值得我们注意的是,原本应属于现代价值取向的公民对共同体的政治认同,在此被替换成了一种前现代的家族式的血缘归属,二者最为本质的区别在于,前者的关系是出于理性的政治选择,而后者则属于一种无法更改的宿命。

---

[1] 《雷锋日记摘抄》,《中国青年》1963年第5、6期合刊。
[2] 《雷锋日记摘抄》,《中国青年》1963年第5、6期合刊。

3. "新"的修辞方式：青年与共产党想象性关系的升华

在新政权的巩固过程中，主流话语都会有意识地借助媒介建立一套有利于自身统治的修辞方式。在诸多修辞手段中，尤为引人注目的是传记中对于"新"与"旧"的强调，如：

> 我是一个在旧社会中出生，尝过一段旧社会的煎熬，而在新社会中成长起来的京剧演员，也是在党的关怀培养下成长起来的整个青年一代的一员。①

> 过去咱住的是茅草棚，现在一片新瓦房，不是靠集体咱凭啥能盖起新房子？②

> （续范亭）伟大的爱国者，由旧营垒走向新世界的典型。③

其实，自近代以来，"新""旧"这两个范畴就一直被运用于中国社会思想文化改革的各种讨论之中。"新""旧"意识的发生可以追溯到晚清维新变法时期，但是在最初的使用中并不将二者之间的关系视为对立的，真正地将"新"与"旧"视作一对势不两立、互不融合的范畴是从五四时期开始的。④ 进化论的视角与思维模式赋予了"新"相对于"旧"的天然优越性，也正是基于这种观念，五四时期人们对"新"常常呈现一种乐观甚至赞许的态度。

从党领导革命直至新中国成立初期，"新"的修辞仍然被用来强调维系政权、维护统治，但是与五四时期相比较，"新"这个范畴所包含的激进的、反传统、反封建等要素仍被保留，五四之"新"中的自由要素在此时却被划归到了"新"的对立面。共产党对于"新""旧"的划分标准是是否符合无产阶级革命的要求。具体到青年身上，这种"新"体现为"无产阶级的革命性"，前文已有论述，在新中国成立初期党就着意培养青年人"新"的

---

① 杜近芳：《勤学苦练攀登艺术高峰》，《中国青年》1962年第10期。
② 王秀清等：《玉米姑娘王小改》，《中国青年》1965年第5期。
③ 黄既：《回忆续范亭同志》，《中国青年》1949年第4期。
④ 邓金明：《从〈新青年〉到"新青年"——五四青年对〈新青年〉杂志的阅读研究》，博士论文，首都师范大学，2008。

品质，即培养青年人的革命精神。那么，如何对青年是否具有革命性进行辨别呢？依据毛泽东的思想，辨别青年是否具有革命性的标准只有一个，"这就是看他愿不愿意、并且实行不实行和广大的工农群众结合在一块"，"愿意并且实行和工农结合的，是革命的，否则就是不革命的，或者是反革命的。他今天把自己结合于工农群众，他今天是革命的；但是如果他明天不去结合了，或者反过来压迫老百姓，那就是不革命的，或者是反革命的了"。①

无论是五四启蒙运动，还是共产党领导的革命运动，对"新"的强调都暗含了这样一种观念，即以现代的线性时间观念为基础，将"新"与"旧"视作同一条线性轨迹上两个对立、互不融合的范畴，并且将"新"视为一种优于"旧"的存在。在线性发展的时间过程中，"新"相对于"旧"而言总是更加接近理想未来的存在。与对"新"的肯定相对立，"旧"的文化、思想、道德、政权都被认为是贫乏的、枯竭的、僵死的乃至非正义的。在这种逻辑演绎之下，"新"的事物自然而然地获得了干预、宰制"旧"事物的合法性，并有权力将"旧"事物清除出历史舞台。由此也就不难理解，为何传记文本对于"新"的修辞方式有着如此执着的偏爱。

（三）多样性的剔除与主体性的缺失

作为新中国文化认同体系的一部分，革命榜样的塑造与宣传经过了精心的筛选与过滤，偶像的成长过程被建构为普通人不断被共产主义道德纯化的过程，任何不利于革命和生产建设的因素都被从榜样传记中小心翼翼地剔除。革命榜样的言行不仅是个体的表征，而是国家意识形态的化身。尽管生命存在的丰富性与多样性是正当的，但是在革命榜样神圣化的过程中，传记主人公的自然情感需求与心灵多样选择的可能性则被视作革命道德的杂质而遭到摒弃，在所有的价值取向中只有革命才是唯一正确的。

所以在传记文本中，革命榜样在处理个人关系、进行价值判断的时候，都严格遵循政治—道德的标准做出取舍，即使是最亲密的情感也无法动摇其坚定的革命意志，有时对私人情感的舍弃更加体现对党的绝对忠诚。在革命意识形态的视域中，个体的爱情总是被尽可能地排除在传记文本之外，纵使偶尔显现，也是被政治话语压抑的，甚至被认为是隐藏着资产阶级倾向的危险信号。在新中国第一任女拖拉机手梁军的传记中，有这样的文字，

---

① 毛泽东：《青年运动的方向》，《毛泽东选集》第二卷，人民出版社，1952，第544页。

它向青年们昭示处理爱情问题的"正确"方式:"梁军很坚决的表示:'我们为什么不能学习保尔呢?处理我和爱人的问题,第一是党,其次才是爱人和别的人们。'"① 在《新式农民董加耕》一文中,主人公也有类似的表达:"共产党员决不能为了爱情而放弃革命理想!"② 这样的话语表述,其作用不仅在于强调党与青年关系较其他关系的优先性,而且在于为面临相似人生抉择的青年做出了具有先进性的行为示范。

诚然,规范的建构有助于对青年容易遇到的问题给出相应的指导,但是当所有人的生命都被规约为一种相同的范式之后,其结果不可能是马克思所说的每个人个体价值的自由实现,而恰恰是走向了人的异化,人在通往革命的道路上逐渐失去了自己。在宣传了一个年仅十四岁的少年为保卫公社财产而牺牲的事迹后,《中国青年》刊登了少年母亲写给党的一封公开信,信中提到她的泪水浸透手帕,然而这些眼泪并不是因为母亲失去了自己的孩子,而是出于对党的感激:

> 这一切都使我感动得不知说什么好,我一张手帕浸得透湿,也没有办法揩干感激的泪水。我不会因为失去儿子而感到悲伤、孤独。我感谢党和毛主席的关怀,也感谢广大群众对我的爱护。③

在信中,我们看不到一位母亲因失去孩子而流露的丝毫悲痛,所有的创伤都在毛主席的关怀、群众的爱护下显得充满温情与荣耀,牺牲似乎只是一次对党的忠诚度的考验。传记文本为读者创造了一个封闭的世界,革命意识形态是这个世界中的唯一标尺。在意识形态对个体感受进行征召之后,我们似乎发现,人与人之间最本真、最原初的情感消失在革命事业的洪流之中了。人不断被革命道德净化的过程,也就成了人的主体性不断丧失的过程。在对青年行为不断进行规训与改造的过程中,革命榜样的宣传事迹就如同一架架革命青年的巨型招募机器,对于革命榜样的崇拜与效仿,对权威领导人的崇拜与追随,为青年们铺设了一条通往英雄伟业的光辉道路,"主席的接见""人民大会堂的表彰"就成了这个仪式性过程的最高奖赏。

---

① 邓立:《女拖拉机手梁军》,《中国青年》1950年第18期。
② 刘朝蓝等:《新式农民董加耕》,《中国青年》1964年第1期。
③ 余太贞:《感谢党对刘文学的培养》,《中国青年》1960年第5期。

当意识形态将人塑造成那个根据某种目标所预先设定好的主体的时候，人自身所具有的主体性也就消解在意识形态的天地之中了。革命榜样用生命所献祭的，不仅是国家的财产与人民的新生活，而且是维持新政权稳定所必不可缺的新的道德体系。

二 作为文化启蒙者的偶像（1978~1995年）

随着十一届三中全会的召开，中国结束了近30年的革命时期，转向了世俗化的社会主义。① 革命时代的"政治挂帅""一切以阶级斗争为纲"等口号被"科学技术是第一生产力""发展才是硬道理""生产力是衡量社会进步的唯一标准"等价值观念和国家发展战略所替代。在思想文化方面，政治意识形态对于思想文化的控制逐渐松动，政治—道德优先性作为价值评判唯一标准的时代已经结束，人合理的物质追求与对科学知识的尊重获得了主流话语的重新肯定与强调，"政治主宰一切"悄然地转向了"科学文化主导"。在这一时期，20世纪70年代末至80年代初的思想解放运动，以及20世纪80年代中后期的新启蒙运动，被视为相互关联的并对中国当代社会思想领域有着非常深远影响的两次重大事件，它们共同标志着当代中国"启蒙时代"的到来。

虽然对于复刊之后的《中国青年》而言，其作为团机关刊物的身份没有改变，但是刊物的内容与价值导向同革命年代相比较，发生了较大的改变。究其原因，一方面是由于党和国家的发展战略发生了重要转变，官方意识形态的内容也发生了变化（但不是彻底变化）；另一方面是因为更多的力量参与到了该刊内容与形式的建构之中。与整个时代主流话语的关注目光相一致，对青年人进行启蒙成为刊物在20世纪80年代的核心诉求。

（一）传记主人公的身份转型与多元化

作为中国共产主义青年团的机关刊物，复刊后的《中国青年》作为政治宣传与青年指引者的身份并没有改变。但与第一阶段刊物的话语特征相比较，它逐渐淡化了革命意识形态色彩（虽然在复刊初期革命意识形态对

---

① 所谓世俗化的社会主义，是指社会主义的建设从原来的乌托邦式的总体性目标中解脱出来，党和国家的工作重心由之前的阶级斗争、群众运动转向经济与现代化建设，个人领域与日常生活能力获得关注。

于刊物的控制并没有完全解除），开始有意识地通过启蒙-精英话语对青年人进行引导。刊物的自身定位由革命时期的如何将青年改造为革命事业的合格接班人，转向了如何将曾经被革命"架空"的青年们还原到新时期的现代化建设中来，帮助青年在世俗世界中找到前行的方向，实现自身的价值。从发行量与影响力的角度来看，在1970年代末至1980年代中叶，《中国青年》仍然是青年杂志中的领军者，这不仅是由于其作为机关刊物，它的发行量有着得天独厚的制度保障，而且是因为开放的时代赋予了刊物以开放的精神，对于青年热点问题的关注以及鲜明的启蒙意识使得《中国青年》在依靠基层团组织的公费订阅之外也赢得了大量自主订购的读者青睐。

从总体上来看，这一时期《中国青年》中的传记主人公，由新中国成立初期国家意识形态话语控制下的革命榜样，逐渐转变为启蒙-精英话语影响下的文化偶像。曾经的革命榜样是按照政治道德优先性筛选出来的，为革命时期的国家意识形态服务，而到了1980年代，传记主人公所要承担的主要职责是对青年进行启蒙。启蒙话语的引入并不意味着政治意识形态话语的彻底失效，特别是在复刊初期，传记的意识形态色彩还是比较浓重的，革命、阶级等词语依然比较频繁地出现在文章之中。与此同时，除了主导话语的转变外，这一时期，传记主人公无论从其所从事的职业来看，还是从其所代表的生活方式来看，都呈现了多元化的特点，传记内容的开放性与多元性都是革命时期所无法比拟的。以下的图表更加清晰地呈现了这种变化情况，下表所反映的是在"启蒙时代"《中国青年》传记主人公所属领域的分布情况，下图所反映的是"革命时期"与"启蒙时期"各领域主人公所占比例的对比情况。

《中国青年》（1978～1989年）传记主人公所属领域的分布情况表

单位：次

	1978～1980年	1981～1983年	1984～1986年	1987～1989年
工　人	8	9	11	1
农　民	0	5	3	0
军、政	9	5	8	3
文化精英	5	21	13	12
艺术体育	6	17	9	23
总　计	28	57	44	39

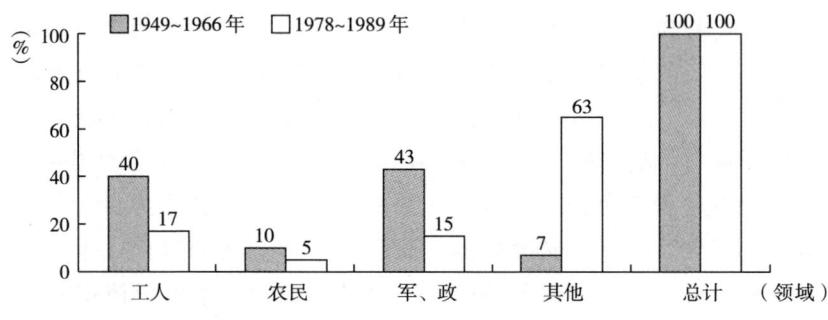

"革命时期"与"启蒙时期"传记主人公所占比例对比图

通过上图中的信息我们可以了解到,第一时期(1949～1966年)的传记主人公几乎全部集中在与国家的革命意识形态建构密切相关的工、农、兵领域,然而到了1970年代末直至1980年代,这种状况却发生了逆转,原本受到主流话语特别关注的来自工、农、兵领域的传记主人公无论在数量上还是比例上都急剧减少,反而是革命时代对于意识形态无足轻重,甚至被视为异端分子、划归为"小资产阶级"的知识分子、文化精英与艺体工作者成了启蒙时代的宠儿。图表中数字的变化反映的是更深层次社会结构与价值观念的转变,文化精英与艺体工作者的激增反映了这个社会所迫切需要的东西。社会价值的衡量标准已在不知不觉中倾向了启蒙所代表的理性与科学。正是在启蒙力量的感召之下,无论是主流话语的有意建构,还是青年读者的自主选择,整个社会都沉浸在对于"上升运动"的渴望之中。对于1980年代的青年读者来说,科技精英、商业精英、艺术精英的成功秘诀远比为共产主义献身的传统故事显得更加富有魅力。

更值得注意的是,虽然两个时期的传记主人公中也有相当一部分来自相同的领域,但是文本叙述角度与价值立场的偏移是不容忽视的。在革命时代,文艺工作者的传记也都是服务于无产阶级革命政权建设的,主人公的个人生活与专业成就只是作为对于国家政权合法化的一种旁证。而到了启蒙阶段,文艺工作者不仅肩负着向人们传递美、传递善的责任,他们的传记也被建构成能够为青年进步提供技术指导与学习辅助的文化资源。总之,直至1980年代,青年偶像终于能够作为一个独特的生命个体而不再作为国家意识形态政治-道德符号而存在。

（二）启蒙话语影响下的传记偶像

在新时期的传记主人公中不仅包括对越自卫反击战的战斗英雄，而且包括科学领域的知识分子、体育领域的运动员，以及艺术工作者等，所涉及的领域之广是革命年代所无法比拟的，传记主人公的多元化也代表了不同生命道路选择的可能性与合理性。但是，1980年代文化偶像的多元化并不意味着偶像建构陷入了一种纷乱的状态，启蒙话语在这一时期的传记中占据了主导地位，这其中不仅包括政治启蒙，还包括知识启蒙与主体意识启蒙。

1. 政治启蒙与"文革"反思

启蒙话语对于这一时期人物传记的影响，最早体现在"文革"反思与对青年的政治启蒙方面，这些传记在《中国青年》复刊之初是以"同四人帮斗争的青年英雄谱"的专栏形式与青年读者见面的。在经历了十数年极"左"路线对于青年思想的侵蚀与肉体的摧残之后，理性、反思、民主、自由等话语对于青年思想的启蒙显得格外重要。随着政治领域中"拨乱反正"的推进，纠正"文革"时期的错误路线、昭雪"文革"中的冤假错案、平复"文革"创伤，成了公共生活中的主要内容之一。

在随后的几期《中国青年》中，这种政治启蒙意识集中体现在对张志新、遇罗克等人的事迹报道中，如《张志新烈士狱中斗争片段》[①]《他有了真正的金色衣裳——年轻的马克思主义战士遇罗克纪事》[②]。这些传记以白描的手法将主人公在狱中遭受到的惨无人道的迫害公之于众，揭开了"文革"中血腥、残虐的一面，为读者呈现了一个混沌蒙昧、是非颠倒的专制世界，形成了非常强大的阅读冲击力。更为重要的是，烈士们捍卫思想自由与言论自由、积极争取公民权利、同极"左"思想进行斗争的行为得到了正面的肯定。在《纪念张志新》一文中作者写道："作为人，她有思想的权利。作为公民，她有言论自由的权利。做为共产党员，她有被党章明确规定的对党组织和党的领导人提出批评建议、在党的会议上对党的决议提出不同意见以及保留意见、越级报告和申诉的权利。""我们纪念张志新，

[①] 本刊编辑部：《张志新烈士狱中斗争片段》，《中国青年》1979年第7期。
[②] 宁文郁等：《他有了真正的金色衣裳——年轻的马克思主义战士遇罗克纪事》，《中国青年》1980年第8期。

是为了使残杀她的刽子手永远不再能得到重复其罪行的机会。因此，今后必须坚决取消所谓'思想犯'，坚决反对'以言治罪'。思想不能犯罪，因而法律不能惩罚思想。""我们纪念张志新，还要保卫社会主义法治，保卫人民思想自由和言论自由这不可剥夺不可让渡的权利。"①

但是，值得我们深思的是，这一时期的政治启蒙话语在揭露、批判"文革"的同时，并没有深入对中国政治体制、文化传统之脊髓的反思，只是有意识地停留在表象之上，将"文化大革命"的劫难归咎于林彪、"四人帮"等"别有用心"的反革命集团。虽然对张志新、遇罗克等人捍卫自由、同封建血统论斗争的行为加以赞扬，但是在此之后并没有深入对个人迷信的反思，对在社会主义社会中何以能够滋生"出身论"的思想根源，仅仅是借主人公之口将之模糊地归结为"因为真理被颠倒了，民主被践踏了，林彪、江青他们要上台，就要把坚持真理的人打倒"，"坚持真理，在任何时候都是要付出代价的，我既然选定了自己的道路，就决不后悔，决不回头，无论前面等待的是什么样的危险，要付出什么样的代价"。② 于是，对坚持真理行为的高度赞扬替代了对践踏真理的批判与反思。刊物中政治启蒙话语有意或无意的遮蔽与偏移，必然会影响文本的反思力度，这也在一定程度上折射出了这场"文革"反思的局限性。

此外，这种政治启蒙也是建立在民族意识的重建基础之上的，对越自卫反击战成了主流话语重构民族意识的一个绝佳契机。对于民族英雄的歌颂，对于祖国苦难的申诉，对于边疆意识的强化，无不唤起读者强烈的民族主义情绪，主流话语在激发青年投身现代化强国道路的强烈意愿的同时，也在为改革开放的深化实施奠定基础。在某种程度上，这种政治启蒙与前一时期的革命宣传仍有很深的内在一致性。

2. 知识启蒙

1980年代对于中国而言，是一个科学技术开始飞速进步的时期，对于"发展""速度"的崇拜几乎浸润到了社会中的每一个角落。这样的时代语境赋予了知识启蒙的双重重要性：一方面，经过"文革"十年的荒废，中国社会生产力发展停滞不前，社会经济几近崩溃，在新时期为了实现"四

---

① 林春等：《纪念张志新》，《中国青年》1979年第7期。
② 宋文郁等：《他有了真正的金色衣裳——年轻的马克思主义战士遇罗克纪事》，《中国青年》1980年第8期。

个现代化",走上经济发展、生活提高的强国之路,各个领域的建设都需要大量的专业技术人才,然而人才的短缺却使得经济强国之梦的实现举步维艰;另一方面,"文革"时期各类大大小小的政治运动几乎完全阻断了正常的教育教学过程,大量缺乏文化知识的青年在蹉跎岁月之后陷入了生活的困窘之中,甚至走上"歪路",威胁到社会正常秩序,他们迫切需要通过文化知识的学习来掌握一门安身立命的本领,回归到正常的生活中来。

在这一时期,传记所着力表现的主人公形象就是通过锲而不舍的刻苦学习,改变命运走向成功的青年。这类传记有很多,如《从青工到副教授——李慰萱发奋自学二十年》①《把命运牢牢攥在自己手中——初中生熊存瑞自学成为研究生》②《闯出了一条阳关道——记从待业青年成长的女经理张占英》③,等等。虽然这些主人公在各自的生活中遭受过各不相同的坎坷,但是他们并没有向逆境低头,而是通过孜孜不倦的努力,用科学知识武装自己,最终成了对社会有用的人并且实现了自己的理想。在自信昂扬的基调中,这些故事为当时的迷茫青年提供的具有教育意义的典范,对于成功人生的揭秘与对文化重要性的强调,共同激发与强化青年们的求知欲望和求学信念。在反复强调提高青年文化素养的重要性的同时,《中国青年》也在呼吁社会对于失足青年的宽容与帮助。例如,文章《社会有什么责任——记一个青年的失足与新生》不仅宣扬了"文革"时期的惯窃犯杨新才改过自新被评为"新长征突击手"的先进事迹,而且表达出《中国青年》对杨新才所在街道党团组织与生产小组同志的感谢,因为是他们以开阔的胸襟为社会提供了一个挽救失足青年的好范例。④ 知识启蒙就是要积极调动一切力量,鼓励青年完善自身的文化与修养。

知识启蒙意识对于文本的渗透,使得这一时期传记的字里行间经常流露一种时间的紧迫感和担心"落后"的恐慌情绪,"现在,这里,就是学习的最好条件",⑤ "在向四化的进军中,同其他各条战线一样,解放军队伍

---

① 杨世运等:《从青工到副教授——李慰萱发奋自学二十年》,《中国青年》1979 年第 5 期。
② 张忠文等:《把命运牢牢攥在自己手中——初中生熊存瑞自学成为研究生》,《中国青年》1980 年第 10 期。
③ 孙兴盛等:《闯出了一条阳关道——记从待业青年成长的女经理张占英》,《中国青年》1981 年第 3 期。
④ 本刊编辑部:《社会有什么责任——记一个青年的失足与新生》,《中国青年》1979 年第 6 期。
⑤ 赵艳:《"现在,这里,就是学习的最好条件"——记考取攻读硕士学位研究生的团干部陈东》,《中国青年》1982 年第 3 期。

里，也有着许多有志青年，在辛勤学习，在奋力追赶"，①"往回退，无异死亡；原地徘徊，等于慢性自杀；只有不避艰险，在前方的荒棘中踏出一条新路来，才能抵达辉煌的目的地"，②等等，诸如此类的表达俯拾即是。可见，整个社会对于文化知识的缺乏有一种强烈的焦虑感，如何解决这种焦虑呢？《中国青年》给出的答案只有一个，那就是用科学知识武装自己。对进步的追求、对时间的珍视、对超越的渴求，成了浩劫之后中国社会中的一种"集体无意识"，铸造着中国社会中奋起拼搏的一代青年人。

依据旅美学者林毓生的观点，在中国社会中，历来有借思想文化以解决社会政治问题的传统。③近代的五四启蒙运动如此，当代的新启蒙运动也是如此。跳出政治藩篱以寻求反思批判之路，文化启蒙就被当作了更彻底、更纯粹的方式。因此，1980年代主流话语对于知识与科技的强调不仅有培养人才与发展经济的目的，而且包含着为社会的全面改革寻求话语支持的内在意味。

3. 主体意识启蒙

对人的主体性的肯定与重建，是思想解放运动和新启蒙运动的共同目标之一。"人"，在1980年代中国的启蒙者那里，"既是一个理性的存在，又是情感的，它充满了各种合理的自然欲望"，"这样的人，超越于国家、阶级和各种自然社会关系，内含着普遍的人性，他具有自主的意志和无限的自我创造能力"。④经历了"文革"时期对心灵和情感的极度压抑与控制之后，个人的自然情感、世俗欲望、自由思想等逐渐被认定为合理。对于人的主体性的积极肯定，也正是启蒙时代的重要标志之一。

在主体性的重建过程中，人获得了自我选择的权利，可以根据自己的意愿选择生活方式，个体价值的实现方式变得多样化。面对那些转型时代难免暂时有些困惑的青年们，传记向他们传递着这样一种信念：只要能汇入现代化的历史伟业，能够正视自己的存在价值，相信自己的能力，勇敢地去拼搏，"闯过去，就是阳关道，一片开阔天地"。⑤虽然人们的行业各有

---

① 郭楠柠等：《追赶时代的士兵》，《中国青年》1980年第1期。
② 成晓明等：《历史正含情注视》，《中国青年》1983年第1期。
③ 林毓生：《中国的意识危机》，贵州人民出版社，1986，第43页。
④ 许纪霖：《当代中国的启蒙与反启蒙》，社会科学文献出版社，2011，第37~38页。
⑤ 孙兴盛等：《闯出了一条阳关道——记从待业青年成长的女经理张占英》，《中国青年》1981年第3期。

不同，但是在自我价值的实现过程中，只要用心经营，即使是最平凡的岗位也能闪耀生命的辉煌。返城知青张占英就是这样一个代表，她放弃了进入国企的机会，一心扑在街道服务社的工作中，兢兢业业，从一个待业青年成长为服务社的经理。"她无意去挽住历史的脚步，而是要有意架（驾）住历史的车辕，载着自己的事业，朝着未来走去。她终于发现，自己不断地追求、探索，找到了最有意义的岗位，职业的选择对于自身的完善、理想和事业的追求，显示了力量。理想、人生、青春和爱情伴随着她工作的成效、事业的发展，而有了新的寄托。"① 文本意在向读者充分展示一个普通的个体是能够依靠个人的能力实现自己的价值和理想的。

另外，随着主体意识的解放，对于美的赞扬与对于美的创造者的大量宣传，成为"启蒙时代"传记内容的一大特色。美的阶级性被淡化，它被作为一种人类灵魂的普遍的纯洁力量得到歌颂。此时的传记文本中不乏这样的叙事——音乐之美、文学之美所蕴含的精神力量帮助主人公抗击命运的磨难，美作为一种情感的升华，激发人们对生活的爱。在歌唱演员苏小明的传记中，作者热情洋溢地写道，"你的歌声带来清新，使我们更加热爱生活"，"她们把自己全部情感灌注在歌声里，抗御命运的折磨，激起美好追求的热情"。② 对于艺术的追求与欣赏不再被当作"小资产阶级的不良嗜好"而遭到压制与批判，人们可以根据自己的兴趣自由地选择，并在艺术之美中陶冶情操，提高素养。

（三）启蒙的中断与集体主义价值观念的尝试性重构

在经过了1980年代末期特殊的社会震荡之后，"启蒙时代"所具有的激进的反传统与批判意识发生了断裂，社会思想文化中保守主义倾向日渐显露，其中包括集体主义价值观念的回归。与思想文化领域这种势态形成鲜明对照的是经济体制改革的不断加速与深化。1992年的邓小平"南方讲话"以及在"十四大"上明确提出的建立社会主义市场经济体制的目标，标志着市场经济体制改革的明确定向。这就使得《中国青年》杂志中的青年偶像发生了有趣的变化：一方面，缘于这样的时代情境，主流话语的关

---

① 孙兴盛等：《闯出了一条阳关道——记从待业青年成长的女经理张占英》，《中国青年》1981年第3期。
② 海波：《把美还给人们》，《中国青年》1980年第12期。

注点再次转向对集体主义价值观念的建构,《中国青年》中传记的主题再次回归到了对于集体主义价值观念的号召,并以"学雷锋学赖宁"专栏的形式呈现在刊物中;① 另一方面,1990年代的读者已经绝非五六十年代的无条件地接受集体主义价值观念的革命战士,集体主义价值观念的再度强调因此带上了一定的暧昧色彩,甚至表现为主流话语的一种姿态。

从1980年代末到1990年代初的短短几年时间里,启蒙的焦虑早已被对经济增长与财富积累的热情所替代。在1993年《中国青年》刊载的人物传记中,已有近二分之一的主人公来自与社会财富生产直接相关联的领域,文本中更不乏对于财富拥有者歆羡与崇拜的直接流露。没有什么能够比这更好地证明,在1990年代初短短的几年时间里,中国社会价值取向所发生的巨大倾斜。在后启蒙的语境里,知识仍然没有贬值,但由于物质财富在价值天平中的刚性升值,知识的获取更多地被与物质生活方面的实用价值相联系。

更富挑战意味的是,随着文化体制改革的不断加深,《中国青年》原有的得以傲视同侪的"红色资本"在日益商业化的社会中逐渐式微,体制本身提供给该刊物的保障也逐渐减弱。② 加之青年杂志种类激增造成商业刊物对市场份额瓜分的加剧,到了1990年代初期,《中国青年》的发行量一跌再跌,昔日"一枝独秀"的辉煌局面早已成为明日黄花。与此同时,杂志在青年中的影响力也降至冰点,曾经炙手可热的良师益友在如今商业化的书报亭中已鲜有读者问津。如何调整刊物内容以适应新的社会环境与读者品味,成为商品社会中机关刊物所面临的生死攸关的问题。意味深长的是,《中国青年》的境遇也折射出了在"新意识形态"步步紧逼、消费话语甚嚣尘上的时代,主流话语的尴尬处境。主流意识形态话语应该如何改造与包装自身才能融入新一轮的竞争之中,突破销售困境赢得读者的认可,这已成为了一个亟须应对的问题。

1995年底,《中国青年》编辑部做出决定,将从1996年第一期开始,对刊物进行全方位改革,以实现将《中国青年》从依靠发行量维持生存的传统刊物发展为"向广告要效益"的现代期刊,并逐渐实现杂志从黑白向全彩的过渡,将《中国青年》打造成一本"赏心悦目"的杂志,并

---

① 从1990年第3期《中国青年》开始出现"学雷锋学赖宁"专栏。
② 彭波:《传奇如歌——〈中国青年〉故事》,上海人民出版社,2000,第102~103页。

要逐步实现《中国青年》的集团化运作。① 这一决定标志着在市场经济浪潮的作用下传统的红色刊物为求生存将向市场化、商业化的路线行进。

三 后单一偶像时期的"诸神纷争"(1996～2010年)

随着互联网技术的飞速发展,纸媒昔日的强大影响力可谓日薄西山。较之前两个阶段,在"新媒体"时代,主流话语很难再凭借某一刊物的单一力量制造出具有时代轰动效果的青年偶像,因此,这一时期的《中国青年》也逐渐由前两个时期对青年偶像的塑造向对青年偶像的展示转变。从"塑造"到"展示"的转变,标志着以《中国青年》为代表的主流话语建构偶像能力以及推广偶像效果的减弱,如果说在新中国成立初乃至1980年代,主流话语是塑造偶像最为强势力量的话,那么到了1990年代之后,这种力量逐渐散落到大众媒介、消费领域之中,主流话语不再完全掌握青年偶像的生产权力,从而在一定程度上转向了对其他力量塑造出的偶像的展示。

如果将之前能够通过某种单一力量制造出被大多数人认可的偶像年代称为"单一偶像时期",那么现在则进入了"后单一偶像时期"或"偶像纷争时期",既没有哪一种力量能够独自担当起生产全民偶像的"伟业",也没有哪一类偶像能够赢得所有人的认可。偶像的数量增长与更迭速度已经达到了令人眼花缭乱、目不暇接的程度。在各种力量竞争与博弈之下,暧昧含混成了当下偶像文化的一大特征。

(一) 消费文化的兴起与消费偶像的盛行

如果说革命时期的偶像观念是由国家意识形态所决定,启蒙年代的偶像观念是以启蒙文化为主导的话,那么在"后单一偶像时期",消费文化这一新成员的加入再一次改变了中国偶像文化的拼图。随着中国加入"世贸组织"、经济对外开放力度的不断扩大,大量国际资本涌入中国,加之本土商业力量的快速崛起,商业逻辑与商业话语迅速占领了原本就非常有限的公共话语空间。琳琅满目的商品橱窗、明星代言的巨幅海报、滚动播出的电视广告无一不向人们发出热情的邀请:加入这一场无与伦比的消费盛宴。

---

① 彭波:《传奇如歌——〈中国青年〉故事》,第109～117页。

它们也在共同昭示消费社会的全方位降临。

对中国而言,消费社会的兴起,与曾经全面控制的社会相比较,的确为当今的中国人带来极大的自由与个性解放,标志着人从革命乌托邦向世俗社会的降落,尤其是在 1980 年代初,消费的自由象征着对权威的抵制与反抗。然而,法国社会学家鲍德里亚(也译成"波德里亚")却对消费社会的到来表示了无比的担忧。根据鲍德里亚的观点,在消费社会中,商品存在的作用是对拥有者身份与地位的象征。与较高阶层相比较,人们总是处在符号"匮乏"状态之中,即使处于较高阶层的人也随时都有被赶超而失去地位的危险,这就要求人们不断消费以达到占有更多物品的目的。"(商品)匮乏总会迫使人们不断地追求更多的对于物的占有以获得地位的认可",从而形成一种"占有的焦虑",这样的结果将导致符号(商品)对人的全面控制。① 受马尔库塞的影响,鲍德里亚将消费社会视作一个全面控制的社会,消费社会的到来意味着人反抗能力的丧失。虽然鲍德里亚的观点过于悲观,但是也为沉浸于消费自由中的人们敲响了警钟,当我们欢呼摆脱了一种单一模式的控制之后,是否有陷入另外一种陷阱的危险?

伴随着消费文化的兴起,偶像观念再次发生了转变,消费偶像开始大张旗鼓地盛行于各类媒介之中。"消费偶像"这一概念由列奥·洛文塔尔在《大众偶像的胜利》一文中提出,与来自于工商业、科学界的"生产偶像"相区别,"消费偶像"主要产生于娱乐领域,他们是体坛明星或电影演员、时尚模特,"他们中的几乎每一个人,都与闲暇时间有着直接或间接的联系:他要么不属于服务社会基本需求的行业,要么或多或少地接近于一种对社会生产媒介的讽刺性描画"。② 一方面,消费偶像代表着消费的观念,在消费偶像的刺激下人们醉心于消费的快感与欲望的追逐,精神价值与现实世界逐渐被消费梦境隔断,舒适与时尚替代拼搏成为生活的主题;另一方面,消费偶像本身就是一种商品,他们专门等待填充读者的闲暇时光,沟通着社会与个人的消费行为。洛文塔尔指出,大众媒介对于消费偶像的过度关注反映"今天这个时代的重点已不是在寻找'具有创造力、组织才能和领导能力的天才',而在娱乐时光和食物上"。③ 与法兰克福学派其他学

---

① 〔法〕让·鲍德里亚:《符号政治经济学批判》,夏莹译,南京大学出版社,2009,第 5 页。
② Leo Lowenthal, *Literatur, popular culture, and Society* (prentice-Hall, 1961), p. 115.
③ 黄芹:《洛文塔尔的消费偶像观》,《国外社会科学》1998 年第 1 期。

者的基本立场一致,洛文塔尔认为,消费偶像同消费社会中的大众文化产品一样,是让大众遗忘现实的"致幻剂"。

在当代中国社会中,消费偶像出现和发展的速度要比20世纪初的美国更加迅速。对于《中国青年》而言,消费偶像在传记中的大规模出场几乎是随着杂志1990年代的改革一同发生的,较之之前的两段时期,此时的《中国青年》已经失去了推出偶像的绝对优势,出于对经济目的的考虑,对传记主人公的选择自然会倾向于读者所关注的消费偶像群体。但是作为主流话语对青年文化加以引导的重要阵地,《中国青年》的主流立场与姿态仍然要求其行使国家意识形态的宣传职能,主旋律意义上的道德楷模在传记主人公中依然保留了一定的份额。

(二) 人物传记中偶像的碎片化、明星化与娱乐化

与消费偶像盛行这一现象相对应的是代表主流价值观念的道德典型影响力的相对弱化,但主流媒体依然试图建构主流价值观念的代言人,这就使得消费偶像、道德楷模、文化精英、商业巨头、政治明星等代表着不同价值观念的青年偶像共同充斥于当下的传记文本之中。

1. 传记偶像的碎片化

在本文论述的前两个时期中,传记的主人公可以根据阶级或职业类型进行划分,但是从近期的文本来看,用这种归类方式已经变得十分困难。这一方面是因为21世纪以来传记主人公所涉及的职业领域和阶级归属越来越复杂,尤其是一些新近出现的职业类别很难将其归入某一传统行业的范畴,如度假顾问、户外运动规划师、自由旅行者、网络拍客等,这些职业往往与主人公特立独行的生活方式相关联,带有极强的随意性与消费气息;他们的入选并不是因为他们在某领域中的杰出贡献,而仅仅是因为他们拥有一种特殊而又能够吸引读者的生活方式,其阶级归属很模糊。另一方面是因为还有一些主人公,传记总是试图突出其身份的多重性质,她(他)可能既是一位通过拼搏与努力走向成功的公司CEO,又是一位才情绝代的美女(男)作家,还是一位能够引领都市潮流的"时尚教母(父)",在社会需要的时候又能表现较强的勇气与担当。在启蒙、时尚、消费、集体主义之间徘徊,不同传记,甚至是同一篇传记中也会表现立场的游移与矛盾。

诚然,政治话语、商业话语、启蒙话语的拼贴与并置已经成了"后单一偶像时期"偶像文化的一大特征,并且随着时间的推移,这种文化碎片

纷乱杂陈的现象大有愈演愈烈之势。正如陶东风教授所言,"'文化偶像'在80年代一直是被精英知识分子垄断的(比如鲁迅、陈景润等),而新世纪文化界的一个戏剧性现象就是文化偶像的多元化、碎片化、世俗化"。① 不同力量的较量结果作用于文化表征上,显现了十足的中国式后现代意味,它意味着在现在的阶段,过去由政治意识形态与一体化传媒合作制造的"一神"独统天下的时代已经结束,多元包容、允许质疑之声存在的"诸神"时代已经降临。尤其是对于当代中国思想文化而言,突破一体化的控制有着积极且深远的解放意义。

如果对青年偶像碎片化的文化拼图进行深入思考,我们会发现,"并置意味着不同时代具有不同内涵的文化碎片被剥离了当时的生产和接受语境,在新的、混合杂交的文化语境中被随意地拼贴排列在一起。这实际上也反映了当前中国文化价值的混乱与多元状态"。② 一方面,启蒙价值观念、集体主义价值观念的影响力虽然不及以往强势,但依然作用于当代文化表征之中,并且在以新的形式产生影响;另一方面,消费话语为争取更多的生存空间,也在小心地回避着意识形态禁忌,将自身包装为主流意识形态或其盟友。由于缺乏一个得到普遍认可的基本道德准则与价值体系,人们无法形成一套恒常的行为准则与价值评判标准,人们的思想与行为很容易受到外界各类因素的影响。因此,权力场域中的些许倾斜都会带来社会文化版图的震荡,以及其背后价值天平的摆动。

2. 传记偶像的娱乐化与明星化

从主人公所属领域的分布来看,表面的情况同1980年代极为相似,源自艺术、体育领域的主人公仍占有非常大的比例。但是,如果深入文本对这些传记的主题与内容进行考察就会发现,"后单一偶像时期"的主人公们已经绝非1980年代的文化启蒙偶像,他们不再是追求技艺水平、体现自我价值的艺术家与运动员,而是来自文艺界、体育界的耀眼明星。文本不再关注现实中人们所期待解决的某些严肃问题(如如何成才),而是热衷于对艺体明星隐私(如生活用品、私人关系)的窥探,对逸闻趣事(如各类"八卦"新闻)的娱乐化讲述,时尚潮流与另类生活方式成了令人津津乐道的主要内容。

---

① 陶东风:《当代中国文艺思潮与文化热点》,北京大学出版社,2008,第11页。
② 陶东风:《当代中国文艺思潮与文化热点》,第201页。

全彩印刷的装帧方式，使得刊物能够在每一篇传记中穿插大量画质精良、妆容精致、穿着时尚的人物图片，图片背景或是烟波浩瀚的太平洋，或是神秘圣洁的青藏高原，或是"澳门小姐"选美比赛的颁奖现场，或是精致典雅的咖啡厅……这也的确证实了《中国青年》的改版追求——"在赏心悦目之外，能够具有一定的阅读内容"。此时刊物的可看性已经超越了文字可读性，视觉冲击效果成了刊物的第一位追求，其中所包含的商业目的更是不言而喻。对于视觉效果的追求与强调正是消费时代、娱乐时代所带来的后果之一。

明星们的大量登场，也成了消费时代娱乐因素给该刊物带来的巨大冲击。较之传统的艺术家而言，明星们通常拥有更加时尚化与商业化的气息。明星们不再局限于严肃艺术的领域之中，因此明星们的传记也从对主人公技术的关注转向了其他的方面。在过去，传记对于艺术家们的介绍绝对会严格遵守着"表演成就至上"这一原则，然而在现在的传记中，从主人公的休闲娱乐、饮食习惯、家居风格到恋爱波折、家庭关系，事无巨细，样样都成了文章的关注对象，单就其"八卦"程度来看俨然一副娱乐快报的面孔。在这一阶段的传记文本中，我们很容易就可以看到文章在展现主人公工作成就的同时，也有着大量对于主人公私人爱好的细致描写，而这些私人爱好看上去总是颇具消费暗示意味，"（主人公王珞丹）希望能睡到自然醒，喝一杯热豆浆，穿有熊猫 LOGO 的 T 恤……爱滑旱冰、攀岩、练过架子鼓……因为年轻有资本，不太在意花时间保养，相反得空就是睡大觉，却又渐渐体会到定期排毒和运动给身体带来的不一样的感受；喜欢去有山有水有海的地方，快乐很重要，开心就好……对她来说这些全都是生活的意义"。① 就这样，在温馨舒适的私人空间里，生物必然性的满足感被阐释成了生活的全部意义，消费变成了实现人生价值的便捷途径。

此外，传记对主人公私人情感经历，特别是对婚姻恋情的关注程度也显现以往任何时期都无法与之相比的热情。漫画作者麦佳碧是经历了怎样的"好事多磨"才寻到自己"温暖""浪漫"的爱情，② 网络编剧宁财神作为一个"新好男人"在生活中是如何疼惜自己的妻子，③ 谍战戏女主角家庭

---

① 欧阳婷：《王珞丹：青春可以百无禁忌》，《中国青年》2009 年第 20 期。
② 孙君飞：《麦佳碧：拥有一个可以发呆的地方》，《中国青年》2009 年第 23 期。
③ 旭川：《宁财神：金牌编剧的"宅男"人生》，《中国青年》2009 年第 4 期。

生活的保鲜秘诀,① 等等,都成了文本津津乐道的内容,事业与爱情在主人公的人生故事中总是相依相伴、密不可分。依据克里斯汀·格拉提的观点,"明星是兼有专业性和私人性两个维度的","一个明星之所以成为明星,既不可能完全依靠其艺术表演,也不可能完全依靠其私生活"。② 公共性的技艺水平与私人性的生活内容共同呈现在传记之中,标志现今的传记偶像确实已经"明星化"了。

(三)暧昧的文本策略

政治意识形态与消费意识形态的相互借重不仅体现在传记主人公的变化上,还体现于传记暧昧的文本策略之中。接下来,本文将对传记文本作为官方意识形态产品与大众文化商品的双重身份进行解读,探究这两种看似对立的身份是如何在文本中得到弥合的,并且力图呈现官方与消费这两种不同价值体系所产生的张力。

1. 道德楷模的私人化叙事(私人生活与休闲时光的展示)

无论是毛泽东时代的革命榜样,还是启蒙时期的文化精英,他们之所以能够成为主流话语建构的偶像,几乎是由于在公共领域中所取得的骄人成绩(尽管公共领域可能是被某种单一力量强势控制的),偶像们的私人生活与私人情感基本上被排除在文本表述之外。但是在"后单一偶像时期",无论是传统意义上的道德楷模,还是当今的各类明星,传记文本都热衷于对其私人生活进行窥探,这不仅满足了读者的猎奇欲望,也为缝合消费话语与主流话语的裂隙提供了很好的机会。对于道德楷模、技术精英们家庭生活、业余爱好的展现,有利于最大限度地淡化文本中主流话语的意识形态色彩,打破"忠孝两难全"式的讲述模式,使文本在一种轻松温馨的氛围中完成意识形态的传播。

在《饶毅:全面适应中国现状?那是失败》一文中,传记在为我们呈现了一个锐意改革、直言教育弊端的批评者形象的同时,也着意为我们展示了饶毅温情、慈爱的一面:

饶毅每天早晨,从蓝旗营已经居住了两年多的临时公寓出发,步

---

① 南柯梦:《幸福潜伏在春天》,《中国青年》2009 年第 10 期。
② 陶东风:《名人、明星与表演艺术家》,参见 http://blog.sina.com.cn/s/blog_48a348be01017teu.html,最后访问日期:2011 年 6 月 4 日。

行送儿子到北大附小上学。6点半下班和儿子一起晚饭。

饶毅几乎不加班。十几年前,波士顿的儿童游戏场所,一大堆美国母亲带着小孩,万红丛中一点绿,那位中国大老爷们儿,便是饶毅。

饶毅有着"致命的微笑"。"只能学生骂我,不能我骂学生,对学生只有鼓励。"①

主人公多次解释自己回国的原因,是因为在国外缺乏归属感,没有归属感的人生对于饶毅来说,即使成功也不幸福。在谈及回国是否会对子女教育产生影响时,饶毅没有像寻常父母那样担心教育的质量,反而是强调身份归属在儿童教育中的重要性,"不少人认为国内教育对后代不好,我认为,回国对孩子是好事:国内教育种种问题无一大于失去健全的归属感之问题"。② 文本巧妙地把为父者之"慈"与爱国者之"忠"结合到一起,超越了"舍小家为国家"的传统叙述模式,使"个人利益"与"国家利益"获得了共赢——回国既是出于给孩子寻求一份"健全的归属感"的父爱流露,也暗合了学成归国、报效祖国的宏大逻辑。正是因为前文中有对饶毅"好爸爸"形象的细心刻画,饶毅的回国原因才没有显得刻板与做作,传记文本在潜移默化中实现了主流话语的宣传教育作用。传记文本不再刻意突出道德楷模"不近人间烟火"的圣者形象,游乐场、家庭生活也不再被视作精神道德的腐蚀剂,相反它们共同标注着新道德榜样的真实性。

2. 主流意识形态对消费偶像的整合

在市场经济环境下,刊物要迎合读者趣味来吸引关注,借以达到提高发行量、增加广告收入的目的。但是,作为团中央的机关刊物,《中国青年》不得不保持正统的意识形态规训能力,消费偶像所暗含的娱乐至上、消费至上等"负面"因素必须向主流意识形态妥协,接受主流意识形态的收编与改造。于是,传记文本一方面大肆宣传主人公时尚的、物质的、享乐的消费话题;另一方面又强调着主人公对祖国的热爱、对社会的责任感等。

---

① 赵涛:《饶毅:全面适应中国现状?那是失败》,《中国青年》2010年第1期。
② 赵涛:《饶毅:全面适应中国现状?那是失败》,《中国青年》2010年第1期。

他们或者依然自强拼搏，不甘于当一个"富二代"坐享其成，① 或者身为明星，热心于慈善事业。② 不同话语力量的博弈与制衡在传记文本中从未停止过，对于意义的竞争过程也是一种权力的较量过程。不难发现，传记在对消费偶像进行报道的时候，也在精心筛选着合乎"集体—个人"阐释规范的故事情节，并对之加以叙述。

曾经被媒体炒作得沸沸扬扬的王治郅被国家队开除的事件中，王治郅是作为一个只顾个人利益、不顾集体荣誉的国家队"叛徒"形象受到攻击和批判的，但是当这一页翻过之后，王治郅再次回归国家队时，传记的话语有意倾向于重新建构王治郅的正面、健康、爱国者的形象：

> 2001 年王治郅作为申奥大使，在莫斯科见证中国申奥成功的历史性时刻，他第一个从后排座位上跳起欢呼，然后眼泪就掉下来了。他不可能想到，北京申奥成功，将在未来挽回他的命运。
>
> 2006 年，国家体育总局为备战北京奥运，实施训练计划。2006 年 4 月 10 日凌晨，王治郅回到阔别经年的国家队。不再是回首告别时那个意气飞扬的毛头小子，他……不断低头：我错了，对不起。③

从申奥成功的激动泪水，到重新归队后真挚的道歉，传记文本为我们构建了一个青年由莽撞懵懂到谦虚内敛的成长过程。从过去只为追求个人荣辱得失，到今天的幡然悔悟、游子归家，主流话语以母亲般的亲切与包容的姿态，原谅并重新接纳了这位昔日的 NBA 篮球明星。更为重要的是，经过叙事过程的意义筛选，文本既保留了弘扬集体主义价值观的作用，又喻示了主流价值观念在今天商业明星中依然拥有着极强的感召力。原本紧张冲突的消费价值观与集体主义价值观就在具体化的、片段化的事迹中得到了释放与融合。

3. 个性/自由与责任的弥合

个性与自由，是消费社会带给人们的美好承诺，一如鲍德里亚所言，"所有关于消费的神话都想把消费者塑造成普遍的人，塑造成人类物种全面、理想而确定的化身，把消费描绘成一场'人文解放运动'的前奏：尽

---

① 薛臣艺：《房祖名：他没有成为"富二代"》，《中国青年》2010 年第 7 期。
② 河流：《拒绝走捷径的红色艺人》，《中国青年》2010 年第 10 期。
③ 陈亦佳：《王治郅：篮球很大我很小》，《中国青年》2010 年第 2 期。

管政治解放遭到了失败，而它却必将完成"。① 然而，消费话语中对于个性与自由生活方式永无止境的追求，其结果是将人导向社会责任感的缺失，消费带给青年的只能是一种想象中的快感，而非真实性的解放。正如鲍德里亚所批判的，在消费社会制造的拟像中，现实维度逐渐丧失了。② 当传记借助消费偶像和消费话语吸引读者的时候，怎样去克服消费主义所鼓吹的自由观念对主流话语整理能力的抵牾，如何将花样翻新的个性追求同理智恒常的社会责任感联结起来，将二者之间存在的对立进行弥合，成了传记文本所面临的另外一个问题。

对于青年社会责任感的重建，传记在有意识地淡化个人主义、享乐主义观念的同时，致力于倡导将个人的爱好同社会责任相联系，从对爱好的追求中生发社会责任感，并通过对社会责任的履行使自己的境界得到升华。摄影师卢广就是这样一个例子。出于对摄影的爱好，卢广在下岗之后开了一家影楼，但他并没有耽于风花雪月的拍摄，而是将镜头转向了纪实题材，关注社会底层和边缘人物。用卢广的话来说，"多么高妙的技术都无法打动人"，"摄影拍到一定境界，技巧不重要，拼的是眼光和思想。这么多年，摄影已经融入我的生命，让我担负起属于自己的社会道义"。③ 在这里，青年的个人自由和价值取向与社会公共价值紧紧联系在一起，个人的爱好成了实现社会责任的重要途径。然而在现实中这样的例子毕竟是少数，更多摄影爱好者只是沉浸在私人小世界的唯美景致中，而无心留意不那么具有美感的底层民生疾苦，因此只有"镜头只对众苍生"的纪实摄影爱好者才是会被万里挑一地选中来充当主流话语的传播者。

当"间隔年""跨骑族"被消费主义话语鼓吹成逃离现代都市压力的最佳方式时，如何在这一氤氲缥缈的自由梦中注入正能量呢？江觉迟的故事进入了我们的视线。江觉迟在一次背包旅途中偶然遇到了几个藏区贫困儿童，从此，她果断"抛下安稳的一切，去往那连电都不通，连青菜都吃不上，连洗澡都困难的"甘孜州，并且一留就是五年。在谈到五年以来的变化时，江觉迟以一种浪漫又极为规范的话语方式说道："我在这里，创造了我的人生价值，有时候，在深夜里面对湛蓝的星空，就会想，我并不是谁

---

① 〔法〕波德里亚：《消费社会》，刘富成、全志刚译，南京大学出版社，2000，第78页。
② 〔美〕道格拉斯·凯尔纳：《波德里亚——一个批判性读本》，陈维振等译，江苏人民出版社，2005，第232~234页。
③ 梧桐：《镜头只对众苍生》，《中国青年》2010年第1期。

派来帮扶这些孩子的（当地曾有藏民说我是菩萨派来的），我来这里，只是来接受孩子们点化的，他们给我的人生打开了另一扇窗。"① 在此，自由与责任之间的紧张就在"博爱""点化""救赎"等颇具宗教意味的话语下得到了弥合，旅游不再只是刺激消费、追求休闲娱乐的一种手段，只要愿意，消费娱乐与责任承担可以随时转换。江觉迟的故事更向我们暗示，在旅行这条充满"朝圣"意味的道路上，有着种种创造社会价值的可能，如果不是在高原支教，我们的主人公可以是可可西里的藏羚羊守护天使，可能会是东南亚热带雨林环境卫士……消费主义追求的个性与自由同主流话语所强调的青年责任被捏合到一起，传记文本以时尚中的另类方式向读者宣扬了如何在寻求个性的旅途中实现个人价值，此时，原有的消费自由早已被整合到了主流意识形态的规训之中，背包客的故事变成了支边英雄的传奇。

如果英雄的传奇故事像日常消费品一样无处不在，也就难以称其为"传奇"了。这一时期的《中国青年》总是力图将一些勇于承担社会责任的个案打造成极富感染力的故事加以宣传，然而，对于绝大多数读者来说，这些传奇故事除了带来猎奇性的阅读效果和短暂的震撼抑或感动之外，又能够在多大程度上带来改变？能否单纯乐观地从那些逃避现实压力的消费狂想中得到改变现实的动力？在这样的追问之下，《中国青年》话语方式不免显得有些苍白与尴尬。

·附录·

《当代中国青年偶像的变迁——以〈中国青年〉为个案》写作过程

一 论文写作缘起

说到这篇论文的写作缘起，要追溯到陶东风老师课堂上的一次选题讨论。我最初的设想是将毕业论文做成对洛文塔尔大众文化理论的阐释与评述，在与陶老师交流后，陶老师建议我不要只把目光集中在西方理论的阐

---

① 周华诚：《爱是孤独的酥油灯》，《中国青年》2010 年第 23 期。

释上,希望我能够将西方理论与中国经验结合起来,扎扎实实地做一个中国文化现象的个案分析,这样不仅能够提高分析能力,也能使西方理论同我们的文化进行对话,从而实现认识中国现实与丰富理论知识这两个方面的互动。有了陶老师的提示,加之一直以来对青年文化的兴趣,我便将关注点锁定在洛文塔尔最为精彩的个案分析文本——《大众偶像的胜利》上,希望通过洛文塔尔的偶像观念及偶像研究方法对当代中国的青年偶像变迁进行一次梳理与探索,这样我便开始了本篇论文的初步构思与资料收集。

二　论文前期准备工作

（一）资料的收集

因为想以一本杂志为研究对象、以杂志所刊载的人物传记主人公的变迁为切入点,这样我所面临的首要工作就是要将这本杂志确定下来。最先考虑到的几份杂志,有《青年文摘》《中国青年》《大众电影》,通过初期的阅读思考与筛选比较,我最终把研究对象确定为《中国青年》。之所以选择《中国青年》作为个案来研究青年偶像的变迁,主要是考虑到该刊物在中国不同历史时期的鲜明特点,以及它作为团中央机关刊物的特殊地位。众所周知,《中国青年》从革命年代起直至1980年代,对于青年文化具有极强的整合建构能力,曾经推出过一大批具有时代影响力的革命榜样、启蒙精英,如雷锋、罗盛教、邢燕子、陈景润、遇罗克,等等,这些典型曾经对青年身份认同产生了巨大的影响。但是,随着社会转型的深入与传媒一体化格局的打破,读者对以往主流媒体所宣传的道德-政治典型、知识精英的认可度不断下降。为求刊物生存,《中国青年》不得不面向市场,进行大规模改革,大量地刊登以房祖名、王珞丹等为代表的消费偶像来迎合青年读者的新口味。一方面,作为团机关刊物的身份使其必然坚持着主流意识形态的宣传阵地;另一方面,由于市场的导向作用,大众文化中的一些重要元素如娱乐、消费、时尚等被整合到杂志内容之中,以迎合读者的趣味。因此,主流话语与大众文化在这一时期的暧昧与耦合显得更加富有意味。可以说,刊物的经历及与之相应的内容转变和当代中国文化的发展脉络息息相关。

在确定了研究对象后,我开始对1949年至2010年发表在《中国青年》杂志上的人物传记进行阅读与主题分类。在阅读的过程中,我发现《中国青年》中人物传记的宣传报道并不是独立存在的，而往往是与同期刊物中其他栏目以及党和国家的政治号召密切相关。因此，在整理人物传记的同时，我也对与之相关的一些重要讲话、决定等历史资料进行了有意识的收集与摘录。现在回顾起来，写作资料的收集与整理这一环节是论文准备工作中最耗费时间、工作量最大的，但对于数十年中千余篇人物传记的漫长整理过程为后期的论文撰写准备了丰富的材料。也是由于传记资料和相关史料数量的庞大，我放弃了最初整理完传记资料后再阅读理论材料的计划，改成了一边整理传记资料，一边阅读可能会涉及的理论材料，如《葛兰西文选》《哲学与政治：阿尔都塞读本》《意识形态》《想象的共同体：民族主义的起源与散布》《当代中国的启蒙与反启蒙》《传媒与文化领导权》《消费社会》《符号政治经济学批判》《在角色与非角色之间》，等等。

（二）写作思路与最初的困惑

对材料进行大致梳理后，在师门内的预开题阶段我对论文结构的初步设计如下：

革命偶像。这一时期传记着力建构的偶像大多为战斗英雄、劳动模范，这些形象的大量生产是根据国家意识形态的需要而进行的，担负着建构起青年对党、对新中国的文化认同的重要责任。传记文本通过反复强化青年对新中国、共产党的感激之情，使对党的服从、为党献身等话语合法化。

启蒙偶像。这一时期的传记偶像以科学家、知识分子、艺术家为主体，多是某一领域内凭借自身才能而获得成功的人。这些偶像担负着知识启蒙的责任，强调对蒙昧时期进行反思，号召青年走出"文革"桎梏，鼓励青年积极进取、努力学习，在奋斗中实现自身的人生价值。

革命偶像的短暂回归。从1990年代初期开始，偶像宣传再次回归到对集体主义价值观的宣传与强调上，并且开设了"学雷锋学赖宁"的专栏。

多元化的偶像。从1990年代中期以来，刊物的意识形态规范力量逐渐减弱，传记偶像呈现多元化的趋势，道德楷模、财富英雄、娱乐明星等形象共同出现在刊物之中。

随着论文思路的逐渐显现，相应的问题与困惑也随之而来。首先，时间跨度之长与涉及的资料之众，使我在选择其中的一个时间段还是对1949年复刊以来的六十余年进行全面考察时，非常犹豫。如果选择其中的一个时间段，则涉及的内容较少，比较容易操作，有利于深入挖掘。但是这样一来又无法展现当代偶像观念的变化，也就降低了研究的价值与意义。如果将六十多年发表的传记文本都纳入考察范围，如何对传记进行选择又成为困扰我的问题。其次，对于文章的章节内容所涉时间段的划分有两种方式：一是按照文化发展的外部逻辑进行划分，另外一种是按照《中国青年》刊物自身发展的特色进行划分。最后，借助洛文塔尔的理论和方法来反思当代中国青年偶像的变迁就会发现中国的情况更加复杂。这不仅仅体现在当代中国以更为迅速的方式完成了由生产偶像向消费偶像的转化，还体现在中国社会文化发展的戏剧性变化。在中国，作为文化表征的偶像，其变迁经历了更为特殊的阶段——革命偶像阶段（新中国成立初期至1970年代末）。在革命时期，偶像的建构是在国家意识形态的参与、控制下完成的，偶像是国家进行意识形态宣传的重要工具。当下社会，革命偶像与消费偶像、精英偶像等代表着不同价值观念的文化符号，共同活跃在大众文化传播的舞台上，呈现一种相当复杂暧昧的关系。这就意味着，虽然洛文塔尔对于偶像观变迁的理论对本文有重要的启示意义，但是对洛文塔尔研究模式的简单套用并不能解决中国的问题，我还需要更多的支撑。

陶老师在了解了我的思路以及困惑后，对论文构思给出的意见是：

第一，各个阶段的青年偶像观念并不是铁板一块的，偶像观念并不只是在1990年代后才变得多元的，分析时既要体现各个阶段的主要特征，又不能忽视偶像观念背后的复杂性，要抓住文本中的裂隙，呈现其中的复杂纠葛。

第二，对任何一种西方文化研究理论的简单挪用，都无法应对中国当代纷繁复杂的文化现状，要从具体的历史语境出发，在具体的文本阐释与文化分析中呈现中国青年偶像变迁的特征，要把研究建立在大量的阅读资料和扎实的文本分析上，不能够只凭设想。

第三，还是要做一个整体上的考察，这样更能体现变化，也更有价值，篇幅的大小也比较合适。在材料的选择上，要选择那些重要的、具有代表性的传记文本进行分析，不一定要面面俱到，可以在文章后附一个传记篇目。

三 写作阶段

（一）论文提纲的拟定

带着陶老师给出的修改意见,我重新开始了对人物传记文本进行细读,随着阅读的深入,我对材料的选择与文章的结构逐渐生成了一些新的想法。最后,我决定结合着《中国青年》在新中国成立后发展的特殊历史进程,将论文划分为三个部分进行梳理:第一阶段,1949年复刊至1966年因"文革"被迫停刊;第二阶段,"文革"结束后于1978年复刊至1995年刊物改革;第三阶段,1996年改版至2010年。这样论文提纲初步拟定如下:

> 导言
>
> 第一章,作为国家意识形态政治–道德符号的革命榜样（1949～1966年）
>
>   1. 传记主人公的构成
>   2. 革命榜样树立的背景
>   文化认同与社会主义文化领导权建构
>   新民主主义青年典型宣传与青年身份规训
>   3. 革命意识形态话语制约下的传记文本
>   4. 多样性的剔除与主体性的缺失
>
> 第二章,作为文化启蒙者的偶像（1978～1995年）
>
>   1. 传记主人公的身份转型与多元化
>   2. 启蒙话语影响下的偶像
>   3. 启蒙的中断与集体主义价值观念的尝试性重构
>
> 第三章,后偶像时期的"诸神纷争"（1996～2010年）
>
>   1. 消费文化的兴起与消费偶像的盛行
>   2. 人物传记中的偶像的碎片化、明星化与娱乐化
>   3. 暧昧的文本策略

（二）开题报告的调整

将开题报告初稿交给陶老师后,陶老师不仅对我的开题报告进行了细致的修改,而且为我的论文提出了详细的修改建议:

论文导言部分要对青年偶像的概念加以界定。在论及当下社会偶像观念的复杂暧昧时可以以21世纪的文化偶像评选为例。

文中所说的青年典型，是什么意义上的典型，是革命的还是启蒙的？这个要交代清楚。

在"本文的创新"中要说明和其他《中国青年》的研究相比较，在研究方法上的创新。

在第一章第三小节中，可以回顾一下"新"作为一种现代性话语的演变历史，中国革命为什么有崇尚"新"的倾向。中国共产党的"新"和五四启蒙运动的"新"有哪些继承关系，有哪些超越。

在1980年代，传记主人公主要承担着启蒙的责任，并且呈现多元化的特征，但是政治的、意识形态的标准并没有完全失效。

结合陶老师的修改建议，我重新调整了开题报告内容，并开始重新查阅资料、梳理"新"作为一种现代性话语的演变线索。在这些资料中，特别是邓金明师兄的博士论文《从〈新青年〉到"新青年"——五四青年对〈新青年〉杂志的阅读研究》中有关"新""旧"意识产生的论述对我有很大的启示。

（三）初稿写作及修改

经过了开题报告阶段后，我便开始了论文初稿的写作。因为之前对导言和第一章的思考与材料准备工作做得相对充分，所以这两部分的写作是比较顺利的。可是当初稿写到第二章的时候，我明显感觉到写作的滞涩，于是我一边重新翻看传记文本的整理笔记，一边拓宽对1980年代思想文化状况的认知，并且在中间的一段时间，跳过了第二章没有完成的部分，直接进行第三章的写作。最后第二章的初稿虽然写完了，却因为没有前后两部分进展得顺畅，心里总是有些不踏实，自己的语言感觉像被《中国青年》牵着走，没能跳出来。在递交论文初稿的时候，我跟陶老师表达了自己的担忧。陶老师在看过我的论文初稿后给出的点评，概括起来主要包括以下几个方面：

第一章中对于西方理论的介绍可以简略一些，文章显得说理过多，文本分析过少，要把研究落到实处。第一节中"实例教育"与"传记教育"两者的关系需要分析。

第二章中"政治启蒙意识"的标准要怎么掌握？这点要处理好，不是仅仅反对"四人帮"就是启蒙，政治启蒙必须有民主自由的诉求。这章中第二小节的结论也还需要更多的细节进行补充，比如，在介绍张志新等人的时候有没有肯定其民主诉求，破除个人迷信等内容？

第三章标题中的"后偶像时期"这个概念要解释，既然是后偶像时期，为何仍然还是有偶像？什么意义上的偶像？

对传记偶像明星化的论述最好多加入一些文本分析，娱乐化的论述中所选择的例子也不是很典型，因为介绍的不是明星的化妆品或者性伙伴之类的花边新闻。

最后一节中"个性/自由与责任的弥合"这点抓得好！可以再多写一些。

根据陶老师的建议我对论文重新进行了修改，首先压缩了理论论述在文章中所占的篇幅，增加文本分析的内容，并对个别代表性不强的例子进行了替换与删减，比如，在第三章第二节中替换掉林璎的例子，增加对倾向于展示主人公私人爱好与私人情感经历的传记文本分析等。这样，在经历了数次的结构调整与内容增易后，论文修改的工作基本结束。

新国旧梦：晚清科幻小说与民族主义
——以《新纪元》为中心

翁立萌[*]

在晚清时期，中国于被动中敞开国门，在西方坚船利炮的强大攻势下接受现代转型。身处千年未有之大变局中的晚清知识分子，经历了一场从"天下"到"世界"，由"中心"向"边缘"的思想变迁历程，他们在迷茫中意识到只有变革传统才能为中国未来寻得出路。诞生于此背景下的晚清科幻小说，从其诞生之初便肩负起了"觉世醒民"的历史使命。在晚清民族主义思潮的推动下，晚清知识分子希望借助科幻小说这一新小说类型来传播新知识，塑造新国民。小说中关于中国未来的盛世想象与衰败现实形成鲜明对比，而晚清知识分子对于中国未来的焦虑情绪也通过这种幻想式书写得到曲折展现。但是在西方军事强压下的中国，是在被动中认知现代，这使得这场向现代的转型只能在传统中实现，所以我们在晚清科幻小说中看到的是科技发明、现代政治体制等现代外衣掩映下的古老帝国。晚清知识分子力图依照西方现代国家理念想象一个新的中国，却难以掩饰重回"天朝大国"的旧梦。

一 晚清科幻小说的渊源与兴起

晚清科幻小说作为近代中国文学发展中的一个新兴文类，其出现显然和晚清时期西方科幻小说被大量译介并传入中国有着直接的关系，但是任

---

[*] 文化研究方向；指导教师：胡疆锋。

何外来文学类型要想影响本土的文学，势必经历接受和转化的过程。中国本土科幻小说在晚清时期迎来第一次创作高峰，便体现了来自西方的科幻新因子与中国小说中的传统因子的相互结合和转化关系。

与此同时，在晚清中国，受到内部民族主义推动而兴起的"小说界革命"，以及高涨的科学救国思潮，让晚清知识分子以一种更加积极的姿态接纳西方传入的科幻小说。

在民族主义的传播过程中，现代印刷技术的革新，以及白话文杂志的兴起，也为晚清民族主义思想的传播提供了现实载体，为民族认同感的建立提供了一个想象的公共空间。此时期先后出现了《新小说》《小说林》《月月小说》《绣像小说》四大晚清小说期刊，在加速西方现代理念传播的同时，也间接促进了中国职业作家群体的出现，这些都为中国科幻小说在晚清时期迎来创作繁荣期提供了必要条件。

可以说，晚清科幻小说本身从文学和文化层面上展现了晚清中国是如何实现传统与现代的融合，又如何在剧变中实现传统向现代的转型。

（一）中国小说的幻想传统

科幻小说在中国出现并迅速繁荣，显然和晚清时期西方科幻小说的传入有着密不可分的关系。但是笔者认为，西方科幻小说给予晚清科幻小说的影响更多地集中于科学知识，而晚清科幻小说中带有明显幻想特征的故事情节则是对中国传统小说中的幻想传统的一种继承和延续。

相较于诗歌、散文，中国小说成熟得较晚，直至明清之际，伴随着《三国演义》《水浒传》《红楼梦》等长篇巨著的出现，中国古代小说迎来了其繁荣时代。

回顾中国古代小说的发展历程，其中的幻想传统我们可以追溯到上古神话，诸如"女娲补天""夸父逐日"等神话传说也成了后世小说不断书写的母题，可以说是后世小说中幻想传统之最初的源头。而上古神话中所体现的最为原始的文学幻想传统对后世魏晋南北朝的志怪小说、唐代传奇、明代神魔小说、宋元明清的笔记小说都产生了深远的影响，从而形成了中国古代小说一脉相承的幻想传统。

中国文学自古以来便存在幻想传统，我们甚至能在其中发现中国古人对于机器人最早的描写。《列子·汤问》中的《偃师造人》便记录了偃师用木头制造了一个仿真机器人，更为可贵的是，偃师所造的机器人乃是根据《黄帝内经》中所记述的人体经脉原理而制成的，因而机器人不仅外表能够以假乱真，而且腹中五脏俱全，是极具科技含量的一项发明，兼具科学性与幻想性，是至今中国最早的描写机器人的文学作品。

这样的文学幻想传统发展到魏晋南北朝时期，便衍生出了志怪小说，如张华的《博物志》乃是由《山海经》发展而成，干宝的《搜神记》则是由《穆天子传》发展得来。

之后进入到唐代，传奇的出现标志着中国古代小说的成熟。唐代传奇延续了魏晋南北朝志怪小说的幻想传统。在初期出现了如《古镜记》《游仙窟》等作品，其中大多是描写灵异鬼怪、人仙爱恋的故事。直至中唐时期，出现了如《柳毅传》《霍小玉传》等比较成熟的唐代传奇，此时的唐代传奇也不乏描摹怪异传闻，将上古神话传说加以艺术处理，展现了中国古人丰富的想象力。

直至宋元时期，中国古代小说发生了重要的变革，出现了话本白话文小说，鲁迅更是将这一变革称为中国小说发展史上的一个重大变迁，这种从说书人的说话艺术脱胎而成的话本小说，首先确立了作者在进行小说创作中采用的全知视角，作品采用第三人称来叙述故事，而这样的叙事模式在其后很长一段时间内对中国小说创作产生了深远的影响。此外，长篇话本小说也为章回体小说的出现做出了酝酿和准备。

中国文学的幻想传统发展到明清之际可谓迎来了其繁荣时期，明代出现的《西游记》代表了中国古代神魔小说的最高成就，而之后出现的《封神演义》则将法术斗阵演绎得淋漓尽致。

至此我们可以肯定中国古代社会并非没有科学意识，而文学中的幻想传统更是古已有之。虽然科幻小说是现代社会工业文明发展的产物，但不可否认的是，中国古已有之的科学意识以及幻想传统为晚清中国本土科幻小说的出现提供了传统因子。正如陈平原所言，晚清中国是一个中西文化相互碰撞的时期，而晚清科幻小说正是中国传统小说和西方小说发生"对话"后的产物。①

---

① 陈平原：《中国现代小说的起点——清末民初小说研究》，北京大学出版社，2005，第24页。

（二）西方科幻小说的译介

小说于晚清时期从文学结构边缘走向中心，并且开始承担"觉世醒民"的启蒙功能，这与西方小说传入中国有直接关联。对此，陈平原更是直言："域外小说的输入，以及由此引起的中国文学结构内部的变迁，是20世纪中国小说发展的原动力。可以这样说，没有从晚清开始的对域外小说的积极介绍和借鉴，中国小说不可能产生如此脱胎换骨的变化。"[①] 晚清中国被迫敞开国门，西方文化得以大量传入，此后西方文学拓宽了晚清知识分子的视界，同时，晚清知识分子也在这种传播过程中经历了由被动接受到自觉模仿的阶段，而晚清科幻小说的出现便是晚清知识分子自觉接受西方科幻小说中科学意识的表现。

陈平原在《从科普读物到科学小说——以"飞车"为中心的考察》[②]一文中指出，晚清科幻小说的创作是受域外小说的启示而形成的。因此晚清科幻小说的兴起和西方科幻小说的译介与传播有着密不可分的关系。同时值得指出的是，晚清科幻小说的译介高潮和1902年兴起的"小说界革命"，以及晚清中国特殊的历史背景有着密切的关系。

晚清中国先后遭受鸦片战争、甲午战败，晚清中国的动荡时局使得晚清知识分子意识到学习西方制度的必要性，而后戊戌变法的失败让晚清中国陷入了政治与文化的双重危机。晚清中国陷入了前所未有的动荡变局之中，使得一直自诩为"天朝大国"的中华民族陷入了亡国灭种的危机之中，而由民族危机所激发的民族主义进一步推动了晚清知识分子学习西方、改变中国的强烈愿望。

晚清中国特殊的历史背景，使得晚清知识分子对于西方科幻小说的译介带有明显的政治色彩。鸦片战争之后，"世界"开始进入晚清知识分子的空间认知模式之中，洋务运动掀起了"师夷长技以制夷"的社会思潮，但之后甲午海战和戊戌变法的失败，接二连三的打击让晚清知识分子逐渐意识到启发民众觉悟的重要性，"觉世醒民"成了此时翻译活动的重要使命。

[①] 陈平原：《二十世纪中国小说史》，《陈平原小说史论集》，河北人民出版社，1997，第609页。
[②] 陈平原：《从科普读物到科学小说——以"飞车"为中心的考察》，《中国文化》1996年第1期。

之后,梁启超于 1902 年撰文《论小说与群治之关系》,大力倡导译介西方文学作品,并将此前一直被视为文学边缘的小说提升到了主流文学的地位,认为小说具有启蒙大众、开启民智的重要作用,从而为"小说界革命"和翻译小说的兴起奠定了理论基础。

因而西方科幻小说作为一种新型的小说形式传入中国,便顺理成章地承担起了"开启明智"的作用,从中我们不难看出晚清中国对于西方科幻小说的译介活动带有明显的政治色彩。经过粗略统计,自 1840 年到 1912 年,晚清翻译的世界各国的科幻小说大约 80 种,而其中凡尔纳的科幻小说无论是在数量上还是在影响力上,都是首屈一指的,此外日本的押川春浪和英国的赫伯特·乔治·威尔斯的科幻小说,在晚清中国也颇具影响。对此,陈平原对 1896 年至 1916 年出版的翻译小说进行了整理,其中销售量排名前五的作家中,凡尔纳排名第三,而日本的押川春浪排名第五,这组数据足以说明当时西方科幻小说在晚清读者群中的受欢迎程度。[①]

作为晚清四大小说杂志之一的《新小说》,在创刊号上便刊载了《海底旅行》和《世界末日记》两部西方科幻小说的译本,此外《月月小说》《小说林》《绣像小说》等也都陆续对西方科幻小说进行连载,这在很大程度上促进了西方科幻小说在晚清中国的传播和扩散。

在大量西方科幻小说译著的影响下,晚清知识分子开始创作中国本土科幻小说。目前学术界普遍认为,1904 年由荒江钓叟创作的《月球殖民地小说》是中国第一部科幻小说。小说讲述了龙孟华因为杀人避祸而逃往南洋,其间偶遇日本友人玉太郎,并乘坐其发明的热气球,一边寻妻一边进行游历,途经南洋,飞跃纽约,游历月球。通观小说故事内容,不难发现其中有明显的模仿凡尔纳科幻小说的痕迹。

1905 年,徐念慈创作了《新法螺先生谭》,小说中叙述了新法螺先生乘风而起,灵肉分离,周游月球、水星、金星,探访地底,最后又返回地球。随后,萧然郁生的《乌托邦游记》、吴研人的《新石头记》、包天笑的《空中战争未来记》、碧荷馆主人的《新纪元》、许指严的《电世界》、陆士谔的

[①] 参见陈平原的专著《中国小说叙事模式的转变》(北京大学出版社,2003,第 13~19 页)以及论文《从科普读物到科学小说——以"飞车"为中心的考察》(《中国文化》1996 年第 1 期),林健群的论文《晚清科幻小说的兴起》(吴岩主编《贾宝玉坐潜水艇——中国早期科幻研究精选》,福建少年儿童出版社,2006,第 132~135 页)。

《新中国》等相继问世，这些小说大多由晚清四大小说杂志《新小说》《小说林》《绣像小说》《月月小说》刊载，足可见晚清知识分子对于科幻小说的重视程度。

《小说林》的主编徐念慈更是身兼多职，不仅参与西方科幻小说的译介活动，同时还创作了科幻小说《新法螺先生谭》。鲁迅在1903年到1904年期间更是接连翻译了三部西方科幻小说——《月界旅行》《地底旅行》《北极探险记》，而且他在翻译《月界旅行》之后撰写了《月界旅行辩言》，提出了"经以人情，纬以科学"的科幻理论，对后世中国本土的科幻小说创作产生了深远影响。晚清知识分子如此热情地投入西方科幻小说的译介活动，力图通过西方科幻小说传入中国，普及科学知识，进而开启民智，实现小说"觉世醒民"的社会功用。

伴随西方科幻小说的传入，中国传统小说类型也随之发生改变。传统中国小说类型大体可以分为志人、志怪、讲史三大类型。直至20世纪初，晚清知识分子大量地译介西方小说，促进了中国小说新类型的出现，受到西方小说的影响，晚清中国也随之出现了政治小说、侦探小说、教育小说以及科学小说等小说新类型。

正是受此影响，中国于晚清时出现了真正意义上的科幻小说。1904年，晚清四大小说杂志之一的《绣像小说》连载的由荒江钓叟创作的《月球殖民地小说》被学术界认定为中国本土科幻小说的开山之作，由此拉开了中国本土科幻小说创作的序幕。随后徐念慈创作的《新法螺先生谭》、吴研人的《新石头记》、碧荷馆主人的《新纪元》、东海觉我的《女娲石》等中国本土科幻小说陆续出现，至此晚清中国迎来了科幻小说创作的高潮。

值得说明的是，西方科幻小说的传入不仅丰富了中国小说类型，而且小说中的科学知识影响了晚清知识分子的早期科学观念，同时对中国传统小说的叙事模式的革新产生影响，晚清科幻小说中开始出现第一人称的叙事模式；在语言方面由于西方文化的大量传入以及译介小说的兴起，晚清科幻小说文本中出现了大量的新概念和新名词，小说语言也告别文言体，大量采用白话文的形式以实现"言文合一"。这些转变都体现了晚清中国小说由传统到现代的转型。

（三）社会思潮的内在推动

1840年的鸦片战争，让晚清中国在被动中开始睁眼看世界，如果说此时的中国还试图通过对西方器物的模仿来实现境遇逆转,一句"师夷长技以制夷"还透露旧日中国睥睨四方的自傲的话,那么随后的甲午战败,让古老中国在连连重创下,于千年"天朝大国"的迷梦中惊醒,上至皇帝下至普通文人、士子所秉承的文化优越感与民族自豪感在这场剧变中,被西方世界的坚船利炮燃烧殆尽,而晚清知识分子的民族主义情愫也正是在这一系列连续重创中被激发出来的。于是晚清知识分子颠覆了传统的"两耳不闻窗外事,一心只读圣贤书"的文人心态,转而积极投身于对强国之路的探寻中。随后出现的"公车上书""戊戌变法"等一系列的政治谏言事件宣示着晚清知识分子对于国家建设之积极心态,以及改变现状之急迫感。而晚清知识分子所表现的这种前所未有的激进姿态的背后,隐藏的同样是从未有过的民族危机感,这种强烈的民族主义情绪让晚清知识分子一方面怀揣着对于昔日强国盛世的留恋与自豪,另一方面又急于向西方世界学习其先进的科学技术和政治制度。这种矛盾的情感投射到晚清科幻小说中便出现了一个处于未来时空,拥有先进科技与现代制度的"古老帝国"。

1. "小说界革命"

列文森在《儒教中国及其现代命运》中指出,近代中国经历了一场从"天下"到"世界"的认知转变历程。① 1840 年的鸦片战争迫使中国在战火中认知西方,步入世界,重塑了晚清知识分子的空间认知模式。

如果说此时晚清中国对于西方的理解仅仅出于对其"长技"的领教,依然寄希望于"中体西用",以实现"师夷长技以制夷"的美好理想,那么,甲午海战中北洋水师的全军覆没,则将中国"天朝大国"的迷梦彻底击碎。正如柯文在《在传统与现代性之间》中所说的一样:"在 1800 年,中国人认为自身就是世界,……直到 1840 年这种感觉依然存在。但到 1900 年,这种感觉消亡了。在这动荡的过渡年代,一种精神觉醒首先为某种非常重要的事件或并非每一代人都能经历的大规模变化所激发。"② 至此,晚清知识分子开始感受到古老中国面临着亡国灭种的危机,一种从未有过的强烈民族认同感油然而生,也正是在这种民族情绪的推动下,晚清知识分子于 1898 年开展了戊戌变法。

---

① 〔美〕列文森:《儒教中国及其现代命运》,郑大华等译,中国社会科学出版社,2000,第 70、71 页。

② 〔美〕柯文:《在传统与现代性之间》,江苏人民出版社,1998,第 7 页。

值得说明的是，尽管戊戌变法和此前的洋务运动皆是由民族主义思潮推动而展开的，但是二者之间也存在差异。晚清知识分子在甲午战败的错愕和震惊中意识到中国固有政治制度的缺陷。更具有进步意义的是，戊戌变法的推行不再是由清朝士大夫主持，而是由康有为、梁启超、谭嗣同等知识分子主导。从中我们可以看出，此时民族主义思潮已经不仅仅局限于晚清士大夫群体，而是已经浸入普通知识分子群体，借助当时进步的传媒印刷技术，迅速形成讨论的公共空间，而这也为之后出现的晚清科幻小说提供了想象的公共领域。但是戊戌变法的失败，让梁启超等晚清知识分子认识到要想改变中国未来的命运，唯有通过改造国民、开启民智来实现，而"小说界革命"正是在这样的时代背景下推行的。

于是，小说承担了"新民"的历史重任，从而由文学结构的边缘走向中心，成了开启民智的思想利器，因而是否具有启蒙色彩就成了晚清时期评价小说价值高低的重要标准。

伴随着戊戌变法的失败，晚清知识分子开始意识到改变的前提是须要开启民智，欲救国先要完成"新民"的使命，由此奠定了随后梁启超发起的"小说界革命"的思想基础。其实早在1897年，梁启超便在《变法通议·论幼学》中提出了将小说列为幼学读物。随后于1902年，梁启超在日本创办了《新小说》，并以"振国民精神，开国民智识"①为宗旨，继而撰文《论小说与群众之关系》，发出了"欲新一国之民，不可不先新一国之小说。故欲新道德，必新小说；欲新宗教，必新小说；欲新政治，必新小说；欲新风俗，必新小说；欲新学艺，必新小说；乃至欲新人心，欲新人格，必新小说。何以故？小说有不可思议之力支配人道故"②的呼唤，也由此掀起了"小说界革命"。

定一在《小说丛话》中所阐述的中国小说与科学之关系，足可见晚清知识分子对于西方科学知识以及西方科幻小说的态度，他写道："中国小说，起于宋朝，因太平无事，日进一佳话，其性质原为娱乐计，故致为君子所轻视，良有以也。今日改良小说，必先更其目的，以为社会圭臬，为旨方妙。抑又思之，中国小说之发达，犹有一因，即喜录陈言，故看一二

---

① 陈平原、夏晓虹编《二十世纪中国小说理论资料》第一卷，北京大学出版社，1997，第56页。
② 陈平原、夏晓虹编《二十世纪中国小说理论资料》第一卷，第50页。

部,其他可类推,以至终无进步,可慨可慨!然补救之方,必自输入政治小说、侦探小说、科学小说始。考中国小说中,全无此三者性质,而此三者,尤为小说全体之关键也。……吾意以为哲理小说实与科学小说相转移,互有关系:科学明,哲理必明;科学小说多,哲理小说亦随之而夥。"① 由此可见,晚清知识分子将西方传入的科幻小说视为传播哲理的一种有效途径,于是科幻小说也成了晚清新小说之一,担负了"觉世醒民"的历史使命。

晚清中国在变局中激发的民族主义让晚清知识分子迫切希望改变中国,在经历了从"天下"到"世界"的空间认知模式革新,从器物学习到制度学习的认知提升,再到开启民智的思想转变之后,晚清科幻小说作为具有"觉世醒民"启蒙功能的"新小说"在晚清时期迅速繁荣。

晚清时期西方文明的大举侵入,对中国本土的思想文化产生了剧烈冲击。主权丧失、文化衰落,使得中华民族深陷千年未有之大变局中,遭受亡国灭种的民族危机,民族主义随之升起。正是在这种民族情绪的推动下,晚清知识分子意识到"改变"的重要性,开始积极回应西方文明传入的现代理念,而中国小说也随之步入了传统与现代的转型之中。

在这一过程中,小说被赋予了"觉世醒民"的启蒙色彩,一举从文学结构的边缘地带步入中心位置,同时在叙事模式上也发生了转变,并衍生出了科学小说、政治小说、侦探小说、谴责小说等新类型小说,体现晚清知识分子文体意识的提升。

2. 科学救国

值得说明的是,伴随洋务运动兴起的科技救国思潮同样对后来科幻小说在晚清的繁荣产生了推动作用。

鸦片战争之后,西方世界利用坚船利炮让晚清中国见识了西方的"长技",但是如果说洋务运动时期的科学观念还仅仅停留在对西方"长技"的学习上,注重军工、实业等方面的科技知识的话,而后甲午战争的失败,则彻底惊醒了晚清中国,使得晚清知识分子意识到仅仅学习器物是远远不够的。于是向西方学习,变革图强成了晚清中国朝野上下的共识,也正因如此,在晚清民族危机的刺激下,科学救国成了那个时代的重要思潮。

甲午战争之后,严复先后发表《原强》《救亡决论》等文章,提出

---

① 陈平原、夏晓虹编《二十世纪中国小说理论资料》第一卷,第83页。

"富强之基，本诸格致"，① 而"通外国事"更成了中国知识分子实现救亡图存的不二法门。此后，严复又在《与〈外交报〉主人书》一文中这样写道："以科学为艺，则艺实西政之本。设谓艺非科学，则政艺二者乃并出于科学，若左右年，然未闻左右之相为本末也。"② 从中我们不难看出，此时以严复为代表的晚清知识分子已经能够从更高层次中理解科学与中国命运之关系。

学习科学知识不仅是对器物的模仿，而且具有思想启蒙的作用，在变革图强的民族主义思潮中，晚清知识分子希望通过全面引进西方文明中的科学文化，以达到开启民智的目的。1900 年，杜亚明创办了《亚泉杂志》，成为当时中国较早的科学杂志之一。之后于 1903 年，《科学杂志》创刊，将科学救国的思潮引向高潮。根据王福康和徐小蛮的统计，自 1872 年出版第一本科学杂志《中西闻见录》起，到 1911 年为止，晚清中国先后一共发行了 44 种科学杂志，其中涉及综合性科学、专业科学（地理、医学、农学、算学、兵器学）等类型的科学杂志，③ 足可见当时的知识分子们对"科学救国"理念响应的程度之高。

（四）传媒技术的革新与白话文杂志的兴起

19 世纪末到 20 世纪初，在西方帝国的强势入侵中，中华民族面临着亡国灭种的危机，也正是在这样的境遇中所激发的民族主义思潮，成了推动近代中国历史发展的最大动力，正如李泽厚所说的，反帝救国的民族主义成了整个近代中国思潮中之压倒一切的首要主题。④ 在民族主义的传播过程中，现代印刷技术的革新，以及白话文报刊的兴起都发挥了积极的推动作用：一方面，晚清民族主义思潮促进了晚清报刊树立起"通上下内外之情"的创办理念；另一方面，晚清报刊也为民族主义思潮的传播提供了现实基础，为民族认同感的建立提供了一个想象的公共空间，最终成为晚清民族主义思潮勃兴的现实载体。

1895 年以后，受中日甲午战争溃败的影响，报刊的数量较之以前有了明显的提升，仅 1895 年到 1898 年三四年间，中国报刊的数量就增加了 60

---

① 卢云昆编选《严复文选》，上海远东出版社，1996，第 46 页。
② 卢云昆编选《严复文选》，第 50 页。
③ 王福康、徐小蛮：《清末的科学杂志》，《出版史料》1987 年第 3 期。
④ 李泽厚：《中国近代思想史论》，安徽文艺出版社，1994，第 453～468 页。

多种，而新增的报刊所报道的内容拓展到政治改革、介绍西方新思想等方面，同时还出现了南洋公学译书院等现代出版机构，现代的印刷传媒技术进一步推动了报纸、杂志的批量发行。于是在新传媒技术的推动下，新思想和西方现代理念在晚清中国社会的传播获得长足发展，晚清中国迅速形成了一个关于中国未来想象的公共空间。

本尼迪克特·安德森将民族主义视为一种想象的共同体，他认为民族主义并非是自然产生的，而是在特定的历史条件与过程中，伴随着长期激烈的政治、经济、文化变迁等因素而被建构出来的人为的产物。民族、国家、社群等皆是通过诸如仪式、旗帜、民族服装、歌曲等具体象征物被想象的，而这一想象与因文字出版而开辟的通信方式有很大关系。①

显然，晚清白话文报纸杂志的兴起，进一步催生报刊体语言——白话文，这在一定程度上影响了晚清科幻小说的叙事语言。依托于现代传播技术的支持，加之杂志本身的权威性和影响范围，晚清科幻小说在短时间内迅速兴起，并迎来中国科幻小说创作的第一个高潮。

晚清中国经历前所未有的剧变，身处剧变时代的晚清知识分子提出了开启民智、变革社会的主张。正是在此基础上，小说开始从文学结构边缘走向了中心，被晚清知识分子赋予了"觉世醒民"的历史重任。在这种变革图强、富国强民的社会思潮之中，1902年，梁启超在日本横滨创办的《新小说》是我国第一部专门刊载小说的杂志，其后李伯元于1903年主编的《绣像小说》则是中国国内创办的第一份小说杂志，之后《新新小说》《小说世界》《月月小说》《小说林》等小说期刊也陆续问世，这些都为西方现代理念和科学知识的传播提供了载体，间接刺激了晚清科幻小说的发展。

毋庸置疑，新传播媒介的出现，带来的不只是学术思想传播形式的转变，而且在很大程度上刺激了民族意识的觉醒。以"强国保种"为核心内容的民族主义成了晚清时期弥漫全国的思潮。

不仅仅是报纸、杂志，新式学校和学会的出现也进一步促进了晚清中国新思想与新型知识的传播。科举制度的废除以及新式学堂的建立，促进了新知识群体的出现，使西方传入的科学知识得以迅速在晚清知识分子群

---

① 〔美〕本尼迪克特·安德森：《想象的共同体：民族主义的起源与散布》，吴叡人译，上海人民出版社，2011，第4~7页。

体中传播开来，同时也使晚清知识分子不再将"学而优则仕"视为唯一的出路，间接促进了职业作家群体的出现。这些都为后来的包括《新纪元》在内的晚清科幻小说创作繁荣局面的出现提供了必要的条件。

二 《新纪元》的叙事特色与中国小说的现代转型

《新纪元》创作于晚清特殊的历史背景中，作为"新小说"的一种，它同样也是晚清民族主义和中国小说现代转型的产物。晚清民族主义作为近代中国重要的社会思潮之一，对于中国小说的现代转型发挥了重要的推动作用，从而使得小说在观念、文类、主题、形式等方面发生转变，而晚清科幻小说正是中国小说发生现代转型的一种具体表现。

中国近代社会是一个由古代向现代转型的社会，作为社会意识形态之一的文学，势必在晚清中国社会大变局的背景下发生转变。西方文化的撞击、中西文化的交汇，这些都促进了中国小说由古典向现代的转型。这一方面反映了西学东渐对晚清中国产生的全方位影响，另一方面也体现了晚清知识分子在民族主义思潮中自觉接受现代理念，渴望通过文学转型来实现"觉世醒民"的时代使命。

显然，在"强国保种"为核心内容的晚清民族主义的影响下，晚清小说的革新所诉诸的最终目的无疑是为了"新民"，无论是严复所主张的开启民智、更新民德，还是梁启超所指出的"欲新一国之民，不可不先新一国之小说"，这些观点、主张都反映晚清知识分子力图利用小说转型推动民智开启，并最终实现变革图强、振兴中国的时代使命，而文学救国、文学改造社会等学说也都是在此背景下产生的。

综观晚清科幻小说，一个明显的特征便是小说文本中通篇的科学因素。如在《新纪元》中，层出不穷的是军事发明，通篇大致有 25 种，并且作者在每种新型武器后都附上详细的使用说明，其中内容涉及发明原理、应用利弊等，科学气息十分浓厚；再如《新法螺先生谭》则充斥着光、热、电等物理知识；《新石头记》则将这种科学意识渗入"文明境界"的方方面面，如机械化的农业生产，具有透视功能的医学仪器等；这些都显示晚清知识分子自觉地将科学意识投射到晚清科幻小说的创作中。

此外，晚清科幻小说中开始出现第一人称叙述。传统中国小说因脱胎于说书人的话本，所以大多以第三人称叙事，小说文本也都采取全知视角，使小说家一直扮演着说书人的角色。但是晚清科幻小说打破了这种单一的叙述视角,在《新法螺先生谭》《新中国》中,我们都能看到"我"承担了小说故事的亲历者与讲述者的双重角色,这也是晚清科幻小说不同于中国传统小说的一大特点。

在小说语言方面,晚清知识分子主张"言文合一",因而晚清科幻小说大多采用白话文来进行书写。同时随着西方科幻小说在中国的大量译介,晚清科幻小说中出现大量的新名词,这也显示晚清知识分子革新后的知识结构体系。

在这一章里,笔者将重点分析《新纪元》,并结合中国小说的现代转型,从小说文本的语言特色、科学叙事、传统情节再现等方面来探讨《新纪元》的叙事特色。

(一) 体用分离:《新纪元》的语言特色

晚清中国社会时局动荡,亡国灭种的国难危机使得晚清知识分子意识到"通文字"有助于新思想的传播,从而推动民智的开启,因此语言的变革成了关乎民族振兴的重要问题。对此,黄遵宪早在《日本国志学术志二文学》一文中便提出了"言文相合"的主张,[①] 之后梁启超在《变法通议》[②] 中亦指出,通过"言文合一"能够"激发国耻""旁及夷情",随后裘廷梁发表《论白话为维新之本》,[③] 白话文运动由此展开。

梁启超在《论小说与群治之关系》中提出了"欲新一国之民,不可不先新一国之小说"[④] 的著名观点,高度称赞了小说之"不可思议之力",从而在中国掀起了"小说界革命"。"小说界革命"的兴起,使得小说的文学地位得以提升,而小说也成了重塑民众思想文化的利器。晚清小说的语言转型便是对"言文合一"思想的回应。

综观晚清科幻小说,除了几部短篇的科幻小说以外,其余几部长篇章回体的科幻小说皆是用白话文来书写的。白话文的书写方式是对中国古典

---

① 黄遵宪:《日本国志学术志二文学》,郭绍虞主编《中国历代文论选》(4),上海古籍出版社,2001,第117、118页。
② 梁启超:《变法通议》,郑振铎主编《晚清文选》下卷,社会科学文献出版社,2002,第51~60页。
③ 裘廷梁:《论白话为维新之本》,郭绍虞主编《中国历代文论选》(4),第168页。
④ 梁启超:《论小说与群治之关系》,《饮冰室合集》第二册,中华书局,1988,第6页。

文学传统的一次革新，同时对于文学自身的传播发挥了积极的作用，促进了民智的开化。同时晚清传媒技术的革新与白话文报刊的兴起，推动了想象的公共空间的形成，于是关于中国的民族想象得以实现。

伴随着"小说界革命"的发展，小说的叙事语言也发生转变。晚清知识分子倡导"文、言"相通，使之"不隔"，从而使得小说成为传播政治思想、科学知识的有效途径，以实现小说"新民"的社会功能。

晚清科幻小说作为一种新型的文学类别，势必在书写上有别于传统中国小说的书写语言，这种情况一方面是由对西方科幻小说译介所致；西方科幻小说被大量译介并传入中国，如何选择一种合适的书写语言并进行翻译成了晚清知识分子不得不思考的问题。另一方面是由中日甲午战争失败所激发；甲午战争的失败给晚清知识分子以强烈刺激和情感震荡，于是白话文承担起了开启民智的重要使命。另外，伴随着现代印刷技术的发展，白话文报刊迅速兴起，也对晚清科幻小说书写语言的现代转变发挥了重要的作用。

值得指出的是，晚清科幻小说中出现了大量的新名词。

晚清科幻小说中新名词的出现和西方科幻小说的译介不无关系；这些新名词多是由西方词语直译而得，尽管翻译得略显生硬，但赋予了晚清科幻小说以鲜明时代特征。而晚清科幻小说迅速发展也强化了西方文明的传播，进一步革新晚清知识分子的传统知识模式，从而促进了新型知识分子群体的兴起，以实现开启民智、"觉世醒民"的历史使命。此外，伴随着大量新名词的传入，中国小说的文体也发生改变。尽管晚清科幻小说作为新型的小说类型，词语、标点等方面的结合难以和之后的五四白话文学相媲美，但晚清知识分子迈出了文体改变的第一步。对于中国传统小说革新的尝试，折射出了晚清知识分子的时代情绪。

综观中国小说发展史，早在宋元时期便已经出现了白话文话本小说，形成了文言和白话两套书写系统，而白话文小说也被当时的文人墨客视为俗文学的代表。

及至晚清，时局动荡，民族危亡，在此背景下激发的民族主义让晚清知识分子意识到开启民智的重要性。在联合民众共同实现强国目标的驱动下，晚清知识分子开始倡导白话文，主张"言文合一"。

对此，汪晖在《现代中国思想的兴起》中指出："白话文运动完全不能被看做是一个方言运动，作为一种书面语系统，白话文对文言文的替代也不能被描述为语音中心主义。在这里,并不存在用一种民族语言去取代另一种帝国语言的问题……这里存在的是用一种汉语书面语系统取代另一种汉语书面语系统的问题……将一种世界主义的取向纳入中国书面语改造的轨道上。在这个意义上,上述语言运动更为单纯地宣告着一种'现代认同'或民族认同的现代形式。"① 晚清时期出现的白话文运动所体现的正是晚清知识分子对于西方传入中国的现代意识的拥抱和回应,晚清知识分子倡导的"言文合一"所诉诸的并非语用体系的革新,而是语言革新所承担的"强国"和"新民"的历史使命。

所以晚清知识分子对白话文的青睐,在于其实用性和宣传性。1897 年,裘廷梁便撰文《论白话为维新之本》,在文中他这样写道:"入其国而智民多者,靡学不新,靡业不奋,靡利不兴,君之于民,如脑筋于耳目手足,此动彼应,顷刻而成。入其国而智民少者,靡学不腐,靡业不颓,靡利不湮;士无大志,商乏远图,农工狃旧习,盲新法;尽天下之民,去光就暗,蠢蠢如鹿豕,虽明诏频下,鼓舞而作新之,如击软棉,阒其无声,如震群聋,充耳不闻。"②

至此,裘廷梁提出了"言文合一"的主张,而白话文便是"言文合一"的集中体现。他的这篇《论白话为维新之本》也成了晚清白话文运动的理论基础,推行白话、主张"言文合一"也成了一种时代的文化共识。

因此,白话的重要性在于使更多的人通晓文字,了解时事,以便参与到救亡图存的运动中来。但与此同时,我们也发现,作为"新小说"的晚清科幻小说虽然在叙事语言方面多采用白话文,但是仍然沿袭了章回体的文章体式,尤其是晚清中国出现的长篇科幻小说,如《新石头记》《新纪元》《新中国》等,都采用了章回体结构来进行小说叙事。可见,晚清知识分子虽然意识到语言变革与开启民智之间的关系,在语言工具论的驱动下,让晚清白话文运动带有了明显的启蒙色彩,但是这种语言转型,仍然是在古代文学体系内的语言转型,晚清知识分子确实在"用"的层面上实践了白话文,进而创造了一个人人得以参与想象中国的公共空间。然后就其内部而言,"体"仍是古朴典雅的文体。

晚清科幻小说语言所表现的"体用分离"也恰恰反映晚清知识分子渴

---

① 汪晖:《现代中国思想的兴起》上册,三联书店,2004,第 76 页。
② 裘廷梁:《论白话为维新之本》,郭绍虞主编《中国历代文论选》(4),第 168 页。

望实现变革,以求民族生存,却又无法割舍传统的矛盾与无奈。

(二) 科学叙事:《新纪元》中的科学观念

"科学叙事"一词并非笔者原创,而是受吴岩和方晓庆撰写的《中国早期科幻小说的科学观》[①] 一文中关于《月球殖民地小说》及《新法螺先生谭》的科学叙事分析的启发而提出的。在《中国早期科幻小说的科学观》中,作者对荒江钓叟的《月球殖民地小说》和徐念慈的《新法螺先生谭》两部晚清科幻小说进行文本分析,指出《月球殖民地小说》中的科学叙事系统是由科学观、科学背景、科学器物以及科学功能组成;与《月球殖民地小说》中同心圆式的科学叙事系统不同的是,《新法螺先生谭》的科学叙事呈现为一种"无孔不入"[②] 式的复杂科学观,但是两部科幻小说的一致之处在于都将科学等同于能力,科幻小说中呈现的是科学功能层面上的意义。作者进一步指出,这样的科学观乃是中国早期科幻小说所共有的一种叙事特征。

反观碧荷馆主人的《新纪元》中的科学叙事,其着重关注科学功能层面的意义同样是这部科幻小说的一大叙事特征。在这部小说中,我们可以从层出不穷的新型军事武器发明中得到直观感受,而小说中出现的具有科学知识背景的人才,在小说中做出的最大贡献也是利用所学知识提供新型作战武器,而非提供一种科学认知。

《新纪元》相较于《月球殖民地小说》及《新法螺先生谭》具有更加成熟的科学观念,这体现在小说中有明确的时间概念和陆、海、空三位一体的空间架构,以及多国参与黄白大战的世界意识。

1. 新型军事发明:科技斗法

通观《新纪元》,我们不禁震撼于碧荷馆主人在小说中所设计的大量新型军事装备,根据笔者粗略统计,小说中一共出现了25种新型军事发明。同时由于新型空间意识的形成,小说中也出现了陆、海、空三位一体多层次的黄白大战之战争场面描写,其中所涉及的新型作战武器都各有所长,

---

[①] 吴岩、方晓庆:《中国早期科幻小说的科学观》,吴岩主编《贾宝玉坐潜水艇——中国早期科幻研究精选》,福建少年儿童出版社,2006,第180~195页。

[②] 吴岩、方晓庆:《中国早期科幻小说的科学观》,吴岩主编《贾宝玉坐潜水艇——中国早期科幻研究精选》,第187页。

不禁让人感叹碧荷馆主人惊人的想象力。通篇阅读下来,其中所描绘的战场之开阔、兵器设备之丰富,阅读起来确实令人有酣畅淋漓之感。

比如,在海战方面,中方舰队中便有功能不同的战舰:"当下傅翼听说,……就命吾雄飞为向导,又派两艘侦探舰作为吾雄飞的耳目……吾雄飞答应了,当即领着部下的铁甲战舰数艘、水底鱼雷舰一艘、寻常蚊子鱼雷等舰七艘一齐起碇。"① 这足可见1999年的中国海军实力之强大。

更为奇特的是,此时作战双方使用的枪炮已经是无烟无声的新型枪炮:"若要晓得无烟无声枪炮之缘起,当知这是西历一千九百年时法国某人所创制,其制之之法,以一铜铁管较炮口直径稍大者套于炮口,弹丸由此跃出,而续出之炭气即留于管中而不外散,故不发音,不生烟,且炭气旋即消灭,毫不障目。"②

在小说中,黄白种族对战,虽然敌军新型武器层出不穷,但是黄之盛所率军队总能在危机之刻谋出化解之道,可谓敌来我往,令我们在惊叹众多新型军事发明的同时,有某种似曾相识的感觉。小说中黄白双方的对战模式似乎总是遵循着"一物降一物"的模式,而这种作战模式与其说是得益于现代科技发明的突出贡献,不如说像中国传统志怪小说中仙魔间的斗阵斗法,正如碧荷馆主人借黄之盛军中大将何杰之口所说的一样:"某以为,今日科学家造出的各种攻战器具,与古时小说上所言的法宝一般,有法宝的便胜,没有法宝的便败。设或彼此都有法宝,则优者胜,劣者败。"③ 在此,武器发明被等同于仙魔法器,晚清知识分子的科学观念由此可见一斑。

例如,吾雄飞在与白种人进行海战时,遭遇敌军"浮雷"致使侦探舰、铁甲舰失事,但恰在此时军中参谋耿光忽然报告军中有"行轮保险机"能够克制"浮雷":"启元帅,这兵轮遇见水雷炸烈的危险,某有一物可以预为防范,其名叫做行轮保险机,是从前西历一千八百八十六年时美国马加亚君所创造。这保险机的形状如两只大鸟翼一般,是熟铁制成的,安在舰

---

① 旅生、荒江钓叟、碧荷馆主人:《近代小说大系:痴人说梦记、月球殖民地小说、新纪元》,江西人民出版社,1989,第469页。
② 旅生、荒江钓叟、碧荷馆主人:《近代小说大系:痴人说梦记、月球殖民地小说、新纪元》,第484页。
③ 旅生、荒江钓叟、碧荷馆主人:《近代小说大系:痴人说梦记、月球殖民地小说、新纪元》,第486页。

头两旁,倘遇有他船擦过,则机翅自能分开,使他不得近身,以免碰撞之患。其后美国又有卫来忒其人者,复就其法大加改良,某在湖北工艺学堂时曾仿照卫来忒之式制了一具,又想出法子在机翅上面安了弹簧,不但遇见他舰自能撑开,而且有万余斤的反势力,能够把水面上几千斤重的东西击至数百步以外,叫他不能妨害。"[1]

再如,黄之盛所率军队在海面遭受敌军的"海底潜行雷艇"的攻击,由于其"往来无见",使得黄之盛的舰队难以预防,于是命人请出越南王洪继泉相助,得到克敌法宝"洞九渊","此镜系西历一千九百零四年,意大利人卑那所发明最新之奇器也!此器能下瞰海底,照见海底各物,不论如何深浅,皆能洞察毫芒。又战时赖以认识布设水雷之所在及预知潜水水雷之来袭……"[2]"洞九渊"的"能洞察毫芒"恰恰克制了敌军"海底潜行雷艇"的"往来无见"。

同时,小说中关于战场的选择也显示作者开阔的空间意识,"话说此时系黄白两种民族因生存竞争之问题上开战,所以红十字会之外,并没有什么局外之国前来观战。虽然红种、黑种、棕色种三样人尚未绝于世界,然衰耗已甚,不能自立,仅为列强之奴隶,故亦无前来观战之人。……因此印度支那洋面上真个是海阔天空,一片极好大战场"。[3] 较之中国传统军事题材小说多将战场选择在中国的势力范围之内,《新纪元》的战场选择则将黄白种族大战的世界性展现得淋漓尽致。

小说至此,碧荷馆主人为我们绘构出了一个科技氛围浓厚的未来世界,中西方军队中所使用的先进的武器无一不迎合着文中金作砺所说的"科技斗法"的时代。但是有意思的是,在小说中,当黄之盛率领的部队遭到敌军埋伏,受制于电网,无法通过无线电和外界联系时,他只能采用最原始的"飞鸽传书"方式向外界发出求救信号。试想1999年的中国,一个具备铁甲战舰、蚊子鱼雷等先进武器,能够运用步行器在海面行走,采用无烟无声武器进行军事对垒的军事强国,"飞鸽传书"这样的情节在如此浓厚的

---

[1] 旅生、荒江钓叟、碧荷馆主人:《近代小说大系:痴人说梦记、月球殖民地小说、新纪元》,第472页。

[2] 旅生、荒江钓叟、碧荷馆主人:《近代小说大系:痴人说梦记、月球殖民地小说、新纪元》,第479页。

[3] 旅生、荒江钓叟、碧荷馆主人:《近代小说大系:痴人说梦记、月球殖民地小说、新纪元》,第482页。

科技氛围中显得颇为突兀,这无疑从侧面显示晚清知识分子对于科学的认识程度之不高。

这种只关注科学技术的功用层面的稚嫩科学叙事特征,并不是《新纪元》所独有,和《新纪元》的这种斗法斗阵的对战模式相似的还有俞万春的《荡寇志》。① 俞万春在《荡寇志》中续写了《水浒传》的故事,但和其他晚清科幻小说所不同的是,作者并没有将描述的时间定位于未来,而是重新回到了宋朝时期。《荡寇志》秉承了金圣叹"惊噩梦"的意愿,将原著中梁山好汉的故事演化为剿灭梁山泊众头领的故事。

宋朝正规军在与梁山起义军的作战过程中,各种新型作战武器层出不穷,而在这一过程中,"洋鬼子"白瓦尔罕发挥了的作用不容小觑。小说中,白瓦尔罕在梁山起义军中充当军师的角色,在为梁山起义军的作战出谋划策的同时,还提供技术支持。但是正是白瓦尔罕的新型武器,进一步刺激了宋朝正规军新武器的发明。

我们在《新纪元》中,还能明显看出黄之盛所率军队所使用的新型武器乃是源自西方的科技发明,小说中关于这些新型军事武器的介绍也为小说提供了一种浓厚的科学氛围。但与《荡寇志》对比后,我们不难发现,《荡寇志》中对于原著故事的"翻新"则并非简单地依托于新型武器的发明,传统志怪神魔小说中的幻想成分也融入其中,并在小说中形成了一种交替式的话语形式。

小说中出现的诸如"乾坤宝镜""参仙血"等作战宝物都能让我们明显地体味到神魔小说的味道,于是新科技锻造的兵器和"神物"的双剑合璧,终于帮助宋朝正规军消灭了乱党。

俞万春在《荡寇志》中借助科学想象与神力幻想为小说创造了一种"狂欢化"的效果,显示了晚清知识分子在这个巨变时代的混乱思维逻辑:一方面,积极迎合鸦片战争之后的"富国强兵""师夷长技以制夷"的思想;另一方面,又继承了道教神话思维逻辑。这些因素使得《荡寇志》成了一种"混合产物"。

由此可见,以俞万春、碧荷馆主人等为代表的晚清知识分子对于科学

---

① 俞万春:《荡寇志》,人民文学出版社,1981。《荡寇志》初刻本于1853年刊行,后来人民文学出版社于1981年重新校对出版,其他版本还有上海古籍出版社的1993年版、时代文艺出版社的2002年版、中华书局的2004年版。

并没有一个明确的概念；科学与其说是一种理念，毋宁说是一种克敌制胜的"法宝"。正如碧荷馆主人在《新纪元》开篇时所说的一样："我国从前的小说家，只晓得把三代、秦汉以下史鉴上的故事，拣了一段作为编小说的蓝本，将他来描写一番，……否则或是把眼前的实事变作了寓言，凭空结撰了一篇小说。从来没有把日后的事仔细推求出来，作为小说的材料的。所以不是失之附会，便是失之荒唐。"①

也正因如此，碧荷馆主人也将《新纪元》定位为一部"除去了过去、现在两层，专就未来的世界着想，撰一部理想小说",② 而"因为未来世界中一定要发达到极点的乃是科学，所以就借这科学，做了这部小说的材料"。③ 于是，《新纪元》中借由科幻小说的形式所描述的未来中国战争便出现了一个有意思的现象：以"现代"为标志的科学技术的外衣下已然包裹着一个古老的灵魂，科技发明的意义在于"斗法"。而碧荷馆主人所谓的"日后的事"，在《新纪元》中的体现，便是一个扭转颓势、重回盛世的未来中国，但是究竟是如何从现世走向未来的，他并未呈现。他所说的"仔细推求"因为无法寻得成熟科学观念的依托而不得不成为一纸空谈。

在《新纪元》的第八回中，黄之盛的大将何杰指出，19 世纪以来的战争，不是斗力，而是斗智。只要拥有新奇的作战武器，便可以稳操胜券。④ 先进的科学技术已然成了战争胜负的先决条件，而这种科学观念也必然孕育于晚清中国特殊的时代背景中。1840 年的鸦片战争，使得晚清中国朝野上下见识到了西方世界的坚船利炮，也激发了晚清国人学习西方"长技"的自觉意识。仅在 1840 年到 1860 年短短二十年间，介绍西方兵船火器等"长技"内容的书籍便有二十多部。⑤

由此可见，碧荷馆主人借小说人物何杰之口，在《新纪元》中所陈述的这段对于 19 世纪以来世界局势的理解，很有代表性地体现了晚清知识分

---

① 旅生、荒江钓叟、碧荷馆主人：《近代小说大系：痴人说梦记、月球殖民地小说、新纪元》，第 437 页。
② 旅生、荒江钓叟、碧荷馆主人：《近代小说大系：痴人说梦记、月球殖民地小说、新纪元》，第 438 页。
③ 旅生、荒江钓叟、碧荷馆主人：《近代小说大系：痴人说梦记、月球殖民地小说、新纪元》，第 438 页。
④ 旅生、荒江钓叟、碧荷馆主人：《近代小说大系：痴人说梦记、月球殖民地小说、新纪元》，第 486 页。
⑤ 王尔敏：《中国近代思想史论》，社会科学文献出版社，2003，第 5、6 页。

子自鸦片战争以来对西方科学的认识。晚清知识分子对于以新式武器为代表的科学相当推崇,在小说中将其列为能够左右战争进程,关乎战争胜负的决定性力量。也正因为如此,我们在《月球殖民地小说》《新纪元》《电世界》等晚清科幻小说中皆能看到这种极力渲染科学威力,宣扬科学救国思想的叙述内容。

2. 新型角色设置:"格物"① 人才

《新纪元》中浓厚的科学氛围不仅体现在小说中"你方唱罢我登场"的武器较量上,而且体现在军队将领身上。小说中所出现的军事将领不同于同时代的同题材的传统小说中的军事将领。较之后者,《新纪元》中出现的军事将领可谓是具备深厚科学知识的新型人才,更重要的是其中不乏优秀的知识女性,这些女性群体同样能够运用所学的科学知识,参与到种族大战之中,为化解黄种人的种族危机贡献力量。

(1) 新型军事人才:黄之盛

作为小说的主人公,黄之盛于小说第二回出场。单从碧荷馆主人对其姓名的设置,便不难看出作者赋予这个人物的使命。正因如此,黄之盛可谓是天赋异禀,超乎常人,由于父亲是实业学堂里的化学教习,他自幼便熟习格致理化之学,"后来在理科学堂卒业之后,又在天文、农务、水师、陆师、万国语言等专门学堂一一就学。因他生得资质异常聪慧,所以卒业时都得了超等的文凭。到了二十四岁上,已学成满腹经纶,浑身才干"。②不仅如此,其仕途也是一马平川,担任参赞期间游遍欧美,之后升至海军提督。但因为当时"温和党"主掌大局,无奈之下只得辞官回家,开设一个日报馆。

显然,和中国传统军事演义小说中的人物所不同的是,在《新纪元》中,作者将黄之盛的特异之处不是体现在如关羽的"身长九尺,髯长二尺",抑或若张飞"燕颔虎须,豹头环眼,声若巨雷,势如烈马"等先天生理体质的优异上,而是体现在一种"善学"的特质上,而这种"善学"的特质明显地偏向于格物学,是为典型的"格物"人才。

---

① "格物"一词最早出现在《礼记·大学》,"格物"最初的意思是考察推究事物的原理。晚清时期出现的"格物"则是当时的知识分子对于西方传入的自然科学的统称。
② 旅生、荒江钓叟、碧荷馆主人:《近代小说大系:痴人说梦记、月球殖民地小说、新纪元》,第446页。

明末清初，西方传教士将数学、地理、力学等西方自然科学知识传入中国，而利玛窦、徐光启作为西方科学在中国的最初传播者，将这些自然科学知识命名为格物学。直至1860年代洋务运动时期，晚清知识分子仍然基本沿用了前人的"格致"来称呼西方的自然科学，如冯桂芬在《校邠庐抗议》中这样写道："如算学、重学、视学、光学、化学等，皆得格致至理，舆地书备列百国山川厄塞，风土物产，多中人所不及。"①

黄之盛在之后的几场与西方诸国的世界级大战中所表现的军事才能，也大多依托于军队中将领对科学技术的运用。在小说中，碧荷馆主人借金作砺之口这样说道："从前遇有兵事，不是斗智，就是斗力；现在科学这般发达，可是要斗学问了。"② 一语道破了科学技术已经成为1999年中国对外作战的制胜秘诀。

但是值得说明的是，在《新纪元》中，黄之盛的确将科学技术应用于战争，但是在碧荷馆主人的叙事中，黄之盛仍然被刻画为一位临危受命的民族英雄，是一个被神化了的角色。神化的一个明显表现便是虽然碧荷馆主人在《新纪元》第一回便指出黄之盛熟习格致理化之学，但是后文中在黄之盛与西方白人舰队的作战中并未展现其过人的科学技能，而由其带领的黄种人战队用布阵的方式在黄白大战中取得最终胜利。

作者一方面赋予黄之盛不同于传统小说中将领的品质——熟习科学知识；另一方面又看到在实际作战中仍然采用传统的布阵方式应对敌军。于是，传统与现代以一种杂糅的形式体现在黄之盛的身上，这折射出晚清知识分子在中国社会被迫转型过程中的混乱思维。碧荷馆主人于1908年创作了此篇小说，此时中国已经蒙受甲午战败之耻，庚子之变也以失败收场，晚清知识分子已然意识到向西方学习需要由器物层面上升到制度层面，但是在此我们仍然能够看到"师夷长技以制夷"观念的残存，于是在黄之盛的手中，科学技术成了两军对垒的取胜法宝。

（2）知识女性

知识女性可谓是晚清科幻小说中所塑造人物的创新之处。在晚清科幻

---

① 冯桂芬：《校邠庐抗议》，中州古籍出版社，1998，第209页。
② 旅生、荒江钓叟、碧荷馆主人：《近代小说大系：痴人说梦记、月球殖民地小说、新纪元》，第456页。

小说中，女性不再仅仅是依附于男人的贤妻良母，而是一跃成了能够与男性并肩作战的强势女性，从而使得晚清科幻小说的故事模式脱离了"才子佳人"传统小说中弱不禁风的女性角色的固有设定模式。在晚清科幻小说《新纪元》中便有不少掌握最前沿科学知识的知识女性；在碧荷馆主人的笔下，这些女性通常身怀绝技，要么能够在关键时刻力挽狂澜，要么能够凭借所学的科学知识辅佐黄之盛等人，在军事战争中发挥着中流砥柱的作用。在《新纪元》中，这些知识女性能够独当一面，成了1999年中国与欧洲大国作战中的有生力量。

《新纪元》中的一位重要的知识女性便是第二回提及的金景嫄。金景嫄作为黄之盛的原配妻子，于《新纪元》的第三回正式出场。此时的黄之盛因为之前所发表的黄白种族优劣的言论而引起中国乃至世界的关注，此时黄之盛也料定中国必在不久之后与高扬白种人优秀说的欧洲诸国展开一场世界大战，因而与其妻金景嫄商讨此事，以表明自己投身战争的意愿。

在该小说中，黄之盛的妻子金景嫄作为知识女性的代表，也有不寻常之处。碧荷馆主人在小说中这样写道："原来黄之盛的夫人金景嫄，本是个名门之女，自幼即喜研究光学，很造出几件新奇有益的器具。"① 金景嫄不仅熟谙光学，而且是一位能够进行科技发明的发明家，足可见科学知识在1999年中国的普及程度。

此时的中国，女性群体不再以"女子无才便是德"为规训来束缚自己，相反，她们凭借自身的真才实学投身战事之中，成为保家卫国的有生力量。在《新纪元》中，正是凭借金景嫄对于光学知识的熟练掌握，最终帮助黄之盛扭转战局，为中国获得这场世纪大战的最终胜利发挥了至关重要的作用。在《新纪元》的第十九回，麦克率领的白人战队凭借其新型武器"电气"将黄之盛的战队团团包围，阻断了后者的一切交通和通信，"岂知无线电行在空际的，都与麦克的电气化合，竟不能达"，② 使其陷入与外界隔绝之地，毫无招架之力。最终黄之盛凭借飞鸽传书，将求

---

① 旅生、荒江钓叟、碧荷馆主人：《近代小说大系：痴人说梦记、月球殖民地小说、新纪元》，第452页。
② 旅生、荒江钓叟、碧荷馆主人：《近代小说大系：痴人说梦记、月球殖民地小说、新纪元》，第552页。

救信息传出。收到黄之盛的求救信息后,金景嫄携带自己的光学器具,乘坐气球飞行器空降战场,而且带来了制胜法宝"追魂砂"。"金景嫄道:'妾有一种宝物,名曰追魂砂,乃光学家之秘宝,盖即五金质内之坚光也。'"① 也正是凭借金景嫄的这个发明,使得黄之盛最终扭转战局,赢得胜利。

小说中另外一位重要的知识女性是金凌霄。如果说金景嫄将所学科学知识应用于战争,还仅是为了助其夫君黄之盛一臂之力的话,那么作为晚辈的金凌霄,则怀揣一腔报国热情,希望将所学的光学知识运用到战场之中。金凌霄于小说第九回正式出场,但是早在小说第三回,金凌霄便已经凭借其过人的科学才能而被举荐给黄之盛:"金作砺又道:'我有一个舍侄女,名唤金凌霄,于光学颇知一二,意欲投在麾下,聊尽国民之义务,未知元帅能不见拒否?'"② 碧荷馆主人借金作砺的言辞说出了在1999年的中国,女性不仅热心学习科学知识,而且积极践行"国民之义务"。

除《新纪元》外,在其他几部晚清科幻小说中也开始出现知识女性的形象。如《新中国》中的李友琴,在引领陆云翔重温中国过往四十年的发展历程时,她熟谙各种新型发明的原理,为陆云翔娓娓道出四十年来中国在交通、政治等方面的改变,其视野之开阔、知识之丰富,颠覆了传统深闺女性形象。《女娲石》中的女性,不仅熟练掌握科学知识,进行发明创造,而且拥有过人的胆识,希望凭借革命来拯救日渐衰败的中国。她们在面对国家危难时,不再是"不知亡国恨"的无知"商女",而是积极投身救国运动中的革命者。

从这些人物的设计中,我们不难看出,以碧荷馆主人为代表的晚清知识分子在角色划分与社会功能等方面,对男女进行了重新定位与认知。在达尔文的进化论传入中国之后,越来越多的知识分子意识到女性同样可以作为一种有生力量加入民族复兴、国家建设之中。碧荷馆主人更是在小说中明确地指出,"力尽国民之义务,男女等而视之"。

---

① 旅生、荒江钓叟、碧荷馆主人:《近代小说大系:痴人说梦记、月球殖民地小说、新纪元》,第555页。
② 旅生、荒江钓叟、碧荷馆主人:《近代小说大系:痴人说梦记、月球殖民地小说、新纪元》,第454页。

除此之外，在《新纪元》中还有很多科学发明家、外国科技人才等角色，虽然他们在小说中一闪而过，但这些人物的设置无一不体现金作砺所说的："从前遇有兵事，不是斗智，就是斗力；现在科学这般发达，可是要斗学问了。"① 足可见，身处晚清中国动乱社会的知识分子已然意识到了科学技术的重要性。在《新纪元》这部晚清科幻小说中，碧荷馆主人将科学技术的重要作用直观地反映到中国与西方诸国的世界大战之中，而这种对于科学技术过于直观的、带有浓厚的工具论色彩的认识，显然与晚清中国所经历的特殊遭遇不无关系。

综观晚清科幻小说中塑造的这些人物形象，我们不难发现他们有很多共通的性格特征，而其中最明显不过的便是保种护国情怀。小说中，西历1999年的中国，因为坚持推行"黄帝纪年"而遭到西方诸国的联合攻击，在此危难时刻，黄之盛挺身而出，将毕生所学悉数投入了这场由纪年之争而引起的黄白种族大战之中。

类似的还有《新石头记》中的贾宝玉，为了实现"补天"的夙愿而重回人间，来到了晚清中国。于是贾宝玉以游历者的身份，以第三方视角揭露了晚清中国的惨淡现实——工商实业为洋人所掌握，民众愚昧不求上进；更让他吃惊的是，昔日胸无点墨的薛蟠却在晚清中国这个"野蛮世界"如鱼得水。这些足可以看出作者对于晚清中国社会的腐朽昏暗现状的痛心疾首。

《新石头记》中的贾宝玉还仅仅是对晚清中国的惨淡现实无力回天的无可奈何；在《新法螺先生谭》中，新法螺先生则为了拯救衰微国运、唤醒民众而付诸行动，他将自我灵肉分离，"将灵魂之身炼成一种不可思议之发光原动力"，② 希望借这种悲壮之举来唤醒民众，"余祖国十八省，大好河山最早文明之国民，以为得余为之导火，必有能醒其迷梦，拂拭睡眼，奋起直追，别构成一真文明世界，以之愧欧美人，而使黄种执其牛耳"。③ 从中不难看出新法螺先生所代表的晚清知识分子为了能唤醒国人，共造文明世界的自我奉献精神。

---

① 旅生、荒江钓叟、碧荷馆主人：《近代小说大系：痴人说梦记、月球殖民地小说、新纪元》，第456页。
② 于润琦主编《清末民初小说书系·科学卷》，中国文联出版公司，1997，第2页。
③ 于润琦主编《清末民初小说书系·科学卷》，第3页。

但是晚清中国人对于新法螺先生的灵魂之光不以为然,"置刺眼之光明与不顾",① 终让新法螺先生感叹:"欲以余身为烈火,爆成无量数火球,将此东半球之东半,一举而焚之,使为干净土,复成一未辟之大洲。"② 凤凰涅槃,浴火重生,新法螺先生希望借毁灭旧中国而使其获得新生,渴望唤醒民众,共图新国之法。新法螺先生这样强烈的忧国之思背后,折射出的是如作者东海觉我一般的晚清知识分子胸中激荡的那股强国保种、革新图强的民族主义情愫。

3. 线性时间观念:直写未来

碧荷馆主人于《新纪元》开篇便指出了文中所要描绘的是西历 1999 年的未来中国。这种放眼未来的创作方式,在碧荷馆主人看来也是对以往中国小说创作的一种弥补,"我国从前的小说家,只晓得把三代、秦汉以下史鉴上的故事,拣了一段作为编小说的蓝本,……否则或是把眼前的实事变作了寓言,凭空结撰了一篇小说。从来没有把日后的事仔细推求出来,作为小说的材料的"。③ 进而,作者指出传统中国小说常会出现的弊病便是"不是失之附会,便是失之荒唐"。④

随后碧荷馆主人便交代了小说中贯穿始终的一个关键问题——改历。显而易见,创作于晚清特殊时代背景之下的《新纪元》,其中所涉及的改历事件势必别具深意。

本文创作于 1908 年,此时的晚清中国经历了鸦片战争、甲午战败、庚子事变,时局动荡的晚清中国亟须改变,从而重建一个独立、自强的国家,但是重建家国的理想受到残酷现实的挤压,于是科幻小说成了这种民族情绪纾解的途径之一,因而碧荷馆主人在《新纪元》中描绘了一个崭新的未来中国:"这个少年新中国,并不是从前老大帝国可比。"⑤ 在此碧荷馆主人显然受到梁启超《少年中国说》的启发,以一种幻想的方式,曲折地展现富国强民、重建家国的强国梦,而在小说所描绘的未来中国中,践行这种

---

① 于润琦主编《清末民初小说书系·科学卷》,第 4 页。
② 于润琦主编《清末民初小说书系·科学卷》,第 5 页。
③ 旅生、荒江钓叟、碧荷馆主人:《中国近代小说大系:痴人说梦记、月球殖民地小说、新纪元》,第 437 页。
④ 旅生、荒江钓叟、碧荷馆主人:《中国近代小说大系:痴人说梦记、月球殖民地小说、新纪元》,第 437 页。
⑤ 旅生、荒江钓叟、碧荷馆主人:《中国近代小说大系:痴人说梦记、月球殖民地小说、新纪元》,第 439 页。

强国梦的依据便是推行"黄帝纪年",预示着从此世界秩序开始发生重组,这也是为什么作者将小说命名为《新纪元》的缘由:从此万物归一,历史将重新书写。

晚清中国推行西历,这显然不仅仅是用数字取代传统中国采用天干地支和历朝历代年号来纪年的方式。改历意味着时间起始方式的更改,中国古代的年号纪年是一种维护皇权的象征,更改年号意味着国家改朝换代。新年号一方面意味着一个新的朝代的开始;另一方面也是传统中国人循环式的时间观的表现,旧有的一切在新年号的推行中都将重新开始。因此可见《新纪元》中用黄帝纪年取代西历的意义非同一般——一方面是中国文化的胜利,另一方面也有中国历史将重新开始的寓意,这一点从小说题目《新纪元》也能明显看出。

此外,受到达尔文进化论的影响,晚清知识分子逐渐形成了线性时间观念,而这意味着晚清知识分子普遍意识到历史的发展带有一定的方向性。与此相对,《三国演义》开篇点明天下大势总是依循"分久必合,合久必分"的发展趋势,这一经典言论折射出传统中国知识分子所持有的循环往复的历史发展观,世间万物的发展也不过是"三十年河东,三十年河西"的往复变换。因此传统知识分子在虚构幻境的创作时,更多的是在小说中另外开辟出一个空间,而非如晚清科幻小说一般直接放眼"未来",所以我们在《桃花源记》中看到的是一个"不知有汉,无论魏晋"的古朴山村,时间在这个封闭的村庄中被静止,最终成了一个游离于历史之外的静止的"乌托邦"。

晚清知识分子能够接触西方进化论思想得益于严复《天演论》的出版,于是开始接受事物直线式的发展轨迹,并逐渐意识到可以由现在推知事物未来发展状况,基于此一种新的历史观念的逐渐产生,关于中国的未来展望也借由科幻小说的虚幻形式慢慢展开。在《新纪元》中,1999年的中国人倡导恢复黄帝纪年,发生于未来中国的改历事件反映了现实中国知识分子对于西方传入的时间观念的迅速接纳。

与此同时,尽管《新纪元》中黄白种族的纪年之争折射出晚清中国知识分子已经逐渐接受西方进化观念,但是值得注意的是,小说结尾处中国作为纪年之争的战胜国,不仅得以推行黄帝纪年,而且凭借强劲的军事实力迫使西方诸国割地赔款,这无疑是将晚清中国的颓势进行逆转,实现了对西方侵略国的复仇。正如王德威所指出的,碧荷馆主人对中国未来的前瞻性描述,其实是基于一种对于昔日盛世的回顾,① 切实践行了"以其人之道还治其人之身"的古老定理,而科幻小说中"瞻望未来"的现代意义也就荡然无存。这种新国与旧梦的背离,使得一切关乎现代的观念都带有了某种工具论的色彩,重回盛世的民族主义情绪让晚清知识分子渴望改变,但也正是在这种"强国保种"的非理性民族情绪的驱动下,晚清中国于被动中改变命运变得如此不切实际。

在碧荷馆主人的笔下,历史依旧在重演,凭借暴力强权来强取豪夺,强行推行黄帝纪年的时间专制,这种强烈到近乎霸道的民族主义情怀的背后依然是传统中国的"夷夏之辨",以及"天朝大国"的民族自豪。

于是小说本身便产生了一种文本断层,表面上我们看到的是晚清知识分子对于崭新时间观的积极接纳,对于现代观念的积极回应,但是深层次中我们看到的是重回盛世、历史重演的强烈憧憬。

4. 新型空间认知:世界大战

碧荷馆主人在小说开篇便将这场关于时间战争的矛盾聚焦于黄白两个种族的纷争上,从而奠定了这种纪元之争势必会演变为一场世界大战。在《新纪元》第一回,作者便指出由于1999年的中国想要推行黄帝纪年而招致以德国、法国为代表的西方白种诸国的反抗,并且针对中国的修改纪年事件召开了万国会议,以商讨应对之策。而之后匈耶律国"认祖归宗",重新归顺中国,则直接激发西方白种诸国的"黄祸"恐慌情绪。

且看小说第二回,匈耶律国恃有中国的保护而不屈服于西方白种诸国的统治,也正因此黄白两族彻底交恶。西方诸国为了讨伐匈耶律国,必须推举一名熟谙兵事的大员,文中这样写道:"这道电报一经分布开去,果然就有三十余国依言派出军舰如期出境,相约到阿德里亚基克海取齐,然后再公举统帅。内中只有罗、独、亚、臆四大国以及色尔为、贝加立等数小国,都是由陆路调兵,直捣匈境。此外如美洲密黑制必等国,因为国内侨寓的华人得了这个消息,不肯承担军事上的义务,反与白人大起冲突,政府派出官兵去弹压,便与官兵对敌,以至各国自顾不遑,一时调不出兵来。就是澳洲各国属地上的情形,也是如此。"② 从这段描述中,能够真切地感

---

① 〔美〕王德威:《被压抑的现代性:晚清小说新论》,宋伟杰译,北京大学出版社,2005,第352、353页。
② 旅生、荒江钓叟、碧荷馆主人:《近代小说大系:痴人说梦记、月球殖民地小说、新纪元》,第451页。

受到黄白种族大战之规模，卷入的国家涉及亚洲、美洲、大洋洲、非洲等，其范围之广是中国以往小说所不及的，由此也折射出了晚清知识分子空间认知模式革新之后的开阔视野。中国不再只是立于天圆地方范围内的"天朝大国"，而是融于世界诸国中的一员。

就中国传统小说而言，小说家所撰写的故事大多较为固定，基本是以中国为中心进行书写，即便是一些海外游记中记述了中国之外的国家，但是这些海外国家也仅仅是作为文化经济高度繁荣的中国的对立面而进行书写的，这方面一个典型的例子便是吴承恩的《西游记》。

《西游记》讲述了唐僧师徒四人从大唐前往印度的取经过程，其间经历了九九八十一难。师徒一行人在取经历程中经过了很多西域国家，在吴承恩的笔下，这些域外国家的文明开化程度显然远远不及大唐。因而在故事最后，唐僧师徒尽管长途跋涉、历尽艰辛，在取得真经之后仍然要回到东土大唐。传统中国的中心地位具有无上的情感感召力，因而生活在其中的子民尽管由于种种原因而外出，最终还是要回归这片中心之地，回到作为文化主体或政治中心的中国。

但1840年鸦片战争后，中国开始睁眼看世界，开始重新审视传统的关于空间概念的认知。当西方的坚船利炮开启中国大门之后，中国知识分子终于在被动中看清了中国并非天下中央，而是属于世界万国之中的一国而已。碧荷馆主人将这种重塑后的世界观在《新纪元》中表现得淋漓尽致。

《新纪元》涉及的地理空间非常广袤，这一点仅从参战国的数量以及战场便可窥见一斑。西方联合了澳大利亚、意大利、法国、德国为代表的白种诸国，而中国则游说土耳其、埃及等国加入"反白同盟"。战场方面也不仅仅局限于中国附近海域，如"阿德里亚基克海"、苏伊士运河、太平洋等。综观这场黄白人种大战，战场遍布陆、海、空三个层面，描绘了一个史诗般的黄白种族战争，而此等恢宏的战争场面是在以往类似题材的中国传统小说中从未出现的。

这场史诗性巨战的背后所折射出的是晚清知识分子对传统世界认知模式的颠覆。传统中国知识分子所持有的"天圆地方"的认知模式不仅具有地理层面上的意义，而且是一种价值观理念的体现。中国位于天下中央的空间认知模式，呈现的是一种以中国为中心辐射四方式认知轨迹。正是在这样的认知模式中，传统中国知识分子形成了"天下"的概念。但是这种空间认知模式在西方的坚船利炮中被迫发生转型，于被动中完成了从"天下"到"世界"的认知,晚清知识分子不得不承认中国乃是处于"万国之林"中一员。

晚清中国在连连战败中不断地颠覆对于世界的传统认知体系,对于西方世界的空间感知也从最初的无知、模糊到后来的被迫承认,对此,钱钟书曾这样比喻:"'中国走向世界',也可以说是'世界走向中国',咱们开门走出去,正由于外面有人敲门、推门,甚至破门跳窗进来。"① 这一系列的变动彻底颠覆了晚清知识分子长久以来所坚信的空间观和价值观,天下之中央的地位荡然无存。伴随着这种空间认知模式的颠覆,产生的结果是,晚清知识分子被推入了一片迷茫之中,进入了世界边缘地带,昔日中国从此走下了"天朝大国"的神坛。

西方世界凭借强劲的军事实力,将"世界"这个具有浓厚现代意味的概念强行植入了晚清知识分子的认知模式之中,由此颠覆了他们固有的空间认知观念。与此同时我们也发现晚清知识分子对于现代的积极回应,如碧荷馆主人在《新纪元》中所描写的黄白大战,便将晚清知识分子对于世界的理解表现得淋漓尽致。

在《新纪元》中,碧荷馆主人将这场黄白种族大战在亚欧大陆进行延展,涉及国家之多是以往小说所不及的,足可见此时的晚清知识分子视野之开阔,他们已全面接受了中国乃是世界一员的现实,并且对于这种崭新的空间认知模式呈现了积极回应的态度。再看黄之盛率领军队在印度洋海域与白人军队对抗,所使用的科技武器层出不穷,真可谓"兵来将挡水来土掩",我们在感叹作者令人惊叹的想象力的同时,也感受到了这场世界大战背后所残存的昔日"天朝大国"的骄傲。

显然,在这场世界大战的过程中,中国人成为黄种阵营中的绝对主力,周边国家无不伸出援手,为黄之盛所率领的军队提供军事武器。并且往往在作战双方僵持不下,或是黄之盛一方处于劣势的时候,同盟国会及时雨般出现,使得故事的走向发生了"山重水复疑无路,柳暗花明又一村"的逆转。显然,这场世界大战最后以黄之盛的胜利而告终。

黄之盛一方的胜利,意味着黄种人最终于世界之林获得了与白种人相同的种族地位,甚至埋下了威胁西方世界的"黄祸隐患",而这"隐患"之首正是中国。世界大战在折射出晚清知识分子开阔的空间认知模式的同时,

---

① 钱钟书:《〈走向世界〉序》,《读书》1984年第6期。

也让我们看到了在民族主义情绪推动下，晚清知识分子希望昔日"天朝大国"重回中心地位的"野心"，且伴随着空间认知的拓展，中国的辐射范围也扩展到世界范围。

（三）传统情节的再现

虽然小说中有层出不穷的新型军事发明，以及具备科学知识的新型人才，但是作者对《新纪元》的情节设置，在赋予小说以浓厚的科学色彩的同时，并没有改变小说自身的传统内核。《新纪元》中的某些故事情节总会让我们产生似曾相识之感，更令人匪夷所思的是，在科技发达的西历1999年，竟然还会出现飞鸽传书这样"复古"的通信手段。于是在《新纪元》中，科学知识对于战争模式的改变无非是新瓶装旧酒，革新了武器，却依旧沿袭旧有的排兵布阵策略。这种新旧混杂的情节设置，一方面体现了晚清科幻小说对传统小说的继承，另一方面也展现了晚清知识分子所持有的不太成熟的科学观念。

1. 传统军事题材小说经典情节再现

在《新纪元》中为了迎战西方白种诸国的世界大战，中国大皇帝重新起用已经解甲归田的黄之盛，而黄之盛的这种"临危受命""重新出山"的情节，让人不得不联想到《薛仁贵征东》中主人公薛仁贵的出场。

在《薛仁贵征东》开篇，因为徐茂公夜观星象，预感到正东外国将有战事发生，并且由李世民的梦境推算一年之内正东方向将有一场血战之灾，而能够化解这场血光之灾的唯有山西绛州的薛仁贵。

反观《新纪元》中黄之盛的出场，他同样是国家将要遭遇血战之灾而临危受命，领兵出战。在小说中，由于匈耶律国内乱，匈耶律王威哈林向此时的中国皇帝发电求助。听闻此消息的黄之盛便撰写电文指出，中国应该承认匈耶律同种，并加以保护以免其受白种人的侵凌，由此引发了黄白种族大战，于是黄之盛临危受命，被任命为总领水陆诸军的兵马大元帅。

二者皆是在本族与外族发生军事冲突的危难之际，由忠臣举荐，临危受命，经历一番波折，最终平息战事，化解危难。

再看《新纪元》结尾，黄之盛的军队遭受西方白种军队的电气、炭气包围，无法发出求救信号，幸亏黄夫人及时赶到，将破解之法传授给了黄之盛，并商讨与昂飞的安一方的最后决战。

"这晚到二更左右，东岸营寨中军士已装束完备，严阵以待，……把侦探舰伏在水中",而此时"只有东岸的敌军与河中的敌舰,尚在睡梦之中,毫无警备"。①

最后的作战结果可想而知,昂飞的安一方没有料到黄之盛一方能够寻到化解电气、炭气的方法,早已放松警惕,等发现双方作战之时,东岸上已经是喊杀连天,火光一片,"那大小炮弹如雨点般的飞来,可怜这些敌舰除了被炸弹轰沉、轰毁的以外,余下的都被炮弹击伤。有的击做两截,舰上的兵卒半死于火、半死于水。有的击断栀木,有的击碎望楼。到了天明,苏伊士河北口上已无一艘敌舰的踪影,此番乃真得了全胜"。②

黄之盛一方本来已到穷途末路,却在最后关头扭转局势,完成了以弱胜强、转败为胜的逆袭。但是这种在夜晚攻敌军于不备的战术策略、战场上火光一片的惨烈场景,让我们有似曾相识之感。

在《三国演义》中,这种以少胜多的经典战役当属赤壁之战,小说中曹操率领大军八十三万,而周瑜军团却只有三万人,曹军规模之大虽是夸大事实,却也凸显作战双方实力之悬殊。

凭借着强劲的军事实力,曹操本以为能够稳操胜券,"今吾有百万雄狮,更赖诸公用命,何患不成功耶!收服江南之后,天下无事,与诸公共享富贵,以乐太平"。③ 这种稳操胜券的自信,我们在《新纪元》中西方军队领帅昂飞的安那里同样也能发现。

《三国演义》所描绘的这场赤壁之战最后是以曹军大败收场,"船上大乱,各自奔回。南船距寨止隔二里水面。黄盖用力一招,前船一齐发火。火趁风威,风助火势,船如箭发,烟焰涨天。二十只火船,撞入水寨,曹寨中间那个船只一时尽着,又被铁环锁住,无处逃避。隔江炮响,四下火船齐到,但见三江面上,火逐风起,一派通红,漫天彻地"。④

对比《新纪元》中黄之盛最后的绝地反击,我们不难发现其中有大量相似的情节设置,如反击战同样是在夜晚进行,且作战双方都是敌强我弱,

---

① 旅生、荒江钓叟、碧荷馆主人:《近代小说大系:痴人说梦记、月球殖民地小说、新纪元》,第556页。
② 旅生、荒江钓叟、碧荷馆主人:《近代小说大系:痴人说梦记、月球殖民地小说、新纪元》,第558页。
③ 罗贯中:《毛宗岗批评本三国演义》(上),凤凰出版社,2010,第317页。
④ 罗贯中:《毛宗岗批评本三国演义》(上),第326页。

一方已经占得先机，另一方却能够绝地逢生，实现逆转。再有，二者都出现了火攻，且场面十分惨烈。

对比来看，作为晚清"新小说"的《新纪元》，虽然通篇都带有浓厚的科技氛围，充斥着大量的科技武器，但是故事模式、情节设置脱胎于传统军事小说。我们甚至可以说，除去其中层出不穷的新型军事武器，《新纪元》在情节设置方面实际上是对传统军事题材小说的延续。

除此之外，林健群还指出，《新纪元》中黄白种族之间"你来我往，胜败互见"的情节设置也是对传统小说故事情节的延续，正如石昌渝在《中国小说源流论》中所指出的，正邪对抗的情节已然定型为了传统小说的一种"意态结构模式"，并且为后世小说所沿用，[①] 所以我们能够清晰地将《新纪元》中黄白种族之间的世界大战的故事情节，简化为这样一种结构模式：

正邪对抗——→相持不下——→得道多助——→反败为胜

至此我们不难发现，作为科幻小说的《新纪元》虽然承担着"新小说""觉世醒民"的启蒙使命，但是从小说叙事角度来看，依然与中国传统小说存在着难以割舍的联系。

2. 传统志怪神魔小说中斗法斗阵情节再现

晚清中国蒙受国难，时局动荡，由此激发的民族主义驱使晚清知识分子急于利用科学来扭转局势，视其为包治百病的灵丹妙药。这种对于科学的寄托和理解，投射到晚清科幻小说中，便是将科学直观地呈现在了"器物"——武器、器械发明这个层面上，而忽略了科学自身的丰富内涵和启蒙意义。侠人在《小说丛话》中道出了晚清知识分子对于科学的态度："西洋小说尚有一特色，则科学小说是也。中国向无此种，安得谓其胜于西洋乎？应之曰：此乃中国科学不兴之咎，不当在小说界中论胜负。……文学之性，宜于凌虚，不宜于征实，故科学小说终不得在小说界中占第一席。且中国如《镜花缘》《荡寇志》之备载异文，《西游记》之暗证医理，亦不可谓非科学小说也。"[②]

[①] 石昌渝：《中国小说源流论》，三联书店，1994，第55~63页。
[②] 侠人：《小说丛话》，《新小说》第十三号，1905；后收于陈平原、夏晓虹主编《二十世纪中国小说理论资料》第一卷，第76页。

侠人的这段话可谓是最早的对晚清科幻小说的评价，从中也能看出了晚清知识分子对科幻小说的认识尚不明确。但是他将《西游记》划定为科幻小说的论断确实有待商榷。在晚清知识分子眼中，时常将小说中的科学等同于器物、法术。当科学以一种新概念的身份，由西方世界以暴力手段植入晚清知识分子的认知结构中时，科学势必以一种直观的方式呈现，而器物、技术便是科学在晚清中国的现实存在依据。

作为"新小说"的晚清科幻小说顺理成章地承担了"觉世醒民"的历史重任。亡国灭种的民族危机使得保种强国成了晚清知识分子深植于内心的一种执念。以碧荷馆主人为代表的晚清知识分子在科幻小说中大量地描绘新式军事发明，以彰显其对科学的追求，而对未来中国的描写更是凸显了他们强烈的民族主义情绪。正如汪晖所指出的，"功用"是晚清以来中国思想家科学观中的关键词之一，而"功用"本身便是民族主义情愫的折射。① 因此，我们在《月球殖民地小说》② 中看到了明朝遗老，在《新法螺先生谭》③ 中看到了黄种祖，在《新纪元》中则看到了黄帝纪年，等等。晚清科幻小说中出现大量含有"黄种""黄帝""汉族"之概念的关键词，而这些词语无一不显示晚清知识分子积压胸中的强国梦。

正是受"强国保种"为核心内容的民族主义影响，晚清科幻小说中时常出现大规模的种族厮杀。如《新纪元》第十三回中，黄之盛所率军队用电水杀敌，《月球殖民地小说》中有对白种人进行炮轰等情节设置。正如陈平原所说的："注重国家命运、文明的进程，而不大考虑各人的情感得失。"④ 于是我们在晚清科幻小说中看到科学凝缩为武器，个体情感让位于种族生存，这便是作为晚清中国主要意识形态的民族主义在晚清科幻小说中的现实投射。

---

① 汪晖：《科学观念与中国的现代认同》，《汪晖自选集》，广西师范大学出版社，1997，第208页。
② 荒江钓叟：《月球殖民地小说》，《绣像小说》1904年第21～24、26～49期，1905年第42、59～62期；后收录于王继权等编《中国近代小说大系：痴人说梦记、月球殖民地小说、新纪元》，江西人民出版社，1989。
③ 东海觉我的《新法螺先生谭》《法螺先生谭》《法螺先生续谭》（包天笑译）一并收录，由上海小说林社于1908年出版，后收录于润琦主编《清末民初小说书系·科学卷》，中国文联出版公司，1997。
④ 陈平原：《从科普读物到科学小说——以"飞车"为中心的考察》，《中国文化》1996年第1期。

通观小说中出现的新型军事发明，一个共同的特征便是，这些新型武器大多是西方人于19世纪末20世纪初创造发明的，即便其中有很多发明是经过中国科学家改良的，但是也皆缘起于西方。小说文本每出现一个新武器，作者总会在后面附上这个武器的说明，其中涉及此项武器的发明时间、发明者，以及如何使用等。显然，这样的叙述方式是碧荷馆主人有意为之的，这不仅为小说本身营造了浓厚的科学氛围，而且从中也可看出以作者为代表的晚清知识分子对于科学技术的浓厚兴趣。

正如钱钟书所比喻的，19世纪末西方帝国凭借强劲的军事实力强行"破窗"进入中国，由此开始了"世界走向中国"的进程。① 中国在付出巨大代价的同时，也让晚清知识分子第一次如此直观地意识到了科技发明的强大威力。所以无论是俞万春在《荡寇志》中关于战争的狂想书写，还是碧荷馆主人在《新纪元》中对黄白双方的斗法斗阵的描写，科技发明在其中都发挥着"平乱"的功能。

在《荡寇志》中，宋朝正规军与梁山起义军的尖锐对垒恰恰影射晚清时期清政府和西方列强的对垒局势。小说结尾对宋军大获全胜后白瓦尔罕归顺朝廷的情节设计颇具深意，白瓦尔罕是俞万春在小说中插入的一个隐喻，他的出现让我们回想起中国那段远去的辉煌历史，于是中国平复战乱、重回世界强国的梦想也借此展现得淋漓尽致。这种热切救国的民族情绪在碧荷馆主人的《新纪元》中表达得更加强烈，在小说结尾，黄之盛一方最终大败西方白种人的战队，并且强迫白种人签署"不平等条约"，使得黄帝纪年得以推行。于是晚清中国的现实境遇在《新纪元》中发生了完全逆转，字里行间散发出民族复仇的快感。

晚清中国时局动荡，人心思变，西方帝国在凭借武力击碎传统中国"天朝大国"迷梦的同时，也让晚清知识分子意识到了科学在这场民族拯救中能发挥的重要作用。西方列强以侵略者的姿态将科学观念传入中国，晚清知识分子在如此被动局面中开始睁眼看世界，于是在这种民族救亡情绪的推动中，科技顺理成章地成了反抗入侵的神器与宝物，在科学的背后蕴藏着重整河山的民族主义情感。因而碧荷馆主人在《新纪元》中关于1999年黄白对战的幻想性描写，并非如西方科幻小说一般脱胎于自然科学知识，而是在民族主义与中国古典文学的幻想传统共同作用下产生的"科技斗

---

① 钱钟书：《〈走向世界〉序》，《读书》1984年第6期。

法",最终在这部科幻小说中形成了一场传统与现代的对话。

有意思的是,《新纪元》和《新石头记》① 等晚清科幻小说所不同的是,碧荷馆主人在小说中并未显露西方人的这些发明中国古已有之的想法,可见此时的中国知识分子对西学崇尚之强烈。

(四) 没有完成的结尾

故事的完整性历来是中国传统小说书写的一种规范模式,故事叙述有始有终。但是晚清科幻小说的叙事模式并未遵照这样的一种书写范式,开放式的结尾成了晚清科幻小说叙事的一大特色。

在《新纪元》的结尾,黄之盛率领的黄种人战队逆转战局,最终战胜了西方白种人的战队。到此截止,小说的结尾看似是以中国人为代表的黄种人取得了最终的胜利,但是黄白种族的对抗并未因黄之盛一方的胜利而终结,作者在小说结尾这样写道:"不料事有意外,情有不测,各国君主、总统于此次和约已均一一签字讫,惟有英、俄两国不肯签字,说是签了这字,世界上的白种人就要做黄种人的奴隶,此时我等白种各国科学家也车载斗量,那有示弱于中国之理?……这几句话说了出去,各报馆便演成论说,一唱百和,数日间欧、美各国所有国民都起了大风潮,与这和约反对。"② 而且碧荷馆主人更是添了一句:"强弱由来无定许,全凭人力挽天行,等闲莫把天机泄,留待将来再说明。"③ 中国的未来最终也成了不可泄露的天机,没有定局。

如果说《新纪元》这种开放式的结尾姑且算作有始有终,那么晚清科幻小说中有相当一部分小说是未完成的作品,如《月球殖民地小说》中,故事以龙孟华搬家到月球为结局,而玉太郎等人则是驾驶气球继续周游世界,传授知识,开化民智;但是此时玉太郎运用新方法发明气球失败,自己也身负重伤,究竟结果为何作者却没有写完。《女娲石》收笔于对战争杀戮的慨叹。《电世界》结束于黄震球失望于国人难以去除的惰性

---

① 我佛山人(吴研人)的《新石头记》,最初于1908年由上海改良小说社出版,之后于1987年由花城出版社再版。
② 旅生、荒江钓叟、碧荷馆主人:《近代小说大系:痴人说梦记、月球殖民地小说、新纪元》,第561页。
③ 旅生、荒江钓叟、碧荷馆主人:《近代小说大系:痴人说梦记、月球殖民地小说、新纪元》,第562页。

与弱点而转身离去。《新中国》停笔于陆云翔终于梦醒,得知自身仍处那个旧中国。如此等等,没有完成的结尾成了这些科幻小说的共同叙事特征。

笔者认为可以从两个方面来理解晚清科幻小说的这种未完成的结尾。一方面,晚清科幻小说对于中国未来的幻想,乃是晚清知识分子对积郁胸中"强国梦"的书写,他们将难以言说的政治诉求、民族情绪全都投射到了科幻小说中的未来中国,但是现实的巨大落差使得他们无法从具体言说中走向未来。

另一方面,这种没有结尾的小说结构也折射出晚清知识分子革新后的知识结构体系。伴随着西方进化论、线性时间观的传入,晚清知识分子传统的时间认知模式、"天不变,道亦不变"的循环发展模式被打破,于是晚清科幻小说中所呈现的是一种未知的未来,晚清科幻小说中未书写的未来或许正是晚清知识分子所寄托的希望。正如汪晖所言:"这是一个为未来而生存的时代,一个向未来的'新'的敞开的时代。这种进化的、进步的、不可逆转的时间观不仅为我们提供了一个看待历史和现实的方式,而且也把我们自己的生存与奋斗的意义统统纳入到这个时间的轨道、时代的位置和未来的目标之中。"① 未来的存在让晚清知识分子相信中国当下的悲惨命运依旧存在扭转的可能,因为未来也成了晚清知识分子抒发强国情绪、书写"强国梦"的平台,但是在这个充斥剧变的时代之中,对于如何走向未来,晚清知识分子终究是无从知晓的。如何扭转颓势走向未来,未来是否到来,未来是尚未实现的现实抑或是难以抵达的梦境,等等,这些关于未来的追问皆不是身处迷茫中的晚清知识分子能够解答的,所以晚清科幻小说中的这种开放式的结尾似乎恰恰说明了他们对于中国未来的迷茫与期待。

三 "强国梦"下的黄白种族之争

晚清民族主义作为晚清中国社会的一个重要意识形态,其对晚清科幻小说的影响显然不仅仅表现于文学转型和小说叙事层面上,更重要的是,小说内容中出现的极富隐喻特征的意象,无一不是晚清知识分子渴望盛世再现的民族主义情绪的投射。晚清科幻小说对人物的命名中出现的"东方"

---

① 汪晖:《关于现代性问题的答问》,《天涯》1999 年第 1 期。

"龙必大""黄震球"等字眼，以近乎直白的方式显示晚清知识分子"唯我中华"的民族自信以及强国保种、重振雄威的民族主义诉求。反观《新纪元》中最为核心的，也是引发黄白种族大战的直接导火索黄帝纪年之争的背后，也蕴藏着强国保种的民族情绪。

晚清国难让身处动乱中的晚清知识分子急于寻求一个承载民族集体记忆的符号象征，于是本属于维护皇权统治的黄帝被挖掘出来并演变为维系民族情感的纽带，成了一种支持民族建构的精神信仰。借用安德森的建构论民族主义观点来看，黄帝在晚清中国成了一个被想象的共同体，《新纪元》中黄白种族关于黄帝纪年的论争所最终诉诸的其实是遭受重创的中华民族得以永恒存在的合理解释。

但是晚清科幻小说中关于中国强盛的种种描摹都是建立在未来中国的基础上，在未来，科幻小说中的一切关于当下中国颓势的倒转、逆袭成了一种既定的事实。强国保种的民族情绪能够让晚清知识分子对未来怀抱希望，却无法填补当下到未来的这段时间的空白，中国颓败的现实与辉煌的未来之间永远存在一段"被隐去的时间"。

（一）人物命名与强国理想

综观晚清科幻小说，一个很明显的特征便是作者通过对小说中出现的人物进行命名，将一腔强国情怀直白地展现出来。且看《新纪元》中主人公黄之盛，其姓名之意乃是黄种人强盛。在《新纪元》中正是因黄之盛作为中国军队的兵马大元帅，才最终战胜了昂飞的安所率领的西方军队，而这场世界大战的胜利一方面意味着黄种人彻底摆脱了白种人的欺凌，另一方面也意味着未来中国将重回盛世，重新接受世界诸国的朝拜。

再看《月球殖民地小说》中的龙孟华、龙必大、凤氏一家三口，作者对他们命名更是表达其对于中国未来能够龙凤呈祥，龙的传人能够由弱转强的美好希望。还有《电世界》[①]中黄震球的姓名，其传达出黄种人震惊全球的含义。在小说开篇，黄震球便以电学大家的身份出场，小说中这样写道："亚细亚洲中央昆仑山脉结集地方，有名乌托邦者，新出一位电学大家，自从环游地球回国，便倡议要把电力改变世界，成一个大大的电帝

---

① 许指严的《电世界》，原连载于《小说时报》（1909），共十六回，后收入老骥等编著《大人国》，福建少年儿童出版社，1999。

国。"而组建电帝国的目的乃是"此厂若成,二十世纪里那些电气大王,都要被他席卷并吞,同归淘汰云云"。①

显然黄震球的野心并不止于此,"今鄙人立志欲借电力一雪前耻,扫荡旧习,别开生面,造成一个崭新绝对的电世界",② 所谓"绝对"便是"不消五十年,中国稳稳地做全世界主人翁,那才真正可以算得天下无敌哩"。③后来黄震球以运势炼出名为"锂"的物质,利用其于空中发电的特点,制成了电手枪,将入侵的西威国飞行舰队全部歼灭,并将帝国都市烧成焦土,从此威震全球诸国。作者借由主人公黄震球姓名将重振中华的民族主义情怀,以及一雪前耻、重回盛世的复仇情绪展现得淋漓尽致。

即便是在续写《红楼梦》的《新石头记》中,主人公虽然还是贾宝玉,但是文中依然还会有名为老少年的引导者,以及管理"文明境界"的东方家族……而这样直抒胸臆的命名方式在晚清科幻小说中随处可见,"强国"成了每一个人物命名所要传达的唯一含义。

对此,赵毅衡在《苦恼的叙述者——中国小说的叙述形式与中国文化》中指出,晚清中国特殊的历史语境使处于转型中的晚清小说急于弘扬真理,鼓吹理念,"因此尽量'实在'地叙述"。④ 因此很多晚清小说家将小说视为一种宣讲政治理念、社会理想的工具,而这种将小说叙述推向可靠的一个较为明显甚至是粗糙的方式便是让小说中的人物姓名带有叙述者的评论。在赵毅衡看来,"自然,《水浒传》、《三国演义》已经有了给人物起绰号的传统,但至少那里只是一种性格描写,并非善恶判断,而且不先规定情节发展"。⑤ 晚清小说叙述正是受制于一种"觉世醒民"的意识,于是乎小说中的人物也被脸谱化,变成了道德规范的图示。

晚清科幻小说自诞生之初,便作为一种"新小说",肩负着启蒙的使命,而这种"觉世醒民"的最终目的乃是为了保国保种,重振中华。正如康桥所指出的一样:"中国自晚清开始的现代性转型一直很不顺畅,始终未能进行彻底地现代性启蒙运动。由于国家危亡的压力,自由平等价值观一

---

① 许指严:《电世界》,老骥等编著《大人国》,第408页。
② 许指严:《电世界》,老骥等编著《大人国》,第410页。
③ 许指严:《电世界》,老骥等编著《大人国》,第410页。
④ 赵毅衡:《苦恼的叙述者——中国小说的叙述形式与中国文化》,北京十月文艺出版社,1994,第74页。
⑤ 赵毅衡:《苦恼的叙述者——中国小说的叙述形式与中国文化》,第75页。

再为救亡理论让道。"① 于是,"百年来,真正融入国人心扉的'西学'是'物竞天择、适者生存'支配下的自强论"。② 显然,晚清科幻小说中这些人物的命名便直观地展现了晚清知识分子渴望自强的诉求。

(二) 黄帝纪年与民族信仰

《新纪元》开篇便是关于纪年归属问题的探讨。碧荷馆主人将小说的时间设定在1999年,那时的中国早已经推行君主立宪制,而且凭借其强劲的军事实力、先进的科学技术,一反20世纪初颓败之势,正所谓"这个少年新中国,并不是从前老大帝国可比!"③ 可见,此时的中国已经可以和西方国家分庭抗礼。

晚清中国社会的最大隐患便是种族灭亡,中华民族在这千年未有之大变局中,第一次明显地感受到亡国灭种的危机,并在这场危机中生发出强国、保种的民族情绪。当时的晚清知识分子势必受到这种意识形态的影响,无可避免地借用科幻小说的幻想形式书写种族之战。因而《新纪元》中关于推行黄帝纪年所引发的黄、白种族大战便显得颇具深意。

小说中所描绘的这场黄种人和白种人的世界大战,其缘起是西方诸国听闻中国要使用黄帝纪年,担心中国要借此将地球上的黄种人联合起来,害怕白种人日后会受制于中国。小说中这样写道:"今日中国要使黄种诸国及附属中国的各贡献国,一概都要改用黄帝纪年,明明是要联络黄种的先声!……我们白种各国到了此时,若再因循观望,不肯同心协力筹一个抵制黄祸的善法,将来必然受制于中国,为中国所鱼肉了。"④ 于是以法国和德国为代表的西方国家在荷兰召开了"万国和平会",专门商讨抵制"黄祸"的办法。

至此,碧荷馆主人已经在小说中道出了虽然1999年的中国因为推行君主立宪,摆脱了昔日颓败之势,但是黄白两个种族始终无法和平相处,所谓"非我族类,其心必异"的传统理念便在其中体现得淋漓尽致。

---

① 康桥:《中国现当代文学中的故乡想象与未完成的现代性》,《文艺争鸣》2013年第8期。
② 康桥:《中国现当代文学中的故乡想象与未完成的现代性》,《文艺争鸣》2013年第8期。
③ 旅生、荒江钓叟、碧荷馆主人:《近代小说大系:痴人说梦记、月球殖民地小说、新纪元》,第439页。
④ 旅生、荒江钓叟、碧荷馆主人:《近代小说大系:痴人说梦记、月球殖民地小说、新纪元》,第439页。

显然，碧荷馆主人在小说中将年号之争视为核心是依托于当时的历史语境。20 世纪的中国于被动中承受内忧外患，中华民族面临着亡国灭种的危机，此时的中国知识分子急需一个足以支撑整个中华民族的精神信仰，于是黄帝便成了这种精神信仰的符号。

反观晚清中国出现的这种"黄帝崇拜"现象，我们似乎能从中发现不少自相矛盾的地方。根据史书记载，关于黄帝的传说是从战国时期兴起的，之后更被司马迁收入《史记·五帝本纪》之中，位列五帝之一，可见黄帝地位之显要。但是中国古代社会对黄帝的推崇显然是脱胎于封建帝制，而并非符合西方社会的现代国家理念。因此如要追根溯源，黄帝本不应该与晚清民族主义有所牵连。

黄帝跟封建帝制的关系源远流长，根据顾颉刚的考证，在《史记·封禅书》中便记载了秦文公对于黄帝的祭祀活动，之后的唐、宋、元、明、清历朝历代的皇帝也有过祭祀黄帝的活动，黄帝已经转化为一种政治权威的象征，被赋予了上古圣王的政治符号含义。

由此可见，在中国历史上，黄帝被赋予了无上的政治权威，而历代君主对于黄帝的祭祀活动乃是为了寻求一种政治统治的合法性。对此沈松侨认为，历代君主的这种祭祀行为乃是为了与黄帝这一上古圣王建立一种虚拟的政治血缘关系，从而将帝王对于臣民的统治视为天意，实乃君权神授、毋庸置疑之意。但是黄帝的这种政治符号的功能在晚清时期发生了转变，由中国古代的政治血缘符号，上升为中华民族的共有始祖，而中国人也在黄帝这一共同的民族始祖的血缘维系中而具有同胞的含义。在晚清这一特殊的历史背景下，黄帝脱离了古代皇统的符号意义，而被重塑为中华民族共同的历史记忆。

1903 年，刘师培撰文《黄帝纪元论》，直言："凡一民族，不得不溯其起源。为吾四百兆汉族之始祖者谁乎？是为黄帝轩辕氏。是则黄帝者，乃制造文明之第一人，而开四千年之化者也。故欲继黄帝之业，故当自用黄帝降生为纪年始。"① 之后，许之衡在《读〈国粹学报〉感言》一文中写道："今日尊崇黄帝之声，达于极盛。以是为民族之始祖，揭民族主义而倡导之，以唤醒同胞之迷梦。"②

---

① 刘师培：《黄帝纪年论》，《国民日日报》1903 年 7 月。
② 许之衡：《读〈国粹学报〉感言》，《国粹学报》1905 年第 6 期。

晚清国难让当时的知识分子急于寻求一个共同的历史记忆以求得民族团结，正是在这种民族主义思潮的推动下，黄帝由皇统变为国统，成了中华民族的共同祖先。正如沈松侨所言："在晚清，以黄帝符号为中介，一种崭新的意识——国族意识，确实正在中国知识分子群中酝酿、扩散，终至彻底改变了近代中国对政治社群既有的想象方式。"① 晚清知识分子关于黄帝的集体记忆，顺理成章地成了晚清民族主义迅速蔓延的情感基础。

在晚清民族主义的建构中，晚清知识分子将黄帝从历史中挖掘出来，重新赋予其符号意义，重构历史记忆，以获得一种民族认同。而这种以血缘维系的民族想象，势必带有一种种族化情感倾向，因而黄帝纪年的背后蕴藏着一种杂糅了种族与国家等多元概念的民族主义。

自1840年鸦片战争以来，中国被卷入了世界现代化的进程中，在得以睁眼看世界的过程中不得不承认天下万国的共存之局，但是此时的中国知识分子已然相信中国与西方的差距仅在科学技术的落差上，一句"师夷长技以制夷"便将"天朝"残存的自满自得心理表现得淋漓尽致。但是这种自满情绪在甲午战败之后荡然无存。甲午战败使得晚清知识分子感受到了前所未有的民族危机，至此开始对中国的革新从器物层面上升到制度层面。

处于一片迷茫中的中国人迫切需要一个精神支撑，于是黄帝转化为中华民族所认同的一种历史符号，而这一过程就是被沈松侨命名为"国族化"的历程。在这一过程中，黄帝成为民族想象的依托，通过同种同缘的血缘维系，将中国构成了一个血脉相同、同种同宗的整体，而这个整体在碧荷馆主人的《新纪元》中进一步扩大为所有的黄种人。

沈松侨在《"我以我血荐轩辕"——黄帝神话与晚清的国族建构》中指出："国族，一如族群，同样也是利用各类'既定性'的文化符号来树立边界，凝聚认同，并以此激发国族成员牺牲奉献、生死以之的热烈感情。"② 晚清知识分子竭尽心力，希望借西方先进的国家理念来重建中国，以延续

---

① 沈松侨：《"我以我血荐轩辕"——黄帝神话与晚清的国族建构》，《台湾社会研究季刊》第28期，1997。

② 沈松侨：《"我以我血荐轩辕"——黄帝神话与晚清的国族建构》，《台湾社会研究季刊》第28期，1997。

民族生命力，但是复兴黄帝神话也显示晚清知识分子所认同的是以血缘传承为主轴的种族观念，黄帝承载着血缘与文化双重符号意义。传统"非我族类，其心必异"的民族理念在晚清知识分子的国家想象过程中也逐渐得以默认。

正是在黄帝这一想象的民族符号的影响下，整个黄种人成了血脉相通的手足同胞，无论从时间上还是从空间上，黄帝都是构建民族国家的一种佐证。正如沈松侨所言"透过这种隐喻性的转化过程，（黄帝）被当做是一个'家族'，一个永恒的存在"。① 可见，以黄帝为中心符号进行的民族想象，给予当时面临亡国灭种危机的中国得以永恒存在的一个看似合理的解释。

于是，碧荷馆主人在《新纪元》中所想象的1999年中国推行黄帝纪元之意义也由此凸显，而中国正是由这种统一血统的传承中的同胞所组成的群体。以黄帝符号为核心的民族想象，在晚清发挥着凝聚民族成员、重建民族国家的重要作用。但是，我们也看到以碧荷馆主人为代表的晚清知识分子在推崇黄帝背后的那种"非我族类，其心必异"的种族主义。对此，沈松侨指出："晚清知识分子假借黄帝这项血源性的祖源符号所建构的种族国族主义，其实也只是一套以汉族为主体，刻意排除其他族群于'中国'之外的意识形态。"② 有必要指出的是，晚清中国是在亡国灭种的严峻形势中被动接受西方传入的现代国家理念的，在国家、种族、文化等多重危机中爆发出的晚清民族主义，势必带有多元混杂的特征，这也是晚清民族主义不同于西方民族主义的独特性所在。因而晚清民族主义势必是脱胎于传统以黄种族为核心的汉族中心主义的民族主义，晚清民族主义本身便带有从传统到现代的尚未成熟的转型特征，这也是为何在晚清科幻小说中我们总能发现其中蕴含的"非我族类，其心必异"的强烈排外色彩。

（三）隐去的时间：在未来完成的"强国梦"

综观中国小说发展史，中国传统小说叙事的特征之一便是在叙事时间

---

① 沈松侨：《"我以我血荐轩辕"——黄帝神话与晚清的国族建构》，《台湾社会研究季刊》第28期，1997。
② 沈松侨：《"我以我血荐轩辕"——黄帝神话与晚清的国族建构》，《台湾社会研究季刊》第28期，1997。

方面基本采用连贯叙述，但在晚清科幻小说中，晚清知识分子极尽想象之力描摹未来中国，无论是军事实力，还是政治制度、科技发展水平等，都产生了质的飞升，于是晚清科幻小说中的未来中国以一种崭新的姿态重新傲立于世界万国之林。不难发现，晚清知识分子虽然极力刻画未来中国的发达昌盛，却忽略了晚清中国由当下颓势到达未来强势之间的历程，这段"走向未来"的历程在小说中被刻意隐去。

值得说明的是，略写的确是中国古代小说惯常使用的叙述技巧之一，王平在《中国古代小说叙事研究》中归纳总结出叙事文学作品的四种时距的基本表现形式，分别是省略、概述、场景以及停顿。其中省略指的是叙事作品的故事时间无限长于叙事时间，或者说叙事时间几乎为零，在此基础上省略又可划分为明示的省略和暗示的省略。回顾中国古代长篇章回小说，故事时间之长可横亘百年，其中《三国演义》便是其典型代表，而短则可跨越几十年，如《红楼梦》。

但是与中国古代小说中的这种省略叙事相比，晚清科幻小说中直写未来似乎并不仅仅是一种叙事技巧，而是更多地表现小说创作者对于直抵未来的急切心情，以及对于前往过程的回避。所以笔者认为，与其将晚清科幻小说的这种直写未来的叙事方式视为一种叙述技巧，不如将其理解为来自于未来的情感召唤。晚清知识分子借由科幻小说的形式向我们反复描摹中国未来的美好，比起他们当下所立足的中原大地，未来反而成了他们想要抵达的故乡。正如安德森在《想象的共同体：民族主义的起源与散布》中所指出的那样，寻找认同故乡是人类生存过程中的一部分，个体的存在感实际上都是通过对一个共同体的追寻所获得的，即追寻身体和精神的故乡。晚清知识分子试图通过对未来中国的想象，让记忆中的中华民族重现，并在对中国未来的想象中书写出一腔强国梦，追寻民族认同。

在小说《新纪元》中，作者于开篇便设定了文中所描述的乃是西历1999的中国，"原来这时中国久已改用立宪政体，有中央议院；有地方议会；还有政党及人民私立会社甚多。统计全国的人民，约有一千兆。……所有沿海、沿江从前被各国恃强租借去的地方，早已一概收回。那各国在中国的领事，更是不消说得，早已于前六十年收回的了。……若遇有战事，并后备兵一齐调集起来，足足有六百万。国家每年的入息，有两千三四百兆左右，内中养兵费一项，却居三分之一，所以各国都个个惧怕中国的强盛，都说是黄祸必然不远，……无如中国人的团体异常团结，各种那个科学又异常发达，所有水陆的战具，没有一件不新奇猛烈，这个少年新中国，并不是从前老大帝国可比！"① 在碧荷馆主人的叙述中，西历1999年的中国推行宪政，军事强盛，国家富强，科学发达……未来中国的种种一切都和晚清中国的当下困境形成鲜明对比，读来的确大快人心，但是这种鲜明对比的背后，是作者刻意忽略的逆转历程。在《新纪元》中，作者对于之后黄白大战的一切叙述都是建立在西历1999年的未来中国的大前提下，于是未来中国的强盛成了一种默认的既定事实，而晚清中国的颓势和未来中国的强盛之间却是一段空白，而这段过去与未来的历史断层也成了小说中一段"被隐去的时间"。

纵览其他几部晚清科幻小说，我们总能在文本中发现这一段"被隐去的时间"。其中一个典型的例子便是吴研人的《新石头记》，小说中记述了穿越到晚清中国的贾宝玉，在无意间进入"文明境界"，并在老少年的指引下对"文明境界"进行游览，在目睹了其中高超的科技水平、完善的政治制度之后惊叹不已。显然，在吴研人的笔下，"文明境界"是超然于世的存在，无论是科技发明，还是管理模式都先进于当时的中国。

如果说新发明表现了晚清知识分子对于科学知识的热忱，那么"文明境界"的管理模式则是吴研人对心中政治理想的书写。小说中，吴研人借"文明境界"主人东方强之口指出了"仁"对统治的重要性。一方面，这显然和传统儒家所倡导的"仁政"相统一；另一方面，也有了新的突破，将原有的纯精神层面的约束和物质层面的科技理想相互融合。小说中所描绘的"文明境界"，无论是农耕技术的革新、教育体制的改革，还是工厂的创建等，都以"仁"为先导，吴研人将这个重要的中国传统的哲学理念同20世纪的科学技术相互融合，使得传统思想从保守的窠臼中挣脱出来，被赋予了新时代下的内涵。

有意思的是，对于如此完美的"文明境界"，吴研人在小说中却没有着墨叙述其组建、发展的过程。在《新石头记》的结尾，东方强亮明自己的身份，他是甄宝玉，而在原作《石头记》中的甄宝玉沉迷红尘，本是贾宝玉不愿为伍的一类人。但是在20世纪的中国，这样的人物先于贾宝玉完成

---

① 旅生、荒江钓叟、碧荷馆主人：《近代小说大系：痴人说梦记、月球殖民地小说、新纪元》，第439页。

了"补天"之志,建立了"文明境界"。《新石头记》中"文明境界"的横空出世,使得其和现实的中国社会之间留下了大段的空白,贾宝玉为"补天"而来,却终究又错过了"补天",至于甄宝玉如何建成"文明境界"的历程便成了一段"被隐去的时间"。

在晚清科幻小说中存在叙述空白的原因,笔者认为大致可分为两方面:一方面,晚清中国现实的历史语境使得作者没有实体可以依托,只能在科幻小说中于未来直抵结果;另一方面,这样的设计也可能是作者有意为之。在原著《石头记》中,甄宝玉是贾宝玉的对立面,那么在《新石头记》中甄宝玉的成就就不得不受到质疑,甄宝玉以贾宝玉的替身身份完成了其"补天"的夙愿,于是出自对立一方的"文明境界"或许只是贾宝玉的南柯一梦。小说结尾处贾宝玉在梦中看见未来的中国皇帝是甄宝玉之后,便突然醒来,明白这只是虚幻一场,那么这个"文明境界"是否仅仅是他灵魂出窍后的环境,吴研人所给予我们的这些模棱两可的答案也恰恰回应了《石头记》中的那句"假作真时真亦假,无为有处有还无"。于是,在吴研人这样的叙事模式中,贾宝玉从历史中穿越而来,却仍在未来世界中错过了"补天"的机会,怀抱"补天"之志的他最终成了历史的"局外人",落入了历史与未来的夹缝中。

于是我们发现,无论是《新石头记》中不知何时建成的"文明境界",还是《新纪元》中直抵未来的"少年新中国",抑或是《新中国》[①] 中所描绘的四十年之后的中国新貌……这些充满憧憬与希望的未来中国,无一不是对晚清中国现实的逆转,收复失地、国家富强、军事强劲、科技发达,晚清中国这种种之"不可能",在晚清科幻小说中的未来中国皆成为现实,而中国也重回世界之巅。但是这样美好的未来总是在小说中以一种横空出世的形式出现,《新石头记》中的"文明境界"是贾宝玉无意间进入的,《新纪元》的"少年新中国"则是开篇伊始便设置的前提,《新中国》中陆云翔更是一觉醒来便穿越到了四十年后的中国……在晚清知识分子的笔下,中国总是从过去一下子穿越到未来,而中间则留下了大段的空白,避而不谈。正如王德威所指出的,晚清科幻小说中作者精心策划的未来,皆是对现实中国苦难的反转。未来的美好与现实的残酷形成了鲜明的对比,而这种强烈对比的背后恰恰是晚清知识分子无法抹杀的现实焦虑,是纾解他们

---

① 陆士谔:《新中国》,中国友谊出版社,2009。

于现实压迫中生发出的民族主义情绪的方法。所以,对于未来世界的狂想只能在这种断层的时间语境中展开书写。

晚清知识分子经历鸦片战争、甲午战败、戊戌变法、义和拳乱、庚子之乱,他们在这一系列的历史巨变中,目睹了中国"天朝大国"迷梦的破碎,同时也清醒深刻地认识到唯有改变才是拯救中国的唯一途径,所以笔者认为,与其说晚清知识分子借由科幻小说的形式描写中国未来仅仅是为了纾解无奈,不如说他们借由科幻小说中对于未来的书写来描摹当代历史的侧影。正如陈平原所说的一样:"'新小说'家考虑的不是历史演义(如《三国演义》的'实',也不是幻想小说,如《西游记》的'虚',而是如何于虚构故事的自然叙述中,带出时代的背影,留下历史的足迹)。"① 而晚清科幻小说中这段"被隐去的时间"才是几代中国人需要探索的未来。

晚清科幻小说中这段未被书写的时间留白,呈现了晚清知识分子身处前无古人后无来者的时代变局中的茫然与无奈,民族存亡的现实焦虑让他们急于寻找一个可以依托的强盛未来,但是对"现代"的模糊认知只能让他们将中国走向未来的现代化过程抽离。他们在小说中略去的是走向未来的过程,而隐藏的则是他们对眼前民族危机的焦虑情绪,他们用对未来中国的乐观憧憬回应对现世危难的无能为力。

结　语

晚清中国于战败中开启国门,放眼世界,接纳西学,于被动与屈辱中开始从传统向现代的社会转型,孕育于此种动荡的社会大变局之中的晚清科幻小说,便是晚清以来西方文化撞击、中西文化交汇的历史见证。伴随"小说界革命"的兴起,作为"新小说"的晚清科幻小说被赋予了"觉世醒民"的时代使命,也因此具有了强烈的启蒙色彩。一方面,强国保种的民族主义情愫让晚清知识分子迅速接纳西方传入的科幻小说,以求实现新知识的传播,塑造新民,从而为中国未来寻求出路;另一方面,中国小说所具有的幻想传统使得西方科幻小说能够顺利为晚清知识分子所接纳,加之传媒技术的革新,使得中国科幻小说在晚清时期迎来了第一次创作繁荣

---

① 陈平原:《中国小说叙事模式的转变》,上海人民出版社,1988,第238页。

高峰。

晚清知识分子的这种对于现代的积极态度，我们已经能够从碧荷馆主人的《新纪元》中获得真切的感受。国难危机让晚清知识分子意识到变革小说语言对于开启民智的重要意义，于是中国小说于晚清出现了语言转型。也正因如此，晚清科幻小说所践行的对于中国传统小说的革新所诉诸的最终目的，仍然是"新民"。无论是严复所主张的"鼓民力""开民智""新民德"，还是梁启超所指出的"欲新一国之民，不可不先新一国之小说"，晚清知识分子急于与传统脱离，推动社会、文化的转型，于是晚清科幻小说成了一种"新民"的途径，晚清知识分子力图通过这种"新小说"来开启民智，进而实现变革图强、振兴中国的"强国梦"。

受此影响，《新纪元》在小说语言方面践行了晚清"言文合一"的主张，希望借由一种新型的语言书写模式完成开启民智的重要使命，由此可见，晚清知识分子倡导以白话文代替文言文的动机在于白话文的传播功能。而这种对于功能的强调，还体现在《新纪元》中的科学观上。在《新纪元》的科学叙事系统中，虽然小说通篇都包围在浓厚的科学氛围之中，但作者显然所关注的是科学功能层面上的意义。无论是小说中层出不穷的军事发明，还是拥有科学知识的军事人才，二者所展现的都是科学对于获取战争优势的价值。这种模糊的科学意识还体现在《新纪元》中的传统情节再现上，小说中科学外衣所包裹的仍是传统的内核。但是《新纪元》中直写未来的线性时间意识，以及陆海空三位一体的空间模式、多国参战的战事规模，都显现这部小说的科学观较之前几部科幻小说已经更加成熟。

此外，《新纪元》开放式的结尾也是其不同于传统小说的另一特征，而这样的结尾设置并非《新纪元》所独有。综观晚清科幻小说，停笔于未完成式结尾的科幻小说不在少数。"强国""新民"的民族主义情愫让晚清知识分子对西方传入的科学理念积极进行回应，并借此开创新小说类型，但是其对科学的认知仍然只停留在功能层面上，所以呈现的是科学外衣里的斗法斗阵，以及不知未来为何的未完成结尾。

当然，晚清强烈的民族主义情绪不仅仅体现在小说的叙事特色上，《新纪元》中主人公黄之盛的命名已经将"重回盛世"的理想直观展现。同样的情况还出现在晚清其他几部科幻小说之中。《新纪元》中因为黄帝纪年之争而引发的黄白种族大战则可谓晚清强国保种、重振雄威的民族情绪的集中体现。在晚清特殊的历史背景中,黄帝从皇权符号上升为中华民族之始祖,形成了种族血缘维系的民族想象,而黄帝纪年最终取代西历纪年则暗含着一种杂糅了种族、国家与文化等多元概念的民族主义。

晚清知识分子在战败中认识科学,在剧变中接触现代,所以晚清民族主义从其兴起之初便带有救亡图存的民族情绪。一方面是"非我族类,其心必异"的传统民族观念;另一方面是亡国灭种的家国危机,受到二者交互影响的晚清民族主义势必带有排外、非理性的色彩,所以在《新纪元》的结尾,我们看到了西方国家因为战败被迫签署"不平等条约";在《电世界》中,我们看到黄种人与白种人的大规模厮杀;等等,这些都是晚清民族主义在小说中的情感投射。

诚然,如今回望晚清科幻小说,我们能明显地体味其中浓厚的工具论色彩,但正如王国维所言,一时代有一时代之文学,晚清中国深陷亡国灭种、民族危亡的困局之中,中西矛盾、"满汉"矛盾,这些因素都使得晚清中国社会充斥着浓厚的政治色彩。似乎从来没有一个时代如晚清一般让中国人充满惶恐与挫败,千年传承的信仰为西方文化所动摇,战败让晚清知识分子对传统失去了信心,所以晚清知识分子所推行的"新小说"承载的是一种极为强烈的关乎民族存亡的忧患意识和危机意识。

因此,我们在《月球殖民地小说》《电世界》《新纪元》等晚清科幻小说中总能发现黄白种族大战的情节,而结局也总是以黄种人大胜白种人,实现强势复仇。对此,陈平原认为晚清小说家过分关注了"新小说"的启蒙作用,而忽视了个人情感。[①] 笔者认为这种对个人情感的忽略是晚清这个特殊时代的产物。晚清中国知识分子在接受"现代",进入"世界"的进程中,携带着一种面临外族瓜分狂潮的恐惧情绪,一方面积极接纳"现代"概念,更新知识系统;另一方面又在亡国灭种的危机中胆战心惊。他们在这种双线并行的结构中生发出的民族主义必然带有一种明显的反抗意识和复仇情绪,正如胡安·诺格所言:"民族主义是一种非理性的力量,是一种人类深层感情的表达,它远远超出任何理性分析。"[②] 所以在《新纪元》中

---

① 陈平原:《从科普读物到科学小说——以"飞车"为中心的考察》,《中国文化》1996年第1期。
② 〔西〕胡安·诺格:《民族主义与领土》,徐鹤林、朱伦译,中央民族大学出版社,2009,第1页。

才会出现一个科技发达、制度昌明的现代气息浓厚的"新国"却要重新启用黄帝纪年，用黄帝纪年取代西历的背后，隐藏的是晚清知识分子渴望中国重回历史辉煌时期的"旧梦"。

于是从关心民族危亡到社会变革，晚清知识分子试图赋予小说这一文学形式以救国、"新民"的色彩，这种革新小说的动机难免让晚清科幻小说带有政治救亡、启蒙民智的工具色彩。但与此同时，晚清科幻小说所折射出的晚清知识分子之强烈的忧国忧民、变革图强的民族主义情愫也悉数透露。

自晚清开始，带有启蒙性质的科幻小说在中国扎根，至今已走过百年历史。回顾中国科幻小说的发展，晚清中国充满压抑感的历史语境显然刺激了晚清知识分子，而作为"新小说"的晚清科幻小说也迎来了第一次创作高潮。民国以后直至新中国成立初期，中国科幻小说进入了创作沉默期，唯有老舍的《猫城记》（1947）让人眼前一亮。之后，中国科幻小说开始转变为大众儿童文学。20世纪50年代中期开始，中国科幻小说以儿童文学的形式走向大众，但在"文革"十年期间，中国科幻小说再次进入了沉睡期，直到1979年童恩正提出了科幻小说应该以普及科学的人生观为己任的创作理念，再一次掀起了中国科幻小说的创造高潮，于是我们看到了叶永烈的《小灵通漫游未来》（1978）、童恩正的《珊瑚岛上的死光》（1979）、郑文光的《飞向人马座》（1979）等科幻小说佳作。进入21世纪，中国科幻小说创作进入了全面井喷期，以刘慈欣、韩松、王晋康、钱莉芳、星河、间客为代表的科幻小说家们将中国当代科幻小说创作推向高潮，小说主题涉及对人类生命价值的追问、宇宙道德准则的思考等诸多方面。

与此同时，纵览当代中国科幻小说，我们依然能在其中发现很多晚清科幻小说《新纪元》残存的影子，如刘慈欣的《全频带阻塞干扰》（2001）① 就是一部以战争为背景的军事题材的科幻小说。小说讲述了以美国为代表的"北约"凭借其先进的电子战军事势力对俄罗斯发起了全面侵略。俄军则以自我牺牲的方式驾驶飞船撞向太阳，撞击带来的磁暴干扰了电磁通信，使得美国军队被迫与俄罗斯站在相当的军事水平上，为俄罗斯援军的到来争取了时间。俄罗斯士兵为了保卫领土而浴血奋战，让小说充

---

① 刘慈欣：《全频带阻塞干扰》，《科幻世界》2001年10月。

斥着浓重的民族危机意识。

同样讲述战争的还有刘慈欣发表于2002年的小说《天使时代》(2002)。① 小说讲述了桑比亚国为解决本国人民面临的饥饿问题，通过基因技术对本国人民进行基因重组，造就出能够吃任何植物的"新人类"。这一举动违反了"第一伦理"，因而招致联合国以菲利克斯为最高指挥官的"第一伦理"行动组织的围攻。小说的故事主体部分便是讲述这场联合国与桑比亚国之间的对抗。在双方交战的关键阶段，两万多名被重组基因的桑比亚"飞人"壮士飞向林肯号舰队，让人不禁回想起诺曼底登陆时的壮烈场面。这些"飞人"最终凭借数量战胜了三大舰队的智能武器。和《全频带阻塞干扰》相似的是，双方对战也是由科技战演变为了原始肉搏战，"飞人"俨然成了整个桑比亚民族的"天使"。科学技术为桑比亚国提供了绝地反击的机会。

同年发表的小说《人和吞食者》(2002)② 将战争升级到地球人面对外星人的星球保卫战。外星种族"吞食者"的入侵目标很明确，即将地球变成其专属殖民地，而地球人只能以"吞食者"家禽的身份延续种族。最后，地球人在月球上忍辱负重地过了一个世纪，最终确定在月球深埋核弹，并伺机引爆。月球上的地球人以同归于尽的决心，将月球脱离地球引力，径直撞向"吞食者"。遗憾的是，这场地球保卫战以失败告终，但是地球人的反击捍卫了这个种族的尊严。

在这些小说中，科学技术都被神化为决定一个民族甚至是一个种族生死存亡的关键因素。在这些当代中国科幻小说中，无论是从科学性层面，还是从文学性层面，显然都超越了如《新纪元》一般的晚清科幻小说。但是我们不难发现在当代科幻小说中依然存在着通过科技武力实现种族对抗的主题模式，尽管战场已经从地球转移到了外太空，尽管所凭借的武器早已超越了"乾坤镜""奔雷车"等"前科学思维"产物，尽管在小说中我们看到的描写对象也不尽是中华民族、黄种人，但是它们仍存在一个相似点：这些科幻小说的故事模式都是弱势族群凭借科技实现逆转。和晚清科幻小说相同的是，强大的科学技术为弱势族群提供了生存保护以及生存空间。

---

① 刘慈欣：《天使时代》，《科幻世界》2002年7月。
② 刘慈欣：《人和吞食者》，《科幻世界》2002年11月。

科幻小说由西方世界传入中国，从一开始中国科幻小说便在西方科幻小说的影子中摸索前进。如果说晚清科幻小说中所表现的对科学技术的崇拜乃是为了强国保种，那么当代科幻小说中所显现的技术崇拜则展现了来自第三世界科幻小说家的民族主义情愫。所以当我们在《全频带阻塞干扰》的结尾处看到受到干扰而无法使用先进信息技术的"北约"将军帕克发出全体上刺刀的命令时，不禁思考如果脱去科技的华丽外衣，孰强孰弱的生存秩序或许将被重新评判，于是弱势族群赶超强势族群的可能性便被具体化，即对先进科学技术的掌握。

正如中国当代学者康桥所言，"近现代民族国家思想反复激荡着中国人的'天下'，交替影响着中国人，而强国梦则代代相传，那些累积的民族国家意识和民族主义情愫，在当代中国人心中生根开花"。① 借用英国学者以赛亚·伯林的那个生动比喻，自晚清开始，中国人的民族意识便一直处于一种"发炎红肿"②的状态。的确，21世纪的中国科幻小说应该跳出强弱民族对峙的尖锐关系，当代科幻小说家也在呼吁科幻小说应该关注全人类的生存问题。但是中国科幻作家生长在一个拥有苦难记忆的民族中，成长环境与历史记忆让他们创作的科幻小说无法与民族主义彻底绝缘。

中国对于现代化的探索是在抵抗西方侵略过程中被迫选择的征途，文化与社会发生了非自然性的断裂，所以自晚清开始，中国人便陷入了一种双重认同危机中：何谓现代的中国人，何谓现代的民族国家。如果说被强行植入"现代"概念的晚清中国被迫将西方视为现代转型的具象目标，那么时至今日，当我们从被迫转型过渡到自由选择的时候，中国的未来又将如何。韩松在《想象力宣言》中指出，科幻小说中关于未来天马行空般的设想应该源于科学理性的想象力。他认为，科幻小说的本质是强调自由诉说，③ 但是看似个人化的自由诉说折射出个体与中国社会现实的复杂关系，折射出一代中国人关于文化的反思与未来的思考。如果说以《新纪元》为代表的晚清科幻小说是渴望古老帝国重新腾飞的"旧梦"，那么今天的中国

---

① 康桥：《网络小说中的民族国家想象》，《文艺争鸣》2011年第19期。
② 〔英〕以赛亚·伯林：《扭曲的人性之材》，岳秀坤译，译林出版社，2009，第248、249页。
③ 韩松：《想象力宣言》，四川人民出版社，2000，第255~257页。

科幻小说却展现了在反思当下后对中国未来的焦虑。

詹姆逊在《处于跨国资本主义时代的第三世界文学》一文中指出：第三世界文学总是以民族寓言的形式来投射一种政治，"关于个人命运的故事包含着第三世界的大众文化和社会受到冲击的寓言"，[①] 是文本与现实境遇之间的对话。反观今天的科幻小说，刘慈欣以浪漫主义的笔触书写着现代化进程中的落伍者对强势群体的反抗；王晋康则用他朴素的笔调书写着关于生命、人类生存的思考，反映中国传统文化中的普世情怀；而韩松小说中诡异怪诞的色彩则揭示中国传统文化与现代社会的不协调之处。他们都以自己的独特视角来反思当下的现实境遇，在这种现实焦虑中思考中国未来。科幻小说虽处于文学边缘地带，但是这些科幻小说家并非将自身边缘化，他们以幻想性的书写方式描摹着未来世界，呈现最现实的社会问题、家国危机，他们在科幻小说中描写的中国未来代表了这一代中国人对于中国现实与未来的思考。

相隔一个世纪的两代中国人都在幻想中描摹着"未来中国"，"新纪元"不仅是晚清知识分子憧憬的开始，也是当代中国人所渴望却又不知如何抵达的未来。

回望中国科幻小说百年历程，晚清知识分子怀揣着强国"新民"的民族主义情愫进行科幻小说创作，开创中国科幻小说之先河。尽管晚清科幻小说透露他们尚未成熟的科学观念，无限扩大的科学功能意义赋予小说以浓重的工具色彩，但与此同时，在小说字里行间中也显示他们这一代知识分子所承受的中国由前现代社会向现代社会转型过程中的阵痛。显然这种转型时的阵痛以及民族生存的现实焦虑，成了一种无法淡忘的民族情绪，而且代代相传。如今已经具备成熟科学观念的中国当代科幻小说家，依然在小说中书写着未来中国，小说中依然能够看到弱势族群实现命运逆转的情节，让人从中体味自晚清绵延至今的民族焦虑情绪。

如果说晚清知识分子面对西方强势入侵而焦虑于种族生存与文化延续，他们在科幻小说中书写的复仇情节更是将这种非理性的民族情绪彰显无遗；在全球化的今天，中国当代科幻小说所折射出的关于中国现实的焦虑依然

[①] 〔美〕弗雷德里克·杰姆逊：《处于跨国资本主义时代中的第三世界文学》，张京媛译，《当代电影》1989 年第 6 期。

延续，并且更加多元和复杂：对外，中国与西方发达国家的差距依然存在，国际地位的不对等；对内，中国社会的过速发展所带来的思想异化，以及全球化对中华文明的冲击等。因此，我们也该以一种更为理性的态度来审视历史与未来的关系，如盛洪所言，晚清中国兴起的民族主义是以呼唤民族血性为目的的，是由传统天下主义转变而得的，但是今日中国同样需要从这样激进的民族主义转向一种新天下主义。①

英国天文学家弗雷德·霍伊尔曾预言，将来最严肃的文学要到科幻文学中寻找。② 科幻小说以科学理性关注当下现实，又在此基础上幻想未来，这正是其严肃性所在。正如吴岩所言，科幻文学凭借科学和未来对现实展开双重入侵。③ 这也使得科幻小说兼具科学理性与人文精神，所以我们能够在韩松的《地铁》中在地铁飞速前行与乘客文明退化的对比中，看出作者对于现代化的担忧；在王晋康的《替天行道》中看到作者对科学技术与道德准则关系的思考，虽然小说中有对东方文明的推崇，但是内涵是对生命与道德关系的思考。

伴随着刘慈欣"三体"系列大热，中国科幻小说开始受到世界科幻文学界的关注，华裔科幻小说家刘宇昆一面积极创作科幻小说，一面将中国优秀的短篇科幻小说翻译成英文，引出国门，为中国科幻与世界科幻的交流做着努力。如果说科幻小说折射出一个民族的现代化程度，那么中国当代科幻小说家也一直在向世界展示一个现代的中国，中国当代科幻小说的发展也见证了中国在现代化进程中的崛起。中国科幻小说应该走向世界，世界科幻小说界也须重新看待、接纳中国科幻小说，我们应当在这种双向流动的过程中来消解误解，面对现实。

今天中国所面临的是一个多种文明共存的世界，一味排他、只关注本民族的非理性民族主义不仅将束缚中国科幻小说的发展，而且会禁锢中国自身的发展。或许我们须要唤起一种新的天下主义，来认识并接纳全人类文明，在中国文明与世界文明的相互交流中建构现代民族国家。

---

① 盛洪：《从民族主义到天下主义》，李世涛主编《知识分子立场：民族主义与转型期中国的命运》，时代文艺出版社，2000，第78~85页。
② 吴岩：《科幻文学论纲》，重庆出版社，2011，第35页。
③ 吴岩：《科幻文学论纲》，第1页。

·附录·

《新国旧梦：晚清科幻小说与民族主义
——以〈新纪元〉为中心》写作过程

一 论文写作缘起

谈起这篇论文的写作缘起，要追溯到我本科的毕业论文。我本科的毕业论文选题为《浅析晚清科幻小说的时代论题》，那是我第一次接触晚清科幻小说。由于之前自己并没有对这个领域关注太多，所以在撰写本科毕业论文的时候查阅了大量的资料，花费了很大精力，最后顺利通过答辩，论文也被评为本科优秀毕业论文。后来进入研究生学习阶段，胡老师鼓励并支持我对本科毕业论文进行继续深化，做到有始有终。之后我以《晚清知识分子的自觉意识研究——以晚清科幻小说为中心》为题，获得了首都师范大学研究生学术创新课题立项基金，正是在课题研究过程中，我梳理了自本科以来关于晚清科幻小说的研究思路，从对小说的时代论题的研究到对小说的创作者——晚清知识分子群体的关注，最后确定了以晚清民族主义思潮为视角重新审视晚清科幻小说的思路。在和胡老师交流后，得到了胡老师的支持。当时胡老师建议我先对民族主义的相关理论进行了解，一方面进行理论著述的阅读，另一方面对于学术界目前的研究动态进行了解。于是我便开始搜集相关资料并重新整理，开始对论文的初步构思。

二 论文前期准备工作

（一）国内研究现状的分析

因为我在论文中主要关注的是晚清这一时期的中国本土原创科幻小说，所以对于此时期译介的西方科幻小说并未做过多关注。我认为晚清中国科幻小说更能够将晚清知识分子当时的忧国之思，以及他们对于现代理念的积极回应展现出来，他们所描摹的中国未来和晚清民族主义有着更为直接的联系。基于此我对晚清科幻小说与民族主义之间的关系进行了思考。

1. 晚清科幻小说在此时期迎来创作繁荣的内在动因是什么？

2. 科幻小说作为一种"新小说"，其"新"的具体表现是什么，和晚清民族主义之间有何内在关联？

3. 晚清民族主义与中国文学的现代转型密切相关，而晚清民族主义又可划分为不同类型，晚清科幻小说体现了哪些类型的民族主义，有何对照关系？

带着这些问题，我开始对相关资料进行搜集和整理。对晚清科幻小说的关注，肯定要涉及两个关键词，即"晚清"和"科幻"，所以我在进行资料搜集时主要涉及两个方面：一是晚清中国这段特殊历史的相关研究文献，其中涉及晚清思想变迁、学术发展以及民族主义思潮方面的著述和文章是我关注的重点；二是晚清科幻小说方面的研究，其中涉及科幻小说的界定，所以我还关注了中西方关于科幻小说定义方面的分歧。此外，对于晚清科幻小说的价值研究资料的搜集：一方面因其在中国文学现代转型中处于过渡阶段，所以涉及中国文学发展史方面的资料是我需要关注的；另一方面，晚清科幻小说作为一种小说类型，文学性是其基本属性，所以我搜集了关于中国小说叙事模式、小说演变方面的文献资料。

近几年学界对于晚清时期的文学以及学人的关注呈现上升趋势，因而晚清科幻小说也逐渐受到关注，无论是对晚清科幻小说的命名，还是对晚清科幻小说的时代价值，或是对晚清科幻小说中所体现的早期科幻观等，都开始受到关注，并有所发现。我对此进行了梳理和归纳，大体上将学术界关于晚清科幻小说的研究方向，归纳为以下几个方面：

1. 西方文化传入对晚清科幻小说的出现和发展的影响；
2. 晚清科幻小说对中国文学志怪神魔传统的继承；
3. 晚清社会思潮对晚清科幻小说的影响；
4. 晚清民族主义对晚清科幻小说的影响。

我之所以选择从晚清民族主义思潮这个视角作为切入点来研究晚清科幻小说，是因为晚清科幻小说作为晚清中国一种"新小说"类型，其出现和晚清知识分子大量译介西方小说，传播西方先进科学理念有着直接的关系。同时晚清中国遭遇亡国灭种的民族危机，诞生于此背景下的晚清科幻小说和晚清民族主义势必存在难以割舍的关系，无论是从小说形式、结构，还是从小说意象，都能看到民族主义思潮对晚清科幻小说的影响。近几年，学术界已经开始关注晚清民族主义与中国文学发展的关系，但是关于民族主义思潮与晚清科幻小说的关系还有很大的探索空间，而且能立足于科幻文学，对晚清民族主义以及当代民族主义展开思考。

(二) 写作思路初步成形

经过对目前国内学者研究现状的分析，以及对自己本科毕业论文和后来的科研立项研究成果的总结，我初步形成了自己论文的写作思路。晚清知识分子在当时身处剧变与迷茫的年代，以自觉的姿态拥抱西方传入的现代理念，翻译并创作科幻小说，但是对这种自觉意识的研究势必要追溯到当时的社会思潮，所以晚清民族主义作为晚清时期社会思潮的一条主脉，影响着晚清知识分子群体的思想走向，也是晚清科幻小说出现并且迅速繁荣的深层动因。基于这样的思考，我设计出了最初的论文写作思路。在论文中我尝试以晚清民族主义为切入点，分析晚清科幻小说自产生到繁荣过程中晚清民族主义所发挥的重要作用。我尝试在全文中对晚清科幻小说的叙事策略以及主题两方面展开分析，进一步探索晚清民族主义是如何从外部形式到内部主题，对晚清科幻小说产生深层影响的。

依照这样的论文写作思路，同时综合比对之前学者的相关文章，我初步设计了毕业论文的整体结构。

> 绪论：这一部分主要分为两个部分，分别是关于晚清科幻小说的研究综述和对民族主义、晚清民族主义的概念厘清。同时明确晚清民族主义对中国文学现代转型发挥了重要作用，而晚清科幻小说正是这种转型的表现之一。
>
> 第一章，晚清民族主义与晚清科幻小说的兴起：这一部分主要分为四个部分，分别是晚清科幻小说的界定、晚清科幻小说兴起的内在动因、西方科幻小说译介的影响，以及晚清科幻小说对中国古代文学志怪神魔传统的继承。
>
> 第二章，晚清民族主义与晚清科幻小说的形式：晚清科幻小说作为一种"新小说"，其"新"所体现的是对中国传统文学的革新，并选择几部典型的晚清科幻小说，分别从角色设置、语言形式、小说结构三个方面展开分析。

第三章，晚清民族主义与晚清科幻小说的时代主题：根据学术界关于晚清民族主义的研究成果，晚清民族主义大致可以分为种族民族主义、政治民族主义、文化民族主义三种类型，所以这部分重点探讨晚清科幻小说中所体现的不同类型的民族主义。

结语：这一部分主要是对全文观点的一个总结，并对晚清之后的中国科幻小说的发展状况展开论述。

虽然有了一个初步的写作框架，但是在设计论文框架的过程中，我也意识到还有很多问题需要解决：首先要面对的就是如何将作为社会思潮背景的晚清民族主义与晚清科幻小说建构起内部联系，如果单单从时代背景角度谈及晚清民族主义，显然会使全文呈现民族主义与晚清科幻小说两条线索，结构会很松散。其次就是关于晚清科幻小说的选择，究竟选择哪几部晚清科幻小说作为典型个案进行分析，而且每一部晚清科幻小说中通常呈现的是不止一种类型的民族主义，如何筛选是需要我解决的问题。最后就是关于论文题目的拟定，如何选择一个能够涵盖全文中心思想的论文题目，是一直困扰我的问题。就目前的论文思路设定来看，我暂时将论文的题目拟定为《晚清科幻小说与民族主义思潮》，此时主要是考虑论文主要探讨的是晚清民族主义对晚清科幻小说的影响，因而想在题目中显示论文主要涉及的两个关键词，但是我也知道这个题目似乎有些太宽泛。

之后，胡老师得知我毕业论文的初步思路之后，指出了其中存在的问题，并且提出了修改意见。

1. 目前论文中的研究综述部分还不够完整，还须要补充文献资料。同时在阅读民族主义的相关理论著述时，要关注中国民族主义的特殊性，并且也要建立自己对于民族主义，尤其是当代民族主义的反思意识。

2. 建立问题意识，全文要分析晚清民族主义与晚清科幻小说之间的内在联系，那就要先明确论文围绕探讨的中心问题是什么，用问题来联结才让论文关于晚清民族主义与晚清科幻小说的论述内容不脱节。

3. 目前学术界关于民族主义的类型并没有统一的划分，如果要在文中将不同类型的民族主义与晚清科幻小说进行对照，一定要先明确论文参考的是谁的民族主义理论和观点。

三 论文写作阶段

（一）论文提纲的拟定

根据胡老师提出的修改建议，我重新设计了论文的结构，再一次梳理了论文的写作思路。将修改后的论文提纲交给胡老师后，胡老师不仅耐心地为我提出修改意见和建议，同时认真地修改了我的论文结构，胡老师提出的修改意见也为我之后的论文写作拓展了思路。

1. 在研究综述部分，不仅要关注国内学者的研究成果，还要参考国外学者的相关研究成果，这样论文的综述才有全面性。

2. 在概念厘清方面，民族主义作为晚清科幻小说的社会思潮背景，论文探讨的是晚清科幻小说与民族主义的关系，不应将论述重心过多向民族主义倾斜，而应该突出全文论述的重心。

3. 晚清民族主义对晚清科幻小说的影响势必首先体现在小说语言形式上，论文对这方面内容的论述应该加强。

4. 目前论文的选题《晚清科幻小说与民族主义思潮》，显然是一个过于笼统的概括，不能作为最后论文的题目。论文的题目应该是全文最核心思想的体现，这个要再好好思考。

结合胡老师提出的修改意见，我将论文的开题大纲进行调整，并将毕业论文的选题拟定为《被书写的"强国梦"——晚清科幻小说与民族主义》，论文整体结构大致划分为五个部分：

1. 绪论
2. 研究现状及存在问题
   几个重要概念的厘清：科幻小说，晚清民族主义，晚清民族主义与中国文学的现代转型
3. 晚清科幻小说的渊源与兴起
4. 中国文学志怪神魔传统与晚清科幻小说
   西方科幻小说的译介与晚清科幻小说创作

晚清科幻小说兴起之社会动因

晚清科幻小说的叙事策略：角色设置，叙事形式，语言特色

晚清民族主义与晚清科幻小说主题

晚清民族主义类型：种族民族主义，文化民族主义，政治民族主义

5. 结语

（二）开题报告的调整

在学院开题报告会中，各位老师对我的开题报告提出了修改意见，我将各位老师的修改意见归纳为以下几点。

1. 论文选题太大，应该针对一两个典型文本展开分析。

2. 小说作为一种文学类型，有自己的叙述方式，应该重点关注某个典型的晚清科幻小说的叙事策略，并展开分析其与晚清民族主义之间的关联。

3. 晚清民族主义作为晚清中国社会一个重要的意识形态体现，对晚清科幻小说的影响涉及内在机理与叙事模式，其影响不会只是浅层次的关系，而应该进行深层次的探讨。

4. 目前的论文结构并没有将晚清科幻小说与晚清民族主义有机融合，同时科幻小说的科学性与文学性二者的关系也应该有所涉及。

结合各位老师提出的修改意见，我重新调整了论文结构，并结合论文的中心思想，将《新纪元》作为全文探讨的中心文本，通过对《新纪元》与其他几部晚清科幻小说的比较，来展现晚清科幻小说与民族主义之间的内在关联。在确定中心文本之后，我又进一步搜集相关的文献，并开始了论文的初步撰写。

（三）初稿写作及修改

开题报告之后，针对各位老师对我论文提出的修改意见，胡老师也在论文书写方面，给我提出了一些意见和建议。就目前成形的论文结构而言，显然对《新纪元》的讨论是论文书写的重头，肯定是最花费时间和精力的部分，所以胡老师建议我可以先把这部分核心内容书写出来，这样在之后的论文书写中既能够把握全文的主体脉络和中心思想，又能在和其他文本比较以及对全文进行总结时保持清晰的逻辑。

根据胡老师提出的修改意见和写作建议，我首先从论文的中心部分——关于《新纪元》的分析展开书写。虽然之前的本科毕业论文，以及研究生科研立项都是关于晚清科幻小说的，但是并没有专门针对一个小说文本进行细读，而且在对《新纪元》的语言形式进行分析的同时，还要探讨晚清民族主义对《新纪元》的深层影响。因为在论文开题之前，我已经对目前国内外学术界关于晚清科幻小说的研究情况有了初步了解，所以第一部分的绪论书写得还算顺利，只是在概念厘清这部分花费了些时间。另外，在书写论文的过程中，我始终觉得对于《新纪元》的叙事策略方面的分析过于浅显，对于《新纪元》的文本细读显然不能只停留在小说文学特征和文学价值这个层面上，还要探寻晚清民族主义对于《新纪元》叙事的影响，以及《新纪元》独具时代特色的叙事特征，即胡老师一直告诫我的要时刻持有的问题意识，这是我在论文书写中所要解决的最大问题。但是初稿书写过程中我总是无法将晚清民族主义思潮与晚清科幻小说的叙述策略有机融合，探究其最深层的关系。这些问题在我向胡老师提交初稿之后，也被胡老师着重指出来。对于我初稿中的问题，胡老师给出的修改意见主要包括以下几个方面。

1. 文章的开头部分还须要进行重新设计，现有的开头显得太过生硬。

2. 论文综述部分关于晚清民族主义与中国文学的现代转型可以调整到具体论述中，避免重复。

3. 论文第一章关于晚清科幻小说的发展应该先清晰概括出其总体情况，再介绍晚清科幻小说的渊源，同时对于选取《新纪元》作为中心文本，也应该说清楚原因，并介绍《新纪元》的特色。

4. 对于《新纪元》的论述过于粗放，而且论述次序也很混乱，运用的叙事术语也很不专业，显得文不对题，建议多阅读些关于叙事学方面的理论专著。

5. 《新纪元》还有很多可以挖掘的东西，目前来看只关注小说的叙事策略和意象是不够的，如《新纪元》与传统小说的关系、其中的人名设置，以及黄白人种的划分等，都可以展开探讨。

6. 论文虽然以《新纪元》为中心，但是还要兼顾其他几部晚清科幻小说，现在初稿中关于其他小说的论述太粗略了。一定要用一个章节或一个小节来研究其他几部晚清科幻小说,并与《新纪元》进行比较。

  7. 结语部分,不应该停笔于晚清科幻小说,应该联系论题的当代价值展开论述,比如,论题和当代科幻小说的关系以及关于当代民族主义的思考。

  根据胡老师提出的细致修改意见,我马上对论文初稿的结构进行了调整。首先我将绪论中原有的关于晚清民族主义与中国文学的现代转型这部分,放入了正文的论述中,并结合《新纪元》的叙事策略展开探讨。在第二章《新纪元》的叙事特色中加入了传统情节再现。在第三章中加入了关于小说中人物命名与晚清民族主义思潮关系的探讨内容,并且在修改过程中阅读了叙事学的理论著作。论文的结语是我在修改中花费时间比较多的一个部分,相对于晚清,当代中国科幻小说的创作数量远远超越前者,并且发展迅速。要了解当代中国科幻小说发展动态并不容易,这和我平时对当代中国科幻小说关注不够有很大关系,所以在修改过程中我关注了大量的关于中国当代科幻小说的研究资料,以及科幻作家自己撰写的著述。此外,晚清以来的民族主义作为一种深埋于历史的民族情绪代代相传,所以如何选择能够折射出这种民族情绪的当代科幻小说也是不容忽视的一环。

  在修改过程中,胡老师时常给我提出新的意见和建议,并将我忽视的最近发表的相关研究成果发给我,对我每次提交的修改稿,胡老师都会针对其中的问题回复修改意见。我根据胡老师提出的修改意见,反复斟酌毕业论文题目,最后将题目修改为《新国旧梦:晚清科幻小说与民族主义——以〈新纪元〉为中心》,这个改动主要是基于两点思考:一是小说中虽然描绘的是"新国",但是其中推行黄帝纪年、实现民族复仇,体现"新国"承载的是重回盛世的"旧梦";二是全文主要探讨了晚清民族主义思潮对《新纪元》的影响,所以我想还是有必要在副标题中明确出来。这样,经过多次的结构调整、内容修正,以及对论文题目的反复斟酌,我的毕业论文逐渐成形。

革命生活的审美化及其对生活美学的启发

亓吉亮[*]

对于 20 世纪乃至整个现代中国，20 世纪 80 年代之前的红色革命文化无疑是非常重要的，这一段"共产党领导的社会主义革命"，"发轫于 20 世纪的初期，成熟于 40 年代，繁荣于解放后，极盛于'文革'时期"。[①] 基于百余年的革命斗争经历，红色革命文化中浓郁的政治色彩在政治学、社会学、文化学、文学视野里着墨较多。但是将之放于美学视野中，则革命生活不仅是政治化的，也是审美化的，革命生活与审美经验之间呈现了难得的互通关联。这一点在 20 世纪 40 年代尤其是新中国成立之后的革命文化现实中表现得十分明显。

一 革命生活的趣味合法化及其风格专政

新中国成立后，现代民族国家的建立、全新生活的开始，以及抗美援朝胜利引致的民族自豪感的喷发，一个崭新的自主国度要求发展自己独有的现代性，延留的革命逻辑和弥漫的革命情绪呼唤人们从思想到实践对此前生活予以彻底遗弃，并由此带来了所谓的"灵魂深处闹革命"运动。现代革命主体急迫地要展开对旧有生活结构的批判与重建，并借对社会生活

---

[*] 文艺美学方向；指导教师：邹华。
[①] 陶东风：《后革命时代的革命文化》，《当代中国文艺思潮与文化热点》，北京大学出版社，2008，第 197 页。

进行大规模的政治化改造，推动一种崭新的革命生活样态横空出世。而鉴于新生活的乌托邦性质以及发扬光大的主观能动性和革命激情，如此革命生活呈现了特定的审美属性，并确立了工农兵化的审美风格。

（一）工农兵化审美风格的趣味合法化

1966年6月1日，《人民日报》发表了改组后的第一篇社论《横扫一切牛鬼蛇神》，提出了"破旧立新"这一"文化大革命"的重要政治任务。社论说："无产阶级文化大革命，是要彻底破除几千年来一切剥削阶级所造成的毒害人民的旧思想、旧文化、旧风俗、旧习惯，在广大人民群众中，创造和形成崭新的无产阶级的新思想、新文化、新风俗、新习惯。这是人类历史上空前未有的移风易俗的伟大事业。"众所周知，此时发表的社论，以及两个月后通过的"十六条"成为后来红卫兵"破四旧"运动的直接思想渊源，其极端发展趋势，使其成为臭名昭著的"红色恐怖"，并波及人们私人领域的日常生活，造成了极为恶劣的现实悲剧。然而，须要正视的是，这种吁求在思想文化领域进行的"破旧立新"，暗自释放的是一种革命精神，其实质是文化批判，是20世纪中国革命现实和斗争思维的极端化发展。新中国成立后，在如此思想逻辑的影响下，一种与既有传统决然分裂的革命性的与物质享受不共戴天的精神性生活方式，被大力宣扬开来。思想文化领域里的"破旧立新"成为很长一段时间里的主导哲学，人们不仅要在社会生活中翻天覆地闹革命，而且这种革命性、政治性运动也波及私人领域的日常生活，并借由对生活领域里的政治化改造来播散新的审美风格，继而由审美特权达至政治稳固。

新中国成立伊始，和初"进城"的共产党人面临着生活方式、生活观念的转变与考验一样，人们在审美观念上也呈现诸多裂痕，既有的"资产阶级趣味"和"无产阶级趣味"之争愈发明晰地摆在了人们的面前，等待选择。对此，从萧也牧于1950年元旦发表的短篇小说《我们夫妇之间》及其后来的遭遇便可见一斑。在这篇极具生活气息和个人趣味的作品中，萧也牧通过对日常生活内容的朴实书写，真实刻画了一对"知识分子和工农结合的典型"夫妇在革命胜利"进城"后的生活波折，生动地呈现了新时代城市生活和过去艰苦朴素传统的紧张关系：

> 这些虽然都是非原则问题，但也恰好正在这些非原则问题上面，

我们之间的感情,开始有了裂痕!……比方:发下了新制服,同样是灰布"列宁装",旁的女同志们穿上了,就另一个样儿:八角帽往后脑瓜上一盖,额前露出蓬松的散发,腰带一束,走起路来两脚成一条直线,就显得那么洒脱而自然……而她呢,怕帽子被风吹掉似的,戴得毕恭毕正,帽沿直挨眉边,走在柏油马路上,还是像她早先爬山下坡的样子,两腿向里微弯,迈着八字步,一播一摆,土气十足……我这些感觉,我也知道是小资产阶级的,当然不敢放到桌子面上去讲!但总之一句话:她使我越来越感觉过不去,甚至我曾经想到:我们的夫妇关系是否可以继续维持下去?①

正如该文所点明的,新中国成立伊始,人们在审美观念上呈现某种裂痕,所谓的"资产阶级趣味"和"无产阶级趣味"两种不同的审美趣味之间暴露其潜在的对抗性。对此,在作品发表后的次年,文艺界以《文艺报》为主阵地,兴起了一场以《我们夫妇之间》等类似作品为批判靶子并持续了半年有余的文艺批评运动。批评者直指类似文章所流露的"不健康倾向"和"低级趣味",称其问题是"歪曲了嘲弄了工农兵",而且它正被一些人当作旗帜用以违逆毛泽东的工农兵方向。② 而借由如此一系列批评,革命美学正式宣告了"资产阶级趣味"的不合法性,并确立起革命审美风格的"工农兵方向"。

列宁装、八角帽、灰蓝色调的咔叽布料,以及亲切的称呼、明快的话语、不施粉黛的素面朝天,这种源于延安革命传统的工农兵化审美风格一改往昔的颓靡、骄矜与装扮,表现为一种平素本色之美和革命朝气之美。及至"文革",这种工农兵化审美风格进一步发展成为红卫兵审美风格。"与笼罩在剥削阶级阴暗腐朽氛围中的那些抄没示众的唇膏、项链、旗袍、留声机、《茶花女》相对立,红卫兵清一色的戎装短打扮、平头短辫、明亮的目光、凶悍但仍朴实崇高的气质,则成为中国农民文化与共产主义革命相结合的意识形态风格先锋。发白的军装既是工农革命的朴素风格标志,又是父母革命资历地位的质朴显示,特别是挂扣肩章的细小布条,其岁月磨洗后的白色,几乎成为一种融身份地位与意识形态传统于一体的高贵特

---

① 萧也牧:《我们夫妇之间》,《人民文学》第1卷第3期,1950。
② 丁玲:《作为一种倾向来看——给萧也牧同志的一封信》,《文艺报》第4卷第8期,1951。

权——质朴本色之美。"①

平心而论，作为一种审美风格，革命美学的"工农兵方向"甚至"红卫兵风格"本无可厚非。但是，在新中国成立之后的革命语境中，这种审美风格借由政治权力不断扩张，发展到后来甚至成了唯此不可的"美霸"，所谓的"美"摇身一变成为一种政治特权，昭示政治原则，标志政治身份，其他的审美风格都不被容许以致消隐无迹。而当美成了政治的象征物之后，所谓的审美选择自由或审美趣味差异便荡然无存，工农兵化审美风格逐步显示其强制性和排他性，并最终暴露为对生活世界尤其是对日常生活领域赤裸裸的政治化改造。

（二）对社会生活进行政治化改造下的风格专政

新中国成立后，针对社会生活的政治化改造之风肆意横吹并愈演愈烈，其典型如新中国成立初期对农村二流子、城市尤业游民等"社会青年"②的改造，一种代表腐朽破败的生活方式在经受着历史车轮的碾轧。1954年，"中国的保尔·柯察金"——吴运铎发表了传记小说《把一切献给党》，这部被誉为"生活的教科书"的作品对一切旧社会意识、一切资产阶级享乐人生观念进行了第一次宣战，并播扬了一种崭新的社会理念和理想原则。1963年，《解放日报》刊载《戏装照好不好》一文后，引发了一场关于日常生活细节问题的大讨论，"半篮花生出政治""喇叭裤上看心灵"，衣着打扮上的个人嗜好在思想文化领域里的"兴无灭资"斗争中被放大并严肃化，这场讨论在1964年随着更多强势纸媒的加入逐步形成剑拔弩张的气氛。"报刊的口诛笔伐无疑是宣布了一切与主流美学不符的社会趣味的死刑。大张旗鼓地移风易俗在城市中继续进行，不仅指向奇装异服，而且波及了商品装潢、广告、照相服务"。③然而，截至20世纪60年代中期，对于绝大多数人的生活方式来说，舆论的高压还不足成为取消个体审美选择自主性的强制性力量，人们虽然面临着对旧有社会风尚、审美趣味的受批判与对新时代精神、生活格调的大提倡，但仍然可以做出自我选择，在旧习俗与新风尚之间自得其乐。但是，"文革"的到来让这一切戛然而止。

---

① 尤西林：《心体与时间》，人民出版社，2009，第157页。
② "社会青年"是那个时代对某类人群的讥称，这是一个没有正当职业或长期消极待业，但又在举止打扮上扮演社会新潮角色的青年群体。
③ 宋强、乔边：《人民记忆50年》，甘肃人民出版社，1998，第82页。

"文革"初期，红卫兵开展的"破四旧"运动，在思想文化领域提出了诸多"破旧立新"的主张，其中重要的一点就是对市民生活方式包括对流行时尚的革命化、政治化要求。比较典型的，如红卫兵谴责"飞机头""螺旋宝塔式""无缝青年式"等港式发型，"牛仔裤""牛仔衫"和各种港式衣裙，以及"黄色书籍""下流照片""奢侈品"等诸如此类不符合革命化和无产阶级化的审美选择，都被厉行禁止。对此，更有甚者如北京"毛泽东主义学校（原二十六中）"的红卫兵，他们在1966年9月1日整理出《破旧立新一百例》，汇集了100条"破旧立新"的要求，对日常生活方式提出了诸多禁令，如"照相馆要为广大工农兵服务，取消照歪脖像、各种怪像，橱窗应摆出工农兵朴素大方的相片"等，以此抵制"封""资""修"思想，标树"工农兵"形象。应该说，红卫兵在文化习俗方面提出的某些"破旧立新"主张并非一无是处，其所代表的审美取向在运动初期得到了一些群众的积极响应，并被视为一种新生审美方向自觉践行，但很快，这种审美取向在红卫兵手中逐渐离谱、荒诞化，并在推行过程中借助了极端的强制手段：

"群众专政大军"（注：当时官方在"清理阶级队伍"运动中按照毛泽东的"专政是群众的专政"指示建立的一个集治安、城管等职能于一身的组织，从各单位抽调"家庭出身好"、"政治可靠"的青壮年组成，被群众讥称为"专政群众大军"）在街上巡逻，监视人们的衣着打扮：不准戴黄帽子（注：指无帽徽的军帽，是"文革"初期流行的"红卫兵"装束。60年代末重庆市内曾一度出现抢军帽风）；穿小裤脚的（注：当时视小裤脚为流氓阿飞专用打扮），要被强行用剪刀剪破成两片；不准穿白鞋（注：指白色体操鞋，当时被认定是流氓阿飞才穿的鞋子），抓住后就逼迫其脱掉打赤脚；不准梳亮脑壳（注：指头发上擦油，当时被认定是流氓阿飞打扮），捉到了用理发推剪在他头上乱推；不许留长胡子（注：当时认定留长胡子是思想颓废，对现实不满），抓住当场刮掉。①

---

① 黄昌国：《1970年春节的记忆》，《记忆》总第二十二期（2009年5月14日）"蓦然回首"专栏。《记忆》是一份由中国的"文革"史学家自办的不定期、非营利的电子刊物。自2008年9月13日创刊以来，截至2010年，《记忆》已出版65期（每期将近70页），对于推进"文革"研究方法、叙述模式、史料引用等问题的探讨发挥了重要作用。另外一份同类型的中文电子期刊是于1992年首刊的《华夏文摘增刊》，其中也刊载有大量时新的"文革"研究成果。

从局部范围内的"社会青年"改造，到遍及全国的"破四旧"运动，新中国成立后针对社会生活尤其是个人生活方式所进行的一系列政治化改造都无一例外地高举着"破旧立新"这一鲜明旗号，并在"新旧"对抗过程中展现一派革命豪情。对于如此"新旧"之争的精神实质，林彪曾有过经典论述。1966年10月25日，林彪在中央工作会议上说："旧文化、旧思想的本质是什么呢？……最本质的旧，就是旧在一点上，旧在一个私有制上。概括起来，旧在一个字上，旧在私字上。那个新东西、新思想，又新在哪一点上？概括起来说，就是一个公字上。"① 如此看来，新中国成立后在革命语境中俯拾皆是的所谓"新旧"之争，其实质是公私之争。而如前所述，这种公私之争又是一种审美风格之争，表现为工农兵化审美风格对以"封""资""修"审美趣味为代表的非工农兵化审美风格的压制与排挤，是对恶劣风格的专政。然而，这种工农兵化审美风格作为政治秩序的特定象征，借助政治权力所赋予的审美特权，在社会生活尤其是个人日常生活领域里无孔不入，使得革命生活沾染上浓郁的审美色彩，在客观效果上将革命生活极大程度地审美化了。

二 革命生活中的审美运用与表达

随着政治文化向生活世界的不断下渗，革命生活在工农兵化审美风格的独断专行与弥散推广之下逐步审美化，人们在生活方式上被政治信条所规束的过程就表现为审美风格工农兵化的过程。然而，工农兵化审美风格要实行风格专政，实现其在社会生活范围内的全覆盖，除了简单地确立审美风格的工农兵方向的合法性以外，更为重要的是如此审美特权在社会生活中的推行、传播过程。对此，如果说包括社会运动（如前述"社会青年"改造、"破四旧"运动）等在内的政治暴力是如此审美特权推行过程中的显见形态的话，那么，为了凸显此审美特权的政治魅力，实现对人心的真正俘获，此间还存有一种隐藏的"政治杀手"，而这被认为是"意识形态"（ideology）的功效所在，具体来说就是意识形态中的审美运用，即审美元素在政治管控中的普遍存在。

伊格尔顿的"审美意识形态"（the ideology of the aesthetic）理论对于意

---

① 转引自金春明《"破四旧，立四新"的历史反思》，《中共中央党校学报》1997年第1期。

识形态在审美与政治夺权、政治体制之间搭建起的关联结构给予了系统论述。在伊格尔顿看来，审美意识形态是作为领导权的一个重要组成部分而存在的。诚如其所言，"在某种意义上，'审美'和'实践'是一个不可分割的整体；在另一种意义上，后者以前者为存在的条件"。① 而在社会权力不断渗透文化、审美、意识形态的过程中，审美也在参与权力的维持和争夺。区别于专制主义的强制性机构，资本主义社会秩序正是借由审美建构起来的，美只是凭借肉体实施的政治秩序。

在现代中国具有本土化的马克思主义实践过程中，共产主义这一审美意味浓郁的社会形态，如欲真正深入人心也远非是要借助"强制性的国家机器"（阿尔都塞语），而是凭靠"意识形态国家机器"。故而在新中国成立后的革命语境下，政治文化在施行其风格专政时也不可能总是摆出一副威严、刚硬的暴力面孔，而是千方百计变换技巧，以意识形态的美学魅力感染现代革命主体，以诉诸个体感性的主体性形式软化原本僵硬的政治原则和理性法则，从而使政治化的生活世界弥散审美的魅性，闪耀工农兵化审美风格的美学光芒。而对于审美在社会生活中的运用，说到底无非就是一个审美的具象化过程，具体到革命语境中，这种具备审美霸权的工农兵化审美风格在展现其美的光辉时，是借助于物品体系的符号化和日常行为的仪式化两个方面来实现的。而这些，尤其突出地暴露于"文革"日常生活之中。

（一）物品体系的符号化

"文革"时期，政治符号泛滥成灾，从语言、体态到文字、图像甚至衣饰装扮，生活世界中的纷繁事物、角角落落无不被贴上政治化的标签，散发出政治的味道，而伴随这种政治文化的逐步加重乃至无孔不入的渗透，整个物品体系便不可避免地被通盘符号化了。

具体而言，在革命语境下的如此符号化现象，除了"红宝书""大字报""红卫兵小报"等文字类和"万岁""打倒""修正主义"等政治口号外，另一个重要表现就是对具有代表性的政治人物形象的政治改写和美学塑造。具体到"文革"时期，毛泽东、林彪、鲁迅、"马恩列斯"等的头

---

① 〔英〕特里·伊格尔顿：《审美意识形态》，王杰等译，广西师范大学出版社，2001，第199页。

像、照片、画像及其只言片语或诗文书法都是政治宣传的首选对象，而这其中，尤以毛泽东的为甚。

毛泽东形象无疑是20世纪影响力最为持久、辐射面最为辽阔的政治符号，其形象的美学塑造已凝定为特定时代里不可复制的独特的文化景观。指挥战争如有神助，领导运动一呼百应，毛泽东在漫长的军事战争和开元建政中的卓越功勋已充分展现了其天骄魅力；而其洋洋洒洒的檄文、俏俊酣畅的狂草、遒劲瑰奇的诗词以及才思和激情，又助推一代伟人风华显露。既现实又浪漫的毛泽东无可争议地成了一个世纪神话，并在革命年代被奉为偶像进行偏执崇拜。其结果之一就是，在大规模的造神运动中，印刻有毛泽东形象的宣传画、瓷碗、家具及像章等工艺品铺天盖地，人人有之。其中，像章的制造更具典型性，据粗略估算，"文革"中为进行造神运动，共利用陶瓷、金属、玻璃、塑料、竹子等各种材料制作的像章达80亿枚。而作为"样板"图像的油画《毛主席去安源》（刘春华绘），其印刷量更是高达9亿张，创造了世界油画印刷史上的奇迹。除此外，此图还遍及塑料画、铁皮画、丝织品、像章、雕塑、挂毯、邮票等现实存在的所有可能的载体中。如此一来，"毛泽东像"光辉如同阳光一样，巨细无遗地涂洒在生活大地上。

对于遍及生活物象中的上述毛泽东形象，既有的研究将其美学风格总括为"红光亮模式"，即在笔绘、着色中要蓄意凸显毛泽东的"光源"地位。在艺术表现上，"画脸用纯红色，阴影焦赫色，浅暗的橘黄色画高光，其他部分的肌肤也一概以红色或别的暖色调处理。蓝、绿、灰等冷色应尽可能地避免……脸部尤其要注意光洁细润，不能见任何笔触的痕迹。要让它放光，显示出神采奕奕，容光焕发，甚至整个画面都必须沐浴在灿烂和明媚之中"。[①] 具体到"文革"语境中，如此美学风格集中表现在绝大多数毛泽东像的"太阳神"模式和"红司令"模式之中，其中，尤为明显的是将毛泽东比拟为太阳，这种塑造模式或将毛泽东与太阳并置，或直接将毛泽东绘为光芒万丈的太阳本身。就美学效果来说，如此图像具有极大的感性激发作用，而一旦将此图像刻印于生活世界随处可见的物品体系中，这种着意凸显太阳光芒形象的审美有效地软化了政治理念的僵硬、强制实质，继而攫取政治认同，成功实现了意识形态对革命主体的规训。

[①] 杨昊成：《毛泽东图像研究》，博士学位论文，南京师范大学美术系，2005，第76页。

此外，对此符号化现象还须要研究的是"文革"时期衣饰装扮的符号化问题。如前所述，在"文革"思维中，"半篮花生出政治""喇叭裤上看心灵"，人们在衣饰装扮上的审美选择背后，无不是遵从了一定的政治逻辑，这种政治诉求在"文革"时期，就是人们的衣饰打扮呈现高度的同质化特征。彼时，无论男女、不分老幼，人民解放军的绿军装、红卫兵的配以红袖章的黄绿色旧军装和军便装引领一时之风气，并最终定格为凸显政治热情和革命追求的政治符号，成为独特的时代风景。这种服饰刻意追求"革命"和"朴素"，其所彰显的平素本色之美和革命朝气之美，正是工农兵化审美风格的核心要义，而随之而来的同质化弊症正是此审美特权施行风格专政的必然结果。

而纵览"文革"时期的符号化现象不难发现，在"文革"时期善/恶、美/丑二元对立逻辑下，除了上述具有政治特权的美化符号之外，还存在与之对立的丑化符号。这些所谓的"牛鬼蛇神"符号与"革命"符号一起图绘着整个生活世界。然而，无论是作为正面政治符号，还是负面政治符号，整个物品体系都已经远远超出了其实用功能，而合并构成如同当代商业社会文化的一个庞大的符号体系，这其中决定物品价值的不再是其内在功能和使用价值，而是支撑整个社会秩序的价值体系甚或政治观念。对此，旅美华裔学者徐贲在谈及"文革"物品体系时总结指出，"物品在'文革'中具有极强烈、极明显的表演功能。这种表演有两种不同的形式：夸示和联想。夸示性表演往往需要借助文字和图画来表现，而联想性表演则更依重于当时被普遍接受的正当需要观念"。[①] 因此表演性，革命年代里符号化的物品体系在所难免地走向形式主义，并以其形式美感而使社会生活彰显审美意味。

（二）日常行为的仪式化

在极端革命语境里，政治文化肆无忌惮的蔓延催生了物品的符号化，这种渗透整个物品体系的政治符号又反过来极大地增强了政治文化的辐射面和控制力，并随着政治符号形式主义的最终走向而使社会生活沾染上审美色彩。除此之外，这种政治文化在日常生活中的弥散还引致人们日常行

---

① 徐贲：《物品文化和日常生活秩序》，《通往尊严的公共生活：全球正义与公民认同》，新星出版社，2009，第330页。

为的政治化书写，而这，既有研究将其统称为"'文革'仪式"。对此，姜昆、李文华于1978年9月创作并首演的相声《如此照相》给予了很好的艺术再现。在这部一经上演便在群众中广受好评并最终产生轰动效应的艺术作品中，"文革"生活百态得到了生动的艺术呈现，这些真实再现的"文革"作风轻而易举地勾起了"文革"一代的深层记忆。摘录其中一段台词如下：

甲：墙上有一张纸，上头写着四个字："顾客须知"。
乙：什么内容？
甲：我给你念念："凡到我革命照相馆，拍革命照片的革命同志，进我革命门，问革命话，须先呼口号，如革命群众不呼革命口号，则革命职工坚决以革命态度不给革命回答。致革命敬礼。"
乙：真够"革命"的。那时候是那样，进门得这样说："'为人民服务'，同志，问您点事。"
甲："'要斗私批修'！你说吧！"
乙："'灭资兴无'，我照张相。"
甲："'破私立公'，照几寸的？"
乙："'革命无罪'，三寸的。"
甲："'造反有理'，您拿钱！"
乙："'突出政治'，多少钱？"
甲："'立竿见影'，一块三。"
乙："'批判反动权威'！给您钱。"
甲："'反对金钱挂帅'！给您票。"
乙："'横扫一切牛鬼蛇神'！谢谢！"
甲："'狠斗私字一闪念'！不用了。"
乙："'灵魂深处闹革命'！在哪儿照相？"
……

"文革"时期，如上所示的文化现象或政治仪式名目繁多、比比皆是，充斥在生活的各个层面，这其中为人所熟知的典型有"造反舞""忠字舞""早请示，晚汇报"，以及手捧"红宝书"、搭设"忠字台"、唱"语录歌"、做"语录操"、吃"忆苦思甜饭"等，而除了这些日常生活中新增的例行仪式之外，还有些是对传统礼俗如婚礼、葬礼等的既有结构的改造。这些渗透人们日常生活过程中的政治仪式大抵具有严格的程式化要求，如有固定的时间限定和动作套路；并在公共场合集体操演；体制内外的人都要参加，没有例外；等等。

以"早请示，晚汇报"为例。在程序安排上，"早请示"和"晚汇报"的形式相差不大，都是高喊口号、三鞠躬、唱歌等，区别只在于"早请示"要唱《东方红》，"晚汇报"要唱《社会主义好》或《大海航行靠舵手》。在具体要求上，"早请示，晚汇报"的仪式不管是否在家做过，都必须参加单位或学校的集体操演。而且，人们不仅在单位，而且在路途中、火车车厢里或者轮船的船舱里，也都要按照广播的指挥，进行同样的活动。若是在单位或学校，除了早晚上下班（学）外，还要在中午下班（学）、下午上班（学）时各操演一次，如在集体食堂吃饭，每餐饭前还要有一次。在个别地方，还专门搭设了"忠字台"或"忠字室"，每天要到这些固定地点隆重操演。

对于"文革"日常生活中这种普遍存在的仪式化现象，之前已有学者从政治学、社会学和文化研究的角度进行过评述，本文在此不做赘述，而是重点探究这种政治仪式所包孕的审美属性及其审美走向。

首先，这些仪式本身就蕴含审美性，带有一定程度的艺术韵味。

"文革"仪式具有严格的程式化，人们的言行举止形同表演，具有审美装饰性。这一点对于公共性的政治生活来说自不待言，即使是私人生活也形同其理，单就婚礼而言，"文革"时期婚礼程序大抵是新郎、新娘共唱《东方红》或是《大海航行靠舵手》，学两段毛主席的"最高指示"，向毛主席像三鞠躬。显而易见，如此仪式操演已经超出了生活本色要求而表现极为强烈的艺术性，通过渗透进生活方方面面的类似仪式操演，生活世界被塑造成一个个政治表演的舞台，人们的日常行为活脱脱成了一出出戏剧表演。

对于政治仪式所包孕的如此艺术性，柯林伍德在论述巫术和艺术的关系时也已有所揭露。在柯林伍德看来，包括爱国诗歌、政治家塑像、军乐，以及"一切形式不计其数的庆典、游行式和典礼"，都是"爱国主义艺术"，而"爱国主义艺术"实质是"巫术艺术"，"他们的目的都在于激发人们对国家、城邦、政党、阶级、家庭或任何其他社会或政治团体的忠诚。这一切活动，只要它们的目的不是使唤起的情感在当时当地就释放在唤起情感的体验中，而是将它们导入日常生活的活动中，并为了有关的社会和政治团体的利益而调整这些活动，它们就都属于巫术"。① 此外，社会生活中的各种仪式，如婚礼、葬礼、舞会等，都是巫术。而按照柯林伍德的理解，巫术相比艺术来说，作为一种再现形式，虽然旨在追求实用目的，但同样可以唤起人们的某种情感，达至情感认同，具有"艺术特征"。由此，鉴于仪式本身所具备的情绪参与性和"文革"时期政治仪式的无处不在，通过生活世界中的仪式操演，一种无意识的政治本能得以形成，也就是将情感导入生活并使生活艺术化的过程。

其次，随着这些仪式在后期走向形式主义，其形式美感愈发凸显。

诚如既有研究所指明的，除去其明显包藏着的政治功利和宗教迷信外，"文革"仪式作为"祈求社会幸福的庆典"，其前期在一定程度上适应了普遍的社会心理需求（即以一种戏剧化形式满足了人们渴望幸福、安定的理想），并能极为有效地唤起人们的忠诚、道德义愤等强烈情感，从而成为人们的自觉行为。② 但到了后期，随着强制乃至暴力的愈演愈烈和荒诞性要求的无序性增多，"文革"仪式趋于形式化，甚至走向纯粹的形式主义。

在"早请示，晚汇报"仪式中，除了基本性要求之外，有些地方为表忠心甚至干脆加入了"忠字舞"。这种舞蹈采取象形表意、图解化的表现手法，每招每式都指向特定的政治寓意，其动作粗放而僵硬、稚拙而夸张，容易让人产生滑稽的感觉，尤其是在歌声结束时要弯腰90°以表虔诚，而这对于很多人特别是老人来说几乎难以做到。加上前述所点明的这种仪式要求对于时间、地点、程式等方面无所不用其极的强制性，这种政治仪式在很短的时间内便流于形式化。"后来这样的'早请示，晚汇报'，连改造专家们也认为非常繁（烦）琐，没有开始那么认真，我们也乐得把它当做一个混得饭吃的一种形式，口里马马虎虎地念念有词，自己也不知道在念什么"。③

就"文革"时期的如此政治仪式来说，实际上，其程式化形式所内蕴的审美性表达与实质意义上的政治秩序化是相为表里的两个层面，但是在发展过程中，随着其走向形式主义，渐渐逃离了政治管控的观念象征而走

---

① 〔英〕柯林伍德：《艺术原理》，王至元、陆华中译，中国社会科学出版社，1985，第74页。
② 干与：《关于"文革仪式"的文化解析》，《佳木斯师专学报》1996年第1期。
③ 马识途：《想起了早请示晚汇报》，《华夏文摘增刊》第210期，2000年5月。

向独立的审美追求,也正是在此层面上,革命生活的形式美感凸显,审美意味加重。而在此特别需要一提的是,随着程式化的政治仪式走向形式主义,这种原本服务于政治功利的仪式操演,恰恰也因为其审美性的扩散而最终走向政治功利的反面。"强迫的政治仪式不会产生团结和热情,相反地,人们会对组织团体及其仪式符号日渐疏远。当感到内在的冲突时,人们出于恐惧而不得不假意表现出的行为,会使得参与者对组织团体感到疏远,这种感觉会把参加者的情感能量耗干。人们离政治仪式及其符号所代表的权力也就越来越远"。① "文革"仪式便遭此命运,"红色恐怖"的强迫最终使得人们对这种政治性的仪式不再抱有幻想,并随着政治仪式眩惑能力的失灵而逐退民众热情,助推"文革"衰落。

  由上可见,在新中国成立后的革命语境中,工农兵化审美风格作为政治秩序的具体形态被确立之后,拥有了政治的依附性身份,并在社会生活范围内急遽弥散,但是这种审美特权和风格专政在此过程中不可能完全依赖强制性控制手段,它要发挥其政治张力,凸显意识形态的魅力,还须要借助一定的审美元素的运用,表现在"文革"时期就是物品体系的符号化和日常行为的仪式化。如上考察发现,在这两方面的内容中,审美一方面作为一种附庸工具存在,依托政治方向并以之为目的;另一方面也为自己赢得了独立发展的空间,并展现一定的美的本质。符号化也好,仪式化也罢,这种实质意义上的形式主义都极大地彰显了审美属性,从而使革命生活拥有浓烈的审美意味,将生活审美化了。也恰恰借由生活世界中的如此形式之美,政治管控成功地转化为审美操作和审美表达,其光芒万丈的美学魅力躁动着那一代人尤其是青年的心潮,跟随口号"文攻武卫""上山下乡",甚至感性喷发乃至"兽性大发",并最终上演一幕幕荒诞难信、人性尽丧的历史丑剧。

三 革命生活美学对生活美学的启发

(一) 革命生活美学的提出及其现代审美属性

  近年来,生活美学在本土美学界大行其道,尤其是在 2010 年,一方面

---

① 〔美〕张玉萍、张旭东、李杨:《文化大革命中政治仪式的失灵》,《湖南科技大学学报》(社会科学版) 2009 年第 6 期。

是同年在北京召开的第18届世界美学大会上设立了两个广受关注的专题会场:"日常生活美学"与"传统与当代:生活美学复兴";另一方面是国内各杂志在2010年纷纷推出"生活美学"讨论专题,其间刊发了大量的相关研究论著,成果丰硕,引人注目。[①] 美学界的这两大事件一举将"生活"话题置身于美学研究的视野之中,并由此宣示了"文艺学美学研究范式的生活论转向",倡导艺术审美与生活世界的互通关联无可争议地成了中国当代学术语境中的新锐话题。

生活美学强调艺术经验与生活经验的连续性,突出审美活动与生活世界的关联融通,是一种试图建立或恢复审美活动与生活世界关联性的美学努力。具体而言,这种将审美、艺术与生活加以同一化的美学努力集中表现为两个层面:一个是生活的审美化,即生活世界中包含显见的审美色彩,审美渗透、运用于人们的日常生活秩序之中;一个是审美的生活化,即审美走向生活,在艺术实践中突出生活内容,凸显现实精神。步入21世纪后,生活美学研究的深入对推进美学研究范式的深度转向,实现艺术审美与生活世界的会通融一,具有理论的逻辑必然性和关联实践的现实指导性。

通过前文对20世纪40年代之后的革命文化现实的考察得知,在革命语境下,革命生活不仅是政治化的,而且也是审美化的。在政治文化向生活世界的渗透过程中,工农兵化审美风格掌控了审美特权,其在生活世界中无孔不入的弥散,在一定程度上也意味着审美性的蔓延与下渗;与此同时,政治文化掌控下的生活秩序启用了大量的审美元素,无论是凝定为图像符号的物品体系,还是流于形式的仪式操演,它们都具备明显的艺术韵味和舞台表演性质,由此,其所图绘而出的革命生活世界便沾满审美的色泽与光辉。

对于革命审美来说,革命文艺不仅仅单纯地作为政治的附庸,从20世纪30年代"文艺大众化运动"开始的生活化的审美诉求,在新中国成立之后愈演愈烈,表现对现实生活的关注热情。革命文艺强调对生活的关注,致力于对生活内容的反映,并借由充斥其中的对生活、典型、社会美等的大量论述,建构起一套与客观论相仿的独立体系,从而在审美经验与革命生活之间建立起一定的关联,凸显生活化的审美倾向;而且就其审美风尚来说,在革命审美看来,革命生活是美的,甚至生活本身即是美,文艺所

[①] 陈思勤:《中国"生活美学"研究的新兴》,《文艺争鸣》2011年第5期。

要表现的理应就是这种生活之美,艺术美与生活美相为一体。

由此,对于如此革命美学,无论是革命生活中的审美性表达,还是革命审美对社会生活的注视,都包含沟通审美经验与生活世界的意图和努力,也正是在此层面上,我们说这种革命美学是一种生活美学。

陈雪虎在分析中国生活美学的三种传统时,曾对革命时期的生活美学做过简略论述。在他看来,这种美学在20世纪40年代便已成形,而后更是扩展为现代中国的审美主潮,作为一支不可小觑的生活美学传统及至当下依然发挥着重要的影响。"这个谱系的美学强调'生活',但却是一种以新民主主义及社会主义为其主要方向和远景的'革命生活美学',它毫不讳言将生活从属于'生产力'与'生产关系'的矛盾斗争的总格局之下,并且更愿意浓墨重彩地突显20世纪现代中国现实形势的严峻性、实际斗争的残酷性,表现现代中国民众革命生活的艰难与对平等诉求的热切,以及相应美学的立场意味"。[①] 这种美学的代表或者集中体现便是毛泽东及其影响之下的"延安美学"。

在延安时期,毛泽东及中国共产党人创新性地将民族主义、爱国主义和共产主义结合在一起,制造一套新的宏大的革命话语系统。尤其经过1942～1945年的延安整风运动,毛泽东被树立为中国革命理想和道德人格的化身,绝大多数共产党员和一大批向往革命的知识分子被锻造为具有无产阶级精神气质的"新人",而延安和其他根据地的生活方式也被标示为区别于大后方或国统区那种世俗、无聊、琐碎生活的对立面。"在那些奔赴延安的左翼青年的心目中,延安的那些自然景观,都会被赋予一种丰富的意象,宝塔山,延河水,农民戴的白羊肚的那个毛巾,秧歌,纺车,都被赋予了一种思想的含义,从而成为某种鼓动性的符号。延安的中心话语就是革命,抗战被包容于革命之中,革命成为延安和其他根据地的最重要的灵魂"。[②] 应该说,这种美学形态是时代的必然产物,在当时具有积极的现实意义。这种美学精神与人们的现实生活息息相关,能够极为有效地调动起人们的现实体验和生活热情,代言并规训时代的审美理想,从而在革命时期具有众多拥趸并为人所追随膜拜。

而且,值得一提的是,弥漫大半个20世纪的这种革命情绪其实事出

---

① 陈雪虎:《生活美学:三种传统及其当代会通》,《艺术评论》2010年第10期。
② 高华:《革命年代》,广东人民出版社,2010,第212页。

有因，确切地说它是中国现代化推进过程中的必然产物，内孕着某种现代心性的集体发扬。根据利奥塔的观点，现代性包含个人主体、民族国家和宏大叙事三个方面的内容。具体到本土境况，在20世纪80年代之前的大半个世纪里，这种激进的革命情绪尤其突出地表现在现代民族国家意识的觉醒和民族国家的建构上面，从梁启超的"三界革命"开始，历经孙中山的"三民主义"及中华民国的建立，一个处于雏形阶段的现代民族国家得以初步建立。但是，真正的中国现代民族国家的建立是在中华人民共和国成立之后，尤其是在抗美援朝胜利结束后。1949年，毛泽东在中国人民第一次政治协商会议开幕式致辞中的那句"中国人民从此站起来了"，成了"共和国一代"的集体呼声，而这种呼声恰是一种中国现代性祈愿的通俗表达。及至"文革"，建立和巩固现代民族国家、实现个人主体的全面解放和共产主义的终极理想这一现代性诉求，以极端化形态呈现了出来。也正是在此意义上，革命生活美学不可避免地绽放出了现代审美属性的光芒。

（二）革命生活美学的古典内涵

对于革命生活美学来说，社会生活对"审美"一维的凸显，文艺对"生活"一维的强调，这种在审美体验与社会生活之间寻求关联的努力归结于一点，其实无非就是如何认识生活美即社会美的问题。对于社会美，作为一个美学范畴，在20世纪40年代由蔡仪首先提出，带有现代美学意味。然而，结合中国文化传统来看，社会美问题在古代已有所显现，并因为古代审美取向和现代审美观念的分异而拥有了古今两种形态。其中，社会美的古代形态对应古代人对社会生活的审美感受，强调以真求善、美善混同，并依据功利性内容来界定生活之美。而社会美的现代形态则强调以善求真、美真融合，并以认知性主导替代了功利主导。其融入了现代个体复杂多样的情欲追求和利益动机，追求现象化生活之真。[①] 由此，社会美以及如何认识社会美的问题在这里就成为透视现代美学发展的一个重要视点，而生活美学正是对社会美范畴的相关讨论的集中命名。具体到革命语境来说，联系前面的分析可以看出，革命生活美学在对社会美的挑战凯歌高唱中不仅没有拉近审美与生活的关联性，反而导向了生活的迷失，而建

---

① 邹华：《"社会美"范畴创构六十年之反思》，《学术月刊》2007年第10期。

立在其基础之上的文艺,也就理所当然地走向现实感和审美性的双重遗失道路。

首先,就表现形态来看,革命生活美学视野中的社会美是一种形式美。前文已经点明,革命生活以图像符号和行为仪式规范社会秩序,并使之凝定为独具特色的社会审美风尚,然而这种社会美所彰显的美感是由其外在形态所显现的,是一种整饬、规范、具有高度程式化的视觉美,而且其物品使用和仪式操演无不具有极为浓烈的表演色彩,自始至终贯穿着"看"与"被看"的舞台表演逻辑,发展到后期甚至走向极端化、空洞化的形式主义。对此形式美的美学蕴含,邹华在分析作为中国美学原点的"礼文之美"时有过相关论述:"作为一种展现于事物外观的视觉美,它更多地与理智而不是与情感相关,因为人对这种美不是投入的,而是有间距的;不是融合的,而是相对待的。也就是说,这是一种具有认知性的美,是可以'看'的美。"[①] 而且对于革命文艺来说,这种对社会生活外在形式美的强调也有着突出表现。按照革命美学的逻辑,文艺与生活是同一的,革命文艺由此着意凸显其贴近生活的一面,着重礼赞新鲜的社会主义新生活,然而,其对社会生活的认识只是停留在个别的光鲜的社会事物或现象上面,唯此才是美的,而且这些撷取而出的生活片段大抵具有纯美的光辉,是由观感而来的强烈刺激性美感,是一种剥离掉生活本真内容之后认知性的形式美。

其次,就美学实质来讲,革命语境下的社会美观念包含显见的实用主义倾向。革命美学强调审美特权,以单一化、规范化的审美风尚规束人们审美选择的自由,具体到社会生活,就是将人们的衣食住行等日常行为纳入"计划体制"中并使之具备准政治代言人的身份,政治观念之外的一切异质都被冠以"丑"而不为接纳。而至于革命文艺,其对社会美的强调无非是试图在现代审美与僵硬政治理念之间寻找一种调节而已。拿姚文元文艺思想来说,在他对生活美的不懈呼唤中,"审美—生活—政治"之间构成了一种奇怪的关联,在此链条中,"生活"只是文学与政治之间的调节中介,而不可能成为革命美学真正关注的对象,其实质是"文艺为政治服务"。在革命语境下,这种美学上的实用主义倾向危害极大且表露明显,其以审美风格评判人格的思路和做法,最终演变为赤裸裸的政治暴力。

---

① 邹华:《中国美学原点解析》,中华书局,2004,第289页。

实际上，关于社会美这一问题，不管对于何种美学形态，如上这种由形式美所彰显的审美属性与关联现实的功利性内容本来就是两不分隔的，对于现代美学来说则要求二者的整合融一。而在革命美学中，二者不仅没有很好地整合反而分别朝两个极端发展。其结果是，一边表现为空洞洞的形式主义，一边暴露为赤裸裸的实用主义。所谓的革命生活美学究其实质来看，无非是一个形式主义与实用主义的合体，而其历来为人诟病之处也正在于此。

纵览之前关于社会美古代形态的相关研究，革命生活美学眼中的社会美其实与古代社会生活的"礼文之美"① 存有暗合。在先秦的政教审美观里，以礼文化为代表的社会生活是一种高度程式化的行为规范和社会形态，是由"看"而来的具有认知性的美，呈现为蕴含社会意义的有序而整齐的形式美。这种"礼文之美"在获得其对政治的依附性和功能性身份之后，"借助于程式化的操作和形式化的外在特点显现出了特有的人文光辉，从而在一定程度上展现了美的一般本质"。② 然而，这种停留在外部形式层面的美的形态远不具备现代美的一般性特征，而是在制度化的政治授权之下凭借审美特权与独立风格否定了审美选择的自由，断送了审美感性能力进一步发展的可能性，从而与本真的现象化的生活世界渐行渐远。"礼文之美所特有的规范化，又排除了生活现象中的偶然性，使原本富有生机的生活，进入了预制的机械模型，成为抽象的可以复制的东西，这就隐藏了一种脱离生活真实，脱离人的实际感受而趋于僵化的可能性"。③ 对此，先秦美学的发展实际已经给出了很好的证明。显而易见，这种礼文之美本身就是作为一种政治制度的具体形态而得以确立的，所谓形式美只是政治功利性内容的附庸，随着其走向纯粹的形式主义，礼本身所包含的现实功利迅速裸露，并走向紧迫的实利占有，即实用主义，表现在先秦就是墨子美学的"实利之美"。

---

① 关于"礼文之美"的文本考据和具体表现形态，导师邹华和我的同门师姐之前已从"礼""五行""明堂"等传统概念和《礼记》《月令》《吕氏春秋》等先秦经典上做出详细考据，这里将不予赘述。其中，在邹华老师那里，"礼文之美"这一概念是从视觉文饰的美学角度得出的，意指被天道提升并受其规范的社会现象的高度形式化，它与"伪饰之美""实利之美"一道共同归属于古美四象的"节文合序之美"。详见邹华《中国美学原点解析》第十二章。
② 彭亚非：《先秦审美观念研究》，语文出版社，1996，第54页。
③ 邹华：《中国美学原点解析》，第289页。

美善混同的实质以及相应的规范有序的形式，对于古代美学由"礼文之美"所呈现的如此社会美形态，邹华将其总结为"以真求善，美善混同"，在这里，"真"指代天道使然的行为规范及其富于秩序感的形色装饰；"善"指代古代人所看重的政治需求、伦理教化和物欲占有的价值取向。而鉴于"古典主义"是"古代美学基本内容的凝练和升华……是一个与古代审美意识和古代美学历史跨度相同的宏观范畴，它以重外物的客体性原则、准审美的功利性原则和求明晰的中和性原则，表达了古代审美意识的基本特性和倾向，表达了古代美学对美和艺术问题的思考和规范"。① 对照前文对革命生活美学的分析来看，就美学实质讲，革命生活美学实际上也已经落入古典主义的历史窠臼，在此意义上，我们说革命生活美学是古典主义的。②

（三）革命生活美学对当下生活美学研究的警示

革命生活美学作为形式主义与实用主义的合体，它的古典内涵标示现代中国美学还远没有走出古典主义的历史旋涡。然而，在逻辑意义上，置身于现代语境中，革命生活美学虽然仍未脱离其古典美学的实质，但也绝非一成不变，与现代美学发展的内在逻辑及现实发展语境相照应，它必然呈现对现代美学发展表象的积极呼应和自我调整。对此，邹华将现代美学的由古代"美善混同"的艺术教化论衍生出的"客观性假象"，作为古代审美意识在当代延留、转化形态的理论表达。在他看来，"客观性假象"具备某种现代色彩，然而本质上是古典主义的。它是"一种既不同于艺术教化论，又不同于审美空灵论的新理论，这种理论以排斥个体感性和情感体验为前提，以认识和典型两大范畴为核心，借用现代美学的表述形式，形成一种与认知再现论表面上相似的美学理论，从而干扰和阻止认知再现论的发展"。③ 在革命语境中，随着现代美学对马克思主义意识形态理论的不断修正，逐渐体系化，并最终形成了一套特殊的"客观论体系"，取得了与认知再现论的某种相似性。

根据邹华的研究，基于现代审美意识和审美特性的需求，从逻辑上来

---

① 邹华：《中国美学的后古典时代》，中国社会科学出版社，2011，第7~8页。
② 对于古典主义，在中国古代，因为它一定程度上适应了古代人的审美需求和价值取向而带有诸多历史合理性，从宋元开始尤其是进入20世纪之后，如此古典主义的负面效应急遽凸显，现代美学迫切需要从中跃出。
③ 邹华：《中国美学的后古典时代》，第11页。

讲，中国美学的现代化进程应从两个维度予以推进：一是向外部社会生活的突进，强调认知深度所包含感觉经验的内容，是建立在没有超越现象原生态的真实再现基础之上的；二是朝内心情感世界的深掘，强调实践意欲的强度需要理智调控的自觉介入，要将体验和意欲限定在抽象形式上而不可走向直接功利。这些统摄到一点实际上就是现代美学的"主体性原则"以及在这种原则要求下的差异性、矛盾性等崇高美学内涵，这里的审美要求是对应着现代人不可分离的新感性和新理性的密切整一性的。我们知道，如此真正具有现代性意义和本土内涵的中国现代美学是从王国维开始的，这种美学以其独出的"主体性原则"和"矛盾性原则"历经了古代和谐向现代崇高的历史转换，在真正切实地深入生活现实做原生态展示和深层次剖露，以及关注并发扬个体的生命意志和意欲情感上面开拓了全新局面。其后历经五四一代知识分子的启蒙耕耘，中国美学在现代化上面迈出重要一步。但可惜的是，无论是客观论方向还是主观论方向，实践中的现代中国美学远没有在这两个维度上前进多远。就其发生语境来看，整个民族面临着空前的内忧外患、封建传统文化强大惯性的持续延伸以及"实用理性"的民族思维和性格等阻滞性因素，使得中国美学开创的这一现代性发展路径并未很好地延展下去，现代化突围并未取得更进一步的实质性成绩。李泽厚在1980年代关于20世纪中国现代史的走向——"救亡压倒启蒙，农民革命压倒了现代化"这一判定的提出，和其在国内所持续引发的各学派论争，就是对这一问题的相关命题敏感感知的结果。

结合本土语境来看，几千年的"诗化"传统和"主情"美学使得现代中国美学的突破在"再现生活"这点上显得尤为艰巨，极为急迫，而且在百余年的现代美学发展史上"走向生活"的呼唤也是屡屡传来。然而，如许呼唤仅仅流于一种口号罢了，无不是一面面"客观性假象"的变种。纵观新中国成立后的30年，革命生活美学套用马克思主义关于经济基础和上层建筑的理论框架，建构起了一套拥有时代话语权的唯物主义体系，制造与认知再现论极为相似的"客观性假象"这一迷障，并在一定程度上成功地实现了审美的生活化和生活的审美化，在表面上实现了沟通审美经验与生活世界之间关联性的努力。然而，因为颠倒了经济基础最终决定上层建筑这一关系，革命生活美学在面对社会美这一现代命题时，将审美/文艺作为政治功利的附庸工具，将生活作为缓冲政治僵硬性的调节中介，从而在高呼走向生活、反映现实的过程中，以虚假的描绘代替本真的生活，以选择性的漂亮图景覆盖原生态的现实，最终迷失了生活之"丑"，走向一种纯净唯美的形式主义和赤裸功利的实用主义。

综上可见，借由"客观性假象"，革命生活美学一步步堂而皇之地破坏着审美的独立性，并不被察觉地排斥着本真的社会生活，直到1978年之后，美学界不断加大力度地开展了对革命美学尤其是"文革"美学的省思。然而，由于我们并没有很好地辨识出"客观性假象"，没有对其加以认真梳理，并本能性地排斥任何外在客观和政治，专注于割裂现实的情感体验和审美心理，从而在审美主义的"向内转"过程中导致纯净空灵与赤裸功利的两极轮转，致使中国现代美学在摆脱古典影响的本有道路上愈行愈偏。"'文革'美学制造的客观性假象曾经掩盖了真实的生活，而'文革'后对这个假象的错觉，以及根据这个错觉而形成的对现实生活的更强有力的排斥，又使中国文学理论长期地与真实的生活相隔绝"。①

值得一提的是，作为极端化"向内转"的逆反，注目现实、重建审美与生活关联性的尝试一次次被提起。从20世纪80年代末开始，伴随着我国社会、经济、文化等诸领域发生的结构性变革，包括社会学、哲学、文学等学科在内的中国学术界加大了对生活世界的关注力度。进入21世纪，理论贴近现实的热情非但不减反而持续高涨，表现在文艺理论和美学界就是世纪初引起广泛关注的"日常生活审美化"讨论。这场讨论实际上是延续了20世纪90年代有关审美文化的论争，其发轫于学者对迅速变革中的火热的社会现实的关注和理解，尤其是伴随着市场经济在华夏大地上的持续纵深挺进，当代社会越来越呈现与西方大众消费社会相仿、同步的文化景观。对此，一批具有敏锐嗅觉和理论觉悟的青年学者开始以西方理论来阐述与诠释中国问题，并发展出独具本土特色和理论张力的"日常生活审美化"命题。撇开这场争论本身所暴露的问题②不论，围绕着"谁的'日常生活'，怎样的'审美化'"这一尖锐质疑，驳论方展开了激烈批判，并指出其所包

---

① 邹华：《中国美学的后古典时代》，第85页。
② 艾秀梅在综合考察了此次争论后直言不讳地说："有关日常生活审美化的争论不过是文艺学学科焦虑的再次阵痛，参与这次争论的学者在某种程度上不是对日常生活问题感兴趣，而是对文艺学的研究对象、研究方法和研究范式有话要说。如果我们把日常生活审美化换成20世纪90年代的审美文化概念，这次争论中的许多判断、结论也是成立的。因此，这次争论是一次借壳生蛋，借费瑟斯通和韦尔施日常生活审美化之壳生文艺学研究思路之蛋，同时也是文艺学界关于边界争议的一次集中爆发。"见艾秀梅《日常生活审美化研究》，南京师范大学出版社，2010，前言第11页。

含的审美主义情结和唯美主义倾向。由此，该命题原本所发起的重建审美与生活关联性的有益尝试，便再次在对审美的误认上返回古典主义的狭隘逼仄道路。在那里，审美被片面地停留在了生活的浅表层面，被指认为漂亮纯艳的商业包装或整齐划一的和谐场景，而随着无限宽广和深厚的生活内容被缩编化，我们的美学偏安一隅，或者闭门造车，或者服帖于赤裸功利。正因为如此，我们今天强调"美学范式的生活论转向"，呼唤"生活美学"。

至于当前美学界显露的生活美学思潮，几成共识，这种着意于对审美经验与生活经验关联性的强调恰逢其时，也意义深远。然而，对生活美学的提倡古已有之，尤其在逐步走向极端化的革命语境里，生活美学甚至演变为一种独成体系的"客观性假象"以应对现代美学的内在发展逻辑，从而隐秘而成功地对中国美学的现代化推进留下一段难以磨灭的历史创痛。而且，由于"文革"之后我们并没有很好地辨识这种"客观性假象"，其作为未曾清理的历史遗留进一步渗入了当下美学。作为警示，当前美学界在推进生活美学研究、强调审美与生活关联性过程中须要警惕古典主义幽灵的悄然复归。

·附录·

毕业论文的选题和撰写

一 论文概述

本文节选自毕业论文《革命语境下的"生活美学"》，原文除了导言部分，共分为三个章节，本文在其中两个章节的基础上做了适当调整。论文《革命语境下的"生活美学"》通过对20世纪80年代之前红色革命文化的现实考察，探讨了革命语境下与社会美相关的美学命题。文章联系近年提出的"生活美学"概念，对革命文化试图沟通审美活动与生活世界关联性的美学努力给予了梳理，并在此层面上名之为"革命生活美学"。然而，对比古代美学和当代美学的相关命题可以发现，革命美学视野下的社会美形态仍然带有古典主义的审美烙印，究其实质来说是实用主义和形式主义的合体。因此，一方面是现代审美取向的流露，一方面是延留自传统美学的赤裸功利性，二者的复杂交织搭构起革命生活美学独有的文化景观，成就了作为特殊形态的生活美学，而这对现代美学发展尤其是对当前生活美学的推进来说，具有一定的警示意义和参考价值。

生活美学强调艺术经验与生活经验的连续性，突出审美活动与生活世界的关联融通，在我看来，这种将审美/艺术与生活加以同一化的美学努力可以细分为两个表现层面：一个是生活的审美化，即生活世界中包含显见的审美色彩，审美渗透、运用于人们的日常生活秩序之中；一个是审美的生活化，即审美走向生活，在艺术实践中突出生活内容，凸显现实精神。与此相对应，在革命语境下，沟通审美与生活关联性的美学努力，就具体展现为两个层面：一个是革命生活本身的审美呈现，一个是革命文艺与生活的关系探讨。我将前者称为"革命生活的'审美化'"，后者称为"革命审美的'生活化'"。原论文第一、二部分分别对这两个层面进行了论述。

本文前两部分是对革命生活审美化现象的分析，文章先是对新中国成立后社会生活领域尤其是个人生活方式、思想观念等方面所进行的政治化改造进行考察，以期通过其审视革命审美的风格特点、价值取向及其发展演变。文章还对革命时期社会生活领域里的审美运用与表达进行探析，在分析过程中，重点考察了"文革"日常生活中的服饰装扮、器物运用、行为仪式等因素，从而在革命生活的符号化和仪式化内容中透视其审美属性和形态呈现，并揭示其形式主义和实用主义的最终旨归。

受字数限制，革命生活美学的另一个表现层面——革命审美的生活化诉求，本文只做了概括性描述。原论文通过对革命时期具有代表性的文艺理论及作品的考察分析，指出革命文艺的审美倾向和审美风尚，总结其所流露的走向生活、突进生活的现代审美属性一面；在此基础上，论文分别提炼出革命文艺对"生活"和"日常生活"两个范畴的论述，透过其显露的审美意识，指出红色革命文化"为政治服务"的实用主义文艺观。

本文第三部分即原论文末节，通过对革命文化现实的具体考察，联系中国美学语境，对革命生活美学的表现形态和美学实质进行了归纳，并尝试与古代美学和当代的生活美学研究进行简要的对比分析。

二 选题缘由

我之所以会选择这样一个论文选题，主要受两个因素的影响。第一个也是最主要的因素是受导师邹华教授的影响。邹老师的美学研究自始至终贯穿着一个"史"的概念，其熟练运用辩证逻辑的思维方法，通过对中国古代、近代和现代美学的连贯考察，系统梳理了中国美学的古今历史流变，并最终落脚于当代文化现实。读研究生期间我除了获知于邹老师的亲自授课外，还认真研读了他的专著，尤其是《20世纪中国美学研究》《中国美学原点解析》《中国美学的历史重负》《中国美学的后古典时代》等美学研究著作。虽然不能很好地理解其中精髓，但是拜服于邹老师严谨沉潜的治学之风和独成体系的美学见解，并对其美学理论的解释能力深信不疑。因此，在毕业论文选题时，我鼓起勇气尝试在邹老师的理论框架下做些文本考察的简单研究，由此也可以对邹老师的美学观点加深认识。

第二个因素是我个人的知识储备和兴趣爱好。我是2009年入学，在读研究生期间喜欢读一些美学研究方面的文章，那时候《文艺研究》《文艺理论与批评》及人大复印文摘《美学》等学术期刊上登载了大量关于生活美学研究的文章。中西方语境下的生活美学对比，本土语境下古今生活美学对比，都成为我的关注点，并借此延伸读了一些相关著作。在我的理解中，与西方现代美学在古典之后"悬置"起生活并走向纯粹的"审美自律"不同，中国美学似乎从来都没有中断过与生活的关联，但是时过境迁，中国现当代生活美学与古代生活美学又存在哪些异同呢？带着这个疑问，革命文化现实便进入了我的视野。

作为一名"80后"，"文革"甚至整个红色革命文化对于我个人有着极大的吸引力。出于好奇，我长期保持着对"文革"主题的文学作品、影像资料、专题网站及电子资料等的关注热情，并积累了部分资料。在结合生活美学的提法来看，对于20世纪以来的中国现代美学，若以1980年代为界，整个20世纪中国美学的这种试图沟通审美活动与生活世界的美学努力，大致可以划分为两个时段：一个是1980年代之前的革命文化语境，一个是1980年代以来的大众文化语境。对于后者，以1990年代开始的"审美文化"讨论及21世纪初的"日常生活审美化"讨论为主线，已多有分析并形成颇多定论，全面含纳了其关注生活、贴近现实、亲近情感的时代特征和过度渲染消费的功利动机，这里不做赘述。相比之下，对革命语境下的生活美学探讨则着墨较少，缺乏系统论述，而且大抵局限在政治学、社会学、文化学、文学视野里做探析，美学意义上的分析尚属乏见。由此，我尝试从美学角度对革命语境下的生活美学及其相关问题做些探析。

查阅有关此一时段文化现实的美学研究，成果较为零散，缺乏系统论述。其中，在我当时所阅读的材料中，邹华老师的《中国美学的后古典时代》《中国美学的历史重负》及其系列论著，从中国美学发展的内在逻辑及其具体表现上，对革命时期的社会美相关问题给予了高度的理论概括，是目前国内相关领域里不可多得的系统而厚实的研究成果。此外，尤西林《心体与时间》（2009）有一个章节从风格与人格的关系层面对"文革"时期的社会美属性做了一定的探讨；骆冬青的《形而放学：美学新解》（2004），提出了一个"政治美学"的概念，对"文革"政治秩序的审美属性做了富于启发性的分析；封孝伦的《二十世纪中国美学》（1997）、艾秀梅的《日常生活审美化研究》（2010）、徐贲的《物品文化和日常生活秩序》、陈雪虎的《生活美学：三种传统及其当代会通》等也都对此有所涉及；余虹的《革命·审美·解构》（2001）、洪子诚等的《当代文学关键词》（2002）等则对革命时期的文艺审美进行探讨，对相关材料做了梳理。有鉴于此，我感觉如能在前人的零散论述基础上，从美学视角对革命文化现实进行整体性考察，选题应该不乏新意，而在论文成稿后，顺利通过了答辩，并有幸被评定为校级优秀论文，多少也算是没有辜负邹老师和其他老师们的苦心栽培。

三 成文过程

现在回头看，对于一名硕士研究生来说，本论文的操作难度其实是很大的，论文从选题到写作都是数易其稿，最后的论文成文几乎推翻了之前的开题报告，整个过程五味杂陈，就像我在论文"致谢"中总结的："论文的写作过程真的堪谓炼狱，不断的检视、不断的否定，像是一场场的自我阅兵。"而总结起来，除了遇到几乎每篇论文会遭遇的常见问题外，该论文的写作过程中遇到了三个大的"瓶颈"。

第一，主题的提炼。刚开始选题时，我不自量力，想通过一篇论文把中国古代美学、现代美学和当代美学含纳在一起进行对比分析，但由于实在不具有可操作性，就在开题报告时将写作重点放在了1980年代之前与之后的革命文化和大众文化语境下，企图以两种文化语境下的影视代表作品为分析文本，展现 20 世纪中国美学的审美形态变迁及美学内涵的一致性。对此，邹老师提出了三个疑问：首先，如果以两种文化语境下的影视作品为分析对象，那么如何认定影视作品的代表性，单独的一两部影视作品能否很好地反映并代表相应时代的审美意识、审美文化？其次，当代美学界已经对 1980 年代以来的大众文化现实阐述较多，将其作为写作重点能否有新意，研究成果是否会拾人牙慧？最后，开题报告中思路过多，结构不集中，主题不够突出，需要加以提炼。接下来，在邹老师的建议下，我推翻了之前的开题报告，集中从两方面寻求突破：一是提炼主题，尝试着用一句话去概括整篇论文；一是寻找"把手"，将分析对象具体化，找到一个实实在在的分析对象来印证主题。经过大约半年的时间，眼看周围的同学都已经提交了论文初稿，在邹老师的反复提点、帮助下，我最终形成了如今这篇论文的写作提纲，并快速投入论文的写作中去。

第二，资料的收集。红色革命文化尤其是"文革"文化，涉及敏感政治，由于众所周知的原因，资料难寻。我在将革命文化现实作为分析重点后，邹老师指出须着重解决两个问题：一个是利用新资料，写出新论据；另一个是仔细甄别材料，确保论据的真实性。为此，我在查阅了有关图书资料、论文期刊之后，将网络电子类资料作为研究素材，以期找到更多可用的佐证材料，提高论文观点的说服力。但是由于网络电子材料的真实性待考，我在甄别之后精选了香港中文大学《二十一世纪》双月刊（第 1～130 期，1990 年 10 月至 2012 年 2 月）、香港中文大学"中国研究服务中心"、《华夏文摘增刊》（第 1～779 期，1992 年 3 月至 2010 年 12 月）、《记忆》（第 1～66 期，2009 年 9 月至 2011 年 1 月）、"爱思想网"等电子刊物，其中刊载有大量时新的"文革"研究成果，推进了"文革"研究方法、叙述模式、史料引用等问题的探讨。我几乎查看了其中关于"文革"的所有文章，对于极端性观点保留意见，论文写作不予采信。此外，在论文写作过程中，邹老师还给我提供了许多资料，尤其是姚文元在"文革"时期发表的作品，那些书页泛黄的小册子现在已经很难寻到。邹老师还以亲历者的身份讲述了当时自己的切身体会。这些帮助我在收集、甄选材料时厘定了大致方向，使未经世事的我不至于在写作时选用了"出格"材料。

第三，概念的厘清。本论文因为是在导师的理论框架内尝试开展研究，邹老师理论中的很多概念，如在分析古代审美意识时提出的"审美残缺"和"审美封闭"，在分析现当代美学时提出的"客观性假象""后古典主义"等词语，都有特定的指代范围和概念意涵。论文起初在分析时拿起来就用，但是对这些概念的理解存在偏差，而且在论文的上下行文中缺乏必要的解释，存在概念使用随意化的弊病。此外，还有"生活美学"和"革命语境"，作为本论文的核心词语，因缺乏必要的概念界定，因而对论文的说服力带来不良影响。后来，在论文的修改过程中，我重新阅读了相关书籍，对这些概念逐一加以界定、厘清，并注意在行文中做必要的解释。

方东树的学术思想与诗歌观念

郭青林*

方东树一生以游幕、讲学为主要生计，治学历程在不同的人生阶段各有侧重，但有其一以贯之的主线。他在学术上以"卫道"自任，终生恪守程朱之学，学术思想主要以程朱学说为主，并旁涉佛道。他继承先秦儒学积极入世之精神，重视经世之学，经世致用是其学术思想的基本倾向。在诗歌观念上，方东树受其学术思想的影响，坚持儒学诗教观念，以"诗之为学，性情而已"，[①] 继承了传统诗学的"言志"观和"吟咏情性"说，这集中体现在他对诗歌体用的认识上。因受桐城派古文理论的影响，他坚持"诗文一理"，并以此为基础建立起自己的诗学批评体系，这主要体现在他的诗歌文体论、创作论及批评论中。任何诗学思想的形成都是建立在具体的诗学问题基础之上的，明、清两代诗家对诗学问题的讨论构成了方东树的诗学背景，方东树就是在对明、清诗家的批评中形成自己的诗学取向的，这种诗学取向反过来又支配其对诗歌史上诸位诗家的批评，这是方东树诗歌观念的重要组成部分。

一 方东树的治学历程与其学术观念

方东树治学历程一般被认为经历了三个阶段，《清史稿》载："东树始

---

* 古代文论方向；指导教师：陶礼天。
① 方东树著，汪绍楹校点《昭昧詹言》卷一，第1则，人民文学出版社，1984；以下所引古籍，据刻本标明书名、卷数、则数。方东树认为"诗道性情"，又说"诗以言志"（《昭昧詹言》卷十二，第357则；卷一，第6则），其"性情"和"志"是一致的。

好文事，专精治之，有独到之识，中岁为义理学，晚耽禅悦，凡三变，皆有论撰。"① 认为方东树早年"好文事"，中岁"为义理学"，晚年"耽禅悦"，按年岁将其治学历程分为三段，使其一生治学轨迹彰明，有其合理之处。但此说割裂了其思想的完整性、延续性，已被论者所指出，② 但似乎并未引起注意，学界仍有人沿用此说。如庞朴在《中国儒学》一书中就认为"方东树为学尚有三变：二十岁后好陆王之学，学古文于姚鼐；四十岁后改宗朱熹，讲义理之学；晚年居家，又醉心禅学。其中尤以诋毁汉学，卫护程朱'道统'见称"，③ 盖受此影响。④ 黄霖《近代文学批评史》虽据之以为《清史稿》"将他中年所论之义理径归于禅学，也非确论"，⑤ 有否定此说之意，却对原文解读有误，《清史稿》只是提及方东树为学三个阶段之"变"，既未论及也无从得出"义理径归于禅学"之结论。据方东树现存文献来看，将其为学经历划为三个阶段是可取的，但其各个阶段治学方向还有待考证。本节以《清史稿》中记载的方东树本传的相关资料为基础，就其学术历程及主要著述加以考论，以彰其学术思想的连贯性，并对其学术思想略做讨论。⑥

（一）少好"文事"

郑福照为方东树所作《清方仪卫先生东树年谱》云："先生自少喜为古文辞。"⑦ 对自己"始好文事"，方东树曾多次忆及，"忆岁壬寅东树年十

---

① 赵尔巽等撰《清史稿·文苑传》第486卷，第44册，中华书局，1977，第13430页。
② 许结认为《清史稿》本传"三变"说不能成立，其说割裂了方东树的学术思想，应予以廓清，见《方东树〈汉学商兑〉的通经致用思想》一文，《安徽师大学报》（哲学社会科学版）1986年第2期。
③ 庞朴：《中国儒学》第二卷，东方出版中心，1997，第260页。
④ 赞同"三变"说还有朱维铮等，"《清史稿》说他一生学凡三变，是不错的"，见《汉学与反汉学》（脚注⑧），《中国经学史十讲》，复旦大学出版社，2002，第154页。
⑤ 黄霖：《近代文学批评史》，上海古籍出版社，1993，第157页。
⑥ 本文对方东树治学年限划分，主要以其各个阶段的生活经历、治学特点为依据，不尽参其年龄。方东树"少时"自十一岁到十八九岁，此为"好文事"阶段。二十二岁至二十六岁随姚鼐读书，以习古文应乡试为主，是前一个阶段的延续，可归入前一个阶段。方东树"中岁"游幕四方，自二十七岁至六十岁，其间以从事授经、著述为主。六十岁至方东树去世为其"晚岁"，其间以校书，课徒孙为主，间亦著述。
⑦ 郑福照：《清方仪卫先生东树年谱》，台北，台湾商务印书馆，1978，第3页。下引该书，简称《年谱》，标明页数。

一，初学作文"，① "忆自十一岁学文时，先子承海峰先生暨惜翁倡古文辞之学，仆耳而熟之，虽不能尽识，然亦与于此流矣"。② 可见，方东树自十一岁始为文事，且是在父亲的影响下开始的。"仆少愚暗孱懦，徒以过庭之际，窃习先子及先友谈艺，久遂浅尝，浮慕望先辈门墙而意之，其实未有深知，亦未尝用功也"。③ 父亲跟随刘大櫆、姚鼐学古文，常与同辈切磋文事，年少的方东树在一侧耳濡目染，遂对古文辞产生兴趣实是极其自然之事。方东树父，名绩，有诗文传世，④ 以课徒授业为生。门人姚景衡称其："诲人也，如行蚁相续，而遇危垣积石间不失一线，如蕙兰馨不可拟议，沁人心脾，故多所成就。"⑤ 方绩教授善于谆谆诱导，弟子受益颇深，对自己儿子的学习自然更为尽心，这对方东树少时的学习兴趣和知识结构有重大影响。方绩曾以诗诲子，授以学诗门径："作诗如作人，颜曾不易跻。忠信以为质，韩苏以为梯。五言师汉魏，出骨蒙其皮。初唐效七古，傅粉还施脂。……冥心待深造，勤如养婴儿。"⑥ 告诫儿子，学诗须以忠信为质，培养道德本源，以韩、苏为阶梯，切勿轻学汉魏、初唐，当用心深造等。方绩这一教导，方东树铭记至深，晚年所著《昭昧詹言》卷二有云："先人尝教不肖，勿轻学汉、魏，盖诚知其难道，恐未喻其深妙，而出骨蒙皮，如明何、李辈所为耳。今不肖年长，用力稍深，渐有所悟，然后知先人之言，有至慈焉。"⑦

方东树少好文事，是其家庭环境使然，主要与其父亲及其友人的影响相关。《终制》篇云："我于文事幸及承教先辈，粗闻绪言，亦幸天启其衷，时有获于思虑所开悟。但仅望见途辙，实未曾专心深学之也。"⑧ 此处"先辈"主要指方绩及其所交往的友人，方东树曾作《先友记》以纪念父亲生

---

① 方东树：《先母行略》，《考槃集文录》卷十一，光绪二十年刻本。下引该书，只标书名、卷数。
② 《答姚石甫书》，《考槃集文录》卷六。
③ 《复戴存庄书》，《考槃集文录》卷六。
④ 方绩著有诗集《鹤鸣集》，后被选入《国朝正雅集》《桐旧集》等诗歌选集，另有《经史札记》《屈子正音》等著作，见方宗诚《方展卿先生传》，《柏堂集补存》卷二，光绪十年刻本。
⑤ 方宗诚：《方展卿先生传》，《柏堂集补存》卷二，光绪十年刻本。
⑥ 方绩：《论诗示儿树》，《鹤鸣集》，光绪十五年刻本。
⑦ 《昭昧詹言》卷二，第9则。
⑧ 《终制》，《考槃集文录》卷十一。

前好友的事迹，其间亦提到他们对自己的疼爱和鼓励。① 所谓"实未曾专心深学之也"，是说其少时爱好广泛，诗文非其唯一用力之处。方东树少时曾注过《道德》《阴符》二经，为学始无侧重，举凡老释诸家皆在其兴趣之内，每读或切身体悟，以加深理解，或做笔录，发挥成文。后阅历渐广，思维渐深，兴趣趋于专一。其弟子郑福照在《年谱》中云："按先生少时曾著《屠龙子》，又著《阴符经》，均未刊，不详，为何年老作诗有'发书陈箧汰阴符'之句，盖先生少时为学无所不通，后则渐归纯粹耳。"② 其本人亦云，"少时亦尝泛览百家，惟有朱子言有独契"。③ 于百家之言，独契朱子，不仅体现其读书兴趣趋于专一，而且表明朱子之学正是其学术兴趣所在。

方东树独契朱子，也因其家学渊源，曾云："吾家世守朱子之学不变，其原出自方闲阿先生。"④ 方闲阿，桐城宗老，时与胡莫斋、孙华农、吴抱雪等其他诸老讲论朱子学，与方东树高祖方畯友善。方畯曾命其子方泽师事之，方泽接过方闲阿衣钵，论学亦宗朱子，姚鼐称其为："乃真信道笃而知其所守者也。"方泽，字芋川，号侍庐，即方东树曾祖，与刘大櫆、姚范为友，姚鼐曾于其门下受业，而方东树父子又先后受业于姚鼐门下，经师友辗转相承，朱子学脉不仅延续下来，而且得到强化，故姚鼐称方东树父子"能世其家学"。⑤ 可见，家学对其学术兴趣乃至以后学术观念的形成，有着至为重要的作用。

方东树自云："十八九岁时，读《孟子》书，怃然悟吾学之更有其大者、切者，遂屏文章不为，性喜庄老及程朱陆王诸贤书，读之若其言皆如吾心之所发者。"⑥ 可见，方东树少时为学就经历过由"好文事"至"舍文事"这样一个思想转变过程，体现其读书信念由初时混沌到逐步清晰，并最终确立以治学术为人生的努力方向。这种选择虽是受孟子思想的启悟，但也是其对学术价值及人生意义思考的结果。方东树曾自述少时为学心态，"仆少时骏拙，于人事多所不通，惟笃信好古，人以为道可以学而至，圣可勉而希，纵其心志，与俗背驰，犯笑侮，蒙齿舌，异人同情，少年气盛，

---

① 方东树自幼聪颖，少作《慎火树》诗，曾博得乡先辈夸奖，见《年谱》，第 2 页。
② 《年谱》，第 7 页。
③ 方东树：《汉学商兑序略》，《书林扬觯》，同治十年刻本；下引该书，只标书名、卷数。
④ 方宗诚：《三隐君子传》，《柏堂集次编》卷七，光绪六年刻本。
⑤ 姚鼐：《方侍庐先生墓志铭序》，《惜抱轩诗文集》，上海古籍出版社，1992，第 206 页。
⑥ 《答姚石甫书》，《考槃集文录》卷六。

不以屑意,以为古之人乎类若此矣,吾苟于彼者合,则必于此者远矣,益奋不顾"。① 可见,学道、希圣是方东树少时的人生理想,终其一生未曾改变,相比之下,文章之事,只是博取功名之手段,虽有关乎世道人心,但终为末艺,不足称道了。须注意的是"屏文章不为"不是说方东树从此搁笔不再为文,而是指其"不欲以诗文命世",② 即不以诗文创作来谋取功名之意,综观方东树一生,诗文创作并未辍笔,不仅有《半字集》《考槃集》等诗文集传世,而且具有较高的艺术成就。方东树所谓"大者""切者",是指学术对实现人生意义而言,庄老及程朱陆王之书,是古之圣贤之著述,既是"道"之载体,又是成贤之榜样,故此有"读之若其言皆如吾心之所发者"的感受。方东树自少笃信好古,不以忤俗为意,身体力行皆求与古人合,反映在文论上,就是复古思想,这里不再赘论。

(二) 中治"义理"

就从事学术活动而言,方东树至二十八岁始有为学之自觉,表现在治学趋向的确立,故其"中岁"应自此开始。据《年谱》载,方东树二十八岁在陈侍郎家授经并收订少时所作,取书名《栎社杂篇》。该书内容颇杂,这与其少时纵观群书,为学不专相吻合。在该书序中,方东树把先秦诸子与后世文士进行对比,认为先秦诸子"猎道裂术散以为文,咸自久与世",是因"本于一而出之",后世文士则"专欲工文章而不务本,道术敝跬致役乎文,游心窜句纷纭于百世之场",造成"其人与其言始离而为二","至于杂焉不可得已"。由此强调文士"务本"的重要,而其所谓的"本"即学之本,即要培养本源,学修己治人之道。③ 在他看来,学问是作文之根本,本源不充,基础不实,写出来的文章只能是"言与人离",流于"杂"而已。其后,方东树又云:"今余自集其文,不敢自欺而命之曰杂,取别于古之以一出之者",后又说:"时余年二十八岁,于后为学始一正其趋向。虽未敢言能立本而其于杂焉者亦庶免矣。"④ 这里,方东树不仅对"后世文士"的创作进行反思,也对自

---

① 《答姚石甫书》,《考槃集文录》卷六。
② 方东树:《仪卫先生行状》,见《大意尊闻》附录,同治十五年刻本;下引该书,只标书名、卷数。
③ 方东树以为,"天下皆言学,而学之本事益亡。本事者何? 修己治人之方而已";见《待定录自序》,《考槃集文录》卷三。
④ 《栎社杂篇自序》,《考槃集文录》卷三。

己的为文活动经验进行了初步总结,明确了以后努力的方向。

是年,姚鼐在给胡雒君的信中提道:"植之昨有书云近大用功于心性之学,若果云耳,则为今日第一等豪杰耳。"① 故方东树"为学始一正其趋向"当是指"大用功于心性之学"。"心性之学"主要指抉发先秦儒学义理,但侧重探究性道之旨的学问,此处主要指程朱一系所讲论的穷理尽性之学。方东树意识到"务本"对文章创作的重要意义,以心性之学作为主攻对象,旨在借此培养本源,为今后文章创作充实基础。姚鼐此语还有一意可窥,即在随姚鼐读书期间,方东树主要精力还不在学术之上。按《年谱》云,方东树二十二岁与其父方绩同去江宁受业于姚鼐门下,并于同年入县学为弟子员,又经数年补增广生。二十七岁后方东树便开始其四十多年的游幕授经生涯。故二十二至二十七岁这段时间,方东树主要随姚问学,当以习古文应乡试为主。虽屡试不售,但文名已成,同梅曾亮、管同、刘开一起被视为"姚门四杰"。管同称其"识力卓有过人者,宜其文之冠于吾辈也"。②

方东树对心性之学的重视,表明其开始独立为学以及学术思想的初步成熟。同年(即二十八岁时)四月,方东树著《老子章义》,合儒佛之理抉其本义,以为老子之书"实是深于道者"。③ 自此书之后,至六十岁主宿松松滋书院止,凡三十余年,考其著述主要有《考正感应篇畅隐》、《汉学商兑》四卷、《待定录》、《书林扬觯》、《未能录》等,并校刊其父的《屈子正音》一书。

《考正感应篇畅隐》于嘉庆二十三年(1818)客游宿州时所著,是年方东树四十七岁,其门人郑福照称,"是书发明天道、人事、物理极为详尽,又引经义史事及诸传记以证明之。盖借感应二字明圣贤正道而辨正俗说之误,极有益于世教"。④

《汉学商兑》著于道光四年(1824)五十三岁时,该书力抵汉学家对宋学之诬,维护以程朱为代表的宋学,颇有辨彰学术之精神。⑤

《书林扬觯》著于道光五年(1825)五十四岁时,方东树有感于"后世著书太易而多殆于孔子所谓不知而作者",遂著此书,辨明著书源流、宗旨、要领、体例等,告诫后人要正其所学,不要轻易著书,否则"虽著述

---

① 姚鼐:《姚惜抱尺牍》,新文化书社,1935,第23页;下引该书,只标书名、页码。
② 管同:《方植之文集序》,《因寄轩文二集》卷四,道光十三年刻本。
③ 《老子章义序》,《考槃集文录》卷三。
④ 《年谱》,第9页。
⑤ 方东树:《汉学商兑》,道光十一年刻本;下引该书,只标书名、卷数。

等身而世不可欺也"。①

《未能录》写于道光十年（1830）五十九岁时，方东树自云："余参剂于刘孟二书为十言以自程，曰谨独、曰卫生、曰修内、曰慎动、曰敬事、曰烛几、曰尽伦、曰执义、曰安命、曰积德。"又说："以上十义昔贤名理名言至精且详，不可胜举，今日惟在自家切身检点实践而已，不作言诠也。"② 方东树参照明儒刘宗周的《人谱》及清儒孟超然的《求复录》作此书，主要用于切身检点实践。

据上所列，可见方东树中年阶段为学确实以心性义理之学为核心，或直接论究其为学之心得；或援引宋儒学说为据，加以评论；或借之以发挥自己修道体道之思想。如其所著《书林扬觯》，管同就以为，"所论虽专为著书而发，实则穷理、格物、行己、立身之道悉贯其中"。③ 虽如此，方东树为学其实并不限于心性义理，举凡天道、人事、地理、风物、典制等皆有论究，学术视野极为开阔。方宗诚说其"锐然有用世志，凡礼乐、兵刑、河漕水利、钱谷关市、大经大法皆尝究心，曰：此安民之实用也，道德义理所以用此权衡也"。④ 方东树曾著《待定录》百余卷，自云："每念古之君子坎壈曳，分甘沟壑，一无所挟以自张，独其素所蓄积发于文章者，为不能遽泯，故窃不自揣，尝好以其所欲论次设施者著书，自天德、地业、人理凡数十万言，名曰《待定录》，藏之箧笥，无人可与共语。"⑤ 该书是方东树于"旅枕不寐之余，舟车波尘之际"所写，"于身心性命之旨，修己接物之方"，无所不究，实是其多年读书治学之心得札记，⑥ 颇能体现方东树治学博综之特点。

（三）晚穷"性道"

对方东树晚年治学问题，倘以六十岁为界，自道光十一年（1831）方东树主宿松松滋书院始至咸丰元年（1851）在祁门山东书院去世止，其间凡二十年，考其现存著述及行迹亦可察其治学趋向。据《年谱》载，方东树于道光二十年（1840）六十九岁时结束游幕生涯，自粤归里定居，故其

---

① 《书林扬觯》卷上。
② 《未能录序》，《考槃集文录》卷三。
③ 《书林扬觯》，"题辞"。
④ 《仪卫先生行状》，《大意尊闻》附录。
⑤ 《复姚君书》，《考槃集文录》卷六。
⑥ 《待定录自序》，《考槃集文录》卷三。

晚年有近一半时间依然漂泊在外，且主要精力放在校勘书籍上，先后编校姚范的《援鹑堂笔记》、其父方绩的《鹤鸣集》、管同的《七经纪闻》、胡雏君的《柿叶轩笔记》等。晚岁家居十一年间（自六十九岁至八十岁去世）"专以成就后进为事"，① 亦有著述，除《进修谱》写于前期（六十岁时）外，主要有《昭昧詹言》《大意尊闻》《猎较正簿》《山衣天闻》《思适居铃语》，此外还自编文集《考槃集文录》《仪卫轩文集》、诗集《考槃集》等。

《进修谱》写于道光十一年（1831），序云："进修者，本《易》'君子进德修业，欲及时也'语。君子之学，进德以事天，修业以事人，舍是无所致其力。""谱者，百工技艺皆待规矩、绳墨、法式、模范以成其事。""谱之类凡八，穷理一、密察二、实三、巽宜四、节五、止六、借所七、恒八。"② 此书是方东树为自己修身制作的行为规范，主要用于自家实践，体现其为学重于践行的品格。

《昭昧詹言》著于道光十九年（1839），此书"论诗学旨要大略谓学古人诗当求之于义理，蕴蓄本领、根源、精神、气脉，不可袭其形貌，宜力守韩公'陈言之务去'之戒及山谷'随人作计终后人'二语，而又文从字顺各识其职为贵"。③ 该书是方东树批在王士祯《古诗选》、姚鼐《今体诗钞》等选本上的评语汇编，原本是其为课孙儿读书之用，后经其补录增益始成。

《大意尊闻》著于道光二十年（1840），是书"以教诸孙读书行己制心处事之要道"。"所言自小学以至大学之事，格致省察、克制存养，以至于成德之功，居身接物齐家训俗教学，以至于治平之业，无不有以探其原而穷其弊"，④ 乃其家范。

《猎较正簿》写于道光二十二年（1842），《年谱》载该书序略曰："科举八比时文为仕进始基，出身起家之切用。功令所昭，举世奔命于此，特其源流得失，求一卓然通达解了者，率不易觏，故今粗为说之。"⑤

《山衣天闻》著于道光二十四年（1844），该书"取古人格言，去其肤传，约其警切，成一卷，以示三孙"，⑥ 同上书一样亦为教诸孙读书之用。

---

① 《年谱》，第36页。
② 《考槃集文录》卷三。
③ 《年谱》，第26页。
④ 《大意尊闻序》，《大意尊闻》。
⑤ 《年谱》，第27页。
⑥ 《年谱》，第28、29页。

《思适居铃语》著于道光二十八年（1848），"是书取经史所载，古今述传而义未安者，为之辨论"，① 该书是方东树辨析经义之作。

以上著述均有具体年月可考，据《年谱》载，方东树晚年居家还著有《陶诗附考》《解招魂》《向果微言述旨》《最后微言》等，皆不知撰述年月。《陶诗附考》《解招魂》是方东树考论陶诗、解读屈原《招魂》之作。②《向果微言述旨》则主要讨论儒佛两家在心性问题上的异同。③《最后微言》撰而未刻，今不可考。此外，方东树还著有《跋南雷文定》，该书是方东树"虑汉学之变，将为空谈性命，不守孔子下学上达之序"，作此书"以砭姚江山阴牴牾朱子误"，④ 该书承《汉学商兑》余绪，仍以捍卫程朱学说为宗旨。方东树于道光二十二年（1842）自编文集《考槃集文录》收录《冷斋说》一文云："晚岁研说性命，因兼寻祖意辑成《金刚藏十书》，曰初发心寱语，《金刚经疏记钩提》无著菩萨十八，住天亲菩萨二十七，疑秦译直解般若五位，细因《唯识论举要》、《大智度论》、《乐说本法心证》、《圣佛参同》，共六十四卷。"⑤ 据文后所附"撰于丙午七月望日自识"可推知，该文当著于道光二十六年（1846），方东树七十五岁时。可见其晚年不仅继续研究心性之学，还研究过佛经。"初亦自信正智诚言，后读《黄檗禅师语录》，见其告裴休尚书云若也，形于笔墨，何有吾宗，不觉汗下默自念曰：吾岂将为杓人乎？吾求冷而以热为杓，何异以生灭心行说实相法，如鹿逐阳焰，岂有解渴分，而况意识著述从门入者乎？已出者不及矣，其未出者，当如古德悉焚经疏文字，庶于冷与歇本志相应。"方东树所谓"冷"与"热"是指，"曰淡曰无欲，冷也，曰立人达人，热也"，"此冷与热皆道心主之，非凡民之所为冷与热也"。认为"治心之要，莫急于瀹热，瀹热必以冷"。"自古仁圣贤人其守己甚冷，其与人甚热"。⑥ 所谓"求冷而以热为杓"体现方东树践行圣贤之道时的内心矛盾，方东树治佛经时由初时"正智诚言"的自信到怀疑先前著述之价值，进而反思人性的"冷"与"热"

---

① 《年谱》，第 30 页。
② 《陶诗附考》《解招魂》后均被收入《昭昧詹言》之内，《招魂》之作者向有屈原、宋玉之争，方东树对此亦有讨论，认为屈原因楚之将亡，"冀陈忠谏而望其复存，忠臣之情，同于孝子，故托'招魂'为名而隐其实"。认定是屈原所作。见《昭昧詹言》卷十三。
③ 参见陈晓红《方东树著述考略》，《古籍整理学刊》2010 年第 3 期。
④ 《年谱》，第 32 页。
⑤ 《考槃集文录》卷二。
⑥ 《考槃集文录》卷二。

问题，由此看来，方东树研究佛经主要还是用来探讨心性问题的。

据此，无论是课徒示孙之作，还是钩疏佛教典籍，方东树晚年治学仍以研究心性之学为主，兼寻诗文创作奥旨。虽旁涉佛经，但其旨意仍是探究性命之学。方东树晚年虽有治佛之经历，并撰有著述，但这并不能说明其一味沉溺其中。方东树门人郑福照就说其"老年尤服膺二程遗书，日夕潜玩"。① 方东树晚年潜玩二程遗书而并非佛经，故《清史稿》说其"晚耽禅悦"，并不准确。

（四）学以"致用"

综上所论，方东树治学确实经历了三个阶段，且侧重点有所不同。年少时主要矢志于"文事"，中岁主治程朱义理之学，晚岁致力于性道之旨。《清史稿》将其治学划为三个阶段是可取的，但并未指出方东树治学的延续性，故有割裂其学术思想之嫌。方东树少时为学就"独契朱子"，对朱子义理学即有偏爱，"中岁为义理学"自不必言之，就其晚年来说，所穷究的"性道"之旨，本是义理之学的重要组成部分，② 由此看来，义理之学实是贯穿了方东树治学的三个阶段，是其一生治学之主线。

对于学问，方东树认为"立言不关世教，虽工无益"，③"穷之所学即达之所用，非有二也"。④ 其治学主要特点即学以致用。考其著述，其旨有三：一是辨彰学术，导示后学，如《辨道论》；二是用于自家实践，课孙授徒，如《进修谱》《大意尊闻》等；三是应时救世，如《病榻罪言》等。这三者不可截然分开，如《汉学商兑》既为辨彰学术，也针砭汉学派远离时世、皓首穷经之时弊。《昭昧詹言》本是为课孙授徒，却也有辨彰学术之旨。在清代中期之后，汉学末流整日钻在故纸堆里，不问世事的治学风气盛行之际，方东树倡导学以致用之治学精神，与清初顾炎武、黄宗羲等倡导的经世之学遥相呼应，对清代中后期学术风气的建设，无疑有着重要的作用。

---

① 《年谱》，第32页。
② 庞朴《中国儒学》以为："义理之学指自宋代以来研究儒家经书义理，探究宇宙和心性的本源以及万物之理的道德形而上学……由于其侧重讨论理气、心性等中心问题，故又称性命义理之学。"据此可知，心性（性道）之学当是义理之学的重要组成部分。参见庞朴《中国儒学》第四卷，第34页。
③ 方东树：《仪卫轩文集自序》，《仪卫轩文集》，同治七年刻本。
④ 《待定录自序》，《考槃集文录》卷三。

方东树为学以致用为旨归，但有论者据此认为，方东树"在理论上，行动上都比较注意崇尚实用，应变救世"，其所标榜的宋儒义理只是个旗号，并引皮锡瑞《经学历史》批《汉学商兑》的"名为扬宋抑汉，实则归心禅学，所著《书林扬觯》皆阳儒阴释"之语，以及章炳麟《检论》中"东树本以文辞为宗，横欲自附宋儒"之说为据。① 此论虽肯定方东树为学以致用之特点，但把这一特点与宋儒义理对立起来，以为方东树所恪守的程朱之学仅是个"旗号"，实是不够妥当。如前所论，方东树信奉程朱自有渊源，并非一时之兴趣，而是终生一以贯之。从方东树著述来看，其对程朱心性义理之学多有撰述，如《续天道论》《原天》《原静》《原义》《原学》《原理》《原静》等文，对程朱所关注的儒学命题皆有深究，特别是《辨道论》"明正轨，开歧途"，② 尤能显示方东树识力的过人之处。观其于客游之途所著，凡所论撰大多不离圣人修己治人之道，程朱穷理尽性之学，且多与自家实践相结合。可见程朱之学对方东树并非只是"旗号"，亦非"自附宋儒"，而是其学术生命和精神依归。

此外，方东树还以为："君子修身、遵道、行义本以尽吾所以为人之理。"③ 把"修身、遵道、行义"作为人生之重要部分，而这些都是程朱之学所倡和要义所在，故其信奉程朱之学，是出于其人生的自觉，是践行其人生观的合乎逻辑的选择。方东树又云："人第供当时驱役不能为法于后世，耻也……必也才当世用。卓乎实能济世，不幸不用而修身立言足为天下后世法。"④ 在他看来，"才当世用"有两种实现方式：一是"实能济世"，即以建立事功的方式来实现；二是以"修身立言"之方式来实现。而信奉程朱之学无疑是后一种方式的重要选择。再者，方东树之所以捍卫宋儒之"道统"，也是为了倡导适于世用的主流价值观。其一，乾嘉之后，清季已转为"衰世"，正如龚自珍所说，为学者"疲精神耗日力于无用之学"，⑤ 为官者"尽奄然而无有生气"，⑥ 人心颓废，寡廉鲜耻，而朱子之学能范围天地，经纶物理，切于世用，实是兴起人心风俗之良方。其二，汉儒治经，考据文

---

① 黄霖：《近代文学批评史》，第156~157页。
② 管同：《方植之文集序》，《因寄轩文二集》卷四，道光十三年刻本。
③ 《大意尊闻》卷一。
④ 《大意尊闻》卷一。
⑤ 龚自珍：《对策》，《龚自珍全集》，上海古籍出版社，1996，第116页。
⑥ 龚自珍：《明良论三》，《龚自珍全集》，第34页。

字，而不阐发义理，虽有纠谬之功，却不适于世用。虽"通经"却不能"致用"，于己身心无补，于世不能经伦物用，故是无用之学，这种治学模式，理应抛弃。方东树曾批之云："行义不必检，文理不必通，身心性命未之闻，经济文章不之讲，流宕风气，入主出奴"，结果如朱子言"书愈多而理愈昧，读书愈勤而心愈肆，浮名愈盛，而行义德业愈无"，此风不除，会使"人心风俗，日即于狂荡"，而"其害真有过于杨、墨、佛、老"。① "学术之陋，系乎人心"而人心又关乎世道，② 总的来看，方东树是从学术、人心、世道之间的关系层面来把握程朱之学的。

方东树曾云："欲兴起人心风俗，莫如崇讲朱子之学为切。"③ 在他看来，程朱之学本身就是"经世"之学。又云："通经以致用也，经讲而不反之身心，何用讲，更何用经也。"④ 其对程朱义理的研说，也多从"通经致用"方面来发挥，从一定意义上说，方东树的"经世"思想是对程朱之学的补充，从而强化了其"经世"意义。方东树的"经世"观念，虽出于统治者强化统治之目的，却是其践行儒学伦理之表现，而不应讥为迂腐。总之，给方东树冠以"旗号"之标志，既不符合方东树的治学实际，也不符合其一贯的论学主张。

二 "诗文一理"与方东树的诗歌体用论

论及桐城诗学，学者必提"以文论诗"，使得该命题俨然成为研究桐城诗学的核心范畴。⑤ 甚至有的学者视"以文论诗"为桐城派诗学观念，⑥ 这实是一种误解，"以文论诗"只是姚鼐、方东树评诗之特点，而非其诗学观念。作为诗学实践而呈现的批评特色，"以文论诗"实是蕴含了桐城派诗学"诗

---

① 《复罗月川太守书》，《考槃集文录》卷六。
② 《复姚君书》，《考槃集文录》卷六。
③ 《重刻白鹿洞书院学规序》，《考槃集文录》卷三。
④ 《汉学商兑》卷上。
⑤ 批评史类著述，如郭绍虞的《中国文学批评史》、刘大杰的《中国文学发展史》、黄霖的《近代文学批评史》等对"以文论诗"均做过不同程度的阐发，至于桐城派研究专著和涉及桐城诗学论文则更多，此处不可尽举。
⑥ 如方任安《以文为诗，以文论诗——桐城派的诗学观》，见《安庆师范学院学报》1997年第1期。田亚就以"方东树'以文论诗'的诗学观"为专题加以论述，见《方东树诗学的宋诗本位与桐城义法》，硕士学位论文，贵州师范大学中文系，2009。又，"以文论诗"一语，据笔者考证，并非姚鼐、方东树所提出，是今人在研究桐城派诗学思想，特别是研究姚鼐、方东树诗学思想之特点时所提出来的。诗学观念与诗学特点虽有联系但非同一。

文一理"这个诗学观念;换言之,"以文论诗"之所以能够用于诗学批评,其理论前提就是"诗文一理"。① 作为桐城诗学理论建设的参与者,"诗文一理"当是方东树诗歌观念的重要组成部分。从上节论述可知,方东树追随姚鼐,专治古文,于桐城古文之法自不陌生,且其学术上恪守程朱,以"卫道"者自任,坚持学以致用之学术理想,终生未变。这种身份定位和治学倾向对其诗学观念均有着极为深刻的影响,方东树坚守儒家诗教观念,思想根源实是在此。因此,程朱理学的学术视野、桐城古文的理论方法应是理解方东树诗学思想的两个重要维度。

(一)"诗文一理"与"以文论诗"

姚鼐在《与王铁夫书》中云:

> 故文章之境,莫佳于平淡,措语遣意,有若自然生成者,此熙甫所以为文家之正传,而先生真为得其传也。诗之与文,固是一理,但取径不同。先生之诗,体用宋贤,而咀诵之余,别有韵味,由于自得,非如熙甫文家而诗则平淡者所可比也。②

姚鼐认为,王铁夫文章深造平淡之境,却出之自然,其诗歌"别有韵味",却"由于自得",一取径于古文之正传,一取径于宋人之诗体,由此得出"诗之与文,固是一理,但取径不同"之结论。这种观点,被其弟子方东树所秉承,《昭昧詹言》卷一云:

> 大约古文及书、画、诗,四者之理一也。其用法取境亦一。气骨间架体势之外,别有不可思议之妙。凡古人所为品藻此四者之语,可聚而通证之也。③

方东树以为,诗与文不仅"理一",并且与书、画等艺术门类均有相通之

---

① 关于诗、文相通问题,姚鼐称之为"一理",方东树称之为"理一",本文为论述方便,统一称之为"诗文一理"。
② 姚鼐:《惜抱轩诗文集》,第290页。
③ 《昭昧詹言》卷一,第90则。

"理",可以"聚而通证"。此论与其师说略有不同。其一,姚鼐所言只限于"诗"与"文"之共通,方东树则把古文与诗、书、画贯通在一起,其视野显得更为广阔。其二,姚鼐只从"取径"上谈诗文共通,文章"取径""措语遣意""由于自得"皆属于创作之层面,此处是本其"诗文皆技"① 之说立论,方东树则从更高的层次来把握诗、文、书、画之间的关系,"用法取境"只是共通处之一。其三,姚鼐既谈诗文共通处,也指出其"取径"有别,同臻平淡之境,诗文之径有所不同,文之平淡,"措语遣意,有若自然"即可,诗之平淡,除"由于自得"外,还得"别有韵味"。方东树则只注重诗文之共通处。这三点分别体现了方东树诗学批评之主要特点,即注重诗、文、书、画之间的贯通研究,如:

> 题面题绪,作旨归宿,必交代清楚,又忌太分明。……譬如名手作画,无不交代蹊径道路明白者。
>
> 古人作书,有往必收,无垂不缩,翩若惊鸿,矫若游龙。以此求其文法,即以此通其词意,然后知所谓如无缝天衣者如是,以其针线密,不见段落裁缝之迹也。
>
> 可见学陶公必如彼工苦,乃为善学。如颜公书法之变右军,出全力以敌龙虎,急与之角而力不敢暇,仅能成得自己一面目,留于天壤耳。
>
> 辋川叙题细密不漏,又能设色取景,虚实布置,一一如画,如今科举作墨卷相似,诚万选之技也。②

以上所列也是从创作技法层面来谈诗、文、书、画有共通之理。此外,这种共通之理还表现在它们都"以精神为主",③ 有着共同的美学追求。方东树强调诗、文、书、画"理一"并不是为了抹去它们之间的差别,而是旨在从书、画、古文的角度来突出诗歌的艺术特点及其在创作上的要求,这是对诗学史上以书论诗、以画论诗等批评经验的总结。须要注意的是,方东树继承方苞所开创的桐城古文传统,对古文有着精深的研究,书、画非

---

① 姚鼐:《答翁学士书》,《惜抱轩诗文集》,第 84 页。
② 《昭昧詹言》卷一,第 80 则;卷二,第 12 则;卷四,第 32 则;卷十六,第 2 则。
③ 《昭昧詹言》卷一,第 91 则。

其所专能，其诗学批评更侧重于诗与古文之间的贯通。对诗与古文之间的关系，方东树有如下之表述：

> 固是要交代点逗分明，而叙述又须变化，切忌正说实说，平叙挨讲，则成呆滞钝根死气。或总挈，或倒找，或横截，或补点，不出离合错综，草蛇灰线，千头万绪，在乎一心之运化而已。故尝谓诗与古文一也，不解文事，必不能当诗家著录。①

> 其次，则须解古文者，而后能为之。观韩、欧、苏三家，章法剪裁，纯以古文之法行之，所以独步千古。②

前则是对七律而论，言诗法同文法一致；后则对七古而论，言文法用于诗歌创作之意义，均是强调诗与古文在章法上的共通性。正是基于这种认识，方东树论诗多从古文角度切入，从诗歌创作扩大至诗歌批评、诗歌功用、诗人的修养等，均以其古文理论参照，以致形成其"以文论诗"之批评格局。

（二）"诗文一理"之理论内涵

"用法取境"只是诗、文、书、画"理一"在创作技法层面的表现，此外，"理一"还表现在其他层面。就诗、文"理一"而言，桐城派内部也有不同的意见，如方苞就有"诗文异道"之说，并有"决意不为诗"之行动，重文轻诗。如前文所论，方东树重视"诗文一理"（即诗、文"理一"），也并非刻意取消诗与古文两种文体之间形式上差别，或者有轩轾诗、文之意，而只是强调两者在"理"的层面共通性。这里的"理"是指诗、文两种文体在主体论、创作论、批评论等方面相通之规律。穷究诗文共通之"理"，与方东树作为卫道者、桐城古文继承者的身份紧密相关。从其恪守的道学言之，方东树认为"诗文与行己，非有二事。以此为学道格物中之一功，则求通其词，求通其意，自不容己。天不假易，岂轻心以掉旦夕，

---

① 《昭昧詹言》卷十四，第 5 则。
② 《昭昧詹言》卷十一，第 1 则。

速化之所能也"。① 诗文是"格物"之对象,也是"修道"之行为,有一个由浅至深,积少成多的渐进过程。我们知道,程朱理学强调穷究物理以了解事物之本性,并把此作为修身之途径。方东树对诗与文认识正是遵此思路。他把诗文与"行己"归为一事,以为"诚身修辞,非为二道"。② 既指出了研习诗文应遵循的态度,又强调了诗文与道德修养之联系,视道德为诗文之根本。这种认识,正是基于理学家对文道关系的理解,是其学术上的"务本"观念在文学思想上的反映。③ 自桐城古文继承者言之,东树本刘大櫆之"别有能事"论,以为"诗文虽贵本领义理,而其工妙,又别有能事在"。④ 在重视"本领义理"的同时,又强调文人"能事"之重要。因此,方东树的"诗文一理"主要是对诗文的"本源"⑤、作者的"能事"而论。

先说说"本源",历来古文家、理学家论文,多本孔子"有德者必有言"(《论语·宪问》)之旨,把"德"视为文之前提,认为作者的道德修养对其创作具有决定作用,故特别重视作者道德品质的修炼。如韩愈云:"将蕲至于古之立言者,则无望其速成,无诱于势利,养其根而俟其实,加其膏而希其光。根之茂者其实遂,膏之沃者其光烨,仁义之人,其言蔼如也。"⑥ 程颐亦说:"孔子曰:'有德者必有言。'何也?和顺积于中,英华发于外也。故言则成文,动则成章。"⑦ 在他们看来,有仁义之德,方有蔼如之文,内有和顺之品质,才可外发为英华之文章,均是认为"德"对于文有决定之作用。方东树以"卫道"为己任,又继承桐城古文衣钵,论文自不脱此眼光。"夫立言非德,无以为之本。"⑧ 诗文作为立言之方式,必以"德"作为根本。其云:

---

① 《昭昧詹言》卷一,第5则。
② 《昭昧詹言》卷一,第6则。
③ 方东树曾云:"天下皆言学,而学之本事益亡。本事者何?修己治人之方而已。"见《待定录自序》,《考槃集文录》卷三。
④ 《昭昧詹言》卷一,第27则。
⑤ 此处"本源"即"本领义理"之意,方东树将"本领"与"能事"对举,可知其所说的"本领"非今天之"才能、能力"之意。方东树论学,尤重涵养本源。在其著作中,"本源"有时作"本原",如"文章之道……言不失本原","本原"即"本源"。见《姚石甫文集序》,《考槃集文录》卷三。
⑥ 韩愈:《答李翊书》,《韩昌黎文集校注》,上海古籍出版社,1986,第169页。
⑦ 见《二程集》卷二十五,中华书局,1981。
⑧ 《徐荔葊诗集序》,《考槃集文录》卷三。

> 见今时无文，质性不仁不能工文，故古之工于文者，必有仁义之质。
> 诗以言志，古之立言以蕲不朽者必以德为之本。①

可见，在"本源"上，诗和文是共同的，这是方东树认为"诗文一理"的重要依据。正因如此，他多次强调文士"务本"的重要性。如：

> 周秦及汉名贤辈出，平日立身各有经济德业。未尝专学为文而其文无不工者。本领盛而辞自充也。②

> 盖有以知为诗，而无以知所以为诗……无为诗之本也。……盖要言之有物，必须自己有真怀抱耳。
> 古人皆于本领上用工夫，故文字有气骨。③

> 夫立言者，皆欲其不弃矣……扬子徒知为不可弃，而不务培其本，毕生用力造字句已耳。④

这里的"经济德业""真怀抱"即其所谓的"本"，又称为"本领"。方东树论"本领"承朱熹之意，"朱子曰：文章要有本领，此存乎识与道理。有源头自然着实，否则没要紧"。而"识"与"道理"源于学，学是不离"德"的，"修辞立诚，未有无本而能立言者。且学无止境，道无终极。凡居身居学，总有一毫伪意，即不实。总有一毫盈满意，便止而不长进。勤勤不息，自然不同，故曰：其用功深者，其收名也远"。⑤ 此语即"诗文与行己""诚身与修辞"均"非为二道"意同，"修辞"在于"立诚"，诗文本于"立德"。

"能事"之语，在桐城文人之前已有人提出，如钱谦益曾云："根于志，溢于言，经之以经史，纬之以规矩，而文章之能事备矣。"⑥ 钱氏论文重在

---

① 分别见《姚石甫文集序》《徐荔庵诗集序》，《考槃集文录》卷三。
② 《答叶溥求论古文书》，《考槃集文录》卷六。
③ 《昭昧詹言》卷一，第36、4则。
④ 《书法言后》，《考槃集文录》卷五。
⑤ 《昭昧詹言》卷一，第3、7则。
⑥ 钱谦益：《周孝逸文稿序》，《牧斋有学集》卷十九，上海古籍出版社，1996；下引该书只标书名、卷数。

性灵,兼具学问,故以为文章之"能事"包括志、言、经史、规矩四者。自方苞提出"义法"作为桐城论文之圭臬后,刘大櫆接着从"法"这个角度加以发挥,尤为注重为文之"能事"。他抛开"义理、书卷、经济者,行文之实"不讲,专论"文人之能事":

> 作文本义明义理适世用,而明义理适世用,必有待于文人之能事。
>
> 当日唐虞记载,必待史臣;孔门贤杰甚众,而文学独称子游、子夏,可见自古文字相传另有个能事在。
>
> 次第虽如此,然字句亦不可不奇,自是文家能事。①

刘大櫆所说之"能事"也就是为文之技能,具体而言,就是行文时处理神气、音节、字句的才能。只相当于钱谦益之"能事"中"规矩",主要是对文法而论。方东树所说之"能事"亦本自刘大櫆,② 虽不及其之具体,亦不玄虚,主要指"行文之妙"。

> 愚谓作诗文虽有本领……不得古人行文之妙,则皆无当于作者。故本领固最要,而文法高妙,则别有能事。③

> 盖自孟、韩、左、马、庄、骚、贾谊、杨雄、韩、欧以来,别有能事,而非艰深、险怪、尧削、浅俗与夫饾饤、剽袭所可袭而取之也。④

> 谓随时取给之文,但使有用,即与作者无异……可知文章之道,别有能事,而不得以不知,而作者强预之也。⑤

---

① 刘大櫆:《论文偶记》,第 1 则、第 5 则、第 16 则,《论文偶记·初月楼古文绪论·春觉斋论文》,人民文学出版社,1959。
② 方东树在《合刻归震川圈识史记例意刘海峰论文偶记跋》中,认为刘大櫆《论文偶记》同归有光圈点《史记》一样,是"学者所受微言奥论,文章真传在是也"。据此可知,他对刘大櫆《论文偶记》中之"能事"论当不陌生,其关于文人之"能事"的见解,当受其影响。
③ 《昭昧詹言》卷一,第 67 则。
④ 《答叶溥求论古文书》,《考槃集文录》卷六。
⑤ 《切问斋文钞书后》,《考槃集文录》卷五。

他认为"本领"固然最为重要,但为文之"能事"亦不可或缺,它是"文章之道"之重要组成部分,被历代古文家所证明。作者之"能事",是方东树"诗文一理"观念的另一依据。

至此可知,方东树"诗文一理"是站在作者这一角度立论,把作者的道德修养和驾驭文法等能力视为诗文创作必备的素养。前者是本,后者是用,本不离用,本用合一。他认为,"文章道之器,体与辞者文章之质,范其质使肥瘠修短合度。欲有妍而无媸也,则存乎义与法自明"。他是从"义"与"法"这两个层面上来谈"诗文一理"的。"学博论文主品藻,侍郎论文主义法,要之,不知品藻则其讲于义法也惑,不解义法则其貌夫品藻也滑耀而浮。先生后出,尤以识胜,知有以取其长,济其偏偏,止其敝。"① 故他一方面坚信"本领盛而辞自充";一方面又坚持"诗文别有能事,不关义理",② 体现其力图整合方、刘,而一归于姚鼐"义理、考据、辞章"之论。也正以此为基础,方东树建立起诗歌批评标准,即义理深厚、文法高妙之诗歌理想。

(三)"诗文一理"之思想倾向

方东树也论诗文之别,如:

> 潜邱言:"讲学问经济,随地可以及物,诗不中用。"此言可警心。韩公所以言"余事作诗人"也。③

> 以传独以解淑人事,命仆为诗则有不可者,盖此等题独宜于文,不宜于诗,古名手大家,率不轻作,决作之,亦不能佳,后人亦罕传之。④

> 阎百诗于文章之事无与,然其言有精当可取者。如云:"古文宜本色,而牧斋则点染矣;宜单行,而牧斋则排偶矣。"此言亦可通之于

---

① 《书惜抱先生墓志铭》,《考槃集文录》卷五。
② 《昭昧詹言》卷一,第117则。
③ 《昭昧詹言》卷一,第157则。
④ 《与范光复论解淑人节行书》,《考槃集文录》卷六。

诗。诗可以点染排偶矣，然循而为之，则入卑俗。①

前两则就题材言之，诗文各有所宜，不可混同，后一则就表现方式道其不同。这表明，方东树对诗文之别有着明确的认识。诗与文的这种区别应是其"诗文一理"观念的前提，没有诗文之别，也就不存在什么"诗文一理"，尽管方东树极少提及，但在其诗学思想中极为重要。他反复强调"诗文一理"，似乎在竭力取消诗文之别，实际上体现其有着以文法入诗法，甚至可以通过"破体"来求新变的心理诉求。

"文辞以体制为先"，② 辨明"体制"是为文之前提，故深受历代文论家重视。从曹丕"四科八体"至清代刘熙载"诗词曲概"，从形式到内容都有详究。有辨就有争，对各种文体异同的争论，深化了人们对文体特征的认识，也为各种文体之间相互借鉴提供了可能，进而成为推动文体发展的重要力量。就诗文之辨而言，论者大体围绕诗文的本原、体式、语体、功能、文法等别其同异，这里就文法这个角度略做讨论。论其异者如陈师道在《后山诗话》中云：

> 杜之诗法出审言，句法出庾信，但过之尔。杜之诗法，韩之文法也。诗文各有体，韩以文为诗，杜以诗为文，故不工尔。
>
> 退之以文为诗，子瞻以诗为词，如教坊雷大使之舞，虽极天下之工，要非本色。③

诗文体式不同，文法各有所宜，不可通用，通用则"不工"，或虽工，却失去诗文文体之本色。从思想倾向看，持此论者往往主于"正"而不主于"变"，具有复古之色彩。如范晞文在《对床夜语》中云：

> 唐文人皆能诗，柳尤高，韩尚非本色。迨本朝，则文人多，诗人少，三百年间，虽人各有集，集各有诗，诗各自为体，或尚理致，或

---

① 《昭昧詹言》卷一，第150则。
② 吴纳：《〈文章辨体序说〉凡例》，《文章辨体序说·文体明辨序说》，人民文学出版社，1998。
③ 陈师道：《后山诗话》，何文焕辑《历代诗话》，中华书局，1981，第303、309页。

负才力，或呈辨博，要皆文之有韵者耳，非古人之诗也。①

"不合古人之诗"即非诗之正，就是因为"破体"为诗，使诗失去其本色，具有明显的黜变意识。论诗文之同者，则与之相反，以为文法和诗法相同，可以互通。如：

> 诗与文虽是两样体，却是一样法。一样法者，起承转合也。除起承转合，更无文法，除起承转合，更无诗法。②

> 予尝谓诗律兼古文、时文法，听者若未深信，但见经生辈多有时文气，而作诗反不知用诗文之起承转合法，可发一笑。至其拘于声律，不得不生倒叙、省文、宿脉、映带诸法，并与古文同一关捩，是故不知时文者不可与言诗，不知古文者尤不可与言诗，动谓诗妨于文，不亦怪哉！③

> 前人有诮作者是以文为诗，殊不知诗文原无二理，文如米蒸为饭，诗则米为酒耳。如此突过一层法，即文法也，施于诗，有何不可？④

这些论述可视为方东树"诗文一理"之注脚，强调诗法与文法相同，其意不过是为"以文为诗"辩护，故倾向于"变"。一般来说，"辨体"是为"护体"，虽倾向于复古，但在客观上为"破体"提供了思路，使得文体创新成为可能。从诗歌史上看，正是将文法引入诗歌创作，才促使宋诗特色得以形成，使得宋人能够突破唐诗藩篱，别开异境。方东树以为，"用文章叙事体，一气转折，遒劲顿挫，不直致，知严沧浪所讥'以文为诗'之论，非也"。⑤肯定"以文为诗"对诗歌创作的积极意义，"诗文一理"正是其对诗歌史上韩愈、欧阳修、苏轼等以古文之法作诗经验的切实体悟。在对

---

① 范晞文：《对床夜语》卷二，丁福保辑《历代诗话续编》，中华书局，1983，第416页。
② 金雍集撰《鱼庭闻贯》，《金圣叹全集》第4卷，江苏古籍出版社，1985，第46页。
③ 冒春荣：《葚原诗说》卷三，郭绍虞、富寿荪编《清诗话续编》，上海古籍出版社，1983，第1600页。
④ 延君寿：《老生常谈》，郭绍虞、富寿荪编《清诗话续编》，第1817~1818页。
⑤ 《昭昧詹言》卷十七，第55则。

前辈学者论诗文异同思想进行总结时,方东树的思想倾向也是主于"变",但因受理学思想制约,他的"变"的前提是要合"古":

> 姚姬传先生尝教树曰:大凡初学诗文,必先知古人迷闷难似。否则,其人必终于此事无望矣。先生之教,但言求合之难如此,矧其变也。盖合可言也,变不可言也。近世有一二庸妄巨子,未尝至合,而辄矜求变。其所以为变,但糅以市井谐诨,优伶科白,童孺妇媪浅鄙凡近恶劣之言,而济之以杂博,饾饤故事,荡灭典则,欺诬后生,遂令古法全亡,大雅殄绝。则又不如且求合之,为犹存古法也。①

"古法"即风雅精神,诗歌创作要先合乎"古",然后才能求"变",否则就会失去准则,流于凡俗。方东树倾向于"变",但又要求"变"而不失其正,即诗歌创作既要符合风雅精神,又要能创新,有自家面目。这一思想突破了批评史上"伸正黜变"之主流意识,倡导"通变则久"的诗学理念,较之神韵派、格调派、性灵派对诗歌创作中"正""变"关系的处理,具有折中之特点。方东树要求正确处理文学创作中的因革关系,为当代诗歌创作指明方向,其诗学意义即在此处。

(四)诗歌"体用"论

据张岱年先生所考,"体用"源于先秦"本用"之观念,后来逐渐发展,"体用"取代"本用",为唐宋以后哲学著述所采用。② 方东树认为,"体与用,如形声影响,不相离"。③ 认为体不离用,用不离体,体用合一。"天下皆言学,而学之本事益亡。本事者何?修己治人之方而已。"又说,"穷之所学,即达之所用,非有二道也"。④ 方东树所言"体",即其所谓"本",即儒家伦理之"道","用"指外用以治人,内用于修己。他认为:

---

① 《昭昧詹言》卷一,第98则。
② 参见张岱年《中国古典哲学概念范畴要论》,《张岱年全集》第四卷,河北人民出版社,1996,第515页。
③ 《语心证璞节录》,《仪卫轩遗书》卷二,见《仪卫轩文集》。
④ 《待定录自序》,《考槃集文录》卷三。

> 是故文章之难，非得之难，为之实难。道德以为体，圣贤以为宗，经史以为质，兵刑、政理以为用，人事……以为之施……一切可喜可骇之状，以为之情。及其营之于口，而书之于纸也，创意造语，导气扶理，雄深骏远、瑰奇宏桀、蟠空直达，无一字不己出，而后吾之心胸面目、声音笑貌，若与古人偕出。①

道德是文之"体"，各种政事人事、天地万物之状皆为文之表现对象。方东树认为"诗文一理"，故此论文之语，实通之于诗。《徐荔庵诗集序》云：

> 然而诗以言志，古之立言以蕲不朽者必以德为之本。故曰有德者必有言。自汉魏以来至于今，其间贤人君子、高才硕士、英敏异量之徒，或以悯时病俗，或以抒情见素，百世而下使人读之，得以考其身世，睹其性情，如接其衣冠笑语声音面目。其高者至并其时之风俗、治理、贞淫、盛衰罔不载之以见。……诗之本用如此，故古今重之。
>
> ……顾世之学者，不维其本原……于是有言矣，而不必有德，始失其本，而示人以陋……率夸浮流宕不能与圣人言诗者合。……夫三百篇为诗之祖，而风不通于雅，小雅之材不同于大雅，而无邪之旨兴观群怨之教无不同焉者，岂不以言诗自有其本在耶？亦曷尝置一人一诗于前，用一律以仿佛抚肖之哉？②

此论要点有二：一是"诗以德为本"，言诗之本。"以德为本"即"道德以为体"之意，作者的道德修养是诗歌的本原。二是"悯时病俗""抒情见素""兴观群怨"，言诗之用。"悯时病俗"是说诗歌要关注时世，指陈时病，即诗可以写时代的风俗、治理、贞淫、盛衰，以考见得失；"见素"出自《老子》第十二章，原文是"见素抱朴"，意即保持质朴，这里把"抒情"和"见素"联用，说明诗歌具有净化情感的作用，诗歌正是通过"吟咏情性"泄导人情，使人的性情归于质朴纯正，归于"无邪"。"抒情见素"即诗歌可以感物兴情，抒写怀抱，使心灵质朴。诗"悯时病俗"，故可以"观"；诗"抒情见素"，故可以"怨"。他认为，"立言必关世教，或自写

---

① 《答叶溥求论古文书》，《考槃集文录》卷六。
② 《徐荔庵诗集序》，《考槃集文录》卷三。

其襟怀，或酬答往来，或感物往来，或感物而赋，皆不诡乎正道，方不悖乎兴观群怨、事父事君之教。故小物亦可寄情，游戏亦可遣兴，但其归宿必有劝戒之意，言方有得"。① 诗以言志，志不能不体现"德"，即诗歌通过表现"志"来体现"德"。"诗虽吟咏短章，足当着书，可以觇其人之德性、学识、操持之本末"，② 只有作者的"德""不诡乎正道"，诗歌才会归于教化之旨。方东树继承儒家诗教传统，要求诗歌继承风骚精神，发挥"兴观群怨"之作用，其与"德"作为诗之本有着内在的联系，符合其体用合一之学术观念。

方东树对诗歌体用的理解，突出主体的人格修养对诗歌价值、生命力具有决定性作用，弘扬了诗歌的主体精神及社会责任，体现了"文以载道"之文体观念。但以此作为诗歌的批评准则，则容易导致对诗歌艺术性的忽视。"若王阮亭论诗，止于掇章称咏而已，徒赏其一二佳篇佳句，不论其人为何如，又安问其志为何如也？此何与于诗教也？"③ 王士祯本司空图、严羽论诗之精神，标举"神韵"，讲究清远冲淡，自然入妙，重视诗歌的艺术性，但在内容上多写"山水清音，园中林下之秀"，④ 流于空疏。他对王士祯的批评，确实抓住了其对现实关注无多之弊端，但对其在艺术性上的贡献视而不见。又如他在肯定诗道性情，"只贵说本分语"时，特意强调"何必深于义理，动关忠孝"，⑤ 这显然是与其所坚持的相违背。这种道德观念和艺术理念的冲突，在方东树的诗歌批评实践中时有呈现，如其肯定诗与人的统一，又认为文士"但取其一能，乃亦流传不朽。文士不足较人品也，久矣"。⑥ 对那些道德品质不高，但诗艺成就较高的诗人，又多有肯定。这种矛盾是方东树所恪守的义理之学向其诗学思想移植的结果，体现了其诗学思想中的义理本位意识。

综上所论，方东树之"诗文一理"实是其诗歌观念之核心，是其对诗歌史上"以文为诗"之诗歌创作经验的总结，也是其建立"以文论诗"之批评体系的理论基础和重要原因。这一观念综合了道学家重道、古文家重

---

① 《附论诸家诗话》，《昭昧詹言》卷二十一，第 118 则。
② 《昭昧詹言》卷四，第 2 则。
③ 《昭昧詹言》卷一，第 16 则。
④ 《昭昧詹言》卷一，第 85 则。
⑤ 《昭昧詹言》卷十二，第 357 则。
⑥ 《昭昧詹言》卷二，第 85 则。

文之批评特点，重视创作主体的道德修养和艺术修养的结合。在思想倾向上强调变而不失其正，从而企图建立一种既合乎风骚精神又有自家面目的诗学观。其思想根源在于其学术上的理学观念和经世致用之学术理想。

三　方东树的诗学背景与其诗学取向

方东树一生主要生活于乾隆、嘉庆、道光三朝，正值清季由盛转衰之际。此间诗坛出现的诗学流派主要有浙派、格调派、性灵派、肌理派、桐城派等，它们的诗论均针对时弊而发，并力图解决所面临的诗学问题，但因矫枉过正，争讼不断，它们共同构成方东树诗学面临的现实环境。他对上述诗派或隐或显均有批评，并追溯至明代诗学，对李梦阳为首的七子派等多有深刻之批评，因此，明初至清中叶的诗学变迁过程又构成方东树诗学的历史环境。方东树的诗学背景，是现实环境和历史环境的统一。他认为："近代真知诗文，无如乡先辈刘海峰、姚姜坞、惜抱三先生者。"[①] 此话虽有尊崇桐城地域文学传统之意，但也可见其对近代诸家诗学是经历过一个辨别、比较、反思的思维过程的。任何诗学思想总是以对时代诗学问题的思考为基础，否则就是无源之水，无本之木。方东树的诗学理论就是建立在对近代诗学批判基础之上的。他认为"诗文一理"，并以此为基础形成自己对诗歌体性的基本看法，即诗以德为本、文法高妙、兴观群怨等，涉及诗歌的本原、内容、形式、功能等方面的诸多认识。这些认识贯穿在其具体的诗学批评中，并表现为一定的诗学取向。这种取向既是其对时代诗学问题的回答，也是其诗学观念的重要组成部分。本节结合方东树的诗学背景来揭示其诗学取向。

（一）明代诗学与方东树之批评

清诗承明诗而来，明诗以复古为主，偏向艺术形式的探究，而不甚重视诗歌的政教作用。明诗以前后七子诗论为主，他们认为宋诗因"主理不主调"，[②] 造成"调舛""格卑"，企图通过模拟古人之"高格逸调"来实现

---

① 《昭昧詹言》卷一，第144则。
② 李梦阳：《缶音序》，《空同先生集》卷五十一，台北，伟文图书出版社，1980年影印本；以下省略出版社和出版时间。

诗歌创作的新变，并逐渐形成一套古体取径汉魏、近体宗法盛唐，以模拟复古为主要特点的诗学理论。虽然该派旨在"拟议以成其变化"，但于"尺寸古法"①的同时，又强调"领会神情，临景构结，不仿形迹"。②重在变化自得，但在实际的诗歌创作中，是"拟议"多，"变化"少，以致形成泥古不化之流弊。属后七子的李维桢曾反思云，"今之学者工摹拟而非情实，善雕镂而伤天趣，增蛇足，失之弥远"。③后七子虽对自身弊端进行过反思，理论上或转向"性灵"，或转向"神韵"，但因理论和创作往往不能同步，仍未能扭转模拟之风。方东树以为，"明以来诗家，皆求与古人似，所以多成剽袭滑熟"，④对李梦阳等作了尖锐的批评，认为至明代空同辈，则全是"客气假象"。明初诗坛即重拟古，由于不能于模拟中自得，便只能于模拟中剽窃，故诗坛多剽窃模拟之习，曾持文柄的李东阳虽"极论摹拟剽窃之非"，⑤但因自身理论之"拘限"，终未能阻止。至七子出，此风更盛。方东树说李梦阳等人全是"客气假象"，虽不免过激，但确实指出了他们诗歌创作中存在泥古不化、拘于绳墨之弊端。

对此，后起的公安派企图以"性灵说"救之。其理论基础是李贽的"童心说"。李贽承王学左派，强调主体心灵的能动性，把"童心"作为人的生命本体，"童心者真心也"。人失去"童心"即非真人，其所言即非真言，故"天下之至文，未有不出于童心焉者也"。认为诗文应是人的心灵的真实表现。他反对以"文必秦汉，诗必盛唐"为准则，认为"诗何必古选！文何必先秦！"批评诗坛上模拟蹈袭之作风。这些主张均被公安派所吸收，但他打破创作上的一切准则，认为"苟童心常存，则道理不行，闻见不立，无时不文，无人不文，无一样创制体格文字而非文者"，⑥则开启了公安派抛弃正统规范，创作上趋于肤浅、俚俗之源头。袁宏道论诗深受其影响，他认为，"诗道之秽未有如今日者。其高者为格套所缚，如杀翮之鸟，欲飞不得；而其卑者剽窃影响，若老妪之傅粉。其能独抒己见，信心而言，寄

---

① 李梦阳：《驳何氏论文书》，《空同先生集》卷六十一。
② 何景明：《与李空同论诗书》，《何大复集》卷三十二，中州古籍出版社，1989。
③ 李维桢：《绿雨亭诗序》，《大泌山房集》卷十九，明万历三十九年刻本。
④ 《昭昧詹言》卷一，第 50 则。
⑤ 《怀麓堂诗话》提要，见永瑢、纪昀等编纂《四库总目》卷九十六，中华书局，2003。
⑥ 均见李贽《童心说》，张建业编《李贽文集》第一卷，社会科学文献出版社，2000，第 91 页。

口于腕者，余所见盖无几也"。① 鉴于此，他提出"独抒性灵，不拘格套"，强调诗歌要出自胸臆，直写性灵。他以为"世道既变，文亦因之，今不必摹古者，亦势也"。② 主张"师心不师道"，极力破除古法之拘束。这些看法，矛头直指诗坛"剿袭模拟，影响步趋"③ 之风。由于创作上主"真"求"变"，尚"韵"重"趣"，他反对"闻见道理"对诗歌创作的束缚，使得正统诗学雅正观念的影响被严重削弱，"信心而言，信口而谈"④ 的言说方式，使得诗歌创作难以避免俚僻之病。袁中道在论及明代诗学变迁时指出，"及其（指中郎矫摹拟之弊）后也，学之者稍入俚易，境无不收，情无不写，未免冲口而发，不复检括，而诗道又病矣"。⑤ 袁中道已看到公安末流之弊，转而以复古相救，他告诫其侄辈要研读汉魏至唐人诗，"切莫率自胸臆"。⑥ 公安派"诗率自胸臆，漠视正统"的观念，至清代被袁枚所继承，方东树斥其"荡灭典则"，可见其对"性灵"一说深恶痛绝。

竟陵派诗学为矫正七子泥古之失和公安俚易之习，企图兼取摹拟格调和抒写性灵之长而避其不足。即以"性灵"救七子拟古肤熟之病，又以学古矫性灵俚僻之习。主张在学古之中得古人之精神，"求古人真诗所在"。他们以为"真诗者，精神所为也。察其幽情单绪，孤行静寄于喧杂之中；而乃以其虚怀定力，独往冥于廖廓之外"。⑦ 将古人之精神归结为诗中的"幽情单绪""孤行静寄"及作诗时的"虚怀定力"，以此来"接后人之心目"，必然将诗歌创作引向清真幽峭、纤佻逼仄一面，与其论诗"期在必厚"相悖。方东树曾指出，"郭景纯云'林无静树，川无停流。'嵇中散云：'手挥五弦，目送归鸿。'此所谓一喝不作一喝用也。可谓死句之无味。然专讲之，又恐纤佻，为钟、谭恶习"。⑧ 对竟陵纤佻之病，方东树以"恶习"相称，其深恶之意溢于言表。

---

① 袁宏道：《叙梅子马王程稿》，钱伯城笺校《袁宏道集笺校》卷十八，上海古籍出版社，1981，第699页。
② 袁宏道：《与江进之尺牍》，《袁宏道集笺校》卷十一，第515页。
③ 袁宏道：《叙小修诗》，《袁宏道集笺校》卷四，第188页。
④ 袁宏道：《与张幼于尺牍》，《袁宏道集笺校》卷十八，第501页。
⑤ 袁中道：《阮集之诗序》，钱伯城点校《珂雪斋集》卷十，上海古籍出版社，1989，第462页。
⑥ 袁中道：《蔡不瑕诗序》，《珂雪斋集》卷十，第458页。
⑦ 均见钟惺、谭元春《古诗归序》，《古诗归》，《续修四库全书》。
⑧ 《昭昧詹言》卷一，第58则。

（二）清代诗学与方东树之批评

由明入清，因时势的动荡，政权的更迭，学术由空谈心性转向经世之学，在文学上的影响，就是对社会功用的强调。在此形势下，诗歌兴寄讽喻传统及在明代失落的诗歌政教精神又被重新倡导。遗民诗人们感怀念乱，既有讽喻吟志、寄怀托兴之作，又有议论时事、抒写怀抱之诗。"情以独至为真，文以范古为美"，[①] 作为七子诗学后裔，云间-西泠派论诗虽以复古为旨归，其诗歌抒写的却是自己在鼎革之际的"至情"。时势变换推动诗学的转变，正如叶燮所言，"明之季，凡称诗者咸尊盛唐，及国初而一变：诎唐而尊宋"。[②] 清初诎唐尊宋，原是清人以宋诗救明人学唐之失，也与明清之际文人的忧患意识，尤喜在诗中议论世事相关。明诗以前后七子为主，宗奉汉魏、盛唐，清诗则流派众多，虽有宗宋宗唐之争，但大体趋势为祧唐祢宋。就其有重大影响言之，主要有虞山诗派、神韵派、格调派、性灵派等，其开创者大多曾执文坛之权柄，是方东树所关注的重点对象。

虞山诗派的开创者为钱谦益，他被视为"明清两代诗派一大关键"，[③] 是清代宗宋诗风形成的领军人物。乔亿说其"力抵弘正诸公，始缵宋人余绪，诸老继之，皆名唐而实宋，此风气一大变也"。[④] 牧斋论诗深受杜甫影响，主张别裁伪体，转益多师，兼取唐宋，重在变化，反对七子派"矜声律，较时代"，[⑤] 规模形似之习，斥竟陵之作为鬼语、兵象，以为"古今之诗，总萃于唐，而畅遂于宋"，[⑥] 肯定宋诗在诗歌史上的地位。他认为"诗者情之发于声音者也"，[⑦] "有真好色有真怨诽，而天下始有真诗"。诗歌是性情的表现，有真性情才有真诗，否则便是"无诗""伪诗"。诗以性情为本，却不离世运与学问的融合，"学殖以深其根，养气以充其志，发皇乎忠孝恻怛之心，陶冶乎温柔敦厚之教。其征兆在性情，在学问，而其根柢则在乎天地世运，阴阳剥复之几微"。[⑧] 牧斋生在明末，论诗注重会通，兼有

---

① 陈子龙：《佩月堂诗稿序》，《陈忠裕公全集》卷二十五，斡山草堂刻本。
② 叶燮：《三径草序》，《己畦集》卷九，清康熙刻本。
③ 徐世昌编《晚晴簃诗汇》卷一九，民国退耕堂刻本，中国书店影印，1988，第196页。
④ 乔亿：《剑溪说诗》卷下，郭绍虞、富寿荪《清诗话续编》，第1104页。
⑤ 钱谦益：《陈古公诗集序》，《牧斋有学集》卷十八。
⑥ 钱谦益：《雪堂选集题辞》，《有学集文钞补遗》卷二十五。
⑦ 《陆敕先诗稿序》，《牧斋有学集》卷十九。
⑧ 《胡志果诗序》，《牧斋有学集》卷十八。

七子"拟议变化"及公安"独抒性灵"之旨而无偏失。在诗歌创作上，牧斋出入中晚唐及宋元诸家，① 尤以杜甫、李商隐、苏轼、陆游为主，诗风繁缛、宏肆、雄厚，得杜甫之沉郁、李商隐之密丽、苏轼之豪迈、陆游之清新。方东树对钱谦益诗论亦颇有微词：

> 钱牧翁讥山谷为不善学杜，以为未能得杜真气脉，其言似也。但杜之真气脉，钱亦未能读耳。观于空同之生吞活剥，方知山谷真为善学，钱不足以知之。但山谷所得于杜，专取其苦涩惨淡、律脉严峭一种……平心而论，山谷之学杜、韩，所得甚深，非空同、牧斋之抚取声音笑貌者所及知也。②

> 姜坞先生云："士衡拟古，蒙所未喻。其于前人章句，想倍诵有余，何尝诣深妙也。往时钱受之诋李、何诸人，形模汉、魏，而举陆十二首，为善学古人。"其徒冯班复云："士衡学十九首，如捕龙蛇，博虎豹，急与之角而力不暇。"一师一弟，率皆盲语瞎赞。愚谓钱、冯所论，诚如姚所讥。③

对山谷学杜，牧斋以为，"鲁直之学杜也，不知杜之真脉络，所谓前辈飞腾余波绮丽者，而拟议其横空排奡、奇句硬语，以为得杜衣钵，此所谓旁门小径也。……弘正之学杜者，生吞活剥，以寻扯为家当，此鲁直之隔日疟也"。④ 方东树以为山谷学杜虽得其一端，却是从自身才学入手，取其用功深处，故所得是为"真气脉"，钱谦益则把山谷学杜之"横空排奡、奇句硬语"当作"旁门小径"，殊不知这正是山谷学杜"苦涩惨淡、律脉严峭"之得力处。钱谦益及其弟子冯班对陆机拟古诗的评价，在他看来实为不得要领。对牧斋诗歌创作，他以为：

> 钱牧斋极服王简栖头陁寺碑，故其作诗多用禅典，最俗而可憎厌。

---

① 见邹镃《牧斋有学集序》，《牧斋有学集》，四部丛刊本。
② 《昭昧詹言》卷八，第4则。
③ 《昭昧詹言》卷一，第112则。
④ 钱谦益：《读杜小笺序》，《牧斋初学集》卷一百六，上海古籍出版社，1985。

其病亦沿于东坡，而源于辋川。王为释氏作文，不得不耳，非以概施之也。

阎百诗于文章之事无与，然其言有精当可取者。如云："古文宜本色，而牧斋则点染矣；宜单行，而牧斋则排偶矣。"此言亦可通之于诗。诗可以点染排偶矣，然循而为之，则入卑俗。①

他批评牧斋诗歌多用禅典及点染、排偶之习，认为其俗而可憎。"至佛典字宜戒用。……近日如钱牧翁，则但见习气可憎，令人欲哕"。"若使事重滞，见事不见我，如钱牧翁、王阮亭多有此病"。②

王士禛作为康熙诗坛"一代正宗"，论诗独标"神韵"之说，他本司空图、严羽"妙在酸咸之外""言有尽而意无穷"之旨，主张诗歌朦胧含蓄，有言外之意，味外之味，风格清远冲淡，自然华妙。他以"典""远""谐""则"来概括"神韵"诗的基本特点，即典雅、意远、音谐、绮丽而不失正。王士禛论诗还重视"根柢"和兴会、学问和性情的关系，他认为，"夫诗之道，有根柢焉，有兴会焉，二者率不可得兼。镜中之象，水中之月，相中之色，羚羊挂角，无迹可求：此兴会也。本之风雅以导其源，溯之楚骚汉魏乐府诗以达其流，博之九经三史诸子以求其变：此根柢也。根柢原于学问，兴会发于性情"。③ 又说，"司空表圣云：'不着一字，尽得风流'，此性情之说也。杨子云云：'读千赋则能赋'，此学问之说也。二者相辅而行，不可偏废。若无性情而侈言学问，则昔人有讥点鬼簿、獭祭鱼者矣。学力深始能见性情，此一语是造微破的之论"。④ 学问深厚，才会有"根柢"，有"根柢"才会有性情之表现，兴会之产生，四者是统一的。因为重视"神韵"，王士禛作诗多取法于王维、孟浩然之山水田园诗，又因重视学问，诗中多用典故。方东树对此深为不满，"王阮亭专标神韵，此又非也。导人作伪诗懦词，终生不见大家笔力兴象气脉矣。如山水清音，园中林下之秀，岂足尽天地之奇观乎"。⑤ 批评其诗缺少"大家笔力兴象气脉"，只顾写"山水清音，园中林下之秀"。对于用典，他说，"阮亭用事，多出

---

① 《昭昧詹言》卷一，第149则、第150则。
② 《昭昧詹言》卷十四，第7则、第6则。
③ 王士禛：《带经堂集》卷四十一，《续修四库全书》。
④ 王士禛：《师友诗传录》，《清诗话》上册，上海古籍出版社，1963。
⑤ 《昭昧詹言》卷一，第85则抄录文字。

饾饤，于读书有得，溢出为奇者迥不侔。……今人未尝读一书，而徒恃贩卖饾饤，故多不切不确；切矣确矣，往往又磊磋不合"。认为其有堆砌典故，使事不切不合之病。"作诗必用本题故典及字句作料，乃是钝根。王阮亭乃一生不悟"。他批评"典、远、谐、则"四法，认为"阮亭标典、远、谐、则四法，求之小谢，可谓尽之。然便专求之四法，而略彼神明，亦终是作伪诗死诗而亡。阮亭盖未能证是也"。这里须要指出的是，方东树对王士禛诗论及其创作虽多有批评，但并不是全盘否定，在《昭昧詹言》中他对其诗学思想也做了批判性的吸收，如其对于五古、七古的批评就是建立在王士禛《古诗选》的选本批评体系之上的。

在清初诗坛，朱彝尊与王士禛齐名，时称"南朱北王"，一般以他为浙派诗的开山之祖，①他论诗主张"言志"与"缘情"的统一，合乎儒家诗教。"《书》曰：'诗言志。'《记》曰：'志之所至，诗亦至焉。'古之君子，其欢愉悲愤之思感于中，发之为诗。今所存三百五篇有美有刺，皆诗之不可已者也"。②又说："缘情以为诗，诗之所由作，其情之不容已者乎！……情之挚者，诗未有不工者也"。③"且夫诗也者，缘情以为言，而可通之于政也。……其用情也挚，斯温柔敦厚之教生焉"。④他反对规模古人，毫无性情之作，"今世之为诗者，或漫无所感于中，惟用之往来酬酢之际，仆尝病之"。⑤"三十年来，海内谈诗者，每过于规仿古人，又或随声逐影，趋当世之好，于是己之性情汩焉不出"。⑥他主张博学古人，"诗篇虽小技，其源本经史，必也万卷储，始足供驱使。别材非关学，严叟不晓事"。⑦"故予论诗，必以取材博者为尚"。⑧他虽重学问却反对学宋，"上舍务以六代三唐为师，勿堕宋人流派"，⑨认为宋诗粗鄙不雅，"吾观赵宋来，诸家匪一体……纷纷流派别，往往近粗鄙"。⑩从其诗歌创作来看，朱彝尊在前期抗清、游

---

① 朱则杰：《清诗史》，江苏古籍出版社，2000，第179页。
② 朱彝尊：《与高念祖论诗书》，《曝书亭集》卷三十一，商务印书馆，1935；下引该书只标书名、卷数。
③ 《钱舍人诗序》，《曝书亭集》卷三十七。
④ 《忆雪楼诗集序》，《曝书亭集》卷三十九。
⑤ 《与高念祖论诗书》，《曝书亭集》卷三十一。
⑥ 《叶指挥诗序》，《曝书亭集》卷三十七。
⑦ 《斋中读书》（十二首之一），《曝书亭集》卷二十一。
⑧ 《鹊华山人诗集序》，《曝书亭集》卷三。
⑨ 《李上舍瓦缶集序》，《曝书亭集》卷三十九。
⑩ 《斋中读书》（十二首之一），《曝书亭集》卷二十一。

幕期间，宗主唐音，多写国运民瘼、身世际遇及豪情壮志，情思浓郁，意义深刻。后期仕清、归田时取法宋调，但多酬唱交际、模山范水之作，远离现实，苍白空泛。方东树把他与王士祯放在一起批评，"阮亭、竹垞多料语亲贴门面，肤滥不精，苟以炫博而已。乍看已无过人处，入而索之，了无真情胜概，所谓'使君肥如瓠而内实粗'者也。大约其用心浮浅，气骨实轻"。认为其弊同王士祯一样，"引人作伪诗则有余，导人以求古则不足"，甚至以为，"若竹垞，竟一无可取，凡与余兹编所说，皆彼所未闻也"。①

格调派的出现主要是为矫正浙派末流学宋之弊、补充神韵之失及针砭性灵派之诗论。其倡导者为沈德潜。沈德潜论诗一主"温柔敦厚"之诗教；一主"格调"之说，其影响较大的是后者。其所谓的"格调"说，不外是宗盛唐之音、主复古之调，较之明七子诗学，几无创见。② 方东树在《昭昧詹言》中云："沈确士《唐诗别裁》，取择既陋，持论更伧，其去三家村不远。又然其语亦有可采者，须分别观之，未可没也。如云：'初唐事多而寡用之，情多而简出之。特每篇结句，不无浅率之弊，为风气所囿耳。'此不易之论也。"③ 他认为沈德潜《唐诗别裁》选诗虽陋，持论亦伧，但也有可取之处，因此，他在《昭昧詹言》卷十二附论诸家诗话中，共录其诗话五十九则，占所录全部诗话四分之一强，并且都不加按语相纠，可见方东树对其有关诗法及历代名家的评论多有赞同。他对沈德潜的批评不似钱谦益、王士祯那样激烈，原因可能有二：其一，沈德潜论诗力主温柔敦厚，不违风雅之道，重视规格法度等，多与方东树相合。其二，与其对袁枚的态度有关，他骂袁枚"如近人某某，随口率意，荡灭典则，风行流传，使风雅之道，几于断绝。（"断绝"下抄有"所谓向无佛处称尊"）而后一二厌古者，起而与之相持，而才又不能敌之"。④ 而沈德潜就是这"一二厌古者"之一。汪绍楹以为方东树以"桐城文派"诗与沈德潜"格调"派相呼应，⑤ 如以此观之，方东树对沈德潜批评不多自是情理之中。

袁枚论诗主"性灵"一说，持论多与沈德潜相悖。他说，"诗之为道，

---

① 《昭昧詹言》卷一，第141则、第141则抄录文字、第140则抄录文字。
② 刘世南：《清诗流派史》，人民文学出版社，2004，第281页。
③ 《昭昧詹言》卷十五，第5则。
④ 《昭昧詹言》卷一，第47则。
⑤ 见《昭昧詹言》，校点后记，第541页。

标举性灵,发抒怀抱"。其"性灵"本于诗人的"赤子之心","余尝谓,诗人者,不失其赤子之心者"。"赤子之心"即李贽之"童心",故"性灵"说在精神上与李贽、公安派同质,重视对自由性情的直接抒写,不受正统观念的束缚。"余最喜言情之作,读之如桓子野闻歌,辄唤奈何"。①"诗者,由情生者也。有必不可解之情,而后有必不可朽之诗。情所最先,莫如男女"。② 因所言之"情"又多为夫妇、男女之情,又与公安派俚俗之习相类。他说:"凡作诗者,各有身份,亦各有心胸。"他认为"凡诗之传者,都是性灵,不关堆垛",又以为"凡多读书为诗家要事",主张"求诗于书中,得诗于书外"。既强调读书问学的必要性,又强调不被书所拘,反对"抄书"而不写"性灵"之作。他认为关键在于要善学,"人能取诸家之精华而吐其糟粕,则诸弊尽捐",对"神韵"说、"格调"说及翁方纲"肌理"说深为不满,批评他们"抱韩、杜以凌人而粗脚笨手者,谓之权门托足;仿王、孟以矜高而半吞半吐者,谓之贫贱骄人;……故意走宋人冷径者,谓之乞儿搬家;……一字一句自注来历者,谓之骨董开店"。③"提笔先须问性情,风裁休划宋元明"。④ 他以"性情"为标准,反对以时代划分诗体,区别唐宋,他主变求新,"唐人学汉魏,变汉魏;宋学唐,变唐。……使不变,不足以为唐,亦不足以为宋也"。⑤ 方东树曾说,"近世有一二庸妄巨子,未尝至合,而辄矜求变。其所以为变,但糅以市井谐诨,优伶科白,童孺妇媪浅鄙凡近恶劣之言,而济之以杂博,饾饤故事,荡灭典则,欺诬后生,遂令古法全亡,大雅殄绝。则又不如且求合之,为犹存古法也"。⑥ 把袁枚、赵翼等称为"庸妄巨子",认为他们荡灭典则,败坏诗道。

一般以为,翁方纲的"肌理"说是对"格调"和"神韵"两派的改造,是"以实救虚"。"实"即其所谓的"肌理",包括"义理"和"文理"两个层面。⑦ "义理"是对诗歌内容的规定,主要指儒家伦理之学及其思想,

---

① 袁枚:《随园诗话》卷十二、卷三、卷十,浙江古籍出版社,2011;下引该书,只标书名、卷数。
② 袁枚:《答蕺园论诗书》,《小仓山房文集》卷三十,《袁枚全集》,上海古籍出版社,1993,第526页;下引该书,只标书名、页数。
③ 《随园诗话》卷四、卷三、卷四、卷五。
④ 袁枚:《答曾南村论诗》,《小仓山房诗集》卷四,《袁枚全集》,第62页。
⑤ 《答沈大宗伯论诗书》,《小仓山房文集》卷十七,《袁枚全集》,第283页。
⑥ 《昭昧詹言》卷一,第98则。
⑦ 刘世南:《清诗流派史》,人民文学出版社,2004,第297页。

"文理"是对诗歌形式的要求,主要指语言运用,是结构布局等诗歌法则方面的东西。合在一起类似于桐城派义法理论中的"言有物""言有序"之说,故"肌理"说在论诗旨趣上较"性灵"说与方东树为近,都受当时宋学义理和汉学考据学风之影响。郭绍虞先生在《中国文学批评史》中,把方东树诗论作为"肌理"说的余波,其根据即在此。翁方纲认为:"士生此日,宜博精经史考订,而后其诗大醇。"① 在诗歌创作上体现为以考据为诗,以学问入诗,具有浓厚的学究气。方东树十分厌恶这种习气,"潜邱言:'讲学问经济,随地可以及物,诗不中用。'此言可以惊心"。诗是不可以表学问的,以学问入诗,自然不妥。"凡正发议正用事而又冗衍,无不堕陈腐学究无味钝根者"。② 翁方纲的"肌理"诗正是以考证经史,爬梳金石文字为特色,缺少性情,自然是"陈腐学究无味钝根者"。

方东树认为,"君子取人贵恕,及论学术,则不得不严"。故对其所属的桐城派也颇有批评。他说,"姜坞所论,极超诣深微,可谓得三昧真诠,直与古作者通魂授意;但其所自造,犹是凡响尘境。惜翁才不逮海峰,故其奇恣纵横,锋刃雄健,皆不能及;而清深谐则,无客气假象,能造古人之室,而得其洁韵真意,转在海峰之上。海峰能得古人超妙,但本源不深,徒恃才敏,轻心以掉,速化剽袭,不免有诗无人;故不能成家开宗,衣被百世也"。③ 他对姚范诗论评价极高,认为其能得诗之真谛,对其师亦不避讳,称其才不如刘大櫆,刘大櫆虽以才胜,但诗不及姚鼐。对桐城派,方东树评论最多的是刘大櫆,如其云:

> 海峰才自高,笔势纵横阔大,取意取境无不雅,吾乡前后诸贤,无一能望其项背,诚不世之才。然其情不能令人感动,写景不能变易人耳目,陈意不深而多波激。此由其本源不深,意识虚浮,而其词又习熟滑易,多袭古人形貌。古人皆甘苦并见,海峰但有甘而无苦,由其才高,亦性情之为也(条末抄有"海峰诗文,深病在太似古人,能合而不能离。姚姬传先生以此胜之")。④

---

① 翁方纲:《粤东三子诗序》,《复初斋文集》集外文,卷第二,民国嘉业堂本。
② 《昭昧詹言》卷一,第157则、第62则。
③ 《昭昧詹言》卷一,第156则、第144则。
④ 《昭昧詹言》卷一,第145则。

方东树肯定刘大櫆诗"笔势纵横阔大，取意取境无不雅"，诚然是"不世之才"，但其诗"太似古人，能合而不能离"，只知学古而不能变古，诗病如此，也因才高之故。盖因其才高，为诗无须多深的"本源"即可成就，可是，诗是写成了，自家面目也没有了。诗只出自其"才"而非出自其"本源"，此为刘诗之病根所在，他对刘大櫆的批评正是立足于其诗歌观念中的"本源"论上的。

综合起来看，方东树对上述诗家或诗派的批评主要集中在如何对待古人这个问题上。如何对待古人又是和诗歌的雅、俗、真、伪联系在一起的，一般而论，能合于古，虽不会失于雅，却有可能失于伪，反之，不合于古，虽不会失于真，却有可能失于俗，只有既合于古，又不合于古（即变古），才能使诗歌创作做到真、雅兼备。在他看来，七子派是重视学习古人的，但其学古不能变古，诗歌创作能做到"雅"却失于"伪"。公安派与七子派相反，疏于学古，重视创新，诗歌创作能做到"真"，但失于"俗"。竟陵派虽惩前二派之弊，重视学古和创新，诗歌创作却失于纤佻。清人论诗较明人圆活，往往学古和创新并重，如虞山派钱谦益论诗注重会通，且能唐、宋兼取，诗歌创作却有禅典之俗。王士祯论诗，学问和性情并重，其标举"神韵"，固为雅音，却易成伪诗。朱彝尊论诗也是学问和性情并重，诗歌创作同王士祯一样也易失于伪。沈德潜诗论类同七子，但其诗歌创作于古只合不变，虽雅却不真。袁枚论诗虽唯"性灵"是举，但也有学古之语，诗歌创作蔑弃古法，虽真却俗。翁方纲倡导"肌理"一说，以学问入诗，但缺少性情，自然不真。至于桐城派，方东树也只肯定姚范、姚鼐伯侄诗论诗作，对二祖刘大櫆则多有批评，因其诗失于伪。

在对待古人这个问题上，方东树以为"文章之道必师古人"，[①]但"师古"是为了"变古"，"变古"并不是完全"弃古"，即其所谓的"变而不失其正"。由此出发，他要求诗歌创作要"真"、要"雅"，因为"师古"，可以保证诗歌的"雅"，"变古"可以保证诗歌的"真"，他对上述诗家的批评，正是基于既"真"又"雅"这一诗学理想。

张健在《清代诗学研究》中，在概括明清诗学的特点时指出，"明清诗学大体上是围绕真伪、正变、雅俗三对范畴展开的"。[②]上述诸家诗论之争

---

① 《答叶溥求论古文书》，《考槃集文录》卷六。
② 张健：《清代诗学研究》，北京大学出版社，1999，第782页。

就是企图解决诗歌的真伪、正变、雅俗问题。方东树对上述诗家的批评，也不离这些范畴。但是，正如郭绍虞先生所说，"盖批评是作者理想的标准，总是比较圆满；至于作者能否达此境界，那是另一问题。后人以议其作品之弊而攻击其批评的主张，似也未得事理之平"。① 创作不同于批评，它受作者的才气、学识、时代风气等制约，故要使创作达到与其诗歌理想完全相符的境界几无可能，诗人创作再怎么高明，也有其可指摘之处，而且，理论主张往往并不能在诗歌创作中贯彻。如朱彝尊反对宋诗，但其后期的诗歌创作取法于宋人。这种情况在诗歌史上较为普遍。以作品之弊攻其理论之失自然不妥，但是，理论自身的不足以及对这种批评策略的普遍采用，必然导致诗学争论不断，使得学诗者如坠雾障，非陷于此即坠于彼，殊不得真。至于真伪、雅俗、变复等诗学问题自无定论。方东树对此极为清醒，这从他对上述各派的批评可知。

方东树对上述各派的批评主要批其诗歌创作，对其诗歌理论的批评并不很多，这是因为他立足的是诗歌创作而不是理论。对于诗歌创作和理论，他以为创作比理论更重要。方东树认为理论和实践不能统一，是诗家论诗之主要弊端，他说：

> 曹子建、孙过庭皆曰："家有南威之容，乃可论于淑媛；有龙泉之利，然后议于断割。"以此意求之，如退之、子厚、习之、明允之论文，杜公之论诗，殆若孔、孟、曾、思、程、朱之讲道说经，乃可谓以般若说般若者也矣。其余则不过知解宗徒，其所自造则未也，如陆士衡、刘彦和、钟仲伟、司空表圣皆是。既非身有，则其言或出于揣摩，不免空华目翳，往往未谛。若宋以来诗话诸书，指陈褊隘，雅俗杂糅，任意抑扬，是非倒置，由己本未深诣精解也。②

批评者于诗自身不能深造，对诗歌创作规律不能熟谙，论诗只能是"门外一条好汉"，自然不能触及真谛，至于"指陈褊隘，雅俗杂糅，任意抑扬，是非倒置"自是难免。他对上述诗派的批评同样采取由作品之弊论其理论之失的批评策略，与其重视创作和批评的统一紧密相关。方东树把诗歌创

---

① 郭绍虞：《中国文学批评史》，商务印书馆，2010，第296页。
② 《昭昧詹言》卷一，第95则。

作能力作为批评者的不可或缺的批评素养,深知诗艺之真只能来自创作实践,故批评者创作不能与其理论相配,其理论只能出于揣摩。诗学理论蒙昧带来的是诗歌创作不良现状,他说:

> 愚观近代人诗文集,除一二真作家外,多是伧俗浅陋。或乱杂无章,或用事下字,不稳不确;或取境命意,不切不伦。既无句法,又无章法。其间有为众所推与称美者,大抵亦是意词浅近,习熟雷同,为凡人意中所能有,凡人笔下所能到。①

他把当代诗文创作弊端归为三类:一是伧俗浅陋,二是杂乱无章,三是习熟雷同。分别涉及诗歌的雅俗问题、法则问题、真伪问题。这些问题,正是上述各派力图解决的,方东树有着自己的认识,概言之,即崇雅贬俗、崇真黜伪。对于方东树对诗歌正变的看法,将在下两节予以讨论。

(三) 崇真黜伪

方东树批评的近代诗家,不管他们意见有多么不同,他们对"真诗"追求的目标总是一致的。诗歌的真伪是他们讨论的核心问题,崇真黜伪是他们基本的诗学倾向,也是中国诗学史上的优良传统之一。判断诗歌真伪的主要依据:一是内容上有无"性情",二是形式上有无创新,合起言之,就是诗歌要有自己的个性,要有"自家面目"。七子派重"格调"模拟,不仅形式上不能逾古创新,连性情也一并失去;公安、竟陵派论诗以性情为主,形式上虽能新变,但流于肤廓或纤佻。清人论诗,虽能兼明人论诗之长,避其所短,却往往有所偏胜,如"神韵"之虚、"肌理"之实、"格调"之旧、"性灵"之俗,因此,同样未能处理好内容与形式、性情与格调之间的关系。至方东树,则力图纠诸家之失,并融合而通之,体现为"性情"与"格调"并重。从诗歌内容和形式两个方面对诗歌的真实性提出要求。

方东树以为,诗歌既然以德为本,其用在于教化。但要真正发挥教化作用,没有真实性、生动性就不会有感染力,就不能持人情性达到兴人之善气,抑人之淫心的目的。因此,诗歌的真实性是其对诗歌文体性质的又

---

① 《昭昧詹言》卷二十一,附论诸家诗话,第222则。

一重要认识。

诗歌的真实，首先是语言的真实。他指出，"诗道性情，只贵说本分语。如右丞、东川、嘉州、常侍，何必深于义理，动关忠孝，然其言自足自有味，说自己话也；不似放翁、山谷矜持虚憍（骄）也，四大家绝无此病"。① 所谓"本分语"就是用自己的话把自己真实性情表达出来。诗歌不说"本分语"就要犯"矜持虚憍（骄）"之病。"本分语"有两层含义：一是指要"说自己话"，诗歌语言要体现自己的"本色"。二是指说"自己想说的"，也就是诗歌要表现诗人内心真实的感受。唯其如此，才有可能做到"自足自有味"。这是对诗歌真实性、生动性的要求。诗歌既然是从自己的胸臆流出，道的是自己的性情，使诗歌具有符合自己性情的"趣味"，即个性特征，应是"本分语"的题中之义。

"说自己话"就是要做到"词必己出，不随人作计"。② 韩愈在《南阳樊绍述墓志铭》云："惟古于词必己出。降而不能乃剽贼。"③ 旨在强调作文须去陈言，反对模拟剽窃。黄庭坚亦云："随人作计终后人""文章最忌随人后"，④ 也是强调作文不应该追随别人，要有自己的创新。方东树镕铸二者之意，强调以"新意清词易陈言熟意"，⑤ 也是为了突出诗歌语言乃至内容都要有自己的新东西。他指出，"无知学究，盗袭坌集，自以为古意，令人憎厌。故贵必有以易之，令见自家面目。否则人人可用，处处可移。此杜、韩、苏、黄所以不肯随人作计，必自成一家，诚百世师也。大约古人读书深，胸襟高，皆各有自家英旨，而非徒取诸人。夫屈子几于经，浅者昧其道而袭其辞，安得不取憎于人"。⑥ 所谓"自家面目"，是说诗歌要有自己的个性；"自家英旨"，是说诗歌要有自己的精美思想。合而言之，就是强调诗歌是写自己的东西，也就是"本分语"。方东树把传统诗学中的"本色语"换为"本分语"，在语言的质朴、自然的基础上强调诗歌的个性特色，丰富了中国古代诗学思想中的本色论。

---

① 《昭昧詹言》卷十二，第357则。
② 《昭昧詹言》卷一，第47则。
③ 马其昶：《韩昌黎文集校注》，上海古籍出版社，1986，第542页。
④ 分别见《以右军书数种赠丘十四》《赠谢敞王博喻》两诗；刘尚荣：《黄庭坚诗集注》，中华书局，2003，第604、1720页。
⑤ 《昭昧詹言》卷一，第47则。
⑥ 《昭昧詹言》卷一，第33则。

其次是性情的真实。方东树认为，"欲成面目，全在字句音节，尤在性情。使人千载下如相接对"。① 可见，性情的真实更为重要，毕竟语言真实只是形式上的个性化，尚不足以打动人，而性情的真实则是诗歌动人心魄的根源所在。"诗以言志。如无志可言，强学他人说话，开口即脱节。此谓言之无物，不立诚。若又不解文法变化之精神措注之妙，非不达意，即成语录腐谈。是谓言之无文无序"。② "强学他人说话"即不说"本分语"，也就是指诗歌说的不是自己话，表达的不是自己的真性情，他称之为"言之无物"，对那种不说自家话，不写自己真实感受，刻意模仿他人的诗作特别反感。他批评陆机拟古诗为不知何为之作，认为明以来诗家，皆是为了求得与古人相似，所以多成剽袭滑熟之作。这些批评虽不无过激之处，但确实能体现方东树对诗歌"情真意挚"是多么重视。"古人所以必言之有物，自己有真怀抱"。③ 诗之"物"源自诗人的"真怀抱"，只有当诗歌写的是诗人自己的真性情时，才能是"言中有物"，"言中有物，故闻之足感，味之弥旨，传之愈久而常新"。④ 诗歌"性情"的真实，是诗歌的艺术魅力、生命力的根源所在。

所谓"文法变化之精神措注"指的是诗法。他引沈德潜语云："诗贵性情，亦须论法。乱杂而无章者，非诗也。然所谓法者，起伏照应，承接转换，自神明变化于其中。若泥法不以意运之，则死法矣。"⑤ "性情"真实固然重要，但无"法"亦不成诗。诗歌是"性情"和"法"的统一，二者都是诗歌的核心要素，缺一不可。诗歌在表达上要富于变化之妙，这不仅是要准确地"达意"之需，也是诗歌富于生命力，避免成为僵硬的"语录腐谈"的根本要求。他批评"近人于用法一事全不讲。如朱彝尊、王阮亭、钱牧斋辈，皆于此概乎未有所知也。后有作者，必不以余言为妄"。⑥ 方东树对诗"法"的要求有二：一是富于"变化"，其标准是"妙"，诗歌表达上的"妙"也是诗歌艺术魅力的重要组成部分。"古人文法之妙，一言以蔽

---

① 《昭昧詹言》卷一，第55则。
② 《昭昧詹言》卷一，第6则。
③ 《昭昧詹言》卷一，第36则。
④ 《昭昧詹言》卷一，第1则。
⑤ 《昭昧詹言》卷二十一，附论诸家诗话，第133则。
⑥ 《昭昧詹言》卷一，第107则抄录文字。

之曰：语不接而意接"。① 诗歌语言表达富于变化，能给人带来形式上的新奇美，但再怎么变化，表达的情意是连贯的，即寓整齐于变化之中。方东树用"语不接而意接"来概括诗歌语言使用的规律，内蕴了意内言外美学精神，是对中国古代诗论的重要发展。二是"以意运法"，即按照诗歌情意的特点来运用文法。诗道性情，以表达情意为主，诗法作为形式上的使用技巧，应该服从情意表现的需要。如果拘泥于"法"而不能灵活运用，势必会影响情意的表达。这里对诗法的论述，大体上来自沈德潜的"意法论"，不同的是，他是从古文理论的角度来谈诗法并做了新的发挥。在他看来，诗法的作用主要在于使诗歌避免"无文无序"。

"有物""有序"来自《周易》，后被方苞引入其义法理论，方东树本其"诗文一理"观念用之论诗。在他看来，"有物""有序"使诗歌拥有具体的内容和形式，固然重要，但还不是最根本的东西。"若夫有物有序矣，而德非其人，又不免鹦鹉、猩猩之诮。……可见最要是一诚，不诚无物。诚身修辞，非有二道。试观杜公，凡赠寄之作，无不情真意挚，至今读之，犹为感动。无他，诚焉耳。彼以料语妆点敷衍门面，何曾动题秋毫之末"。②"诚身"是主体的"德"性修养，"修辞"属于言辞表达，"诚身"与"修辞"一致，正是"有德者必有言""修辞立其诚"之儒家诗学观的体现。如果"德非其人"，诗品和人品不符，这样的诗就像鹦鹉、猩猩模仿人的动作，是虚伪的。因此，作者能否"立诚"对创作"真"诗尤其重要。因为一是"立诚"可以保证性情的真实，而诗歌是"道性情"的，有真性情是"真"诗的必要条件之一；二是"立诚"又可以保证语言的真实，而语言的真实表现在使用"本分语"，而不是使用"料语妆点敷衍门面"，有真语言是"真诗"的又一必要条件。只有性情的真实和语言真实的统一，诗歌才可能是"真诗"。这里，方东树实际上是从形式和内容两方面来保证诗歌的真实性。他把诗歌的真实性、生动性归结于"言之有物""言之有序"和"立诚"，从诗歌内容、形式到创作主体的人格修养都有要求，其核心就是要"立诚"。不"诚"就不会有真性情，诗歌就会"言之无物"，也不能"以意运法"使诗歌"言之有序"，当然更不能说"本分语"。方东树的这些认识正是以其"诗以德为本"的观念为基础的。

---

① 《昭昧詹言》卷一，第82则。
② 《昭昧詹言》卷一，第6则。

对"真诗"的强调与对"伪诗"的批判往往是同时的，如：

> 至明代空同辈，则全是客气假象（条末抄有"尝论醴陵杂拟及近代王阮亭，皆导人作伪诗者也。阮亭之诗多率率成章，其所取情景，与其时其地其人，皆不必切，此即是不解去陈言之故"）。
>
> 阮亭多料语，不免向他人借口（"借口"下抄有"中不足而求助于外者之失"），隶事殊多不切。所取情景语象，多与题之所指人地时物不相应。既乏性情，不关痛痒，即是陈言。①

他批评李梦阳于古人诗格诗境只知模拟，而不能"自开一境"，故其所作"全是客气假象"，②就是因为其诗只有形似古人，而无自己真性情，这种批评，连李梦阳自己也承认："予之诗，非真也。王子所谓文人学子韵言耳，出之情寡而工之词多也。"③王士祯标举"神韵"之说，却病在有景无我，因"中不足"（即缺少真性情）而"求助于外"（形式上的工整），只能是"多料语"了。

（四）崇雅贬俗

受儒学正统思想的影响，崇雅贬俗，向来是诗家论诗之主流趣味。"雅俗"之辨先秦即有，孔子就曾说过："恶郑声之乱雅乐也。"④（《论语·阳货》）"郑声"即是俗乐，其特点是"淫"，孔子将"郑""雅"对举，并表示憎恶之情，具有明显崇雅贬俗之倾向。庄子也有"至言"与"俗言"之说："大声不入于里耳；《折杨》、《皇荂》，则嗑然而笑，是故高言不止于众人之心，至言不出，俗言胜也。"⑤（《庄子·天地》）"至言"其实就是"雅言"，也有崇雅贬俗之意。因孔子以圣人身份垂范后世，故其对雅俗的态度对后世崇雅贬俗观念的形成具有指导意义，影响极为深远。汉代郑玄在《周礼·大师》注中云："雅者，正也；古今之正者，以为后世法。"⑥"雅"

---

① 《昭昧詹言》卷一，第110则、第140则。
② 《昭昧詹言》卷一，第151则。
③ 李梦阳：《诗集自序》，《空同先生集》卷五十。
④ 朱熹：《四书章句集注》卷九，中华书局，2012，第181页。
⑤ 王先谦、刘武撰《庄子集解·庄子集解内篇补正》卷三，中华书局，2012，第110页。
⑥ 《周礼注疏》，北京大学出版社，2000，第717页。

就是正的意思，雅诗就是正诗，因为诗正，故可以用来做后世的典范。从儒家文艺思想看，"雅"实际是中庸之道在诗学思想上的体现，它要求诗歌的内容及形式，都要"确乎正式"（《文心雕龙·风骨》），① 即符合儒学经典，具体言之，即要求诗歌抒发的情感要温柔敦厚、中正和平，以利于感发人心，诗歌的形式（语言表达）要有文采但不能失度，以利于传播。具有这种品质的诗歌就是"雅"，反之就是"俗"。"雅"诗的最高典范自然是《诗经》中的《雅》诗了，它和《风》诗一起所代表的风雅精神被奉为诗歌正统，成为人们衡量诗歌雅俗的重要标准。

在批评史上，从文学批评的角度对雅俗提出要求，当始于魏晋六朝，曹丕、陆机文论中都曾提到"雅"，如"奏议宜雅""悲而不雅"等，但尚未提到"俗"，至刘勰则雅俗兼论，运用广泛，如"斯斟酌乎质文之间，而隐括乎雅俗之际，可与言通变矣"（《文心雕龙·通变》）。他从雅俗角度论文之通变，认为"若雅郑而共篇，则总一之势离"，雅和俗不能共存一篇。其倾向也是崇雅贬俗，如"研夫孟、荀所述，理懿而辞雅"（《文心雕龙·诸子》），"刘琨雅壮而多风"（《文心雕龙·才略》），这是崇雅；"但本体不雅，其流易弊"（《文心雕龙·谐隐》），"正文明白，而常务反言者，适俗故也"（《文心雕龙·定势》），"正音乖俗"（《文心雕龙·乐府》），② 即是贬俗。刘勰之后，凡受儒学思想浸染者，论雅俗者大体不离此倾向。总体来看，"雅"要求作品内容及形式要符合经典规范，具有政教功能，合乎儒家王道理想。因为崇雅贬俗，所以历代文论家多主张禁俗，如黄庭坚云："宁字不工而不使语俗。"③ "'严沧浪云：诗禁五俗：俗体、俗意、俗句、俗字、俗韵，皆不可犯。'此最善。"④ 姚鼐在《与陈硕士书》中云："大抵作诗古文，皆急须先辨雅俗。俗气不除尽，则无由入门，况求妙绝之境乎。"⑤ 对于俗，方东树也主张厉禁，他说：

> 立夫伧俗，乃开袁简斋、赵瓯北、钱箨石等派，不可令流毒后人。固是才气纵宕为主，而不知古人用笔法，用意不能深诣，一往便成。

---

① 范文澜：《文心雕龙注》，人民文学出版社，1958，第514页；下引该书，只标书名、页数。
② 范文澜：《文心雕龙注》，第520、309、701、270、531、102页。
③ 引黄庭坚语，见胡仔《苕溪渔隐丛话》卷三，人民文学出版社，1963。
④ 吴乔：《围炉诗话》卷一，见《清诗话续编》，第477页。
⑤ 《与陈硕士书》，《姚惜抱尺牍》，第56页。

> 此种粗才,惊俗眼而已。求其以古人深韵,不复可见。
>
> 学古而真有得,即有败笔,必不远倍于大雅,其本不二也。尝见后世诗文家,亦颇有似古人处,而其他篇或一篇中,忽又入于极凡近卑陋语。则其人心中,于古人必无真知真好,故不能真见雅俗之辨。……以此推之,则海峰之全似古人而无不雅者,政不易到。盖其本领已同于古,但未及变耳。以古文言之,震川无不雅,荆川则时露凡俗,其余更不足讥。①

他同其师一样,也强调雅俗之辨,反对诗中用"凡近卑陋语","远倍于大雅",厌恶凡俗平庸之作。在他看来,诗歌不"雅"主要是不知"学古",如吴莱、袁枚、赵翼、钱载等就是,作为理学信徒,方东树论诗尤其强调"雅"的标准,他对公安派、性灵派的批评,就是因为他们荡灭典则,令"大雅殄绝"。如上文所论,他认为诗歌的真实性取决于性情真实和语言的真实,但是,这种性情并不是毫无拘束,自由放纵的情感,而是经过道德规范了的情感;同样,语言也不是不经任何选择的语言,而是凝聚着主体道德观念的语言。诗歌的真实性体现主体道德的真实性,即其所谓的"诚"。这种认识是符合其"诗以德为本"的思想逻辑的,体现在审美理想上,就是追求诗歌的雅化。

先说说"性情"的雅化,方东树云:

> 传曰:"诗人感而有思,思而积,积而满,满而作。言之不足,故长言之,长言之不足,故嗟叹咏歌之。"愚按以此意求诗,玩《三百篇》与《离骚》及汉、魏人作自见。夫论诗之教,以兴、观、群、怨为用。言中有物,故闻之足感,味这弥旨,传之愈久而常新。臣子之于君父、夫妇、兄弟、朋友、天时、物理、人事之感,无古今一也。故曰:诗之为学,性情而已。②

此处要义有三:一是诗歌的发生,源于外物的感发;二是诗歌的功用,即兴、观、群、怨;三是诗歌本质上的"性情"说。这些都是其儒家诗教观

---

① 《昭昧詹言》卷十二,第 412 则;卷一,第 148 则。
② 《昭昧詹言》卷一,第 1 则。

念的体现。具言之，他继承汉儒"吟咏情性"和"物感"说，认为外物感发人的情思，情思的表达即为诗歌，也就是说诗歌产生于人的情感表达的需要，因此说，"诗之为学，性情而已"。须注意的是，他所谓的"性情"，虽越出了君臣、父子、夫妇、兄弟、朋友等伦理层面，把天时、物理、人事等自然情感也纳入其内，从表面上看，似有突破儒学诗教之意义，但是，他是在坚持儒家诗教的前提下说的，故对这些情感也要求温柔敦厚，中正和平。他指出吴隆骘虽场屋连蹇，又初无子嗣，人生极为不得志，但"诵其诗，浩浩乎、汎汎乎，吟咏情性，摅述游历，其胸中绝无忿忿愁苦之气，哀怨侘傺之词，则可谓之德音者"。① 吴诗是"德音"，因为其诗有着"怨而不怒"的精神，符合《三百篇》无邪之旨。这种认识显然继承了《礼记·乐记》"德音之为乐"的乐教观念，所谓的"德音"即雅乐，而非郑声。又如"阮公、陶公，曷尝有意于为诗；内性既充，率其胸臆而发为德音耳"。② 阮公、陶公之诗是其性情的自然流露，说其是"德音"，是因为诗歌所表现的性情合乎雅正。

再说说语言的雅化，方东树云：

> 朱子曰："韩子为文，虽以力去陈言为务，而又必以文从字顺各识其识为贵。"此言乃指出文章利害，旨要深趣，贯精粗而不二者矣。浅俗之辈……雅俗莫辨……为伧俗可鄙……为凡近无奇……为遣词散漫无警，为用意肤泛无当，凡此皆不知去陈言之病也。……又有一种浮浅俗士，未尝深究古人文律……或下字懦，又不切不确不典，凡此皆为知文从字顺各识其识之病。③

方东树以为，"用意高深，用法高深，而字句不典不古不坚老，仍不能脱凡近浅俗。故字句亦为文家一大事"。④ 故语言的雅化亦极为重要。为此他要求字句要"典""古""坚老"，也就是要雅正，"不切不确不典"就是俗，而要想实现归雅去俗，就要避免使用陈言，同时要注重章法，做到文从字

---

① 《芸晖馆四世诗钞序》，《考槃集文录》卷三。
② 《昭昧詹言》卷四，第6则。
③ 《昭昧詹言》卷一，第45则。
④ 《昭昧詹言》卷一，第39则。

顺。对于如何避免陈言，使表达免于俗，方东树提出了自己的看法：

> 豪语须于困苦题发之；失志时不可作颓丧语；苦语须于佛仙旷达题发之；流连光景须有悟语，见道根；山水凭吊须发典重语；酬赠应答须发经济语；如此乃为超悟，古作家不传之秘，而非学究伧父腐语正论所能解此奥秘。①

这些看法，实际上就要求诗人构思时要超越常规，曲写内心的情感和教化之义，在用词上注重创新，使得诗歌在形式上归于雅正。

小　结

从治学历程来看，方东树一生用功处主要是究心于程朱义理之学。可以这样说，程朱之学是其精神依归，他不仅对程、朱二人所提出的诸多哲学命题做了深入的研究，而且终生随时躬身践行，体现其学行合一、学以致用的治学理念。方东树受家学、师友辈的影响，乃至受整个桐城理学风气的熏染，固然是其学术趣味形成的主要根源，而嘉道以降，清季日益衰微的社会现实也是影响其学术观念形成的重要因素。程朱理学的学术视野、经世致用的学术观念，是方东树诗学思想形成的学术基础。程朱理学是先秦儒学在新的历史环境下的继续和发展，它融合了道、释诸家思想并以"道学"的面貌出现，它对方东树诗学思想的影响主要是诗歌本质观上的"诗言志"或"诗道性情"说，以及创作主体上的"本源"论。它同桐城古文理论、方东树的经世观念相结合，一起构成方东树的诗教观念。

桐城派古文理论是方东树治学的重要方面，他在追随姚鼐读书期间，主要从事古文的学习并初具文名，在游幕和讲学期间也参与了桐城古文理论的传播和建设，故对桐城派古文理论自有精深的研究，他继承方苞的"义法"说和姚鼐的"诗文一理"之论，将桐城派古文理论移植于诗歌批评和创作上，建立其"以文论诗"之批评体系，为中国古典诗学开辟了新的研究范式，② 这是其在

---

① 《昭昧詹言》卷一，第 17 则。
② 李涛、卢佑诚：《建构古典诗学的新范式——方东树"以文论诗"新论》，《皖西学院学报》2007 年第 6 期。

诗学理论史上做出的重要贡献。方东树有着强烈的辨体意识，他对古文和诗歌两种文学体裁的体制及创作特点都有清晰的认识。他反复强调"诗文一理"，旨在揭示诗与古文在主体涵养（包括道德修养、知识修养等）、创作方法及社会功用上的共通性，为后人指出一条学诗的道路。故其论诗，多从古文理论的角度来切入，最终形成"以文论诗"之批评格局。这里尚须指出的是，"诗文一理"虽说的是诗文之辨问题，但对方东树来说，旨在辨诗，是因为他对诗歌的理解主要是从古文理论来切入的，离开桐城古文理论这个角度，方东树的诗歌观念的特点难以彰显，这是本文将其视为方东树诗歌观念的重要原因。

诗学思想的产生总是基于具体的诗学问题，明清两代诗学问题主要有三，即正变问题、真伪问题和雅俗问题。这三个问题在诗学批评中体现为一定的诗学取向，正变问题不在本章论列，就真伪和雅俗来看，"崇真黜伪""崇雅贬俗"向来是诗歌史上的优良传统，但诗家常将两者分而列之，"真诗"不见得就是"雅诗"，"雅诗"也可能是"伪诗"，故"崇真黜伪""崇雅贬俗"都应同时作为论诗、作诗之标准。明代诗家论诗、作诗往往偏执一端，或"崇真"而不能"免俗"，或能"归雅"而不能"去伪"，清人论诗虽较圆活，但作诗则有偏执。这是方东树不满其诗学境遇的主要原因。方东树在诗学取向上的"真"与"雅"是以其学术观念和诗教观念为基础的，与桐城派古文理论中"雅洁"观念相关。

概要之，程朱理学是方东树诗学观念的思想基础，而桐城派古文理论是方东树诗学观念的理论渊源，他一方面从儒学诗教观念出发，把"德"作为诗歌的本质，把主体的人格修养视为诗歌的灵魂，突出了诗歌的道德内涵，体现为道德观念之自觉；另一方面从诗文书画一理这个角度立论，把"生气"视为诗歌的生命，对诗歌的艺术性及审美特征有着深切的体认，表现为艺术观念之自觉。贯穿这两方面的是对诗歌真实性的强调，方东树是以此为核心建构自己诗学理论的。他认为立言必关世教，诗歌作为立言方式之一，要想发挥教化社会的作用，有赖于诗歌的艺术性和审美功能，因此，方东树对诗歌体性的认识实质是儒学之道与诗学之艺的统一，其目的在于追求诗歌的普世价值。正如其师所云："夫诗至善者，文与质备，道与艺合，心手之运，贯彻万物，而尽得乎人心之所出。"[1] 方东树对陶潜、

---

[1] 姚鼐：《荷塘诗集序》，《惜抱轩诗文集》，第51页。

杜甫、韩愈等诗歌的推崇，是因这些人的诗歌不仅"文与质备"，而且"道与艺合"，即做到了思想性与艺术性的浑然契合。这一诗学观念体现了桐城派力图"熔铸唐宋"的诗学取向和以"义理"为本位的诗学旨趣。

·附录·

从史观、史评到史论
——方东树诗歌史论研究个案写作过程

一 缘起

郭青林：2010年9月，我来到首都师范大学攻读博士学位，方向是中国古代文论，导师是陶礼天教授。入学前，陶礼天教授就对我的学习进行了指导，对以后博士论文的研究方向也初步做了安排，定位于桐城派诗学这一块。入学后，在陶礼天教授的指导下，几经凝练，将论文题目拟定为《方东树诗歌史论研究》。经一年艰苦写作，论文终于完成并通过答辩。2013年9月我已进入安庆师范学院参加工作，陶礼天教授在京打电话给我，推荐我参与陶东风教授的"文艺学与文化研究工作坊"出版计划，就毕业论文进行研究个案的撰写。

陶礼天：青林来京随我读博前，我还在韩国担任客座教授，其间通过电子邮件与他进行了交流，对他的学习进行了初步的指导，包括入学前应读完的书目、学习计划的设计，以及毕业论文研究方向等方面。就毕业论文来说，起初让他做桐城派诗学，基于两个原因：一是桐城派主要以古文扬名于世，对其文论，学界研究得比较多，而其诗学研究则较为薄弱，尚有深入研究的空间，虽然有关专题专著的研究成果较多，但对桐城派诗学整体状况还没有完全弄清楚；二是青林是安徽庐江人，庐江与桐城为邻，让他做桐城派研究，对其今后的就业、发展也是有好处的。

青林入学前在江苏一中学当语文老师，工作压力很大，专业基础也不是很好，来京后面临着因身份转换能否静下心和进一步夯实基础、提升理论素养等问题，让他做桐城派诗学研究，不知道他能不能做得出来，如能做出来又能做得怎样，我充满期待。我还是希望他对方东树诗学进行深入研究，把他的诗学放在清代诗学和桐城派诗学的大背景下进行探讨，由具体问题入手，这样才能真正以点带面，对桐城派诗学进一步的整体研究有所推进。

二　方东树诗歌史论个案研究的前期准备

（一）关于桐城派、桐城诗派与桐城诗学

从地域来看，从清初戴名世算起，桐城派几与清季相始终，绵延200余年；从人数看，仅刘声木《桐城文学渊源撰述考》所录，就有640余人，可以说是中国文学史上成员最多、时间最长、影响也最大的一个文学流派。桐城派又称"桐城古文派"，首先作为一个文派著称于世，其古文理论对清代文坛的影响极为深远。始创者方苞继承归有光的唐宋派古文传统，以"义法"为行文准则，中经刘大櫆的"神气、音节、字句"诸说的扩展，至姚鼐的"义理、考据、辞章"集其成。师事、私淑或服膺他们者，人数众多，由此形成主盟清代文坛200余载的文学流派。

桐城诗派，钱钟书在《谈艺录》中曾提及并引起广泛注意，作为一个诗派，其诗学自姚范始创，① 中经刘大櫆、姚鼐的发明，至方东树的详细推阐才具体而彰。桐城诗学作为流派的出现远比其诗歌史要晚。桐城诗歌史可以上溯到明齐之鸾、钱澄之、方以智等，而诗学则至姚范发轫。盖诗学成派始须有为后来者一以贯之的思想主线、审美倾向等，诗歌史初始阶段则不必如此。姚莹序《桐旧集》云："国朝持论之善，足惬天下大公者，前有新城尚书，后有吾从祖惜抱……窃尝论之，自齐蓉川廉访以诗著，有明中叶钱田间振于晚季，自是作者如林，是以康熙中潘木崖有龙眠诗之选，犹未极其盛也。海峰出而大振，惜翁起而继之，然后诗道大昌，盖汉、魏、六朝、三唐、两宋以及元明诸大家之美，无一不备矣。海内诸贤谓古文之道在桐城，岂知诗亦然哉！"② 他对桐城诗歌传统做了追溯，以为诗亦在桐城，俨然有以桐城诗派自尊之意。而桐城诗学作为桐城诗派诗歌主张的理论形态，与桐城诗歌史两位一体，都是桐城诗派的重要组成部分。

---

① 钱钟书先生指出："桐城亦有诗派，其端自姚南菁范发之。"见《谈艺录》（补订本）第42则，中华书局，1984，第145页。
② 徐璈：《桐旧集》，序，民国十六年影印本。

仅从文学角度言，桐城派应包括桐城文派与桐城诗派，因桐城文派名传在先，也最响，故多受世人关注，研究成果丰硕，桐城诗派则相对显得孤寂，研究也较为薄弱。在大力倡导社会主义文化建设的当下，对桐城派进行研究，无论是从文化传承的角度，还是在发掘其当下的社会价值的角度，无疑都具有重要的意义，对桐城诗学的研究就体现着这一需要。

（二）桐城派诗学研究的思考

对桐城诗学展开研究，可以从流派演变的角度展开，既可以对其诗学思想体系、诗学特点、流变过程、诗学史意义做系统的探讨，也可以对个别论者做专人专著的研究，对其诗学思想诸多方面进行深入剖析，以点带面实现对整个诗学流派思想的整体把握。应该说这两种研究角度各有利弊：对流派做整体研究，材料要丰富得多，体系也容易建构，但易流于宽泛；做专人专著研究，材料要少得多，虽容易做得精深，但体系建构不易，易流于狭窄。选择何种研究角度，当结合研究现状及本人的研究能力做综合考虑。

从我所掌握的研究资料来看，虽未见以"桐城派诗学"为题的研究专著，但研究成果的规模、深度均相当可观。单篇论文不必多说，就涉及桐城派文学思想的著作而言，就有文学批评史类的著作，如郭绍虞的《中国文学批评史》、黄霖的《中国近代文学批评史》等，均有专章予以论述；王镇远的《桐城派》、赵建章的《桐城派文学思想研究》等研究专著，对桐城派诗学思想也做了深入的分析，其他研究桐城派文学思想的硕士、博士学位论文更是不乏其篇，这些多是从流派的角度，对桐城派诗学的特点、体系、演变等进行了深入的研究。就专人专著研究来看，对刘大櫆、姚鼐、方东树等诗学思想进行研究的也很多，仅就方东树而言，硕士、博士学位论文就有10余篇，可见其受关注之多。在这种情况下，再以桐城派诗学为研究对象，其难度可想而知。因此，以桐城派诗学为研究课题，我实在是很踌躇。

（三）与导师的交流

陶礼天教授是位非常平易近人的学者，随他读书期间，我和同学们经常去他家造访，他家餐桌也是我们的课桌。在他家里，我将桐城诗学研究现状向他做了汇报，他根据我的实际情况，建议我做方东树诗学研究。方东树（1772~1851），字植之，别号副墨子，世称仪卫先生，安徽桐城人，师事姚鼐，是著名的"姚门四杰"之一。著作主要有《仪卫轩文集》《考槃集文录》《汉学商兑》《昭昧詹言》及若干诗集等。其学恪守程朱，秉承桐城文脉，并竭力发扬光大之。所著《昭昧詹言》共二十一卷，是部分量颇重的诗话著作，该书是方东树附在王士禛《古诗选》、姚鼐《今体诗钞》两部诗歌选本上的评语，后汇集成的，在桐城派诗学史上具有重要地位。

陶礼天：作为显学，桐城派受人关注，是很正常的。桐城诗学研究已经很多，但并不意味着不可以再研究，经典是开放的，不存在旧的问题，随时代发展而发展，不同时代的人对经典的阐释，构成了经典的接受史。作为一个研究者，不能因为前人已经有了研究而有畏难情绪，只有不断地挑战并超越前人，学术才可能有进步。桐城派诗学研究虽多，但并不是说没有进一步研究的必要。根据青林的情况，我建议他做方东树的研究，方东树的《昭昧詹言》是中国诗学史上很重要的一部诗话，具有包容性，带有总结性质，很值得研究。眼前要做的就是积极准备研究资料，编写目录，通读资料，做好读书笔记。

（四）资料准备

在北京读书，好处之一，就是找资料相对容易，国家图书馆、北京大学图书馆等众多图书馆就是很好的资源。资料准备主要分两部分：一是外围资料，主要是有关桐城派研究的资料；二是方东树本人的著述。外围资料除港台资料不易找外，大陆资料相对好找些，好在一位师弟正在台湾访学，台湾那边资料也不成问题。方东树本人著述经统计主要有如下诸种。

《汉学商兑》四卷，清道光十一年刻本；《大意尊闻》三卷，清同治五年刻本；《书林扬觯》二卷，清同治十三年刻本；《仪卫轩文集》十二卷，清同治七年刻本；《仪卫轩诗集》五卷，清同治七年刻本；《考槃集文录》十二卷，清光绪二十年刻本；《方植之全集》，上海图书馆藏本；《昭昧詹言》二十一卷，河北武强贺氏刻本；《昭昧詹言》，方东树撰，汪绍楹校点，人民出版社，1961年版；《汉学师承记》外二种，江藩、方东树撰，三联书店，1998年版。

上述资料除《方植之全集》外，其余在国家图书馆都能找到，《方植之全集》除收入方东树传世全部著述外，还包括其父部分著作。存于上海图书馆，我利用寒假时间前往上海图书馆借阅并结合研究需要，对部分内容做了抄录。方东树给姚范的《援鹑堂笔记》做过校勘，书中相关内容后面多附有方东树的评语，也是研究方东树不可或缺的资料。此外，还有今人汪中把《昭昧詹言》与汪士禛的《古诗选》、姚鼐的《今体诗钞》相结合，分别编成《方东树评古诗选》《方东树评今体诗钞》两部著作,由台湾联经图书出版公司于 1975 年出版。

关于方东树研究的论文资料,通过期刊网所搜集到的以及一些集刊如《古代文学理论研究》中的单篇论文共近 40 篇,兹不列举,硕士、博士学位论文主要有如下几种。

硕士学位论文:港台有康维训《方东树诗论研究》(1988)、郭正宜《方东树诗学源流及其美感取向之研究》(1993)、谢锡伟《方东树诗论研究》(1994);大陆有李佩玲《"唯务折衷"之诗学特质——方东树〈昭昧詹言〉诗学研究》(2006)、许晓瑛《方东树理学思想研究》(2008)、田亚《方东树诗学的宋诗本位与桐城义法》(2009)、王晓静《方东树与〈援鹑堂笔记〉的整理》(2010)。

其中《方东树理学思想研究》《方东树与〈援鹑堂笔记〉的整理》几篇硕士论文,虽未直接提及方东树诗学思想,但也不同程度地对之做了探讨。

博士学位论文:港台有蔡美惠《方东树文章学研究》(1991)、金华珍《桐城派诗论研究》(1994)、杨淑华《方东树〈昭昧詹言〉及其诗学定位》(2004);大陆有龚敏《方东树学术与文学研究》(2005)、陈晓红《方东树诗学研究》(2010)。

三 设计与构思

(一) 研究现状简析

通读完资料之后,我发现对方东树诗学研究的空间已经不多,撇开单篇论文及批评史类著作不论,仅学位论文来说,如上所列,对方东树诗学研究已经较为全面。如龚敏在其博士学位论文《方东树学术与文学研究》中,论及方东树的诗学渊源及其对近代诗学的批评时,认为其学术思想影响其文学思想的走向。陈晓红的博士学位论文《方东树诗学研究》,分五章依次论述了方东树的生平交游著述与思想、方东树的诗学活动与诗学取向、对魏晋南北朝及唐宋诗人诗歌的批评实践、对明清诗学流派的批评、方东树诗学的价值及在批评史上的地位等。李佩玲的硕士学位论文《"唯务折衷"之诗学特质——方东树〈昭昧詹言〉诗学研究》,论述了方东树诗学思想中的多元"折衷"的倾向,即"言志"与"缘情"的调和、诗与文的"折衷"及文人诗与学人诗的会通等。田亚的《方东树诗学的宋诗本位与桐城义法》则论述了方东树诗学的形成背景、以文论诗的诗学观、诗法之学及学术趋向等，认为方东树诗学是以宋诗为本位，对晚清宋诗派有重要影响。

港台那边，杨淑华的博士学位论文《方东树〈昭昧詹言〉及其诗学定位》，详细论证了方东树诗学理论与宋代诗学的关联，辨析其评论特色与诗学取向，重新诠释《昭昧詹言》在桐城派诗学典律方面的重要性并确定其历史地位。其中对《昭昧詹言》的成书背景、著述目的、诗学论题、诗学观念、评论特色等均做了系统的阐释，重点论述了方东树在诗学理论上对宋代诗学精神的继承，以及此书作为桐城派诗学典律的重要意义。康维训的硕士学位论文《方东树诗论研究》，对方东树诗学思想的形成背景、基本文学观、义法论及批评旨趣等做了系统研究。郭正谊《方东树诗学源流及其美感取向之研究》，主要论及方东树诗论与清初诗学、桐城派诗法关系，美感取向，论诗章法与时文、评点、桐城义法间的关系，学杜论及其诗学成就影响等。此外，谢锡伟的《方东树诗论研究》也对方东树的诗学思想做了系统研究，与上述论文多有重复阐释，兹不赘述。

可见，学界对方东树诗学的研究，已深入方东树诗学思想的各个细部，从方东树诗学的渊源、背景、动机，到诗学观念、理论体系、经典诗歌的点评、诗学特色乃至影响、地位等皆有论究。虽然存在同一论题的重复阐释、结论时有矛盾，以及有些地方研究不够到位还可以进一步讨论等情况，但总体来说，可供我选择的阐释空间还是比较狭窄的。

（二）设想

据上所析，如何在现有的研究基础上，另辟新的研究路径，是论文设计的关键。如仅为弥补现有研究的不足，而仍以常规的研究套路进行，其研究的意义或价值必然大打折扣。博士学位论文的灵魂是创新，创新不外乎体现为三个方面，即新材料、新观点、新方法或新角度。对方东树而言，其诗学思想除体现在文集中的一些序跋、姚范的《援鹑堂笔记》校勘中外，主要就是《昭昧詹言》一书。从材料言之，不可谓新，从研究现状来看，方东树的诗学思想研究已经较为充分，想出新观点也非易事，因此，从研究方法或研究角度上寻求创新点，应是较为理想的途径。

那么这个新方法或新角度是什么呢？这只能从方东树的著作中去寻找，我在对《昭昧詹言》反复阅读的基础上，对该书的著述体例做了研究。从体例上看，全书共分四个部分，即通论五古、总论七古、通论七律、附论诸家诗话，五古、七古、七律是辨别诗体，在通论每一体后又按时代先后顺序排列代表性诗人、诗作并加以点评,这种以"体"为经,以"时"为纬的著述方式,使其具有明显的诗歌史论之特点。因此,从诗歌史的角度进行研究,不失为一条思路。想到诗歌史类著作中,大多是按时代为序进行著述,我打算从先秦、魏晋南北朝、唐代、宋代、元代诗歌等几个部分,研究方东树对各个时代诗歌的认识,进而揭示其诗学思想。于是,我按此思路,写成开题报告,并呈给导师陶礼天教授。

(三) 导师的指导

陶礼天教授:从开题报告来看,青林的理论建构能力较强,但思维深度往往不够,具体问题发掘得不够深入,这一点需要注意。研究方法对于学术创新是非常重要的,方法论不等于研究方法,方法论是研究方法建立的原则、方法之间的关系及如何正确运用方法等,研究方法是指研究问题的具体手段和方式。应多找一些有关文学研究方法论类的著作来读,中国自20世纪80年代提出"重写文学史"以来,已经出版多部有深度的文学史理论研究专著,要进行阅读,借鉴参考。另外我以为可以深入研读西方有关重要的文学史理论,作为内在研究的参照坐标,例如,已经编译或原著全文已翻译的重要著作有俄国维谢洛夫斯基的《历史诗学》、法国朗松的《朗松文论选》、中国社会科学院外国文学研究所与《世界文论》编辑委员会编译的《重新解读伟大的传统——文学史论研究》等,都提出了许多非常有价值的可以借鉴的文学史观。另外要对现在(包括中国和外国)的新的史学源流与现状研究的成果加以研读,对新的历史观和历史学界的新成果有所涉猎。

要准确把握方东树的文学观、文学史观。方东树的诗歌观念是什么;他在对诗歌的点评中,哪些是关于诗歌的外部问题,哪些是关于诗歌的内部问题,哪些涉及诗歌史观、诗歌史论;等等,都要界定清楚,对方东树的审美思想、诗歌创作、理论定位,以及方法论问题,都要做全面的研究,要实事求是,不虚语,不妄语,求实就是创新。

从诗歌史的角度来研究方东树的诗学思想是可行的,这样一来,论题就转化为"方东树的诗歌史论研究"了。这是一个很好的研究思路,它将论题集中在方东树诗学的一个点上,容易做得深入,较之"方东树诗学研究"这样一个常规的研究模式,也较有新意。开题报告所提供的按时代先后研究的写作提纲过于冗长,应当压缩。可以围绕以下几个核心问题重新加以调整:一是方东树的文学观念,二是方东树的文学史观,三是方东树的文学史批评实践,四是方东树文学史论的特点。论述时要抓住要点,击中问题的要害。

(四) 对研究提纲的修改与定稿

结合导师的指导,我对研究思路进行了如下调整。

第一部分论述方东树的诗歌观念,第二部分论述方东树的诗歌史观,第三部分论述方东树的诗歌史批评,第四部分论述方东树的诗歌史论的特点及意义。

这四个部分体现了文学史学关于文学观、文学史观、文学史批评相关原理,也符合方东树《昭昧詹言》的著述体例。诗歌史论是指对诗歌史做出的议论,既然是议论,就首先得有一定的诗歌观念作为理论基础,其次须有一定的诗歌史观作为指导思想,最后通过具体的诗学批评来实施。诗歌观念、诗歌史观、诗歌史批评三位一体,都是诗歌史论的有机组成部分。据此,可以把《昭昧詹言》视为一部诗歌史论性著作,而方东树就是从其诗歌观念出发,以其诗歌史观为指导,对诗歌史上的诗人诗作进行点评来实现其著述目的的。从文学史学的角度来认识《昭昧詹言》的著述体例,研究其中的诗学思想,应是本论文重要的研究特色。

四 写作阶段

(一) 研究思路的困惑

论文写作过程中,困惑颇多,原先的设想在付诸写作时困难重重。以论文的第一部分为例,本部分重点论述方东树的诗歌观念,而论述方东树的诗歌观念在现有研究文献中已经得到反复研究,就研究现状看,对方东树的诗歌观念的研究,大多结合桐城派古文理论,从文体论、创作论等角度做了系统的研究,其中多有真知灼见。作为论文的首章,不可能照搬前人的研究成果,否则,就失去了研究的意义。因此如何立足文本,找到新的阐释思路,以避免重复研究,这个问题不得不考虑。又如,方东树的诗学思想主要集中在《昭昧詹言》一书,其文集中的序、跋,能体现其诗学思想的极少。作为一部诗话著作,其中大多论及的是具体的诗法、文法问题,即便是对具体的诗歌作品进行点评,也是为了揭示诗歌的创作方法,因此如何从看似散漫的诗学批评中发掘其诗歌观念、诗歌史观也是一个很重要的问题。再如,作为桐城派诗学研究的常规命题,"以文论诗"与方东树诗学观念究竟是何关系,如何阐释才有新意等,诸多问题缠绕脑际,让我落笔维艰。

(二) 导师的指导

陶礼天教授说,《昭昧詹言》里谈到的具体的诗法、文法问题是不能代表方东树的诗学思想的,读的时候,要超越具体的诗法、文法问题,从具体的诗歌批评里总结普遍的创作规律,从方东树的诗歌史批评中提炼出诗歌史论。从史学上来看,我们只能建构历史,不可能还原历史,诗歌史也是这样,方东树对诗歌史的批评,也具有建构的特点,因此,要在方东树关于各个时代的诗歌史批评中做出符合文学史原理的提炼,总结出属于方东树的诗歌史理论。

研究桐城派诗学,"以文论诗"是绕不过去的命题,桐城派是以文章家的眼光来看待诗歌的,其诗歌观念与其古文理论密切相关。应结合诗学史上"以文为诗""诗文之辨"等相关讨论来研究。

论文要以写问题来取胜,要注意方东树的学术立场以及桐城派作为一个群体的诗学倾向在分析问题时的作用。注意横向和纵向的穿插,横向提出的问题,要考虑到纵向如何体现。对方东树的看法,要从不同的角度来思考,其成就、局限在什么地方;还要注意在现有的研究资料中,哪些文章参与了我的讨论。写的时候要注意以我的文学史观为坐标,对方东树的文学史观做出评判,做到历史与逻辑相统一。

(三) 研究思路的调整

陶老师的每次指导总是给我莫大的启发,对方东树的诗歌观念、诗歌史观、诗歌史批评等问题的研究,我有了更清晰的思路,我将每一部分凝结为几个具体的问题,以对问题的探讨方式来开展写作。这样做的好处是使论题集中、目标明确,使论文容易做得充实。以第一部分为例,我将思路细化为下面几个问题,即方东树的治学历程与学术观念、"诗文一理"与方东树的诗歌体用论、方东树对明清诗学的批评及其诗学取向。这三个问题是从不同角度来论述方东树的诗歌观念的,研究方东树的治学历程和学术观念,是从"知人论世"的角度来论述影响其诗歌观念形成的因素;研究"诗文一理"与诗歌体用问题是扣住桐城派古文理论来论述其诗教观念;研究其明清两代诗学批评是为了论述其诗学观念对其诗学批评的影响及审美取向。这三个问题既有纵向的追溯,也有横向的比较,避免了现有研究中单纯从文体论、创作论角度重复研究,且容易提出新的见解。

同样,我将第二部分的诗歌史观细化为方东树的诗体正变说、通变观、离合论几个问题;将第三部分诗歌史批评,细化为五古诗歌史论、七古诗歌史论、七律诗歌史论,并相应地拈出几个核心命题展开论述;将最后一部分具体化为诗歌典范与诗歌正统的建构、诗歌史论的诠释模式与形式论、桐城派诗歌史理论体系的建构等几个问题,通过对这些问题的探究来揭示方东树诗歌史论的特点及意义。

五 研究总结

(一)导师评价

陶礼天:作为清代桐城派文论家,方东树在中国古代文论史上具有重要地位,长期以来,学界对其研究已有不少成果,但缺少总体性突破。青林以文学史学理论为支撑,从诗歌史论的角度来对方东树的诗学展开研究,视角独特,突破了既往研究的常规思路,提出不少新的见解,弥补了现有研究的不足,对于深化、推进方东树及清代诗歌批评研究,有积极的学术贡献。总的来看,我还是满意的。

论文写得有点仓促,对有些问题的阐释显得粗糙,有待进一步深究。如在论析方东树诗歌批评在清代诗论史中的位置,以及方东树诗论与桐城派文论的渊源关系方面,还可以更加深入。在论述方东树的诗歌观念时,也未能结合方东树的诗歌创作展开探究,对于方东树诗论在近现代接受情况方面的论述也略有不足等,须待今后进一步修改完善。

(二)自己述评

论文的写作是一个充满艰辛的过程,回想写作过程中的点点滴滴,心中滋味万千。论文从选题、开题至完稿后修改,导师陶礼天教授付出了许多心血。本个案所写的,也只是他的部分指导意见,他给予我更多的是用文字无法表达的。回师院工作以后,每于静处,便想起与陶师一起论学的情景,心中感动无限。我基础薄弱,资质驽钝,论文能顺利完成对我来说已是十分幸运,至于有何创新恐非我所敢想。论文尚有诸多不足,与陶师的期望相距甚远,这只能待我进一步努力修改了。

最后,谢谢导师陶礼天教授,谢谢为我的论文写作提供帮助的老师、同学们。

中晚唐庶族与韩孟、苦吟诗派

任雅芳*

中晚唐是中国诗歌发展史上的一个关键时期。此时期的庶族文士群体在韩孟诗派的形成及苦吟诗派从韩孟诗派中分流自出的过程中发生了特殊的作用。唐代社会普遍重视出身、门第,而在唐人观念中士族身份亦不是与拥有政治特权完全对应的。由出身不同带来的心态、思想差异是其不同文学观念形成的重要因素。笔者拟从中晚唐庶族群体演变的角度来探讨庶族群体对韩孟、苦吟诗派形成及发展所做的贡献,梳理两个诗派的内在关系,并结合庶族心态的嬗变探讨中晚唐诗学观念的新变之处。

一 中唐庶族与韩孟诗派

中唐时期是中国古典诗歌发生转折的时期,也是诗人们纷纷成派、各立门户的时期。韩孟、元白是崛起于中唐的两大诗派。通常学界认为韩孟诗派略早于元白诗派,也有学者认为韩孟诗派是受元白诗派的冲击而最终形成的。笔者以为,诗派成立的要素主要是五点:诗派领袖的出现、创作主张的提出、代表作品的产生、团体凝聚意识的体现、形成一定的群体仿效性影响。

从订交之始,韩、孟这两位诗派的旗手便开始了贯穿一生的真挚友谊,并不断通过唱酬、联句等方式在追求怪奇审美趣味的道路上愈行愈远。正是韩、孟共同的创作主张,在贞元时期,韩孟诗派已经实现了诗派领袖、

---

* 古代文论方向;指导教师:王南。

创作主张和代表作品这三个条件。确认一个诗派的成立还须考虑团体凝聚意识、群体仿效性影响这两个方面。一个诗派的成员应当有意识地聚合为文学团体，意图以群体力量去影响文坛。贞元年间，以继承儒学为己任的韩愈采用书信问答的形式写了很多文章来探讨文道关系，指导古文写作，从而推动了中唐"古文运动"的发展。很多有志于古文的学子接踵而来，向其请教。韩愈亦乐于指导，并积极奖掖、提携后进。李翱、侯喜、张彻等这些因古文创作而会聚于韩愈身边的士人，也多与韩愈有诗歌唱和。此外，欧阳詹、张署及经孟郊引荐的张籍等，也是韩愈的主要诗友。韩愈颇为看重这些文学友人，并有意将他们会聚为一个诗歌创作的小团体，在唱和中屡次表明诗歌创作主张。韩诗中还不止一次提到"吾党二三子"①（韩愈《山石》）等语，可见韩愈的团体凝聚意识比较强。②孟郊不仅在诗歌创作风格上有鲜明的示范意义，而且主动以自己的诗歌主张影响他人，此点在诗歌联句中表现最著。而从大量的联句创作中正可以看出孟郊对其他联句者的有意牵引，以此扩大险怪诗风的影响。此外，孟郊积极向韩愈引荐张籍等诗人，也正是意欲壮大诗人群体的表现。

  但是并不能就此判定韩孟诗派的成立。因为在贞元年间，韩孟诗派并没有形成明显的群体仿效性影响。贞元时期，虽然以韩愈为中心已形成一个文学创作团体，但诗歌唱和者多来源于从韩愈学古文者，其古文创作更盛。他们此时期毕竟没有创作出有影响力的险怪作品传世，也没有竞相模仿韩孟诗歌的记载见诸典籍。韩孟诗派最终形成于何时？王立增《论韩孟诗派的形成》即认为在元和二年（807）至元和六年（811）最终形成了诗派的基本整体风貌。③笔者以为是有道理的。

  韩孟诗派最终形成是否的确晚于元白诗派呢？同样，如果以诗派成立的五点要素来考察元白诗派，就会发现，将元白的成派时间定在不晚于元和四年（809），并不是很妥当。元和四年（809），李绅、元稹和白居易三人共同倡导新乐府的创作，应是有意识地组成了一个小型的文学团体。除了诗歌鲜明的政治功利目的得到肯定外，直白浅切诗风的倡导亦由此而兴。

---

① 韩愈著，钱仲联集释《韩昌黎诗系年集释》，上海古籍出版社，2007，第145页。
② 参见孟二冬《论韩孟诗派构成的个人因素》，《烟台大学学报》（哲学社会科学版）1989年第2期。
③ 参见王立增《论韩孟诗派的形成》，《郑州大学学报》（哲学社会科学版）2003年第3期。

但是，新乐府的创作并未就此引发当时诗坛的群体性仿效，反而此后元白的讽喻诗创作也逐渐消歇了。真正使元白诗风风靡天下的是元白"百韵律诗"酬唱作品的流行。由元稹于元和十四年（819）所作《上令狐相公诗启》和白居易于长庆三年（823）所作《余思未尽加为六韵重寄微之》中可见，元白诗派真正形成群体仿效性影响主要是通过元白之"元和体"的盛行。

由上可知，韩孟诗派最终形成时间并非为贞元年间，而是在元和二年（807）至元和六年（811）。元白诗派形成则应在元和五年（810）到元和十年（815）。韩孟诗派略早于元白诗派。共同的创作主张、团体凝聚意识正是诗派自觉最显著的体现，也是韩孟、元白能够成派的最主要依据。因此，在诗派自觉的意义上，韩孟、元白可以说是中国最早出现的诗派，[①] 而韩孟又略早于元白，则韩孟诗派可视为中国第一个诗派。

中唐庶族对韩孟、苦吟诗派形成及发展具有独特贡献。论述这一点，先须对士庶出身进行判定。研究诗歌史的学者惯于将韩孟诗派的诗人笼统当作庶族看待，多强调他们相似的困苦人生经历。但事实上，就决定诗风的重要因素——诗人心态而言，即使是没落士族的心态也与庶族有着较为明显的差异，忽略此点则可能对某些文学现象分析得不够深入。

据《新唐书》《唐律疏议》等史料，士庶往往对举而言，唐人别士庶是为了分贵贱，则庶族有卑贱之意，在唐人的语境中不免带有贬义色彩。中晚唐时期，士籍制度更加宽松，一些"杂户"出身者也得以参加科考，但这些人已混迹于士籍，必然不会自称为卑贱的庶族。而本文所提庶族意识，意在概括诗人出身寒微的心态表现，使用此概念出于论说方便，而不含贬义。

韩孟诗派成员之出身考证（史料引证从略）：韩愈属于士族。孟郊应为庶族，因孟郊之母为士族，其父亦为小官，所以孟郊并非来自底层庶族，其家族与士族亦有较为密切的联系，应当看作处于变动中的庶族。崔立之应为士族。李观推测由士族陵夷为庶族。欧阳詹应为士族。侯喜应当属于没落士族之家。张彻应为士族。皇甫湜极有可能出身士族。樊宗师出身士族。李贺出自士族。卢仝推测为由士族陵夷而成庶族。贾岛可看作为庶族出身者。刘叉应为庶族出身。马异为庶族的可能性较大。从整体上看，士

[①] 参见葛晓音《中唐文学的变迁》（上），《古典文学知识》1994年第4期。

族略多于庶族。那么，这些出身不同的成员又在诗派的形成过程中起到怎样的作用呢？

贞元年间，韩愈身边已经会聚了崔立之、欧阳詹、张曙、侯喜、张彻、皇甫湜等绝大多数士族成员，然而韩孟诗派却要待元和二年到元和六年间庶族群体的到来才算真正确立。事实上，贞元时期，韩愈和孟郊都表现了较为强烈的团体凝聚意识，并且险怪的诗风也基本形成，在赠答和联句中，韩孟都不失时机地倡导着他们的文学主张。但是士族诗人群体有代表性的险怪创作并不丰富。缘何如此呢？一方面，诗派中的士族成员多是从韩愈习古文者。士族子弟重文章写作，这与士族重家风，惯以儒术传家有关。尤其是在复兴有望的中唐时代，士人多欲图强，因而更注重能够载道的古文创作。比韩孟时代略晚，出身名门的李德裕曾言："臣无名第，不合言进士之非。然臣祖天宝末以仕进无他伎，勉强随计，一举登第。自后不于私家置《文选》，盖恶其祖尚浮华，不根艺实。"① 这点出了诗赋华美而较少传承义理的特点，所以通常士族更看重弘扬儒术的文章写作。韩愈"尝以诗为文章末事，故其诗曰：'多情怀酒伴，余事作诗人'也"。② 可见，诗文相较，韩愈亦是更重视古文创作的。而士族一直是古文运动的主要力量。③ 故而，韩孟诗派中的士族成员亦是多以文章名世，可能在诗歌的创作上不如古文写作用力多。另一方面，诗派中士族成员的诗歌创作不免受到韩孟的影响，整体上看，多数士族应该未在长时间内投入大量精力致力于险怪风格的持续开拓。

当然，在险怪诗风道路上仍有士族不断开辟前行，如韩愈、李贺等人。值得注意的是，虽然韩孟诗派共同标举险怪的诗风，但在诗歌创作上士庶还是表现迥然有别的特点。比之古文创作，韩愈等士族在诗歌方面求奇更甚。可能因为略有以作诗为"余事"的心理，他们更容易在诗歌写作中带有实验的态度。以奇崛之构思、险怪之文辞刺激审美的巅峰体验，充分开掘语言本身的文学意蕴，长于铺排、渲染，甚至趋向于以文字游戏夺人耳目。这在韩孟诗派之士族诗歌的创作中多有显著的表现，如韩愈的《陆浑山火一首和皇甫湜用其韵》。总的来说，士族的诗歌风格较为雄富、恢宏，

---

① 刘昫等：《旧唐书》，中华书局，2002，第602页。
② 何文焕：《历代诗话》，中华书局，2004，第272页。
③ 参见李建华《唐代山东士族与文学》，博士学位论文，南京师范大学古代文学，2007。

特别是韩愈,其风格实自为一路。而李贺凄艳谲怪,亦不乏士族之华美气质。虽然由庶族首开险怪之风,但这些士族成员的创作并不是亦步亦趋,而是寻找到符合自我表现的风格,拓展了险怪诗风的内涵。另外,用"文以明道"的原则指导诗歌创作,这也是韩愈等士族成员多有的创作倾向。如韩愈《元和圣德诗》《石鼓歌》等长篇,在险绝的文辞之中贯穿着诗人中兴唐室的政治理想。而此正与其"古文运动"以"复古"为思想底蕴是一致的。

从韩孟诗派之庶族群体的创作来看,庶族文士矫激不平的心态及昂藏不群的庶族独立意识是诗风险怪的不竭源头。庶族的诗作更注重一种深度内在体验的表达。如孟郊《秋怀十五首》等,不仅是对庶族困苦生活的描绘,更有着诗人独特的生命体验,风格上多有苦寒古拙之气的流露。《六一诗话》《诗人玉屑》即已注意到这一点。须要说明的是,士族的创作中亦有深度情感体验与感时叹穷之言,特别是李贺的诗歌。而庶族的创作中亦不乏铺排及以诗明道的作品,如刘叉的《雪车》、卢仝的《月蚀诗》等。此外,孟郊诗歌中亦多有"古心自鞭"的表达,堪称"复古先锋"。[①] 但是,究士庶群体创作中最为突出的风格倾向,则上述区分大体是不错的。

韩愈、孟郊、贾岛、卢仝、刘叉、李贺六人往往被看作韩孟诗派的核心成员。其中韩愈、李贺为士族出身,孟郊、贾岛、卢仝、刘叉则为庶族。可见,虽然在整体上,韩孟诗派中士族成员居多,但在核心成员里庶族的数量占优势。他们以诗歌创作勾勒出了韩孟诗派富有庶族气息的文学风貌。如果尽量还原到中唐,就会发现中唐诗坛对韩孟诗歌作品的接受情况与后世颇为不同。从李肇《唐国史补》等可见,中唐文坛对韩愈之文评价甚高,但在诗歌方面则对孟郊更为认可。孟郊的矫激之作被视为韩孟诗派的代表作品而广受效仿。从韩孟诗派形成的过程来观照,庶族风格乃为诗派风格之核心,庶族意识及庶族的群体之力正为凝聚诗派的内在动力。

庶族意识是诗派形成的内在动力。

第一,庶族意识的号召力以及孟郊作为诗派精神核心的作用。

庶族文士多叹穷吟苦,创作不少感慨孤立无助、仕途多舛的作品。然而,并不是这种风格就能全权代表庶族文学。一些没落士族的子弟同样仕途坎坷、穷困无依,他们的创作风格自然与庶族有相似之处。但是,这些

---

① 蒋寅:《孟郊创作的诗歌史意义》,《华南师范大学学报》(社会科学版) 2005 年第 2 期。

诗人毕竟出身士族,他们受家风的熏染及踵武先祖的骄傲却是庶族所没有的,故其创作的内容及风格未必能表现典型的庶族意识。

事实上,庶族意识的觉醒自有其发展的过程。龙朔年间,武则天大力拔擢寒素,但此时期的庶族诗人往往人格卑下,[①] 虽能以文学才能进身,却不能以品格立身,对庶族的身份亦多方掩饰。庶族文士获得了政治地位,便意欲掩饰出身来获得相应的社会地位,由此才能得到自尊感。科举的推行能够促使庶族文士不断发掘自身的文学潜质,但这只是庶族对自身文学能力的觉醒,还不是对庶族身份的觉醒。到盛唐时期,庶族诗人则更能正视自己的出身,且具有更为开放的胸襟和健全的人格,[②] 但是他们同样是寄希望于通过科举跻身仕途,将进士出身作为清流的标志,自然进士这个第二出身便模糊了士庶的身份。

时至中唐,庶族登进士第的道路更为艰难,其政坛地位与文坛地位的落差之大刺激了庶族意识的觉醒。中唐庶族文士的心态颇为复杂。一方面,他们并非不想改变自己的庶族出身。唐人多自举郡望,正是倾慕士族的集体表现。从中唐庶族文士的初衷来看,他们都将科举视为向新士族转变的通道。但是科场的屡屡失利迫使他们不得不去反思因出身卑微而遭遇的社会不公,客观上也就不断去面对自己的庶族文士身份。另一方面,在面对自己的出身时,中唐庶族文士开始表现新的心态特点。在南朝门阀士族与庶族的尖锐对立下,庶族文人以鲍照为代表已经发出了广大寒士的呼声,但这呼声充斥着寒士之不平,缺乏寒士之骄傲。中唐庶族不仅继承了矫激不平的心态表现,还流露庶族文士基于自我身份的自豪。笔者以为正是这份矫激与自豪的混合心态标志着庶族意识的觉醒。庶族文士将力图改变自己身份逐渐转变为以身份为标志的特性展现。从外貌举止到审美追求,庶族文士有着自己的特点。文坛地位的提升使他们自信增强,既不再否认自己,亦不再盲从士族风尚。在韩孟诗派的语境里,"寒酸"二字被赋予了褒义。中唐庶族文士的诗文作品惯于背离华美的事物,寻找超越外貌的美德,这种美丑的对立是庶族文士自我意识觉醒的表现。[③] 吟诵外在的寒酸不再是

[①] 参见杜晓勤《初盛唐诗歌的文化阐释》,东方出版社,1997,第16~19页。
[②] 参见杜晓勤《初盛唐诗歌的文化阐释》,第28~31页。
[③] 参见蒋寅《孟郊创作的诗歌史意义》,《华南师范大学学报》(社会科学版)2005年第2期。

单纯对人生困苦的感慨，这种定格的形象与诗人内在的耿介光辉是共生的，建立"外丑内美"的心理联系未尝不是源于庶族文士对自身身份的端正审视与认可。他们没有血统、门第可追溯，自身的尊严感亦不来源于向士族趋近，而是来源于固执地自我坚守。中唐庶族不仅在困顿中坚守品德，也坚守自我的庶族气质及文学风格。而韩孟诗派正是在这种庶族意识的号召之下形成的。

孟郊正是庶族诗人中的杰出代表。他的作品相当丰富，可谓"物象遍曾题"（贾岛《吊孟协律》），① 而这些诗作基本上可以看作以庶族文士的眼光来看待世界的典型产物。正因其心态的矫激不平，才带来对险怪瘦硬诗风的追求，并在庶族文士貌似自贬的骄傲中倡导着自己的审美追求。与韩愈对诗派成员的延揽作用相比，孟郊的作用则更像诗派的精神指引。韩孟诗派的成员多有赞赏孟郊道德、才华的诗句，这种称赏又常常与孟郊的落魄现实相对举。这本身就包含着对贤德庶族文士失路而产生矫激之情的深沉理解。韩愈更在《送孟东野序》中，肯定了孟郊"自鸣其不幸"② 的积极意义。有趣的是，虽然韩孟诗派的成员大多是以韩愈为核心而展开交游，但这些成员对孟郊诗的赞誉更多，③ 表达与孟郊结交之欣喜的作品也并不少。正是由于对孟郊表现的典型的庶族意识的理解和推重，韩孟诗派的成员有了精神上的凝聚力。庶族意识实是此诗派险怪诗风的精神驱动力，当孟郊逝世后，韩孟诗派的险怪之气也悄然减退了。可见，孟郊除了其创作具有"范式意义"之外，也充当着诗派的精神核心。

第二，庶族文士要求文化身份的认可与寻求群体力量的强烈需求。

韩孟诗派兴盛于中唐时期绝非偶然，庶族文学的崛起亦不是一蹴而就的。中唐是庶族政治地位与文坛地位的落差骤然增大的时期，其特殊环境为庶族文学的发展提供了契机。自安史之乱后，宦官集团的膨胀已逐渐打破了士庶结合的政治格局。中唐是庶族政坛地位急转直下的关键时期。

反观庶族在文坛的地位，则与其政坛地位的升降趋势有所不同。唐初，文坛基本没有庶族文士的地位。自则天朝起，以李义府为代表的一批庶族文士方以文学才能登上政治舞台。此后至盛唐复有沈佺期、宋之问、孟浩

---

① 贾岛著，齐文榜校注《贾岛集校注》，人民文学出版社，2001，第141页。
② 韩愈撰，马其昶校注《韩昌黎文集校注》，上海古籍出版社，1986，第235页。
③ 参见王立增《论韩孟诗派的形成》，《郑州大学学报》（哲学社会科学版）2003年第3期。

然等庶族诗人以文学名世。面对仕途的暗淡，中唐庶族文士更转而致力于诗歌的创作，虽然大多仍未放弃博得一第的希冀。然除此之外，他们也要求其自身在文坛的地位得到提升。不少庶族文士给自己的身份定位首先是诗人。而庶族文士的创作态度也与前不同。"倚诗为活计，从古多无肥"（孟郊《送淡公十二首》之十二）、"一日不作诗，心源如废井"（贾岛《戏赠友人》），如此执着的创作自然有其感情抒发的内在需要，同时也必然包含着对文化身份的更高期许。

获得文坛的更高地位还需要他人的揄扬和推广。庶族文士缺少家族背景的支持，也没有政治地位的优势，他们的不少诗作正是反映个人力量的单薄、孤苦以及挣扎于社会的危仄感，如"低头虽有地，仰面辄无天"（卢仝《自咏》）、"黄雀并鸢鸟，俱怀害尔情"（贾岛《病蝉》）。因此，庶族诗人往往有着寻求群体力量的自觉。这一点与士族相比更加明显。文学氛围优越的士族家庭，即便政治上已经没落，在文学创作上亦有继承或弘扬家风、家学的自觉意识。有时其文学归属不少还倾向于以家族为单位。庶族则缺少优越的家族感，更缺少文学上的归属感。孟郊《劝善吟醉会中赠郭行馀》云："劝我少吟诗，俗窄难尔容。"可见，庶族风格与当时的文学风尚颇有相抵之处，故而庶族文士更有可能寻找同声相应者结为团体。

如果没有中唐庶族文学接受群的壮大，则庶族文学团体不易形成，从而很难在文坛产生巨大的影响力。对照南朝的元嘉时期，我们可以更清楚地了解到中唐的特殊性。鲍照作为南朝庶族诗人的代表，其作品可以说是寒士心态的先声，却被当时文坛视为"险俗"。这是因为南朝士族不仅有着政治优先权，而且占据着文化上的绝对优势。但在中唐时期，情况发生了改变。首先，唐代多数士族须要与庶族共同竞争于科场。如果不是高门大族以门荫入仕，往往士族子弟亦同样须要通过行卷、温卷的方式提高知名度。而且不少士族子弟自幼贫困，他们的心态亦与寒士有相近之处，甚为敬佩其白屋之士不自遗的志气。其次，中唐庶族文士阶层的壮大直接为庶族文学的兴起提供了诗人和受众群体。庶族诗人的矫激不平以及内在的骄傲，更容易在具有文学素养的庶族阶层中引起广泛的共鸣。基于以上原因，庶族诗人典型的创作个性、审美风格往往会被广泛模仿。中唐时期，接受庶族意识的文学环境出现了，寒士的呼声便能激起文坛的巨大回响。

中唐时期，在庶族文学接受群壮大的环境之下，庶族寻找同声相应者结为团体便有了极强的现实意义。韩孟诗派的形成的确得益于韩愈对众成员的赏识和提携，但我们长期以来忽略了庶族诗人自身的需求。在结交过程中，庶族文士一直主动地巩固着文学团体。与韩愈同游的诗人多为庶族文士，不同于古文学习者，这些诗人很难说是向韩愈学习诗歌创作的，应当说近似的心态号召、审美追求是其聚合的主要原因。庶族的会聚有着鲜明的自觉性，意在以群体的力量震动文坛。

多数士族经历了修习阶段、求遇阶段、为政阶段，但大部分庶族文士则有所不同，他们或者并不具有这样完整的仕官经验，或者在这三个阶段中为政时间特别短暂，而求遇过程却极其漫长，如孟郊、贾岛都是困守科场多年方得一小官。如果说，士族文士多数的诗歌创作展示了入仕后的心路历程，那么，庶族文士则更多地表达了求遇过程的艰辛坎坷。这种差别不但展示了其诗歌题材各有侧重，而且说明了士庶心态的显著不同。在不断地求遇中，庶族文士自然须要寻找有力的支持者为其揄扬声价，然而在遭受碰壁、打击之后，这些庶族成员亦须要回归到能够欣赏自己、接纳自己的文学团体当中。在这里，诗人得到了精神的支持，其价值重新得到了肯定。因而，与普遍的干谒现象不同，这些庶族文士不仅在寻找能够依赖的社会力量，而且在努力集结着一个有着共同精神旨归的群体。

士庶成员共同为韩孟诗派的形成做出了贡献。但庶族群体的力量才是韩孟诗派形成的关键。如果没有庶族群体的向心力及庶族风格的引领、坚守，这个诗派能否形成就成问题了。在中唐特殊的时代背景之下，庶族意识的觉醒以及庶族对群体力量的强烈诉求带来了文学团体向诗歌流派的转变。庶族群体的心理机制与诗派的自觉意识有着天然的一致性，他们在积极争取文坛地位的过程中推动了中国第一个诗派的产生。这是一个质的飞跃。继辉煌的盛唐文学之后，韩孟诗派的首创开启了诗人群体发展的新思路，从而改变了以往文坛的结构，启发了此后诗歌流派的发展。

韩孟诗派在切磋方式、创作方法、相处模式等多个方面都为后世做出榜样。

庶族群体崛起于诗坛亦与中唐开始的中古社会转型有关。从政治层面来说，科举制带来士族的官僚化，亦使得门阀士族向文化士族转型。然而，通过毛汉光先生的数据分析可知，虽然科举制度开启了庶族可能"朝为田舍郎，暮登天子堂"的入仕道路，但有唐一代，实际以科举出身的士族占69%，小姓占13%，寒素占18%。这说明在科举取仕中，庶族并不是最大受益者，竞胜科场成为士族延长其政治地位的重要手段。① 而全唐时期，平民寒素仅占统治阶层的 21.5%。与魏晋南北朝相比，唐代庶族的政坛地位并没有一个实质性的飞跃。② 可见，中唐至晚唐并没有出现士庶政坛力量的明显转化。从社会经济方面来说，城市化的发展、贸易的繁荣等的确促进了唐代社会经济的转型，商人阶级亦逐渐兴起。从文化学术方面来看，韩愈之新儒学已开宋明儒学之先，其领导的"古文运动"亦启宋文之端。③ 传奇、变文等文学样式的兴起则是宋代通俗文学的滥觞。而中唐诗坛亦是文化转型的前沿。韩孟诗派中庶族群体的崛起就已彰显文化转型的气息。

中唐开始的政治、经济、文化之转型并不是齐头并进的。庶族在诗坛的异军突起正说明文化具有先导性的一面。一个阶层获得了社会主导力量，自然会有文化形态的体现。但并非只有这个阶层已经得到了较高的政治地位，方能作用于文化形态。中唐庶族的崛起正是个典型的例子。中唐庶族在政治上的地位改变不大，反而在政治地位低下与普遍文化能力提高的落差之下，率先意识到庶族文士精神的独立性，着力于开拓属于庶族本色的艺术风格，正是得文化转型风气之先。而这种文化转型反过来又刺激着政坛情势的发展，体现着庶族孜孜不倦地追求政治地位的需求，当然实际的效果是在唐亡之后才真正凸显的。

二 中唐墨学复继与诗学新变

安史之乱后，在思想界，中唐士人同样意识到在新的政局情势之下，需要新的理论以支持时代的变革。士人们在彼此观念的碰撞中，对丰富的传统思想进行取舍、融会、整合以获取学理发展的新动力。兼收并蓄的特点，正是中唐士人在思想探索上的共性。由于以往学界多注重中唐士人对儒、释、道的接受情况，本章即专门探讨中唐士人是如何对墨家思想进行发掘、借鉴，进而作用于诗学观念的，并以孟郊为个案，重点分析中唐墨学复继对庶族文士心态的影响，从而进一步探讨庶族心态与中唐诗学新变的内在联系。

---

① 毛汉光：《中国中古社会史论》，上海书店出版社，2002，第 335 页。
② 毛汉光：《中国中古社会史论》，第 334 页。
③ 参见陈寅恪《论韩愈》，《历史研究》1954 年第 2 期。

士人对墨家思想及精神的接受主要表现在两方面。

一是儒墨相用。中唐士人注重学术，博涉百家。在这样的背景之下，曾为先秦显学而中绝于汉朝的墨家学说亦在中唐时期再度吸引了士人的目光。韩愈、柳宗元等人在著述中不乏关于墨家思想的直接论述。中唐士人在谈到墨子时都表现些许自我矛盾的态度，墨家思想往往是在儒学的发展中得到传播与认可的。

二是孟墨同气。"儒墨相用"不仅在于义理层面，而且在于精神气质层面。中唐承袭儒家治国的传统，将墨子儒家化。士人于儒家激进处往往有墨家气息旁逸斜出。孟子亦不乏对墨家这种一往无前、不畏死、不避难之精神的借鉴。孟子和墨者显然在积极入世的主张之下，更有意识地保有了自由独立之品格。中唐子学复兴，最显著的是孟学复兴。可见，中唐对儒学的理解更接近于带有激切之气的孟学，而不限于温文尔雅的孔学。中唐士人将儒士之勇与侠士之勇相提并论，通过"孟墨同气"的桥梁，既不冒犯儒家正统之治，又将激切的风尚扶入正位。

墨家思想及精神与士人心态的关系，表现于文化心态和庶族心态上。在"儒墨相用"的中唐时期，对墨家思想及精神的再度发掘，其表现之一就是超越儒家中和之气，转而赞赏强力而为。面对安史之乱后百废待兴的局面，有识之士复兴图强的愿望强烈，正与墨子"强必贵，不强必贱，强必荣，不强必辱"[①]的强者意识相合。韩愈《杂说二》曰："善计天下者，不视天下之安危，察其纪纲之理乱而已矣。"[②] 柳宗元《愈膏肓疾赋》言："丧亡之国，在贤哲之所扶匡"，"余今变祸为福，易曲为直，宁关天命？在我人力"。[③] 这些言论皆体现中兴时期，士人不论国之颓弱如何，欲竭人力以相救的情怀。而强调竭力而为则莫若《墨子》。《墨子·天志》认为，从庶人、士、将军大夫、三公诸侯到天子都要竭力从事或听治，这种强力而为的精神正与图强之士相类。王叔文、柳宗元、刘禹锡等人不避死难，进行"永贞革新"以及中唐士人多有切言极谏的表现。这些所思所为都打破了儒家的中庸平和，而似乎更与之神会的是墨家"强聒不舍"[④]、死不旋踵

---

① 孙诒让：《墨子间诂》，中华书局，1986，第257页。
② 韩愈撰，马其昶校注《韩昌黎文集校注》，第33页。
③ 柳宗元：《柳宗元集》，中华书局，1979，第65页。
④ 郭庆藩：《庄子集释》，中华书局，2004，第1082页。

的精神。《旧唐书》之《韩愈传》《白居易传》《韦温传》都记载了中唐文人切言极谏的典型事迹。中唐墨学的复继为这一时期的儒学发展注入了激进之气。士人多以"强聒"之意打破儒家中和的传统。中唐士人这种表现并不仅限于政坛，而是普遍展现在社会生活的方方面面。强烈的责任感是中唐士人心态中较为突出的共性。中唐士人往往萌生更强的"自鞭"意识，而友人之间不仅重"赏"，更重"劝"。从勉政到勉人，中唐士人往往表现激进、直切的风格特征。

科举取仕打破了儒家亲疏贵贱的等级制度，墨家"尚贤"的主张第一次实现了制度上的可能性。中唐时期，政治情势起伏不定，士人赖以跻身仕途的科场愈发黑暗，往往无媒无党者则仕进无路。由此，在中唐便形成了一批颇为醒目的寒士群体。即便是已进入仕途的寒士，也多因缺少社会背景而备受倾轧。这些疏离于权力中心的边缘者亦不免与在野的庶族文士有着近似的心态表现。生逢历史转折的时期，庶族的心态尤为复杂。一方面，他们同样有着挽狂澜、解纷难、尚进取的变革精神；另一方面，则是科考屡战屡败、仕途襟抱难舒所带来的屈辱和不平。面对巨大的心理落差，庶族文士只得选择个体精神价值的追求，凭借其带来的内在自信力和优越感作为心理补偿。这时，士人"大贤秉高鉴，公烛无私光"（孟郊《上达奚舍人》）的"尚贤"呼声已由高昂变为了矫激。而此矫激之音正是源于庶族文士对自我价值的肯定。《墨子》中"今农夫入其税于大人，大人为酒醴粢盛以祭上帝鬼神，岂曰：'贱人之所为。'而不享哉？故虽贱人也，上比之农，下比之药，曾不若一草之本乎？"正与庶族不甘自遗的自勉心态相应。可以说，中唐庶族这一群体，其出身之寒微、经历之坎坷使得他们更有与墨家精神气质相契合的心理基础。

这一点在庶族文士代表——孟郊的身上表现得淋漓尽致。

对墨家思想的把握往往要结合实践与义理两方面进行。墨家主张"兼相爱交相利"，亦重其社会理想的构建，但将目光落在个体上时，则与儒家迥异其趣。其对己之要求更为严酷，超越其"交相利"的义理表达。"以自苦为极"的墨家有着不仅常人无法做到，而且谦谦君子亦不能企及的极致性追求。在其"自处绝艰苦"的实践中，不仅意在社会价值的实现，而且体现积极探索个体生存意义，砥砺至美人格的要求。

这种"自苦"的心态在中唐亦得到的回响，包含着"自苦"追求与士人个性气质两者的遇合。文化心态着眼于共性，庶族心态则趋于类型性，而最为生动的是庶族中的个体心态。以表现最为典型的孟郊为例,从他的诗文中可见,其个人气质较为褊狭,如严羽所评"其气局促不伸",① 故缺乏墨家不计回报的广博心怀;然而其执着偏激的个性却又深深契合了墨者"以自苦为极"的精神追求。由于科场与生活的不断失意,孟郊多将视线主要投向了个人生活和精神内在,自谓"倚诗为活计",将自己的人生都寄托在诗歌之中。然其"诗饥老不怨",这种近似以身殉诗的虔诚亦与墨家一生自苦不休的牺牲精神颇为相近。

墨家思想及精神与诗学观念的新变表现在如下两个方面。

一是风骨新变。

在力图振兴之中唐时期,士人在学理上援墨入儒,其激进、图强的心态,刚健、尚力的追求促成了诗风的新变。此间最有代表性的当属韩孟诗派。韩愈、孟郊在文坛上共举"复古"的大旗,却不似传统儒家那样讲求诗歌的教化功用,而是在诗歌表达情感的力度、深度上着意强调。在韩孟诗派中,很多作品都有颇具骨力的特点。在中国古代的审美观念中,对"力"的追求由来已久。到了唐代,"风骨"的概念有了新的发展,陈子昂所标举的"风骨"是对大唐之盛气壮采的审美追求。但是中唐时期,韩孟诗派所表现的"骨力"与盛唐气象相去甚远。韩孟诗风往往打破传统的和谐之美,竭情呕心,激进狠硬,尚力之中夹带几分酷烈之气。此与儒家之"中正"不和,却类"尚勇""尚力"的墨家气质,也正与中唐变革时期士人之激进图强的心态相应。

作为庶族代表的孟郊,更是特以"骨"来自许其诗歌风格。许学夷《诗源辩体》云:"古人自许不谬。东野诗云:'诗骨耸东野,诗涛涌退之。'以涛归韩,以骨自许,不谬。但退之非不足于骨,而东野实不足于涛。"② 在孟郊诗中亦常常直接有"骨"意象的展示。③ 孟郊特别擅长对"骨"的形容,而他对"骨"的体味亦与前人截然不同。孟郊多以"骨"指代自己,在对"骨"意象的镌刻中充分展现了诗人的个性精神。"古骨""孤骨"都带有抽象的心理体验,表现庶族追求高古的道德理想以及矫激摒俗的心态

---

① 严羽著,郭绍虞校释《沧浪诗话校释》,人民文学出版社,1983,第195页。
② 许学夷:《诗源辩体》,人民文学出版社,1998,第257页。
③ 参见李汉超《论孟郊〈秋怀〉诗的语言意味》,《社会科学辑刊》1988年第3期;蒋寅《孟郊创作的诗歌史意义》,《华南师范大学学报》(社会科学版)2005年第2期。二文对"骨"意象的选择、主观化表现有简要分析。

特征。即使是衰朽的"病骨"也非软弱可欺之物,所谓"病骨可拣物"(《秋怀十五首》),"骨"虽病却不柔弱,亦是尖刺的、可以拣物的铁骨。"耸我残病骨,健如一仙人"(《游枋口二首》之二)。"耸"字不仅描写了肢体动作,而且将诗人精神陡然振作、奋发的状态活灵活现地展示出来。一旦"残病骨"在主体精神的力量下整合起来,就会达到一种卓异的效果——"健如一仙人"。这种审美追求正与孟郊以极端"骨"感来外化自我精神力量的需求是一致的。《墨子·备梯》载:"禽滑厘子事子墨子三年,手足胼胝,面目黧黑,役身给使,不敢问欲。"(《庄子·天下》)赞墨子曰:"虽枯槁不舍也,才士也夫!"可知,墨者的外形特征多为黧黑枯槁,但正是这样才更有味道地传达其精神强健、意志坚韧的品格特征,外在风貌即会通着主体在人格、道德方面的极致性追求。孟郊的诗歌表现与之何其神似。严羽评价孟郊诗"憔悴枯槁",① 孟诗虽略无一点丰腴之美的体貌,甚至是带着倔强的病容,然而,这些全然没有卑弱的气息,反而展示诗人"未尝俯眉为可怜之色"②的傲然姿态,暗示诗人在人格道德上的自许,凸显了庶族文士富有典型意义的个性精神,从而将中唐的风骨新变推向了极致化。

二是苦吟大畅。

中唐时期,诗坛有一个显著的新变,即是"苦吟"诗风的兴起。《诗人主客图》将孟郊奉为"清奇僻苦主"。而孟郊自觉的"苦吟"意识远远超越了儒家修身合度的要求,正与墨家"自处绝艰苦"的追求有契合之处。墨者为义,轻生死,忍痛苦,颇有殉身精神,不将一生燃烧殆尽绝不罢休。不论他人若何,而己独不休不止的作为方显墨家本色。正是这种儒家眼中的"病态"追求,才使墨家精神在质实中闪耀着理想的光彩。我们通常都把墨家看作重功利、少文采的一派,认为其对文学观念的影响甚微。但是正因为墨家对"兴天下之利"的极端追求,反而有了超功利的意义。

孟郊"自苦者"的心态对应于诗歌创作,则表现典型的"苦吟"风格。其一,其创作方法,不似传统所标举的自然兴会,而多是刻苦有意为之。其二,其诗歌内容善于"吟苦"。诗歌发展到中唐,须要另辟天地,而诗歌所表达的情感亦日益复杂,这便是孟郊"苦吟"创作观产生的现实基础。

---

① 严羽著,郭绍虞校释《沧浪诗话校释》,第195页。
② 辛文房著,孙映逵校注《唐才子传校注》,中国社会科学出版社,1991,第504页。

中唐诗歌的创作开始由盛唐的主"兴"逐渐转向中唐的主"意"。孟郊注重在诗作中表达人生体验及理性思考，这正是重"意"的立场。对"意"与"象"的苦心斟酌自然带来了"苦吟"的创作态度。而诗人的"苦吟"观无疑也受到中唐诗论潮流的影响。① 皎然曾讲道"其作用也，放意须险，定句须难，虽取由我衷，而得若神表"，② 并强调不废苦思的诗歌创作观，这里明确提倡的"作用""苦思"即为孟郊的创作提供了理论上的导引。

从更深层的思想背景来看，对其有影响的因素则更为复杂。谈到孟郊诗歌文化成因，学者大多聚焦在佛家、儒家的影响上。佛教"众苦次第，相续不绝"③ 的观念与孟郊贫寒、困顿的人生形成了照应，使诗人在理解、体验人生时更趋向于对苦痛的微妙把握。儒家也有言"苦"之处，如孟子有言："天将降大任于是人也，必先苦其心志，劳其筋骨，饿其体肤，空乏其身，行拂乱其所为，所以动心忍性，曾益其所不能。"④ 这对孟郊之"苦吟"也是有影响的。王南在《"苦吟"诗论》一文中指出，墨家的"以自苦为极"则是"苦吟"诗学思想的又一背景因素。⑤ 中唐时期，墨子的影响往往被隐藏在尊儒的旗帜之下。虽然，孟郊尊奉儒教，但诗中多谈及的是关于儒家的道德准则。其实，孟郊"心与身为仇"式的"苦吟"创作观远比提倡"中和"的儒家激进，超越了儒家修身合度的要求，反与墨家似有狂疾般的极端性追求有着内在的一致性。诗人对待"苦"的态度已逐渐由"忍受"而转为"自喜"，如欧阳修所言："唐之诗人类多穷士，孟郊、贾岛之徒尤能刻篆穷苦之言以自喜。"⑥ 诗人之所以如此偏嗜"苦痛"，在诗中不断构建自我与世俗的对立，正是"自苦"的必要条件。只有将自己置于最为恶劣的环境中，才能通过直面苦难来确立精神上的优越感。这时，人与外物的关系不是征服，不是顺应，而是一种狭路相逢而不避不让的对抗，精神主体即便是万分恐惧、痛苦仍要直视，这样产生的便是一种砥砺之美。故而笔者认为，墨家的"以自苦为极"不仅比儒家的"君子固穷"和佛教的"苦谛"更为契合孟郊之创作观；而且与孟郊的心态亦更有共鸣点。因

---

① 参见吴在庆《略论唐代的苦吟诗风》，《文学遗产》2002年第4期。
② 皎然著，周维德校注《诗式校注》，浙江古籍出版社，1993，第1页。
③ 弘学：《妙法莲华经》，巴蜀书社，2002，第70页。
④ 焦循：《孟子正义》，中华书局，2009，第864页。
⑤ 王南：《"苦吟"诗论》，《首都师范大学学报》（社会科学版）1995年第2期。
⑥ 吴文治：《宋诗话全编》，江苏古籍出版社，1999，第247页。

为佛教终究是为着解脱,而墨家却始终是面对现实,孟郊精神上所体味到的砥砺之美恰恰必须通过"面对"而非"解脱"来实现。将这种心态与孟郊诗歌"瘦硬""峭拔"的美学风格相联系,我们便不难理解其中的因果关系了。

三 韩孟诗派的复杂天人观与诗学新变

中唐韩愈、柳宗元、刘禹锡三人曾展开一场关于天人关系的讨论,其论辩内容主要见于柳宗元的《天说》(其中引述韩愈的论天之文)、刘禹锡的《天论》。柳宗元、刘禹锡将"天"视为自然之天,他们是在荀子《天论》的基础上进一步发展了"明于天人之分"[①]的论断。而引发这场天人之辩的正是韩愈的论天之言,他将"天"与"人"置于敌对的地位,认为"天人相夺"的状态是遵循合理的逻辑发展而来的。然而,韩愈在《原人》中则鲜明地表达天无意志,并揭示"天人一体同仁"的本质。天人观的复杂呈现并不仅是韩愈之特性,这种复杂性在韩孟诗派的成员中有比较普遍的表现:其一,认为"天"并无意志,将"天"看作自然之天或天道。其二,认为"天"有意志,且分为善意的天和恶意的天。

纵观中国古代,虽然在涉及天人问题时,有唯物与唯心的差别,但天人关系绝少出现敌对的状态。这种"天人合一"的思维定式深深影响了中国古代文学观念的形成与发展。在文学创作的实践中,更是常见"天人合一"的体验表达,尤其是在山水诗中表现更著。可以说,在中唐韩孟诗派之前,"天人相夺"还未形成一种群体性共论。

仔细考察会发现,在韩孟诸人的作品中,其复杂的天人观见诸诗文的分布是不同的。通常,在学术性的文章中,如韩愈之《原人》,"天道人性"的思想是明显得到肯定的。而在诗文的创作中,韩孟诸人的天人观则展现了复杂多样的状态。这说明,在理性思维较强的控制下,对于"天人合一"的认知,或可称为信仰,是相对明确、坚定的。但诗文的创作则须融入更多感性的成分。因而,在韩孟诗派的文学作品中,不仅有"天人合一"信仰的表达,而且流露了对天人和谐关系的怀疑及否定。"天人合一"与"天人相夺"的复杂呈现则显示作者对于天人关系的认识经历了反复变化的过

---

① 王先谦:《荀子集解》,中华书局,2007,第308页。

程，同时这个过程也是作者思索的轨迹及情感变化的记录。心理机制的改变不免带来诗歌创作的变化，韩孟诗派的审美趋向、思维方式及诗歌表现手法亦表现了不同于前代文学的特点。

（一）韩孟诗派之诗学新变：天人和谐美的打破与重建

1."天人相夺"的异量之美

中唐时期，外界环境与诗人内心的冲突之处甚多。正是在与现实的种种剧烈冲突中，韩孟诸人开始对天人关系进行重新思索与感受。韩孟诗派的"天人相夺"之论无疑是带有强烈情感印记的呈现。韩孟诗派整体上亦将这种强烈的情感与深切的思考行之于诗歌创作，自然促使此诗派对传统"天人合一"的诗学思想的普遍改变。

首先，韩孟诸人表现对险怪意象的审美偏好。一是在诗中直接描绘怪奇，甚至恐怖的景象。二是将以往诗歌中出现的唯美意象扭曲来塑造险怪意象，这或是韩孟诗派更为青睐的方式。其次，"天人相夺"的深切思考与体验不仅带来意象选择的新变，而且促进了诗歌思维方式的发展。对"天人相夺"的体验做理性的辨析，体现在诗歌的创作中，就会带来构思的"险怪"，正是所谓的"思奇"。在韩孟诗派中，真正步入政治领域，并能将自己的理想或多或少地施诸政坛的人并不多。其中以诗名者仅有韩愈。而庶族出身的孟郊、贾岛皆是沉沦下僚，刘叉、卢仝则布衣终生。或是由于韩愈受家风熏陶而学识更广，以道统为己任而志意更高，宦海浮沉使其眼界更宽、阅历更多，比之庶族文士，他显然更擅长驾驭宏大的、体系性的思维模式。在韩诗中，天人关系的思索往往正是借助于宇宙模式展开的。"天人相夺"的体验诗化为宇宙秩序的颠倒或变形。

孟郊诗中对"天人相夺"的哲学思索主要体现在主体对"天"之象征物的深层感受的过程中。诗人往往从个人体验的角度挖掘自然景物"恶"的意蕴，并认为这些"恶"是"天"赋予的。故而，在孟郊诗中，险恶的景物也就成了不善之"天"的象征物。韩愈将"天人相夺"之感纳入秩序化的整体宇宙意识中，最终往往落实到"天"与"无辜之民"或"有德之人"的对立体验与思索上。这里的"人"依然是集称名词。而孟郊则充分将个人经验融入诗歌创作。在细致刻画微妙感受的同时，诗人也展开了对个人命运的探讨。激愤心理是韩孟诗派的共同特征，而其强烈性和持久性则被庶族文士表现得更为鲜明。比之社会视野开阔的士族成员，庶族文士更擅长于体察周围、内视自我，因而，庶族成员将延绵不绝的"天人相夺"之感引入了无所不在的生活细节体验中。孟郊褊狭的个性、敏感的神经无疑又将庶族文人普遍的心理极端化了。所以在孟郊诗中，用极具个性化的体验来探究个体的人生意义才是诗歌表达的重点。①

将体验与思索集中于"天"与"人"两点之间，这种思维模式便于个体情感的密集爆发，但也容易囿于一己之心，表现奇而狭的特质。

另外，通常在谈到韩孟诗派"天人相夺"的思想及艺术倾向时，容易将视线落在"天"对"人"侵夺的一面。但事实上，诗人一旦有意识地站在"天人相夺"的角度去看待世界，那么，"天"与"人"即是相分的，"人"的主体地位就有可能凸显。刘禹锡提出"天与人交相胜"②的观点即意在说明"天"与"人"各有所长。而从韩孟诗派的创作来看，张扬"人"之主体力量是不可忽视的一面。而这种"人"之力量的彰显不仅影响了诗歌内容，而且促进了诗歌创作过程中"心物关系"的变化。"诗胆大于天"③（刘叉《自问》），韩孟诸人不仅通过最终的作品内容，而且通过创作过程本身，实现"人"对"天"的挑战。外物的本色究竟如何已不是诗人所关心的，创作最重要的是按照诗人的心理对外物进行变形、重组，从而塑造个性化的诗境。"以心裁物"的构思方式正是从韩孟诗派开始扬帜的。④

韩孟诗派的主张自然是受到了皎然"置意作诗""精思一搜"等创作观的影响，同时也推动了"心物关系"中重"心"的发展。韩孟诸人在"天人相夺"的体验与思索中，刺激了自我主体意识的发展，通过诗歌创作过程向外界张扬自我力量亦是其心物观形成的内在原因之一。

2. 天人复正的成熟之美

韩孟诸人并没有真正舍弃"天人合一"的理想，在对待天人关系的问题上，他们的思想和感情经历了反复变化的过程。诗人善于在创作中抒发郁结之情思，因而这种变化的过程在其诗歌中体现最著。在"天人相夺"的体验中，诗人总是保持着一种对重建"天人合一"关系的渴望。正是这

---

① 〔美〕斯蒂芬·欧文：《韩愈和孟郊的诗歌》，田欣欣译，天津教育出版社，2004，第235页。
② 刘禹锡著，卞孝萱校订《刘禹锡集》，中华书局，2000，第68页。
③ 彭定求等：《全唐诗》，上海古籍出版社，1986，第985页。
④ 参见吴相洲《论盛中唐诗人构思方式的转变对诗风新变的影响》，《首都师范大学学报》（社会科学版）1997年第3期。

种渴望，才有了归正天人关系的可能性。

韩愈对宇宙失序或变形的描绘是对"天人相夺"之感的展示。而考察其诗作，宇宙失序的状态往往会在诗歌后半部分或尾声处出现转变。斯蒂芬·欧文在探讨韩愈神话诗时，称类似的情况为"自然的修正"。① 韩孟诗派"天人合一"的表达，不似盛唐王孟诗歌的恬淡、浑融、单纯，而展示一种复杂、曲折的和谐之美。这种重建的、修复性的"天人合一"，有着从"顺天"到"正天"的转化意义。

"正天"的具体表现在韩愈、孟郊的诗歌中各有特点。一方面，这与韩愈惯用宇宙模式的表现手法有关。另一方面，宇宙秩序的最终归复也能够看出韩愈对于"正天"的信心。在诗歌中，诗人往往充当沟通上天与苍生的中介，通过感动上天而归复秩序，或干脆将自己的力量拟为主宰者。可见，诗末宇宙秩序的归复也说明了诗人对自我力量的自信。而这种自信的心理其实是经过一个发展过程的，例如，韩愈的《苦寒》《洞庭湖阻风赠张十一署》《陆浑山火一首和皇甫湜用其韵》等。诗人不仅将表现为宇宙秩序的"天象"看作现实社会秩序的投射，而且将宇宙秩序提升到"天人一体同仁"的形而上的哲学层面进行思考。同时，这种和谐的展示也在一定程度上带来一种思维导向，即尽管天象有失常之时，但终究正义还是能够得到伸张、秩序可被恢复，"天道无亲，常与善人"② 是现实而光明的结局。韩愈的这种自信在韩孟诗派的庶族诗人中较为少见。庶族诗人即便入仕，也多是沉居下僚，政治眼光与自信力都较为缺乏，对政坛的实际影响力更是微不足道。故而，庶族诗人多数展现的不是对自我能力的肯定，而是对道德与意志的坚定，并不乐观地相信道德的现实力量，只是在一种绝望中坚守道义而已。中唐复杂的社会问题以及个人的种种实际遭遇，都促使中唐以后的士人更加清楚地意识到在现实的条件下，正义其实很难得到保证。庶族诗人虽然对于个人力量是否能够扭转乾坤并不具有很强的自信力，但是他们在一种非正义的现实中，越加强调道德人格就不仅仅是具有"穷则独善其身"的意义。

从孟郊的诗歌中，不难体会到作者对于弘扬道义的热切心情，这已并非道德底线的保有，而是对崇高精神的扬帜。孟郊诗中常常出现富有象征

---

① 〔美〕斯蒂芬·欧文：《韩愈和孟郊的诗歌》，田欣欣译，第195页。
② 朱谦之：《老子校释》，中华书局，2000，第306页。

色彩的冷酷、尖刺的景物描写，以及频繁使用的"惊""惧"等心理动词，都鲜明地反映诗人对外界的对抗感与恐惧感。诗人并不回避畏惧之情，但是没有因畏惧而退缩，反而是在绝境中高扬道义，标举高古人格，卓尔不群。可以说，这种卓绝的品格是在与"天"之象征物的对立中逐渐确立的。但是，要注意的是，诗人一方面在诗境中展示"天人相夺"，另一方面也自觉地认识到道德仁义与天道具有一致性。孟郊是自觉将道德仁义与天道联系看待的，应当说这也体现着诗人对于"天人一体同仁"的理解。但是，作为庶族诗人，出身的卑微及境遇的坎坷使得孟郊对非正义的现实体察得更为深切，亦很少流露以自己力量归正天道秩序的自信。因此，在其诗歌中，"天人相夺"的体验往往贯穿始终，天象与天为善的本质亦绝少在篇末达成一个表里相依的默契。正是这种诗歌的表现张力，让人能够体会到孟郊对于天人关系的理解自有其深刻性意义。

孟郊在诗歌中将现实的受挫感、对命运的绝望感诗化为"天人相夺"的形象进行表现，与诗人针锋相对的正是外力之"天"。但同时，诗人对道义的无限标举亦是对"人性善"的张扬，是对道德之"天命"的自觉继承。可见，尽管孟郊的理论表述很少，但他用诗意的方式，区别了外力之"天"与道德之"天"。在与外界的残酷对抗中，支撑诗人精神意念的正是将自己视为天道本质的获得者。天失其行，而有德者保其道。从此意义上看，在"天人相夺"的人生体验之下，反而更激发了作者深层次的"天人合一"的道德体验。

对比韩、孟，韩愈"天人合一"的信仰往往直接以宇宙秩序的归正来表现；而孟郊"天人合一"的执着却主要体现为诗人在与外界的冲突中坚守有德者的位置，这里诗人做出了暗示，即诗人与道德之"天"是一体的，而道德才是可能恢复天道秩序的根本力量。[①] 应当说，在孟郊的诗歌中，"天人合一"的重建并没有直接体现，诗人通过在绝境中标举道义，从而提供了天道回归的潜在可能。诗人欲"正天"而不得，却没有放弃"正天"的根本努力。不论在诗歌中将世界描绘得如何恐怖、邪恶，作为诗人，主体依然是仁义的化身，代被欺凌的弱小呼号、抗议（有时也有感动天道归正的想象）屡见笔端，这说明主体在险恶的环境中愈发意识到了道义的可贵。从这一点上来看，虽然诗中绝少天人和谐的外在表现，诗人却以标举

[①] 〔美〕斯蒂芬·欧文：《韩愈和孟郊的诗歌》，田欣欣译，第140页。

主体之"善"的方式不断强化着"天人一体同仁"的信仰。在品读孟郊作品时，读者体味到的不仅是痛苦悲凉，还有敢于直面苦难的砥砺之美，这正是因为在其作品中，人性的力量于逆境中获得了彰显，从而使作者成熟的理性思索焕发魅力。这种绝望中的执着，展示诗人即使没有预期一个光明的结局，也仍笃定地坚守着信仰本身。在人生命运的层面上，天人冲突越尖锐，在道德层面上，深沉的天人信仰则越坚定。也就是说，韩愈的诗歌主要是通过对"天人相夺"的消解达到"天人合一"的重建，而孟郊则是在"天人相夺"的命运感的刺激之下，强化了道德意义上"天人合一"的体会。

（二）庶族对"情理"表现手法的应用

以诗歌的方式展示对于天人关系的深刻理解，正是韩孟诗派的诗人重思索的表现。中唐诗歌以启宋诗，至为鲜明的一点即是诗歌中重"理"的趋势更加清晰。笔者以为，"理"的含义当有两层：一是在诗歌中体现诗人主体对社会人生的思考、对义理的体悟，表现为以议论入诗或以形象化的方式展示理性的思索等；二是诗歌内在的理路更加明晰，表达更有逻辑性、层次感。而韩孟诗派的作品在这两个方面较之前人都有显著的推进。如韩孟诸人在描绘复杂的天人体验时，已不仅仅是简单地发泄怨辞或生硬地阐发信仰，而是注重展开理性的思索过程。对于天人关系的渐进认识和体悟，一方面展示着诗人不断感受、思索的轨迹，另一方面认识及体悟过程的展开也使得诗歌体现条理分明、表达有序的特点。可见，诗人们自觉地从天人关系的角度体察社会问题及人生困惑，使其在诗歌思想、思维方式以及诗歌表现手法上有所突破。

然而，在重"理"的大趋势之下，诗派成员的具体表现手法则各有千秋。韩愈为重"思理"的代表，而孟郊则是重"情理"的典型。所谓"思理"是指诗人在诗歌中较为清晰地呈现理性思考的脉络，而情感的抒发亦多是循此线索展开。"情理"则是指诗人以情感的发展为驱动力，诗中对景物的描写、议论的生发往往随情感的走向而变化。中唐时期，生存空间狭小的庶族，视野虽不够宏阔，但专意于细密地梳理郁结的情感，对于表现情感变化的内在理路有着细腻的把握。而孟郊正是其中的典型代表。"思理"与"情理"只是相对而言的，是根据诗人的不同侧重而有所划分，并非完全割裂的存在。其微妙的差别可以通过分析诗人的作品进一步阐明，如韩愈、孟郊就《秋怀》一题各创作的组诗。孟郊善于以情感变化的内在理路作为诗歌构思和书写的线索，韩愈则在抒情时亦遵循较为清晰的理性思考脉络。虽然倡导"不平则鸣"的韩愈并不缺少充沛的情感表现，但韩愈惯于应用古文顿挫笔法作诗、以宇宙秩序架构诗歌，这便使得韩诗更容易呈现"思理"分明的特点。

　　以情感走向为主导并不是孟郊诗歌独有的特点，但笔者以为应用"情理"的表现手法是孟郊高出前人之处。从屈原开创"发愤以抒情"[1]的传统以来，抒情不啻为诗人创作的本色。唐代元兢《古今诗人秀句·序》云："余于是以情绪为先，直置为本，以物色留后，绮错为末，助之以质气，润之以流华，穷之以形似，开之以振跃。"[2] 王南先生在《中国诗性文化与诗观念》一书中谈道："'情绪为先'的'情绪'已不是泛言的'情'、'情志'，也不仅仅是唐人诗论中常见的'性情'，而是一种有'绪'之'情'，即有一定条理和深度的情感。"[3] 可见，唐人已不仅追求情感表现的充沛性，而且关注情感自有的变化发展过程。如果说，"情绪"论只是说明唐盛时诗人意识到情感抒发的条理性，那么，从"情绪为先"到"情理为先"则是孟郊对诗歌表现手法的一大推进。虽然孟郊没有直接的诗论表述，但是他的作品明显体现诗人有意识地按照情感发展的内在理路展开创作。而这种"情理"的表现手法大致可以分为两种模式：其一，递进纵深式。诗人往往通过对某一意象的递进描写暗示情感的深化过程，或者通过顶针、辘轳等修辞手法不断地加强情感的表现力度。其二，回环共生式。孟郊的多数诗歌展现的是不断纵深的情感过程，但也有对共生式情感的表达。所谓共生式是指诗歌体现的复杂情感的共存状态。

　　生与死、失意与适意的复杂共生，诗人对此有着价值判断，但这种判断来自于直觉性的思考，是人生感悟的迸发。痛苦、欢喜、失落、欣慰的辗转呈现于情感本身的流动变化，是诗人情感张力的表现。在诗中很难看出作者情感的绝对定位，诗人其实并没有完全从死亡的悲痛中解脱，也没有对人生失败的彻底释然，然而对生命的欣喜感和对生活的充实感亦洋溢

---

[1] 屈原著，金开诚等校注《屈原集校注》，中华书局，1999，第436页。
[2] 〔日〕弘法大师原撰，王利器校注《文镜秘府论校注·南卷·集论》，中国社会科学出版社，1983，第361页。
[3] 王南：《中国诗性文化与诗观念》，四川民族出版社，2002，第173页。

于纸面。从死亡的绝境中能够看到无限生机，但希望之光又不足以完全驱散死亡的阴影。悲和喜是复杂的并存，并没有抑此扬彼的偏颇。这也正展示诗人对天人关系复杂性的深沉理解："相夺"与"相生"其实共存一处。虽然情感变化依附着赏景的时序，但诗人正是循着回环的情感理路，展示真实、深刻而又复杂的人生体验。

四　晚唐庶族与苦吟诗派

自韩孟诗派开苦吟一路后，以贾岛、姚合为核心的一批诗人正因为标举苦吟，也被视为晚唐苦吟诗风的代表。这个姚贾诗人群体是否可以称为"诗派"呢？笔者依然诗派成立的五个要素，即诗派领袖的出现、创作主张的提出、代表作品的产生、团体凝聚意识的体现、形成一定的群体仿效性影响，来考察。元和时期，贾岛五律冷僻清苦的风格已然形成。元和间姚合任武功主簿，在任上作《武功县作三十首》，由此而得"姚武功"之名。这也标志着姚合诗风的基本形成。虽然没有理论上的明确表述，但通过对两位诗人作品的分析还是能够比较清晰地归纳出他们的创作主张，即标举苦吟的创作方式和倡导清苦的诗风。对清苦诗风的追求也正是其苦吟的艺术目标。在姚贾的作品中，更多的是通过对清冷意象的描绘来体现对这种风格偏好的。

姚贾诗人群体的频繁会聚，其间聚会酬唱的主要成员有姚合、贾岛、殷尧藩、李廓、雍陶、朱庆余、无可、周贺、喻凫、马戴、顾非熊、刘得仁、方干、李频十四人。[①] 这些诗人都标举苦吟，诗歌创作颇受姚贾诗风影响。然而，毋庸讳言的是，与韩孟诗派相比，姚贾诗人群体的派别意识没有那么明确。似乎这个诗人群体是诗人们对于姚贾诗风之倾慕而主动会聚而成的。当然，姚合对于成员的延揽也是其一个重要的因素。出于激扬声价、竞逐科场的需要，不少诗人曾向姚合投谒、行卷，受到姚合的赏识提携。姚合是延揽众人的主要人物，"名为诗，士多归重"。[②] 但是，一致标举苦吟、对清苦诗风的追求才是这个诗人群体能够不断延续的原因。尽管没

[①] 覃琳琳：《姚贾诗人群体研究》，硕士学位论文，广西师范大学古代文学系，2006；肖圣陶：《姚贾诗派诗歌研究》，硕士学位论文，湖南大学古代文学系，2010。

[②] 欧阳修、宋祁：《新唐书》，中华书局，2003，第5794页。

有明确的群体范围意识,但是从姚贾聚会之频繁、对后起诗人的有意栽培,以及群体内自觉的师弟子或准师弟子关系来看,这个诗人群体也是有着团体凝聚意识的。故而,笔者以为姚贾诗人群体基本具备诗派的五要素,应当可以称作"诗派"。而大和二年(828)至九年(835),是姚贾诸人酬唱往还最频繁的时期,此时期诗派中众多诗人创作颇丰,并且清苦诗风的仿效性影响也逐渐形成,因此,大和二年(828)至九年(835)可以看作诗派形成的时间。因这个诗派以标举苦吟称名于世,也被称为"苦吟诗派"。① 其延续时间极长,并没有因为姚贾的谢世而随之消歇,特别是贾岛的影响在晚唐五代尤盛。

(一) 庶族的流变与苦吟诗派的形成与流传

《升庵诗话》《石园诗话》都指出,苦吟诗派为韩孟诗派之分流而出者。从诗人交游的方面来看,这两个诗派渊源颇深。贾岛早年本就是韩孟诗派的主力成员。而孟郊正是苦吟大畅的开创者,并率先着力于险僻冷峭意象的刻画。这些都对贾岛有着不可小觑的引导作用。韩愈的《赠贾岛》正是将贾岛视为孟郊的接班人。孟郊不啻为苦吟的先驱,而贾岛则在其基础上有因有革,找到了真正属于自己的风格,直接引导了晚唐苦吟诗派。从这一点上来看,苦吟诗派的确是自韩孟诗派中分流而自出的,② 贾岛就是分流的源头。

从诗派群体来看,韩孟诗派主力中庶族成员占优势。而苦吟诗派成员的出身情况又如何呢?苦吟诗派成员之出身考证(史料引证从略):姚合出身士族,贾岛出身庶族,殷尧藩疑为庶族出身,李廓为士族,雍陶疑为庶族出身,朱庆余、无可、周贺、喻凫、马戴、顾非熊应为庶族,刘得仁出身士族,方干应为庶族,李频疑为庶族。比之韩孟诗派,苦吟诗派是一个庶族气息更为浓重的诗人群体。那么,苦吟的庶族群体与此诗派的分流自出又有怎样的联系呢?鉴于孟郊、贾岛二人实为连接韩孟、苦吟两个诗派的纽带,且都是庶族诗人的典型代表,笔者试图从分析贾岛对孟郊的因、革入手,以点带面地考察中唐至晚唐庶族群体的承、变关系,进而探讨晚

---

① 参见陈伯海《宏观世界话玉溪——试论李商隐在中国诗歌史上的地位》,《全国唐诗讨论会论文选》,陕西人民出版社,1984。
② 参见许总《论"贾姚体"》,《中国文学研究》1995 年第 1 期。

唐庶族群体对苦吟诗派的贡献。

(二) 苦吟意蕴的嬗变与群体庶族意识的流变

郊、岛两者的苦吟有本质区别。孟郊之苦吟，有着中唐复古思潮的背景，其苦吟之句中包含着上追古风的理想，包含着对浇薄世风的愤懑。孟郊以矫激之气出入于诗歌创作，其苦吟看似叹穷悲命的牢骚，而意在从人生劫难中砥砺出人之直面痛苦的勇气。孟郊的苦吟打破了传统诗美的和谐，其"偏善独至"① 正是会通墨家"自苦"意识的表现。孟郊苦吟的作品主要是五古，且有五古组诗的力作。在这种诗体中，诗人将情感的过程微观细化，随着情感理路的辗转深入，将痛苦而复杂的内心变化展现得淋漓尽致。而贾岛的苦吟意蕴则与之不同，其苦吟的嬗变在其创作诗体由五古向五律的转化中有明确的体现。贾岛的创作由五古转向五律之后，则创作模式亦由韩孟诗派注重心理过程的展开转向了更加注重字句的锤炼。五古这种诗体便于诗人发表议论，也有利于展现其情感变化的过程。孟郊选择五古，特别是组诗的形式，除了复古的理想外，还在于能够最大限度地展现诗人复杂而痛苦的心灵辗转过程。

从贾岛的五律创作中，我们发现其诗歌的文化成因亦与孟郊有所不同。贾岛所在的晚唐，元和中兴的理想已经破灭。在衰飒的时代氛围里，激进的儒墨思想逐渐暗淡，而加之贾岛曾为僧人，故其苦吟中体现更多的是佛家气味。佛家"苦谛"思想实与贾岛苦吟的关系更为紧密。佛家谈"苦谛"，认为人生之迁流变化皆是苦。贾岛生逢衰世，出身寒素，命乖运蹇，对于人生之苦的体会不可谓不深。从开始步履孟郊的险怪诗风，到转入对五律清苦意趣的追求，贾岛没有选择沿着孟郊开辟的矫激不息的方向前行，而是选择了在痛苦的人生当中寻求心灵的解脱。这种不执着于现实的精神正体现贾岛对佛家"苦谛"的会心。贾岛不断地通过苦吟寻找妥帖的字眼和意象来安放自己的落寞心绪。面对一片萧索，诗人"不变色，也不伤心，只感着一种亲切、融洽而已"。②

贾岛的苦吟如同生活习惯一般。诗人所吟诗句多在"深思静会中得

---

① 姜剑云：《论唐代怪奇诗派偏善独至的艺术品格》，《唐代文学研究》2000 年第 9 辑。
② 闻一多：《唐诗杂论》，武汉大学出版社，2008，第 29 页。

之",① 平静而清冷的内心世界仿佛井水,通过诗人的字斟句酌被"汲引"出来。而孟郊的苦吟则充满了躁动不安、焦灼痛苦,"如何不自闲,心与身为仇"(孟郊《夜感自遣》),这种极端性的追求显然不是从容淡定的。对于孟郊而言,苦吟是生命的寄托;对于贾岛而言,苦吟是生活的方式。② 在这种生活的方式中,处处有禅的静谧,诗人的心灵得到了安慰,恢复了平和。

贾岛是晚唐庶族的典型,以诗歌求得纾解,在艺术追求中实现自我。晚唐庶族群体追慕贾岛之风,在艺术的认同之下展现的是心态的趋近。与韩孟诗派相比,苦吟诗派是个庶族群体特征更为明显的诗派。如果说韩孟诗派中韩愈、李贺等士族出身的诗人以雄富、凄艳等风格丰富了诗派的表现,扩大了险怪诗风的内涵,那么,相形之下,苦吟诗派中趋同性的风格要远远大于多样性的展示。诚然,如果仔细比较,出身士族的姚合与贾岛诗风并不雷同。姚合平易的诗风中的确有着士族的优游,但整体上仍难掩清苦之气,其冷寂的基调更是姚贾并称的主要依据。清苦并不是庶族的专利,却是庶族最典型的风格特征。纵观苦吟诗派的群体创作,贾岛"清真僻苦"之风的影响更为鲜明。这些庶族诗人普遍缺少传统士族那样的家风影响,创作中较少学力的展现和学术传承的自觉,同时不似没落士族能够在追慕先祖中获得鼓舞,出身的卑微使得他们在仕途上大展抱负的想象空间更为狭小。"孤鹤唳残梦,惊猿啸薜萝"(殷尧藩《送沈亚之尉南康》)、"影寒池更澈,露冷树销青"(无可《中秋月》)、"孤灯冈舍掩,残磬雪风吹"(贾岛《题青龙寺镜公房》)之类诗句正是晚唐庶族诗人萧瑟人生的投射。

从孟郊到贾岛苦吟意蕴的嬗变正意味着群体庶族意识已发生了流变。从苦吟诗派的多数创作中,已经很难找到中唐庶族中鲜明的矫激之气了。多数晚唐庶族对于外界的政治环境不再那么热心,心态更趋向于个人生活的情感、情趣。在晚唐萧索的景色之中,庶族文士的现实处境可谓最为惨淡。根据毛汉光先生的统计数据,敬文武宗三帝时期和宣宗懿宗朝(不包括唐末黄巢起义时期),庶族文士占统治阶层的比例分别仅为 11.46% 和

---

① 郭绍虞编选,富寿荪校点《清诗话续编》,上海古籍出版社,1983,第 363 页。
② 参见赵荣蔚《论晚唐"苦吟"的内蕴流变》,《南京师范大学学报》(社会科学版) 2006 年第 6 期;魏静、沈会祥:《中晚唐"苦吟"内涵的再考察》,《天津大学学报》(社会科学版) 2010 年第 5 期。笔者参考二文,但与之观点不尽相同。

5.88%。① 而庶族文士科举入仕的道路也更加狭窄。与中唐相比，晚唐庶族政治地位与文坛地位的落差无疑更加显著了，这种落差之巨大，持续时间之长久，使得晚唐庶族已心力交瘁，整体心态趋向落寞、冷寂，缺少对世事的关心，而更多地将目光局限在自己的生活中。

事实上，对于庶族文士个体穷困生活的关注早就见诸中唐庶族诗人的创作中。"借车载家具，家具少于车"（孟郊《借车》）、"吹霞弄日光不定，暖得曲身成直身"②（孟郊《答友人赠炭》），正是寒士的切身之言。对庶族文士困窘生活题材的开掘正是始于郊、岛二人。晚唐庶族一方面在叹贫吟苦的道路上继续前行，另一方面却较少如孟郊那样持久地在愤懑不平中焦灼着、咒骂着。与中唐庶族文士的矫激气质相比，他们呈现更多的是庶族平静的面目，是激愤过后庶族对自身的再体认。诗中展现的不再是庶族中的斗士，而是更为普通的庶族常态。他们不再采取对抗性的姿态，而是继承和拓宽了中唐前辈诗人开辟的对庶族自身关照的方式，更加广阔、细腻地反映庶族的生活、情感和审美。在诗歌中多有自我宽解的旷达胸襟和平静地看待生活的眼光，如贾岛《早蝉》等，尽管有着屡屡下第的失意，但最终诗人仍是不怨天、不尤人。③ 能够冷静而宽容地面对世间的磨难，这也是晚唐庶族文士人生修炼的展现。苦吟诗派的诗人多擅长景物描写，而诗中之景物往往就是日常生活体验的投射。他们虽然没有很广阔的社会视野，但是能通过对诗句的锤炼展现生活中的点滴感受。与其说他们选择琐细、奇僻甚至荒寒的景物入诗，不如说这是他们在诗中对自己生活氛围的设计，是庶族生活方式的诗意再现。与清冷、寒僻意象的会心，晚唐庶族通过在萧条的诗境中获得美感而进一步肯定了自己的人生。

值得注意的一点是，苦吟诗派的庶族诗人中品德出众者不少，书传及诗文中颇有褒扬其人格的记载，如关于贾岛、方干、李频的事迹。他们更能现实地看待人生，不论官位之高低或是否为官宦，都能尽己所能，其独立自守的品格熠熠生辉，但不再常常标举高古的、极致的道德理想。与苦吟诗派的作品相参照，他们的人格修炼与诗歌中那种清苦寒洁之气是一致的。庶族清苦的诗风多是其人生境遇的写照，同时也是苦吟诗人甘受贫寒

---

① 毛汉光：《唐代统治阶的社会变动》，台北，政治大学，1968 年影印本，第 48 页。
② 孟郊著，华忱之、喻学才校注《孟郊诗集校注》，人民文学出版社，1995，第 427 页。
③ 参见许总《论贾岛、姚合诗歌的心理文化内涵及文学史意义》，《江西师范大学学报》（哲学社会科学版）1997 年第 1 期。

与寂寞的自赏。这种人格的踏实静守也是庶族生活状态的一部分。

孟郊的诗歌无疑可称为庶族创作模式的滥觞。但孟郊矫激的生命释放和自苦的砥砺修行对于晚唐这个衰落的时代来说太过沉重了，而贾岛对庶族生活方式的展现更能使多数庶族诗人有契于心、感同身受。由于缺少家族的文化积淀，庶族文士多由溯源庶族文学的方式来寻找共同的文化根基。苦吟诗派（尤其是苦吟诗派之余响）对贾岛诗风的模仿，带有一种文化寻根之意。他们除了对诗艺的效法外，还有对文学归宿感的需要。在晚唐庶族的诗作中，虽然生命体验的深度不足，但在表现的广度上大为拓宽。他们对庶族的人格追求、审美情趣、语言特色的发扬即是作为庶族有尊严地生活在世界上的证明，包含着庶族内在的骄傲。尽管苦吟诗派因耽溺锤炼而兴寄不深，多被指斥为"专工小巧，高古之气扫地"，① 但苦吟诗派的创作对于庶族生活方式及生活情调的展示自有庶族文化被普遍发现的意义，这也是不容抹杀的。

（三）群体苦吟与庶族追求文坛地位的执着表现

庶族多苦吟，这并不是庶族的偶然选择或仅仅是文学风尚的影响使然。从总体上看，庶族诗人生活范围狭小，能够展望的仕途空间亦有限，其视野广度的不足则须要依靠细节展示的密度来弥补。《六一诗话》云："唐之晚年，诗人无复李杜豪放之格，然亦务以精义相高。"② 晚唐庶族的苦吟正是意在以精思整合有限的内容素材，展现对细节的独到体味。苦吟有利于庶族诗人扬长避短，充分发挥精思以致奇的优势，从而创作出高水平的作品。然而，苦吟以求好诗却不只是为了科场的角逐或内心的抒发，同时也是庶族追求一种文化身份的需要。这一点，中唐庶族已经有明确的体现，即孟郊屡以"诗人"自命。而晚唐庶族对诗人这一文化身份的态度则又有了微妙的变化。晚唐庶族虽然常常直接将"诗人"与"进士"对举，但明显流露一种拥有诗人身份的欣慰。朱庆余《送顾非熊下第归》云："但取诗名远，宁论下第频。"③ 进士身份固然重要，但诗歌才华本身才是庶族立身的依据。在科举失意的反衬中，庶族诗人更加珍视诗人这一文化身份。比

---

① 辛文房著，孙映逵校注《唐才子传校注》，第654页。
② 何文焕：《历代诗话》，第267页。
③ 彭定求等：《全唐诗》，第1303页。

之科第，庶族诗人更关心诗名是否能够得到彰显，其作为诗人的价值是否能够得到认可，也更清楚地意识到诗人的身份具有超越科举体制外的独立的意义。① 在孟郊"恶诗皆得官，好诗空抱山"②（《懊恼》）的愤世不平之后，晚唐庶族文士终于找到了一份安于诗人身份的淡定与从容。从晚唐庶族"蟾蜍影里清吟苦，舴艋舟中白发生"③（方干《赠钱塘湖上唐处士》）等诗句中，亦不难感受到这些作者的苦吟已少了孟郊"自仇"式的痛苦，而多了一份安闲清幽。苦吟过程本身也成了作者对诗人文化身份的一种体认。唐末，终身不第的庶族诗人终于通过不懈地苦吟，以纯粹的诗人身份获得了世人的广泛认可。可见，坚持苦吟的方式正是庶族诗人获得文化身份需求所致。

文坛地位往往是依靠导引文学风尚的能力而获得的。比之韩孟诗派的庶族诗人，多数晚唐庶族文士很难以个人的力量影响文坛。由于广泛意识到以苦吟获得文化身份对庶族文士展现人生价值的巨大意义，且受到中唐庶族凝聚群体力量的启发，晚唐庶族开始在苦吟的旗帜下自觉会聚起来。正是晚唐庶族的同声相应，才有了凝聚诗派的主要力量。基于对苦吟的共识，对庶族生活方式的认可，晚唐庶族以群体合力坚守和发扬着体现庶族情调的审美风格，从而影响了晚唐的文坛风尚。庶族清苦诗风能够与唐末韩偓等士族的华艳诗风并驱于世，说明庶族已在文坛上与士族分庭抗礼。

较之韩孟诗派，苦吟诗派影响诗坛的方式颇为不同。苦吟诗派没有迅猛的气势是因为缺乏韩愈似的文坛领袖以震动世人。虽然苦吟诗派的姚合亦被视为一时"诗宗"，④且出身士族，曾居刺史、观察使之官，但其政治上的声望及在士族文学圈的影响力远远小于韩愈，还不能真正叱咤文坛。苦吟诗派没有了复古思想的依托，缺乏韩孟的斗士姿态和深刻的思想旨归，属于比较单纯的文学诗派，自然显得冲击的力度不足。

因为缺乏文坛制高点的辐射优势，庶族对于文坛风尚的影响趋势基本是由下而上的，故而很难在短时间内产生轰动效应。于是，晚唐庶族选择了以群体苦吟的方式延绵不绝地影响文坛。他们对贾岛的效仿正是自觉地

---

① 参见李定广《论唐末五代的"普遍苦吟现象"》，《文学遗产》2004年第4期。
② 孟郊著，华忱之、喻学才校注《孟郊诗集校注》，第171页。
③ 彭定求等：《全唐诗》，第1642页。
④ 辛文房著，孙映逵校注《唐才子传校注》，第721页。

继承庶族本色的创作方式与文学风格的表现。而这种不间断地效仿贯穿了整个晚唐五代，在韧性的坚守中流露晚唐庶族即使无力争雄于政坛，也绝不放弃文坛竞胜的信念。事实上，群体苦吟这种方式源于韩孟诗派。因为苦吟意蕴的嬗变，晚唐庶族对贾岛的效仿多于对孟郊的继承。但中唐孟郊、卢仝、贾岛之苦吟已开庶族群体苦吟之端。从群体苦吟的形式来看则是自中唐延续至五代的，可见这是庶族一以贯之的选择。只是庶族群体延续性的作用形态及累积性的能量释放在苦吟诗派这里得到了最突出的展现。或许这也是由于晚唐庶族对文坛地位的内在追求比中唐庶族更甚，因为他们将诗人之地位看得高于一切，把作诗视为唯一的事业。正是有了不断延续的庶族群体倾注毕生的苦吟，才将庶族在文坛的地位确定下来，使得庶族文学在中国文学史上留下光辉的一页。

庶族持续的群体苦吟也对推进中古社会及文化转型有着积极的意义。中唐至北宋中叶被视为中古社会转型的时期。应当说，科举制度的推行已注定了士族体制逐渐消亡的命运，但是这个过程是漫长而曲折的。从中唐至晚唐，主要是门阀士族向文化士族转型的过程，而政坛的主要力量依然是士族群体。庶族通过科举向士族转化的比率也是很低的。考察韩孟、苦吟诗派成员的情况，也能体会到庶族向士族阶层变动的艰难。孟郊、顾非熊等虽为庶族，但其父祖辈中已有一代为官的经历，他们已经处在一个可能向士族阶层转化的过程中。然而，孟郊无子，顾非熊之后亦没有连续科举入仕而转化为士族的记载。虽然其中自有个体家族命运的因素，但从中也体现庶族向士族变动绝非易事。然而，科举对于庶族文士心理的影响是不可小觑的，这种制度毕竟为庶族带来了进入统治阶层的可能性。尽管多数庶族文士要么白首一第，沉沦下僚；要么终身不第，布衣终老。然而他们依然"日日攻诗亦自强，年年供奉在名场"[①]（姚合《送贾岛及钟浑》），并为追求庶族应有的文坛地位而积年累月地苦心经营。而庶族文坛地位的提升亦会不断反作用于社会制度，唐代亦不乏个案。庶族通过文坛影响力的提升而争取科考的优势是有一定可行性的，只是晚唐从庶族入仕的整体效果并不显著。

唐末乾符间黄巢起义，世家大族遭到重创，唐末士族体制也便失去了基础。而士族家世背景对科举影响减小之后，文学能力得以保持并提升的

---

① 彭定求等：《全唐诗》，第 1256 页。

下层文士则有更多的机会通过科举入仕。在士族体制基本消亡的背景下，依靠诗书传家、通过进士及第崛起的家族扩充了世俗地主阶级的力量，也加速了中古社会的转型。科举真正瓦解士族体制，必须建立在社会整体文学水平普遍提升的基础上，如果文化的优势依然在某一特定阶层的手中，科举就没有从大众中选拔人才的意义。庶族坚持群体苦吟正是保持及提升社会下层人士普遍文学能力最为有效的方法。自中唐至晚唐，庶族不断通过苦吟提升诗歌创作能力，并通过凝聚群体力量以诗派的形式扩大文坛影响力，这种持续的文化势头无疑是五代乃至宋初社会转型加速的助推力。

从中唐至晚唐，庶族文士群体的演变脉络即庶族群体的崛起及其内在的继承与变革，与中唐诗派自觉意识的萌发及韩孟、苦吟诗派的形成与发展情况有着较为密切的关系。同时，庶族的独特心态亦推进了中晚唐文学观念及文学表现手法的新变，自然也有益于其诗派风格特色的体现。

·附录·

《中晚唐庶族与韩孟、苦吟诗派》研究及写作过程

一 关于选题

出于对中国文学，特别是对古典诗歌的兴趣，我报考了中文系研究生。王南老师对我这个转专业的学生没有一丝偏见，带我走上了古代文论的研究之路。尽管最初是希望以唐诗作为研究对象的，但是唐诗研究是个热门话题而且唐代诗人、作品繁多，究竟选择怎样的切入点进行研究是个不小的问题。

有些同学一入学就选定了某个作家或某部作品集，这让我非常着急，担心自己跟不上进度。但是导师王南并不希望我匆忙选题。基于我转过专业，缺少文学研究的基础训练，他要求我先要认真阅读经典书目，在读书的过程中寻找问题。在阅读《孟郊集》的时候，我开始对苦吟这种诗歌创作的独特方式产生兴趣。正好在研究生一二年级期间，导师开设了两门课程，分别是"古代文论"和"中国诗学专题研究"。这些课程正与我关注的

诗歌创作方式、诗学观念等问题相关，因而做课程作业的时候就能将自己平时读孟郊诗歌的心得融入进来。导师鼓励我从课程作业延伸下去，对感兴趣的问题做进一步挖掘。以孟郊诗学观念为基点，我开始广泛关注中唐诗学思想新变的种种问题，研究的对象也由孟郊逐渐扩展到韩愈、贾岛等人。导师很支持我将中唐作为研究的主要时段，以孟郊、韩愈等人作为主要研究对象。他跟我专门谈过关于如何选择研究方向的问题，建议我先考虑研究价值较大的对象，要尽量涉及重要的历史时期。尽管学界对于唐代诗人基本都有研究，但是越是重要的人物越是值得深挖，这才有可能真正对学术发展有所推动。而处于复杂多变的历史时期，文人往往有着更为深沉的心理、各异的创作动机，以及富有个性的创作特点，由此入手也可能寻找到进一步深入研究的空间。这样不仅可以为硕士阶段的学术训练打下良好的基础，获得广阔的视野，而且具有延展性的课题意味着毕业之后还有继续发展的前景。所以不要为了追求新意或降低写作难度而故意选择冷门话题。导师的态度也让我更加坚定了自己的方向。

在细读中唐诗人别集的同时，通过搜集研究材料，我发现关于中唐诗坛、韩孟诗派以及孟郊个案的研究成果相当丰富。孟二冬《中唐诗歌之开拓与新变》、吴相洲《中唐诗文新变》、台湾学者庄蕙绮《中唐诗歌的美学意涵》等专著较为详尽地论述中唐诗风的变化，分析原因及影响，可借鉴之处不少。针对韩孟诗派的研究有肖占鹏、毕宝魁分别撰写的《韩孟诗派研究》。关于孟郊的个案研究则有台湾学者尤信雄的《孟郊研究》、戴建业的《孟郊论稿》等。此外，还有大量的论文成果，其中关于中唐诗风的文化成因、韩孟诗派文学思想和美学内蕴及辨析孟郊、贾岛苦吟差异的诸多论文对我颇有启发。

经过对既有研究成果的梳理，我大致掌握了学界对此问题的研究情况，同时也逐渐寻找到可以继续深入研究的方向。结合自己对中唐时期丰富的诗文作品的研读，特别是对韩孟诗派作品的研读，我开始有了具体的思考。

1. 从中唐墨学复继的角度考察中唐诗学观念的新变

中唐时期的诗作往往有着鲜明的风格特点，例如，韩孟诗派即有着险怪的风格表现。那么这种险怪诗风的生成原因是什么呢？一般文学史及专题研究中都会论及中唐特殊的历史环境和"尚奇"的文化风尚对诗学观念的影响。然而，中唐亦是学理发展的新时期，现实的变革亦需要新的学理支持。特别是韩愈等人标举"复古"大旗，不仅上追先秦儒学，而且也带来子学的复兴。目前将学术发展与文学变化做相关考察的有查屏球老师的《唐学与唐诗》等专著。《唐学与唐诗》将韩孟诗风与经学新变的学术风尚相结合以及将中唐子学之兴与理性化诗风相联系，颇有启发意义。那么子学中有没有对韩孟诗派独特诗学观念造成影响的呢？墨学中绝于汉朝之后，在中唐时期又被不少学者重新关注。墨家激进、尚力及自苦的独特追求与韩孟诗派的审美追求有着一定的相似性，那么两者之间的关系究竟是怎样的呢？

1933 年，陈石遗在题为《孟郊诗》的演讲中谈道："孟郊与杜、韩同为唐诗中少有的'雅派'，可见东野诗派之正"，"论其情：则杜诗多忧国，有大臣风；韩诗多卫道，有大儒风；孟诗重复仇，有侠客风"，并认为孟郊诗有五大人文精神，即富有报国精神、轻生精神、为人精神、慈善精神、兼爱精神（以上见杜晓勤《二十世纪隋唐五代文学研究综述》）。可见孟郊诗体现的精神与墨家思想有相通之处。

此外，导师王南在《"苦吟"诗论》（《首都师范大学学报》（社会科学版）1995 年第 2 期）一文中谈道："墨家思想，主要是后期墨家学说中的人格观，是'苦吟'诗学思想的又一背景因素。"这一说法对我启发很大。就此问题，我与导师详谈过好几次。学界中谈到墨家思想一般都着眼于墨家功利性的主张，认为墨家尚用不尚文，与文艺的关系不大。故而，从墨家思想及精神在中唐的接受情况来考察其对诗学观念的影响，此研究角度较为新颖。但是韩孟诸人较少直接谈到墨学对其的影响，这须要从他们对墨家思想的零星评价及诗文内蕴中仔细分析得出。既要避免牵强附会又要言之有据是很有难度的。不过，导师还是鼓励我在这个方面多做尝试，并开列了关于墨学研究的一些书目供我参考，我自己对此问题也颇感兴趣，所以决定将中唐墨学复继作为研究的一个切入口。

2. 从中唐韩、柳和刘的"天人之辩"中考察中唐诗学观念的新变

研究韩孟诗派及孟郊的学术专著和论文基本表现一些共识。例如，都认识到韩孟诗派一方面怀抱着儒家理想，一方面亦打破了儒家的中和之美。此外，韩孟诗派诗人大都重主观的表达，构思方式亦发生变化，即从自然兴会到以意役物等。然而，在分析其成因时亦是多从佛家与道家对其诗风及思维方式的影响来考察，较少从传统哲学层面来分析这种人与外界从浑然一体到分裂对立感的变化。

天人关系向来是中国文化中的一个重要命题，也是先秦诸子讨论的热

点论题。在中唐时期,韩愈、柳宗元、刘禹锡展开了一场"天人之辩"。这并不是偶然的,它代表中唐士人普遍的思考。那么天人关系的再思索对诗学观念的变化又有何影响呢?陈允锋《韩愈天命观的文学意义及其对诗学思想的影响》一文,详细论述了韩愈《天说》中"天人相仇"观念对其文学创作的影响。而通过阅读韩孟诸人的作品,我发现"天人相夺"之感是在韩孟诗派中普遍存在的,并非是韩愈的"专利"。从天人关系的新变来探讨韩孟诗派的作品中所表现的天人的分裂对立感,希望能够对韩孟诗派的险怪诗风及独特的审美追求有一个更为深入的分析和理解。将中唐学界关于传统哲学论题的探讨与其时对诗学观念发展的考察相结合,此研究视角或许能够带来更有新意的研究结果。因此,我也将中唐"天人之辩"作为研究的一个视角。

基于以上思考,我逐渐确立了研究思路,选取中唐墨学复继和"天人之辩"这两个点作为研究的突破口,考察中唐诗学观念的新变。以韩孟诗派作为主要群体分析对象,在群体分析的基础上,亦重视对个案的研究,个案主要以孟郊为例。

二 关于论文写作

1. 课题的深入开掘

从开题到完成论文并不是一个按部就班的过程,思路重新调整带来整个论文写作计划的改变。当然,反观这个调整的过程,也可以说这是课题深入开掘的必然经历。

首先是引入区分士庶身份的新角度。论文写作期间,导师有意让我带着对比韩孟的眼光进行思考。韩孟最大的差异究竟是什么,什么原因造成了这样的差异?经一段时间的阅读、思考之后,我发现研究韩孟诗派内部的风格之别或许可以借助对其不同身份带来的心态差异考察来进一步的说明。如果说士庶之别带来了文学追求的差异,那么庶族的独特追求似乎在晚唐苦吟诗派中体现得更为明显。中晚唐是庶族群体崛起的历史阶段。但是学界关于唐代庶族文学的研究并不充分。总的来说,学界主要关注的还是士族及士族文学研究。陈寅恪《隋唐制度渊源略论稿》《唐代政治史述论稿》等可以看作近代士族研究的奠基之作。唐长孺、胡如雷、田廷柱等诸多学者亦对中古士族问题多有阐发,特别是毛汉光的《中国中古社会史论》中关于中古士庶阶层变动的论述给了我直接的启示。而毛汉光所设定的士庶界定标准也被我引入对诗派成员身份的判定中。李浩、李建华等学者则依地域之别对士族文学做了进一步研究。相对而言，关注庶族及其文学的学术著述则较少，只有杜晓勤《初盛唐诗歌的文化阐释》等。不过此类著作中对庶族的界定往往较为笼统，涵盖面较大，不大注意没落的士族与庶族间的心态差异。因而，我认为还是有必要细分士庶，讨论其心态差异，进而明确中晚唐庶族群体在韩孟、苦吟诗派中的作用，探讨庶族文士崛起与中晚唐诗学观念新变的关系等。

其次是引入了文本细读的方法。唐代的多数诗人未必有很多具体的诗论表达，但不代表其没有丰富的诗学观念。其诗歌作品鲜明的审美趋向正展现其独特的诗学思想，如孟郊即是如此。导师平时就很注意要求我们从阅读原典的过程中寻找问题，通过研读诗文提炼作者重要的文学观念。在论文的写作中，导师也鼓励我把感悟的过程融入进来。而我也比较注意借鉴其他学者读书、思考的经验，其中斯蒂芬·欧文《韩愈和孟郊的诗歌》一书打开了我的思路。斯蒂芬·欧文运用了文本细读的方法，对韩愈、孟郊部分重要的诗篇逐句细致解读。如他认为宇宙秩序是韩愈诗歌的重要模式以及孟郊诗歌重在发现个人意义等论断，都颇有新意。我认为这种文本细读的方法还可以在中唐"天人之辩"的论题之下进一步应用，特别是用于分析孟郊"天人相夺"的内在感受。但是，我也有一些担心，因为在古代文论的研究中贸然引入西方学者的研究成果有时会显得不伦不类。这一点我也跟导师多次讨论过。他并不反对我借鉴斯蒂芬·欧文的成果及方法，但强调一定要有自己的见解，还对我行文中一些分析牵强失当之处做了删改。或许正是因为我的老师比较强调读书感悟与个人风格等问题，这才让我觉得做学问并不是一件特别机械、枯燥的事情。

2. 以文学研究为本位，结构安排体现思路

除了重视对诗人群体及诗人个案的研究之外，我在论文写作中还涉及了社会史、哲学等方面的内容。特别是士庶变动情况以及区分士庶身份等问题让我颇为头痛。我依据毛汉光《中国中古社会史论》所设定的士庶界定标准判定诗派成员的身份，但是实际操作起来难度很大。一方面由于不少诗人的出身特点介乎士庶的标准之间，并不是特别典型的士族或庶族；另一方面，毛汉光使用统计法对唐代入仕者的士庶比例做过判定，却未一一列出名单，因而我无法复核我的判定是否符合他提出的标准。社会史学者关注的是典型的士族，然而诗人以文学立命，其出身未必具有典型性。

毛汉光的研究成果应用到文学研究中还是相当有困难的。导师也认为我把诗派成员做一个非此即彼的身份区分有些牵强，但是他觉得我努力把社会史研究与文学研究结合起来还是一个有意义的尝试。有一段时间，我纠结于诗派成员身份的判定以及热衷于诗人出身的考察而忽略了对诗歌本身的关注。导师便不断提醒我应以文学为本位。身份的判定是为了达到更好的知人论世的效果，但不能因此而削弱对创作态度、表达方式及美学追求等文学问题的探讨。身份—心态—诗学观念，这是研究的内在思路，而研究的落脚点必然是诗学问题。总的来说，在导师的不断纠正之下，我没有偏离文学研究的中心。

此外，由于构思论文时是从问题出发的，但单独的问题不足以支持完成一篇毕业论文，因此就形成了几个单独的专题，而最让我觉得苦恼的是这样便无法保证论文体例的完整。我曾犹豫是不是应该放弃部分专题，只把一个或两个专题进一步扩充，如讨论中唐"天人之辩"时可以把西周到唐代有关天人关系的文献进行梳理分析等，但是导师认为这样梳理文献的意义不大，毕竟论文不是要对天人关系的哲学问题进行探讨，而在此花费过多笔墨反而削弱了对诗文作品本身的研究。既然我并不是传统地对某个诗人或某部作品进行个案研究，那么体例上与此有别也是可以的。一味追求体例完整而加入许多文献反而显得枝蔓过多。因此，导师建议还是按照专题进行排列，因为论文体现的问题意识要比单纯追求体例的完整更加重要，结构是思路的体现，重在表现逻辑的合理性。经过几次讨论，我论文的主要架构确定为四部分：第一章考察中唐庶族意识的觉醒与韩孟诗派的形成；第二章分析中唐墨学复继与庶族文士心态的关系，并以孟郊个案为重点探讨中唐诗学新变问题；第三章通过韩孟诗派的天人观考察其独特的审美追求，以孟郊为典型分析庶族文士独特的思维方式及表现手法；第四章辨析中晚唐庶族意识的流变，探求庶族对苦吟诗派及文坛的独特贡献。这样的结构安排可以看出我并非要做一篇通论，而是希望把自己对问题思考的过程及结果最大化地呈现出来。

当然，因为我的学力有限，论文中运用研究方法的生硬、解决问题的不彻底等都是在所难免的。但是从论文的选题到完成，的确是一场有意义的学术训练。感谢王南老师的耐心指导及对学生个性的充分理解与支持！

中国古代诗"识"论研究

张文秀*

一 中国古代诗"识"论的渊源

(一) 识的字源学含义

"识"通常指的是人的意识、知识、见识等,而在我国古代"识"论可谓源远流长。

"识"字最初的甲骨文字形是"戈"下面有一个"言"或"音","戈"指的是殷商时期使用的一种兵器,长柄横刀,从"言"时表示兵器上的款识;从"音"时表示作战时击鼓鸣金的声音,以便分清敌我攻势。小篆规范汉字时将"言"与"音"都收纳了,从而形成了我们今天所见到的繁体字"識"。从"言"从"戠","言"指张口说话、言语,"戠"本指聚合和军队方阵操演,引申为图形及其变换。"言"与"戠"联合起来表示用语言描述图形的形状和细节。

《说文解字》里说:"识,常也。一曰知也。从言戠声。"① 识的意思就是知识,而段玉裁认为:"常也。常当为意,字之误也……意者,志也。志者,心所之也。意与志,志与识古皆通用。"② 他提出这里的"常"应当是"意"的误笔,意思是心中存有的思想意识就是"识"。在具体意

---

* 文艺学方向;指导教师:贾奋然。
① 许慎著,段玉裁注《说文解字注》,上海古籍出版社,2001,第92页。
② 许慎著,段玉裁注《说文解字注》,第92页。

义上"识"也就是指知识、标志。在《诗经》中也有"君子是识",郑玄笺:"识,知也。"① 在我国古代"识"很多时候与"知"相通。再如苏轼《贾谊论》:"贾生志大而量小,才有余而识不足也。"② 刘开《问说》:"非学无以致疑,非问无以广识。"③ 这里的"识"都是指知识、识见。

"识"作动词时,意为知道、懂得,如陶渊明《桃花源诗》中"草荣识节和,木衰知风厉",④《孙子·谋攻》中"知可以战与不可以战者胜,识众寡之用者胜"。⑤ "识"的意思为感觉、识别,如《古诗为焦仲卿妻作》:"新妇识马声,蹑履相逢迎。"⑥《乐府诗集·陌上桑》:"何用识夫婿?白马从骊驹。"⑦

"识"在读音为"zhì"时,它的原意为标志、记号,引申为记住,如《论语》"默而识之",⑧《礼记·檀弓下》"小子识之,苛政猛于虎也"。⑨

现代汉语里所使用的"识",一般具有两种词性:名词和动词。作为名词的"识",含义主要是指人所知道的道理,如知识、常识,也可指思想意识、辨别是非的能力等;作为动词的"识",主要指认识、辨别,引申为记住,如"博闻强识"。

总之识的基本词义是:做名词时就是指人的意识和在事物认识基础上所形成的知识、思想见解;做动词时就是指认识事物和记识、知道、懂得的意思。

其后,识渐渐延伸到诗歌批评领域中,发展为关于诗歌创作主体基本素养和诗歌鉴赏的重要术语。如在《沧浪诗话》中"夫学诗者以识为主,入门须正,立志须高",⑩ 将识放在学诗的第一位,认为一入诗歌创作的大门就需要高识卓见指导,有正确的学习诗歌的方法与路径。沈德潜则认为:"有第一等襟抱,第一等学识,斯有第一等真诗。"⑪ 我们通过学习典籍、观

---

① 毛亨撰,郑玄笺,孔颖达疏《毛诗正义》,北京大学出版社,1999,第1259页。
② 王水照、朱刚撰《苏轼诗词文选评》,上海古籍出版社,2004,第15页。
③ 程千帆主编《中国古代文学英华》,中华书局,1987,第43页。
④ 逯钦立点校《陶渊明集》,中华书局,1979,第167页。
⑤ 骈宇骞:《孙子兵法·孙膑兵法》,中华书局,2006,第21页。
⑥ 徐陵编,吴兆宜注《玉台新咏笺注》,中华书局,1985,第51页。
⑦ 郭茂倩:《乐府诗集》,中华书局,1998,第411页。
⑧ 杨树达:《论语疏证》,上海古籍出版社,1986,第154页。
⑨ 郑玄注,孔颖达疏,龚抗云整理《礼记正义》,北京大学出版社,2000,第363页。
⑩ 严羽著,郭绍虞校释《沧浪诗话校释》,人民文学出版社,1983,第1页。
⑪ 沈德潜著,霍松林校注《说诗晬语》,人民文学出版社,1979,第187页。

察社会来积累学识,在创作时也就有深厚的学识基础、广阔的视野,从而创作出优秀的作品。

(二) 识的文化渊源

人类自诞生开始,就在不断地观察认识世界,了解世界。在我国古代的文化传统中,儒、道、释三种文化多元共生,影响着诗"识"论的发生。

1. 道家之识

道家讲求道法自然,"绝圣弃智",① 但他们并不是绝对地否定知识和智慧的。老子的《道德经》第十五章:"古之善为士者,微妙玄通,深不可识。"② 这里的"士",南怀瑾先生认为,指的是专志道业而真正有学问的人。他认为,一个读书人,必须在学识、智慧与道德的修养上,达到身心和谐自在,世间法内外兼通的程度,符合"微妙玄通,深不可识",才真正够资格当一个"士"。在这里的士不仅仅是拥有简单的学识,而是对于天地万物所蕴含的深邃道理有一种深入的领会与认识。在这种大智慧的影响下,其人也微妙玄通,不为普通人所了解认识。

老子将世人之心分为道、德、仁、义、礼等几个层次,而当时的"礼"已经成为繁文缛节,束缚人心,所以他认为:"前识者,道之华,而愚之始。是以大丈夫处其厚,不居其薄;处其实,不居其华。"③ 陈鼓应先生认为,这里的"前识者"是指有先见的人。自以为有先见但是行为上居于浅薄,离质尚文,是道的虚华,是愚昧的开始。老子对世俗礼制的一种前识予以反对,认为人们一般的知识和经验在认知上是有一定的偏颇和局限性的,所谓的知与不知、真假、美丑等都是相对的,是人主观的偏执和专断的取舍,并非是真正的"知"。他所肯定的是对"道"的体认和领悟,认为"道"是一切存在的根本,只有认识"道"这个本体才抓住了认识一切的根本,才获得了真正的大智慧。所以老子所提倡的是一种"涤除玄鉴",洗去我们本身世俗的成见和主观的欲念,以纯净的心智对天地万物做深入的观照,从而获得对"道"的认识。

---

① 王弼注,楼宇烈校释《老子道德经注校释》,中华书局,2008,第45页。
② 王弼注,楼宇烈校释《老子道德经注校释》,第33页。
③ 王弼注,楼宇烈校释《老子道德经注校释》,第93页。

《庄子》外篇中有："道固不小行，德固不小识。小识伤德，小行伤道。"① 所谓大德遍及万物，但不是那些小有所知的人能够认识到的，而小有所知还会伤害德行，偏颇和片面的识反而会产生消极的影响。人们对于事物的认识往往容易停留在表面，或者不能辩证全面地看待事物，所以难以获得对于事物深邃道理的认识，从而陷入"识"的误区。因而庄子提倡以"心斋""坐忘"的澄净心态去体认天地之"道"。

总之，道家认为对于事物，要辩证全面地认识，不为先见、前识所扰。老庄认为人只有排除自己内心的一切杂念、私欲，远离世俗的功利，让心灵虚空澄净，才能获得对于世间万物的认识以及对"道"的体认。道家所提倡的"涤除玄鉴"和以"心斋""坐忘"的状态体认天地之"道"，对后世识论产生了一定影响。西汉时期淮南王刘安在《淮南子》中也认为，"学者能明于天下之分，通于治乱之本，澄心清意以存之，见其终始，可谓知略矣"。② 学者懂得用平和的心态、清静的头脑去思考，因而能通晓天人关系、治乱根本，从而认识和掌握事物的要略。刘勰在《养气》篇中指出："凡童少鉴浅而志盛，长艾识坚而气衰。"③ 认为作品文采的有无与作者内在心志情理有关，而人随着年岁、见识的增长，在创作思维上也更趋于缜密，但这样容易损伤精神，陷入创作的艰难中。他在《神思》篇中提出"陶钧文思，贵在虚静，疏瀹五藏，澡雪精神"，文学创作需要作者排除外在环境和原有认识的干扰，凝神静虑，这样才能任由作者发挥艺术想象。

2. 儒家之识

儒家重视诗歌的功用，认为诗可以兴观群怨，而君子要多识草木鸟兽，多学习《诗经》等经典，多闻见并加以贯通，最终做到"知行合一"。

孔子十分重视学与识，《论语》中有："子曰：'多闻择其善者而从之，多见而识之，知之次也。'"④ 他认为耳闻和目见是人们认识事物和获得知识的一种开始，同时指出人们对于所见所闻不应全盘接受，还必须有所取舍，"择其善者而从之"。在这样一种对见闻的取舍之中，人们的认识也从感性认识上升到理性认识。而且孔子认为广见博闻并且身体力行比记住知识本

---

① 王世舜注《庄子注释》，齐鲁书社，1999，第70页。
② 何宁：《淮南子集释》，中华书局，1998，第1422页。
③ 刘勰著，范文澜注《文心雕龙注》，人民文学出版社，2008，第646页。
④ 杨树达：《论语疏证》，第120页。

身更为重要。孔子注重诗教，要求弟子学诗并且"多识于鸟兽草木之名"。①诗人在学诗记识草木鸟兽的基础上获得对于自然万物的认识，这样在诗歌创作中才能言之有物。《尔雅》的注疏说："《释文》云所以训释五经，辨章同异，实九经之通路，百氏之指南，多识鸟兽草木之名，博览而不惑者也。"② 其创作初衷也在于使读者对于草木鸟兽万事万物有更多的认识，从而在博览万物的基础上形成自己的知识体系。

孔子对"识"还有一定的要求，并不是简单地要求记识事物。"子曰：'赐也，女以予为多学而识之者与？'对曰：'然，非与？'曰：'非也！予一以贯之。'"③ 他认为，对于所记识的事物不能仅仅停留在对于事物表面的认识上，而是要懂得用一个根本性的事理来贯通事情的始末，也就是要有一种获得对于事物认识的根本思想或指导方法。"子曰：'参乎！吾道一以贯之。'曾子曰：'唯。'子出，门人问曰：'何谓也？'曾子曰：'夫子之道，忠恕而已矣。'"④ 孔子在面对事物时，都以"忠恕"作为一个衡量标准或者认识评论的出发点，体现他在道德上的立足点。与老子否定"前识"不同，孔子认识事物时有自己的出发点和评判标准。

孟子则认为在读书时要注重对作者其人其世的认识和了解，他提出"知人论世"说，《孟子·万章下》："颂其诗，读其书，不知其人，可乎？是以论其世也，是尚友也。"⑤ 他认为，文学作品和作家的生活经历、活动轨迹，以及时代背景都有着密切的关系，读者只有了解和熟悉作者的生活阅历和所处的时代，才能比较客观正确地去理解、把握作品的思想内涵，这是文学批评的一种重要方法。我们在进行文学阅读和评论时，必须知人并且论世，才能对作品做出比较正确的解读。如果脱离了对作者其人其世的认识了解，那么我们对作品的品读可能就会存在一些偏颇和不当，难以获得对作者思想感情的正确认知。

荀子也十分重视闻见与学识，他说："不闻不若闻之，闻之不若见之，见之不若知之，知之不若行之。学至于行之而止矣……故闻之而不见，虽

---

① 杨树达：《论语疏证》，第457页。
② 周祖谟：《尔雅校笺》，江苏教育出版社，1983，第1页。
③ 杨树达：《论语疏证》，第374页。
④ 杨树达：《论语疏证》，第104页。
⑤ 杨伯峻、杨逢彬译注《孟子译注》，岳麓书社，2009，第204页。

博必谬；见之而不知，虽识必妄；知之而不行，虽敦必困。"① 他把学习的过程分为闻、见、知、行四个步骤，只有感官表面的认识或者理论上的知识、间接的经验，那么尽管所获得的知识是广博的，也有可能是不准确或者不符合具体实际情况的。我们要对所看到的见闻和获得的知识加以理解和思考，并且最终做到"知行合一"。同时他还指出："心何以知？曰：'虚一而静'。"② 人们在认识事物的时候容易被自己已有的认识所影响，且难以全面地认识事物，所以荀子提倡"虚一而静"。指出人们要思想专一而冷静地观察事物，才能得到对事物较为正确和全面的认识。荀子"虚一而静"的思想与庄子"心斋""坐忘"的思想相统一，都指人们在认识事物的时候要摒弃固有的思想成见，从而更为全面客观地认识事物。

  儒家重视学习、见闻的积累，认为多学诗就能识草木鸟兽，了解世间事物，将对事物的认识由表面的感性认识上升到理性认识，最终我们对事物的认识还要指导实践，做到身体力行。同时孔子以"忠恕"作为认识衡量事物的出发点。后世诗论继承了儒家重学识、重诗歌内容的传统，提倡多读书，识义理，只有这样，才能在创作时辞藻斐然，言之有物。南朝时期的萧子显说："学亚生知，多识前仁。文成笔下，芬藻丽春。"③ 李贽在《焚书》中也指出读书与作者识理闻见的关系："夫道理闻见，皆自多读书识义理而来也。"④ 作者平时多读书从而提高自己的识见与学力，知晓处事智慧和圣贤之言，懂得诗法和熟悉各种体式的规范，这样才能在创作中言之有物，展现自己的学问与高识。

  3. 佛家之识

  识在佛教中有非常深远的渊源，它本身也被视为一个佛教用语，意思是指思维、认识、判断等精神活动的主体，如"心识"。唯识学是大乘佛学的三大体系之一，唯识学传入我国以后，对我国的佛学思想以及传统文化都产生了极大的影响。

  "识"在梵语中写为"vijnana"，是"分析"与"知"的合成词，意思是分析对象而后认知，也指分析的主体、认识作用的人体器官和精神主体。在《心经》中就有："舍利子，色不异空，空不异色；色即是空，空即是

---

① 梁启雄：《荀子简释》，中华书局，1983，第94页。
② 梁启雄：《荀子简释》，第294页。
③ 萧子显：《南齐书》，中华书局，1972，第909页。
④ 李沂著，丁保福编《清诗话》，上海古籍出版社，1987，第915页。

色；受、想、行、识，亦复如是。"① 受、想、行、识四蕴皆为心法，而识蕴是人总体的意识，把受、想、行都聚集在一起并加以了解分别。

从公元三四世纪起，大乘唯识学在印度开始形成，并迅速发展起来。到了六至七世纪，唯识学发展到了鼎盛时期。梁陈之际的真谛传译了唯识学的瑜伽行派。到唐初玄奘西行求法，系统地译介了《瑜伽师地论》和《解深密经》，以及《唯识三十颂》的注释之作《成唯识论》，由此奠定了唯识学在中国发展的基础。

唯识学中有六识说："行缘识者，云何为识？谓六识身，一者眼识，二者耳识，三者鼻识，四者舌识，五者身识，六者意识，是名为识。"② 佛家以人的六根包括眼根、耳根、鼻根、舌根、身根、意根为依托，具体而言，指的是人的眼睛对于视觉和事物主体要素的认识，人的耳朵对于听觉的认识，鼻子对于嗅觉的认识，舌头对于味觉的认识，身体对于触觉的认识，以及认识的主体或知觉的认识作用。其中前五识主要是人的感官意识，第六识指人综合的知觉和思维活动。除以上六识外，后世唯识学还发展出八识说，另外包含了末那识与阿赖耶识，即自我意识和藏一切法的种子，第八识是生一切诸法的根本识。

玄奘编译的《成唯识论》说："识所变相虽无量种。而能变识类则唯三：一谓异熟，即第八识，多异熟性故；二谓思量，即第七识，恒审思量故；三谓了境，即前六识，了境相粗故。"③ 世间的一切事物都可以由识所变，因此识是能变，在这里分为三种：异熟、思量、了境。以人心识世间现象，都是由人心识所变现而来，即由第八识阿赖耶识中的种子所变现，因此说"万法唯识"。唯识学是唯心的，认为一切都是人心识的作用，但是它肯定了人对于世间万物的感受与认知的作用。总之，唯识学中的识不仅是感官认识的主体，也指对于事物的判断、分别和认识的作用。

唯识学理论思想影响十分深远，特别是其中的认识论的成果影响到其他思想领域，如中国唐宋后期的诗论，佛家把眼、耳、鼻、舌、身、意这六识各自所能辨别的对象称之为"境界"。皎然提出了"取境"说，"夫诗人之思，初发取境偏高，则一首举体便高；取境偏逸，则一首举体便逸"。④

---

① 李淼、郭俊峰主编《佛经精华》，时代文艺出版社，1998，第1983页。
② 玄奘译《中国古代文化全阅读——缘起经》，时代文艺出版社，2008，第2页。
③ 玄奘译，韩廷杰校释《成唯识论校释》，中华书局，1998，第96页。
④ 皎然著，李壮鹰校注《诗式校注》，人民文学出版社，2003，第69页。

诗人有怎样的六识就有怎样的取境，诗人在对于客观事物声色形态所呈现的物境感知的基础上进行艺术加工，取境的不同就决定了诗歌的思想内容与艺术风格的不同。东晋时期僧人僧肇《涅盘无名论》指出："玄道在于妙悟，妙悟在于即真。"① 《坛经》也说："不识本心，学法无益；识心见性，即悟大意。"② 参禅者要彻见自己的本来心性，从而觉悟佛理。宋代严羽受佛教的影响，他以禅喻诗，指出："大抵禅道惟在妙悟，诗道亦在妙悟。"③ 要获得对于诗作的真识，懂得诗道，关键就在于"妙悟"。

二 中国古代诗"识"论的演化发展

（一）两汉时期：诗"识"论的萌芽

两汉时期是我国文学理论批评的萌芽时期，"识"论也主要散见于一些经学的文献以及佛学观点中。西汉时期统治者一方面推崇道家思想，另一方面也从其他各家中汲取思想。到汉武帝实行独尊儒术后，儒家学说成为统治思想。中央政府设五经博士，经学繁荣。儒家的文艺思想也成为这一时期的正统文艺思想。儒家文论提倡原道、宗经、征圣，强调创作者对于事物的广闻博见，在此基础上形成深见远识。这一时期儒家的"识"观念开始进入文学品评中，是诗"识"论的萌芽期。

儒家的"识"观念在汉代进入文学观念中与汉大赋的写作有密切关系。汉初的赋家继承了"楚辞"的风格特点，加以演变为赋体，出现了散体大赋。大赋吸收了"楚辞"华丽的辞藻、夸张的手法等特点，作品往往结构恢宏，词语华丽，极尽铺陈排比之能事。西汉时的贾谊、枚乘、司马相如、扬雄，东汉时的班固、张衡等，都是创作大赋的大家。他们创作的动机一是言志抒情，二是美刺。特别是司马相如的大赋以华丽的辞藻、夸饰的手法、韵散结合的语言充分表现汉大赋的特点。

所谓"赋家之心，苞括宇宙，总揽人物。斯乃得之于内，不可得而

---

① 许抗生：《僧肇评传》，南京大学出版社，2006，第231页。
② 慧能著，郭朋校释《坛经》，中华书局，1983，第15页。
③ 严羽著，郭绍虞校释《沧浪诗话校释》，第12页。

传"。① 汉人在博览群书、积累学识的基础上，创作出不俗而气势宏大的大赋。后世谢榛也指出："汉人作赋，必读万卷书，以养胸次。《离骚》为主，《山海经》、《舆地志》、《尔雅》诸书为辅。又必精于六书，识所从来，自能作用。"②

我们对于事物识的一个重要来源就是生活中的多闻多见，从而在此基础上把握事情的本质和事物的要领，形成自己广博的见识。多闻见有益于"至识"的形成。西汉末年的文学家扬雄尊崇孔孟之道，他主张文学应当宗经、征圣，强调知识的重要性。在他的著作《法言·寡见》中说："多闻见而识乎正道者，至识也。多闻见而识乎邪道者，迷识也。"③ 他区别了不同的识，一者是"识乎正道"的"至识"，是对于事物正确且符合圣人之道的认识；一者是"识乎邪道"的"迷识"，这种认识误入歧途，是我们所要摒弃的。他强调人的感官在认识中的作用，《吾子》篇中有："多闻则守之以约，多见则守之以卓。寡闻则无约也，寡见则无卓也。"④ 我们通过感官的闻见而获得对于事物的感知与认识，在广闻博见的基础上把握认识事物的要领，形成自己的远见卓识。

多闻见能开阔视野，扩充见识，提高我们的认识能力。《淮南子》反复强调知识如"识""智故""慧"与道德的对立，在政治上的立场是治国时应该摒除智巧的"机械之心"，用"神德"服人，但是在个人学识上则较肯定智性和知识的作用，提到"仁智""勇智"时都持肯定的观点。"人之所知者浅，而物变无穷，曩不知而今知之，非知益多也，问学之所加也。夫物常见则识之，常为则能之"。⑤ 天地间的万事万物的变化是无穷的，而我们人所知道了解的往往是较肤浅的，但是我们可以通过不断学习、多见闻来增长学问和见识。还能"因物以识物，因人以知人也"，⑥ 通过学识见闻的积累和不断融会，开拓我们对于事物的视野，扩充见识。王充在《论衡》中也指出："才不大者不能博见。故多闻博识，无顽鄙之訾，深知道术，无浅暗之毁也。"⑦ 才智高的人善于积累所见所闻，在认识事物的时候能够准

---

① 葛洪：《西京杂记》，中华书局，1985，第12页。
② 谢榛著，宛平校点《四溟诗话》，人民文学出版社，1961，第62页。
③ 扬雄著，李守奎译《扬子法言译注》，黑龙江人民出版社，2003，第93页。
④ 扬雄著，李守奎译《扬子法言译注》，第26页。
⑤ 何宁：《淮南子集释》，第1419页。
⑥ 何宁：《淮南子集释》，第627页。
⑦ 黄晖：《论衡校释》，中华书局，1990，第596页。

确地把握事物。听闻多、见识广就能深刻了解道义与学术，也就不会愚昧浅薄。

我们通过阅读典籍来了解古人的历史、文化与风俗等，阅读书籍以认识草木鸟兽，从而充实、完善自己的知识结构。王充认为，人与普通动物所不同之处就在于人懂得求知和认识事物，有自己的主观能动性。"人才有高下，知物由学，学之乃知，不问不识"。① 生活中处处都是学问，人的才智可能有不同，但是没有谁可以不学而知，哪怕是圣人也是在生活中处处留心、多学多问才获得了博见广识。而他所认可的文人鸿儒是在"好学勤力，博闻强识"的基础上能"博通所能用之者也"。② 文人只有在将自己的见闻学识融会贯通，活学活用的基础上才能有好的文学创作，才能写出传世之作。特别是汉大赋的写作需要作者在大量的古籍阅读、广博的见闻基础上遣词造句，极尽铺排之能事。《淮南子》说："以弋猎博弈之日诵《诗》读《书》，闻识必博矣……凡学者能明于天下之分，通于治乱之本，澄心清意以存之，见其终始，可谓知略矣。"③ 多诵读《诗》《书》，通过对典籍的学习，我们的学问知识就会广博。而且学者懂得用平和的心态、清静的头脑去思考，所以能通晓明白天人关系、治乱根本，从而认识和掌握事物的要略。在这一点上《淮南子》的观点与老庄相似，主张学者要不为先见前识和欲念所囿，保持平和、清净的思维状态，以"心斋""坐忘"的澄净心态去认识和思考，去体认天地之道。

两汉时期的"识"论继承了儒家诗教的传统，主要是从主体学识修养的角度来讨论的，注重创作主体的学识、见闻的积累。强调创作主体要多诵读典籍、多学多问、多闻多见，从而积累学识，扩充见闻，开阔视野识见，并且在创作中能广博运用。

（二）魏晋六朝：诗"识"论的发生与确立

魏晋南北朝时期，我国陷入长期的政治动乱中，政权频繁更替，中央集权瓦解。汉末魏初，儒学式微，儒家的伦理道德不足以维护世道人心。同时道学复兴，社会的动荡、人生的无常使得魏晋士人从老庄哲学中寻求

---

① 黄晖：《论衡校释》，第1082页。
② 黄晖：《论衡校释》，第606页。
③ 何宁：《淮南子集释》，第1422页。

精神支撑。佛教大约在东汉时期传入我国,社会的动荡使人们在佛教中寻求寄托,统治者也支持和鼓励佛教的发展,佛教中广阔的想象空间和讲究心性、虚空的思想都对文学创作和理论批评产生了一定影响。玄学思想在老庄哲学、佛学以及吸收了名家、法家学说的基础上发展起来,嵇康、阮籍提出了"越名教而任自然"。① 魏晋玄学重个性主体的才性、重自然,从而推动了个性自由,促进了文学创作。文学创作开始更加注重声律与情感,讲求抒情性与形式美的统一。儒家的诗学观开始失去权威地位,进入审美解放和文学自觉时期。

"识"进入人物品评,魏晋时期的曹操用人推行"唯才是举",更加注重个人的才性与远识,任人唯能。《世说新语》中用"识"来评价人物,如:

王戎目阮文业:"清伦有鉴识,汉元以来未有此人。"②

王太尉曰:"见裴令公精明朗然,笼盖人上,非凡识也。"③

王大将军与丞相书,称杨朗曰:"世彦识器理政,才隐明断。"④

以"鉴识""识器"来评价人物对于事物、事理透彻明晰的认识;以"远识""非凡识"来评价人物具有不同于寻常人的远见卓识,肯定其所具有的对于事物卓越的认识品鉴能力及思想的深度与远度。

一方面,"识"论逐渐由人物品评进入乐论、文论中。此时诗"识"论表现新的特点,即开始关注对文学本体审美特征的认识,显示了魏晋以来"文的自觉"的风气;而另一方面,汉代以来关注创作主体学识修养积累的"识"论仍然在发展。葛洪说:"音为知者珍,书为识者传。"⑤ 音乐和著书都只为真正懂得理解的人所珍视和传承,而真正的佳作即使不为一时之人所识,也会经历时光的打磨,得以传承和延续下去,为世人所识并珍视。

---

① 嵇康撰,戴明扬校注《嵇康集校注》,人民文学出版社,1962,第234页。
② 刘义庆撰,朱铸禹集注《世说新语汇校集注》,上海古籍出版社,2002,第363页。
③ 刘义庆撰,朱铸禹集注《世说新语汇校集注》,第374页。
④ 刘义庆撰,朱铸禹集注《世说新语汇校集注》,第391页。
⑤ 杨明照:《抱朴子校笺》,中华书局,1991,第434页。

老子说古代体道之士"微妙玄通,深不可识",① 是因为士人对于世间万物大道有着深刻透彻的认识,不是常人所能认识理解的。葛洪则认为文章也是十分精妙而难识的,可见道家"深不可识"的影响。

> 文章微妙,其体难识。夫易见者粗也,难识者精也。夫唯粗也,故铨衡有定焉;夫唯精也,故品藻难一焉。②

他认为对于精妙细微的文章,我们要去认识理解的话就比较难,而且品鉴时也难以达成一致的评价标准。不同的鉴赏者有不同的认识和品悟,同样的作品有的人能识得其中的妙处,有的人只是一览而过,品鉴不到其中的精彩之处。

刘勰真正将"识"论转化为对文本审美特征之"识",在《文心雕龙》《知音》篇中,他说:"凡操千曲而后晓声,观千剑而后识器;故圆照之象,务先博观。"③ 并由此提出了品鉴文学作品的"六观",说明对于文学作品的认识和评价能力是读者在阅读大量的作品,并且对其审美特点进行全面鉴赏的基础上才逐渐形成的。

> 夫缀文者情动而辞发,观文者披文以入情,沿波讨源,虽幽必显。世远莫见其面,觇文辄见其心,岂成篇之足深,患识照之自浅耳。④

文学作品是作者情感的表现,而鉴赏者通过作品的文辞来了解作者的思想情感。虽然作品的创作年代比较久远,不同的作家也有不同的情性,但是如果鉴赏者的识照深邃,能够知人论世、多品多鉴,并且内心聪慧,那么"目瞭(了)则形无不分,心敏则理无不达",⑤ 最终"深识鉴奥,必欢然内怿"。⑥ 读者在细细体味文学作品文辞的基础上,能够看到作品深意,了解作品实质,最终在阅读欣赏时获得审美愉悦,懂得文学作品其中的妙处。

---

① 王弼注,楼宇烈校释《老子道德经注校释》,第33页。
② 杨明照:《抱朴子校笺》,第107页。
③ 刘勰著,范文澜注《文心雕龙注》,第714页。
④ 刘勰著,范文澜注《文心雕龙注》,第715页。刘勰此处的"文"不仅指文章,也包括诗歌。
⑤ 刘勰著,范文澜注《文心雕龙注》,第714页。
⑥ 刘勰著,范文澜注《文心雕龙注》,第714页。

"深识"是读者的一种鉴赏能力，读者进入阅读过程，在理解作品文辞的基础上深入作品的情感意境之中，这时读者的各种识见，如博览群书的学识、广闻博见的见识、主体修养的器识、对文学规律的熟识，都在鉴赏活动中发挥着作用，使得读者内心的感性与理性、灵性与悟性等有机综合的整体心理结构形成鉴赏主体对作品的审美感知能力，读者就能深入认识作品的内涵和意蕴，把握作品中作家的创作个性与情感内涵。

文学创作者应该在多记识前贤言行的基础上，积累词语和典故等，才能下笔成文，并且文藻盛然。萧子显的《南齐书》指出学习前贤的著作和思想对于文学创作的重要作用，"学亚生知，多识前仁。文成笔下，芬藻丽春"。①《文心雕龙》的《事类》篇论述了诗文中引用事类的问题。事类包括创作者在文学作品中所引用的前人有关故事或史实，以及引述的前人、古书中的言辞。首先他列举了《易经》《尚书》对事类的引用，说明了在经典中经常引用前人的话和列举古人有关事迹来说明道理，所以"《大畜》之象：'君子以多识前言往行。'亦有包于文矣"。② 君子多多记住前人的言论和行为，并且在文学创作中灵活使用，有助于丰富和充实文章。那么怎样来积累学识呢？刘勰指出："才自内发，学以外成……学贫者，迍邅于事义；才馁者，劬劳于辞情。"③ 他强调才与学必须内外结合才能发挥作用，认为作者只有坚持学习、广闻博见才能丰富学识。文学创作既需要作者有才气，又需要有广博深厚的学识，才能创作出言之有据、文质兼美的作品来。而运用事类的要求是：作者在学识广博的基础上，选择精约，合乎情理，从而发挥事类在文章中的重要作用。

魏晋时期"识"论开始引入文学理论与批评领域中，诗"识"论在这一时期得以确立。文学鉴赏中读者通过"六观"深入作品，分析作者的情感和作品的内涵，从而识得作品的审美特点。诗人们也开始意识到识宫商对于诗歌创作的重要作用，对后世声律论的发展有着深远的影响。同时讲究作者在广见闻和多勤学的基础上获得对于事物、典籍的博见远识，并且融会贯通地将其运用于文学创作中，展示自己的作品风格。

---

① 萧子显：《南齐书》，第909页。
② 刘勰著，范文澜注《文心雕龙注》，第614页。
③ 刘勰著，范文澜注《文心雕龙注》，第615页。

（三）唐宋时期：诗"识"论的发展

唐宋时诗歌繁荣发展，涌现了许多杰出的诗人，创作了大量诗歌，保存在《全唐诗》中的就有近五万首诗作。所谓"学而优则仕"，科举制度的发展使得文人们的创作功利性加强，也更加注重学识的积累。科举考试的内容涉及经、史、子、集，要求应试者能够广泛涉猎并且熟练运用。而且为了超越前人，诗人们就需要丰富的学识基础、较高的文字驾驭能力和创新能力。特别是盛唐诗歌创作达到高峰后，后世诗人只能另辟蹊径，创作上追求新变，充分表现创作个性，风格流派多样。这一时期总结诗歌创作规律的诗论、诗话也大量涌现。

唐代儒、释、道三家思想并存，特别是禅宗思想为很多诗人和诗论家所接受。唐代统治者注重社会秩序的稳定，提倡儒学，这一时期经学繁盛，诗歌创作使作者重视学识的积累。统治者还继承了前朝的思想文化传统，敬僧礼佛，大量修建寺庙和译介佛经，佛学中的境界说和思维方式都深深影响了诗论。道教也得到了进一步发展，统治者沉迷于道教长生之术，诗人也喜好四处云游，访仙炼丹。

唐诗的形式是多种多样的，诗人们不仅继承了汉魏民歌的传统和前代的五言、七言古诗，而且发展了歌行体的样式，扩展了五言、七言的形式，创造了对音韵格律要求较高的近体诗，讲究平仄、对仗和韵脚一致，要求韵律优美整齐。此阶段诗"识"论得到了充分的发展，诗论家更加注重对于诗歌本身审美特征的把握和认识，重视对近体诗这种新的诗体形式的音韵规律和句法技巧的论述，分析不同诗体、题目的风格及兴趣和审美特征的不同。

作诗首先要识诗歌的题目要义与风格特色。王昌龄的《诗格》指出，作诗"须直道天真，宛媚为上。且须识一切题目义最要，立文多用其意，须令左穿右穴，不可拘捡"。[①] 作者作诗在于直抒胸臆，首先就要识得诗歌题目的要义，明白自己所要表达的意蕴，根据题目的大小、情境来措辞。不同的诗歌题目有不同的表达方式，也有不同的风格特点，唐人徐寅在《雅道机要》中指出："凡为诗者，先须识体格。"[②] 他将诗歌的体格分为繁

---

① 张伯伟：《全唐五代诗格汇考》，江苏古籍出版社，2002，第148页。
② 张伯伟：《全唐五代诗格汇考》，第441页。

杂、质朴、沉静、唯异等十一种。诗歌的体式是确定的，而诗歌体格是诗人根据不同的情感与道理表达的需要来安排的，所以作诗首先要明确体格，从而便于安排诗歌的语言置辞。

唐代诗论在诗人修养论上采取折中的观点，既不忽视诗人的天性自然，也不忽视其学识积累。皎然指出，诗歌创作是诗人本性的一种体现，天赋的"性颖神澈"，还须有才识之助，"识高才劣者，理周而文窒；才多识微者，句佳而味少"。①"识"是指作者对于事物的认知和审美能力，识高的诗人所创作的诗作事理深厚，颇具深味；"才"主要是指诗人的艺术表现能力，才高的作者文辞表现力强。皎然对诗人的才与识二者皆重。用才识来补充天赋，凭天赋运筹才识，这样诗人才能创作出句佳而味永的诗作来。《诗式》中指出诗有七德：

> 一识理；二高古；三典丽；四风流；五精神；六质干；七体裁。②

诗歌的第一德就在于要"识理"，能够剖析和切中事理，表现诗人的识见和理性思维。诗歌往往是诗人的感性与理性思维相结合的产物，没有对于事物、事理的深刻认识和透彻了解，就难以体现作者构思的巧妙。皎然认为诗歌应"有容而有德"，③内容与形式兼具，抒发作者自己的情怀而又能识理，并且独具风格。唐人徐寅也认为作诗要识旨趣、剖道理："凡为诗须能分剖道理，各得其所，不可凝滞。至于一篇之内，善能分剖，方为作者。不能分剖，不识旨趣，自多凝滞。"④ 诗人要能剖析事理，所阐述的思想道理要贯通无滞。

唐诗的艺术美主要表现在两方面：一是积极浪漫主义的表现方法，作者以积极的情感状态充分发挥自己的想象力进行创作，作品恢宏大气，豪壮奔放；二是取境与造境，诗人将自己在生活中所感受事物的情感与特定的意境融合起来。二者结合使唐诗拥有了无与伦比的魅力。佛家把眼、耳、鼻、舌、身、意这六识各自所能辨别的对象称之为"境界"，皎然吸收了佛

---

① 弘法大师撰，王利器校注《文镜秘府论校注》，中国社会科学出版社，1980，第327页。
② 皎然著，李壮鹰校注《诗式校注》，第28页。
③ 皎然著，李壮鹰校注《诗式校注》，第39页。
④ 张伯伟：《全唐五代诗格汇考》，第448页。

家"境界"论,提出了"取境"说,"夫诗人之思,初发取境偏高,则一首举体便高;取境偏逸,则一首举体便逸"。① 取境也就是诗人在对于客观事物声色形态所呈现的物境感知的基础上进行艺术加工,从而创作出真于性情的诗作来。可以说诗人有怎样的六识就有怎样的取境,而取境的不同就决定了诗歌的思想内容与艺术风格的不同。

这一时期的诗"识"论注重对诗歌审美特征的把握和认识,重在分析不同诗体、题目的风格和兴趣以及审美特征的不同。重视诗人的才与识,讲求诗歌内容与形式兼具,作者在作品中抒发自己的情怀而又能识理知趣。禅宗思想深入诗"识"论中,深深影响到宋代诗话。

宋代出现了理学思想,以儒家学说为宗,并且吸收了道家、佛家等思想流派,把天理、仁政、人伦、人欲等统一起来,成了新儒学。理学思想符合统治者在思想上专制的需要。在文学理论批评上,儒家经世致用的思想也开始抬头。北宋前期的诗文革新运动提倡以道为文,以理为诗。强调文学要为政治服务,要求加强创作主体的思想道德修养。诗人在创作中都喜欢用事用典,提倡"以才学为诗,以议论为诗"。②

识诗书理义对于诗歌创作和鉴赏都有着重要的意义。黄庭坚同柳开、石介等人都强调以经义为根本,以文章为道之器。同时他还强调学习前人的佳句善字,在诗歌创作上倡导以故为新,提倡夺胎换骨、点铁成金的作诗方法。范温曾跟随黄庭坚学诗,并且深受禅宗思想的影响,在《潜溪诗眼》中说:"山谷言:'学者若不见古人用意处,但得其皮毛,所以去之更远……故学者要先以识为主,如禅家所谓正法眼者,直须具得此眼目,方可以入道也。"③ 学诗者没有学识积累,在鉴赏诗歌时就难以读懂其中的事类,也就难以读懂诗歌的意蕴,所以学者在诗歌学习中要多读典籍、多培养自己的识见。

宋代禅宗思想进一步传播,《坛经》说:"不识本心,学法无益;识心见性,即悟大意。"④ 参禅者要彻见自己的本来心性,从而觉悟佛理。而且"学道者顿悟菩提,各自观心,自见本性",⑤ 指出学道参禅者是在顿悟中参

---

① 皎然著,李壮鹰校注《诗式校注》,第69页。
② 严羽著,郭绍虞校释《沧浪诗话校释》,第26页。
③ 郭绍虞辑《宋诗话辑佚》,中华书局,1980,第317页。
④ 慧能著,郭朋校释《坛经》,第15页。
⑤ 星云大师:《六祖坛经讲话》,新世界出版社,2008,第50页。

透佛理的,并且主张"无念为宗,无相为体,无往为本"。① 这种参禅的境界较之道家虚静的思想状态更为自由清净,它讲究不去清除意念却完全不被各种思虑所干扰,也不执着于外界的物象、境界,而保持自己内心的空寂,从而无所羁绊地识得自己的心性,参悟到佛理。

范温受到佛学思想的影响,提倡品读文章须有悟门:"识文章者,当如禅家有悟门,夫法门变迁差别,要须自一转语悟入。"② 佛家参禅有悟禅的门道,品读文章也是如此。品读文章的时候"悟"是"识"的前提,读者把握文章语言的关键之处,从而心领神会获得对于为文之法的认识。《潜溪诗眼》是宋代比较有影响的诗话,范温的这一观点影响了后世诗话。严羽也以禅喻诗,提出"大抵禅道惟在妙悟,诗道亦在妙悟"。③ 禅道深邃,往往悟道就在于对生命意义的一种直觉的顿悟和领会,是一种无迹可求、只可神会的境界。而要获得对于诗作的真识,懂得诗道,也就在于"妙悟",诗歌的创作内涵和艺术思维是需要读者去领悟解读的。学诗的过程就是悟诗的过程,而悟有浅深,有一知半解之悟,有透彻之悟,说明在悟诗中,也存在着由于鉴赏主体差异所造成的对诗歌品悟深度的不同。读者只有熟参第一义之作才能达到透彻之悟,懂得诗歌的诗道、诗法与诗体。诗"识"是读者充分发挥自己的直觉思维感受、体验作品的情感,并加以想象、联想而成的。

严羽针对诗坛中江西诗派一味求奇求险的创作倾向和江湖派诗歌格调狭窄的现象指出:

> 夫学诗者以识为主,入门须正,立志须高,以汉魏晋盛唐为师,不作开元天宝以下人物。④

他认为当时诗人的诗作之所以立志不高是由于缺少"识",所以一入诗歌创作的大门就须要有高识卓见为指导,从汉魏盛唐的典籍开始学习,以后才能有基础创作优秀的诗作,这才是入门的正道。而他这里所指的"识"主要是指读者和创作者对于诗歌的辨识能力,具体而言包括诗道,即诗歌

---

① 星云大师:《六祖坛经讲话》,第144页。
② 郭绍虞辑《宋诗话辑佚》,第328页。
③ 严羽著,郭绍虞校释《沧浪诗话校释》,第12页。
④ 严羽著,郭绍虞校释《沧浪诗话校释》,第1页。

的审美特征和内在规律;诗法,即诗的音韵规律和技巧句法等;诗体,即各种不同的诗歌体裁和不同诗家所独有的气象、兴趣、风格等。他提出要"熟参"前人艺术成就高的作品,如汉魏晋盛唐的第一义之作,才能有"真识"。学习典籍既是学习不同的文学形式,也是积累词句以及了解古代政治得失、社会风俗等。

这一时期的诗"识"论不断发展深化,呈现两种观点:一方面重视才学经义,认为多读书、识事理是诗歌创作的基础;另一方面则主张摒弃一味以才学为诗、求奇求险的创作风格,要以识为主,识诗道、诗法和诗体,在此基础上学习典籍,在品读作品中获得透彻之悟。

(四) 明清时期:诗"识"论的深化

明清时期的文学形式趋于多样,诗文、戏剧、小说都各有特色。诗坛人数众多,风格各异,出现了台阁体、茶陵诗派、遗民诗等。而这一时期的诗"识"论不仅在于品评当时的诗歌,也对我国古代"识"论进行了一个整体的评价和总结。宋代特别注重才学,诗人在创作中喜欢用事用典,甚至于以此来卖弄学问。而到了明代,文学创作更是具有很大的功利性。明初封建专制竭力推行程朱理学,复古思想浓厚。科举考试以八股文取仕,使许多文人士子只知"四书""五经"而不识其他著作。文人们狂热地追求学而优则仕,很多诗作丧失了自己本真的性情,充斥诗坛的多是粉饰现实、程式刻板的台阁体和诗味索然的理气诗。明代中叶,民主自由的思想开始萌芽,士大夫们提出了天下不是君王一人的天下的民主思想;在经济上,资本主义运动兴起,学者们提出"农工商皆本业""物竞法则";在文学创作上,文人、诗人也追求"真""性""灵",强调文学是个人性情自由的一种抒发和体现,主真性情,师心而不师古。

李贽批判了当时的假道学家和八股文以及整个封建礼教和儒家道学。他认为八股文是一篇篇失去了童心、真心的假话空话。他提出"童心说",认为优秀的文学作品是作者本真自然状态的呈现,而读书增长学识并不会使作者丧失其童心。李贽说:"夫道理闻见,皆自多读书识义理而来也。古之圣人,曷尝不读书哉!然纵不读书,童心固自在也,纵多读书,亦以护此童心而使之勿失焉耳。"[①] 世人通过多读书识义理来

---

① 李贽:《焚书·续焚书》,中华书局,2009,第98页。

明晰事理，增长自己的见闻。文学创作主体在读书中如果有一定的鉴识能力和思维的独立性，就能够守护自己的自然之性。他在谈到做人与文学创作时说：

> 有二十分见识，便能使发得十分胆，盖识见既大，虽只有四五分胆，亦成十分去矣。是才与胆皆因识见而后充者也。①

在这里识是一种对事物透彻理解、全局把握的智慧。有了大的识见，就有了胆量与气魄抒发自己的见解，在文学创作中发他人之所不敢言，敢于突破八股文学形式的束缚。才与胆都以识为统帅。文学创作主体的广闻博见以及对于事物的鉴别理解能力可以成就作者的才力，而且还能促使作者有创作的胆量。同时这三者又是相辅相成相互促进的，如果空有才力而没有胆量的话就会有所怯而不敢；而才力欠缺那么创作就会是冥行妄作，所以这创作主体的三大素质都要齐备才能落笔惊人。李贽所提出的才、胆、识的创作主体论影响了后世清代诗论家对于文学创作主体要素的论述。

许学夷的《诗源辩体》融合了不同诗学的观点，他继承了严羽"夫学诗者以识为主，入门须正，立志须高"②的观点，提出"学者以识为主，造诣日深，则识见益广也"。③而学诗者提高识见的方法则在于上探先秦汉魏了解诗歌的源头，"不上探三百篇、楚骚、汉、魏，则识不高"。④同时还要下观唐宋，"不遍观元和、晚唐、宋人，则见不广"，⑤从而知晓诗歌的流变和各自的体式规范。

明代诗"识"论认为，作者读诗书，识义理，从而明晓诗歌体式规范，并且守护自己的自然之性，发展了魏晋隋唐时期诗论对于诗人主体修养才与识的论述，并指出了识与才力、胆量的相互关系，以及对于作品高下的影响。这为清代诗论家进一步深入论述识对才学、胆量的作用奠定了基础。

清代封建专制达到顶峰，文化上空前的严酷专制，主要表现在八股取仕和文字狱方面。八股取仕在内容上要求作者必须代圣人立言，要依据

---

① 李贽：《焚书·续焚书》，第 155 页。
② 严羽著，郭绍虞校注《沧浪诗话校释》，第 1 页。
③ 许学夷著，杜维沫校点《诗源辩体》，人民文学出版社，1987，第 319 页。
④ 许学夷著，杜维沫校点《诗源辩体》，第 249 页。
⑤ 许学夷著，杜维沫校点《诗源辩体》，第 249 页。

"四书""五经"等儒家的经典来创作,束缚了文人的创作自由。统治者大力尊孔崇儒,对于离经叛道者加以严惩,有民主或民族色彩的著作一概禁止销售流通,甚至于焚烧。诗人在创作上更加中规中矩,谨言慎行,这大大地束缚了诗歌创作。

这一时期出现了重考据和义理的乾嘉学派,他们学风朴实简洁,重考据,在经学古籍的校订疏解上取得了卓越的成就。乾嘉学派讲究"博学于文",强调要博览群籍,"多学而识"。这样的环境,对于诗人的基本素质也提出了更高的要求。《秋星阁诗话》指出了读书与作者识力的直接关系:

> 诗须识高,而非读书则识不高,而非读书则力不厚;诗须学富,而非读书则学不富……识见日益高,力量日益厚,学问日益富;诗之神理乃日益出,诗之精彩乃日益焕。①

李沂充分肯定了读书对于作者学识丰富的重要作用,认为诗歌创作需要作者平时多读书从而提高识见,开阔视野,提升学力,这样在创作中才能展现自己的高识与笔力,写出事理深厚、文辞精彩的诗歌来。

清代诗论家都十分重视诗人的识,认为识是引导作者才学的关键,是诗人能创作出佳作的基础。如:

> 《续诗品·尚识》:"学如弓弩,才中箭镞。识以领之,方能中鹄。"②

> 《围炉诗话》:"学问以识为本,有识则虚心,虚心则识进;无识则气骄,气骄则识益下。"③

> 《说诗晬语》:"有第一等襟抱,第一等学识,斯有第一等真诗。"④

---

① 李沂著,丁保福编《清诗话》,第915页。
② 李沂著,丁保福编《清诗话》,第1031页。
③ 郭绍虞编选,富寿荪点校《清诗话续编》,上海古籍出版社,1983,第476页。
④ 沈德潜著,霍松林校注《说诗晬语》,第187页。

虚心求学的诗人则识日益增长，造就第一等学识，在创作上也就有深厚的学识、广阔的视野。这样诗人博识多知，下笔才能言之有物，能知取舍。有识的作者就有自己的创见，不会轻易随波逐流，也敢于抒发自己真实的情感，从而不落俗套自成一家，创作出第一等真诗。

清代诗论家继承了魏晋唐宋时期诗论重视诗人主体素养才学的传统，认为诗歌创作者的才、学、识这三者都是创作中不可或缺的重要基础，作者在抒写自己性情的时候，既需要天赋才情，也需要后天学识的积累。如：

《随园诗话》："作史三长：才、学、识，缺一不可。余谓诗亦如之，而识最为先；非识，则才与学俱误用矣。"①

《昭昧詹言》："叙在法，存乎学；写在才气，存乎才；议在胸襟识见，存乎识：一诗必兼才、学、识三者。"②

《筱园诗话》："作史者以才学识为三长，缺一不可。诗家亦然。三者并重，而识为尤先，非识则才与学恐或误用，适以成其背驰也。"③

作者的胸襟、识见决定了诗歌创作的视野和水平，也影响了作者的学力与才能的发挥。作者的识见是在长期的生活实践和学习中积累起来的对于事物的认知能力和对于文学作品的鉴赏能力，而学习历代典籍才能懂得诗法，才能下笔言之有物。而作者的才力在学的积累与识的引导下才能得以充分发挥，写出文质兼美的诗作来。所以诗歌创作需要诗人才、学、识三者兼备。

叶燮的《原诗》继承了刘勰、李贽等人的文学创作主体论，融合了历代诗论中才、学、识论，多角度地论述了识与才、胆、力的相互关系：大凡人无才则心思不出，无胆则笔墨畏缩，无识则不能取舍，无力则不能自

---

① 袁枚著，顾学颉校点《随园诗话》，人民文学出版社，1982，第87页。
② 方东树著，汪绍楹校《昭昧詹言》，人民文学出版社，1961，第235页。
③ 郭绍虞编选，富寿荪点校《清诗话续编》，第2337页。

成一家。① 在才、识、胆、力四者当中又以识为统帅和基础。他认为作为一个诗人，首先要有识，同时具备才、胆、力，就可以创作出佳作来。识对诗歌创作的指导意义在于"惟有识则是非明，是非明则取舍定"，② 识就是诗人所具有的鉴别是非、辨别美丑、选择材料的能力，他既肯定了诗人的心理因素在创作过程中的重要作用，又强调了诗人的认识能力、理智因素的主导意义。识的重要性在于它能提高诗人主体对事物性质、状态的判别以及概括生活现象的能力，以一种高屋建瓴的姿态来指导诗人全局的创作。同时叶燮还指出，"彼无识者，既不能知古来作者之意，并不知其何所与感、触而为诗"，③ 无识之人对古人作品难以理解以及对事物"理、事、情"的认识能力的不足，从而导致创作的局限。

  这一时期"识"论不断深化发展，清代诗论家都十分重视诗人的识，认为识是引导作者才学的关键，是诗人所具有的一种明白事理、选择和驾驭材料的能力，是诗人能创作出佳作的基础。此时"识"论已将前代关于诗人学养之识和对诗歌审美特征品悟之识结合为一体了，并更进一步指出了才、学、胆、力这四者都是诗歌创作不可或缺的重要基础。作者具备创作的胆量，然后其诗才与笔力在学的积累与识的引导下，才能写出文质兼美、句佳味永的诗作来。

三 中国古代"识"论的诗学意义

（一）识与诗歌学习论

  识在诗歌学习当中占有十分重要的地位，一方面，我们通过学习典籍来积累学识。所谓不学诗，无以言，而且古人去日以远，流传下来的主要是各种典籍。今人为了居今识古，积累学识就须要阅读典籍，从而了解古人的风俗习惯、历史发展，并且知晓文学体式与创作规范。另一方面，具体怎样来学诗，就须要以识为指导，明确学诗入门的方法。

  1. 养识与学习典籍

  在诗歌学习的过程中，诗人阅读典籍从而增长学识和了解历代诗歌的

---

① 叶燮等：《原诗·一瓢诗话·说诗晬语》，人民文学出版社，2005，第16页。
② 叶燮等：《原诗·一瓢诗话·说诗晬语》，第25页。
③ 叶燮等：《原诗·一瓢诗话·说诗晬语》，第24页。

发展流变是十分重要的。后人为了知古识古就须要阅读先人留下的史籍，诗人通过长久的知识积累和对文学体式规范的了解，从而在作品中能言之有物，下笔畅言。

孔子注重诗教，要求弟子学诗，并且"多识于鸟兽草木之名"。[①] 现代学者钱穆认为，"多识于鸟兽草木之名"一者在于积累学识，在诗歌创作时能比类相通，感发兴起；二者更在于涵养性情。通过学习各类典籍，多认识草木鸟兽各种名物，并在此基础上感悟天地万物，培养对自然万物的情感，从而形成即景生情，缘物抒情的诗性思维。

诗人要读遍万卷书，穷古今之变，才能获得广博的见闻与深厚的事理。朱庭珍《筱园诗话》认为，诗人读书的内容不限于诸子百家的典籍，稗官杂记也有可读性。"积理云者，非如宋人以理语入诗也，谓读书涉世，每遇事物，无不求洞析所以然之理，以增长识力耳"。[②] 他否定了宋人一味追求以议论理语为诗的创作路径，对在读书和了解世间万事万物的基础上洞悉事理、增长才识学力进行了肯定。而且读书的要点在于能设身处地思考典籍中的言外之情、意外之旨，与古人的情感思维相印证，而且能随时随地留心身边的人情世故与事物变化。

诗人多读书，在创作中就能识见高远，表情达意与古人相呼应。《围炉诗话》载，冯定远指出读书的三大益处："多读书，则胸次自高，出语皆与古人相应，一也；博识多知，文章有根据，二也；所见既多，自知得失，下笔知取舍，三也。"[③] 诗人多读书则见识高远、博学多识，写作时才能避免浅陋，通晓事理，诗作立意高远，与古人相应。而且在不断地学习前人创作的基础上，能够对诗作加以比较分析，培养自己识别诗作优劣的鉴赏能力，从而在自己的创作中知道怎样取舍，最终不断提高自己的创作水平。

2. 有识的学诗方法

在学习的时候要以识为引导，要有学诗的方法与识见。识是诗人能积累学识、充分发挥才力的重要因素。若以有识的方法来指导诗歌学习，那么具体怎样来学习诗歌呢？

大多诗论者肯定了汉、魏、盛唐时期的诗赋，认为这段时期的诗作格

[①] 杨树达：《论语疏证》，第457页。
[②] 郭绍虞编选，富寿荪点校《清诗话续编》，第2331页。
[③] 郭绍虞编选，富寿荪点校《清诗话续编》，第524页。

调不俗，是后人学习诗歌的典范。严羽说："夫学诗者以识为主，入门须正，立志须高，以汉魏晋盛唐为师，不作开元天宝以下人物。"① 他认为学诗者一入诗歌创作的大门就须要有高识卓见为指导，从汉、魏、盛唐的诗歌开始学习，这才是入门的正道。具体而言："先须熟读楚辞，朝夕讽咏以为之本；及读古诗十九首，乐府四篇，李陵苏武汉魏五言皆须熟读，即以李杜二集枕藉观之，如今人之治经，然后博取盛唐名家，酝酿胸中，久之自然悟入。"② 学诗者通过对《楚辞》《古诗十九首》和乐府诗等优秀诗作进行反复品读和讽咏，并且加以揣摩、比较，最终获得对于诗作的真识。

谢榛十分推崇盛唐诗作，他指出："作者当以盛唐为法。盛唐人突然而起，以韵为主，意到辞工，不假雕饰；或命意得句，以韵发端，浑成无迹，此所以为盛唐也。宋人专重转合，刻意精炼，或难于起句，借用傍韵，牵强成章，此所以为宋也。"③ 以盛唐为法，这是因为盛唐的七言绝句严格用韵，词随意遣，不追求雕琢之美，浑然无迹。而相比之下，宋人注重转合，刻意用工，诗作呈现牵强扭捏之态。他提倡学习盛唐诗歌，在创作时要以意为本，词随意遣，使诗作呈现自然无迹之态。

许学夷提出，学诗者要识高见广的话，就要遍观历代诗作，"识贵高，见贵广。不上探三百篇、楚骚、汉、魏，则识不高；不遍观元和、晚唐、宋人，则见不广。识不高，不能究诗体之渊源；见不广，不能穷诗体之汗漫，上不能追蹑风骚，下不能兼收容众也"。④ 他指出学诗者不能只读汉魏诗作而不读《诗经》，这样缺乏了对于诗歌源头的了解；也不能只读近代的诗歌，不知晓唐代诗歌的发展流变。学诗的向上一路是通过上探先秦汉魏作品，遍观唐宋诗作，提高文学素养，形成自己对于诗作的高识广见。具体而言，识高指的是对于先秦汉魏典籍的学习，探究诗歌体式的渊源以及识得诗歌创作规范；见广指遍观唐宋诗作，识得诗歌的发展流变，在自己的诗歌创作中也能继承古风，并能兼容并包融会贯通，形成自己的风格。

历代诗论家都认为，学诗要以识为主，要有学习入门的路径。大家比

---

① 严羽著，郭绍虞校注《沧浪诗话校释》，第1页。
② 严羽著，郭绍虞校注《沧浪诗话校释》，第1页。
③ 严羽著，郭绍虞校注《沧浪诗话校释》，第13页。
④ 许学夷著，杜维沫校点《诗源辩体》，第249页。

较公认的是以汉魏及唐代诗作为法，也有的强调上探到《诗三百》，下至唐宋及近代诗作，在遍观的基础上识体式知流变，在熟悉典籍、积累学识的基础上进行自己的诗歌创新。

（二）识与诗歌鉴赏论

识在诗歌鉴赏中也起到重要的作用，诗歌的品鉴需要"识力"，需要读者在遍览典籍的基础上形成较高的鉴赏能力。读者对于诗歌的有识的鉴赏能力是层层推进的。在中国古代诗论中，识的艺术接受与艺术鉴赏的展开过程包含三个重要的步骤：首先，读者从作品语言符号入手，认识诗作的外在形式；其次，在此基础上深入作品内部，感知作品意象，挖掘作品内涵，识得作品所表达的作者情感和内在意蕴；最后，通过长期对于作品的鉴赏，读者有着识诗的金刚眼，发现悟诗的悟门，并且在读诗、选诗时有着高识宏见。

1. 识的基本形式

在文学鉴赏论中，识主要是指读者对于文学作品外在形式的考察、情感意境的认识，以及内涵意蕴的领悟。

诗歌是表达作者情感与思想的一种文学载体，读者通过阅读诗歌来了解诗人的情感。在这个过程中，读者的鉴赏活动先从作品语言符号进入，然后感知文学作品的形式美和内在意蕴。刘勰提出了"六观"：

> 是以将阅文情，先标六观：一观位体，二观置辞，三观通变，四观奇正，五观事义，六观宫商。斯术既形，则优劣见矣。[1]

首先，读者认识文学作品的体裁、置辞、宫商等外在形式。通过对"六观"的考察，读者基本上可以判定文学作品的优劣。

作者在创作时是"设情以位体"，我们在鉴赏的时候首先就要考察作者所选择的文学体裁和他的情感是否相符合，不同的体裁适合表现作者不同的思想感情。而在鉴赏诗歌的时候，所谓"诗有恒裁"，[2] 我们要考察诗歌的体制形式，包括它的结构形式和篇幅容量，从而由体入手品析诗歌的内

---

[1] 刘勰著，范文澜注《文心雕龙注》，第715页。
[2] 刘勰著，范文澜注《文心雕龙注》，第67~68页。

容,斟酌文章的思想和主题。然后"观置辞",语言是诗人思想情感表达的载体,鉴赏时从诗歌具体的语言运用与安排入手,由言及意领悟作者言辞间所寄寓的思想意蕴。

针对魏晋南北朝时期摹古竞今和逐奇失正的风气,刘勰指出,鉴赏诗作要分析和考察诗作的会通和适变,以及是否于古有所继承和适今有所创新。许学夷也提出了要"审其源流,识其正变"。① 考察作品中的通与变,就可以了解到作者的才学与识力。作者在"先博览以精阅"的基础上,兼容并包融会贯通,从而在继承古人的基础上有自己的创新。诗作风格上要"执正以驭奇",② 形式上要典雅庄重,同时在继承前人的基础上也要有一定的新变,有自己独特的思想识见、多样化的艺术描写方法、新奇的文辞和奇异的用事,但又不能逐奇而失正。

其次,"五观事义",朱自清先生说:"事,人事也。义,理也。引古事以证道理,叫作'事义'。"③ 六朝文人十分重视用典,《文心雕龙》中有《事类》篇专论,鉴赏诗作时要考察作品中用典及所阐明的义理是否恰当。所谓"学贫者,迍邅于事义;才馁者,劬劳于辞情"。④ 从品读诗作中所征引的事类可以窥见作者学识的深浅和才能的高低。

最后,"观宫商",就是考察作品的声律。诗歌作为一种文学样式与其他文体有别,最直接的表现就是讲究"宫商"。刘勰提倡诗作"声转于吻,玲玲如振玉;辞靡于耳,累累如贯珠",⑤ 具有这样振玉贯珠般动听的音乐美与节奏美。

通过对诗作这几个方面的考察,读者可以把握作品的基本特点,从大体上判别作品的优劣,并且为进一步理解作品内在的情感和深层意蕴打下基础。

2. 识的内在情感

性情心志是作者诗歌创作的本源,《毛诗大序》中讲道:"诗者,志之所之也。在心为志,发言为诗。情动于中而形于言。"⑥ 在对文学作品的基

---

① 许学夷著,杜维沫校点《诗源辩体》,第1页。
② 刘勰著,范文澜注《文心雕龙注》,第531页。
③ 朱自清:《朱自清古典文学论文集》上册,上海古籍出版社,1981,第40页。
④ 刘勰著,范文澜注《文心雕龙注》,第615页。
⑤ 刘勰著,范文澜注《文心雕龙注》,第553页。
⑥ 李学勤:《毛诗正义》,北京大学出版社,1999,第6页。

本形式有了认识后，鉴赏主体再进一步结合自己的情感体验与认识能力，并且发挥自己的想象，进入作品的情境，由浅入深地去探究和挖掘文字深层所表达的意蕴与情感。

读者沿着对作品文辞的认识，追溯对作者情感的探索。刘勰说："夫缀文者情动而辞发，观文者披文以入情，沿波讨源，虽幽必显。"① 读者深入作品进行审美情感的体验，从而感同身受地认识和体悟作者的情感内涵。因此读者要从总体上把握和鉴赏诗歌作品，不能仅停留在论字论句上。许学夷认为："论字不如论句，论句不如论篇，论篇不如论人，论人不如论代。"② 在考察历代诗歌的创作风格与特色的基础上，把握诗歌发展流变的历史，了解诗人生活的特定情境，从而从整体上把握诗歌的格调特征，获得对于诗作内涵与诗人情感的认识。

有的作品意蕴深厚，需要读者声情并茂地诵读、灵动地领悟和反复长期地品读，才能认识到其内在的情感与意蕴。严羽指出："须歌之抑扬，涕洟满襟，然后为识离骚。"③ 学习典籍也是一个渐进的过程，"读《骚》之久，方识真味"。④ 再者，不同的时期与情境，读者对于作品的认识与感悟也会有所不同。而在这种长期鉴赏诗作的基础上，也就培养出对文学作品的鉴赏能力。

读者通过把握诗作中的意象和所呈现的意境来感知诗作的格调与意蕴。李东阳说："诗贵意，意贵远不贵近，贵淡不贵浓。浓而近者易识，淡而远者难知。"⑤ 所谓"浓而近者"，就是作者直抒胸臆，情感不加约束，读者读来就能直接感受作者要表达的情感。所谓"淡而远者"，是作者通过叙事、写景间接地表达情感，读者要品味作者的思想情感就比较难。读者就须要在"六观"的基础上，融入自己的理解和想象，从而深刻地领悟和体会诗作内在的情感意蕴。

读者在"六观"的基础上发现并认识作品中的"异彩"，把握作家独特的创作个性，发掘作品的不同寻常之处。刘勰在《知音》篇中说，"见异，

---

① 刘勰著，范文澜注《文心雕龙注》，第715页。
② 许学夷著，杜维沫校点《诗源辩体》，第326页。
③ 严羽著，郭绍虞校注《沧浪诗话校释》，第184页。
④ 严羽著，郭绍虞校注《沧浪诗话校释》，第184页。
⑤ 李东阳撰，王云五主编《麓堂诗话》，商务印书馆，1936，第1页。

唯知音耳",① 在他看来，读者能否发掘作品的"异彩"是读者是否具有深识鉴赏能力的一种体现。读者深识鉴奥，深入作品把握作品的内蕴与本质，捕捉作家创作时的内心情感。有深识的读者能品鉴、认识诗歌内在的情感与意蕴，从而获得一种审美愉悦，"夫唯深识鉴奥，必欢然内怿，譬春台之熙众人，乐饵之止过客"。②

读者通过对作者及其时代的了解，对作品的诵读、领悟以及对诗作中的意象、意境的分析，结合自身的识见，深入认识作品的内涵，从而把握作者的创作个性与情感，识得作品中作者所要表达的思想感情。

3. 识的鉴赏能力

读者通过不断地训练自己对作品外在形式和内在意蕴的认识能力，提高对于诗歌的鉴赏能力，从而对于诗作有了更深、更高或者更为贴切的认识与评价。

很多诗论家都认为，在鉴赏文学作品的时候要以识为主，要正法眼、有悟门，通过自己的领悟识得作品的妙处。

《潜溪诗眼》：学者先以识为主，禅家所谓正法眼，直须具此眼目，方可入道。③

《沧浪诗话》：看诗须着金刚眼睛，庶不眩于旁门小法。④

《潜溪诗眼》：识文章者，当如禅家有悟门。夫法门百千差别，要须自一转语悟入。如古人文章，直须先悟得一处，乃可通其它妙处。⑤

所谓"正法眼"即彻见真理的智慧之眼，金刚眼睛也就是目光锐利能洞彻真理的眼睛，是读者在阅读时以识为引导，把握读诗、学诗的正确方法，最终在长期的阅读鉴赏实践的基础上形成对诗作的认识和理解能力。"悟门"即悟入之门，是觉悟的途径；读者在鉴赏时如果找不到

---

① 刘勰著，范文澜注《文心雕龙注》，第715页。
② 刘勰著，范文澜注《文心雕龙注》，第715页。
③ 郭绍虞辑《宋诗话辑佚》，第317页。
④ 严羽著，郭绍虞校释《沧浪诗话校释》，第134页。
⑤ 郭绍虞辑《宋诗话辑佚》，第328页。

悟门，就难以领悟到诗作的妙处。读者在鉴赏诗作时，要以识为主，有一双窥见作品"悟门"的"法眼"，从而以此为入口，领悟作品和识得诗人用意。

诗歌在作品内容上主要表现为其独特的审美特性，严羽认为因此其在思维方式上也有不同的品读方式——"妙悟"。"悟"指的是一种虚怀澄净地领悟诗歌意蕴的思维方式。要获得对于诗作的真识就在于"妙悟"，"大抵禅道惟在妙悟，诗道亦在妙悟……惟悟乃为当行，乃为本色"。[1] 学诗的过程就是悟诗的过程，读者在阅读中心领神会，彻头彻尾地理解诗歌的创作内涵。他辨识了识与悟二者的关系，指出"蒙蔽其真识……终不悟"，[2] 反之"酝酿胸中，久之自然悟入"。[3] 品读诗歌的方法还在于"熟参"，包括通过遍观、熟读、酝酿和比较等方法来品味诗歌的审美情趣。"作诗必须辨尽诸家体制，然后不为旁门所惑"。[4] "熟参"的诗作首先是汉魏、晋宋、南北朝之诗。其次是沈宋王杨卢骆、陈拾遗、开元天宝诸家、李杜之诗。最后是大历十才子、元和、晚唐诸家、苏黄以下诸家之诗。通过对这些优秀诗作的熟读，再加以反复揣摩、比较，最终获得对于诗作的"真识"，读者能够把握作者的思想情感，读懂作品中的"兴趣"所在。

（三）识与诗歌创作论

诗人在创作中要以识为指导，懂得诗歌的体式规范，有学识积累与自己独立的识见。而识之高低深浅又影响着诗人的文学创作，不同识见的作者，其诗作各有不同的气象与意味。所以诗人在创作中要以识为主导，在作品的选词炼意和格调上有所取舍，有自己的创见，不为时人时风所左右，使诗作气象开阔、别具一格且句佳味永。

1. 以识为创作基点

诗人在进行诗歌创作的时候，首先要具备一定的才力，懂得诗歌的体式规范，有一定的见识视野与学识积累。

诗歌作品有其体式规范与特点，作者要根据诗体来进行创作。《文心雕

---

[1] 严羽著，郭绍虞校释《沧浪诗话校释》，第12页。
[2] 严羽著，郭绍虞校释《沧浪诗话校释》，第12页。
[3] 严羽著，郭绍虞校释《沧浪诗话校释》，第1页。
[4] 严羽著，郭绍虞校释《沧浪诗话校释》，第252页。

龙》的《明诗》篇说："然诗有恒裁，思无定位，随性适分，鲜能圆通。若妙识所难，其易也将至。"① 许学夷在《诗源辩体》中也说："诗之有体，尚矣。"② 诗歌作品的体裁是有一定体式规范的，不同的体裁在体式、格调上各有不同。作者的创作思想也是各有不同的，作者根据自己的个性偏好选择恰当的体裁来进行诗歌创作。

作者的识见决定了诗歌创作的视野和水平，也影响了作者的学力与才能的发挥。以识为先导，作者才学兼备，才能使作者的识得以充分发挥。皎然认为，诗人天资禀赋神澈，而且好学，博览群书而通内典，加以才识之助，具有很好的审美认识能力和艺术表现力，才能有好的创作。他肯定了谢灵运的创作："康乐公早岁能文，性颖神澈，及通内典，心地更精。故所作诗，发皆造极，得非空王之道助邪？"③ 认为谢灵运以才识来辅佐他的天赋，又凭天赋来运筹他的才识，所以能创作出佳作来。李东阳则认为："识得十分，只做得八九分，其一二分乃拘于才力，其沧浪之谓乎？若是者往往而然。然未有识分数少而作分数多者，故识先而力后。"④ 识虽然在诗歌创作中十分重要，但是诗人的识也会拘于才力。诗歌创作需要诗人既有高识又有卓才，才能创作出佳作。

叶燮也指出，诗人"无识则不能取舍"，⑤ "人惟中藏无识，则理、事、情错陈于前，而浑然茫然，是非可否，妍媸黑白，悉眩惑而不能辨，安望其敷而出之为才乎"。⑥ 识是诗人鉴别是非、辨别美丑、选择材料的能力。识欠缺或不足的诗人对事物理、事、情的认识能力不足，在创作中的鉴别能力欠缺，从而导致创作受到局限。而有识的诗人有自己的创作路径，不为时人时事所左右，并且能够充分发挥自己的才、胆、力。

2. 识与创作风格

作者有怎样的识就有怎样的诗歌创作，作者的识之深浅、高低、偏全决定了诗作的内容与格调。诗作是作者本性与才识的展现，不同个性、才识的作者，创作也各具特色。

---

① 刘勰著，范文澜注《文心雕龙注》，第 67～68 页。
② 许学夷著，杜维沫校点《诗源辩体》，第 440 页。
③ 皎然著，李壮鹰校注《诗式校注》，第 118 页。
④ 李东阳撰，王云五主编《麓堂诗话》，第 3 页。
⑤ 叶燮等：《原诗·一瓢诗话·说诗晬语》，第 16 页。
⑥ 叶燮等：《原诗·一瓢诗话·说诗晬语》，第 24 页。

清代毛先舒在《诗辩坻》中指出，作者依据自己的情志来进行创作，是作者内心真实的展现，"神明秀练者，其言芳以洁；意广识通者，其言疏以远"。① "意广识通"的作者见闻广博、识见通达，在创作时也就下笔疏淡高远；"神明秀练"的作者，智慧清明练达，创作高雅纯正。作者性颖神澈、博览群书，具有深厚的文学素养，并且对事物具有较高的认识和审美能力，就能创作出句佳而味永的作品来。

具有不同识的作者在创作时会有高下之分，即便写同样题材的诗歌，诗歌的措辞、意蕴、境界都会有差别。皎然认为："识高才劣者，理周而文窒；才多识微者，句佳而味少。"② 欠缺了才力仅有高识的作者，诗作虽然事理周密，但是诗人在驾驭文辞时容易陷入阻塞；才力充沛而识见不足的作者，善于驾驭文辞创作出佳句来，但是诗歌在内涵上可能缺乏隽永的意味。

作者提高了自己的识见、视野与学力，在创作中才能展现自己的高识、笔力与学问，从而写出事理深厚、文辞精彩的诗歌来。李沂在《秋星阁诗话》中指出："识见日益高，力量日益厚，学问日益富；诗之神理乃日益出，诗之精彩乃日益焕。"③ 他肯定了作者具有高远的见识、深厚的笔力、丰富的学问，在创作时就能展现诗歌的神理，焕发诗作的精彩。而这样的功力也需要诗人日积月累的锻炼与创作，将自己的识见、学问与笔力相结合并充分发挥。总之，作者的学识与识力很大程度上决定了诗作的内容与格调，所以为了焕发诗歌的神理，创作出精彩的诗作，诗人就要努力培养自己的全识、高识。

结　语

古代诗论中识的内涵是丰富而多层次的，具有深厚的诗学意义。从儒、释、道三家为发端，其中，老庄认为，在认识事物时我们不能被先见前识所扰，要以澄净空明的心态去体认天地之道；儒家则提倡，我们要多读典籍、多闻见以积累学识，并且做到知行合一；佛家提出了"八识"说，认

---

① 郭绍虞编选，富寿荪点校《清诗话续编》，第11页。
② 弘法大师撰，王利器校注《文镜秘府论校注》，第327页。
③ 李沂著，丁保福编《清诗话》，第915页。

为一切事物都是人心识的作用，以人心识世间万象。识进入诗学领域，则与诗人的主体修养和思维方式有着密切的关系，其内涵随着历代诗论的不断发展而丰富充实。在不同时期的以识评诗的著作中，名称不断出现、变化、增加，具体表现为：至识、闻识、识知、识理、识见、学识、识力等，对于识的阐述也逐渐深入。

两汉时期的"识"论继承了儒家诗教的传统，强调创作主体要多诵读典籍、多学多问、多闻多见，并且在创作中能博通所能用。魏晋六朝时期，"识"论开始正式进入诗学领域：一是指人的学识，诗人只有多诵读典籍，学问才会广博，在诗歌创作中才能灵活运用事类并且言之有物；二是指读者对文学作品的鉴赏能力，文学作品的认识和评价能力需要读者长期积累阅读经验，只有对作品进行全面的观察分析，读者才能在阅读欣赏时懂得作品中的妙处，获得审美愉悦。

唐代诗"识"论在汉魏六朝"识"论的基础上继续发展，诗论家注重对诗歌审美特征的把握和认识，重在分析不同诗体、题目的风格与兴趣以及审美特征的不同。诗论家受到禅宗思想的影响，提出了"取境"说，并影响了后世诗话。宋代诗"识"论不断发展深化，识影响诗人的创作，识高的诗人所创作的作品往往事理深厚、颇具意味。一方面重视才学经义，认为多读书、识事理是诗歌创作的基础；另一方面认为要摒弃一味以才学为诗、求奇求险的创作风格。范温、严羽以禅喻诗，指出学诗有悟门，读者在品读、领悟作品中获得真识，同时要识诗道、诗法和诗体。

明清时期提倡读书识理，李贽对于诗人的才、胆皆重视。清代诗论家继承了前朝诗论家重视诗人主体素养的才学传统，在此基础上提出了与识相互影响的才、学、力、胆等主体因素。他们认为识是引导和发挥作者才学的关键，且能使得作者有创作的胆量。有识是诗人能创作出佳作的关键。

诗"识"论不仅体现在对于作者本身学识素养的培养中，还体现在诗歌鉴赏和创作当中。

识首先是指我们对于事物的认知、审美能力以及学识积累，诗人只有在广识博见、多诵读典籍的基础上融会贯通，才能有好的诗歌创作。在学诗时，一入诗歌创作的大门就须要以高识卓见为指导，有正确的学习诗歌的方法与路径。历代诗论家提倡从《诗经》《楚辞》及汉魏唐代的典籍开始学习，识诗歌发展流变与体式规范。

识指我们对于文学作品的鉴赏能力，读者长期的阅读经验的积累逐渐形成对文学作品的认识和评价的能力，同时读者需要一双窥见作品悟门的法眼，从而以此为入口，细细体味文学作品。读者通过辨体制、观置辞、识宫商，并深入了解诗人创作的时代和背景以及分析诗作的意象，才能领悟作品，识得诗人用意与作品中的妙处与"异彩"。

识影响诗人创作的格调，识高的诗人所创作的作品往往事理深厚，句佳味永。诗歌创作需要作者平时多读书、多闻见从而提高识见，开阔视野，提升学力，这样在创作中才能展现自己的高识、笔力与学问，从而写出事理深厚、文辞精彩的诗歌来。我们通过感官的闻见而获得对于事物的感知与认识，通过不断学习典籍来了解不同的文学形式，积累词句以及知晓古代政治得失、社会风俗。

识又与才、学、胆、力相互影响，诗人兼具学与识，在创作上也就有深厚的学识、广阔的视野，有识见又有创作胆量的作者也就不会轻易随波逐流，敢于抒发自己的真情实感和表达自己独特的思想。而作者的诗才与笔力在学的积累与识的引导下才能得以充分发挥，使作者懂得驾驭文辞、选词炼意，写出文质兼美的诗作来。

总之，识主要指诗歌创作者学习诗歌时的方法，以及通过积学、广见、博闻、多鉴等方法而形成的有高识的创作能力和对诗作的审美感知理解能力。中国古代诗"识"论对诗人学诗、作诗与鉴诗有重要的借鉴意义，具有深厚的诗学价值。

·附录·

《中国古代诗"识"论研究》写作过程

一　缘起

张文秀：2010年9月，我有幸考入首都师范大学文艺学专业，师从贾奋然老师攻读中国古代文论。一入学，贾老师就教导我要研读先秦哲学和中国古代文论的基本文献，疏通中国古代文论演化发展的基本历史脉络，并在通读文献的基础上精读重点篇目，在研读中发现问题，找到自己的研究兴趣，确立自己的研究点。

在接下来一年多的学习时间里，我阅读了《周易》《老子》《庄子》《论语》等先秦哲学经典，并重点研读了中国历代文论中的重要文献，通读了王运熙先生主编的《中国文学批评通史》。同时，我选修了王南老师的"中国诗学研究"课，在此期间也研读了唐宋的一些主要诗话，如《沧浪诗话》等。我本科时的毕业论文，研究的是叶燮《原诗》中的才、胆、识、力论。在这些知识积累的基础上，我查阅了一些书籍和资料，在此过程中我发现，识在文学创作、文学鉴赏中都起到比较重要的作用。因此我研读了与"识"论相关的历代文论、诗论、词论，发现识在很多文献中都有不同程度的提及，有的甚至将识提到了第一位。总体上，识的内涵是较为深厚的，从《文心雕龙》中的"深识鉴奥"，发展到唐宋的众多诗话，如《全唐诗话》《沧浪诗话》都对此有所论及。到明清时，识在诗话中继续发展，如《麓堂诗话》《围炉诗话》和《原诗》等都有对识的系统总结。识的整体内容较为丰富，有着较为明晰的发展脉络。可以说识在整个古代文论史上是一以贯之的，到了宋代严羽《沧浪诗话》和清代叶燮《原诗》中发展到一个高峰，成为一个比较成熟系统的理论。关于这些，前人的研究都比较少，所以我觉得"识"论尚有较大的言说空间，于是我的毕业论文选择了"识"论这个论题。

贾奋然：文秀的这个论文选题，我觉得是个不错的选题，有一定的学术价值，学界虽然对严羽《沧浪诗话》和清代叶燮《原诗》中的识观念有较多研究，但对识的文化渊源及其他诗话中的识观念研究相对较少，特别是将识作为一个诗学范畴的历史演化脉络进行系统的研究尚很欠缺，论文应该有较大的开拓空间。但这篇论文的写作难度不小，论文选题大，涉及很多与"识"论相关的文献资料，所以我要求她首先要尽量全面地搜集到关于识的相关文献和资料。"识"论应该在哲学、宗教、文论、诗论、词论、书论、画论中都有体现，但是那样面就太广了，我建议她在写作时可以限定在文论、诗论中的"识"论，但也要对文论中识观念的文化来源有所涉及。论文最重要的是一定要有自己的创新之处，这样的论文才有学术价值。所以她这篇论文的创新点和重点就在于对文学中的识观念进行文化溯源和对系统的"识"论发展脉络做历史性的梳理。

二 开题过程

张文秀：在导师的引导和答疑下，我进一步搜集有关资料，查阅了大量的文论、诗论的文献资料。

我首先翻阅了《十三经》及佛经，研读"识"论的文化渊源。然后在通读《中国文学批评通史》的基础上，搜罗历代文论、诗论，诸如《文心雕龙》《沧浪诗话》《宋诗话辑佚》《明诗话全编》《历代诗话》《历代诗话续编》等文献。在深入研读了这些文献的基础上，我整理了历代文论、诗论对于识的论述，并进行总结提炼。我发掘"识"论的起源，发现儒家、佛家都有关于识的论述，并且影响到后世的文论、诗论。然后梳理"识"论的发展脉络，历代文论、诗论都有关于识的不同论述，诸如《文心雕龙》《沧浪诗话》《随园诗话》《焚书》《原诗》，特别是明清的诗话中有许多关于识的论述。在研读这些文献的基础上，我确立了识的内涵，并且提炼与"识"论相关的问题，如文学创作中的才学问题。

同时我从知网上下载了一些相关的论文、论著。首先我下载了研究生论文库中关于文论范畴的论文，如闫金玲的《中国古代文论"观"范畴的方法论研究》，通过研读她的论文，我对用什么方式来梳理，可以从哪些角度来展开论述都有了更清晰的认识。再者我下载了几篇有关"识"论的论文以及一些涉及"识"论的经学、文论、诗话的研究材料。总结前人的研究，我发现关于"识"论的研究主要是散见于一些相关文论、诗话的研究中，特别是对《沧浪诗话》和《原诗》中"识"论的研究比较多，主要论述了"妙悟"说和"学诗者以识为主"之间的辩证关系，《原诗》的研究则阐明了理、事、情与才、胆、识、力的相互关系及识在这其中所占的主导地位。这些研究比较明确地论述了识的内涵和意义，但仍局限于文论本身而没有展开研究。也有一部分进行了对比分析，将相关的"识"论加以辨析总结，但主要是将两位文论家或者一个时期关于识的观点进行论述、比较和分析。如吴瑞霞的《刘勰与严羽之识思维特征辨析》，从刘勰《知音》篇的"识照"和严羽的"以识为主"出发，对识进行了基本的理论定位，分析了二者各自的内涵和意义，从而得出二者在内涵和思维方式上的区别。姜仁达的《作家个性心理的理论建构与发展——刘勰才、气、学、习论与叶燮才、胆、识、力论比较》认为，二者理论建树都比较系统完整，并将二人观点中的范畴一一对比分析，论述了其理论的相通之处和各自的特色，指出其理论的现实针对性。这些研究将视野拓展开来，开始注意到识前后发展的继承和延续。也有的着眼于佛学对于"识"论的影响，指出很多文论家受到当时佛学思想的影响。但是现有的研究没有深入地挖掘识的经学来源和字源学意义。总体来说，现有研究大都局限于几本比较重要的诗话，而没有深入地挖掘和探讨关于识的更多文论、诗论和前后的继承发展。

在前人研究的基础上，结合古代"识"论的文献资料，我确立了论文的提纲，第一部分主要梳理"识"论的源流及发展脉络，渊源主要指向字源学、儒家及佛家，发展脉络则按照朝代先后顺序分阶段来推进；第二部分阐述与识相关的两个问题：文学鉴赏和文学创作。本论文研究的重点就是对识进行一个整体的梳理，打通历代文论、诗话当中对于识的论述。追溯其渊源，研究其内涵，考察其流变和影响。通过对识的文论、诗论做一个较为深入的整理和详尽的论述，深入研究识深厚的多重内涵及其在文论和文学创作中起到的具体的重要作用，让人们对识的内涵、意义和作用有一个更为深入的了解和认识。

贾奋然：文秀这篇论文的重点在于"识"论的溯源和系统的历史脉络。看过她的论文提纲后，我觉得大体思路还可以，但是研究还不够深入，特别是在"识"论的溯源和展开论述上，还须要进一步搜集资料，充实论文。比如，除了儒家、佛家有关于识的论述外，道家的"微妙玄通，深不可识"中的"识"指的是"难识"，这也是"识"论的渊源。在梳理"识"论的发展脉络时，一定要梳理清楚前后的因袭关系，总结前代的"识"论内涵及对后世"识"论所产生的影响。而且"识"论还与才、学等相关，论文在第二部分的展开中也要对此论述清楚。在阅读原著的时候，我要求文秀一定要通读全书，了解作者其人和所处时代的历史、文化背景，这样才能避免断章取义，尽可能地对文本做出较为客观、合理的阐释。

张文秀：在贾老师的指导下，我进一步调整论文思路，在论文的第一部分中论述溯源时，一方面从字源学出发，另一方面从中国经典传统文化儒、释、道三家学说出发，论述经学、佛教思想对于诗"识"论的影响。在梳理"识"论的发展脉络时，我在整理所有文献的"识"论的基础上，梳理了历代"识"论演化发展的历史脉络，并提炼出"识"论的基本内涵。论文的第二部分补充了"识"论与诗文学习的关系。在学诗文时，一入文学创作的大门就须要以高识卓见为指导，有正确的学习文学的方法与路径。作者只有在广识博见、多诵读典籍的基础上进行融会贯通，才能有好的文学创作。这样，论文第二部分就从诗文学习、诗文创作、诗文鉴赏三个部分来阐述"识"论。

本文的创新点也就在于：（1）对于识渊源的发掘和对整体发展沿袭脉络的研究。有的诗论当中的识，前人很少论及，如《怀麓堂诗话》《全唐诗话》等。而本文将梳理"识"论从发生、发展再到成熟的整个历史过程，将刘勰、严羽、李东阳、刘熙载、叶燮等人的"识"论放置在整个识的历史演化轨迹中进行系统阐释和价值定位，从而发掘识在文论、诗论中的渊源，并且在对相关文论、诗话系统整理的基础上总结识的具体的多重内涵，从而充实和完善识的内涵和意义，将前人的研究融会贯通。（2）在整理中国古代"识"论的历史演化的基础上，明确识对于文学学习、鉴赏和创作的重要意义。前人研究一般局限于怎样培养识和论述识在诗话中的内涵意义，而没有对于识的意义、作用进行深入的研究。本文将总结识主要在这三个方面所发挥的重要作用，从而明确怎样以识为指导来进行诗文创作，进一步指出识在古代文论中所占有的重要地位，以及对于后世和今人的重要影响。

导师组：这个论文题目比较有价值，甚至可以做一篇很好的博士论文了。但是作为硕士论文来说，"识"论的文论、诗论的论述范围还是很广的，可以限定在诗论，这样论述会更集中，写作时也能更好把握。在"识"论渊源的论述上，字源学的资料要充实一点，仅仅依据《说文解字》，则资料太少。儒、释、道三家的文化博大精深，在论述的时候一定要阐述清楚识与儒、释、道三家的文化渊源。

三　论文写作

张文秀：开题答辩后，我总结采纳了导师们所提出的写作建议，对于论文的论述范围再次做了限制，定位在中国古代诗"识"论研究上，主要论述与识相关的诗论，总结诗"识"论的内涵，梳理诗"识"论的发展脉络。在论文的写作过程中，时常遇到一些难题，导师总是给我指导，指出写作的方法，让我豁然开朗。

贾奋然：在写作方法上，我对文秀强调，要注意历史和逻辑的统一。在了解各个时代的历史、文化背景的基础上，注重同一时代诗论之间的相互联系，以及前世对于后世诗"识"论的影响及其内在联系，并进行对比分析，明确其前后的因袭和发展变化的历史脉络。特别强调要结合历史、文化背景对诗"识"论演化的历史脉络进行深入阐释。她在梳理诗"识"论的发展时，魏晋时期文献较少，论述较薄弱，我建议她应关注这一时期的才性论、乐论中的"识"论对诗"识"论的影响,阐述清楚其中的内在影响关系,从而探讨此阶段从重主体之修养之识向重视艺术形式的审美特征之识的转变。

张文秀:我的论文的第一部分主要是梳理诗"识"论的文化渊源和发展脉络,明确诗识的内涵及其理论意义。我从儒、释、道三家学说中挖掘识的文化渊源,对道家老庄认为在认识事物时不能被先见前识所扰,要以澄净空明的心态去体认天地之道进行了论述。儒家则提倡我们要多读典籍、多闻见以积累学识,并且做到知行合一。佛家提出了"八识"说,认为一切事物都是人心识的作用,以人心识世间万象。同时阐述了这三家学说对后世"识"论所产生的深远影响。然后梳理历代诗"识"论的发展脉络,在前人研究的基础上,充实和完善识的内涵。但是在写作中我发现魏晋时期诗"识"论的文献较少,这一节感觉不够充实。在贾老师的引导下,我查阅了《世说新语》《抱朴子》《南齐书》《文心雕龙》等文献,从魏晋玄学重视主体才性、重审美形式的文化背景出发,论述"识"论由人物品评逐渐进入乐论、文论中的过程,才使这一部分内容逐渐充实起来。

我在论述历代诗"识"论内涵的基础上,注重论述各个阶段诗"识"论的通变关系,如在"两汉时期:诗'识'论的萌芽期"部分,我论述了两汉时期的"识"论继承了儒家诗教的传统,强调创作主体要多诵读典籍、多学多问、多闻多见,并且在创作中能博通所能用。在"魏晋六朝:诗'识'论的发生与确立"部分,诗"识"论有了新的变化,开始关注对文学本体审美特征的认识。"唐宋时期:诗'识'论的发展",发展了魏晋六朝对诗歌审美特征的识观念,对不同诗体及其体式等审美特征有更全面的识,充分阐释了难识的观念,如"妙悟"。"明清时期:诗'识'论的深化",我论述了明清时期提倡读书识理,李贽对于诗人的才、胆、识皆重,清代诗论家继承了前朝诗论重视诗人主体素养的传统,在此基础上提出了与识相互影响的才、学、力、胆等主体因素。这样诗识论的发展脉络更加清晰。

论文第二部分从诗歌学习、诗歌创作、诗歌鉴赏三个方面论述识的重要作用,从而进一步阐释识的意义和作用。论述关于识在诗歌学习中的指导作用,为创作者怎样培养自己的识指明了方向和方法;论述识在诗歌鉴赏中的重要意义,启发我们怎样提高文学鉴赏能力;而识对于诗歌创作的重要作用,让作者了解通过怎样的途径使自己的创作更有深见远识,作者识见的不同也决定了作品风格的不同。最后论文总结识的多重理论内涵,从而明确了诗"识"论在中国古代诗论史上的意义和价值。

四 研究总结

(一) 导师评价

导师组：这篇论文的选题比较好，有较大的研究空间，是一篇具有一定学术价值的论文。而且论文选题还有继续做的空间，如继续研究文"识"论、词"识"论、曲"识"论，乐论中的识，画论中的识等。

全文对中国古代诗"识"论展开了论述，从字源学和儒、释、道三家的文化渊源出发，按照历史阶段，结合《文心雕龙》《沧浪诗话》《焚书》《原诗》等梳理了历代诗话中的"识"论。并且展开论述了识与文学学习、文学创作、文学鉴赏的相互关系，深化了诗"识"论的内涵，总结了诗"识"论的理论价值。是一篇综合性较强，论述有理有据的学术论文。但是论文第一部分的论述展开得还不够充分，对于"识"论的文化渊源可以再深挖，儒释道文化对后世"识"论的影响可以描述得更为清晰具体。总体来说，这是一篇优秀的硕士学位论文。

(二) 自我述评

《中国古代诗"识"论研究》这篇论文的完成，可以说给我的研究生学习画上了一个比较圆满的句号。这篇论文的综合性决定了我写作的难度，从搜集文献资料、开题后调整论文主体内容，到写初稿和最终定稿，几易其稿。通过对这篇论文的写作，锻炼了我查询、整理、研究大量文献的能力。导师贾奋然老师从解答我写作中的困惑，到指导我的论文写作方向、文献整理，甚至对我论文中的标点符号都字斟句酌，可以说是呕心沥血。我这篇论文能顺利完成，贾老师在其中实在是倾注了大量的心血！

感谢老师们在开题答辩和论文答辩时对我论文提出的宝贵意见，感谢贾老师在论文创作过程中给我的指导和帮助！

知识分子写作（1986~2000）
——以当代诗歌场域自主性为中心的考察

赵 薇[*]

通过对 20 世纪八九十年代中国大陆社会转型时期先锋诗歌场域自主性的分析，本文认为 1980 年代的纯诗观念和第三代诗人依靠"运动"方式进入历史的激进自主性诉求，已经与 1990 年代诗歌场进一步分化后的现实状况脱节。一方面，对抗知识分子的消失意味着诗歌的发展更趋自主、自律；另一方面，随着大众文化的兴起和整体阅读环境的改变，诗歌发展的自主性遭遇新的危机。这便促使一些继承了 1980 年代较强知识分子精英意识的诗人，开始探索新历史语境下诗歌写作取得合法性、自主性的有效路径。从 1980 年代末知识分子精神的提出，到 1990 年代中期的个人写作对"反讽""叙事性""历史的个人化"等现代诗歌观念的整合，再至 1990 年代末与民间意识形态的对抗中生成知识分子写作的话语策略，在部分批评家/诗人的积极推动下，部分诗人逐步完成了对知识分子身份的有意强化，而他们自身的写作也终于发展成占据 1990 年代先锋诗歌场主导地位的一种写作范型。这一过程进一步反映了 1990 年代后权力机制对先锋诗歌"干预"方式的转变，即由直接"干预"变为通过批评家或有双重身份的"诗人—批评家"这一重要中介对诗歌生产发生微妙的折射作用。

---

[*] 诗歌理论与批评方向；指导教师：王光明。

引 言

（一）话题及事件回顾

知识分子写作作为一种诗歌话语，主要形成于1990年代的诗歌界。但据西川回忆，早在1987年，他就曾在"青春诗会"上提出知识分子写作。① 1988年由陈东东、西川、老木、贝岭等人创办的民间诗刊《倾向》，倡导"知识分子精神、理想主义信念、艺术节制原则"。② 1993年，欧阳江河把1989年后诗人的知识分子身份列为描述现阶段国内写作的三条线索之一，是1990年代初期诗歌写作"最重要、最具代表性的趋势"。③ 这意味着，某种知识分子精神已不再仅仅是写作倾向、诗学趣味相近的同人主张，而是与诗歌写作的某种深刻的转变相关联。同一时期，王家新在《冯至与我们这一代人》中，谈到了以冯至为代表的知识分子诗人与农民文化的冲突，④中国现代的知识分子精神进一步被阐发为疏离于主旋律，以个体的写作深入生存体验的美学品格。自此，个人写作成为知识分子写作的替换语，得到一部分诗人的认同。

在1990年代相当长的时期内，"知识分子精神"的提法似乎已被人遗忘，只零星见诸一些文章及报刊和小圈子的讨论记录中，⑤ 直到1995年贵州"石虎诗会"后，才开始上升为一个批评家、诗人间的诗歌话题。此后，程光炜以王家新、西川、欧阳江河、陈东东、张曙光、孙文波、肖开愚、

---

① 西川：《西川创作活动年表》，《大意如此》，湖南文艺出版社，1997。
② 《倾向》杂志由陈东东、西川、老木、贝岭等诗人于1988年9月创办，创刊号刊发了张枣、欧阳江河、张真、陈东东、贝岭、西川的诗以及由张真翻译的菲利普·拉根的诗。1990年9月出第二期，1992年春节第三期出版不久后被上海市公安局勒令停刊。在陈东东撰写的发刊词《〈倾向〉的倾向》一文中，该刊物的"倾向"被明确归纳为"一种信念、一种精神，和一种创作原则"，即理想主义信念、知识分子精神，以及节制的原则。
③ 欧阳江河：《89后国内写作：本土气质、中年特征与知识分子身份》，《花城》1993年第5期。
④ 王家新：《冯至与我们这一代人》，《读书》1993年第6期。
⑤ 这些文章包括：欧阳江河、唐晓渡、陈超《对话：中国式的"后现代"理论及其它》（《山花》1995年第5、6期）、王家新《"理想主义"与知识分子精神》（《中华读书报》1995年第6期），以及1997年《北京大学研究生学刊》第1期刊出的《关于90年代诗歌写作的对话》（参与者有姜涛、胡续冬、欧阳江河、孙文波、周瓒、穆青）。

柏桦等人为中心，写出了一系列关于"90年代诗歌"的文章，并引起诗歌界的关注。在这些文章中，程光炜认为，作为"跨时代"的一批诗人，他们近年成功地完成了个人语言转换并且越来越重视现代诗的技艺，"把技艺的成熟与经验的成熟作为检验一个诗人是否正在成熟的一个重要标准"。①1998年2月，一本由程光炜编选并撰写序言的"90年代诗歌选集"《岁月的遗照》出版，引起一定范围内的关注和争议，这本诗选被人们视作1999年"盘峰论争"的导火索之一，而事实上，在此之前，知识分子写作与民间写作诗坛对峙的格局似乎早已暗中拉开。在这个长篇导言中，程光炜第一次正面阐发了知识分子写作的意义和有效性，梳理了这一写作谱系的来龙去脉，并将"叙事能力"视为1990年代诗歌对诗人的特殊要求。这篇文章基本上以1980年代的诗歌为反拨对象来立论，认为"90年代诗人所做的恰好是对'两种诗歌态度'的纠偏工作：一种是服务于意识形态或以反抗的姿态依附于意识形态的态度；另一种是虽然疏离了意识形态，但同时也疏离了知识分子精神的崇尚市井口语的写作态度"。由于文章中出现了诸如"它要求写作者首先是一个具有独立见解和立场的知识分子，其次才是一个诗人""第三代诗人则通过达达的手段对付复杂的诗艺，文化的反抗被降低为文化的表演。《倾向》以及后来更名的《南方诗志》对《今天》《他们》《非非》艺术权威的取代，不是一般意义的一个诗歌思潮对另一诗歌思潮的顶替，它们之间不是连续性的时间和历史的关系，而是福柯所言那种'非连续性的历史关系'，乃是两种不同文化背景下的'知识型构'……"之类的断语，还以大量篇幅重点评论了王家新、欧阳江河、西川、张曙光、孙文波等人的诗歌，此举彻底激怒了后来民间一派的代表人物。1998年底和1999年初，沈浩波发表于《中国图书商报》和《文友》杂志上的《谁在拿"90年代"开涮》，以叫骂的文风直接挑起论争，矛头直指编选者、批评家程光炜，以及肖开愚、欧阳江河、王家新、张曙光等人的诗作，认为以他们的"遗照诗"来指代"90年代诗歌"，造成了对"90年代诗歌"的严重遮蔽。②1999年2月杨克主编的《1998中国新诗年鉴》出版，由于坚所作

---

① 程光炜：《90年代诗歌：另一意义的命名》，《学术思想评论》第1辑，辽宁大学出版社，1997。
② 沈浩波：《谁在拿"90年代"开涮》，《中国图书商报》1998年10月30日，《文友》1999年第1期。

的长序《穿越汉语的诗歌之光》和沈奇的《秋后算账——1998：中国诗坛备忘录》、谢有顺的《诗歌与什么相关》、于坚《诗歌之舌的软与硬》等文章，直接打出"民间写作"的口号，把"口语""日常"等提升为鲜明的诗歌立场，与知识分子写作叫阵。可以感到，这篇文章携带诸多"郁勃不平"之气，在硝烟还未散尽的十年后，沉落为了一个多缝隙的"诗学政治"文本。在文中，诗人于坚构造了一系列二元对立的概念，诸如"口语/普通话""日常/伪知识""永恒/时代""被遮蔽/主流"等，还把近二十年诗歌发展的脉络简单归为两条谱系：所谓"朦胧诗—后朦胧诗（文化诗）—知识分子写作"的谱系是与他们自身的"第三代诗—民间写作"相对的。通过这种构造，第三代诗歌就和朦胧诗站在了一个历史起点上，只不过朦胧诗的出发点是意识形态，而第三代诗的出发点是语言。同时被划清界限的还有以《今天》等流亡海外的"地下写作"和以《他们》《非非》为代表的"民间写作"。前者延续的是朦胧诗的逻辑，以反抗的姿态依附于某种权力的"庞然大物"，而后者则是"口语"的原生态的亘古不变的"沉默"和永远被"遮蔽"的日常经验，其潜台词是：只有民间才代表真正独立的诗歌精神。"地下写作"尊崇的还是"反对派"精神，而到了知识分子写作，干脆就是公然与"庞然大物"相"勾结"了。最后，作者将第三代诗的历史功绩自比胡适解放诗体的白话诗运动，认为"它重新恢复了'汉语'一词一度被普通话所取缔的辽阔领域、它与从语言解放出发的五四白话诗运动是一致的，是对胡适们开先河的白话诗运动的承接和深化"。[①] 至此，过于草率地将口语和白话相混同，用以对抗"作为意识形态工具的普通话写作"的心迹已显露无遗。

论争在1999年4月由中国社会科学院文学研究所、北京市作协、《诗探索》《北京文学》在北京盘峰宾馆联合召开的诗歌研讨会上大规模展开。这一次正面交锋激烈而尖锐，后称"盘峰论争"。大部分民间诗人、知识分子诗人、诗评家到场，包括于坚、伊沙、徐江、沈奇、王家新、程光炜、唐晓渡、西川、西渡、陈超、孙文波等人。双方就诗学与社会文化思潮领域的许多问题展开了火药味十足的论辩，讨论的焦点涵盖了对"民间写作"与"知识分子写作"概念和其价值立场的不同看法，以及诗歌

---

① 于坚：《穿越汉语的诗歌之光》，杨克主编《1998中国新诗年鉴》，花城出版社，1999，第4页。

写作的西方资源与本土化、日常生活及其诗性等许多方面的问题。据当事人回忆，开会过程中也曾上演了互相揭私短、重翻诗坛旧恩怨等插曲。①事后，双方又分别组织了大量的论战文本，一部分算是观点、立场的再清理；另一部分则是媒体介入其中的结果，使得论战涉及的人事范围进一步扩大，但基本已于诗歌探讨无益。这场论争亦被看成"自朦胧诗创作讨论以来，中国诗坛关于诗歌发展方向的最大一次争论"。②

（二）研究方法与概念界定

须承认，借助"自主性"③ 这样一个似乎已经萎缩在1980年代的概念来串起本文的讨论是要冒一定风险的。如果翻开任何一部1980年代以后出版的当代文学史论著，就会发现"新时期"以来的"文学自主性"原则正是由"主体性""文学性""向内转"这样一系列颇具声势的、冲决文学"工具论"的自主性话语建构起来的。对应到诗歌领域，则是以"崛起论""诗的自觉""纯诗"等批评话语完成了现代汉语诗歌"向本体回归"这一趋势的描述。

的确，自主性已沾染了太多成见，因而重新启用这一概念，首先须阐明其适用性和必要性。为了区别于此前泛生的关于文学自律的种种界定，本文对"自主性"（autonomy）的使用主要在法国社会学家皮埃尔·布迪厄（Pierre Bourdieu，又译成"布尔迪厄"）关于文学场的"场域自主性"的论述范围内。布尔迪厄在其探讨1840年以后法国文学场的结构和生成法则的《艺术的法则——文学场的生成和结构》一书中认为，文学场的生成是一个逐渐从权力场中独立而出的历程，随着纯粹美学的自主性原则的确立（如波德莱尔、福楼拜的"纯粹美学目光"，既站在资产者戈蒂耶的"为艺术而

---

① 伊沙：《我所经历的盘峰诗会》http：//tuweishishe.5d6d.com/thread-4038-1-1.html，最后登录时间：2009年7月1日。
② 田涌文：《关于新诗发展方向又起争论》，《中国青年报》1999年5月14日，《新华文摘》1999年第8期。
③ "自主性"（autonomy），又译"自律性"，是一个历史悠久的美学问题，一般认为，"自律性"相对于"他律性"而言，指艺术不受审美之外的功利目的的支配。现代艺术自律观念的确立，一般认为来源于康德的美学、伦理学范畴，在康德的《判断力批判》中，美是"无目的的合目的性"，这是纯粹艺术产生的条件，其后的德国古典美学、马克思主义美学都对这一范畴多有关注。在本文中，对这一概念的使用主要限制在20世纪八九十年代中国当代文学语境中。

艺术"一边，又通过一些形式美学的策略，巧妙地区别于他们)，文学场获得了"相对自主性"(relatively autonomy)。在这期间，一方面，随着文学场内部对"象征资本"的争夺——通过遵循与既定艺术成规相决裂的"永久革命"逻辑，原先的文学场不断裂变出更为先锋、自主性的有限生产场和顺应大众需要或受官方政治权威庇护与认可的大生产场，文学场朝着纯洁化的方向发展；另一方面，文学场仍处在权力场之中，外部力量通过文学场的特殊形态和媒介对其发生折射效应。内部人士迫于斗争的需要，会借助来自于政治场、经济场的力量，争夺文学场域内的统治地位，也会将自身积累的文化资本、象征资本转换为文学场外的经济资本、社会资本，为自己带来一定的经济收益和政治权利，这一双向过程昭示着文学场已确立与外界息息相通的非独立状态。①

那么在此社会学意义上，自主性客观上反映了文学场（诗歌界）与其他社会场域间的密切联系。具体到场域内的每一分子——诗人和批评家身上，这种对于自主性的要求，可宽泛地理解为专注于诗歌本体的写作诉求，能在多大程度上借由诗人、批评家们的文本与行动两方面努力，内化为一种诗歌场的固有逻辑。应该清醒看到的是，这种努力在很大程度上还是一种象征性行为，或者说是一种幻象。这是因为受制于权力场的诗歌场，其自主性状况并非仅仅取决于内部人士的争取，而更应视为一种内外共同作用的、历史性生成的结果。正如1980年代初期《今天》诗歌群体中的一部分诗歌形态之所以能够迅速崛起并最终被转化成易为主流诗界所接受的朦胧诗，除了要靠青年诗人与"崛起论"的先锋批评家们奋起同顽固的权威话语抗辩外，其前提条件的形成不得不归功于1970年代末1980年代初主导文化领域内的"思想解放"以及相对于"文革"时期，国家文艺政策在这一新时期所做出的具有转折意义的调整。也就是说，自主性的获得同样有赖于权力场结构的整体变动。然而不可忽视的是，先锋诗人和批评家们却正是在这一不断求索的过程中确立了他们自身的角色意识和使命感，找到了安身立命之基础，他们的努力因最终促成了一个相对具有自主性的诗歌场的出现并使诗歌自律的观念深入人心而具有功不可没的积极意义。在一大批横空出世的诗歌文本的感染下，一套以所谓"现代主义"为旨趣的

---

① 〔法〕皮埃尔·布迪厄：《艺术的法则——文学场的生成和结构》，刘晖译，中央编译出版社，2001。

美学原则建立了起来，① 受这股"创世激情"的"冲激"，一定时期内从各种角度对朦胧诗进行归纳和美学解释的批评、理论研究性文本层出不穷，② 新时期诗歌由此展开了三十年来场域自主性的自我建构过程。

重提自主性的另一意义在于，现代汉诗发展的自主性状况还密切关系着"'新诗之为诗'的可能性"，这一长久以来困扰中国新诗发展合法性的关键问题。在对其本文的理解中，新诗的自主性并非一个本质化的概念，其内涵会随历史语境的变动而呈现不同特点，在任何阶段都会随着外界对于新诗和诗人自身身份的紧张叩问而被转化为写作的有效性。举例而言，当朦胧诗进入经典化秩序，其审美趣味也日渐老化，随着政治、文化和经济场等外围环境的历史性变迁，它饱经曲折建立起的现代主义美学原则是否仍然有效，有效期是多久？是否会有一种或多种新的自主性设计取而代之？再比如，众所周知，诗歌这种文体一向被视为最纯粹的语言艺术、文学金字塔的至尊尖顶，近三十年来先锋诗歌的探索得失与诗人语言观的变革有着密切关系，那么，究竟一种怎样的诗歌语言可以使1990年代以来的新诗写作摆脱古典诗歌和西方诗歌的双重阴影，重新激活自己的传统？究竟存不存在这样一种理想的诗歌语言，还是说每个时代都潜存多种语言形式的可能？从朦胧诗论争到第三代诗歌的评价，再到1990年代先锋诗歌阵营内部对知识分子写作的争议，在每一次文学场域的自主性原则发生重构的关键时期，新诗的语言问题都会假借"懂与不懂""口语—平民"或"口语—市井""晦涩""西方的语言资源"等似是而非的表面化论断来宣称新诗的自主性危机。因之，新历史语境下，写作者心中的自主性焦虑，就渐渐成为驱策诗人们孜孜不倦地寻找、发布有关某种新语言写作策略的动力之一，成为一种不言自明的游戏规则，以至于20世纪末爆发知识分子写作论争，且论争的双方实际上都是以写作是否够自主性为标准来批驳对手的。

正是在这两点上，不妨将诗歌的场域自主性理解为诗歌场的自主性状况和诗人、评论家们的自主性诉求这样一种既反映了诗的历史又囊括了诗

---

① 在1980年代初的先锋诗歌场中，这一原则主要是由徐敬亚的一系列批评文本建构起来的，在具有广泛影响的《崛起的诗群——评1980年中国诗的现代倾向》《圭臬之死》等文章中都有所体现。

② 对朦胧诗进行较为集中研究的代表性论著有：徐敬亚《崛起的诗群——评1980年中国诗的现代倾向》，同济大学出版社，1989；陈仲义《诗的哗变》，鹭江出版社，1993；王光明《艰难的指向》，时代文艺出版社，1993；程光炜《朦胧诗实验诗艺术论》，长江文艺出版社，1990；陈超《中国探索诗鉴赏辞典》，河北人民出版社，1989；等等。

人的历史的指向写作自律的价值关怀,以避免和纯粹文本层面的"文学性""纯文学""纯诗"等概念混为一谈。例如,有人曾不无忧虑地反思了新时期以来过于狭隘的新诗自主性设计后指出,"那些在'朦胧诗'论争中确立的'规则'每每会以'自主性'的名义,支配其后的诗歌"走向,进而尖锐地批评道,"这使得本已逐渐丧失其批判可能性的'自主性'理念日趋僵化,背离初衷,走向反面……比如,这些年文学对思想界重大话题的沉默无声,对'自由主义'或'保守主义'的盲目依附和对'左翼文化'的简单批评,等等",这些都是又一次对"政治正确"的呼应。① 应该说,这种针对文学批评、文学研究界的反思至今看来还是弥足珍贵的。不过这里引发的疑问首先是:朦胧诗论争是否真的确立下了某种极具权威、一成不变的自主性原则,并是否有能力支配其后的诗歌观念?如果将 1990 年代诗歌界的沉默仅仅归罪于自主性,是否是对自主性更为狭隘的理解?其次,作为一种以语言为本体诉求的文体,新诗写作是否应该依据其语体的独特性来重审它不同于其他文学、艺术场域的自主性要求?继而,作为诗歌知识场域一分子的诗歌批评家、研究者,是否也应根据其言说和研究对象的特点,确立另一种与众不同的诗歌场域自主性?而对这些问题的探讨,正是引入"场域自主性"这一概念的效用所在。从这个意义上说,使用这一概念来考察知识分子写作的生成语境才是有的放矢的,因为所谓"知识分子写作"不过是由 1990 年代的诗人和诗歌批评家们联手建构起来的一套语境性极强的诗歌话语。

一 第三代诗歌运动与 1980 年代中后期的诗歌场

(一) 激进的自主诉求

关于知识分子问题与诗歌关系的思考,并不始于 1990 年代,早在第三代诗歌运动如日中天的 1980 年代中后期,就已有所表达,而整个 1990 年代诗歌的序幕,也被认为是在这个时期暗中开启的。

---

① 赵寻:《八十年代诗歌"场域自主性"重建》,臧棣、肖开愚等编《中国诗歌评论:激情与责任》,人民文学出版社,2002,第 320 页。

近年来，随着几本各具特色的回忆录性质的书籍面世，① 第三代诗人以一种"全民运动"的面目强行进入历史大概已是确凿无疑的了。在一些置身其中又似乎游离其外的"旁观者"眼中，这类自称"毛泽东时代的抒情诗人"们的最大贡献即在于"在毛文体的基础上继续从事语言革命"。② 在那个实验色彩浓厚的时代，身为"朦胧诗的第二批感应群体"，③ 不远万里聚到一起捣鼓诗歌的配方成为时尚。他们热衷成立同人性质的小团体，创办"小杂志"，发布惊世骇俗的诗歌宣言，开展全国性的诗歌大"串联"，素未谋面者因诗而相认，他们四处"流窜"、诗酒人生，朗诵或散布"流氓话语"……这一时期的诗歌活动，容易让人联想起美国的"垮掉派"诗人在1960年代"反文化"运动中扮演的角色，也曾被称为"中国式的达达主义运动"，但其中国特色就在于，他们行为中的勇猛、冒进、赤裸的"弑父"情结，仍然延续的是《今天》地下诗人的"小小传统"，展现了一代人自我意识的苏醒。因而他们一切举动的出发点都具有颠覆保守僵化的主导意识形态继而反抗一切既定写作秩序的特征，这种后来被无限夸大的"诗歌精神"在整个1980年代被视作先锋诗歌薪火相传的隐在精神命脉，④ 不啻为最富活力的自我变革因素。据《非非》的创办者周伦佑回忆，《非非》的前身是流产的《狼们》，提倡所谓"狼性文学"，表现未被驯化的原始生命力，就是为了极力呈现"异端之美"。而作为"非非主义理论"核心的"艺术变构"之说，其理论基础即"任何新艺术都是在对旧的艺术价值及其结构形式的质疑与瓦解中实现自己的"。⑤ 这与其说是一种纯文本层面的诗学价值论，毋宁说是一种急于否定前绩的艺术社会学要求。从这些可以看到，对于当时大多数"非非"式的第三代诗人而言，急切地为自己争取一个更加自由、自主的诗歌写作空间，与在现有基础上通过制造与诗歌场既定书写秩序决裂，以快速获取场中位置的历史动机，极其复杂地掺杂在

---

① 它们是：柏桦《左边——毛泽东时代的抒情诗人》，牛津大学出版社，2001（2009年由江苏文艺出版社出版简体字版）；杨黎《灿烂》，青海人民出版社，2004；周伦佑主编《悬空的圣殿：非非主义20年图志史》，西藏人民出版社，2006；钟鸣《旁观者》，海南出版社，1998；等等。
② 柏桦：《左边——毛泽东时代的抒情诗人》，第154页。
③ 徐敬亚：《圭臬之死》（上），《鸭绿江》1988年第7期。
④ 唐晓渡：《人与事：我所亲历的八十年代〈诗刊〉》，http://www.xici.net/b15597/d7103517.htm，最后访问时间：2002年9月24日。
⑤ 周伦佑：《异端之美的呈现——前非非写作纪事》，《诗探索》1994年第2期。

了一起，这种要求在 1986 年徐敬亚、姜诗元等人策划的，由《深圳青年报》和《诗歌报》联合举办的"中国诗坛 1986 现代诗群体大展"中达到极致。

1986 年可谓第三代诗的"黄金年头"，而此前几年的先锋诗坛虽然有朦胧诗人和"崛起论"的理论家们开道，舒婷也于 1983 年获中国作家协会第一届（1979 ~ 1982）全国优秀新诗（集）奖，但经历了 1983 ~ 1984 年的"清污"运动和各地大大小小的批判、研讨风波后，阴晴不定的主流诗界对于这批"更年轻的诗人"仍相当隔膜。作为严密的意识形态国家机器的一部分，那些把持着正式刊物、"负责甄选并展示符合'指导者'的意图和口味"①的"老辈"人士，很难想象民间诗坛风起云涌、"民刊"正数以百计地冒出来的势头。这一年在兰州召开的"全国新诗理论研讨会"（后称"兰州会议"），对于即将全面出场的第三代诗人来说既是转机也是前奏，卫护先锋诗歌的批评家们给予他们极高的评价，更有甚者认为，与朦胧诗相比，第三代诗才是真正的现代派。在这种高涨的热情下，因《崛起的诗群——评 1980 年中国诗的现代倾向》挨批受整、偏居深圳的徐敬亚"不但没事，反而可以再次掀起一个'崛起'"，而实际上"86 年诗歌大展就是在这次会议上敲定的"。②

如此看来，当时诗歌场域的格局便清楚了起来，第三代诗人们激进的自主性诉求也得到了理解。就是说，如果说 1980 年代初诗歌场域的自主性主要是以所谓"现代主义"的美学原则为主力建构起来的，那么经过一系列生产机制的转化，到了第三代诗人眼里，曾经先锋的朦胧诗显然已在一定程度上获得了主流诗界的认可，"堕落"到了主流文学的行列中。于是第三代诗人自然会一方面承续朦胧诗人对自主性的追求，享有他们的成果和庇护，继续同外部压制做斗争；另一方面，出于一种开拓求新（获取文化资本）的需要，他们又急于彰显自身与朦胧诗的断裂，从而获得符号的身份，体现在诗学策略上，则是"造"新时期文学所竭力恢复的文学性、主体性的"反"，打出"反文化""非理性""反（非）崇高""消灭意象"

---

① 唐晓渡：《人与事：我所亲历的八十年代〈诗刊〉》，http://www.xici.net/b15597/d7103517.htm，最后访问时间：2002 年 9 月 24 日。
② 陈超、李建周：《回望 80 年代：诗歌精神的来处和去向——陈超访谈录》，《新诗评论》2009 年第 1 期。

"日常""诗到语言为止"及砸毁"那些精密得使人头昏的内部结构或奥涩的象征体系"等旗号,① 引发咄咄逼人的"象征性革命",进而走向全面否定的极端。而这恰恰可视为朦胧诗以来的诗歌场朝着进一步自主性方向发展的表现。② 这一过程,正体现了所谓"不断涌现的先锋派来反对已被承认的先锋派的永恒的斗争"。诚如布迪厄所言:"诗歌在连续的革命中被剥夺的东西,虽然只是附属品,却似乎成了定义'诗性'的东西:如抒情性、押韵、格律,所谓诗的隐喻等等。"③ 这一剧烈动作也使得朦胧诗的美学趣味终于演化为文学成规,加速了朦胧诗的经典化进程。对第三代诗人自身而言,类似于一个青年亚文化的抵抗仪式,他们通过此次集体表演与朦胧诗人们在潜隐的精神脉络上圆满会师,完成了徐敬亚在"兰州会议"的发言稿《圭臬之死》中的美学规划,同时也满足了1980年代的诗歌知识分子出演"文化英雄"的内在愿望。事后"中国诗坛1986现代诗群体大展"被一些始终坚称只有个人、没有集体的诗人们认定为"第三代诗歌运动的终结"。④ 他们反复交代参与"中国诗坛1986现代诗群体大展"的动因如何与自己的艺术初衷无关,无非是想要撇清自己,力图从批评家们将第三代(新生代)与朦胧诗合并为新诗潮的文学史叙述谱系中挣脱出来,但基本上已经无济于事了。

---

① 见徐敬亚等编《中国现代主义诗群大观1986—1988》(同济大学出版社,1988)中关于"非非主义""大学生诗派""莽汉主义"的"艺术自释"。
② 关于第三代诗人的出场及其所秉持的诗学策略,以及同1980年代诗歌场域自主性追求间的关系,李建周博士有文给予精彩论述。但在此笔者不能完全同意他的观点:"问题是这样一来,第三代诗人自身就会陷入一种悖论性的历史情境。一方面,他们要接受文学'自主性'的要求,把朦胧诗纳入自己的诗歌谱系。另一方面,他们又要和朦胧诗断裂,以彰显自己的存在价值。这一悖论性的情境使得他们只能造文学'自主性'的反,同时他们又不可能重回50年代诗歌的老路。这就注定了第三代诗人走向极端,对所有诗歌成规的全面否定。"正如本文中所指出的,实际上如果基于在场的诗歌批评和后来的诗歌史对第三代诗人的归纳来看,第三代诗人不是"造"了自主性的"反",而是"造"了此前新时期高扬的文学性、主体性的"反"。和朦胧诗中体现出的那种明晰、强烈的主体意识相比,运动中涌现的大量诗歌却表现一种对主体意识的淡漠、全面消解和碎片化倾向。但在文学社会学层面上,这恰恰是在当时的历史条件下,场域自主性追求不断深化的表现。参见李建周《"化装舞会"或"无物之阵"——论第三代诗歌的生成情境》,《星星诗刊》2008年第2期。
③ 〔法〕皮埃尔·布迪厄:《文化资本与社会炼金术》,包亚明译,上海人民出版社,1997,第83页。
④ 于坚:《答〈诗歌月刊〉问》,《诗歌月刊》2006年第11期。

(二) 纯诗理想

在考察第三代诗歌与 1980 年代中后期的场域自主性关系时，如果简单认同"第三代诗歌"这个本身就很成问题且过于整一化的命名是极不明智的。实际上早就有人指出，应将作为诗歌运动的第三代诗歌和作为创作实体的第三代诗歌区分对待。[①] 如果将第三代诗歌的发生和发展视为不断推动自主性原则进一步成熟并且成绩斐然的过程，那么除了关注行为层面诗人日益激进的自主性诉求外，还须看到第三代诗歌在观念层面向语言本体回归的纯诗化趋向。这同时也是他们和后来 1990 年代的知识分子写作在语言观上见出差别的关键一点。

回顾 1980 年代的先锋诗界就会发现，纯诗理想在当时是作为"根本性的战略转移"[②]来倡导的。当强调主体性的文化逻辑将朦胧诗征用为某种意识形态（思想解放-改革意识形态）的急先锋后，"崛起的诗群"身份迅速暧昧化，沦为遭人摒弃的功利主义代表，这一微妙转化被"觊觎者"们清楚地看在眼里。在 1988 年第三代诗人全面出征的全国新诗研讨会（后称"运河笔会"）上，韩东声称在摆脱了"政治动物""文化动物""历史动物"这三个角色后，诗人必将是另一个"世俗之外的角色"，而"诗歌则一定是超越历史的"。"所以在诗歌中我们应该提倡的不是历史，恰恰是非历史的观点"。[③] 这里固然包含着前述对于甚嚣尘上的诗歌运动的自省意识，倒也恰是时候地廓清了自己日渐鲜明的"为艺术而艺术"的姿态。

此种声音很快得到先锋阵营内部的呼应，如于坚把朦胧诗"从江湖进入庙堂"的命运归咎为对隐喻语言的使用，[④] 这一观念是 1990 年代于坚著名的"拒绝隐喻"的雏形。为韩东、杨黎、于坚等津津乐道的还有"语感"说，认为语感是"灌注着诗人内心生命节奏的有意味的形式"。[⑤] 随之理论界也间或将韩东、于坚等人诗歌中的"语言—生命"意识同非非主义的

[①] 此观点最早出自唐晓渡在 1988 年的全国新诗研讨会（运河笔会）的发言，详见唐晓渡《朦胧诗之后：二次变构和第三代诗》，《磁场与魔方》，北京师范大学出版社，1993。

[②] 唐晓渡：《纯诗：虚妄与真实之间——与公刘先生商榷兼论当代诗歌的价值取向》，《文学评论》1989 年第 2 期。

[③] 韩东：《三个世俗角色之后》，《百家》1989 年第 4 期。

[④] 于坚：《棕皮手记（1982—1989）》，《拒绝隐喻》，云南人民出版社，2004。

[⑤] 见于坚、韩东《在太原的谈话》，《作家》1988 年第 4 期。

"语言还原"相提并论,以此来强调"第三代诗人语言意识的觉醒"。这段时期内,精熟于文本理论的批评家还辅以时兴的新批评、结构主义等语义学方法来分析《他们》诗歌中的语言技巧,① 而更重语言感觉的批评家则善于从口语风格与审美体验所能达到的和谐程度这一点上,对《他们》诗群寄予语言探索的更多希望,认为新生代中最出色的一部分诗人的写作实现了"从认同个人生命到认同话语生命结构的转换",而"这种'纯诗'的追求与三十年代中期诗的'诗是诗'的追求,具有呼应与重逢的性质。但与其把它看成是历史的回归,不如认为是本体论诗歌起点的重临、确认与展开"。② 应该说,这种建立在语言本体论之上的共识在当时的先锋诗歌批评界已基本达成。③ 因而,在 1989 年《文学评论》上,于刘的长文所引发的长达一年的关于诗歌政治功能的讨论中,批评家唐晓渡正是以纯诗观念为新诗自主性进行了"义正词严"的公开辩护。④

(三) 第三代诗歌运动的落潮与自主性危机的开始

第三代诗人掀起了强大的语言革命势头,为自己的诗歌写作活动创造了前所未有的宽松环境。可以看到,从写作到批评,在 1986 年前后,"回到诗歌本身"即使只作为一种口号或泛泛表态的呼声,也是一浪高过一浪,最终传播到"保守阵营"的内部,赢得了兰州会议的召开这样良好开局。⑤ 然而,这一"历史的集结"过程本身具有的过于含混的目的性和投机取向,以及某种倚仗规模造势换取自主性成果的"后遗症",无须多久便暴露了。

---

① 程光炜:《朦胧诗实验诗艺术论》,长江文艺出版社,1990。
② 王光明:《艰难的指向》,时代文艺出版社,1993,第 232 页。
③ 1980 年代的诗歌批评、理论界,已经有不止一人意识到,第三代诗人的实验诗的显著贡献即在于"放弃非诗的立场,重新回归语言的本体",这也算是先锋批评家对于第三代诗人的一个定论。详见程光炜《朦胧诗实验诗艺术论》,及唐晓渡、王光明、陈超等人的批评文章。
④ 唐晓渡说:"而纯诗作为一个诗歌美学问题,所涉及的乃是诗歌这门古老的艺术如何得以存在,并将继续存在下去的本体依据。"见唐晓渡《纯诗:虚妄与真实之间——与公刘先生商榷兼论当代诗歌的价值取向》,《文学评论》1989 年第 2 期。
⑤ 唐晓渡在回忆兰州会议时写道:会上较为集中的议题是理论和批评方法(这是 1985、1986 年之所以被整个文学批评界称为"方法年"的一个侧面),但诸如"批评方法应取决于批评对象"这样稍有新意的论点(尽管在另一意义上,也可以说这是一句外行话)并不多,倒是争相表示"诗歌批评要回到诗歌本身""不能离开诗歌本体"云云令人印象深刻。见唐晓渡《人与事:我所亲历的八十年代〈诗刊〉》http://www.xici.net/b15597/d7103517.htm,最后登录时间:2002 年 9 月 24 日。

首先，第三代诗歌阵营内部原本就隐含的分歧越发引起人们注意。事实上，并非所有第三代诗人都能像《他们》诗人那样提出富于建设意义的"语感"之说，或着力于在诗歌语言的调度过程中把握精微的"分寸感"。许多临时拼凑的社团或滥竽充数的个人，不过是被一种习气裹挟到诗歌写作的队伍中来，致使诗歌"语言表现功能的转换"还未及认真落实到文本层面，就变成"诗到语言为止"和"像上帝一样思考，像市民一样生活"一类流传甚广的口号，一同"作为天才的祭品被历史性地消费掉"。① 而这一时间颇具影响力的一些诗歌思潮或现象，如文化诗、非非主义、大学生诗派等，其美学取向与纲领也纷纷遭受质疑，很多人认为那不过是一阵文化狂想，他们"在哲学上的突进，超越了它赖以生存的实际物质和精神空间，这造成了艺术生成的虚假性"。② 这种"虚假性"，代表了当时读者的一种普遍感受，即文本的不能卒读，语言狂欢过后有一种内在意蕴消耗殆尽的文化虚脱感。之所以会有这种平庸局面出现，与被压抑已久的盲目抵抗情绪的广泛喷发有关，正如一些批评家归纳的："他们先树立朦胧诗的靶子，然后以'凡是敌人反对的，我们坚持'的'反……'的逻辑来体现先锋"。③ 类似于尚仲敏《关于大学生诗报的出版及其它》之类的诗歌堪称这方面的典型。这种逻辑驱使他们在写作之前必先要答复"诗歌是什么"这一本体式的追问才能提笔，而这样的应答通常被诗歌观念上的标新立异抱负和冲动所俘虏，使得非非主义、整体主义、新传统主义一类的诗歌写作无法摆脱演绎某种诗观念的实验心态。

于是在先锋诗歌内部，一些并不怎么出风头的诗人率先发出了不满的声音："他们控制语言的能力不能达到读者所期望的程度，因此大量泛滥的写作中充满矫揉造作生硬干瘪的语言，毫无道理的随意组合，虚张声势的极端言辞，以及空洞无物无病呻吟的表述内容，这一切糅合成了低级庸俗的'新八股'诗。"④ 从这些诗歌圈内的反应可以看出，从对语言的极端珍视到对语言的糟蹋，新一轮诗歌主张更加迅疾地实现了体制化的宿命，以

---

① 肖开愚：《第二诗界引言》，《磁场与魔方》，第 275 页。身为第三代诗人的肖开愚还认为 1988 年的李亚伟只剩下"一味的反文化，为反文化而反文化"了。
② 徐敬亚：《圭臬之死》（下），《鸭绿江》1988 年第 8 期。
③ 唐晓渡：《朦胧诗之后：二次变构和第三代诗》，《磁场与魔方》，北京师范大学出版社，1993。
④ 翟永明、欧阳江河等：《先锋诗歌的历史见证》，《星星》1989 年第 5 期。

革新语言观为鹄的的自主性追求渐渐失去活力,甚至走向自己的反面。只不过与《今天》诗歌被"招安"为朦胧诗相比,这一番体制化发生在先锋诗歌场域内部;从某种角度看,倒更属于"代际更替"一类的自然老化现象。

其次,社会意识的缺位成为纯诗理想又一个遭人诟病的症结。"社会意识的淡化显然是近些年诗坛,尤其是青年诗人创作的特征之一,这是否是诗为谋求自身的纯粹所必须付出的一种代价?……我觉得还要防止一种倾向,即把语言孤立起来。对语言的意识是一种觉醒,但也有可能掩盖生命本身的贫乏……也只有立足于自身的生存,才能建立一个独特的语言世界"。① 当曾经遭遇的罗网广布的生存压力已渐渐形同虚设后,第三代诗人还一味紧张地生活在"语言革命"的氛围中,则反而被束缚了手脚。此时真正意义上的生存正作为一个更新、也更合时宜的措辞被推到诗人们面前。对于一部分一直在暗中静待的诗人而言,如何从中汲取新的写作自主性、合法性,就成为当时的诗歌走出危机的动力源之一。

在此,尤其值得注意的是,并非全部第三代诗歌写作都是凌虚高蹈、远离社会现实、自我中心的语词联想。例如,在"他们"这样相对温和的小圈子中,于坚、韩东、丁当等人就一直致力于以日常生活中的场景和口语不动声色地抵御着一体化社会中系统世界对生活世界的改写。但是,这种将日常和口语看得高于一切的话语方式中所暗含的"反对派"逻辑,仍旧没能逃过批评家的眼睛。不仅如此,一种尚处萌芽状的意识形态也被清晰地觉察到。此种倾向有时被中性化地概括为"不断破碎的心灵碎片",② 有时则被直截了当地描述为"鄙夷旧的'非人'时代的一切文艺传统","而新的价值系统还未建立起来,缺乏彼岸意识的一代人"只能是"粗俗化、平民化",在"'把玩'中实现精神满足"。③ 刨除其中的价值判断不论,这一发现是敏锐的,因为这种写作暴露平民意识进入大众文化时代复杂多端的诗歌生产场后,真的变形为一种更具招徕力、迷惑力和制衡性的亚文化形态,并最终沉淀为成色浑浊的民间意识。只不过这一民间意识形态的先导确实在1980年代曾扮演过对自主性追求的夸张角色。

---

① 唐晓渡、王家新:《再度孤独——青年诗人创作一瞥》,《作家》1988年第4期。
② 王光明:《不断破碎的心灵碎片——论"新生代"诗》,《面向新诗的问题》,学苑出版社,2002。
③ 程光炜:《当前诗创作的两个基本向度》,《文学评论》1989年第5期。

（四）自主性追求的限域

应该看到，第三代诗人过于急切地想要摆脱固有文化环境的钳制，不惜采取急风暴雨式的"语言革命"，却缩短了语言至上的纯诗理想的寿命，从内部加速了朦胧诗之后这一新的自主性原则的失效。但这还只算是诗歌场的内忧。

1980年代的知识分子诗人冲击场域自主性极限的一个标志是，一部分人激烈地"介入"了发生在1980年代末的那场群众动员运动——虽然未必是以诗歌的方式。① 然而，"左拉式"的现代知识分子形象还未经发明出来，就随着"运动"的失败而夭亡了，一同幻灭的还有知识分子强调主体性精神的自由主义理想。事实上，若想像左拉一样，"试图将在文学场内部表现出来的独立价值同样在政治场推行开来"，② 借助文学场内积累的象征资本和特殊威权，使其在权力场中发挥作用，以"我控诉"方式完成共同解放的过程，其前提必须是文化生产场自身达到了高度的自由、自治。但是，皮之不存，毛将焉附，事后一部分诗人终落得颠沛流离的命运证明了在当时的文学场中这仍是个遥不可及的神话。

在一个知识精英参政热情普遍高涨的年代，中国的文人政治险些兴盛起来了。然而这种超越一切、独立自主的审美乌托邦理想与拒绝国家强权干预、发表激进的艺术宣言，甚至给予"异见"分子以"人道主义"支援，进而为自己开拓生存空间等多重诉求，终于没能顺利结合起来。也就是说，最激烈的自主行为，换来了最不由自主的结局，中国知识分子的人格独立与艺术自律问题再次不可避免地缠绕在了一起，而这一切又和百年汉诗从

---

① 就笔者收集的有限资料来看，朦胧诗人北岛、第三代诗人老木、骆一禾、廖亦武、孟浪、贝岭、野夫、王家新等人都曾不同程度受到1989年动乱的直接影响。发生在20世纪80年代末的那场群众运动及其结果对1990年代被归为知识分子写作名下的诗人的写作心态和写作方向的调整都有着意义深远的影响。关于朦胧诗人和第三代诗人在1989年的活动以及后来流亡海外的情况，参见海外人文学术杂志《倾向》（1997年夏季卷）中陈军访谈《知识分子的诚实：谈一九八九年三十三位知识界人士致中国政府的公开信》和北岛《来函照登》、钟鸣《告别一九八九》、廖亦武《来函照登》、京不特《从主流文化下的心灵奴隶到一个独立的个体人——回忆八十年代上海的地下文化》。后面四篇文章均载《倾向》1998年卷（总第11期）。另外可参见胡亚非、贝岭《海外文学知多少：诗人贝岭访谈》，http://www.hornbill.cdc.net.my/news/bei.htm；秦晓宇《归之于诗——纪念〈倾向〉文学人文杂志创刊15周年》。

② 〔法〕皮埃尔·布迪厄：《艺术的法则——文学场的生成和结构》，刘晖译，第160页。

发生时期起就负载的启蒙教化目的与自身的艺术自觉之间难以弥合的先天裂痕有关。这一悲剧性结局的打击,一方面宣告了第三代诗人想要以美学革命来解放、扩张新感性的行为艺术的终结;另一方面更迫使身兼知识分子/艺术家二重身份的严肃诗人去重新思考自己的使命和价值。这就预示着转型后的社会,将有一种新的自主性话语浮出历史,而发布这一话语的任务,必将落到那些目睹、经受过这一切的幸存者身上。

二 从知识分子精神到个人写作

知识分子精神（写作）作为一种语码出现在1980年代至1990年代的诗歌史上,原本标示着对纯粹艺术旨趣的持续跟进,但何以偏偏要以"知识分子"这一在中国近现代概念史的转译过程中变得最不纯粹的字眼来指代,实在耐人寻味。由此看来,梳理这一关键时期内作为一种话语形式的知识分子写作得以展开的内在逻辑是必要的。

（一）知识分子精神的提出

经历过世纪末的"盘峰论争",人们对知识分子写作的追溯,通常会回到1988年由陈东东、西川、贝岭、老木等人创办的同人刊物《倾向》。在《倾向》创刊号的"编者前记"中,陈东东写道:"《倾向》的诗作者们所倡导的知识分子精神,更多地体现在他们的使命感和责任感上。'诗乃公器,大家因之而进'（张枣）,而作为一个知识分子的诗人,则恰恰是引导人类走向光明的灯盏。……因此,《倾向》的诗作者们事实上是把他们的知识分子精神上升为一种诗歌精神了。"继而,这种诗歌精神"更多地表现为一种寻求乌托邦的勇气;一种献身精神;一种真诚态度和'除了伟大,别无选择'（欧阳江河）的大家风范"。

与此同时,将这种诗歌精神落实到诗艺主张上则是:"写作并不是语言之下的动作、纯感官行为、宣泄或作为'生活方式'的无聊之举、从情绪感受直抵语言并且'诗到语言为止'的倒退,写作也不是从语言到语言的实验、为填补一个偶然见到的形式空格的努力、一场游戏或一个无关紧要的小小发明。平民——小市民主义和弄虚作假的贵族化倾向都应予以否认。……它首先是对自由的节制,这并不意味着《倾向》的诗作者们不愿意在创作中得到足够的自由,相反,他们珍视诗歌创作的自主性,他们希望拥有一个诗人的最大自由。因为,唯有节制,才更自由。"①

可以看到,同是以集体形式面世的"产品发布书",与当时几近尾声的第三代诗歌运动中流派纷呈的"诗歌宣言"相比,这个"前记"更着力于酝酿一种迥然不同的严肃气氛。作为第一个旗帜鲜明地将知识分子精神上升为诗歌精神的同人刊物,《倾向》不仅把知识分子精神与"明知不可为而为之"的理想主义信念、节制感情的秩序原则相提并论,还琢磨出一套关于"艺术自由"的辩证法,具有相当明确的语境针对性。针对第三代诗人们纯诗诉求的过犹不及,《倾向》致力于"诗到语言为止"。在他们看来,第三代诗歌的"集体造反"虽然出于对朦胧诗开启的自主性成果的卫护,但当这种"反对派"精神压过了诗歌写作的实绩,自动写作滑向了"民粹美学"(populism),仍执迷于疯狂的语言颠覆行为便不再合理,诗歌运动违背了自主性追求的初衷。那么此时,似乎唯有冷静地重提具有规范性力量的形式原则,才能重塑诗歌写作的高洁品质。于是知识分子精神被倡导的伊始,便自然地包含了一种向着自视甚高的启蒙理想回返的精英姿态。时隔多年后,西川正是从这一点上进一步阐发了一种知识分子的独立人格与诗歌美学品格间的关联:"我的所作所为,一方面是希望对于当时业已泛滥的平民诗歌进行校正,另一方面也是希望表明自己对于服务于意识形态的正统文学和以反抗的姿态依附于意识形态的朦胧诗的态度。从诗歌本身讲,我要求它多层次展现,在感情表达方面有所节制,在修辞方面达到一种透明、纯粹和高贵的质地。在面对生活时采取一种既投入又远离的姿态。"②以"日益泛滥成灾的平民写作"为反拨对象,西川将"既投入又远离"的知识分子精神重申为一种独立不依、不结盟、"回到个人"的经验状态。他甚至认为,"由无法归类的几个诗人为诗歌注入了精神因素并确立了它的独立性。这是我们做过的事"。这件事,可以与"今天派"诗人为中国诗歌重新引进了"良知"和诗性语言以及新生代诗人们主观地为诗歌染上了大众色彩并举,属于"中国诗人所干的第三件大事"。③

与西川的角度不同,身为《倾向》的创办者之一、1989 年还供职于《文艺报》的诗人老木,从当代诗歌的价值认同出发,直接触及了"诗人的

---

① 《倾向》1988 年第 1 期,"编者前记"。
② 西川:《答鲍夏兰、鲁索四问》,《让蒙面人说话》,东方出版中心,1997。
③ 西川:《诗歌发展的自律》,《磁场与魔方》,北京师范大学出版社,1993。

知识分子身份"这一敏感话题。在力驳公刘要求诗歌重塑政治功能之后,他理直气壮地批评道:"一个声望很高的老诗人竟未能真正跨入艺术的王国,一个很有代表力的知识分子,竟仍然未能够产生出一个知识分子应有的独立的人格力量。……在当代中国,知识分子作为一种独立的力量的意识可以说刚有了一些开始。如果一个知识分子同时又是诗人,他已经同时意识到他与政治和现实的独立性,那么诗歌的老生常谈问题就可以对他免除了。"① 在1980年代末较为民主的舆论环境中,这些言辞透露强烈的知识分子身份意识,从中不难看出知识分子精神的倡导者们正希望诗歌写作者从这种身份中借取崭新的立场作为后援,以抗衡当时余威犹在的政治意识形态对诗歌写作自由的"干涉"。

而在今天看来,所谓"知识分子写作",经历了1990年代写作界、批评界的联手打造和推动后,被稀释为一种巨型的"符号身份",最终成为民间写作的众矢之的。联系这一事实,现在的问题似乎是,为什么诗人在寻求新的价值神话的庇护时,会不约而同地借助于"知识分子"这个在"中国化"的过程中,被用得越来越滥,内涵越来越含混不清的外来语码以壮士气呢?事实上,若从历史语义学的角度考察"intellectual"(智识者,通译"知识分子")一词由西方传入中国后发生的复杂转译和误读现象就会发现,由英法启蒙主义传统继承而来的"疏离于现存秩序、思维自主的个体"这一要义恰是近现代中国知识阶层秉性中先天缺乏、后天不足的特征之一。② 众所周知,中国历史上自古就形成了文以载道、文道并重的文学政教观。20世纪后,源远流长的儒家诗教传统培养出的高雅艺术家们同时亦是家国政教意识极强的知识人。由于受近现代特殊的政治、经济、文化沿革的影响,除极少数年代外,中国几乎从未能形成真正自主意义上的知识场和艺术场。于是1980年代以来的先锋诗人们不约而同地将近三十年文学艺术沦为政治传声筒的命运归咎为中国传统知识分子的附庸性人格,便是很

---

① 老木:《诗人及其时代》,《文学评论》1989年第1期。
② 方维规在《Intellectual 的中国版本》中指出:"从中国的'知识阶级'这个新词的组合来看,它更多地取自俄国的'知识阶层'概念,而且,它一开始就被看作'群体'、'阶层'或'阶级';'智识者'概念中的那种个体性和独立性几乎完全缺席。另一方面,与俄国概念相比,中国的'知识阶级'已经不是俄国传统的'知识阶层'词义,也不是十月革命前的'知识阶层'词义。'知识阶级'一开始就是一个很大的范畴,与我们今天俗称的'受过教育的人'没有本质上的区别。"方维规:《Intellectual 的中国版本》,《中国社会科学》2006年第5期。

容易理解的事了。在他们看来，艺术不振的深层原因就在于长期集权统治下知识场域的自治无力。因而，重提"知识分子"在此便有了些许"反其意而用之"的意思。因为毕竟"整个80年代是一个知识分子话语酝酿、形成和腾跃的过程，它努力实现的是将自己从庙堂意识形态话语中置换出来，或能以自己的话语力量对社会进步承担一份责任"。① 那么，在一个相对整齐划一的启蒙同盟中，知识场的自主与艺术场的自主实是二而一的问题：一名诗人或作家同时扮演着身披五四遗泽、为民众代言的历史先行者角色。"自由之思想，独立之精神"（陈寅恪）成为一代文人重新祭起的典范形象。也就是说，此时知识分子在思想、文化领域的自治理想与文学家们的艺术自律要求相通相生，前者的确立成为写作自由的价值前提，而后者也确实一度起到了冲破旧罗网的急先锋作用。"新启蒙"知识分子②与诗人的使命感在这一时期发生了最大范围的重合，"重建相对自主的艺术场域"的外在诉求被一部分诗人转换为迫切的美学变革需要。

（二）知识分子的个人写作：转型期的写作策略

无论从哪个方面看，1990年代的最初三年都可被看作当代诗歌写作不同寻常的过渡和调整期。第三代诗歌运动之后，有关知识分子诗人的独立话语原本已应运而生，诗歌的自律诉求也进一步由自发而变为自觉，具有自由主义倾向的知识分子甚至可以借此跃上台面，为挣脱主流话语的局限而据理力争了。然而，1980年代末的历史事件"强行进入"人们的视野，给知识分子们迎头一击。③ 也许单纯从社会转型的角度夸大政治事件的影响未免有失偏颇，但对这一批跨越20世纪八九十年代严峻历史情境的诗人而言，外部环境的瞬息变动无论如何都曾不同程度地引发了他们对写作姿态

---

① 陈思和：《关于90年代文化思潮的一点想法》，《山花》1998年第8期。
② 继思想解放运动之后，"新启蒙运动"把改革的诉求从政治体制改革转移到了文化现代化上。许纪霖、罗岗认为："只要我们将其（新启蒙运动）放在改革开放二十年较长的历史语境中来考察，就会发现这是中国知识分子一次重要的历史转变：他们通过文化言说的方式，从政治/意识形态体制和知识的专业学科体制中逐渐分离或超脱出来，在民间开拓了新的思想空间，重新获得了文化的自主性和精神的公共性。"参见许纪霖、罗岗《启蒙的自我瓦解：1990年以来中国思想文化界重大论争研究》，吉林出版集团有限责任公司，2007。
③ 孙文波、王家新、欧阳江河、西川等人都曾直接或间接地谈及1990年代的社会转型对于个人生活的意义。参见孙文波《生活：解释的背景》、王家新《回答四十个问题》、欧阳江河《与欧阳江河对谈》、西川《〈大意如此〉序》《答鲍夏兰、鲁索四问》等。

和写作意识的深刻调整。1989年之后，迫于政治环境压力，曾经的《倾向》解散，一部分主创人员在国内继续编印由《倾向》"改头换面"而来的《南方诗志》；另一部分人则寓留国外，谋划着另起炉灶、"海外转世"——以创办"非纯文学"的刊物形式来延续1980年代带有某种"地下"和"对抗"性质的知识分子的精神向度。①

可以看到，现实境遇中政治倾向的分野导致队伍分化是不可避免的。这种分化催逼着国内诗人必须尽快找到自己的位置。单从外部环境来看，1990年代的最初三年，压力是无形的。在仍在国内写作的第三代诗人们中，于20世纪八九十年代之交发生了一系列戏剧性的诗歌事件：自杀、流亡、精神分裂，以及如游魂般混迹于社会底层的遭遇。这一切与其说象征着"诗歌之死"，毋宁说象征着诗人与诗歌"无家可归"，这种境遇无不在"见证者"心头唤起了"浑然无告"的寂静和复杂难辨的尴尬。尽管如此，却不要忘了并非所有诗人都属于"异见者"，更何况《倾向》的办刊宗旨中本身就包含着一份"归之于诗"的要求。对于仍要坚持这一诗歌品质的国内诗人而言，剥离掉与现实紧张对峙的意识形态诉求是必需之选。诗人从本质上说不过是怀有人类最高良知和敏感性的人群，任何重大事件映入他们的眼帘，都将首先转化为血的流失和生命消亡的事实，哪怕是"现场转播"中的事件，也对其构成绝对冲击。因而在他们的意识里，激荡中的历史变局导致的写作困境，自然被具体化为"诗歌何以可能"或"诗人何为"这一类回归写作的伦理问题。②

另外，就第三代诗人自身而言，与十年前相比，历史情境毕竟大不相同了。"失语"即意味着集体的良知受辱，但又不能简单地向"今天派"开

---

① 1992年春节，《倾向》编完第三期后不久就被上海市公安局勒令停刊。1993年，"《倾向》文学人文杂志"在美国波士顿正式创刊，在发刊词中，贝岭写道："《倾向》杂志秉持理想主义信念……它同时强调一种真正的知识分子精神……这种探索精神应当伴随着一种有意识的节制。因为，唯有节制才更自由"，但它已经不是一份纯诗刊，甚至"不是一份纯文学刊物"。见《倾向》（海外文学人文季刊）1993年复刊号。
② 这种遭遇在一些亲历者那里的反应是明显的。对于1980年代被称为"北大四君子"（海子、骆一禾、西川、老木）之一的西川而言，同伴中一人为纯诗理想"殉诗"，一人死于政治运动，一人因为激烈的干预政治流亡国外，"幸存者"只有他这一个，这种流离失所的结局对诗人内心影响是可以想见的。而欧阳江河也对西川后来诗歌中不断出现的"亡灵"一词心有所感，在1989年之后的那几年，时有"生活在亡灵"之间的幻觉产生。详见杨黎《灿烂》中的相关说法，以及《诗生活论坛：嵌入我们额头的广场》中关于《傍晚穿过广场》的交谈，http://www.poemlife.com/Wenku/wenku.asp?vNewsId=1773。

倒车,不能再以集体代言人的面目出现;那么,"路,要怎样在脚下延伸?"这一次,两难中的国内诗人很快走向了对前一阶段写作的总结性自我反思:既然"事件"不等同于"灾难","任何来自写作的抵消都显得不足轻重,难以构成真正的对抗",① 那么似乎唯有从本职出发,去思考如何从内部承担历史义务,探寻新历史条件下"自主的写作"何以可能的问题:一方面既不违背自身艺术场域的自主性;另一方面仍不忘发挥1980年代诗歌的文化批判功能,从诗歌体裁的内在规定性出发去获得"对抗"效果。如此,便呼应了这一时期的知识分子普遍地从广场和民间回归自身岗位的意识自觉。不管怎么说,政治时事不再像十年前那样对诗歌界产生生死攸关的直接"干预"效果了,这实际上正是诗歌场域自身对抗政治场的折射效应在增强,是自主性准则进一步确立起来的表现。于是,难怪乎欧阳江河的文章《89后国内诗歌写作:本土气质、中年特征与知识分子身份》大有"意识形态终结"的味道——既然海外《倾向》和《今天》的存在已使"对抗性写作"后继有人,那么为了避免使国内知识分子诗人的写作流于"意识形态幻觉"的产物,从理论话语与写作实绩两方面入手,将新历史情境下的自主性要求进一步下潜到"历史的个人化"以及语词的层面,从而获得新的写作活力和动力,这便成了国内知识分子诗人们顺理成章的选择。

观察这一时期诗人们的话语逻辑就会发现,这种选择首先表现为一种知识分子的个人写作意识的自觉。"革命落潮"后,诗人王家新即将反思的矛头指向了1980年代中后期一度盛行的"零度"诗学和"集团作战"的写作策略,提出回归个体知识分子的内心世界,全面清理纯诗趣味,探寻"从内部去承担"历史义务的出路。

聚焦于诗人20世纪八九十年代之交的精神履历不难发现,在经受过那一阵"短暂的黑暗"后,王家新的写作很快即显示一种强烈的社会转型感。可以说,他是直面时代转换而对自主性进行尖锐提问的第一人,那一时期,诗歌和随笔主要处理的便是这些当代诗歌无法回避的"元问题"。在他心目中,1940年代的自由主义诗人冯至无愧为独立艺术精神之楷模。冯至是那种于战火纷飞中仍遥望天空,遐想"鹏鸟展翅"的人,是一位以写作来探求真理的严肃诗人。而所谓"真理",即对生命意义的追索;这种追索,经

---

① 欧阳江河:《89后国内诗歌写作:本土气质、中年特征与知识分子身份》,《花城》1993年第5期。

内省与沉思来实行。在这一时期,诗人通过沉思将生命的经验和"十四行诗"的形式完美融合起来,完成了个体艺术生涯的一个飞跃。当现代知识分子文化面临被农民文化的全面收编之际,只有他的诗里闪耀着"夺目的知识分子精神",而正是这种持守一线文化命脉、与"主旋律"疏离不依的美学姿态,让现代诗歌史上昙花一现的知识分子精神重新焕发出了当代性。①

但是,一个知识分子诗人又绝非逍遥于时代之外,而"只能通过内省来达到对现实更深刻的'介入'"。② 这就是王家新后来进一步发展的"承担本身即自由"的命题给1990年代之后的诗歌界带来的启示:诗人只存在于诗中,诗人必然要"在更高的意义上对民族语言负责"。③ 也就是说,诗歌的官方化或非官方化并不取决于诗人的社会身份或政治遭遇——人们应该把鼻子伸进他的诗中去。诗人甚至应当主张"词的自治",因为"如果我们不进入到自己的深处,它(指"官方化")就会无情地同化我们"。所以这种"自治"理想不再是非非主义表面化的清除行为。非非主义只是理念上的先锋,其悲剧性恰就在于他们写作理念本身的"非历史化的悬空倾向",这种主张继而决定了他们无法获得历史存在的合理性。相反,认识到1980年代非非主义们的局限性后,他们只有通过"把我们自己置于历史与时代生活的全部压力下来从事写作",才能够承担起诗歌本身。这种承担不仅限于道德姿态,亦非承担某种历史角色,而且是一种诗学行为,即诗学伦理。在这一意义上,王家新再度划清了这一时期"有效"写作的边界:现阶段的自主,不再须要写作"纯诗",或是对"日日新"的持续高调跟进,因为"要做出所谓'地下'姿态并不难,这在中国甚至是一条捷径,但我无意于此,我不会允许在自己的生活中出现那样的戏剧性表演"。④ 这种表演仍然是不自主、不自由的征象,对于这一时期本土的写作者来说,他们需要的不再是表演,而是想方设法以"诗的形式"把"历史关怀"融入个人写作中来。在这一历史语境中,个人写作的意义就在于自觉地摆脱、消解多少年来规范性意识形态对中国作家、诗人的同化和支配,摆脱对于

---

① 王家新:《冯至与我们这一代人》,《读书》1993年第6期。
② 王家新:《冯至与我们这一代人》,《读书》1993年第6期。
③ 王家新:《夜莺在它自己的时代:关于当代诗学》,《诗探索》1996年第2期。
④ 王家新:《回答四十个问题》,沙光、闵正道主编《中国诗选》,成都科技大学出版社,1994。

"独自去成为"的恐惧,最终达到以个人的方式来承担人类的命运,满足文学本身的要求。所以个人写作"恰恰是一种超越了个人的写作",① 是一种追求真正的心灵自由的写作。

王家新的这种个人担当意识,不再向外要求与整个时代作对,而是趋于向内擦出"抵抗"的火苗,承担的不仅仅是内心的苦难,还是一名诗人对这个时代的责任,以期获得内在的自由。这在当时,他借鉴了一些具有"异端"色彩的苏俄和东欧知识分子的生存方式,如帕斯捷尔纳克启发他如何把对历史的思考和叙事化为对个人良知的追问。在 1990 年代初,这种由集体主义转向个体信仰的精神存在方式的确曾带给中国人文知识分子以生存的底气。是生存,而不是苟活。王家新短暂的旅欧经历当然无法与"流亡"同日而语,但他在自己的诗中与苏俄诗人"同呼吸共命运"了——"从此我守着这样的诗在异国他乡生活。我有了一种内在的力量来克服外部的痛苦与混乱"。② 王家新是带着一种强烈的身世之感来认同他们的,这个时期那些影响甚广的诗歌如《帕斯捷尔纳克》《瓦雷金诺叙事曲》,也普遍迸发一股弥赛亚般的苦难沉郁之气。事实上,按照当时人文知识分子的流行说法,所谓"内在流亡话语"和"地下文化"实产生自同一文化形态,③ 王家新的表态似乎更在提示人们,"语词中的流亡"不过是地下写作之后诗人们所采取的另一种不易为人察觉的、变相的"美学的抵抗"。为此,王家新特意转向了"诗片段"的尝试,指望诗人们能在个体言说中避开总体性话语的魔障。然而,这又是可能的吗?

正像我们后来看到的那样,在 1993 年的《89 后国内诗歌写作:本土气质、中年特征与知识分子身份》中,欧阳江河对此表示了相当悲观的看法。不同于王家新笼统而鲜明的文化立场,欧阳江河把个人写作中语言策略的选择与知识分子身份的厘定工作更紧密地结合在一起,这种略显曲折的思路更为直接地暴露这一时期诗人知识分子们正在经历的"深刻的自身危机"。

众所周知,进入 1990 年代后,新启蒙阵营渐次瓦解,学院知识分子们

---

① 王家新:《回答四十个问题》,沙光、闵正道主编《中国诗选》,成都科技大学出版社,1994。
② 王家新:《回答四十个问题》,沙光、闵正道主编《中国诗选》,成都科技大学出版社,1994。
③ 刘小枫:《流亡话语与意识形态》,《这一代人的怕和爱》,华夏出版社,2007,第 271 页。

经历了一阵短暂的内心动荡后,纷纷各归其位,开始选择以治学为"天职",同政治意识形态审慎地拉开了距离。陈平原曾在影响广泛的《学者的人间情怀》中表达过一部分知识分子痛定思痛的经验。他认为,在学术还远未"充分专业化"的中国社会,一味追求知识分子的文化批判性格似乎并不合时宜,只有"肯定专业化趋势,严格区分政治与学术,才有可能摆脱'借学术谈政治'的困境"。① 于是乎随着反思激进主义潮流的发展,人文知识分子们终于可以名正言顺地进入各自"职业化的知识运作"过程了。② 虽然陈平原也承认"为学术而学术"在当时之中国尚属奢谈,可学院研究的日趋专精化已成事实,预示着知识分子对"学术自主性"的追求实乃大势所趋。历时三载的"人文精神大讨论"之后,一些人文知识分子们迅速调整好姿态,学术队伍正式分化,一些人在更高的层面上达成了"独善其身"的默契,而另一些人则有了新的定位,重新确立了知识分子的批判前提。但是诗人呢?诗人作为1980年代以来有着特殊身份的文人群体,此时在立场的追问面前却多少显得有些茫然失措,不得不被分流出来,从此彻底落单也落后了。

可以看到,对于大多数同属知识阶层的诗人来说,身份的日益边缘化已成为一个不争的事实。在那一辈继承了较强批判性思考能力的1980年代诗人中,欧阳江河实际上是最早将这一危机意识坦陈于纸面之人。在为1993年3月于洛杉矶召开的亚洲研究年会(AAS)上的专题发言稿之用的长篇论文中,欧阳江河郑重其事地抛出了"我们如何确定自己的身份"③ 的问题:"我所说的知识分子诗人有两层意思,一是说明我们的写作已经带有工作的和专业的性质;二是说明我们的身份是典型的边缘人身份,不仅在社会阶层中,而且在知识分子阶层中我们也是边缘人,因为我们既不属于行业化的'专家性知识分子'(specific intellectual,又译"特殊知识分子"),也不属于'普遍性知识分子'(universal intellectual)。"④ 这里所暗含的身份焦虑在于:一方面,诗人们的诗歌写作将进入更加专业、精深及

---

① 陈平原:《学者的人间情怀》,《读书》1993年第5期。
② 汪晖:《当代中国的思想状况与现代性问题》,《天涯》1997年第5期。
③ 欧阳江河:《89后国内诗歌写作:本土气质、中年特征与知识分子身份》,《花城》1993年第5期。
④ 欧阳江河:《89后国内诗歌写作:本土气质、中年特征与知识分子身份》,《花城》1993年第5期。以下引文未加注明皆来自于此文。

不为人知的个人状态；另一方面，诗人们无枝可依，缺乏足以安身立命的"志业"根基，无法像福柯所期待的"特殊知识分子"那样在专业领域里"各自为战"，以揭示权力与知识的内在勾结为"天职"，继续行使知识分子的批判职能。而这一切，又与现代权力机制的变革有关：从"代政立言"的中国古代诗人到虚弱无用的现代汉诗的写作者，这一身份变化意味着诗人不仅不再幻想着在权力中心发出自己的声音，而且与1980年代同属一个阵营中的"普遍性知识分子"注定了要分道扬镳。但是，即使在这已无立足之地的"边缘之边缘"处境中，视语言为存在之家园的诗人们仍难逃权力的魔网，因为权力在话语中的运作最隐秘、最难识别，渗透其中并支配着生活的各个领域，也制约着主体的形成。正如福柯所说，我们生活在一个为话语所标示的世界中，"话语是指被说出的语言，是关于被说出的事物的话语，关于确认、质疑的话语，关于已经发生的话语的话语。在这个意义上，我们生活的这个历史世界不可能脱离话语的各种因素，因为话语已经扎根于这个世界而且继续存在于这个作为经济过程、人口变化过程得到的世界中"。[①] 联系巴尔特的思想，"权势"（一种支配式的力比多）正寓于语言结构（全部语言结构可被理解为一种被普遍化了的支配力量）之中，[②] 如此看来，似乎压根不存在一块"词语"的"飞地"，一切都在劫难逃，我们不仅"流亡在词语中"，还是"一群词语造就的亡灵"，而"亡灵是无法命名的集体现象"。[③] 这一意味深长的感慨并非故弄玄虚，它之所以成为后来人描述1990年代诗歌时无法绕过的一句谶语，正因为"亡灵"的形象触目地传释了这一思想：现如今，已经"不是人说话，而是话说人"了，即使各种各样的文学语言，也仍不免要受到那种已先行植入作者意识结构深处的"总体话语"的摆布，为"权势"阴影胁迫的诗歌写作，最终也将成为权力的消遣形式。"亡灵"，诗意地说出了"作者之死"这一事实：在君临万物的权力阴影下，只有文本而没有作品，连作者本身也被能指化——

---

① 刘北成：《福柯思想肖像》，上海人民出版社，2001，第189页。
② 在此，可以认为巴尔特深受福柯的权力——话语观——的影响并将二者不加区分地使用，见《法兰西学院就职演讲》："实际上我相信，按照今日演讲中选择的相关性标准，语言结构与话语未加区分，因为它们都沿着同一权势轴在滑动。"见〔法〕罗兰·巴尔特《法兰西学院就职演讲》，《写作的零度》，李幼蒸译，中国人民大学出版社，2008，第183、192页。
③ 欧阳江河：《89后国内诗歌写作：本土气质、中年特征与知识分子身份》，《花城》1993年第5期。

"而冬天也可能正是春天/而鲁迅也可能正是林语堂"（柏桦），主体性消失之后，被肆意整合到书写秩序之中去，这是写作主体无可逃遁的宿命。

那么，此时的诗人就将自甘于此，无所作为了吗？从后半部分行文的语气来看，欧阳江河似乎还并没有完全坠入后现代主义的绝望之中，而是顺着后结构主义理论本身的内在逻辑，进一步洞察到这一困境同时赋予诗人们的新写作生机的可能性——虽然这种意识很大程度上还是朦胧的，含糊其辞的。简而言之，欧阳江河似乎在暗示人们，随着"曾经是知识分子的神圣标志的写作的界限消失"，"作家的活动已不再处于事物的焦点"，"文学接受着非神圣化的洗礼"。既然文本的源头不再是作者，文学"不再被看守了"，那么，写作也就不再只受单一意义的支配，就像"作者之死"开放了文本的署名权和垄断权一样，让作者退场、沉默和销声匿迹，文本也将在真正意义上获得充分自我嬉戏的自由，"真正从事文学的时代"到来了。因而"亡灵"形象的另一面也就意味着写作的超脱性，他们是超越"任何阅读期待"的诗人，作为一群"词语造就的亡灵"，只有放弃了时过境迁的"为群众写作"和"为政治写作"的"青春期写作"，被放逐于（某种程度上说也是自动地逃逸出）权力建制的中心地带，才能经受住不同话语系统的改写，完成"朝向经典的努力"，以真正的写作换取"不朽"。换言之，欧阳江河实际上指出了1989年后传统意义上的诗人身份之实现的不可能。表面上看，诗人放弃了曾经多重的社会角色，但"不要身份"实际上也就获取了一种知识分子身份，这样，某种真正意义上的知识分子立场反而诞生了：超越了任何一种阅读期待，也就只能为一己的阅读期待而写，这其实就是一种非知识分子时代的知识分子个人写作。没有知识分子的知识分子写作的是"没有英雄的诗"（王家新）。

应该注意到的是，其后的批评家曾不无道理地指出此文在此部分观点"表达混乱"，① 但实际上通过上述分析就会发现，关于知识分子身份的自相矛盾甚至"混乱"的界定正表征着作者本人所置身的介乎"坚持"与"坚持之不可能"之间的悖论性处境。从这个意义上讲，知识分子写作就不仅仅是"1989年来国内诗歌界最重要、最具代表性的趋势"，而且是为着某种社会压力"所迫"，为了求得"自主"而不得不提出的一种策略性的立场表述。整个文化环境的变化，迫使提倡者在接受现实的同时必须用"排除非

---

① 程光炜：《误读的时代》，《诗探索》1996年第1期。

我"的办法与依旧处于1980年代文学惯习驱使之下的"青春期写作""政治写作""非本土写作"划清界限，以便为自身在各种力量重组后的诗歌场中开辟出新的立足之地。这便是为什么细读之后我们会发现，文章以"意识形态终结"的思路开局，终篇却仍旧落回某种"明知不可为而为之"的信念中，回到了《倾向》的开篇"编者前记"中。从最广泛的文化立场言之，欧阳江河和王家新终究殊途同归。

三 从消除记号到玩弄记号：以欧阳江河的修辞实践为例

> 文学的第三种力量，它的严格的符号学力量，在于玩弄记号，而不是消除记号，这就是将记号置于一种语言机器里，这种机器的制动器和安全栓全都被去掉了。简言之，就是在奴性语言的内部建立起各种各样真正的同型异质体（hétéronymie）。
>
> ——罗兰·巴尔特

固守在非知识分子时代的知识分子写作这样一种边缘姿态中，写作的能量与活力将如何在对时代变换的应变中释放出来？这种日益孤绝的自主性追求与第三代诗的纯诗追求又有着怎样的区别与联系？

在后来被划归为知识分子写作的一些诗评家们看来，欧阳江河本人写于20世纪八九十年代转型期的一些诗歌，因其体现了知识分子写作的典型特征，完成对写作中这一趋势的描述，受到相当广泛的关注和激赏。欧阳江河的《傍晚穿过广场》《1991年夏天，谈话》《咖啡馆》《计划经济时代的爱情》等诗，是他一面用后现代理论"消解意识形态话语"，一面"采用诗歌技艺处理当下时代的意识形态"[①]的成熟之作。但如果对欧阳江河个体诗学的初衷和内在文理进行一番细致梳理和辨析的话，就会发现这种结论的得出，在某种程度上仍然有赖于对其本人的"有意误读"，且同他诗作的实际阅读效果也产生了一定程度的偏差。那么，欧阳江河的写作究竟在何种程度上体现了当时历史语境中的知识分子性并完成了对1980年代种种写作倾向的超越？这就须要考察他诗歌观念生成的具体文化逻辑及其实际文

---

① 程光炜：《误读的时代》，《诗探索》1996年第1期。

本效果，以期发掘出这种非知识分子时期的知识分子写作与独立的自主诉求的一致性或是内在分歧。应该说明的是，这一工作将不可避免地要借助于批评家们的一些既定观点，通过对它们的过滤和集成来完成。也就是说，假定关于知识分子写作这样一种写作形态在 1990 年代的诗歌空间中是切实存在并能够得以"贯彻"（周瓒语）的话，那么，这一后来引发众多争议的"重要诗学命题"自身又包含着怎样不可克服的内在矛盾和不可通约的诗学特征？

之所以选择以欧阳江河的诗学、写作为中心，不仅仅因为在这些知识分子诗人中，他本人对于写作理论有超绝的领悟性和创造性阐发能力，也不仅仅因为其拥有较为独特的海外经历，多年跨界的文化体验，而且是因为通过他的诗学、写作能体会到这一代人的本土诗歌写作与政治、文化间错综复杂的关联，更因为他本人的诗学写作一直被视为最具知识分子写作特征的代表。他进入 1990 年代中后期的诗，即使在学院派的诗歌圈里，也属于公认的难懂，他的修辞术也屡遭人诟病，有炫技的倾向。① 而更重要的，知识分子写作之所以能成一时之势，让部分批评家为之兴奋，也和欧阳江河这样一位颇有理论造诣的人物一直"断断续续"的以一种近似写诗的"闲墨""即兴"的方式扩展他的理论文本有关。所以本文也期望在这一部分能够以点带面，通过分析来触及知识分子写作的所有症候点。

（一）纯诗化的弊病与新意识形态

我们都寄居在某种意识形态中写作，被天生地打上了某种烙印，意识形态是我们想象这个世界的方式，塑造了我们心理和语言的"前结构"。这其实就是欧阳江河在辨析诗人知识分子身份时引出的观点。但是，对权力的认清并不等于对权力的屈服。权力话语的社会性存在先行俘获了我们的主体，造成"没有死者的死亡"。② 所以，个人写作中的意识形态实际上是无法终结的。按照欧阳江河的悖论逻辑推演下去，作为一名语言工作者，我们只能孤注一掷，我们的主体性，只能希求以"魂灵附体"的方式复生，这个"体"乃是语言之"体"，是个人感受力与想象力寻找到新生机的寄存处。所以，欧阳江河、肖开愚、陈东东、西川、钟鸣、柏桦、翟永明等人

---

① 洪子诚主编《在北大课堂读诗》，长江文艺出版社，2002，第 81 页。
② 欧阳江河：《89 后国内诗歌写作：本土气质、中年特征与知识分子身份》，《花城》1993 年第 5 期。

告别了"青春期写作"之后,接下来的任务乃是继续以语言为据点"偏离权力,消解中心",这将"不失为一种明智的选择"。① 在发表于 1993 年的《后朦胧诗:作为一种写作的诗歌》中,诗人兼学者的臧棣从罗兰·巴尔特的观点出发,以更为彻底的语言立场捍卫了现代诗歌纯洁语言的理想,对欧阳江河近来的创作趋向加以肯定,在指出 1980 年代以来的后朦胧诗人们如何将写作变成了一场丧失节制和毁灭感受力的仓促、急躁的"革命行动"后,提出"对语言的颠覆应主要表现为一种技艺精湛的手术刀的行为,而不是借助铁铲的活埋行为"。②

那么,如果纯粹从语言推进的层面考察 1980 年代一度成气候的纯诗诉求就不难发现,推动第三代诗歌运动深入发展的力量,来源于一种古老又现代的"语言乌托邦"梦想。③ 或许这种始自马拉美的梦想没有错,错的是接近这一梦想的路径。因为任何一个想要在写作中求得深层自由的现代诗人都会接受巴尔特的看法:"权势寓于语言结构中,语言结构是一种法规(code)、秩序,发出话语是为了使人屈服于某种秩序,全部语言结构是一种普遍化的支配力量。"④ 1970 年代末至 1980 年代初,人们腻歪了社会主义经典样式的诗歌,在长达半个世纪的时间里,充分体会到浸满"道德权势"的意识形态话语对人们生活中的读、写文化,特别是对诗歌语言的重度污染。在那些摩拳擦掌的第三代诗人看来,感到痛心疾首的"今天派"诗人虽然对这种话语"作了一次可贵的偏离",但又随即坠入另一种朦胧诗式的话语权势中。例如,同以"葵花(蒲公英、车前草)向阳"来比喻"人民群众与党的关系"相对,人们同样可以轻松地从舒婷的《会唱歌的鸢尾花》中解读出一种"鸢尾花向月"的新时期的抒情模式。⑤ 于是受着某种"零

---

① 欧阳江河:《89 后国内诗歌写作:本土气质、中年特征与知识分子身份》,《花城》1993 年第 5 期。
② 臧棣:《后朦胧诗:作为一种写作的诗歌》,沙光、闵正道主编《中国诗选》,成都科技大学出版社,1994。
③ "语言乌托邦"一语来源于罗兰·巴尔特。1980 年代的先锋诗人普遍从"诗歌语言具有不直接指涉现实"这一特点接受巴尔特的思想,认为诗歌应该成为"语言乌托邦",甚至不沾染感情的"化外之境"。详见〔法〕罗兰·巴尔特《写作的零度》,《符号学原理——结构主义文学理论文选》,李幼蒸译,三联书店,1988。
④ 〔法〕罗兰·巴尔特:《写作的零度》,《符号学原理——结构主义文学理论文选》,李幼蒸译,第 4 页。
⑤ 详见赵寻《八十年代诗歌"场域自主性"重建》,臧棣、肖开愚等编《中国诗歌评论:激情与责任》,人民文学出版社,2002。

度"写作理念的启发,为了炸毁这座顽固又无形的隐喻语言的监狱,他们对这种语言体系做出了第二次"偏离"。非非主义诗人杨黎曾说:"诗是能指对所指的独立宣言。"① 他们旨在消除一切符号标记,纷纷动手去除诗歌语言中的形容词、介词,试图让名词、动词还原它们的"前文化"状态,甚至构造"零语义":"A/或是 B。/请闭上眼睛/看猫/火山/一条路/还是夜晚/还是陌生人/仿佛 B 或是 A"(杨黎《高处》),② 翻开一本第三代人诗选,这样的实验品俯拾即是。

进入 1990 年代后,一些诗人仍然坚持认为,写作是革除因袭的隐喻系统,清除文化隐喻的积垢,为存在"去蔽"的行动过程。隐喻系统固然是诗人的天敌,但是从语言学的角度看,由于语言系统的差异性特点,任何语言的表意实践实际上都有赖于与其他符号的区分过程,这就是索绪尔所说的,在一个系统之内,一个作为概念的所指与另一个表音的能指之所以对应,是约定俗成的。cat 之所以是"mao"或者"猫",而不是 bat 或其他什么,是由符号在语言结构系统中的相对位置决定的,意义的产生也离不开这个定位的相对过程。因而,这种语言革命要挑战的其实是整个约定俗成的文化规约系统,拒绝一种隐喻语言,无异于把一种文化全部推倒了重来,从根本上切断民族语言血脉相传的文化源流,容易让人理解为"影响的焦虑"下的一种彻底的反传统心态,用"以暴制暴"的办法来对付语言暴政,这就充分体现了巴尔特说的:马拉美的"改变语言"与马克思的"改变世界"有着同样重要的政治意义。从这一点上看,于坚所谓"拒绝隐喻"与非非主义们的诗学意图其实并无二致。蓝马就曾在 1993 年告诉柏桦,于坚正在对一只乌鸦进行"非非式"的命名。③ 然而,文化传统能够人为地切断么?"非非式"的"精神胜利法"终被斥为"一种拔着自己头发升天的妄想",妄想以剔除各种意识形态话语杂质的"不及物"写作,达到一种纯语言的状态,这纯属徒劳之举。

如果再把这种逻辑往前推一步就意味着,在根除了隐喻之后,必须有能力建立起一套新的语言体系,要以理论、写作和宣讲建构起一个更庞大的话语体系,或者至少是重建语言的游戏规则。而实际上,建造一个"非

---

① 柏桦:《左边——毛泽东时代的抒情诗人》,江苏文艺出版社,2009,第 155 页。
② 柏桦:《左边——毛泽东时代的抒情诗人》,第 152 页。
③ 柏桦:《左边——毛泽东时代的抒情诗人》,第 156 页。

非式的话语帝国"正是周伦佑等人的野心所在，①这种立法者的动机中无疑潜伏着一个更大的"权势"阴谋，也就是说，在另一个极端上被语言结构所俘虏。1992年周伦佑在长篇文章《红色写作》中做出180度的大转弯，将自己一手缔造的、明显受到"零度"理论影响的"白色写作"贬得一无是处："飘忽无根的词语相互拥挤着，作清谈状、作隐士状、作嬉皮状、作痞子状……一味地琐碎，一味地平淡，一味地闲情。以白萝卜冒充象牙，借以逃避真实和虚构的险境。"②而它们最该为人痛恨之处还在于"内容上的无害"，这样从对抗话语权力出发的实验最终却沦为权力的帮闲。周伦佑已经意识到，"白色写作"在拒绝意义与深度的同时也拒绝了危险，这种以彻底的逃避、清除语义为特征的纯诗化写作，是以语言形式做一次徒有其表的虚假抵抗，现在已完全失效了。在新意识形态笼罩下，周伦佑虽然打出"红色写作"的新牌，却被认为不过是换汤不换药的又一次非非主义而已。与此同时，非非主义诗人集体下海，③1993年非非主义消失，非非主义在1990年代初的终结实属必然。

那么，究竟是怎样一种新意识形态，或者说，一种深刻的"中断"或"转变"，导致了纯诗化的抵抗难以为继呢？实际上，对这个问题的回答与"对抗主题的消弭与转化"密切相关。

回到欧阳江河那篇重要文章的开头："1989年是个非常特殊的年代，属于那种加了着重号的，可以从事实和时间中脱离出来单独存在的象征性时间……才华横溢的年轻诗人海子和骆一禾的先后辞世，将整整一代诗人对本性乡愁的体验意识形态化了，但同时也表明了意识形态神话的历史限度……抗议作为一个诗歌主题，其可能性已经被耗尽了，因为它无法保留人的命运的成分和真正持久的诗意成分，它是写作中的意识形态幻觉的直接产物，它的读者不是个人而是群众。然而，为群众写作的时代已经过去了。"④

---

① 柏桦在《左边——毛泽东时代的抒情诗人》一书的《非非主义的终结》中对周伦佑本人所具有的"抒情权势"有过生动描述。详见《左边——毛泽东时代的抒情诗人》，第153页。
② 周伦佑：《红色写作》，《打开肉体之门——非非主义：从理论到作品》，敦煌文艺出版社，1994。
③ 据柏桦回忆，1992年蓝马、吉木狼格、何小竹在成都创办广达软件工程公司，涉入广告、策划及信息等经济领域，1993年10月公司解体，非非主义消失。详见柏桦《左边——毛泽东时代的抒情诗人》，第151页。
④ 欧阳江河：《89后国内诗歌写作：本土气质、中年特征与知识分子身份》，《花城》1993年第5期。

此文的写作背景是1993年，文中流露的几分悲怆、几分无奈的"告别意味"，确实容易使人将对抗主题的过气与诸多敏感历史事件相连，这里有发生在1980年代末1990年代初的苏联解体与"东欧剧变"，宣告了冷战意识形态终结、全球化时代到来；这里还有对1990年代国内思想文化界具有转折意义的政治事件。但是"对一般人来说，'89'事件，并不像'文化大革命'那样变成了日常生活，它仅仅是个新闻性质的事件，鲜有人将之视为精神上的事件加以深究。因此，不存在对对抗诗歌的阅读期待，最多只存在对有助于集体遗忘的消费性纪实文学的需要"。① 可以看出，一个带有悲剧色彩的事实已被戏剧化，此处用语中的微讽正预示着一种消费意识形态的崛起和后全权社会的到来。也就是说，"对抗的意识形态"解体了，取而代之的是市场化、利益最大化的1990年代新意识形态。②

首先，与1980年代相比，1990年代的一个明显特征是"传统的权力架构已经分解"，③ 曾经的政治威权的控制由显到隐，甚至形同于无了。对于先锋诗坛，虽然仍有来自敌对阵营明面上的禁令和打压，但毕竟已属少数，很难产生什么实质性的影响了。一个例子是1991年5月，中国作协在桂林召开"正本清源，繁荣社会主义诗歌"的全国诗歌座谈会。会后《诗刊》选发了《重评北岛》（陈绍伟）等大会发言，要求诗人们"加强思想改造"，清除资产阶级自由化的影响。但同月，谢冕主持的"中国现代诗的命运与前途讨论会"也在北京大学召开。会上，牛汉高度肯定了王家新、西川等青年诗人的近作，认为诗歌并没有沉默，它正重获一种坚实、成熟的力量。会后，先锋诗歌批评家们亦以文章的形式发表了感言，鼓励诗人们在这"寂寞与突破的时刻"，"不要回避困境"，勇于前行。④ 由此不难看出，官方会议的影响与收效已经微乎其微，甚至适得其反，来自文化主管机构的喝令已经有了专门化的传播渠道和接收方式，从此，会照开与诗歌和评论文章照写，两不相误。再加上由1980年代继承而来的"民刊小传

---

① 欧阳江河：《89后国内诗歌写作：本土气质、中年特征与知识分子身份》，《花城》1993年第5期。
② 王晓明：《九十年代与"新意识形态"》，孟繁华主编《九十年代文存》（上），中国社会科学出版社，2001。
③ 王光明：《现代汉诗的百年演变》，河北人民出版社，2003，第612页。
④ 参看子岸（王家新）整理的《90年代中国诗歌纪事》，西渡、郭骅主编《先锋诗歌档案》，重庆出版社，2004。

统"，1990年代的诗歌在民间圈子里私下地旺盛繁荣。也就是说，政治场与诗歌场的关系较之1980年代，已有所松动，写作环境更趋自由了。

其次，限制写作自主的对象也由权力的庞然大物变成了体制的无处不在。一方面，随着市场经济的来临，图书出版发行机制的改革和诗人职业的多元化，"体制内"的专职诗人已鲜有存在；另一方面，由于国内的现实原因，诗歌的"大生产场"还远未发达起来，市场机制不可能被成功地引入行销环节，几乎没人有本事只靠诗歌养活自己，很多诗人只能接受职业与精神生活的分裂，于是写诗成为大多数诗人的副业，成为他们用以抗拒来自现实生活的物质浸染和精神消磨的最后屏障，成为他们生活的秘密支点。在这个"非诗的时代"（王光明语），"终于可以按照一个人的内心写作了，却不能按照一个人的内心生活"成为一代诗人境遇的真实写照。而诗人文化性格的成长更是要受到诸如职业规范、出版体制、审查制度，甚至传媒机制的挟制，另外还有主流评价体系的"定位"，以及来自"新""老"写作传统的压力。

最后，也是最重要的，在转型后的社会中，新的价值取向和写作标准借由读众，也包括知识界的批评者这一重要中介来决定，影响了诗人写作的整体环境。1980年代那些悬而未决的重大诗歌命题进入1990年代后，毫不费力地就被取消了，而新的"总体话语"尚在形成中。在这一间隙中，商品意识形态已开始向日常生活的全面渗透，令人愉悦地填补了权威意识形态隐退后人们的精神空洞，当然也不可能放过语言领域。在文学话语已经降格为商业广告用语、官僚体制话语，甚至与广告词的审美效应不分伯仲之时，读者已经不具备区分诗歌与流行歌词的能力，也根本无法理解"诗人之死"的文化意义，反而要靠新闻事件唤起阅读热情。当文化批评家跳出来宣告"海子死了，汪国真诞生了"（朱大可）的时候，诗人们发现，已经不能再指望一种生机勃勃的诗歌文化为他们自动输送"文化批判的公众"了，而批评界对于先锋写作的隔膜和自身的再度混乱更加重了诗人们的失望。此时的诗人们还能够安之若素地"阳春白雪"下去么？是到了"挺住就是一切"（王家新）的时候了，也是到了该开始思考用什么样的语言来"重新做一个诗人"（王小妮）的时候了。诗人们决心"自己来操办一切"。①

---

① 陈东东：《片面的看法》，《标准》1996年创刊号；转引自洪子诚、刘登翰《中国当代新诗史》，北京大学出版社，2005，第245页。

(二) 以"个人化的反词立场"抵制"圣词"写作

此时的诗人们不得不承认,他们遭遇的敌手不但没有消失,反而变得更加强大而诡秘了。再一味地沉浸在由语言形式革命造成的"意识形态幻觉"中,不仅无济于事,甚至是"不道德"的。按巴尔特的说法,"语言的乌托邦"总会为"乌托邦的语言"所"恢复",① 所以,海子的命运与他们是一样的。在欧阳江河看来,"海子将整整一代诗人对本性乡愁的体验意识形态化了",当海子的天鹅绝唱渐渐被翻版为大量"颂调式的农耕庆典"和伪造的"乡村知识分子写作"时,事实再一次证明了意识形态话语方式的不可战胜,以靠写作纯诗或"反修辞"来逃避和拒绝都不是办法。因为"权势"依然寄寓于话语之中,甚至伪装得更加隐秘,更加魅惑人心了,这样的隐喻是拒绝不了的,反不如积极应战,巧妙周旋,以其人之道还治其人之身。或如臧棣所指出的,与其说去"全面地摧毁现存的语言系统",不如采取"对现存的语言系统的巧妙的周旋、适度的偏移和机警的消解"。欧阳江河提出的办法是以"个人化的反词立场"抵制"圣词"写作,反对"诗意辞藻"的"自动生成",以达到对意识形态的"重新编码"。

在欧阳江河的诗论文本《当代诗的升华及其限度》中,② 欧阳江河几乎是不经意地拿两个已逝诗人海子、顾城的文本为例,针对语词被滥用、人们自动获得意义这一事实(即意义超越了任何一种语境,像一件成品一样唾手可得,意指过程已经僵化、"言尽意"这样一种状态)指出,写作就是以个人化的方式,抑制语词在使用过程中的升华现象。以海子诗歌中一些元素性的意象为例,比如,"麦子"一词在个人使用意愿中的元素性、词根性、文化原型,已完全被后来的公共语境过滤掉,"麦子"于是升华为"能指剩余"的"圣词",其意义与某一个时期内的"太阳""黄金""家园""星空"等无异,被用罄了。因而,写作并不是寻找稀有词语,而是力图通过个人化的语境压力,使语义逆转或弯曲,对"用得太多"的词进行重新编码。以张枣一句诗为例:"花朵抬头注视空难"。"花朵"抬头注视的不是"太阳",而是"空难","空难"这样一个"反词",与"花朵"之间构成

---

① 〔法〕罗兰·巴尔特:《写作的零度》,《符号学原理——结构主义文学理论文选》,李幼蒸译,第189页。
② 欧阳江河:《当代诗的升华及其限度》,《站在虚构这边》,三联书店,2001。

了个人化的张力关系：空难导致了如今人去花还在的事实，写作者将"观花人"与"花观人"顺势做一反转，革新了"以花喻人"这一类陈词滥调的修辞效果，让人感受到作者悲天悯人的情怀。用完全个人化的语境，置换原来的隐喻，这样便直指原来"圣词"的意指过程。如果再联系原来旧有的文化语境，"空难"与"太阳"间则更构成新的、更大意义上的反讽，让人们在读诗的过程中，不自觉地反思原先的意识形态神话自然化的过程，这可以称为微观意义上的话语"祛魅"行为。

如果仅从诗学的层面强调这一修辞技巧，也许并无新意，因为这种陌生化的心理效应古已有之。但是，若将此种修辞技法推广至更广阔的公共视野、生存场景中去，把此种巴尔特意义上的反"意识形态神话的'自然化'"手段与敏锐的主题意识结合起来，将会造就不同凡响的阅读效果和历史意蕴。

举例而言，1990年代以后，《傍晚穿过广场》作为一首"知识分子诗人处理当代噬心题材的典范之作"① 被写进各种文学史、诗歌史。这首诗的多重语义内涵就是由一组组"对位性"词语，诸如"离去/倒下""石头/骨头（玻璃、软组织）""幸存/永生""静默的婴儿车/高速车流""过去年代的幽闭广场/内心的黑暗（影子广场）"等结构起来的。但作者在此，已不再重复它们原来意义上的二元对立关系，而是巧妙地利用"公共性语境"压力，让它们在多重语义上形成了彼此消解、互否、互扰的悖论效果，从而成功地把语词层面的"反词立场"上升为"语境性反讽"，再辅以"历史个人化"的手法，一面以那种仍旧不容抑制的激情唤起人们对于昔日的"广场"这一"圣词"的复杂情感，一面不无冷酷地解构了它曾经负载的严峻的历史意义，完成了新的编码功能。

以"石头"这个意象为例：

> 一个无人离去的地方不是广场
> 一个无人倒下的地方也不是
> 离去的重新归来
> 倒下的却永远倒下了
> 一种叫作石头的东西

---

① 陈超：《中国先锋诗歌论》，人民文学出版社，2007，第323页。

迅速地堆积、屹立
不像骨头的生长需要一百年的时间
也不像骨头那么软弱

每个广场都有一个用石头垒起来的
脑袋，使两手空空的人们感到生存的
分量。以巨大的石头脑袋去思考和仰望
对任何人都不是一件轻松的事
石头的重量
减轻了人们肩上的责任、爱情和牺牲

或许人们会在一个明媚的早晨穿过广场
张开手臂在四面来风中柔情地拥抱
但当黑夜降临
双手就变得沉重
唯一的发光体是脑袋里的石头
唯一刺向石头的利剑悄然坠地

黑暗和寒冷在上升
广场周围的高层建筑穿上了瓷和玻璃的时装
一切变得矮小了。石头的世界
在玻璃反射出来的世界中轻轻浮起
像是涂在孩子们作业本上的
一个随时会被撕下来揉成一团的阴沉念头
汽车疾驶而过，把流水的速度
倾泻到有着钢铁筋骨的庞大混凝土制度中
赋予寂静以喇叭的形状
一个过去年代的广场从汽车的后视镜消失了
石头的世界崩溃了
一个软组织的世界爬到高处
整个过程就像泉水从吸管离开矿物
进入密封的、蒸馏过的、有着精美包装的空间

我乘坐高速电梯在雨天的伞柄里上升

回到地面时,我看到雨伞一样张开的
一座圆形餐厅在城市上空旋转
像一顶从魔法变出来的帽子
它的尺寸并不适合
用石头垒起来的巨人的脑袋

"一种叫作石头的东西/迅速地堆积、屹立/不像骨头的生长需要一百年的时间/也不像骨头那么软弱","骨头"作为"石头"的"反词"出现在诗歌的开篇。"软弱"是"坚硬"的反义词,骨头是软弱的,属于反其意用之,因为和"软组织"相比,骨头是坚硬的,在1990年代初的语境中,仍然容易让人想起"无产阶级硬骨头"一类的说法。但这曾经"坚硬不屈"的存在,如今却轻易地"倒下"了,成为"永生者",要么堆积成新的"石头脑袋",要么重组为"软组织的世界"四处爬升。那么,"石头"究竟意味着什么?在"软"与"硬"之间,它至少消解了"广场曾是无数'硬骨头'堆积、铺就的"这一"革命事实"。"一个青春期的、初恋的、布满粉刺的广场""一个露出胸膛、挽起衣袖、扎紧腰带""反复张贴""脑袋"的广场,"从汽车的后视镜消失了",一个"后'文革'时代的广场"正在向"消费时代的广场"高速转变。在这个广场上,"反复粉刷的墙壁/被露出大腿的混血女郎占据了一半/另一半是头发再生、假肢安装之类的诱人广告"。

然而,如果此诗的内涵仅止于此,也是不足为奇的,那将和《有关大雁塔》之类的消解意图无异。另一组也被镶嵌进"石头"这个意象中的对位性词语是"轻/重"。"石头"是"重"的,玻璃的世界是"轻"的,但"石头"的重量,却"减轻了人们肩上的责任、爱情和牺牲"。现在,"石头"的世界崩溃了,是否意味着一种"不可承受之轻"正降临每个人的心头?终于,"石头的世界"在玻璃反光的世界中慢慢轻浮起来,"像是涂在孩子们作业本上的/一个随时会被撕下来揉成一团的阴沉念头","石头"是重的,"纸团"是轻的,"揉纸一团"成为全诗的点睛之句,这个动作隐喻着个人化的书写者形象首次现身,可以看成诗人写作过程的一次亮相,是对历史重压之下整个写作行为的反讽。这种反讽的意味,通过两次对"轻"

的描述传达出来。"穿过"的动作是轻灵的,诗歌的语速是凝重的,坐在这两个时代之间的广场上,作者有一种与那些虽死犹生的"亡灵"同在的"意识形态幻觉",觉得"自己欠历史的债,欠那些死去的朋友和不认识的人的债,欠亡灵的债"。① 然而书写能够还债吗?这是一种不能承受的"轻中之重",是矛盾的,却又是"非如此不可的"。

正是在这个意义上,唐晓渡赞许道,这首诗虽然放弃了以良心和道德的主体自居,却"变得更锋利了,它像一柄双刃剑,在生命既短暂易逝又追求永恒的悖谬中,在一个'幽闭时代'的深处,同时劈开了那些'坚硬的石头脑袋'和人们心中珍藏着的'影子广场'"。它提醒"两手空空的人们"在穿过"广场"之前必须先穿过自己"内心的黑暗"。② 同时,这首诗也因为"使对抗主题在向变化着的历史语境敞开的过程中焕发出新的活力",而迥异于"早期'朦胧诗'那种意识形态对抗"。③ 臧棣对欧阳江河此类写作的经典批评也是从"题材拓展"的角度发出而首肯的:"将这种对峙的艺术仪式作为一种潜在的话语情境,或一种隐含的隐喻结构来加以运用,以期在不拘一格的艺术视野中挖掘尽可能多的诗意,更深切地触及我们在本土现实中所意识到的具有普遍意义的人的困境、希望、欢悦、悲痛和存在的奥义。"④

值得注意的是,在这些被认为是提倡知识分子写作的批评家中,除了臧棣从颠覆语言秩序的角度指出后朦胧诗的高妙之处外,大多数人都对欧阳江河此间的写作在"对抗主题的转化"方面的出色表现和探索赞不绝口。"对抗主题的转化",确实是欧阳江河引出的一大命题,但也应该看到,这和他本人一直以来津津乐道的"词与物的异质扭结性"命题出现了一定程度的偏差。须要承认的是,"反词化的修辞"主张是欧阳江河针对纯诗化语言洁癖的反拨,是他花了大力气阐发的一套诗学观念,从诗人的众多诗学文本观察,把这种技巧理解为"欧阳江河成之为欧阳江河"的诗学核心也

---

① 在一篇访谈里,作者承认:"写作这首诗带有一定的自传性,1990 年我生日的那一天,我来到广场上,这之前好友骆一禾是在广场上突然离世的,我经过广场时真的感觉自己是和亡灵在一起。"详见《诗生活论坛:嵌入我们额头的广场》中关于《傍晚穿过广场》的交谈,http://www.poemlife.com/Wenku/wenku.asp?vNewsId=1773。
② 唐晓渡:《90 年代先锋诗的几个问题》,《山花》1998 年第 8 期。
③ 唐晓渡:《90 年代先锋诗的几个问题》,《山花》1998 年第 8 期。
④ 臧棣:《后朦胧诗:作为一种写作的诗歌》,沙光、闵正道主编《中国诗选》,成都科技大学出版社,1994。

不为过。因为在他自己看来，作为一名当代诗歌的书写者，一名长期生活在异质语言中的诗人，汉语似乎是唯一可以相依为命的东西，他每天心心念念的，还是词与物的关系。在他的旅居生活中，"中国"是词，"成都"是词，"威尼斯"也是词，而"威尼斯"对他的现实意义无异于"空"，这是"丁香空结雨中愁"之"空"，是异域经验造成的语义之"空"，也是现实之"空"，他按捺不住这种后殖民语境中的乡愁困扰，写下了"一路上/到处是配钥匙的摊位，成都，锁着/打开就是威尼斯：空也被打开了"这样的小句子。"成都"与反词"威尼斯"就成功地"换位"了，1990年代以后，他乐此不疲地以这种手法展示着对现实的编排能力，他就这样永远地"走在词间"，走在词与现实的不断摩擦的"相互指涉"间。

可以看到，欧阳江河的这种核心理念将不可避免地与他在1990年代反复表达的某种诗歌立场紧密相关。这种立场，在很多场合，频频地呈现为以一种文本的现实观来疗治以往直接指涉现实的写作和根本不涉语义、不涉现实、无关痛痒的超语义写作这一致命伤。仍以《傍晚穿过广场》为例，我们固然可以把诗中的"广场"当作触发作者感想的现实事物与契机，但呈现在文本中的"广场"更是一个词的等价物，充其量是一种场景意义上的存在，是"嵌入额头的思想概念的产物"，它是"纸上的广场"，所以这"广场"才兼具了"轻与重"的性质，才能有这么多种"速度"同时行进在这纸做的舞台之上，有静默的婴儿车穿过、有高速行驶的汽车穿过，有站在广场这一头的孩子，有站在广场那一头的老人，有行走的人，有倒下的人，还有穿梭其间的"亡灵"。所以，这样的"广场"，"不是事态的自然进程，而是写作者所理解的现实，包含了知识、激情、经验、观察和想象"。① 在这种现实中，"词自身，以及诗意的历史幻觉却获得了重量"。②

通过语词与语境间的反讽，把现实纠结进来，以"广场""咖啡馆""动物园""图书馆""车站""海关"等公共空间作为词与物的中介性场景，取代以往诸如"家园""故乡""麦地"等非中介性场景，以期在更高的意义上形成一种对现实的关照——这个命题后来被整合进知识分子写作

---

① 欧阳江河：《89后国内诗歌写作：本土气质、中年特征与知识分子身份》，《花城》1993年第5期。
② 欧阳江河、李德武：《嵌入我们额头的广场》（关于《傍晚穿过广场》的交谈），《诗林》2007年第4期。

观念群，作为"子观点"，得到了更广的阐发和意义提升，在后来与民间一方的抗衡中与"反讽意识"的普遍高涨相挂钩，① 而在面对"外界"的那些"晦涩""读不懂"的压力和责难时，又加入了某种以话语"介入现实"从而平添诗歌的"实践性品格"这一意向。在一种文化政治的语境中，欧阳江河诗歌路线中的"后政治诗学"意味也被无限扩大出来。在知识分子写作的肇始之作《89后国内诗歌写作：本土气质、中年特征与知识分子身份》中，欧阳江河在论及所谓"本土气质"时说："任何读者都能很方便地从我们近年的作品中找到现象的和形而上学的政治因素，这是因为政治已经成了我们的日常生活，成了我们必须承担的命运的一部分。"所以，某种政治讽喻意义上的"色情话语"广泛出没于欧阳江河、翟永明、钟鸣、王家新等人的作品中。这里暗含的逻辑似乎是：随着"解放政治"向"生活政治"的转变，既然"权力话语"在我们同代人的生活中将变得如水银泻地般无孔不入，那么我们写作中的"毛刺"也应该以语码变体的形式潜入写作中去，发挥意识形态的反编码作用，这一点，正如《计划经济时代的爱情》做出的出色示范那样。

对于1990年代诗歌的这种动向，王家新美其名曰"话语实践"。所谓"在对一种生存的洞察中，使那些'显然是政治的东西失去政治的意义'，同时又使'没有政治意义的带上政治意义'"，只有通过这种"承担"，我们的写作才有可能积极介入目前中国的话语实践，并成为其中富有变革、批判精神和诗性想象力的一部分。②

事实上，若要从程光炜、王家新等批评家惯用的"知识分子性"角度来对这一修辞实践做出价值衡量的话，如果说它对日益纷繁"变化动荡中的中国现实"的积极"介入"是成立的，那么说它是"对制度压力、舆论操作、衰老和忘却作出反应的某种特殊话语方式"③ 也未尝不可。但是就是这样一种引人注目的"压力下的写作"（程光炜语），很难说清是主动承担多于"消极的历史承受"，抑或是反之的"转型期"写作策略；但它不知不觉地伸展至1990年代中后期的批评空间，演变为一种愈加饱满响亮的知识

---

① 胡旭东：《在"亡灵"与"出卖黑暗的人"之间——关于九十年代中国知识分子个人诗歌写作》，《北京大学研究生学刊》1997年第1期。
② 王家新：《阐释之外——当代诗学的一种话语分析》，《文学评论》1997年第2期。
③ 欧阳江河：《89后国内诗歌写作：本土气质、中年特征与知识分子身份》，《花城》1993年第5期。

分子立场，着实耐人寻味。①

回到写作者和文本上来说，像欧阳江河这样的写作者，个人显得要"低调"些。在1995年贵州诗会之后的一次对谈中，当欧阳江河被问及提出知识分子写作的目的时，他表示："我主要是指词汇的扩大、对活力的寻求、对具体历史语境的处理等等。'知识分子写作'强调客观立场和专业精神，强调对价值问题保持关注，强调写作的难度、深度，以及连续性的风格严谨等。"② 在1996年与北京大学、清华大学的学生交流时，他又说道："作为九十年代'知识分子写作'的倡导者之一，我坚持认为当代诗歌是一门关于词的状况和心灵状况的特殊知识。"③ 也就是说，"反词"的重心不局限于对意识形态的重新编码，而更在于释放词内在的词典意义空间，重新在词根的意义上使用词，让文本虚构写作本身，这样就不必在"预设的现实"中寻找资源，套用欧阳江河自己的话来说，就是现实感的获得不仅是策略问题，也是关乎作者存在的自主性问题。

（三）阅读中的欧阳江河：文本主义者抑或反思的知识分子

从后来围绕欧阳江河文本产生的阅读效果来看，这种修辞实践正是在这一点上暴露了最大的暧昧性，这种暧昧性并非偶然。进入1990年代后期，悖论性修辞和极强的主题意识一直是欧阳江河写作的重要推动力。在《时装店》《感恩节》《国际航班》《歌剧》等诗篇中，那种对位性关系的语词继续被变本加厉地焊接、摆布着，造成令人目眩的技艺效果。有些技巧包装下的"小思想""小讽刺"如今看来已难以产生新鲜感，如"满世界的新女性/新就新在男性化"；有些还会一如既往引起美感和会心一笑，如"奇遇介乎咔叽布/和石墨兰之间，只能用一种水洗过的语言/去讲述，一种晒够了太阳的语言。但丝绸的内衣却说着没缩过水的/吴侬软语——手纺的，又短了两寸的风/一寸一寸在吹：没女人能这般女人"；而更多地则仍旧让人难以捉摸，难以读解，即使专业读者也会尴尬地面临"期待受挫"，如"这是感恩节，/死者动身去消化不良的火星，赴生前的火鸡婚礼。相对论

---

① 参考程光炜写于2000年的《欧阳江河论》，《黄河文学》2007年第9期。
② 欧阳江河、陈超、唐晓渡：《对话：中国式的"后现代"理论及其他》，《山花》1995年第5期。
③ 欧阳江河：《对九十年代诗歌写作的几点看法》，《北京大学研究生学刊》1997年第1期。

的时间/以冰镇和腌制两种速度迎风招展"。

客观地说，像欧阳江河这样带有后政治色彩的修辞实践，的确在呼唤着某种极具深度的"症候式阅读"以及解读的多元性。有时候，这样的解读一经出现，就难能可贵。以对《时装店》的细读为例，姜涛以极大的耐心追踪着欧阳江河起伏跌宕、神出鬼没的想象力，成功地把《时装店》的主题解读为"时尚"。"时装店"作为一种场景存在，意指"全球化时代的文化想象"。在这首诗中，作者极尽铺陈和自由联想之能事，从被海关检查的一本杂志上的"模特腿"写起，写到印度香、伦敦雾、乌托邦、女人街、公主的云、华尔街、鸭舌帽、秧歌队、月亮、美、第一次……最后又回到了被摄影师拍摄的模特，以及最终放行的海关等，一系列具象、抽象的语词密集汹涌，由反讽和悖论性的语言连缀起来，形成诡辩性的张力，直击时尚自然化的内在逻辑，也从主题的角度回应、验证了后殖民背景下的一些文化命题。例如，篇末的"瞧那老派/殖民主义的全副武装，留够了清白/和体面，涂黑了天使，开口就讲黑话"。这里，解读者抓住这对对位性词语"黑"和"白"，二者恰好在修辞和价值的层面上构成二重意义上的"反词"：一方面，"'白'对'黑'的殖民，只是老派的文化逻辑，'清白又体面'的往事"；另一方面，"当'黑皮肤'成为一种风行的健康时尚，'黑'与'白'之间的老关系被新的时尚统一性取代，而且这'黑'的时尚是集体性的，强制性的，泯除了背后实际的种族差异的……"① 应该说，这种解析精彩而到位。而另一位解读者面对另一首明显缺乏公共性场景和相应提示符的诗歌《感恩节》时，却遭遇困难，未能成功地提炼出诗歌的主旨或者任何一种实打实的"意义链条"，而只能凭借猜测，勉强提供三条解开诗歌构成的线索，这种猜测，使人看后反而更加不解。

正如臧棣所说：在1990年代的诗歌群落里，"欧阳江河的诗是公认的难以读懂"，② 究其成因，可以发现这与诗中词语间的关系设置得过于个人化有关，加之语词相互推进、调换得又过于频繁，跳跃性极大，甚至造成"语义滑丝"，在一个公共性语境和共同的诗学语境渐渐退隐的时代，就容易给人如坠雾里、不知所云之感了。不仅如此，造成这种阅读效果的深层次原因还可能在于作者的写作姿态，作者把修辞加强到超过限度，很难说

---

① 洪子诚主编《在北大课堂读诗》，第75页。
② 洪子诚主编《在北大课堂读诗》，第81页。

不是刻意为之。也就是说,作者可能并不在意会出现"语义滑丝",因为文本的快感本身就贯穿于修辞之中,如此"连续的在差异的能指链中闪烁其词"① 正是他所追求的文本效果,但同时也有对词语的享乐和把玩之嫌。

姜涛更多地站在诗歌美学、诗歌传统的角度,为欧阳江河的诗歌辩解:"技巧像是从主题中分泌出来的,而主题也最大限度地修辞化了,二者互为表里,难以区分。"也就是说,作者在《时装店》中流露的把玩姿态和语词流造成的乱花迷眼的效果,本身就同构于这个花花世界的时尚逻辑,即使肩负了批判任务的诗歌想象,在这总体化世界中,也难逃受时尚法则的支配。这不失为一种解读方式。另一种解读方式则是把臧棣对于主旨的理解再往前推一步,如果说全诗主旨可概括为"很多想改造历史的努力到最后都逃脱不了时尚的命运,时尚最后战胜了这些努力,改变了历史或者说颠覆了意识形态",作者却通过语言的力量重新编排了现实,或者说以语言无情地戏弄了时尚本身,那么,欧阳江河享受到的就该是一种"战士的快乐"了。然而,这种简直难分你我的主题与修辞的交融,这种一面"戏仿这世界",一面沉浸在语义嬉戏中的享乐行为,到底应该视作与现实世界的共谋而受到苛责,还是该仅仅视为一种对诗歌传统的"革命冲击"?这恰恰是此种写作倾向在伦理尺度上投射的最暧昧不明的部分,然而,探讨一个诗人的知识分子性又似乎不得不涉及此问题。问题的关键其实也并不在此,因为无论强调前者还是以后者为之辩护,二者在本质上并没有太大差异,因为,如果认同姜涛的评价"道德的、历史的关怀更类似于一个活塞,为封闭在'修辞陈规'中的语言活力启动一条出路,激活一个舞台,满足想象力的热情",② 那么,欧阳江河就在更高层次上回归到一个文本主义者,从而在语言的意义上真正完成了对第三代诗歌"不及物"写作的超越。不同于非非主义,亦不同于于坚的"话语实践",从后结构主义的语言观出发的欧阳江河,却从另一个路向上(也就是唐晓渡的"从反面")把第三代诗人的自主性追求推向极致,作者的高明之处即在于杂糅进了"中国特色"——"动荡中的中国现实"。在修辞的框架中磨炼语言对复杂现实的"相互指涉"的能力,这就不仅提升了现代汉语诗歌在更开阔的历史语境中处理独特的本土经验的能力,而且幸免于倒向单纯的解构主义。

---

① 陈晓明:《表意的焦虑——历史祛魅与当代文学变革》,中央编译出版社,2002,第206页。
② 洪子诚主编《在北大课堂读诗》,第75页。

然而，这些带有策略意味的个人转变，却并不影响欧阳江河成为一个不那么正宗的文本主义者，这从他写作伊始就时时依赖的技巧形式中便可见端倪。实际上《傍晚穿过广场》所产生的意义混成效果，正得力于前文反复提及的反讽之功。布鲁克斯的定义"反讽，是语境对于一个陈述语的明显歪曲"，① 也成了欧阳江河诗歌的结构原则。仍以"石头"为例，在此诗中，能指"石头"非但不能与其所指间保持如"80年代符号——对应的那种紧张关系"（如《纪念碑》中"我的身体里垒满了石头/中华民族的历史有多么沉重/我就有多少重量"），而且根本就没有确定的所指。"石头"到底意指着砌成广场的"石头"，还是化作"玻璃"质地的"软组织"；是"石头脑袋"里沉重而坚贞的信念，还是人们身上的软骨头，抑或轻薄如纸一时泛起的"阴沉念头"；是被刻入黄金铭文换取"永生"的纪念碑，还是用来发动"纸上革命"到处张贴的"石头脑袋"；等等，作者借助于原先语境中的"二元对立"项，在一个更具张力的意义网中完美地展现了被打乱、重组、流散的意义，让人在试图捕捉确定象征义之时一面"患得患失"甚至终至放弃，一面在这种复调式反讽的推进中，获得了秘密旁通的效果，把对时代和人性的反思引向深入。正如王光明先生所指出的："反讽作为一种现代的语言策略，它所以与传统的赋、比、兴不同，与寓意、象征、隐喻也有所区别，还在于它不只是通过意义转移的方式重新凝聚意义，获得'新'的意义；而是要解除单一意义的禁锢，播散意义，释放意义的多元复杂性。"②

若要以批判性的逻辑审之，应该说，欧阳江河写于1990年代初的那些诗，确实以其较为沉痛的知识分子气，以"非诗的词汇"和"世俗生活"的掺入为人们开辟出可行的路子，为写作注入了新的诗意。在一些怀有期待的批评家那里，欧阳江河诗学的文化逻辑是：让极富个人思辨魅力的修辞在接受公共语境过滤的过程中，逆转或消解原先语词的意识形态性，反刺进僵化的写作腠理——在特定时期内，也确实让人们看到"对抗"主题的新活力。然而1992年之后，随着去政治化时代的来临，社会文化以不可逆转之势向另一种形态过渡，那个可资利用的、公共化的共识语境实已名

---

① 〔美〕布鲁克斯：《反讽——一种结构原则》，袁可嘉译，赵毅衡编选《"新批评"文集》，中国社会科学出版社，1988，第335页。
② 王光明：《现代汉诗的百年演变》，河北人民出版社，2003，第631页。

存实亡，写作者若还如入"无物之阵"般地以语词为对手，执迷于施展修辞术的自得其乐，那便难免会再度带上堂吉诃德式的自欺意味了（若从这一角度看，欧阳江河和于坚如出一辙，只不过后者的文化反抗意图更加明显），而本来如此者则不免要露出形式主义的尾巴。当内在的对峙性张力全然上浮为一种表面化的修辞力量时，称之为"失陷的想象"并不为过。所以，难怪有人会认为曾经供欧阳江河的思辨和日常分析自由出入的"文本中的场景"，现在已完全变作展示词语操作的"景观"，对异质成分的"消化不良"干脆导致"能指消费"，这种消费，毋庸说很大程度上削弱了批判性向度（或许在某种意义上，也根本就无从谈起）；[①] 也难怪有人会呼吁须以某种发现"缝隙"的解构式阅读来处理欧阳江河生产的这种"封闭的表演体系"才更对路。[②]

在不容回避的主题阅读面前，两个欧阳江河已经被拷问出来了：一个是在独立的、怀疑的、带有反思、批判意识这一维度上想象出的话语斗士形象；另一个是伊格尔顿所讽刺的那些因无力颠覆现实秩序而"被驱入了语言结构中"却又无比倾心于形式的知识分子。而这既是同一形象的一体两面，也可能意味着永远难以整合的尴尬。但无论如何，二者对于1990年代的批评界却具有截然不同的诗学政治意义。

四　知识分子写作的话语分析

当时间跨过1990年代初这一历史标尺后，如果还像考察一种切实存在的诗歌或诗学形态一样去考察1990年代诗歌中的知识分子写作，很可能会得到一种令人懊恼的结果。这是因为由这个概念所指涉的诗学内涵和外部特征都呈现越来越含混甚至自相矛盾的特点，就好像欧阳江河诗歌中的"差异能指链"一样在对人闪烁其词。

如果仅仅聚焦于世纪末的"盘峰论争"的话，就会发现这不过是一种言人人殊的概念，在新诗史上可能还没有哪一个概念像这个概念这样在引起歧义同时，又招引来了众人看热闹的目光。1995年后，随着相关话题域的不断扩张，知识分子写作逐渐从一种不乏现实针对性的诗歌精神变质为抽空了所

[①] 洪子诚主编《在北大课堂读诗》，第80页。
[②] 洪子诚主编《在北大课堂读诗》，第83页。

指的身份符码。这种策略性的过度使用，不仅掩盖了生态多姿的写作样貌，也歪曲了这批活跃诗人的自主性诉求，而从根本上说，这是用社会学身份界定诗歌写作的必然后果。那么，在考察一种身份话语如何以"诗学命题"的面目出现时，也就意味着不能不对诗歌界与知识界的互动情况，亦即提倡者们如何把诗歌场外的文化资本转化为象征资本这一过程做一番考察了。

（一）从精神立场到诗学策略

知识分子写作在它的提倡者那里到底意味着对一种切实存在的知识分子精神立场的归依，还是一种以写作本身为目的的诉求？对"知识分子"这一语码再次不同程度的借重，恰恰反映了1990年代后一部分诗人和批评者在诗人的知识分子身份的自我想象和自我定位方面的趋同。这个过程中，诗人批评家和学院批评家批评话语的相互影响、相互增殖，在进一步发展了诗歌场与外部知识场域息息相通的良性诗歌文化的同时，也显示了新的历史时期权力场对于自主趋势的牵掣特点。

回到《倾向》的开篇："写作是从语言出发朝向心灵的探寻，是对诗人的灵魂和人类良心的拯救"，"而作为一个知识分子的诗人，则恰恰是引导人类走向光明的灯盏"。使命感和担当意识为后来在这一向度上的话语扩张奠定了昂扬的基调。但是，1992年之后，随着"应和大众文化的市民意识形态"的崛起，世俗化生活对一部分知识分子的写作尊严构成了某种程度的挑战，此前那种理想主义的调子明显发生了偏转，转化为对诗歌精神的格外倚重和全新期待。早在1995年，王家新就结合时代语境的变化，重申了知识分子精神的意义："在一个把一切统统化为'文化消费'的时代，所谓对理想的捍卫，无非是对文学的'精神性'的坚持，尤其是在人们纷纷屈从于时尚的时候，这还是一种极其艰难的个人精神存在及想象力的坚持。"[①] 在1996年的《写作处境与批评处境》[②] 中，西川又站在批评家的角度，指出现今中国的问题仍不是后工业社会的问题，而是须认识到"精神远景的历史性丧失，纯经济手段无以平衡，中国人一下子把欲望浮升到了最高层面……社会的道德理想陷入混乱"。当代庸俗的生活环境使精神陷入尴尬，诗歌不能放弃它的道德判断之功，"诗歌是灵魂的声音，在文化、哲学、宗教、精神缺失的地方，诗歌挺身

---

① 王家新：《"理想主义"与知识分子精神》，《中华读书报》1995年第6期。
② 西川：《写作处境与批评处境》，《学术思想评论》（第1辑）1997年第1期。

而出"。所以，在这个"精神贫困的时代"，"通俗易懂的诗歌就是不道德的诗歌"。而现代诗歌因刺正了孤独的现代人的沉忧隐痛，应该问心无愧地存在下去。一种典型的现代主义精英式的不合作态度已经有所流露，这里有对日渐丧失的人文精神的追怀，也有以诗歌精神重塑现代知识分子文化的内在愿望。

而若仔细考察 1990 年代中期的批评语境可能不难发现，诗人们在 1995 年前后迫切地亮出姿态，与所谓"中国式的后现代主义"话语在诗歌圈的一时泛起有着微妙的关系。在一些先锋批评家和诗人看来，这些"后现代的掌门人"把一种纯粹靠西方后结构主义和后殖民主义在理论层面的抽象推演而得出的结论运用于当下中国的诗歌批评，无疑是失效的。这种失效从另一个方面更加剧了诗人对理论家、批评家的不信任和厌烦。因为他们仅仅凭对后现代术语和阐释框架的操弄，试图肯定一些创作倾向，而毫无敬业精神地否定掉另一些倾向，诗歌如果不能被纳入其中，就"等于没写出来"。这种阐释的前提是 1989 年后我们开始进入后现代性的后新时期或中国式的后现代，其主要特征是"消费文化和大众传媒成了支配性的力量"。而问题的关键兴许正如一些先锋诗歌批评家不失尖锐地指出的，批评界对"后学"的趋之若鹜，实际上是对"后极权社会"中主流意识形态的盲目趋附和媚俗，是对后现代主义无深度、平面化的美学逻辑的无条件认同。[①] 他们认为这些人的批评逻辑无非是我们已经进入一个"后×××"的时期，"诗人或普遍知识分子的神话"业已破灭，而"于坚、孟浪、伊沙等一批青年诗人强化出的某种后现代状态，形成了一个与'再造天堂'的神话写作相悖逆的写作倾向"。这种"反神话写作"无疑更合时宜，更值得推崇。但在西川、唐晓渡、欧阳江河、陈超、王家新看来，这种"向庸众文化退让妥协"的诗歌批评者，已经丧失了应有的专业精神和清醒、独立的批评立场，"只会随着政客和全球资本主义欢呼，应和了美学上的民众主义"。[②] 这种至少落后创作十年的批评现状，激发了诗人自身批评意识的觉醒。西川就认为，"最迟至 90 年代，诗人与批评家们进行了角色互换"，那些缺乏起码的文化修养的批评家，只是将自己作品贴上"神话写作""学院

[①] 孟浪、贝岭、马建、陈军、郑义、杨小滨、唐晓渡、王家新等：《1996 年布朗大学"写作自由"国际文学节,中文作家文学长桌会议记录》，《倾向》（海外人文杂志）1996 年第 7~8 期。

[②] 西川：《写作处境与批评处境》，《学术思想评论》1997 年第 1 期。以下关于西川的引文若无特殊标记，均出自此篇文章。

派写作"的"理论家",实在缺乏起码的创造力和现代意义上的知识人格。这种人格,"专指那些富有独立精神、怀疑精神、道德动力,以文字为手段,向受过教育的普通读者群体讲述当代最重大问题的智力超群的人,其特点表现为思想的批判性"。同时,"诗人们并没有从此放弃社会批评,但他们走向更深层次,对于历史、现实、文化乃至经济做出内在的反应,试图从灵魂的角度来诠释时代生活与个人的存在、处境",而这就是在社会批评的维度上,提倡知识分子写作的意义。

正是在这一意义上,阅读王家新等人为代表的诗人批评就不难发觉,他们诗学观念"自我建构"的出发点仍具有某种现实针对性。以对1990年代诗歌具有特殊意义的诗学范畴反讽为例。1990年代中期,王家新"早已不再'眺望'、不再'寻找',也不再设置一种精神流亡的情景",① 而开始青睐反讽这类流行手法了。反讽在王家新处,与"悲剧—挽歌"精神相对,与喜剧精神相连。"按说这本来是一个唱挽歌的年代,但是诗歌的智慧却在于它能超越单一的悲剧感,而在挽歌与讽刺之间达到平衡。可以说正是具有反讽意味的写作'救了我们一命',它把我们从一个'过于悲壮'的时代,引向了一个更为开阔的、成年人的诗学世界"。② 王家新以陈东东写于1993年底的《喜剧》为例,从某种貌似滑稽模仿然而又不无讥讽的叙事中,读出了历史的反省精神。"诗人们在骨子里依然是'严肃'的,只是他们意识到离开了反讽和喜剧精神,他们的生存困境就不可能得以言说"。③ 进而王家新又把反讽意识提升到"一个时代的文化症候"的高度,正是因为在我们这个时代,"原有的神话构型和意识形态话语"遭到颠覆、戏仿,被这种或那种后现代进行处理,已成家常便饭,所以王家新所赞成的反讽是对这种惯例的"反它一讽"。"当代诗歌中的反讽正是出于这种自觉才出现的,因而它是一种更具写作难度和美学批判精神的反讽,是和当今那些'顽主'们的调侃深刻有别的反讽"。④ 这种差别,即出于骨子里的对沉痛、苍凉、悲剧性的体认。从写于1996年的《奥尔甫斯仍在歌唱》⑤ 中可以发现王家新这种诗学观念的来源。在重读叶芝晚期诗作后,他发现了一个不同于早

---

① 王家新:《王家新访谈录:回答普美子》,《先锋诗歌档案》,重庆出版社,2004。
② 王家新:《夜莺在它自己的时代:关于当代诗学》,《诗探索》1996年第2期。
③ 王家新:《夜莺在它自己的时代:关于当代诗学》,《诗探索》1996年第2期。
④ 王家新:《当代诗歌:在确立与反对自己之间》,《夜莺在它自己的时代》,东方出版中心,1997。
⑤ 王家新:《奥尔甫斯仍在歌唱》,《为凤凰寻找栖所——现代诗歌论集》,北京大学出版社,2008。

年印象中的叶芝,"在我早年印象中,叶芝一直是一个激情、痛苦而高贵的抒情诗人,但现在我感到了一个'双重的叶芝',一个严格无情的自我分析家,一个不断进行自我争辩甚至自我嘲讽的反讽性形象",而他诗歌中的力量,往往就来自于这种反讽精神,来自这种"矛盾对立及其相互的撕裂和撞击",因而他更认同波德莱尔式的现代主义中"现代英雄"的一面,"英雄化的反讽"或"反讽的英雄化"才是我们这一代人更为本质的一面。可以看到,虽然在王家新的诗学观念中,反讽还造成了"写作的多声部效果",也意味着写作向包容更复杂的体验敞开,但在王家新屡屡强调的"美学批判与文化参与"层面,从这种美学诉求中投射出的,更多的是对写作主体姿态的精神性认同,因为只有广泛地运用如此手法,才更能够将知识分子主体置身于"现今的各种文化冲突与历史性困境之中",接受良心的拷问。类似的对于这种写作姿态的呼应,还更为清晰地表现于孙文波的言论中:"当代生活是一种反英雄主义的生活,它对于人的要求是将理想主义转化为现实主义,而英雄主义恰恰是理想主义的产物。在这样一种生活状态下,诗歌写作对于英雄主义的认同,实质上是以另外一种方式出现的,就是他不强调在写作中直接吟唱出那种英雄主义的浪漫精神,而是在对现实的仔细辩解中,找到理解现实的钥匙。"①

(二) 知识分子的角色期待

1990年代中后期,很可能正是出于对"我们这一代人"这种"反英雄的英雄主义姿态"的某种"觉悟中的感动",诗评家程光炜推出了他关于"90年代诗歌"的一系列文章。在这些文章里,他虽然广泛提及了知识分子写作或者知识分子性,但对"知识分子写作"一直避免做出明确界定。纵观他从1996年的《误读的时代》中第一次谈论1990年代诗歌写作,到《序岁月的遗照》中对知识分子写作的正面阐扬,② 程光炜基本上是在两个

---

① 孙文波:《生活:写作的前提》,王家新、孙文波主编《中国诗歌——九十年代备忘录》,人民文学出版社,2000,第255页。
② 这一系列论文是《误读的时代》(《诗探索》1996年第1期)、《90年代诗歌:另一意义的命名》(《学术思想评论》1997年第1期)、《不知所终的旅行——90年代诗歌综论》(《山花》1997第1期)、《我以为的90年代诗歌》[《郑州大学学报》(哲学社会科学版) 1998年第1期]、《序岁月的遗照》(《程光炜诗歌时评》,河南大学出版社,2002)。本段及下段所引皆出自这些论文,不再一一注明。

层面上使用这个概念的：（1）它是相对于散文化现实的、个人性的、能达到知识分子精神高度的一种写作的实践。（2）它是一种充分尊重个人想象力、语言能力和判断力的创造性的艺术活动。而所谓"知识分子写作"的含义：属于"受当代政治文化深刻影响的知识分子写作。这种写作，往往带着时代或个人的悲剧的特征，它总是从正面或反面探讨社会存在的真理性"，知识分子性被用来描述一种深刻的"难以言状的心情"，一种对转型、断裂前的一套知识系统、文化（对抗）性格以及具有召唤力和理想色彩的写作风格的无限缅怀，一种必须告别又无法告别的心情。在《序岁月的遗照》中，这种知识分子性是当代诗歌在"无比艰难的现代化进程中"，"一个至关重要、然而屡屡受挫的未完成性话题"。"事实上，知识分子写作不是通常而言的阶层确认，而是对当代文化中种种'知识分子概念'的驳难、质疑，以期在更宽阔和复杂的文化背景中加以修正"。这种修正工作涉及了程光炜在此前几篇文章中一再论及的知识分子写作的悖论色彩，即"我们这一代"的知识分子诗人一面坚持一种"理想化的灵魂状态"，一面又深刻地认识到这种坚持之不可能。诗人与他具体的写作之间是一种尴尬的互文关系。而诗人们着力揭示的"则是一部充满诗意和戏剧性张力的思想文化史"。也许正是这样一种既要告别又难以告别、明知不可而为之的精神，使得1990年代的文本场景中，"存在着两个截然不同然而在'对话'中的欧阳江河和王家新"："一个是仍在书写心灵之痛的欧阳江河和王家新，另一个是陷入世俗生活荒诞的不能自拔的欧阳江河和王家新。因此，读者必须把有效的阅读置于两种相互误解，乃至相互消解的语言现实之中，必须习惯在纪念碑与私人房间、图书馆与咖啡馆、悲剧英雄与喜剧人物、寓言背景与夜游呓语的混合、复合、交谈的情景进入文本，并成为文本中的一个部分"，也就是说，读者也跟随作者在怀旧的情绪里过着一种双重生活，并像作者一样拥有一种强烈的自审意识："一方面是文本中的'戏中人'，另一方面，又是站在文本之外的那个知识渊博、深刻自省与有很强分析能力的审视者"。从其中可以看出，批评者在这里刻意彰显的，是日益复杂的文化语境给知识分子心灵带来的冲击。随之，一个在"所谓'转型'的、两大话语摩擦的缝隙里"，也是在"最痛切的文化处境"里，默默打磨自己语言的知识分子写作者形象呼之欲出。

应该说程光炜不乏感性的印象和充满抒情气质的形容，正建立在对这一批诗人的聚焦式阅读之上，经他提炼抽出的这种知识分子写作中强烈的自我意识或者说反观能力，不妨理解为通常意义的"智性"写作所具有的超越性。因而，这种写作要求"写作者首先是一个具有独立见解和立场的知识分子，其次才是一个诗人"。这样的诗歌"表现出与历史的某种偏离，但同时又以各种姿态和方式批判、检验与叙述后者。它是以更主动、自觉、怀疑与包容的态度在反省过去"。"正因如此，反对'纯诗'并在复杂的历史中建构诗意，成为90年代写作另一个追求的目标"。至此，程光炜对于"知识分子写作"这一概念的推动工作可以画上圆满句号了。虽然他一再强调"诗人的职责不单是民族的良心，而主要是在这一工作中的对语言潜能的挖掘"。他一再认为，随着"一代'有机知识分子'从历史舞台上销声匿迹"，"……判断一首诗优劣的不是它是否具有崇高的思想，而是它对承受复杂经验的非凡的能力，与之相称的还有令人意外的和漂亮的个人技艺"。虽经批评者之手点睛的知识分子形象恐怕已让人难以忘怀，但批评者的情绪导向和言说多少让人感到他所谓的"知识分子性"与"对'诗就是诗'的本体论的重视"仍然像两张皮，无法严丝合缝地贴在一起。而这首先是因为很难从他的评论文章中判别他对于一首诗的关心，是真正从诸如"诗歌语言的感受力"这样的批评范畴出发的，还是从谈论诗人身份出发的。大多数情况下，这类批评并未能很好地回到"诗歌的可能性"上来，且其中一些曾经鲜活的诗学概念因难逃本质化的宿命而不再有效。一个例子是他对于欧阳江河的解读，在2000年的一篇文章中，① 程光炜已经觉察到了欧阳江河身上存在着不怎么协调的二重性，即"思想的玄学性与艺术的装置性"，或者"诗歌中的欧阳江河和生活中的欧阳江河"，抑或有着"对生活的超长洞察力"的、充满了"虚无感和毁灭感"的欧阳江河和世俗世界中"享乐主义的"欧阳江河，并把前者对后者的怀疑与反省概括为"90年代诗歌"的特征。但之所以有如此概括，无非是因为：其一，他这一时期的写作，是对"人的存在意义和悲剧性内涵的思考"，与其他同时代的诗人产生了精神共鸣。其二，欧阳江河的修辞技巧可以被纳入叙事性的范畴内，因而更该被划入这一核心诗人的论述范围。这种论证，似乎缺乏必要的说服力。

以这样的批评实践为样板来探讨所谓"知识分子写作的有效性"，也许只能勉为其难地得出如下结论："知识分子写作的有效性是写作本身之于它

---

① 程光炜：《欧阳江河论》，《程光炜诗歌时评》，河南大学出版社，2002。

身处的语境的有效性,这种有效性往往可能突出的是诗人的人格魅力和知识分子诗人生活方式的感召力。因此,不能完全地排除知识分子写作之于时代的另一层含义:介入的、个人化的、批评的、抗衡性的,但决不以牺牲诗歌文本光辉为代价的。"① 而如果再沿着这一维度深究下去,在最初充满卓见的一篇《误读的时代》中,"90年代诗歌"(从被指认的诗人来看,也可以与后来的知识分子写作替换),作为一种"不过时的诗歌精神",是在与"权威话语对抗"的意义上建构出来的。这篇文章大概是从当时影响颇大的有关民间的学术话语中汲取了灵感,用以证明这些正在崛起中的知识分子写作者的独立性和抗衡性。以"民间话语消解权威话语为价值追求的想象的社会空间却实际存在于90年代诗人的写作中"。他认为,1990年代诗歌把"民间话语'公共领域化'",但与朦胧诗相比,放弃了激烈抗争的古典人格而带有中产阶级色彩,因为他们不反对大众传媒。就是说"对抗性"被转化为了一种"日常性",因为"意识形态同化了这个世界","作为对这种同化的破坏,思想者必须具有否定和特立独行的力量","艺术正是这样一种力量",文章最后引证了阿多诺的思想,认为真正的"自律艺术"作为一种"反艺术",须以"差异性"来抗衡天衣无缝的整体性存在。此处的问题尚不在于哈贝马斯意义上"公共空间"中用于资产阶级大众启蒙的私人性读本,到底是一种"自律"艺术,还是"他律"艺术,而在于这种对于知识分子写作"以民间话语消解权威话语"的价值追求,亦即对这一批人"自主性诉求"的认定,并不是从诗歌文本的语言效果、形式特征等方面得出的,而恰是从诗歌中的主人公身份、诗歌所再现的场景特征中得出的,也就是说,这种谈论已完全越过了诗歌语言这一中介而直奔文本的意义。"'公众领域'被陈东东还原为非人化的'动物园',在欧阳江河那里变成以政治和性为主题的'咖啡馆',到开愚笔下是隐私生活与公众生活中介的车站和舞台,而它在孙文波诗作中则具有更为突出和暧昧的私人性质……"这种更像是建立在反映论基础上的批评方法,与其说是在释放文本自身的魅力,不如说是急于为批评者所认同的写作群体镀上知识分子的社会学身份。

或许可以从另一个角度来看,这样的批评真的已经出离诗歌批评的范

---

① 周瓒:《"知识实践"中的诗歌"写作"》,王家新、孙文波主编《中国诗歌——九十年代备忘录》,人民文学出版社,2000。

畴了，如西川所说，属于更广泛意义上的文化批评。它在对诗学归纳的同时，也在暗地里行使着批评的文化区分和定位功能，将"知识分子的二维性"中"超越、独立"的一方面品质加以烘托和突出，无非是想要再次凭借知识场的自主性特点，彰显此种写作的自主优势，但同时矛盾和问题也就出来了。① 一方面，随着诗歌场和知识界的发展和成熟，场的区分越来越精细，1990年代中后期知识分子的"纯粹政治"已渐渐显形，那么，在这种前提下的借重是否会引起另一种不自律的麻烦？另一方面，这种外围的批评，虽然仍不忘提醒人们对进入1990年代后写作所获得的诸如综合、叙事、反讽这一类诗艺品质多加注意，从而为其争取一种合法地位，但其批评逻辑似乎更昭示：正因为这个时代是由作为知识分子的诗人们承担着最为复杂的文化使命，他们把写作"推向了整个当代中国文化最具前景的意义上"，② 所以知识分子写作才成为最重要的诗学命题。在1990年代中后期的诗歌批评空间中，这一批评举动（无论是诗人批评，还是诗评家的批评）中手段和目的的分离与相悖，正反映了这一诗歌写作群体追求高度自主的美学初衷与策略性意图之间的内在抵牾。

既然启用一个社会性维度来衡量写作，就意味着仍然要继续围着早已摒弃掉的"对抗—不对抗"这个偏轴打转。这就是为什么从纯粹的艺术动机出发来打量知识分子写作这个命题的人会感到无聊。正像"盘峰会议"时期，有人在席间开的玩笑："还有什么能比'知识分子写作'这条鱼做得更无味的吗？"他们无法理解在一个日趋独立的诗歌场中为何一定要借用一种外部的符号来巩固自身地位，更无法理解为何一面标举着"超越意识形态"的写作，一面还会引发一场高度意识形态化的论战。但从本质上说，这还是由于艺术场与权力场在结构和功能上具有同源关系这一事实导致的。③ "在更普遍的意义上，内部斗争尽管在原则上是充分独立的，但在根源上总是依赖能与外部斗争——无论是在权力内部还是从总体上来讲的社

---

① 布迪厄认为，知识分子作为一种"二维的存在"，摇摆于纯粹的文化和现实（尤其是政治）之间，即使是在学术领域的自主性也不得不考虑现实的政治权力等因素。不同国家的知识分子都必须明白与确定和他们自己密切相关的那种现时权力状态，无论是极权主义还是暧昧的社会运动，或新闻出版中的权力与控制。〔法〕皮埃尔·布迪厄：《艺术的法则——文学场的生成和结构》，刘晖译，第257～261、394～403页。

② 周瓒：《"知识实践"中的诗歌"写作"》，王家新、孙文波主编《中国诗歌——九十年代备忘录》，人民文学出版社，2000。

③ 〔法〕皮埃尔·布迪厄：《艺术的法则——文学场的生成和结构》，刘晖译，第198页。

会场内部斗争——保持的联系"。① 这种同源性的关系通过精神结构起作用。因此，批评家要很好地服务于公众的原因就在于，"产品空间的社会结构与作者、批评家和消费者赋予产品的精神结构之间的对应，从根源上说，是建立在供给的各种作品和公众的不同期待之间的巧合"。这种巧合其实要经批评家（包括诗人批评家）这一"中介"有意识地调节文学生产和读者需要间的供需关系来达成，仍属于文学场的重构效应之一。也就是说，尽管如前述分析，如今政治事件已无法直接影响写作，写作也难再获轰动效应，"天安门诗潮"或者《今天》诗歌的时代似乎一去不复返了，但是，知识界对某种知识分子性的预期仍然会改头换面地出现在文学活动中。这样，就不难理解为什么1990年代以后，仍须将知识分子性抬到一个前所未有的高度以证明某种写作的合法性了。

从诗人及批评家们所属的知识场来看，这个时代确实已经不再需要蓬勃的政治激情和理想主义了。诗人们不用再扮演"一体化社会中的'文化祭司'"和"70年代末至80年代末的与'体制'、'庞然大物'既共谋又共生的文化精英"②等重要社会角色，他们变成了"难以指认的身份松散的一群人"，从"立法者和代言人"的位置跌落到了各个专业领域真正的"业余者"（amateur）。但这一角色也使他们在体制外占据一个位置，获得悠游不迫地观察、反思、批判这个社会的可能，他们的"反抗"将继续以一种散兵游勇的方式存在下去，为整个存在秩序提供一种更具制衡性、否定性的语言力量和独立艺术精神。这或许是大多数认同知识分子写作这一策略的批评者们对这种身份样式的潜在预期。所以唐晓渡在费了大量笔墨辨析该如何"非意识形态化"地对待"对抗主题"后仍不忘指出："随着对抗的所指在现实中越来越具有匿名的、非人格的性质，它也越来越成为一个更内在、更多和写作自身相关的诗歌领域。……但从根本上说，诗人作为'种族的触角'、'历史和良心的双重负重者'而应该'在种族的智慧和情感生活中'担起的责任并没有变"。③然而这里的问题似乎是，诗人可以成为最富批判精神的知识分子和学者，但诗歌能够轻易用来"介入现实"，或者用以体现某种"现实批判精神"继而"和目前中国社会及知识界的'话语实

---

① 〔法〕皮埃尔·布迪厄：《艺术的法则——文学场的生成和结构》，刘晖译，第158页。
② 周瓒的评论，转引自洪子诚、刘登翰《中国当代新诗史》，北京大学出版社，2005，第244页。
③ 唐晓渡：《90年代先锋诗的几个问题》，《山花》1998年第8期。

践'发生一种'深刻的关联'"吗?① 或许王家新曾以自己的回答为写作困境辟出了突围之道。如何在个人和世界之间,在自由与关怀之间达到平衡,几乎成为他挥之不去的内心焦虑,其后每当写作在"重大社会事件"面前遭遇伦理审判时,他都不辞辛苦地阐释它,就是为了证明这一论断的有效性,在说服公众的同时也说服自己。

很难说不是这种"既大于诗歌,又小于诗歌的命名"②引发了民间一方的强烈表态。在论战前,于坚曾用"诗人写作"的概念向"知识分子写作"概念叫板,其意谓"在这个诗歌日益降级到知识的水平的时代,我坚持的是诗人写作"。③表态虽然简单,但对于自律的持守还算是立场正确。可以看到,表面上是民间一方挑起了论战,但也很难说是谁先进入了策略化命名的暗道。饶有意味的是,从程光炜最初对"粗俗化、平民化,在'把玩'中实现精神满足"的指认,到西川的"平民——小市民主义和弄虚作假"和王家新的"顽主",再到《序岁月的遗照》中"疏离了知识分子精神的市井口语"写作,可以说,从最初的写作风格分歧演化为诗歌论战,作为知识分子写作双重反拨对象之一的第三代诗歌运动的"文化遗民"们,在日渐清晰的大众文化背景下也扯起了"民间"这面大旗。在1990年代相当长的时期内,虽然有部分第二代诗人下海经商取得成功,如伊沙曾以其供职的半商业性刊物《文友》为阵地点评当代诗人、策划"酷评",据说韩东也曾暗中"操控"沈浩波挑起论战,④杨克等"媒体中介人"将《中国新诗年鉴》运作成"第一本成功打入二渠道发售的当代诗歌选集"等,但客观地说,一方面1990年代的诗歌出版和传播仍很难渗入商业原则,整体上还局限在有限生产场中的一个小圈子里自产自销、自娱自乐;另一方面正如"输者为赢"法则揭示的,民间一方的经济资本也不可能在短期内成功兑换为先锋诗歌场内的象征资本,所以,指责对方是"书商利益""大众文化立场",则实属应战策略和"占位"需要了。换句话说,不去批评某种"后现代反讽写作"中过于强烈、集中的"批判意识"如何削弱了口语的表现力,

---

① 王家新、陈建华:《对话:在诗与历史之间》,《山花》1996年第12期;周瓒:《当代文化英雄的出演与降落——中国诗歌与诗坛论争研究》,戴锦华主编《书写文化英雄——世纪之交的文化研究》,江苏人民出版社,2000。
② 王光明:《相通与互补的诗歌写作——我看"民间写作"与"知识分子写作"》,《南方文坛》2000年第5期。
③ 于坚:《诗人写作》,《中华读书报》1998年9月23日。
④ 沈浩波:《不仅仅说给韩东听》,《作家》2001年第3期。

而是仅仅停留在话语打架的层次,这个结局已严重遮蔽、扭曲了知识分子写作的初衷。

(三) 自主的可能

是否还有必要还原这种写作的本来面目呢?如果说以朦胧诗人为代表的一代人对僵化的意识形态话语做了可贵的第一次偏离,却又陷入了另一种"权势话语"之中,1980年代的第三代诗人以全部精力投入对意识形态话语积习的斗争中,不幸这种"反对派"逻辑却又从根本上陷入了二元对立思维的泥潭中不可自拔;那么,下一代诗人的目标就是在反对对意识形态依附的同时,也反对声称与其无关的"绝缘"态,即要彻底走出"对抗—不对抗"的道德承诺与社会学判定的怪圈。因为布罗斯基说:"自由是在忘记如何拼写暴君姓名的时刻。"所以,任何刻意声称与体制无关或反体制的人,都距离自由很遥远。这一代人寻思的根本问题是"在一种不自由的环境里诗歌如何获得自身自由"。① 这种倾向谢冕先生概括得很准确,这是所谓对"日益严重的非诗的意识形态化进程的一个最为彻底的纠正"。② 这一批诗人的确这么做了,他们从起步之时就时刻警惕着不再落入"历史的诡计"中,在对"意识形态写作"与"不及物写作"双重反拨的前提下,他们致力于融合"语言的快乐"与"历史的个人化"。③ 从诗的方面看,他们已经够格了,但自此,一种真正的"双重拒绝"产生了,而占位者自身也获得了一种"模棱两可"的特点。在不倦的现代性驱力之下,他们向自主的方向径直深入下去,然而一只"非诗"之手却从背后抓住了他们,也许是实在不习惯1990年代的生存之"轻",要为自己的写作加上一个精神的砝码,可谁也没有料到,这只手竟来自与诗歌写作有着"永远的共生关系"的批评主体。1990年代的批评者们似乎永远都在两种角色间游移,一种是匠艺式的纯粹艺术者,一种是仍旧具有敏锐的介入意识、批判精神的知识分子。这使得他们一面时刻警惕,声称要与意识形态化的评价体系彻底决裂;另一方面却似乎并无心于摸索出一套真正行之有效的

---

① 王家新、陈建华:《对话:在诗与历史之间》,《山花》1996年第12期。
② 谢冕:《诗歌理想的转换》,《郑州大学学报》(哲学社会科学版) 1998年第1期。
③ 臧棣:《90年代诗歌:从情感转向意识》,《郑州大学学报》(哲学社会科学版) 1998年第1期。

诗学批评机制。对历史赋予自身的尴尬处境认识得越深，就越要花费热情去把一种令人兴奋的写作样式推向顶峰。于是乎"叙事""反讽""喜剧""中国话语场"种种初露迹象的诗学特征都可以被拉入与"我们这一代人"的知识分子精神相关的话题场域中，为这备受"不懂""晦涩""远离人民""远离现实"之名责难的写作群体赢得一席之地和后起之秀们的注目礼。① 这一切本无可厚非，因为正是在此所谓"写作的批评化"和"批评的写作化"的进程中诗人和批评家们深刻地认出了自己。恰如洪子诚先生所言，这种自我意识体现在对"有关诗歌写作的艺术纯洁与历史真实命运之间关系的复杂性和'悖论性'"的充分"揭发"上。② 或者换作另一种富于洞见的表述则是，"90年代诗歌的本质不在其叙述中的叙事性、及物性或本土化等等写作策略，而恰恰存在于写作对于这些策略的扰乱、怀疑和超越之中"。③ 这种最终仍不免被本质化地概括为"知识分子"的"反思性"或"问题意识"④的叙述策略，成为知识分子写作者们加诸自我之上的最贵重的砝码，也是最后一招"撒手锏"。然而，在不断扰乱自我命名的过程中又实施着反思式的自我命名。这种终极策略能够胜出吗？在一个"群氓"的时代，反思即体现为对于失去反思能力的自主和对"自我超越性"的永不放弃。但这种良好愿望一旦进入论战，反思竟也变身为对方的策略，化作一轮轮此起彼伏的反思话语，反思本身不免变得可疑起来。

正像很多论者指出的，无论是知识分子，还是民间，一个有趣的症候点恰是，双方都在反复强调和标榜自己相对于官方或体制的独立位置。从先锋诗歌界与外界的情况来看，这其实是不言而喻的。就知识分子写作一方而言，正如前文所述，自主性的诉求早已有之，而被指责为"最容易被利用"的民间，按照韩东的定义，无非也可被理解为一种在野的状态。⑤ 在野的状态其实就是预备兵的状态，就是准备着时刻向大生产场进军的状态，

---

① 见胡旭东在《在"亡灵"与"出卖黑暗的人"之间——关于九十年代中国知识分子个人诗歌写作》中对这一拨知识分子写作者的致敬，《北京大学研究生学刊》1997年第1期。
② 洪子诚：《如何对诗说话》，《郑州大学学报》（哲学社会科学版）1998年第1期。
③ 姜涛：《叙述中的当代诗歌》，《诗探索》1998年第2期。
④ 周瓒：《诗歌写作中的"问题意识"》，《郑州大学学报》（哲学社会科学版）1998年第1期。
⑤ 韩东：《论民间》，《芙蓉》2000年第1期。

因为只要你写得好，被认可是迟早的事，犯不上标榜一个什么立场。于是在这种策略至上的论争中，知识分子和民间便可以相互对换位置。随之，"批判性""知识分子""民间"这一类诗学概念就在一次次话语转义的过程中流失了明确的意涵，成为一个个空洞的能指，一个个僵硬的姿势甚至煽情的手势。最后，双方都变成彼此的假想敌，一方顶着与国家主义、文化专制主义共谋的"犬儒主义"的大帽子，另一方则贴上"靠市场撑腰""与大众文化合流"的标签。当论战彻底沦为"景观社会"中"为了获取方便易行的身份识别术"而进行的"符号打架""揭隐私""人身攻击"等无所不用其极的争斗时，双方就注定要付出代价了。而遗憾的是，所谓知识分子的"反思性"在此也没能获得"超越其外"的幸运。

一切都在预料之中，一切都在寻找传统、寻找身世、寻找本体的焦虑中向前驱进着。正如有论者察觉到的："一种不自觉地焦虑仍然困扰着当代诗歌写作，那就是在貌似本质的'本质性'写作中对某种诗歌本体的渴望。"① 这是一种事先预设本质的写作，在维护诗艺的尊严时，时而被不恰当地降格为一种纯诗本质，时而被点化为一系列花样翻新的写作立场。也许"悬置本体"的写作仍不失为一种改善之道，而从罗兰·巴尔特的"写作"观中衍生出的一种诗歌意识也已成了老生常谈："汉语现代诗歌应该在一场激进的语言式样中来重新加以塑造；不仅如此，还应把汉语现代诗歌的本质寄托在写作的可能性上。"② "在对'可能性'的探索中，诗歌写作的有效性不再是对什么'事先颁布'或'事后追溯'的诗歌本质的满足，在具体而微的写作过程中获得的表现活力，成为有效性的来源"。③

把一切有关"诗歌该是怎样的"一类的本体化诉求悬置，而只把一切寄托在"写"这个动词之上。紧密团结在这种写作意识周围的，还有与之相似的表述，如"一种空前的、不及其余的、以自身为目的的写作"。④ 这种向着无限可能性敞开的自由意识有可能击中了新诗写作者心中的自主性诉求，从而焕发一种真正的解放力量，成为抑制写作中一轮轮体制化、策略化倾向的最佳防范机制。

---

① 姜涛：《辩难的诗坛》，《北京大学研究生学刊》1997年第1期。
② 臧棣：《后朦胧诗：作为一种写作的诗歌》，沙光、闵正道主编《中国诗选》，成都科学技术大学出版社，1994。
③ 洪子诚主编《在北大课堂读诗》，第420页。
④ 洪子诚主编《在北大课堂读诗》，第421页。

同时，也只有这样的写作观才会把技艺提升至无上高位，写作者须要仰仗技艺来有效地遏制即兴制作和实验性写作，在我们所卷入的"与语言的搏斗中"，技巧是唯一有效的武器，是我们从语言的纠结中解脱出来的最后手段。① 只有这样，这种写作观才会把对语言表现力的开掘、对个人感受性的激发，以及对思维和意识的创造力、利用综合复杂经验的能力和对历史想象力的获得等视为最根本的评判标准。即使在评价《帕斯捷尔纳克》这类诗时，这种写作观仍不忘从诗歌语言的"意识力量"入手："一种现代诗人的精神遭遇的普遍性被强烈的意识力量突现了出来"。而"社会学意义上的对抗，不过是诗歌——由于它在人类的想象力方面坚持维护一种特异独立的审美意识——而导致的一种附属效应"。② 可以看到，为杂语喧哗的1990年代诗坛所掩盖的，仍旧是一种百转千回的自主性诉求，现代汉诗对于"诗之为诗"的追问将永难止步。

结　语

本文基本上按照时间顺序对知识分子写作展开历时性的考察。凭借对王家新、欧阳江河、西川、孙文波、肖开愚、张曙光、臧棣、程光炜等写作者的诗歌和诗论的印象，先行设定了"自主性"这一讨论维度。笔者一直相信，知识分子写作作为一种诗歌话语固然不够纯粹，但这种"不纯"又实在是1990年代诗歌场的结构性变动的结果。所以，文章一直在两条线上展开：一条是诗歌场的外围状况，另一条则是自主性诉求在每一代诗人中的"薪火相传"。力求发现在文化、政治、经济环境转型的影响下，先锋诗人们的写作诉求究竟会受到怎样的影响。文章发现，1980年代，在诗歌场与知识场尚未完全分化之前，诗人对于"自主写作"的要求最强烈，这不仅体现在纯诗的主张上，更从文化激进主义中见出。当然，现在有人认为，这种潮流在某种程度上是受到了左翼传统的影响，内里并不纯粹，甚至有着某种诗歌外的功利目的。这种说法有一定道理，例如，从自称这一诗歌谱系中人（第三代诗歌）的于坚的诗歌来看，仍很难就他的《0档案》

---

① 臧棣：《后朦胧诗：作为一种写作的诗歌》，沙光、闵正道主编《中国诗选》，成都科学技术大学出版社，1994。
② 臧棣：《王家新：承受中的汉语》，《诗探索》1994年第4期。

这一类诗歌在语言的维度上加以赏析。语词就像石头和冰块，是一种伤害和毁灭的力量，我们难以确定这种力量究竟是来自形式本身，还是来自作者的思想或者理念。而这样的诗歌之所以被成功改编为实验戏剧，和创作者极强的文化实践动机不无关系。从根本上说，于坚写于1990年代的"长诗""大诗"才称得上是批判的诗，或许他寻求的是一种更为直接的"介入力量"。

进入1990年代，随着外部力量的错动重组，诗歌界确实经历了一次重构过程。"知识分子精神"的提出源于一种真诚的渴求。诗人是知识分子中最具先锋性的一部分人，他们最典型地传达了知识分子的境遇，那时提倡"知识分子精神"的一部分人是有鲜明的价值判断的，他们天然地含有一种对正在复苏的市民意识形态的反感。进入社会转型的特殊阶段，意识形态禁忌又强化起来，一种"压力下的硬汉"形象确实更能赋予这个时期的文本独特的光辉。但很快，市场经济的到来使世俗生活价值深入人心。"人文精神大讨论"后，知识界意识到，是到了重新确认"批判性"的前提以激活批判性力量的时候了。由于权力场与艺术场的同源关系，专业批评家会成为这种动向的传感器。但诗歌艺术的独特之处就在于，诗歌很难直接体现一种现实批判精神，因而在1990年代的活跃诗人中，个人写作在更大范围上取得了共识，在很长一个阶段内，"知识分子写作"这类字眼在诗歌圈里销声匿迹了。平心而论，专心写诗的诗人们都认为，大众社会的崛起并不会对诗歌写作有何直接影响，一种新的意识形态顶多会通过向诗人的价值观和审美趣味的渗透来对艺术场发生折射作用。应该说真正感到危机的还是有着强烈知识分子认同意识的那些诗人，而一直被斥为"市井口语"的写作风尚在这一时期充当了假想敌。应该说，对于这种知识分子身份的主动认同及在其驱动下的一系列写作策略的发布，在笔者看来，归根到底标志着诗歌场在向更自主的方向发展，这是诗歌场的区分日益精细化的必然结果。

所以对所谓"知识分子性"的强调，在很大程度上还是源自批评家和一部分诗人的"干预"意识与"独自去成为"之间的内在矛盾，也就是自身的社会身份期待与自主性追求间的强烈冲突，诚如诗人杨小滨所体验到的所谓"学者和诗人的内心搏斗"。[①] 因此让"知识分子性"这类社会学概

---

① 杨小滨：《一边秋后算账，一边暗送秋波》，王家新、孙文波主编《中国诗歌——九十年代备忘录》，第72页。

念跨界到诗歌领域，就会造成麻烦。因为以严格的知识分子标准来看，就不得不承认，所谓文本中的"知识分子写作者"更像是走着"猫步"的犬儒主义者、文本的享乐主义者，再不断地强化这种身份，就等于把自己推上伦理的审判席，必然心虚气短，给对方留以口实。而从陈东东、欧阳江河、西川、王家新、臧棣等人的写作观来看，他们又确实共享着一些有效的写作策略，完成了个人诗艺的漂亮转换，这种转换的动因就是寻找新历史语境中自主的写作的诗艺途径。他们在骨子里确实更像是"1940年代京派自由主义传统的延续者"（程光炜）。

"闹剧"的最终上演，是否预示着新一轮的自主性危机的到来，现在看来，还很难定论。如果没有所谓"民间资本的运作"，民间也确实难成气候。但须注意的是，这些"特洛伊木马"侵入先锋诗歌界并产生实质性影响，却要算是新世纪以后的变化了。在1990年代，短期的资本积累，仍难以与学院资本、文化资本抗衡；相反，越多的商业成功可能会带来越低的口碑和同行认可度。不管怎么说，诗人还是要靠诗歌说话的，这是行规，是艺术的法则。

在本文的结构过程中，笔者一直注意把"自主性"视作一个历史化的概念，用以描述写作相对于某段历史时空的有效性，以避免僵化地将其判定为某种自由主义的意识形态。至今为止，笔者一直难以同意赵寻提出的观点：三十年来，中国先锋诗歌是在以现代主义为根底的狭隘美学"自主性"设计下走上绝路，"甚至成为现存秩序控制力量的一个环节"。[1] 但笔者也不是毫无保留地认同所谓"诗歌就是不祛魅"（臧棣）的自律性观点。纵观新十年的诗歌界，似乎真的像批评家形容的，以"孤绝的二次方"的劲头向诗歌内外领域双重隔绝的方向发展着，[2] 以至于公众只能通过恶搞事件认识当代诗歌。诗歌圈内任何"细小群落之间几乎找不到任何共享文件夹"，而公众阅读的变化则更加剧了诗歌不良内缩和向外传导。中国诗歌作为一门古老的艺术，"兴、观、群、怨"四大功能中的后三项，即普遍意义上的交往功能已基本用尽退废，而如果按照"从情感转向意识"的路线继续发展下去，"诗可以兴"大概也会成为可疑的

---

[1] 赵寻：《八十年代诗歌"场域自主性"重建》，臧棣、肖开愚等编《中国诗歌评论：激情与责任》，第320页。
[2] 胡续冬：《近十年来的诗歌场域：孤绝的二次方》，《南方文坛》2009年第4期。

命题。

从根源上说，"自主性"属于现代性统摄下的命题，是现代性进程中艺术成为商品后世俗化、"去神圣化"的必然结果。哈贝马斯曾经在反省了文化现代性与美学现代性的关系后，把现代艺术视为一种"虚伪的否定"，① 原因就在于以自律美学为肇始的美学现代性逐渐抛弃了作为启蒙运动特征之一的普遍性原则。随着科学、艺术、道德各领域自身的体制化、专精化，艺术（包括批评）成为相对封闭的、脱离日常生活实践的高雅文化，受控于少数专家之手，形成了高雅艺术与低俗艺术泾渭分明的现代分化，正符合公共领域转型后的文化表征。这也是哈贝马斯会对转型后的文学消费伪公共领域中一息尚存的先锋文学视而不见的原因。他认为，不能指望通过强行打开某个单一的文化领域来复活科技——认知与道德法律——和实践之间的联系。从根本上说，现代主义艺术"拒绝交流"的本质无法使美成为真正的中介，所以哈贝马斯仍期望能以"交往对话"来弥合专家和文化公众间的鸿沟。而1990年代所谓以"文本的间离性"取代"文本的自律性"可以说是这方面的一种诉求，只不过有趣的是，此种焦虑越是以批评和诗论的形式表达，写作就越可能朝着截然相反的方向狂奔下去。这或许是某一类知识分子的"习性"使然。

也许大量"门外谈诗"者的担心也正在于此吧，正如研究者所说，现代主义的美学自主性追求"严重妨碍了文学在与其他知识'场域'的互动中，对自身探索的深入和对现实应有责任的承担"。② 1990年代的语境中，作家坚持文学回归它应有位置，说这种负气的表现是出于对某种自尊的要求也许无可厚非，但在批评家一方，让文学死守在小圈子里坐以待毙毕竟是不好的。如何恢复文学的交往天性，让文学释放出公共能量，而不是随着自主化的进程误入歧途，应该算是批评家的分内之责吧。

---

① 〔德〕哈贝马斯：《现代性：一项未完成的设计》，周宪主编《文化现代性精粹读本》，中国人民大学出版社，2006。
② 赵寻：《八十年代诗歌"场域自主性"重建》，臧棣、肖开愚等主编《中国诗歌评论：激情与责任》，第320页。

·附录·

知识分子写作与当代诗歌场域自主性
——毕业论文生产报告

一 论文选题及初步构思

对 1990 年代诗歌中的知识分子写作这个问题的兴趣是在硕士一年级暑假时萌生的。那时为了写关于 1930 年代卞之琳诗歌的一篇文章，不经意间涉猎了大量 1990 年代末诗歌论争的资料，便对当时诗坛的热闹气氛和人们讨论诗学问题的热情感到惊异。而巧的是，2008 年上半年的地震诗潮亦激起了我对当代诗人知识分子身份的强烈关注，通过论文写作来弄清这一关乎当代诗歌发展公共性问题的来龙去脉遂成心愿。

但是，如果从诗歌研究角度来考虑，"知识分子"不同于 1990 年代诗歌写作中呈现的"叙事性""反讽"等关键词，这样一个徒有虚名的诗歌话题是否值得拿来做一篇毕业论文，又有多大的探讨空间？在二年级第一学期确定题目的过程中，导师王光明先生对这个题目表示了担忧。老师的意见十分有道理，他也提醒我从非诗学的角度来重新思考这个问题的价值，以求能够兼顾自己的兴趣和严谨的研究意识。幸运的是，我从第一学期陶东风老师的"反思社会学导论"课程上得到了有益的启示，形成了从文学社会学视角来切入这一话题的最初思路。

二 阅读前人成果，开题准备

正如王老师所担忧的，开题之前，我遇到的最大困惑是这个题目是否有价值、有意义，也就是这一命名是否成立。知识分子写作作为主流文学史话语表述中最重要的一种，就像 1990 年代遗留下来的诸多内涵驳杂、不甚明了且仍处在不断建构自身过程中的"诗学"概念一样。这样一个诞生于强烈的问题意识、体现着推动者的个人精神境遇和写作原则的概念，究竟能否和严肃的文学批评发生事实上的密切关联而被有效使用，还是因其与诗学所涉无多，只是一种"语境化"了的权宜性话语，终将与时代俱灭？

这实际上也是众多研究者关心的问题。在阅读了大量前期研究成果之后，我发现关于知识分子写作的专题论文虽然不多见，但是以"90年代诗歌"为主题的毕业论文中不乏精彩之作。例如，胡旭东和周亚琴的博士论文都将此问题纳入了更大范围内的、具有文学史断代意义的"90年代诗歌"的论述框架之中，用以概括"90年代诗歌"的核心特征，即写作者自身的"文本有效性焦虑"，或者说，致力于在写作的意义上重新界定这一概念。他们认为，尽管知识分子写作只是一个"临时性的、需要不断反思的话题"，但是在阐释1990年代诗歌时，仍然具备相当的有效性。

于是在撰写开题报告时，我想来想去还是径直采用对有效性本身的探讨来贯穿起整个论文。因为对知识分子写作的讨论越往后越含混不清，大家各执一端，基本分歧还在于是否认同这个概念。但有效性问题实际上不仅仅是一个学术史写作的内部问题，这个概念能够成立，其根据可能是在写作、批评和社会思潮之间的关系上，即诗歌在这个大关系里的位置、功能的变化上。所以这就须要将重点放在对这一命名的有效性的切实考察上。具体分为两个方面：一个是从诗学的角度，联系被归于知识分子写作名下的诗歌文本，察看这个1990年代的概念是否是在汉语诗歌的经验和语言形式层面沉落下的新质；另一个属于社会学的角度，考察作为一种诗歌观念的"知识分子写作"概念的生成史。因为我已经有了一个初步的印象，这一概念从最早的提出到遭到反对，到在论争和后来的"闹剧"中被置换为文学界之外的象征资本，再到现在人们都不愿意去谈起，好像被弃置的这样一种命运，这一切都是因为这个概念本身所携带的"知识分子"这一敏感前缀。这样一个特殊字眼引发了诗坛的权力纷争，这本身就属于世纪末的一种文化症候。所以，我倾向于借助反思社会学这样一种具有历史穿透力的目光，来看看1990年代诗歌场域究竟是什么样子，追问它背后生成的脉络。通过打通诗歌（文学）场与其他知识场域的关系状况来考察1990年代思想界、文化界的巨大分化和错动如何引发诗人和批评家的普遍焦虑并最终渗入诗歌写作。换句话说，就是要着重探讨诗人如何通过资本运作，通过不自觉地利用诗歌及诗歌话语在1990年代公共空间的传播中业已出现的建制化因素，来获得特殊意义上的有效性。在这一过程中，诗人兼批评家双重身份的学界知识分子成为值得注意的重要中介。与此同时，民间是如何作为二元对立项从整个文学场的生成机制中裂变而出的，也将是论文所关心的重点。

三 开题指导

在开题过程中,所有老师基本上肯定了这一题目的重要意义,但同时也认为论文在思路和重心上仍有待调整。张桃洲老师指出,首先,有效性问题确实是开题报告中出现频率最多的词语。可是,有效性究竟为何?开题报告是在不同的层面上使用这个衡量标准的。但是,要衡量"知识分子写作"命名的合理性,还是要看这一概念是否在诗学上具有阐释效果,这是两种不同的意图。如果按照这种写法,实际上是把知识分子写作当作了一个前提预设,一种强制性叙述,就会不由自主地去为它发明一些文学内部特征,这种思路就中了圈套,无法拉开距离保持客观性。其次,在运用西方理论来阐释当代文学的时候,一定要慎重。布迪厄的理论是否能够贴合中国现实,它的适用性在学界尚有争议。孙晓娅老师则认为,布迪厄的理论很多学者都在用,如果运用得当,自然可以细致地探测到诗歌现象的内在发生机理。所以这就须要真正吃透理论和材料,而不是为了用而用。另外,开题报告中所触及的问题过多,对当代诗歌而言每一个都十分重要,但迄今为止在历次讨论中都无法解决的一些难题(例如,民间和口语的问题)。这就等于将一块"最难啃的骨头"抛给自己,人为设定了写作的难度,这已经超出了一篇硕士论文可以驾驭的范围。

开题结束后,我基本上接受了老师们提的所有建议,已决定放弃有效性的思路,以免被知识分子写作话语推动者的视野和立场局限住。但对于究竟该采取何种思路,还是没有主心骨;也就是说,没有真正找到自己的题目。我只能一面继续阅读《实践与反思》《艺术的法则——文学场的生成和结构》和一些未被翻译的理论书籍,一面继续阅读20世纪八九十年代的相关诗刊和文献。

在这个阶段,和王老师的一次谈话让我受益匪浅。由于我已经发现并且认准了所谓"知识分子写作"的本质,不过是一批坚持写作独立和艺术自律,或者说,捍卫"诗之为诗"的纯粹美学趣味的写作者所建构的一套语境性极强的诗歌话语,因此王老师继而指出,与其抓住"知识分子写作"这样一个概念不放,不如好好深入20世纪八九十年代的诗坛,去看看这样一种写作与1980年代所提倡的文学主体性、文学性话语的联系究竟是什么,并且文学自律在中国当代文坛的命运还是值得深究的。王老师的这一点拨让我茅塞顿开,也帮助我找到了长久以来对这个题目的真正兴奋点。正如我在论文后记中记下的,艺术自律也是备受西方马克思主义关注的一个重要问题,它一方面连着启蒙现代性、后现代主义这些宏大的问题,另一方面也关乎"我之为我"的可能性,已成为此阶段人生众多焦虑的一个结点。而对应到文学社会学的层面,则恰恰是要去发现知识分子身份作为一种象征资本在20世纪八九十年代诗歌场"场域自主性"的获得中发挥的复杂作用。如此,便也将之前对于知识分子问题的关心,纳入论文范围。自此,我的写作思路便清晰了许多,论文的题目也正式改定为《知识分子写作(1986~2000)——以当代诗歌场域自主性为中心的考察》。

四 进一步收集史料、确定范围

研究重心进一步厘定之后,我开始有的放矢地开展资料搜集工作。在开题后的几次谈话中,王老师强调最多的是"一定要尊重史实,依据大量可靠材料提出问题,然后再进行理论提升"。这一嘱咐让我意识到之前带着某种理论的先入之见来找资料有误区。这一次我除了按照几本当代诗歌的编年史和出版年表来检索文献外,还下功夫搜集了一些重要民刊。为了弄清20世纪八九十年代诗坛的格局和真实气氛,我找到了诗歌民刊《今天》的前九期,各位老师也不辞辛苦帮我找出自家珍藏的海外版诗刊,借我复印之用。我还托台湾和美国的朋友,找来了海外出版的《倾向》杂志。然而最难找到,同时也是和本论题密切相关的海内《倾向》前三期,直到二年级暑假也没有下落。在请教了几位当年办刊的主要诗人后,我终于从西川先生处得到了一些线索。于是那一年暑假,在一位师兄的带领下,我拜访了北京近郊的一位民刊收藏家,从这位慷慨的诗人兼民间研究者处,获得了最为重要的原始资料。这些刊物对于我形成关于1980年代末诗歌场状况的全面认识,起了至关重要的作用,让我更加坚定了之前的判断,即人们对于这种知识分子身份的主动认同及其驱动下一系列写作策略的发布,归根结底标志着场的区分日益细化,向着更自主的方向发展。

但与此同时,随着对大量叙写生动的回忆录的阅读,另一个重要的问题也日益突显,就是究竟该如何来理解第三代诗歌运动的性质。由于这个问题直接关系着民间立场的生成,所以该不该将其纳入写作范围,一直是困扰我的问题。在请教过王老师后,我意识到最明智的处理办法是将这个问题想清楚后,作为一章纳入对1980年代中后期诗歌场状况的论述中,也就是要明确中心论题,弱化这一问题,避免过多枝节。

五　论文写作

从开题时论文框架的初拟到最后开始动笔，我的整个论文提纲经历了两次较大幅度的修改。随着对《艺术的法则——文学场的生成和结构》的深入研读以及对相关历史资料阅读的延伸，我越来越觉得最好的做法仍然是顺着时间的脉络，将知识分子写作这一写作形态原原本本呈现。以对各时间段"场域自主性"状况的分析为主线，探究这种诗歌话语产生的原因、进一步展开的内在逻辑，以及为何最终演变成一种话语策略和空洞的身份符码。在最后的提纲确定之前，我已经意识到，由于这种写法基本上是第一次将文学社会学概念直接用于当代诗歌研究，便有可能在出新意的同时也遭遇一些难题。具体说来，有以下几个难点。

第一，引入"场域自主性"这一概念的效用何在？恰如王老师所提示的，如果将同样体现了文学自律诉求的知识分子写作，同新时期文坛对于文学回归主体性、文学性的呼声做比较，就会发现：一方面，知识分子写作的出现和终结确实表征当代诗坛的自律性状况；另一方面，体现了1980年代自律性追求的写作潮流诸如朦胧诗潮和第三代诗歌，却表现和1990年代知识分子写作极为不同的，甚至是截然相反的美学原则和趣味。那么，怎样来解释这种现象呢？实际上，这恰恰是单一的"审美自律"概念难以入微的地方。因而，我的解决办法是在第一章即引入"场域自主性"这一概念，将其在两个层面上分别界定为诗歌场的自主性状况，以及先锋诗人、评论家们的自主性诉求这样一种指向写作自律的价值关怀。这一界定避免了将"自主性"视为一个本质化的概念，其内涵会随历史语境的变动而呈现不同特点，在任何阶段都会随着外界对于新诗和诗人自身身份的紧张叩问而被转化为写作的有效性问题，因而新历史语境下写作者心中的自主性危机，成为驱策诗人们孜孜不倦地寻找、发布新的语言策略的动力之一。

第二个棘手的问题仍然是该如何看待第三代诗歌运动。这样一场发生在1980年代的声势浩大的诗歌运动，同批评界经常联系在一起的20世纪初欧美先锋派运动，究竟是不是同质的？这个问题之所以重要，是因为对这一诗潮的定性，不仅关系着对1980年代末文学场自主程度的判断，而且关系着人们对社会转型期中欧阳江河、王家新等人在写作实践中标榜的知识分子性的理解。对这一问题的思考，贯穿2009年上半年，其间王老师还让我把自己的想法以讲课的形式向大家汇报，同门们的共同研讨提醒我将阅读的线索伸向一批关注先锋派美学问题的参考书；而另一个重要的启发来源是 21 世纪初学界对于纯文学问题的讨论，陶东风老师的《从社会理论视角看文学的"自主性"》《"主体性"》《反思社会学视野中的文艺学知识建构》以及李陀、洪子诚先生的几篇文章都帮我进一步校准了思路，提示我如何借鉴社会学分析，将诗歌场的结构重组和自主性原则的重构与当时整个文化场状况相连，由此形成了对 1980 年代末的文人政治和艺术介入现象的新理解。经过一番比较和思考，我认为以第三代诗人为代表的先锋诗歌实践始终未曾像欧美先锋派运动那样真正地反对过自律的艺术体制，而不过是以更加激进的方式将自律的审美意识形态推向了深处，甚至还冲击了某种自主追求的极限，这是由诗歌发展和社会建制变化的内外二因共同促成的。我决定用整个第一章来论证这个问题，为第二章中知识分子写作的出场打下铺垫。

第三，怎样将具体的文本阅读和分析纳入论文中。由于此前王老师反复强调应细读由知识分子写作指称的这一批诗人的诗歌文本，不能只看他们说了什么，听信并且空谈他们的诗歌话语和理论。我便在花大量时间阅读了这几位诗人出版于 1990 年代的诗集之后，选中欧阳江河这样一位最典型地体现了某种后结构主义立场的知识分子诗人，用第三章来分析他的修辞实践和这种写作实践在介入社会层面产生的两种不同的阅读效果，以求能够深度触及这一写作形态表征的文化症候。如此，第四章便可以用来单独讨论 1990 年代中期以后纯粹变为诗歌话语和象征资本的知识分子写作了。

几个难点攻克和提纲拟定之后，我便全身心投入论文撰写中去。论文写作时间较长，历时半年，初稿完成后，王老师比较满意，我也顺利地通过了答辩。目前还在针对答辩老师们提出的建议，做进一步的修改、完善工作。

1940年代新诗现代化诗学思想研究

龙扬志*

一 "现代的诱惑":新诗的现代化问题

在20世纪中国思想与文化观念结构中,现代化曾以激动人心的力量展现巨大的魅力,虽然现代化冲动在诸多层面可视为对西方刺激的回应,但也并非西方经验的简单照搬,就中国新诗而言,现代化在中国本土诗学评估的基础上体现对发展道路的反思与调整。

诗歌的现代化意味着一种新秩序的生长,它立足于对成规的有组织反叛,创造适合现代标准的诗质,以契合新诗的开放品质,从形式到内容给读者提供更新鲜、复杂的元素,此为现代化新诗的要义所在。朱自清曾指出,新诗的现代化是融入世界文学体系的必由之路,这意味着新诗必须以后来者的学习姿态,通过借鉴和对话实现本土文化的民族性、世界性改造。在他看来,新诗用30年时间走过从草创到成熟的过程,这和借鉴西方经验有不可或缺的内在关联,所谓"迎头赶上"的捷径,全在于此。由于搭上民族国家的现代化快车,现代都市的生活、情感以及思想方式变得日益复杂,要求有与此保持同步的艺术理念来满足现代人与时俱进的精神需求,而过于简单直白的诗歌已无法适应作者与读者越来越苛刻的胃口。艺术个性的追求和普通大众接受之间的矛盾及其解决方法,构成了新诗不断创新的动力。

但在现代性反思的话语体系中,现代化视野及其话语被西方中心主义

---

* 诗歌理论与批评方向;指导教师:吴思敬。

支配,"现代的诱惑"实际上只是一种有关西方经验的东方模拟,其中隐含着将西方标准推而广之的危险。所以,有关文学现代化的讨论,面临着将问题置入历史语境和当下维度的选择。言外之意,须要把有关现代化的诸种理论与实践理解为一种汇集于特定背景之中的宏大叙事,而非某种解决现实困境的公理与信仰,从而获得返回话语空间的视野和方法。

新诗现代化作为一个文学史层面的诗学构想,无疑充满文化精英的探索色彩。倡导文学变革的主体既要对中国传统和西方文化有所了解,熟悉中西文学资源,又要平衡传统与现代的张力,才可能建立一种理想的诗歌样式。闻一多曾说:"新诗径直是'新'的,不但新于中国固有的诗,而且新于西方固有的诗,换言之,他不要作纯粹的本地诗,但还要保存本地的色彩,他不要做纯粹的外洋诗,但又尽量的吸收外洋诗的长处,他要做中西艺术结婚后产生的宁馨儿。"① 谋求融合中西艺术的举措,意味着对艺术价值与标准的努力维护,即使走向与艺术大众化的疏离。众所周知,诗歌与民族国家的现代化不同,不涉及诸种具体指标,如工业化、城市化、科层化、世俗化、市民社会等方方面面,诗歌现代化没有参照指数,这多少成为一个悖论,因为它必须在同其他诗歌流派和观念的对抗与对照中被赋予全新的形式。作为一个空洞而宏伟的诗学目标,新诗现代化的理论方案在1940年代中后期逐渐成形,借助穆旦等"中国新诗"派的诗歌写作和袁可嘉、唐湜的理论阐述,建立起基本构架。有学者将其纳入中国20世纪上半叶现代主义诗歌的最后一环,"到了40年代的'中国新诗'派的诗人群系,其审美追求的范式和坐标,已经与二三十年代不同,是建立在中西诗歌发展的新的艺术交汇点上。……他们融会中西诗艺并构建民族现代主义新诗的探索,将新诗现代主义美学的发展,推进到一个新的阶段"。②

1949年以后,受政治意识形态影响,现代化问题基本上被悬置,新时期有关"新诗现代化"的理论呼声在"新诗潮"论争前后出现,徐迟提出的"创造我们社会主义现代化的新诗",③ 虽然引来一些质疑声音,但在呼唤文学新变的时代潮流中,被文化启蒙与思想解放的众声喧哗所消解。文学现代化在1980年代"再启蒙"的历史语境中成为事关诗歌前途的设计,

---

① 闻一多:《〈女神〉之地方色彩》,《创造周刊》第5号,1923年6月。
② 孙玉石:《中国现代主义诗潮史论》,北京大学出版社,1999,第354页。
③ 徐迟:《新诗与现代化——在诗歌创作座谈会上的发言》,《诗刊》1979年第3期。

诗歌的现代化在历史进化的叙事结构中被赋予重要意义，以王瑶为代表的学者开始系统关注文学现代化问题。进入1990年代，现代化与民族化一度成为文学理论话语展开的重要维度和思想核心，直到1990年代中期，部分学者吸收西方后现代、后殖民方法对其进行批判反思。因此，从现代化问题也可看出学界的思想境况。

笔者以"现代化"为关键词检索到几篇相对具有代表意义的期刊论文，如刘柏青、金训敏的《"五四"新文学的现代化问题》（《文艺争鸣》1989年第3期），虽然集中讨论五四新文学的现代化，但是他们将文学现代化归纳为科学与民主的结果，指出新文学的开放性和世界文学对话的内在诉求不乏普遍意义。王泽龙在《20世纪中国诗歌现代化历程的回眸》一文中，将20世纪中国新诗所走过的100年描述为"中国古代诗歌向现代诗歌蜕变的转型期，是中国诗歌以前所未有的姿态容纳新潮，全面走向世界，实现中外诗歌大融汇的历史的崭新时代"。除此之外，针对新诗现代化进行整体论述的文章有陈旭光的《走向中国新诗的"现代化"——论四十年代"中国新诗"派诗学思想的深化与成熟》（《学术界》2000年第6期）、罗昌智的《挣脱羁绊的蜕变与永难止遏的演进——20世纪中国新诗现代化之检讨》（《江汉论坛》2003年第1期），罗文主要阐述新诗艺术探索及其成就，除对流派、风格的全貌性研究外，对诗人和理论家个案的探讨亦有深入展开，如朱自清、卞之琳、何其芳、戴望舒、穆旦、郑敏、冯至、袁可嘉等人的诗歌创作及其观念，亦被纳入现代化视角中加以考察，展示这一理论话语的丰富性。

21世纪以后，从现代性角度研究新诗几乎成为热点，特别是对国统区、沦陷区以及租界文学的系统考察，新诗在各区域之间的差异呈现得到全面展开。加上李欧梵、史书美、刘禾等海外华人学者及西方汉学家研究成果不断问世和译介，新方法和新观点层出不穷，极大地激发了该领域话题空间的开辟。不过，现代性及其反思作为一种研究视野，与诗歌自身的现代性寻求是不同的，而现代化诗学构想虽然有进化论的思维缺陷，但是它作为特定问题仍然有深刻的社会价值和学术价值。这一点值得进一步展开。本文以1940年代新诗现代化诗学理论为研究对象，旨在探讨现代化之于新诗的内在动力和展开机制，以及它对于新诗前途方案的设计意义。研究思路如下：第一章考察1940年代新诗的外部条件与面临困境。第二章从校园空间探讨1940年代新诗现代化的诗学资源，以西南联合大学为平台，从外国师资、课程开设、文学社团等外部因素入手，追踪新观念产生的诸种条件。第三章主要以理论家袁可嘉为个案，切入1940年代"新诗现代化"理论和实践。袁可嘉"新诗现代化"思路虽然有很多欧化痕迹，但对中国新诗而言，通过"现实"这一因素起到了连通中外的作用。

袁可嘉"新诗现代化"以"现实、象征、玄学"为核心，通过"新诗戏剧化"这一诗学策略建构其实践途径，反映主体具有的鲜明乌托邦色彩。须要注意的是，袁的理论探讨并非天马行空，他的观点大多以中西诗歌文本实践为参照，一般流派的理论先行不可与之同日而语；从诗歌理论建构角度来说，新诗现代化始终注意对体系本身的完善，充分意识到自我与他者质疑之于解决方案的重要性，所以他对现代诗学理论的科学探索迈出了极有意味的一步。

二　1940年代新诗困境及其现代化寻求

（一）时代危机中的文学追求

1940年代沿袭并加剧了1930年代的社会危机，在侵华日军紧逼下，民族生死存亡成为一个严峻问题。战争彻底改变了中国的历史走向和民族现代化进程，亦深刻影响中国现代文学之演变，诗歌在阶段性特征和地理性特征方面皆体现抗战文学的特点。

费正清在谈到日本军国主义对中国现代化进程的根本影响时指出："很多证据都表明，日本的侵略迫使中国把注意力从国内改革上转移到加强军事防务方面，从而改变了中国的历史。当日本军国主义在持续14年的侵华战争（1931～1945）中最终失败时，中国政府或政府的残存力量要重建国家也只能依靠军国主义政策了。日本军国主义分子把国民党逼上了相同的军国主义道路，使它否定了在二三十年代所受的西方影响，也失去了通过渐进改良的方式解决中华民族各种问题的机会。"[①] 毫无疑问，在抗战的时代主题统领下，文学的现实功用得到极大强化。许多文艺刊物的创立宗旨都认真提到为抗战呐喊助威的作用。新办刊物在命名方面体现鲜明的宣传特点，夹杂诸如"前线""阵地""突击""先锋"等战争词语。刊物的服

---

①　费正清：《中国：传统与变迁》，张沛等译，世界知识出版社，2002，第548页。

务对象和性质明确,必然影响相关作者的艺术表达内容和表现方式。这些以宣传抗战为宗旨的刊物一开始大都表现艺术的宽容性,如周扬曾在《文艺战线》创刊号说:"《文艺战线》在战争的烽火中诞生了。正如它的名字所表示的,它是一个战线,整个抗日民族统一战线的一部分,民族自卫战争的意识形态上的一个战斗的分野。……事实上,战争的飓风把许多过去因为思想、倾向、修养,甚至所在地域的不同而成为非常疏隔的作家吹拢到一起了,生活和工作联系了他们,共同的目标使他们的思想也渐趋于接近。"① 而且周扬还谈到要"促进作家间的更进一步团结,以增厚文艺在抗战中的力量",要反省以往文坛论争。"我们今天所急需反省与改正的是在论战中所表现的那种仿佛不容人商讨的非民主态度,与唯有自己正确的那种高慢的宗派观点。这些曾在一部分作家的心目中造成了横暴的幻影,这个幻影的最后一丝都必须消除"。② 他发出一个明白无误的信息,诗歌必须成为抗战机器上不可或缺的一个部件。《战歌》甚至在《投稿规约》里提出"本刊为抗战诗歌刊物","谢绝与抗战无关的作品"之类极端的选稿宗旨。③

文艺为时代服务成为普遍常识:"在我们的文艺界里可以看出一个共通的方向:文艺界愈来愈更与抗战有关,为着共同参加到抗战的工作中间,文艺界在全国的范围里空前广泛地团结起来,文艺界到前方和民众中去组织,文艺大众化的努力,旧形式的利用与新形式的探求,新的作家与新作品的产生,这一切的活动,都向着一个总的目标走去:为抗战,为建国,文艺和抗战,文艺和政治,有着多么密切的关系?在现在已经不是理论的问题,而成了事实的存在了。"④ 文艺被寄予厚望,诗歌亦可以武装刀枪。《抗战文艺》发刊词开宗明义:"我们号召全中国的文艺工作者,为着强固文艺的国防,首先强固起自己营阵的团结,清扫内部一切纠纷和磨擦,小集团观念和门户之见,而把大家的视线一致集注于当前的民族大敌。其次是把文艺运动和各部门的文化的艺术的活动作密切的机动的配合,谋均衡

---

① 周扬:《我们的态度》,《文艺战线》(创刊号) 1939 年 3 月 16 日。
② 周扬:《我们的态度》,《文艺战线》(创刊号) 1939 年 3 月 16 日。
③ 《投稿规约》,雷石榆、罗铁鹰主编《战歌》(创刊号) 1938 年 8 月 16 日。《战歌》于 1941 年 1 月终刊,前后出版 9 期,并编有"战歌丛书" 7 本。
④ 《文艺界的精神总动员》,陕甘宁边区文化界救亡协会文艺突击社编《文艺突击》新 1 卷第 1 期,1939 年 5 月 25 日。

的普遍的健全的发展。并且我们要把整个的文艺运动,作为文艺的大众化的运动,使文艺的影响突破过去的狭窄的知识分子的圈子,深入到广大的抗战大众中去。"① 国家遭遇的时代难题调整了文艺界的步伐,国民政府重要宣传阵地《文艺先锋》在《敬致作家与读者》中言辞恳切地表示:"谁说报纸不能杀敌?坚强我们的精神国防,摧毁敌人的心城的,正是有待于神圣的文艺部队。本刊以先锋为名,虽不敢以主力自居,但是冲锋陷阵,当然不敢后人。记得我们在征稿启事上提出四点意见:一、加强全国文艺界总动员;二、补充全国读者精神食粮;三、供给全国作家发表作品;四、促进三民主义文艺建设。这四点意见,现在也用不着再加说明,我们创办这本刊物的动机,编印这本刊物的任务,也就在此。"② 张道藩一直倡导"三民主义文艺",但在民族危亡的关键时刻,现实的强力冲击逼迫着作家、诗人的良知,在沉重的社会使命感召下,对以往文学观念进行一定程度的调整,集中力量应付更加急迫的民族危机。

(二) 新诗的转向与危机

在民族危机这一历史语境中,1940 年代新诗面临诸多外部压力,首先面对的是文学目的和宗旨的调整,虽然并不意味着自 1920 年代以来的艺术探索路径发生变化,但是文学须要从一定程度上承担以前不曾面对的抗战呼吁。当然不是所有作家都"识大局",梁实秋在《中央日报》副刊刊载出一则《编者的话》,反对在一切诗文中"言必提抗战","与抗战有关的材料,我们最为欢迎,但是与抗战无关的材料,只要真实流畅,也是好的,不必勉强把抗战搭上去。至于空洞的'抗战八股',那是对谁都没有益处的"。③ 结果引发一场激烈的争论。④ 时代主潮的话语威力可见

---

① 《抗战文艺》为中华全国文艺界抗敌协会会报,1938 年 5 月 4 日创刊于汉口,于 1946 年 5 月在重庆终刊,前后历时 8 年,共出版 71 期。
② 见《文艺先锋》第 1 卷第 1 期,张道藩主编,1942 年 10 月 10 日出版。《敬致作家与读者》系张道藩所写。张当时任国民党中央宣传部部长、中央文化运动委员会主任委员。
③ 梁实秋:《编者的话》,《中央日报·平明》,1938 年 12 月 1 日,第 4 版。
④ 如沈起予《我作如是观》、林予展《正告梁实秋先生》、安娥《"无关"与"有关"》,《新蜀报·新光》1938 年 12 月;袁戈《与抗战有关》,《新蜀报·新光》1938 年 12 月 15 日;黄芝冈《我只想和你谈谈》、姚蓬子《作品的证明》,《新蜀报·新光》1938 年 12 月 16 日;罗荪《再论"与抗战无关"》,《大公报》1938 年 12 月 9 日;宋之的《谈"抗战八股"》,《抗战文艺》3 卷 2 期,1938 年 12 月 10 日;张天翼《论"无关"抗战的题材》,《文学月报》1 卷 6 期,1940 年 6 月 15 日。

一斑。

戴望舒在致艾青的一封信中也表露对抗战诗歌艺术水准的担忧与失望，"抗战以来的诗，我很少有满意的。那些肤浅的，烦躁的声音，字眼，在作者也许是真诚地写出来的，然而只有真诚的态度未必就是能够写出好的诗来的"。① 不过戴望舒没有公开表达自己的看法。很多诗人则没有犹豫，"顺应历史的需要"对自己的创作进行调整。何其芳在1937年春天的《云》中写道："从此我要叽叽喳喳发议论：/我情愿有一个茅草的屋顶，/不爱云，不爱月，/也不爱星星。"抗战爆发后，他调整了现实关切的姿态与尺度，1938年6月写出《成都，让我把你摇醒》："我像盲人的眼睛终于睁开，/从黑暗的深处看见光明，/那巨大的光明呵，/向我走来，/向我的国家走来……"诗人把自己从唯美之梦中摇醒。两个月之后，他与卞之琳、沙汀夫妇等一行四人奔赴延安，"带着热情和新的梦想谈说着人类的未来"，"完全告别了过去的那种不健康不快乐的思想"。② 卞之琳也一改诗歌一贯写法，以"慰劳信"的方式表达对前方战士的支持，通过写实叙述降低诗歌的难度，向轻松浅易转变。从自我内心走向广阔的社会人生，卞之琳在认真实践诗歌大众化、写实化主张。

诗歌从小众世界走向广阔的街头和农村，街头诗、朗诵诗、口号诗、传单诗成为风气，也成为一道特有的文化景观。现实赋予诗歌以责任，但诗歌显然无法承受如此之重。在各种文学刊物中，诗歌成为编造简单故事的描摹体。勇于吃苦、不怕牺牲、领袖风范、乐观精神被糅入诗歌文本中，因为追求完整通俗，新诗的篇幅被拉长，动辄数十行的诗歌随处可见。何其芳的《夜歌》不计题记和空行有82行，在香港《大公报》占大半个版面。朱子奇登载在1941年12月29日《解放日报》的《我的心飞向莫斯科》，作为抒情诗，超过90行。写老百姓"喜闻乐见"的东西，其实只是一种植根于明白易懂的想象，恰恰因为没有遵循从艺术主体出发，其价值受到影响。

诗歌的危机与诗人的危机属于两个不同范畴的问题，但也息息相关。可以说，诗人作为社会整体的一分子，生存危机理当成为首要处理

---

① 周兴红、葛荣：《艾青与戴望舒》，《新文学史料》1983年第4期。
② 何其芳：《一个平常的故事——答中国青年社的问题："你怎样来到延安的？"》，《何其芳全集》，河北人民出版社，2000，第83页。

的问题。从诗歌的角度说，诗歌生态的失衡，对于诗歌自身而言同样举足轻重。

（三）在内心的空隙之间

在"艺术至上主义者"看来，诗歌除了忠实于个体内心外，不必承担外在的责任。个体内心其实也包括作者的爱国主义情怀、民族忧患意识和人民本位思想，同时有表达个人得失的自由，如伤春悲秋、儿女情长，在非常时期，个人化的部分已经不合时宜。抗战前，蒲风曾描述道："'九一八'以后，一切都趋于尖锐化，再不容你伤春悲秋或作童年的回忆了。要香艳，要格律，……显然是自寻死路。现今唯一的道路是'写实'，把大时代及他的动向活生生地写出来。我们要记起来，这是产生史诗的时代了。"① 蒲风意识到危机时刻，要集中力量为现实鼓劲，个人与国家之间是毛和皮的关系。

梁实秋的"不合时宜"在于置民族大义于不顾，在抗战氛围浓郁时提出"文学抗战"的非必要性。在今天看来，他之所以冒天下之大不韪，实出于对文学品格的维护。在文艺界内部，除前面提到的戴望舒外，不满于非文学因素肆意扩张的人不在少数，夏衍曾经尖锐地指出："抗战以来，'文艺'的定义和观感都改变了，文艺不再是少数人和文化人自赏的东西，而变成了组织和教育大众的工具。同意这新的定义的人正在有效地发扬这工具的功能，不同意这定义的'艺术至上主义者'在大众眼中也判定了是汉奸的一种了。"② 很多文章理直气壮批评"艺术至上主义者"的错误，这个因为时代需要而制造的假想敌始终缺席。

外部困境造成1940年代诗歌面临普遍难题，真正与现实紧密相关的诗人无法游离其外，曾有学者将文学的文化特征归纳为适应性，"40年代的文学在总体上是寻求一种适应性，适应那个革命战争时代，适应主流文化提示的生存空间"。③ 适应性对于公共与个体矛盾的调整意义非凡，包括何其芳、卞之琳、徐迟、戴望舒等在内的诗人都在努力适应时代，甚至再也无

---

① 蒲风：《五四到现在的中国诗坛鸟瞰》，《诗歌季刊》第1卷第1~2期，1934~1935年。
② 夏衍：《抗战以来文艺的展望》，《自由中国》第2号，1938年5月10日。
③ 龙泉明：《中国现代诗学历史发展论》，《中国新诗的现代性》，武汉大学出版社，2005，第83页。

法"转过来"。绿原是童话诗人,在"火热的现实"面前完成向"莽汉"的转变,直到新时期仍是一块不折不饶的"硬骨头"。

正如洪子诚所说,战争在促成文学包括诗歌一体化的同时,也会制造一些"空隙","使艺术体验深度的加强有了可能"。洪子诚谈到国统区和沦陷区文学与解放区文学的差异性时,指出:"战争的挫折所暴露出来的问题,使一些作家在更深的层面上来思考社会和人生的悖论情境,思考中国社会在'现代文明'的冲击下的困境与难题。而知识分子在战争中,在民族的、时代的、个体性格的种种重压下的心理矛盾和挣扎,又使作家增强了自我审察与反省的意识。"① 正是对于自我和人生有着更多的悲剧性理解,个体命运在时代话语中的卑微无告,一些人在诗歌艺术上追求一种与"宏大叙事"相差甚远的"微观性写作",李金发在 1930 年代中期说:"我平日作诗,不曾存在寻找或表现真理的观念,只当它是一种抒情的推敲,字句的玩意儿。"② 此类诗歌信念与 1940 年代文学主流已形成隔离,它无疑属于左翼批评家经常点名的落后思想,不过在相对自足的学院空间仍有一小方自留地。

三 校园空间与新诗现代化诗学资源

(一) 西方诗学理论传播与现代化准备

从西化到现代化的观念转换是在重新发现"诗歌的西方"中逐渐完成的。从魏尔伦、瓦雷里到瑞恰兹、艾略特、奥登,现代化观念借助西南联合大学独特的学院空间,向青年学子辐射。西南联合大学作为 20 世纪三四十年代民族危机的产物,它的前身早在 1920 年代就和瑞恰兹、艾略特等有着密切关联。1929 年瑞恰兹接受清华大学校长罗家伦的邀请,任清华大学外国语言文学系教授。1929 年至 1930 年,他所开课程有:"第一年英文""西洋小说""文学批评",以及"现代西洋文学"诗、戏剧、小说等科目,其中"文学批评"是他该年度最重要的课程,是大学三年级学生的必修课。这门课本身就带有 close reading(文本细读)的色彩,

---

① 洪子诚:《中国当代文学史》,北京大学出版社,1999,第 4 页。
② 李金发:《诗回答》,《文艺画报》1 卷 3 期,1935 年 2 月。

在课表的说明中附注:"自上古希腊亚里士多德以至现今,凡文学批评上重要之典籍,均使学生诵读,而于教室讨论之。"① 瑞恰兹离开清华大学之后,推荐其弟子燕卜逊到北京大学任教,进一步扩散了英美现代诗歌理论,对新诗现代化观念传播起到重要作用。

I. A. 瑞恰兹(Ivor Armstrong Richards,1893~1979)代表作《科学与诗》,作者将科学方法引入现代诗学研究领域,"我们对于诗歌的评价怎么会被科学影响?诗歌本身又怎么受到影响?过去给诗歌的极端的重要性,现在总必须加以阐明,不管我们结论以为所给与(予)的评价究竟正当与否,也不管我们以为诗歌仍当存在于那样的评价里与否。这表示出关于诗歌的一切,不管对与不对,总是要发生重大的结果的。若是我们不提出具有重大意义的问题,则我们对于诗歌,便不能适当地处置了"。② 瑞恰兹借鉴逻辑实证主义构筑语义学批评的堡垒,希望通过对诗歌写作的心理分析和经验推断,减少阅读诗歌的随心所欲,以接近诗歌本身。比如,他通过磁针位置变化说明磁力系统的复杂性:"一种位置之更换与一种新的局势各自所惹起的每种新的不平衡,都是相应着一种需要。"③ 瑞恰兹发明一种认识、阅读诗歌的方法论,从科学角度而非心理印象或审美直觉角度解析一首具有复杂内涵的诗歌,通过阅读文本而重返诗人的创作意图,是文学批评史上一种全新的尝试。《科学与诗》涉及对诗的经验、价值、意识、自然、信仰等方面的关注,对哈代、叶芝、罗伦士等诗人的作品进行别出心裁的解读,这种新的批评后来被美国学者约翰·兰色姆称为"本体论批评"(《诗歌:本体论札记》,1934),在1941年由纽约 New Directions 出版的《新批评》一书中,兰色姆在开头评价瑞恰兹:"讨论新批评应从理查兹说起。新批评几乎自他开始,与所有别的批评家相比,他试图把新批评建筑在更广泛的基础上,所以我们也不妨说,新批评在他手里从一开始就走上了正轨。"④

瑞恰兹的理论一介绍到中国即引起关注,经曹葆华之手翻译的理论著作陆续刊于《大公报》文艺副刊,后来结集出版,叶公超在序言中说:"瑞

---

① 齐家莹:《瑞恰慈在清华》,徐葆耕编《瑞恰慈:科学与诗》,清华大学出版社,2003,第125页。
② 〔英〕瑞恰兹:《科学与诗》,徐葆耕编《瑞恰慈:科学与诗》,第12页。
③ 〔英〕瑞恰兹:《科学与诗》,徐葆耕编《瑞恰慈:科学与诗》,第16页。
④ 〔美〕约翰·保罗·兰色姆:《新批评》,王腊宝等译,江苏教育出版社,2006,第3页。

恰兹（I. A. Richards）在当下批评里的重要多半在他能看到许多细微问题，而不在他对于这些问题所提出的解决方法。……提出了这些问题未必就能直接影响于读者之鉴赏能力，或转变当代文学的趋向，不过总可以使关心的读者对于自己的反应多少增加一点了解，至少是增加了一种分析印象的方法。对于批评这已是不小的贡献了。"① 叶公超鼓励曹葆华继续翻译瑞恰兹的著作，他认为中国最缺乏的不是浪漫主义，不是写实主义，不是象征主义，而是这种分析文学作品的理论。② 瑞恰兹提出的解决方法当时起到很大的示范作用，叶公超即借用其分析过艾略特的诗。朱自清对瑞恰兹提出的语言文字的意义分四个层次深表认同，"他（瑞恰兹）从现代诗下手，是因为现代诗号称难懂，而难懂的缘故就因为一般读者不能辨别这四层意义，不明白语言文字是多义的。他却不限于说诗，而扩展到一般语言文字的作用"。"瑞恰慈被认为科学的文学批评家，他的学说的根据是心理学。他说的语言文字的作用也许过分些，但他从活的现代语里认识了语言文字支配生活的力量"。③ 当时还有人写文章介绍瑞恰兹的理论，瑞恰兹离开中国不久，北平高校就出现了以瑞恰兹文学理论为研究对象的毕业论文，燕京大学英文系吴世昌1932年5月以"Richard's Theory of Literary Criticism"获得学士学位，论文后来以《吕恰兹的批评学说述评》为题刊于《中山文化教育馆季刊》1936年夏季号。④ 七七事变之后，瑞恰兹推荐弟子燕卜荪到北京大学任教，先后跟北京大学师生南迁长沙、昆明，任教西南联合大学外国语言文学系，讲授现代诗，影响深远。

另一位对中国现代新诗产生深远影响的是新批评主将T. S. 艾略特（Thomas Stearns Eliot，1888~1965）。瑞恰兹是西方文学界最早肯定艾略特诗歌的批评家之一，瑞恰兹在1926年《文学批评原理》再版时专门增加一节介绍艾略特的诗歌。1934年7月12日《北平晨报》刊载了宏告翻译的瑞恰兹写的《哀略特底诗》。这两个人在中国的译介与叶公超关系密切，叶公超1934年为曹葆华译的《科学与诗》写序，又给赵萝蕤译的《荒原》写序（即《再论爱略特的诗》），卞之琳译《传统与个人才能》也是应叶公超之约，刊于

---

① 叶公超：《科学与诗·序》，《瑞恰慈：科学与诗》，第5页。
② 叶公超：《科学与诗·序》，《瑞恰慈：科学与诗》，第7页。
③ 朱自清：《语文学常谈》，《朱自清全集》第三卷，江苏教育出版社，1996，第172~173页。
④ 葛桂录：《中英文学关系编年史》，上海三联书店，2004，第192页。

1934年《学文》。据赵萝蕤回忆,叶公超并没有看到她的《荒原》译文。① 徐志摩向胡适介绍叶公超时,称"这是一位 T. S. Eliot 的信徒"。② 叶公超在剑桥读书时即熟悉艾略特,且能时常见面。1930 年代叶公超写过两篇有关艾略特诗歌的专论,一篇就是他为赵萝蕤写的序,以《再论爱略特的诗》刊在《北平晨报·文艺》第 13 期(1937 年 4 月),前一篇是《爱略忒的诗》,登于 1934 年 4 月《清华学报》第 9 卷第 2 期,涉及对《荒原》主题及诗歌技巧的分析,强调艾略特"其实已打破了文学习惯上所谓浪漫主义与古典主义的区别","而要造成一个古今错综复杂的意识","要表现整个文明的心灵"。③

叶公超不仅熟悉艾略特的诗歌,而且对其诗学理论也十分了解。叶公超指出艾略特的诗歌和理论"已经造成一种新传统的基础",断言艾略特对于世界的重大作用在于其革命性思想方式,因此艾略特作为一个象征符号所具有的意义和影响可能超出他的诗歌和理论本身。叶公超的表述是:"他的影响之大竟令人感觉,也许将来他的诗本身的价值还不及他的影响的价值呢。"④ 这一评价和十年之后诺贝尔文学奖授奖辞称赞他为"世界诗歌漫长历史中一个新阶段的带领人"类似。

艾略特在高校被讲授,这是推广诗学理论的方式,一旦借力于教育机构和考试制度,经典化的过程就变得顺畅。赵萝蕤之所以答应戴望舒翻译《荒原》,因为此前在清华听温德详细讲解过《荒原》,并试译第一节。她认为:"艾略特的诗和他以前的写诗的人不同,而和他接近得最近的前人和若干同时的人尤其不同。他所用的语言的节律、风格的技巧、所表现的内容都和别人不同。但是单是不同,还不足以使我好奇到肯下苦功夫,乃是使我感触到我们中国新诗的过去和将来的境遇和盼望。"⑤ 王佐良回忆说:

---

① 赵萝蕤后来回忆:"到 1936 年底,上海新诗社闻听我曾经译过一节《荒原》,他们很希望译文能够完成,交给他们出版,于是我便在年底这月内将其余的各节也译了出来,并将我平时留记的各种可参考可注释的材料整理了一下,随同艾氏的注释编译在一起。我的译稿尚未改正校订完成的时候,就生了一场大病,在病中便将全稿寄出去付印,而叶公超先生替我做的序也是未得先阅译文而写成的。"赵萝蕤:《艾略特与〈荒原〉》,《时事新报》1940 年 5 月 14 日,收入赵萝蕤《我的读书生涯》,北京大学出版社,1996,第 7 页。
② 叶公超:《深夜怀友》,《新月怀旧——叶公超文艺杂谈》,学林出版社,1997,第 153 页。
③ 葛桂录:《中英文学关系编年史》,第 208 页。
④ 葛桂录:《中英文学关系编年史》,第 208 页。
⑤ 赵萝蕤:《艾略特与〈荒原〉》,《时事新报》1940 年 5 月 14 日;此见赵萝蕤《我的读书生涯》,第 7~8 页。

中国新诗也恰好到了一个转折点。西南联大的青年诗人们不满足于"新月派"那样缺乏灵魂上大起大落的后浪漫主义；如今他们跟着燕卜荪读艾略特的《普鲁弗洛克》，读奥登的《西班牙》和写于中国战场的十四行，又读狄伦·托马斯的"神启式"诗，他们的眼界大开了——原来可以有这样的新题材和新写法。①

这种"新题材和新写法"是艾略特首开风气的。正是老师们在课堂上的指点和导读，才使西南联合大学学子有机会接触这些诗作，然后浸淫其中，由模仿到创造，最终达到改写、刷新传统的目的。

威廉·燕卜荪（William Empson，1906～1984）是谈论中国新诗在1940年代的发展时无法绕过的人物。燕卜荪24岁出版《朦胧的七种类型》（Seven Types of Ambiguity，或译《含混七型》），这是他的成名之作。燕氏1937年来到中国，任北京大学西语系教授，平津沦陷后随北京大学到昆明任教，1940年回国，7年之后又重返北京大学，直到1952年中英交恶才不得不离开中国。他和他的老师瑞恰兹一样，有鲜明的中国情结。

尽管燕卜荪来中国之前即已写出成名作，他在西南联合大学讲的理论，学生不一定都懂，但是现代英诗赏析课极受学生欢迎，常在他的课前上演抢位子的喜剧。赵瑞蕻认为："燕卜荪先生的课更有一种引诱人的力量——那是除了敬仰之外，更有新鲜与好奇这两种潜力。"② 燕卜荪独到的领悟和阐述方式打开了一扇通向复杂内心的门。燕卜荪的理论和瑞恰兹的有明显的对话意味，也能看到艾略特的影子。燕卜荪在16年后再版《朦胧的七种类型》时，说明了写作此书时艾略特对自己所造成的震撼。他说："本书（Seven Types of Ambiguity）的主要内容当然是语言的分析方法，但当时有两条交叉的思路分散了我的注意力。一方面是T. S. 艾略特的具体批评理论，另一方面是一般的时代精神的理论，这二者召唤着人们对十九世纪诗人的主张进行重新评价，并以当时人们在邓恩（Donne）、马维尔（Marvell），以及屈莱顿（Dryden）作品中发现的成就来衡量他们的作品。"③ 在《朦胧的

---

① 王佐良：《谈穆旦的诗》，《王佐良文集》，外语教学与研究出版社，1999，第429页。
② 赵瑞蕻：《怀念英国现代派诗人燕卜荪先生》，《离乱弦歌忆旧游——从西南联大到金色的晚秋》，文汇出版社，2000，第27页。
③ 〔英〕威廉·燕卜荪：《〈朦胧的七种类型〉第2版序》，《朦胧的七种类型》，周邦宪、王作虹、邓鹏译，中国美术学院出版社，1996，第2页。

七种类型》中，燕卜荪主要采用语义学分析方法，对作品可能提供的多重意义进行不厌其烦的考证，希望从文字和句法入手建立批评的规范，因此也被视为新批评派的开拓者。早在1934年，当燕卜荪还在日本教书时，朱自清即已对燕卜荪的理论有深刻的认同，尝言："我们广求多义，却全以'切合'为准；必须亲切，必须贯通上下文或全篇的才算数。……去年暑假，读英国Empson的《多义七式》（Seven Types of Ambiguity），觉着他的分析法很好，可以试用于中国旧诗。"①

燕卜荪在西南联合大学的存在当然具有某种象征性，就像王佐良所说的"一个出现在中国校园中的英国现代诗人本身就是任何书本所不能代替的影响"，加上燕卜荪在课堂上讲莎士比亚十四行诗中双重语法，讲乔叟的朦胧技巧，讲马维尔、约翰逊的双关语，讲艾略特和奥登，这些细致和微观的技法是以往文学课程无法提供的。

比较而言，奥登（Wystan Hugh Auden，1907~1973）在中国的接受群体可能规模较小，但影响甚为深远。奥登受艾略特提携，艾略特1925年加入费伯出版社，奥登的第一本《诗集》即经艾略特之手出版。1938年2月，奥登和衣修伍德（Christopher Isherwood，1904~1986）受费伯出版社和纽约兰登书屋派遣一同到中国，先后在香港、广州、汉口、郑州、徐州、西安、南昌、金华、温州、上海等地停留，6月才回国，因此他们的中国之行被广为关注。《抗战文艺》刊登奥登和伊粟伍特（衣修伍德）到汉口的消息，说他们的到来是"为中国写史诗的"，还对奥登的四本诗集进行热情介绍："在诗的技巧方面，奥登可说是革命的。英国人对于一切都很讲究，写诗必得诗的字眼，格律也必得整齐一致。奥登则不然，在他的长诗里，是找不出通篇一律的形式。他是主观地采取不同的诗式，来适合于他所要表现的意义。"②1939年由费伯出版社和纽约兰登书屋印行的《战地行》（Journey to a War）是中国之行的重要作品，其中奥登写的27首十四行诗被史彭德认为是奥登到那时为止最好的诗，与同时代的英国诗人相比，奥登是"在技巧上最成功的一位"。③《诗创造》"翻译专号"收入《史彭德论奥登与"三十

---

① 朱自清：《诗多义举例》，《朱自清全集》第八卷，江苏教育出版社，1996，第208页。
② 马耳：《抗战中来华的英国新兴作家——W. H. 奥登、C. 伊粟伍特》，《抗战文艺》第1卷第4期，1938。
③ 〔英〕S. 史彭德：《近年英国诗一瞥》，陈敬容译，《诗创造》1948年第10期。

年代"诗人》,史彭德对奥登的诗歌进行细致分析,认为奥登独特的才能是能深入事物象征与心理的一面。他手执魔杖,点化人间万物,使他们在"役役的生存斗争"中有个明显的位置。"他有领悟与同情的资禀,他的诗充满着又深又真的观察。但是,他轻视具体实在的难免的神秘,而这具体实在与事物本质是不能离析的。他的诗常叫人觉得:他是在时刻应用他诗的文字去帮助他寻求一条解释生命本质的公式。"① 史彭德甚至评价奥登:"自颇普(Pop)以来,没有一个诗人曾经怀着同样的信心去接触各种问题,曾经认为他自己有光,有力,有工具去分析,去标记每个现象,再把现象与现象关联起来。"②

奥登诗歌在中国的传播,是通过燕卜荪的"现代英诗"课程完成的。就诗歌创作而言,奥登对于青年学生的影响比艾略特更大,王佐良说:"当时我们都喜欢艾略特——除了《荒原》等诗,他的文论和他所主编的《标准》季刊也对我们有影响。但是我们更喜欢奥登。原因是他的诗更好懂,他的那些掺和了大学才气和当代敏感的警句更容易欣赏,何况我们又知道,他在政治上不同于艾略特,是一个左派,曾在西班牙内战战场上开过救护车,还来过中国抗日战场,写下了若干首颇令我们心折的十四行诗。"③ 1938年至1939年间,邵洵美多次介绍奥登诗作,其文章刊发于《自由谭》《南风》等杂志上。1941年5月,上海诗歌书店出版朱维基译的奥登诗歌,卞之琳也译出部分诗作,"这些诗确乎大体都亲切而严肃,朴实而崇高,允推诗中上品"。④ "奥登式的语态""奥登式的意向"以及其他种种奥登式,一度令诗歌爱好者们趋之若鹜,奥登对现实的深邃洞察与机智反讽开拓了诗歌的宽阔道路。1940年代中国诗坛中,卞之琳、杜运燮、穆旦、郑敏、袁可嘉等人明显受他的影响。

重新发现诗歌的西方可以视为一种历史的合力,"寻找异端"的冲动是这样建立起来的,即通过有效的艺术方式反映复杂的时代和个体内心。

---

① 〔英〕S. 史彭德:《史彭德论奥登与"三十年代"诗人》,李旦译,《诗创造》1948年第10期。
② 〔英〕S. 史彭德:《史彭德论奥登与"三十年代"诗人》,李旦译,《诗创造》1948年第10期。
③ 王佐良:《穆旦:由来与归宿》,杜运燮、袁可嘉、周与良编《一个民族已经起来——怀念诗人、翻译家穆旦》,江苏人民出版社,1987,第2页。
④ 卞之琳:《英国W. H. 奥登:战时在中国作》,《中国新诗》第2辑,森林出版社,1948,第11页。

（二）西南联合大学诗歌空间的开创

1940年代，中国新诗面临的全部问题与民族国家面临的危机具有十分重要的关系，其中的一条常常关系一个敏感的问题，它可以影响诗人在主流诗坛和媒体的存在状况，这就是新诗的目的和使命——为谁而艺术的问题。这是1920年代早期即已形成原则的一种认识，"为人生而艺术"被视为具有"积极意义"的艺术态度，一些对公众舆论具有一定影响力的人物认为这种态度对国家具有建设性意义，所以中国新诗从一开始就打上了鲜明的工具性烙印。这种文学的泛工具化和泛政治化在1940年代演变得最为严重，1942年毛泽东的《在延安文艺座谈会上的讲话》明确规定文学和政治之间不可动摇的从属关系，为政治向文学内部无限制扩张清除了意识形态方面的阻力。正如有学者所总结的："如果说20、30年代作家对文学与政治关系的把握主要出于一种自发、自觉的追求，那么40年代作家对文学与政治的关系的把握则成了一种硬性的政治规定。"① 为了实践新诗在政治宣传方面的"硬性"要求，大众化、民族化也成为新诗创作的基本方向。受众问题本来是个艺术接受的问题，但是创作出绝大部分读者能读懂的作品，这个超出艺术范畴的要求，也会破坏艺术的自律机制，在当时引起一些追求文学自身独立性的作家与学者的不满。

大学拥有相对独立的空间，其特殊身份使它应对步步紧逼的现实有回旋的余地，大学理想的纯粹性相对来说更容易坚持。作为三所全国一流高校的暂时集合体，国立西南联合大学（简称"联大"或"西南联大"）所具有的师资优势和生源优势是其他学校难以匹敌的，学校环境所提供的相对较为自由的思考、研究和探讨氛围也有利于师生们开展自己的文学活动。虽然联大与社会现实关系紧密，从那里走出了不少政治家和民主斗士，但学校自身有能力避免外界过多干扰。学生为提高自己的写作水平而博览群书，教师将自己的心得体会悉数惠赠弟子，这种相对较单纯的目标不知不觉就会感染很多人。在这种情境下写作基本成为个人的事业。朱光潜在一篇谈诗歌难易问题的文章中，根据传达目的将诗歌分为两类："第一是为他自己，心里有话压不住，压住了心里不舒服，所以必须把它说出来，使情感得到正常底发泄，艺术冲动得到正常底满足。其次是为旁人，他想旁人

---

① 吕周聚：《从异端到典范——论四十年代的边缘化文学创作》，《文学评论》2006年第4期。

也感觉到他自己所感觉到底,忧则同忧,喜则同喜,使社会同情的需要得到正常底满足。"① 为自己的诗歌别人理解起来更难,因为发泄的是作者的情绪。联大师生的写作即使为交流,自我色彩也更浓,何况不少学生在学习老师传授的写作技巧之后进行自觉实践。有难度的写作看起来成为理解的门槛,但实际上它促使读者提高接受水平,两者是一个水涨船高的交互过程,在西南联合大学这个民主堡垒中,这一过程很少受外界干扰。当然其中的前提是圈子内的文学保持自身的影响边界,只能坚守寂寞的文学理想,因此它以面向小众来换取偏安于大众文坛一隅的清静。这样,在众声喧哗消退之后,联大诗歌的深度写作就会受到重新注目。

西南联合大学之所以在中国新诗史上成为重要一环无疑跟它提供的诗人有关。不仅有闻一多、冯至、王佐良、卞之琳、李广田等颇具诗名的成名诗人,而且在短暂的八年中,相继培养出穆旦、郑敏、杜运燮、袁可嘉、赵瑞蕻等举足轻重的诗人,这些诗人的作品在 1940 年代后期"代表中国现代主义诗歌的成熟"。他们的艺术探索"给 40 年代中国新诗现代性美学范畴的建设带来了一种新的可能"。② 当然,西南联合大学提供这样一些优秀诗人和它自身的独特性分不开,大学的办学宗旨、高层管理的决策方式、课程设置、师资状况与校园文化等相关因素都深刻影响人才培养的效果。

(三) 西南联合大学中外文系课程设置

大学的办学宗旨直接决定人才质量,课程设置体现了大学理念的具体实施。西南联合大学作为一所战时临时性综合大学,保持了北大、清华、南开的独立精神和自主传统,凡与此精神不符的举措,不管来自于政府高层还是本校决策人,均受联大师生质疑和抵触。1939 年 8 月至 1940 年 5 月,教育部曾先后发出第 18892 号、第 25038 号、第 13471 号训令,"对于大学应设课程以及考核学生成绩方法均有详细规定,其各课程亦须呈部核示",即招致教务会议的反对,在《西南联合大学教务会议就教育部课程设置诸问题呈常委会函》中,申斥教育部的决议令人匪夷所思,认为此举是教育部将大学视为教育司中一科而做的刻板文章,勒令从同,除了束缚各大学、使权能不分、责任不明、朝令夕改、贬低教授地位、限制学术自由之外,

---

① 朱光潜:《诗的难与易》,《文学杂志》第 2 卷第 1 期,1947。
② 孙玉石:《中国现代主义诗潮史论》,第 398 页。

对于联大别无作用。

　　课程设置是人才培养的重要途径，1937 年至 1938 年度下学期中国语言文学系（简称"国文系"）所开的必修课与选修课基本是知识类课程，与现代文学创作关系不大，这是闻一多称国文系为"小型国学专修馆""高等华人养成所"的原因。课程开设一方面沿袭学科传统，另一方面还受到其他现实条件的制约。闻一多看到了中国语言文学系对于文学创造能力的压制，在他看来这正是本末倒置，"中国文学系以文学为主，文字学是文学的附庸"。① 只有将两者分开，各有侧重，才能完成各自的"新使命"。自 1939 年起，文学院国文系先后开设了由杨振声主讲的"现代中国文学"课，对小说、戏剧诗及散文进行系统讲授，沈从文开设"创作实习"，余冠英、游国恩、李广田等人相继担任"各体文习作"的教学，他们都对联大国文系学生进行过一定程度的现代文学创作指导（如沈从文将汪曾祺的习作《灯下》推荐到由联大师范学院国文系主办的《国文月刊》发表），但是在课堂上对于新诗似乎并没有系统的传播。王力对此分析，认为与大学本身的旨趣有关。他认为，大学里只能造成学者，不能造成文学家。② 要提高文学修养、学习新文学创作，具有科学性质的语言文字学、文学史、校勘学并没有多大作用，"新文学的修养非但不能向旧文学中取得，而且单只欣赏和模仿现代中国的新文学家也是不够的。不容讳言地，现代中国所谓新文学也就是欧化文学，欧化的浅深虽有不同，然而绝对没有一种文学是从天而降的；既然要不受旧文学的影响，就不能完全不依傍西洋文学"。③ 值得注意的是，王力提出一个观点，"现代中国所谓新文学也就是欧化文学"，若无学科偏见，这个总体情势判断和朱自清"新诗现代化就是欧化"的提法简直异曲同工，可以看出这些学院派在多年的观察中形成了一种基本同一的认识，只有向西方借鉴才是文学的出路。

　　在闻一多、王力和李广田等人看来，外国语言文学系（简称"外文系"）才是新文学爱好者最理想的选择，"老实说，如果新文学的人才可以

---

①　闻一多：《调整大学文学院中国文学外国语文学二系机构刍议》，《国文月刊》第 63 期，1948 年。

②　王了一：《大学中文系与新文艺的创造》，《国文月刊》第 43、44 合刊，1946。此文曾于 1946 年 3 月 3 日，由《中央日报》发表，为了方便读者，再次发表于《国文月刊》，前面添加了作者的说明，文后有"附记"。

③　王了一：《大学中文系与新文艺的创造》，《国文月刊》第 43、44 合刊，1946。

养成的话，适宜于养成这类人才的应该是外国语文系，而不是中国文学系"。① 因此，爱好新文学的学生之所以更应该去外文系，当然不仅是因为联大外文系有早已成名的诗人如叶公超、冯至、陈梦家、卞之琳等，也不是因为有一位传奇人物燕卜荪，而是因为学科本身的特点造成的。

西南联合大学外文系二年级学生，除必修文法学院二年级共同必修课（16学分）外，还要必修外文专业课4门："英国散文及作文""英国诗""欧洲文学史""第二外国语"。三、四年级学生全都是专业必修课，主要有："英国散文及作文""西洋小说""西洋戏剧""欧洲文学名著选""莎士比亚"等，因此外文系学生的阅读量十分大，像汪曾祺那样经常泡茶馆，游翠湖，逛文林街，过得近乎游手好闲的基本上难有外文系学生身影。大量阅读西方文学原著的作用显而易见，它极大地扩充了学生的文学视野，了解到当前世界文学发展的现状，外文系的学生较国文系学生更具有世界眼光，是有学科原因的。此外，外文系还开有一系列以诗歌体裁为主的选修课（见下表）。

西南联合大学外国语言文学系诗歌选修课程统计表

选修课程	学　　期	授课教师
德国抒情诗	1939~1940 学年	冯　至
歌德研究	1944~1945 学年	冯　至
法国诗	1941~1942 学年	闻家驷
维多利亚诗	1941~1942 学年	温　德
中西诗人之比较	1941~1942 学年	吴　宓
中西诗人之比较	1943~1944 学年	吴　宓
19世纪英国诗人	1944~1945 学年	陈　嘉
19世纪法国诗	1942~1943 学年	闻家驷
现代英诗	1938~1939 上学期	燕卜荪
现代英诗	1940~1941 学年	谢文通
现代英诗	1943~1944 学年	白　英
现代英诗	1945~1946 学年	温　德
英国诗史	1944~1945 学年	白　英
法国诗史	1945~1946 学年	林文铮

---

① 王了一：《大学中文系与新文艺的创造》，《国文月刊》第43、44合刊，1946；"外国语系"应为"外国语言文学系"，"中国文学系"应为"中国语言文学系"。

所有这些专业诗歌课程，尤其是外籍教师教的课，不仅能使学生提高自己的语言感受能力，而且在诗歌技巧上可以得到熏陶。中国新诗派重要诗人郑敏后来回忆她在联大时期的情况时说："我当时念的是哲学系，冯先生教我德文。同时，我还选修旁听了冯先生教的关于哥（歌）德的课，并读了冯先生翻译的里尔克的《给一个年青诗人的十封信》，这些都对我影响非常大。"① 这应该不是一个特殊个案。

（四）师资与社团

言传身教，上行下效，一个好老师所起的示范作用本身就是一部好教材。

除了冯至之于郑敏外，外文系其他那些诗人老师也对学生影响深远。卞之琳、燕卜荪、温德、白英等更是直接塑造着那些热爱诗歌的青年，如穆旦、杜运燮、袁可嘉、马逢华、赵瑞蕻等。

西南联大集合众多学界名流，各种思想激荡。联大以"兼容并包"为黏合剂，由于教授各自学术背景不同，难免出现思想交锋。王力赞成学生到外文系去学习文学，却极力反对在国文系开设现代文学创作课。他在《大学中文系与新文艺的创造》中不无讽意地说："不过，我仍旧反对在大学里传授新文学，反对大学里教人怎样'创作'，文学的修养应该是'悠之游之，使自得之'，不是灌输得进去的。"他显然是针对沈从文等讲授"创作实习"说的。刘文典和沈从文"跑警报"的故事耳熟能详，弄新文学在联大最多只算"不务正业"，像朱自清、闻一多这样在新文学方面取得巨大成就的教授也必须通过研究古典文学来确立自己的学术地位。不过，正是他们对新文学的全力支持使学生受益良多，朱自清亲自向联大引荐了沈从文，并极力促成联大师范学院国文系聘任沈为副教授。

除了在学校决策层为新文学积极奔走外，教授们还亲自指点学生的新文学创作，成为社团和壁报的指导者，这一方面是学校的要求，另外一方面也是通过示范作用将学生们引入新文学的殿堂。闻一多、朱自清指导南湖诗社，闻一多、冯至、卞之琳以及后来的李广田为冬青社的导师，李广田指导布谷文艺社，以及众多教授对《文聚》的支持，几乎形成了联大的

---

① 郑敏：《遮蔽与差异——答王伟明先生十二问》，《诗歌与哲学是近邻》，北京大学出版社，1999，第452页。

一种风气。社团和壁报在某种程度上对学生更具影响力,它能使刊载作品的学生在同学中产生非常强烈的自豪感,激发学生的创作热情。比如,在《文聚》创刊号上,穆旦的诗《赞美》就排在第一位,之后才是佩弦(朱自清)的《新诗杂话》、李广田的《青城枝叶》,同一期刊出的还有杜运燮的《滇缅公路》、汪曾祺的《待车》,这并不是按照年龄或资历来排序,我们现在还完全可以想象当年这些学生因自己的文章与名教授们的文章刊在一起时的激动心情。

当然,学生作品不一定需要和教授们同台表演,即使刊于小壁报也感觉不错。很多后来取得较高成就的作家对此念念不忘,而有些学生就是通过办壁报培养了高超的编辑水平。比如,林元先是主办《群声》壁报,后来创办《文聚》,参加编辑《观察》《新观察》《文艺研究》等刊物,成为我国著名的编辑家。袁可嘉回忆说:"当时校内各类学生社团很多,我只参加系里许芥昱主持的英文壁报《回声》以及西洋戏剧学会的活动。另外,我和同宿舍的陈明逊(现任加拿大湖滨大学历史教授),经济系的马逢华(现任美国华盛顿大学教授)以及南开校友邹承鲁(著名生化学家,现为中国科学院院士)合办一个名《耕耘》的壁报(双周刊),政治上标榜中间路线,强调学术研究,经常刊出我的诗作,邹承鲁的小说,马逢华的诗和散文,陈明逊的政论等。这个壁报为我们开辟了一个写作园地,在校园文化中起过一定作用。"① 老师的提携固然重要,毕竟校园是以学生为主体的,学生的课堂学习和业余活动可以直接形成一种独特的学校风气,养成一种氛围。西南联合大学之所以会走出这么多重要的诗人,应该和师生们合力营造的新诗环境关系密切。

四 袁可嘉的新诗现代化构想

1942年2月15日,西南联合大学校园刊物《文聚》创刊号出版,穆旦的诗《赞美》在首页刊出,与艾青的《雪落在中国的土地上》类似,是对一个民族充满悲悯和希冀的"带血的赞歌"。同期还发表了杜运燮《滇缅公路》,在诗人笔下的公路气势雄浑,"整个民族在等待着,需要它的负载"。诗人将繁密意象和深厚感情融合起来,描绘筑路人为争取自由而忘我的献

---

① 袁可嘉:《袁可嘉自传》,《半个世纪的脚印》,人民文学出版社,1994,第573页。

身精神，实现了艺术沉着和现实热度的完美结合。此后发表的《马来亚》（《文聚》第1卷第2期，1942年4月）、《恒河》（《文聚》第2卷第3期，1945年6月）都是此类风格。诗人冯至此间出版《十四行集》，追求艺术价值和启示"已经超出抗战时期现实主义的诗歌的范式，成为另一个新的现代主义诗潮产生并走向成熟的信号"。"《十四行集》是一个预言，冯至以他这部诗集的崭新探索，架起了通向1940年代现代主义诗歌'新生代'艺术创造的桥梁"。① 袁可嘉认为，《十四行集》是冯至以里尔克式的方式来掌握世界的一种尝试，"即是把诗看作是经验的升华、结晶，而不是感情的喷射或事物的临摹"。② 冯至将一种全新的诗风引入中国诗坛，在节制叙述和沉淀情感方面，他比学生更彻底。

从观念诗学到体系诗学，是一个不断吸纳和生长的过程，就像从翻译到模仿一样，中间会有反复的扬弃，才能定型、内化为诗人自身的创作理念。完成这个新诗现代化的构想要求论者具备一定的创作心得、广博的知识储备、能和世界诗坛对话的敏锐眼光，还要有对现实诗歌创作状况的敏感，袁可嘉正是这样一个具有综合能力的代表。顺便提及一点，袁可嘉是新时期以降中国最为活跃的英美文学研究者之一，对于重新认识西方现代派文学作品、借鉴西方现代派经验产生了广泛影响，他在1980年代提出"中国式的现代主义"作为对1940年代"新诗现代化"的修正，不妨将其视为独特的历史与政治语境的话语证物。

（一）袁可嘉对艾略特诗歌理论的改造

艾略特的《传统与个人才能》对文学传统的阐述，给创新开拓了更广的途径，传统是一个不断开放的过程，新作品的质量达到修改传统体系的资格时，就成为传统的一部分。1940年代诗歌的困境对诗歌和传统的认识进行了刷新，作为思考这一问题的重要代表，袁可嘉对诗歌现状的反思充分借鉴艾略特的观点，他的《新诗现代化——新传统的寻求》，从其副标题中则可看出其理论资源。

他认为，既有新诗体系存在褊狭，要么"走出了艺术"，要么"走出了人生"（陈敬容），袁可嘉将其总结为新诗的"说教"和"感伤"。如果要使诗

---

① 孙玉石：《中国现代主义诗潮史论》，第249页。
② 袁可嘉：《现代派论·英美诗论》，中国社会科学出版社，1985，第371页。

歌保持活力，创造出真正新的作品，必须对固有的价值取向、审美趣味加以重新阐释，袁氏提出"新的综合传统"——现实、象征、玄学的综合。[①] 同时针对诗坛提出现代化改革的七点原则，主要内容是："绝对肯定诗与政治的平行密切联系，但绝对否定二者之间有任何从属关系"，"绝对肯定诗应包含，应解释，应反映的人生现实性，但同样地绝对肯定诗作为艺术时必须被尊重的诗的实质"，"诗篇优劣的鉴别纯粹以它所能引致的经验价值的高度、深度、广度而定，而无所求于任何迹近虚构的外加意义"。其中对文学自足性的强调、批评标准的采用、不同内容诗歌的宽容、坚决否认坏诗与非诗等主张，都能从艾略特那里找到踪迹。

艾略特还重点阐述了诗歌的"非个人化"主张。"非个人化"实际上是诗歌创作中克制自我的一种意识，针对的是诗歌表现情感、表现个性一直被视为区分诗歌创作风格的一个标准。华兹华斯曾提出："诗歌是强烈情感的自然的洋溢；它的来源是在平静中回忆起来的感情。"[②] 艾略特反对个人化抒情，认为诗人对传统的革新和增质比表达个人情怀更有意义。诗人必须有明确的历史观念，意识到创作能给完整体系提供新的东西。但是融入传统是一个长期的过程："一个艺术家的进步意味着继续不断的自我牺牲，继续不断的个性消灭。"[③]"非个人化"指诗歌写作必须加入智性成分：不仅是对历史意识的铭刻于心，而且是对所有新诗艺术成果的全面把握，包括对过去一切艺术形式、手段、观念等方面成果的把握。艾略特给出了诗歌提高艺术性或智性的办法，这就是"客观对应物"和"思想知觉化"理论。

"客观对应物"则可追溯到波德莱尔，他的诗歌《契合》被视为象征主义诗歌纲领。"自然是一庙堂，圆柱皆有灵性，／从中发出隐隐约约说话的音响。／人漫步行经这片象征之林，／它们凝视着人，流露出熟识的目光。／仿佛空谷回音来自遥远的天边，／混成一片冥冥的深邃的幽暗，／漫漫如同黑夜，茫茫如同光明，／香味、色彩、声音都相通相感"。这是诗人通过自

---

① 袁可嘉：《新诗现代化——新传统的寻求》，《大公报·星期文艺》1947年3月30日；此引《论新诗现代化》，三联书店，1988，第4页。
② 〔英〕华兹华斯：《〈抒情歌谣集〉一八〇〇年版序言》，曹葆华译，伍蠡甫、蒋孔阳、秘燕生编《西方文论选》，上海译文出版社，1979，第17页。
③ 〔英〕艾略特：《传统与个人才能》，《艾略特文学论文集》，李赋宁译，百花洲文艺出版社，2010，第5页。

然与心灵的对应关系来审视和重构世界的感受方式。艾略特的"思想知觉化"也从波德莱尔那里发展而来,把复杂的思想还原为知觉,还原于感官所得的直接形象。他主张诗人应该写思想,并且让思想"像立即闻到玫瑰花的芬芳一样",能被读者感受到。"客观对应物"与"思想知觉化"相辅相成,使思想成为一种经验形态,通过捕捉、描绘具体可感的意象来传达这种经验,从而把思想还原为知觉。袁可嘉借鉴艾略特的观点:"现代诗人从事创作所遭遇的第一个难题,是如何在种种艺术媒剂的先天限制之中,恰当有效地传达最大量的经验活动。"① 他把"传达最大量的经验活动"作为诗人的首要任务,通过恰当手段突破媒介的限制。

在《新诗现代化的再分析——技术诸平面的透视》一文中,袁可嘉列举杜运燮的《露营》和《月》,认为杜诗具有"植基于忠实而产生的间接性",② 然后对"间接性"加以评述。③ 袁可嘉在杜运燮诗里看到"间接性"的表现,并且看出杜对艾略特诗歌技巧的直接借鉴。艾略特对诗歌本体的强调给袁可嘉启示深刻,诗歌首要满足"诗之所以为诗"的基本要求。袁可嘉提出"诗的重要处不在它说了什么,而在它做了什么",强调的也就是诗歌的过程。一年之后袁可嘉提出"新诗戏剧化"作为实现新诗现代化的具体途径,这可以看作艾略特诗学理论在中国的具体发展。

袁可嘉在1948年重新阐释"现代化":"我所说的新诗'现代化'并不与新诗'西洋化'同义:新诗一开始就接受西洋诗的影响,使它现代化的要求更与我们研习现代西洋诗及现代西洋文学批评有密切关系,我们却绝无理由把'现代化'与'西洋化'混而为一。从最表面的意义说,'现代化'指时间上的成长,'西洋化'指空间的变易;新诗之不必或不可能'西洋化',正如这个空间不是也不可能变为那个空间,而新诗之可以或必须现代化,正如一件有机生长的事物已接近某一蜕变的自然程序,是向前发而

---

① 袁可嘉:《新诗现代化的再分析——技术诸平面的透视》,《大公报星期文艺》1947年5月18日。载《论新诗现代化》,第11页。
② 袁可嘉:《新诗现代化的再分析——技术诸平面的透视》,《论新诗现代化》,第16页。
③ 评述从4个方面展开:"一、以与思想感觉相当的具体事物来代替貌似坦白而实图掩饰的直接说明。二、第二种间接性的表现存在于意象比喻的特殊构造法则。三、第三种间接性的表现存在于作者通过想像逻辑对于全诗结构的注意。四、第四种间接性的表现在于文字经过新的运用后所获得的弹性与韧性。"袁可嘉:《新诗现代化的再分析——技术诸平面的透视》,《论新诗现代化》,第16~20页。

非连根拔起。"① 这是一种十分重要的自觉意识，也因为这种意识，才使得艾略特诗学理论不至于成为一种生硬的嫁接对象。

和朱自清主张的欧化一样，袁可嘉看到新诗发展的途径不可避免地要引入新的资源——西洋化，但是他更看到中国古典诗词美学的巨大蕴含，因此他得出必须走综合之路的结论，即先明确方向，然后再从具体操作上铺开重建诗歌传统的路子："从新的批评角度用新的批评语言对古代诗歌——我们的宝藏——予以重新估价，指出传统与现代化的关系，分析其决不仅仅是否定的伟大价值。"② 他把这样一个过程定义为"新诗现代化"，更是给这样一个诗学理想赋予了巨大的想象空间和再生空间。

袁可嘉赋予新诗一种原则和导向，每个时代都有现代化的主题，对于现代性的追求是保持文学活力的内在动因。"所谓现代性（Modernity），据我个人的理解，是强调对于现代诸般现象的深刻而实在的感受：无论是诉诸听觉的，视象的，内在和外在生活的。"③ 陈敬容对现代性的理解和追求诗情的深沉与诗思的深邃，正是"新诗现代化"倡导者的目标。

（二）新诗现代化的途径设计

中国新诗的生成与发展受社会和时代影响，新诗现代化、文学现代化、文化现代化、国家现代化并非相互分隔，某种意义上属于"一揽子方案"，同时运行。但是中国新诗的现代化不应被视为对西方诗歌的中国式拷贝，将西方诗歌视为现代化的"完成式"，中国诗歌只是一个迟到的学生而已。④ 因此，新诗表达内容和形式受时代语境压抑。

袁可嘉在《"人的文学"与"人民的文学"——从分析比较寻修正，求和谐》中总结道："放眼看三十年来的新文学运动，我们不难发现构成这个运动本体的，或隐或显的二支潮流：一方面是旗帜鲜明，步伐整齐的'人民的文学'，一方面是低沉中见出深厚，零散中带着坚韧的'人的文学'；就眼前的实际的活动情形判断，前者显然是控制着文学市场的主流，后者

---

① 袁可嘉：《新诗戏剧化》，《诗创造》第12辑，星群出版社，1948，第1页。
② 袁可嘉：《新诗现代化——新传统的寻求》，《论新诗现代化》，第7页。
③ 陈敬容：《真诚的声音》，《诗创造》第12辑，1948年6月。
④ 参见王德威对于中国文学现代性的思考："假若我们对中国文学现代性的了解，仅止于迟到的、西方的翻版，那么所谓的'现代'只能对中国人产生意义。因为对'输出'现代的原产地作者读者，这一切都已是完成式了。"王德威：《被压抑的现代性——没有晚清，何来五四？》，《想像中国的方法：历史·小说·叙事》，三联书店，2003，第8页。

则是默默中思索探掘的潜流。"① "人的文学"立足于人的本位，而"人民的文学"坚持政治倾向，两者出发点不同，但是又非根本对立。"因为，人包含'人民'；文学服役于人民，也就同时服役于人；而且客观地说，把创作对象扩大到一般人民的圈子里去，正是人本位（或生命本位）所求之不得的，实现最大可能量意识活动的大好机会"。"当艺术本位与工具本位相遭遇时，在理论上也还有互相协调的余地；因为即使承认文学是政治斗争的工具，这种工具既隶属于艺术的范畴，自必通过艺术才能达到作为工具的目的，实际上也等于说'工具本位'必先达到'艺术本位'才有完成工具的使命的可能"。② 这可以理解为特定语境中为"艺术本位"争取生存空间的一种努力。袁可嘉代表"人的文学"主动向"人民的文学"提出建议，则不妨看成对中国本土文学现代化的一种具体想象。③

袁可嘉提出要在"现实、象征、玄学"的综合传统基础上展开新诗现代化，避免掉入"为艺术而艺术"的泥沼。初犊指责沈从文、袁可嘉、李瑛等人"所追求的是苍白的人生，是卑劣的没有灵魂的自我陶醉，是死的安慰"，"明目张胆地鼓吹死亡，用甜言蜜语鼓励人们走向颓废"，④《诗创造》在《编余小记》中反驳"泼妇骂街似的"打击，强调批评原则克服"扮着一付尊严到近于狰狞的革命的进步的姿态"，并声明该刊的宽容态度："不问他所挥摇的是什么样风格的旗帜，也不问他所使用的是什么样形式的武器（只要不怀带着伤蔑的暗箭），我们都愿意他们在这里集合。"⑤ 即使是

---

① 袁可嘉：《"人的文学"与"人民的文学"——从分析比较寻修正，求和谐》，原载天津《大公报·星期文艺》1947年7月6日。此引《论新诗现代化》，第112页。
② 袁可嘉：《"人的文学"与"人民的文学"——从分析比较寻修正，求和谐》，《论新诗现代化》，第117~119页。
③ 值得注意的是，袁可嘉在1980年代提出"中国式现代主义"的主张，用以表征具体诗学背景下的特殊性。此后袁对此又有进一步的反思："我设想的'中国式'现代主义实际上就是以此为基础的：'中国式'有别于'西方式'，犹如'爱国主义'有别于'世界主义'，我强调我的现代主义必须反映中国人民现实生活和理想，支持与世界文化交流互补，抵制失去民族风格的'世界主义'，说'中国式现代主义'是'二律背反'，国际不通行的以国家或民族为标志的现代主义。这怕是知其一而不知其二了。评'中国式'为伪，'西洋式'为真，是以后者为原版，前者为赝品，难道我们就不能以我为主，吸收西方的优点，加以改造和民族文化结合，成为新的真品吗？"（见《我与现代派》，《诗探索》2001年第3~4辑）这个理论归纳可以视为袁可嘉对中国本土文学实现现代化转换的一种积极想象，亦可以作为理解他当年诗歌理论主张的一个互文性注脚。
④ 初犊：《文艺骗子沈从文和他的集团》，《泥土》第4辑，泥土文艺社，1947，第12、15页。
⑤ 《诗创造·编余小记》第5期，星群出版社，1947，第30页。

为诗歌的艺术性谋求一定生存空间的诗歌理论者和诗歌刊物，也必须把诗歌的现实性放在首位。一方面固然说明了中国新诗写实主义的巨大吸引力和接受基础，表明继承传统的诗学资源和诗学思想的意图；另一方面显示对新诗游离现实保持警惕。

对世界与人生的紧密把握既暗示了诗歌的现实来源，又表达了对概念式的二手情感的拒绝，比如，观念性的政治感伤往往显得空洞无物，"在高大的身影下躲避了一个创造者所不能回避的思想与感觉的重担"，它们"被生吞活剥的接受，又被生吞活剥的表达，观念的壮丽被借作为作品的壮丽，观念的伟大被借作为作品的伟大"。① 在袁可嘉看来，这样的作品根本就只能视为创造力贫乏的产物。只要真正植根于现实，每一个人的感受方式都会不同，在个人经历中，黎明并不一定带来希望，暴风雨也不一定象征革命，黑夜有时竟会是一种温馨的联想。袁可嘉用力打破人们长期以来对现实的成见，为新诗题材松绑。

正确理解诗歌的功能，必须先破除对诗歌的迷信。袁可嘉指出迷信起源于人们对于诗歌的过于重视，没有正确理解诗歌，当诗歌"超过诗本身所能负担的时候，我们见到的首先是诗被歪曲，被抹煞，诗人被误解，最后是诗被别的事物所代替，正确意义的诗不复在地面上存在"。② 过于夸大诗歌的作用在现代中国诗歌史上相当普遍，以郭沫若诗句命名的刊物《高射炮》在发刊诗《前奏曲》中反复咏唱"我们的歌声要高过/敌人射出的高射炮"，该刊《编后》表明诗歌的战斗作用："诗歌工作应和了大时代的要求，也当立刻站起来，歌唱起来，以增强抗战的力量。"③ 新诗草创即被赋予浓厚的启蒙色彩，作为推行新文化新思想的工具，外在功用常被政治权力话语强化。袁可嘉之所以寻找新诗的"新的综合传统"，通过淡化诗的外在功用来关注诗的个人本位、艺术本位和形式美本身。④ 袁可嘉否定诗能引致直接行动的说法："从报章杂志上的诗作论文来看，似乎颇有不少人相信，一首表示反抗的诗足以引致反抗的实际行动，一首歌颂民主的诗即足以促进民主政体的出现；从好的意义说，把行动解释为说服式的影响，而

---

① 袁可嘉：《论现代诗中的政治感伤性》，《论新诗现代化》，第54页。
② 袁可嘉：《对于诗的迷信》，《论新诗现代化》，第57页。
③ 《编后》，征军、王亚平、戴何勿主编《高射炮》1937年8月25日。
④ 陈旭光：《中西诗学的会通》，北京大学出版社，2002，第95页。

又从长时间,从深处来看,这话自然也不无道理,有这样迷信的人也许更别有苦衷;但如注释为直接的,诉之耳目的具体行为,则一方面是不当地夸大了诗的功能,从夸大诗而歪曲了诗;另一方面更隐隐想用别的事物来代替诗,取消诗的本质的意义;我们把理论搁在后面,只要反问自己任何一次成功的读诗经验,便会惊觉这类迷信除能配合若干政治作用以外,实在没有多少根据。"① 他提出"诗是行动"的合法性解释——假如"诗是行动"成立,也只是象征的行动。他从科学语言与诗语言两个角度对符号做出界定,将西方语言学和文学批评的前沿成就纳入自己的研究体系,为从理论和技术层面建构"新诗现代化"的诗学主张奠定基础。

袁可嘉对诗歌的象征、玄学进行了辨析。在《谈戏剧主义》一文中,袁可嘉解释了诗的象征性。"本世纪的趋势则在将诗的语言与科学的语言对立。勃克(Kenneth Burke)称前者为'诗的现实主义',后者为'科学的现实主义'。据他的分析,诗的语言是象征体,它的意义不止是它在辞书中的意义,而多半取决于全体的结构和当时上下文的次序。它是包含人的动机的而非客观地存在的。科学的语言则是纯而又纯的符号,是以量代质的简化物(如以光波长度来代替颜色),只能表示事物间相互的关系,而与事物的本质无缘"。② 当年鲁迅指责将文学等同于宣传:"其实,口号是口号,诗是诗,如果用进去还是好诗,用亦可,倘是坏诗,即和用不用都无关。譬如文学与宣传,原不过说:凡有文学,都是宣传,因为其中总不免传布着什么,但后来却有人解为文学必须故意做成宣传文字的样了。"③ 文学可以"传布"现实态度,也可以"传布"艺术精神。袁可嘉"处心积虑"地提出诗歌的象征性,显然着眼于诗歌的艺术本位建设的综合需要。在他看来,象征是表达个人情感的一种手段,其根本目的是放弃激情对于诗歌的粗暴占领,只有通过"融和思想的成分,从事物的深处,本质中转化自己的经验","否则纵然板起面孔或散发搥胸,都难以引起诗的反应"。④ 袁可嘉多次提到"间接性""迂回性""暗示性",正是对象征作用的表达。"象征手法的要点,在通过诗的媒剂的各种弹性(文字的音乐性,意象的扩

---

① 袁可嘉:《对于诗的迷信》,《论新诗现代化》,第65页。
② 袁可嘉:《谈戏剧主义》,《论新诗现代化》,第33~34页。
③ 鲁迅:《致蔡斐君》,《鲁迅全集》第13卷,人民文学出版社,2005,第553页。
④ 详见袁可嘉《新诗戏剧化》,载于《诗创造》第12期。

展性，想象的联想性等）造成一种可望而不可即的不定状态（indefiniteness），从不定产生饱满，弥漫，无穷与丰富；它从间接的启发着手，终止于诗境的无限伸展"。① 在袁可嘉看来，新诗必须提供"最大可能量意识"，而"象征表现于暗示含蓄"，必须对直截了当的正面陈述和赤裸裸的感伤宣泄进行反叛。

"玄学"是一个"前规范性"的术语，袁可嘉在50多年后对其予以修正。在《我与现代派》中将涉及"玄学"的地方都换为"玄思"，引述孙玉石《中国现代主义诗潮史论》对"新诗现代化"美学突破的一段话，也将"玄学"悉数改为"玄思"，并加以说明："我感谢孙玉石先生的鼓励，过去用'玄学'一词容易引起误会，本文中改为'玄思'。"②

艾略特意图说明，"玄学派诗人在最佳的情况下，承担着努力寻求足以表达心情和感觉在文字上的对应词的任务"。诗人面对的世界越来越复杂，因此思维也必须适应其复杂性，"以便迫使语言就范，必要时甚至打乱语言的正常秩序来表达意义"。③ 1940年代新诗表露的浪漫主义与诗歌语言简单化趋势有必然关系，与英国17世纪玄学派诗人面临的现实类似。袁可嘉对玄学的理解与艾略特大同小异。④ "抽象思想与美丽肉体的结合"着眼于思想深度和智性洞察力，呼唤诗人站在哲学高度，揭示大至宇宙世界、小至个体内心的奥秘。

（三）新诗戏剧化的内涵和意义

新诗戏剧化的提出源于新诗艺术综合化的理解，简言之，戏剧化的作用是使新诗富于戏剧性。叶公超意识到戏剧性使诗歌变得复杂，情节波折而增强可读性。闻一多提出要把诗做得不那么像诗，要多像点小说戏剧，他说："在一个小说戏剧的时代，诗得尽量采取小说戏剧的态度，和用小说

---

① 袁可嘉：《现代英诗的特质》，朱光潜主编《文学杂志》第2卷第12期，1948。
② 袁可嘉：《我与现代派》，谢冕、杨匡汉、吴思敬主编《诗探索》2001年第3~4期。
③ 〔英〕艾略特：《玄学派诗人》，《艾略特文学论文集》，李赋宁译，第25页。
④ 袁可嘉谈现代英诗的特质时说："无疑是承继十七世纪玄学诗人而来的玄学性。玄学性一方面固然表现为形而上的沉思，如迭兰汤姆斯对生命，对神，对性，对爱情的玄而又玄的思索，一方面更普遍地反映于诗人感性中'理'与'情'的混凝，抽象思想与美丽肉体的结合。顿以后的玄学诗人习惯地以肉体从事思想，这在意象比喻的特殊构造上可以看得最明白亲切。顿以二脚规比譬一对情人是最足以说明这类诗特质的名例之一。"袁可嘉：《现代英诗的特质》，朱光潜主编《文学杂志》第2卷第12期，1948。

戏剧的技巧,才能获得广大的读众。"① 通过学习小说戏剧的做法,让诗多一些通俗又引人入胜的东西。卞之琳回顾诗歌创作时提道,"在想法和写法上,与古今中外颇有少相通的地方","我写抒情诗,象我国多数旧诗一样,着重'意境',就常常通过西方的'戏剧性处境'而作'戏剧性台词'"。②新诗戏剧化不是臆造出来的,合理性在于艺术的含蓄品格要求经验传达的过程得到尽量延长,在接受过程中感受难以预料、冷静的效果,戏剧化尤其能起到这种作用。

袁可嘉对"文学的感伤"一向不满,他将"文学的感伤"定义为"一切虚伪、肤浅、幼稚的感情,没有经过周密的思索和感觉而表达为诗文",③政治感伤性是观念性的,产生以"犷野"作为终极审美内涵,以为简单粗劣的技巧就是"有力"的诗歌作品。在这种观念的诱导下,艺术价值意识发生了颠倒,形成了"一个纯粹以所表达的观念本身来决定作品价值高下的标准"。④ 面对这种诗坛现状,袁可嘉提出要从艺术作品的整体效果来考察诗歌,为诗坛的感伤倾向开出新诗戏剧化的药方。孙玉石指出,诗的戏剧化说明新诗现代化观念得到突破和发展,"经过近三年多的思考,袁可嘉终于将他吸收西方现代诗学,追求新诗现代性的努力,形成了一个具有现实针对性的美学构建"。⑤

袁可嘉指出戏剧化新诗的必然趋势,诗歌要因世界本身的曲折而相应调整,"直线倾泻"的抒情让位于"曲线的戏剧","最基本的理由之一是现代诗人重新发现诗是经验的传达而非单纯的热情的宣泄"。⑥ 他举出徐志摩与穆旦两个诗人的诗作为例子,认为诗之特质因为时代变迁而不同,"徐诗底特质是分量轻,感情浓,意象华丽,节奏匀称,多为主要情绪的重复,重抒情氛围的造成,换句话说,即是浪漫的好诗;穆旦底诗分量沉重,情理交缠而挣扎着想克服对方,意象突出,节奏突兀而多变,不重氛围而求强烈的集中,即是现代化了的诗。前者明朗而不免单薄,后者晦涩而异常

---

① 闻一多:《新诗的前途》,武汉大学闻一多研究室编《闻一多论新诗》,武汉大学出版社,1985,第116页。
② 卞之琳:《雕虫纪历自序》,人民文学出版社,1984,第15页。
③ 袁可嘉:《论现代诗中的政治感伤性》,《论新诗现代化》,第53页。
④ 袁可嘉:《论现代诗中的政治感伤性》,《论新诗现代化》,第55页。
⑤ 孙玉石:《中国现代主义诗潮史论》,第382~383页。
⑥ 袁可嘉:《诗与民主》,《论新诗现代化》,第47页。

丰富"。① 穆旦诗歌表现的"复杂""多变""丰富"代表现代民主文化的一种属性，这是之前的时代没有提供的。

袁可嘉在1980年代评价卞之琳的诗歌在运用"典型的戏剧手法"时说："我看，卞之琳的戏剧化手法有更大的客观性，他特别善于刻画有关具体情景、人物、心态的典型细节，使读者获得强烈的感染。"② 这与1940年代末对于新诗戏剧化的看法是连续的，强调表现上的客观性和间接性，他认为只有第三人称取代第一人称，将自己的声音拆散成不同角色的声音，现代诗才能充分调动读者的想象力。新诗戏剧化意在引入戏剧的表现方式，比如，对"客观对应物"的寻求、对时间与空间的自由切换、对个人话语的细腻捕捉、对意象和道具的设置等，都具有戏剧性的处理。

艾略特在《诗的三种声音》中谈到诗歌中的角色时说："第一种和第二种声音之间的区别，亦即对自己说话的诗人和对旁人说话的诗人之间的区别，构成了诗的交流问题；用自己的声音或者用一个假托的声音对旁人说话的诗人，和创造虚构人物使用的语言的诗人之间的区别，构成了剧诗、准剧诗和非剧诗之间的差异问题。"③ 这理论是袁可嘉关于新诗戏剧化构想的理论来源，他关于"诗的戏剧化至少有三个不同的方向"的提法，大致也可以在艾略特那里找到根据。袁可嘉提到里尔克、奥登、艾略特三人作为不同方向的代表，意识到多声部交响在现代诗歌中的美学意义。

五　现代化：艺术形态的想象与命运

一个值得思考的问题是，聚集在《诗创造》《中国新诗》周围的诗人是一个复杂的群体，是否其他诗人就意味着非现代化？唐湜指出："两个高高的浪峰高突起来了，……一个浪峰该是由穆旦、杜运燮们的辛勤工作组成的，一群自觉的现代主义者，T. S. 艾略特与奥登、史班德们该是他们的私淑者。他们的气质是内敛又凝重的，所要表现的与贯彻的只是自己的个性，也许还有意把自己夸大，他们多多少少是现代的哈姆雷特，永远在自我与

---

① 袁可嘉：《诗与民主》，《论新诗现代化》，第48页。
② 袁可嘉：《略论卞之琳对于新诗艺术的贡献——纪念卞之琳诗创作活动六十周年》，《半个世纪的脚印》，第175页。
③ 〔英〕艾略特：《诗的三种声音》，王恩衷编译《艾略特诗学文集》，国际文化出版公司，1989，第249页。

世界的平衡的寻求与破毁中熬煮。……另一个浪峰该是由绿原他们的果敢的进击组成的。不自觉地走向了诗的现代化的道路，由生活到诗，一种自然的升华，他们私淑着鲁迅先生的尼采主义的精神风格，崇高、勇敢、孤傲，在生活里自觉地走向了战斗。气质很狂放，有吉诃德先生的勇敢与自信，要一把抓起自己掷进这个世界，突击到生活的深处去。"① 哈姆雷特的犹豫和堂吉诃德的进取统一于人生的理想化认识，唐湜认为这两群诗人虽然表现不同风格，但都达到了现代诗歌的高峰。

1940 年代是这样一个时代，各种民族与社会危机相互搅和，一种诗歌观念的表达极易触动敏感的神经，因为它可能意味着对其他写作者的合法性构成威胁。而在群体内部，有时也会发生变动，尤其是在现实压力、个体追求和社会关系面前，诗歌观念共同体分崩离析更加常见。《诗创造》的分裂就是典型例子，诗学分歧导致其不可避免。唐湜在回忆中说："就为我们的诗的流派风格与这些有现代观点的评论，臧克家先生要'收回'这个由他领衔发起的诗刊。辛笛，作为上海金城银行信托部负责人，就发起并以贷款支持我们另办一个《中国新诗》月刊。"②

《诗创造》创刊即确立的"兼容并包"没有得到保障。在《诗创造》第 1 辑的《编余小记》中，执笔人信心十足地宣称："在诗的创作上，只要大的目标一致，不论它所表现的是知识份（分）子的感情或劳苦大众的感情，我们都一样重视。不论他是抒写社会生活，大众疾苦，战争惨象，暴露黑暗，歌颂光明；或是仅仅抒写一己的爱恋、悒郁、梦幻、憧憬……只要能写出作者的真实情感，都不失为好作品。"③ 不到半年时间，《诗创造》

---

① 唐湜：《诗的新生代》，《诗创造》第 8 辑，星群出版社，1948，第 20~21 页。
② 唐湜：《九叶在闪光》，《九叶诗人："中国新诗"的中兴》，上海教育出版社，2003，第 32 页。不过这个说法后来受到质疑，林宏指出，分裂原因在于选稿："1948 年春，林宏、康定、蒋燧伯从外地相继来到上海，开始参加《诗创造》的具体编辑工作。逐渐在刊物的选稿标准上，林宏、康定等人的意见与辛之、唐湜等人不时发生矛盾。前者认为在残酷的现实环境下，要多刊登战斗气息深厚与人民生活密切联系的作品，以激励斗志，不能让脱离现实、晦涩玄虚的西方现代派诗作充斥版面；后者则强调诗的艺术性，反对标语口号空泛之作，主张要讲究意境和色调，多作诗艺的探索。臧克家本人对文艺、对诗的看法，从三十年代开始，人人皆知了的。他大力支持林宏等人的意见，多次与辛之讨论，有时争得面红耳赤。几经酝酿后，辛之决定与辛笛、陈敬容、唐祈、唐湜另办一个《中国新诗》丛刊。"参见林宏、郝天航《关于星群出版社与〈诗创造〉的始末》，《新文学史料》1992 年第 3 期。
③ 《编余小记》，《诗创造》第 1 辑，星群出版社，1947，第 26 页。

受到来自北平青年学生的批评,后来又出现了内部分歧,"近来又常听到朋友们的责备,说我们这个小丛刊不够'前进'。这,我们除了愧怍之外,想顺便在这里再谈谈:我们今天生活在这样多难窒息的地方,有感觉的人都难免想呐喊几声,但有时我们却不能不把将喉咙里吐出来的声音咽进肚子,这种苦衷,每一个《诗创造》的读者想都知道。我们觉得装'前进'幌子并不困难,问题是我们叫的喊的是不是由衷之言"。[①] 或许从这里可以看出,《诗创造》确实处境艰难,腹背受敌。

分裂的征兆也可从林宏《我不再唱那些歌了》(《诗创造》第 8 期,1948)读出,这首诗无异于把编务争执引入艺术世界,应该没有比这更坚决的决裂了:"……那些过去了的都去吧/——柔情的/——忧郁的/——低沉的/我将不再歌唱你们/今天我要奔赴/自由广大的新天野/我要张开嘴大声地唱/属于人类底美好的未来(1948 年元旦)。"这种分裂折射出对未来诗歌走向的想象,也是对美学信念的主动坚守。1948 年 6 月《诗创造》在编完第 12 期之后,由林宏、康定、沈明、方平、田地、蒋燧伯 6 人组成新的编辑委员会,林宏执笔的《新的起点》制订新的编辑方针,"从本辑起,我们要以最大的篇幅来刊登强烈地反映现实的作品,我们要和人民的痛苦和欢乐呼吸在一起,我们这里要有人民的痛苦的呼号、挣扎或者战斗以后的宏大的笑声。我们对于艺术的要求是:明快、朴素、健康、有力,我们需要从生活实感出发的真实的现实的诗"。而改变风向之后的《诗创造》在书名上也体现出这种追求,如《第一声雷》《土地篇》《做个勇敢的人》《愤怒的匕首》,从开始对"人类底美好的未来"高声歌唱到被查封,不到 5 个月。而由辛笛、杭约赫、陈敬容、唐祈、唐湜等担任编辑人的《中国新诗》出版 5 期后,也被同时查封,它先后发表了《时间与旗》(唐祈)、《出发》(陈敬容)、《雷》(杜运燮)、《一念》(辛笛)、《庄严的人》(唐湜)、《沉痛的悼念》(李瑛)、《黑夜》(方敬)、《黎明乐队》(扬禾)、《生》(方宇晨)、《世界》(穆旦)、《最后的晚祷》(郑敏)、《跨出门去》(杭约赫)等一些优秀诗作。这些作品除了少数剖析自我内心的困惑,向往平和自由的精神生活外,基本上是对苦难的抒发和对光明的渴望,但在舒波眼里全部是蔚为壮观的"野花闲草,烂桃坏杏","我认为实在不能容许这班'白相诗人'如此地猖獗,殊有澄清这股逆流的必要。……袁可嘉的东西就如

[①]《编余小记》,《诗创造》第 9 辑,星群出版社,1948,第 31 页。

《南京》、《上海》这两首十四行来看,我以为的确是'难得的杰作',叫他做封建残余和买办洋奴的代言人,是毫无愧色的"。舒波甚至喊出:"去你的吧,袁可嘉,我们中国人不要你这个败类!"① 观念的东西一旦被当成武器,它引发的后果是灾难性的。

现实与艺术之间的平衡无疑不是一个简单的问题,当然如果从哲学的角度来看,它又不足以构成问题,因为艺术都可以追究到现实本身,也就是说,所有艺术都是人们对现实世界的反映,然而在反映现实成为衡量一个诗人进步与否的年代,一些人倾向于将有难度的艺术品看成对现实的回避。就像艾略特的《荒原》在发表之际所受到的责难一样,实际上它被视为反映西方社会"最深刻、最广泛"的作品。现实的力量是强大的,一些人将文学的现实主义和现实 itself(本身)联系起来,从而给批判的武器增添了杀伤力,究其实,这种行为已经和文学的目的造成了巨大的分化,他们追寻的是文学之外的、诗歌背后的东西,同时也是诗歌所不能提供的东西。这一种变化属于诗歌异化的结果,它和 1940 年代脆弱的国家威信具有深刻的关联,当国家没有能力整理社会的意识形态秩序的时候,它会主动去寻求一种替代物,而包括诗歌在内的文学就成了一个工具。

对新诗现代化的呼唤同样代表了一种声音,如同他在 1940 年代呼唤民主和民主文化一样,袁可嘉谋取的只是其中一种诗歌艺术的合法性地位,他从来没有声称过自己的诗歌主张是唯一的主张。他反复声明新诗必须以现实作为出发点和归宿,但同时又要保持必要的距离,这个距离是诗歌之所以成为诗歌的根本保证。尽管诗歌现代化与文学现代化、制度现代化、社会现代化属于"一揽子方案"而具有同构性,在特定时空中,很多人坚信它是不可避免的历史趋势。作为一种充满理想主义色彩的诗歌观念,新诗现代化不断提出植根于时代的诗歌创作与评价诉求,促使新诗与世界文学潮流建立有效的联系,实现中国诗学传统与诗歌的世界性联结。

如果将中国文学的发展视为一个具有某种偶然因素的个案的话,那么世界文学因为参与因子的众多而无疑更具有某种普遍性。众所周知,文学的世界性是以文学的包容性作为前提的,同样,包括西方诗歌在内的世界诗歌以审美的多维向度对中国诗歌进行辐射的时候,它必然要在中国读者的接受过程中发挥自身的影响力,拓宽已形成的审美经验和审美期待,从

---

① 舒波:《评〈中国新诗〉》,《新诗潮》第 4 辑,新诗潮社,1948。

而间接地在现代人的塑造上完成文学或诗歌所承担的责任。新诗现代化的信念根源于"变",它和传统诗学的"温柔敦厚"所弘扬的守常具有根本性的不同,新诗现代化的理论基础取自不断更新的现实以及由这个现实所导致的复杂性后果,所以新诗现代化的主张总是能给人一种不适感。可以说,新诗现代化的"向未来"的诗学理想给中国新诗的不断发展提供了重要的力量资源。

当然,新诗现代化是一个包罗万象的宏大命题,在这种历史总趋势下,它可以细化为很多可以各成体系的理论节点:从具象到抽象,从微观到宏观。吴思敬先生曾说,新诗现代化从内涵上看可以包括这么几个方面:首先是诗歌观念的现代化,这关系到对诗歌审美本质的思考;其次是诗歌语言的现代化,这是诗歌现代化首当其冲的问题,并且也是诗歌现代化的一个重要标志;最后新诗现代化还包括诗歌技艺方面的现代化在内。① 这说明新诗现代化具有超越特殊语境的普遍性。

中国新诗的现代化进程是和中国新诗的"诗质"探索过程密不可分的,甚至可以说后者就是前者的目标,这种为追求艺术纯正性而流露对非诗因素的排斥,有助于新诗思想艺术的成熟,从而保证新诗作为一种表现形态,具有与中国传统诗歌根本异质的文体自足性。"人的发现、人的觉醒、人的自觉的思想潮流投射和散发到文学上,便逐步形成了'人的文学',这就是现代型的文学"。② 与现代型的文学相对应的传统型文学,要求个人将自我个性隐藏在抽象的道的宣扬与追问之中,个性人被代言人替代,人心灵深处的思辨能力无法在文学中充分展现,比如,在现代诗歌史上很多时期出于现实需要而出现一些诗歌写作的规定,因此导致诗歌表达的简单化倾向,对"诗质"产生了或多或少的消解。不过,中国新诗在现代文学风雨三十年的发展过程中,坚持一种面向未来的眺望姿态,即便在民族危机空前恶化的抗战时期,也有人在前线或校园里坚守"诗之为诗"的寂寞理想,产生了一些具有现代意味的诗歌文本。王光明说:"现代'诗质'的探寻过程,是从'主体的诗'到'本体的诗'的美学位移的过程。它强调诗歌文本的独立性,主张诗歌对'诗想'的依赖,对内在节奏的追求,而不看重

---

① 吴思敬:《二十世纪新诗理论的几个焦点问题》,《文学评论》2002年第6期。
② 朱德发:《世界化视野中的现代中国文学》,山东教育出版社,2003,第7页。

外部形式的力量。"① 这个判断是准确的,"主体的诗"如胡适《尝试集》、郭沫若《女神》等,主体意识极为鲜明,但也因"晶莹透澈"而少了"余香与回味";"本体的诗"如冯至《十四行集》、穆旦《旗》中的作品,它们关注的只是诗歌的艺术属性,较少考虑甚至不考虑受众的接受效果,追求智性与经验对诗歌文本实践的独立性,而这些规则与理想,仍然需要在文学历史长河中继续检验。

·附录·

通往学术之路

严格地说,呈现在读者面前的论文已经是另外一个文本,不仅由原文7万多字压缩到3万字,而且乘此次修改之机对论文结构进行了些微调整,突出了对1940年代新诗现代化问题的语境重现,对与主题相对疏离的历史叙述则进行了删减。篇幅规模是按吴思敬先生不久前的要求确定的,不知此番自作主张的修订还能否获得当年答辩委员会的认可,因此写在这里的零碎文字,也权当重新面对老师和自己的一份答辩词。

我首先要感谢吴老师,让我有机会重新整理那段难忘的求学之旅。还记得硕士论文初稿完成时那种大功告成、如释重负的感受,从寻找研究对象到确定选题、查找资料、完成论文,经历的痛苦煎熬远多于灵感降临的喜悦,对于蹒跚学步的学生来说无疑刻骨铭心,回头来看,论文本身可能远没有想象的重要。硕士论文训练是通往学术之路的第一步,赋予研究本身以重要性可以理解,但是这种敝帚自珍的心情容易扩散到对自己文字的热爱,每一个字都从自己心里流出,除错别字以外,甚至导师要改变一个字的位置也是斤斤计较的。只有当自己终于有所长进,才发现当初呕心沥血的东西竟然如此惨不忍睹。幸好当时答辩专家宽宏大量——以他们的学识素养,需要多大的忍耐才能让这个心气高傲、沾沾自喜的家伙蒙混过关。

所以,训练是重要的,纵使他/她才华横溢,遵循一套新的规范去陈述问题并非朝夕之功可以完成,而意义不言而喻。从个人话语向公共话语的

---

① 王光明:《现代汉诗的百年演变》,河北人民出版社,2003,第15页。

思维模式转变是学术训练内容之一，如果觉得产品说明书的文字都有可读性，也许意味着这种训练已经初见成效。

选择新诗现代化作为研究对象，首先因为喜欢诗歌，当然更重要的还是对理论问题的关注。记得研究生一年级时，吴老师让我们跟着师兄师姐一起参加每月一次的诗歌专题讨论，几年下来，从研读胡适开始，结合具体的诗歌诗论与相关现象，顺着朱自清、周作人、闻一多、徐志摩、李金发、邵洵美、朱湘、林徽因、卞之琳、戴望舒、沈从文、梁宗岱、刘西渭、朱光潜、郑敏、唐湜、袁可嘉、胡风、牛汉、绿原、屠岸、邵燕祥、阿垅、何其芳、臧克家、食指、北岛、梁小斌等延伸到当下。吴老师要求大家讨论之前把论文写出，我们在不断模拟的学术实践中，逐渐找到学术话语的展开方法和思考乐趣。而最终促成我联系西南联合大学诗人群写作硕士论文，邱运华教授的"西方文学理论"课是关键因素。他曾经布置我们几个同学到课堂上谈一个理论问题，当时我们导师的诗歌专题已进入"九叶派"，我在阅读相关文献时发现他们受英美新批评理论的影响，于是决定联系艾略特谈袁可嘉的新诗现代化设计方案。论文写出之后，战战兢兢拿到邱老师的课堂去与大家分享，我讲得面红耳赤，却意外得到他的表扬——美好的印象至今深刻，于是我坚定了继续发掘这个问题的决心。后来吴老师约我谈选题之事，他认为新诗现代化理论还有很多东西可以开掘，对我的研究计划表示大力支持，论文方向也就这么敲定了。

确定研究对象以后，我先是系统阅读了袁可嘉的理论著作，当时尚未形成完整的史料意识，因此找来的书基本上是当代出版物，如《论新诗现代化》《半个世纪的脚印》等。袁可嘉的文章极具学理性和探索性，有一天我突然怀疑这些文章是否有过修改，觉得有必要去看一看原始发表情况，根据刊载线索按图索骥，不料由此沉迷于资料的搜集整理。中国诗歌研究中心资料室正好收藏了1940年代两份重要的诗歌刊物《诗创造》和《中国新诗》，翻阅时发现刊物集合了一批秉持相似观念和美学追求的诗人。随着阅读和检索工作的深入，找到《泥土》《新诗歌》《文学杂志》《文艺复兴》《益世报》《大公报》《七月》等报刊，追踪诗歌和诗人谱系的想法逐渐清晰起来，在努力重返文学发生的历史语境时，我决定考察西南联合大学这一战时独特的校园空间，以及促成文学观念生成的课程设置情况。我从文坛交往、师资、发表平台等角度进行清理，隐约感觉到学院传统与1930年代京派文学有密切关联。后来去翻1930年代在京沪发行的报纸副刊，在

《大公报》看到曹葆华等人翻译的一系列西方诗歌理论，所谓的中西诗歌资源便慢慢地展现潜在脉络。我个人的体会是，当一个学生进入自发自为的史料查寻状态时，学术之门就会朝他慢慢敞开。

随着阅读量增加，关注范围扩大，我的野心也开始膨胀，后来就不满于做个案讨论了，希望能解决一个更大的问题。我向导师提出把1940年代的新诗现代化纳入整体观察，吴老师也许是看见我踌躇满志的样子，就愉快地答应了我的调整。不料这样一个主动调整，对于论文写作本身而言却是一场灾难，摊子铺得太大，涉及因素太复杂，须要查找的史料越来越多，耗费心力和时间不说，驾驭能力不逮才让我真正体会到何谓勉为其难。同学们一个个干脆利落地写完论文，有的准备找工作，有的准备考博，而我只能硬着头皮，为资料而奔波于学校和国家图书馆之间。由于时间仓促，有时查到相关史料，却因来不及参考其他已有的研究成果，以为是自己的新发现，悉数写入论文而不知肤浅。

当然，扩张还是收获远大于损耗，史料积累，迫使自己从更加宽阔的角度去思考问题，不光盯着脚下这片狭小的地盘。但是史料既不等于历史本身，也非学术的全部，史料呈现纷繁错杂，如何有效处理，是一件颇费思量的事情。师兄段从学及时提醒我史料是找不完的，不要陷入对史料的崇拜，后来我找来几本受学界好评的著作仔细研究，发现大多有鲜明的问题意识，以问题为中心的逻辑构架不仅能有效驾驭史料，而且文章条理清晰，结构严谨。因此，硕士论文无须求大求全，建立起合理的问题空间，参照一些本领域的示范性研究，对于文艺学、现当代文学专业的研究生来说尤为重要。

我想结合此次修订，谈谈自己对硕士论文写作的一些认识。

第一章删掉了第一节，内容涉及对新诗现代化的历史回顾，包括"新诗现代化的追溯""纯诗：1930年代新诗的现代化想象""纯诗的可能性与局限性"等内容，论文以解决问题为基本要旨，最好直接切入正题。有关现代化理论的追溯并非多余，但可以在绪论里面适当提及，不须另设专节去讨论，专节不仅显得过于拖沓，而且有文学史的叙述倾向。当时我觉得必须讨论纯诗，因为纯诗理念反映对诗歌美学问题的回归，似乎构成了一个连接1920年代和1940年代的重要中介。其实纯诗只是一种设想，以此来作为新诗现代化的铺垫，不仅在逻辑上很难成立，而且是对现代化的单一化想象。第二章调整了西方诗歌理论资源与校园空间的阐释顺序，这个考虑相对简单一些，英美现代诗歌理论译介在 1930 年代即开始，而论文涉及校园空间主要以 1940 年代西南联合大学为对象，遵循时间秩序展开显得更自然。第三章压缩了新诗现代化理论的内涵分析，诗学思想应当着重于观念层面，而非技术性的操作问题。原文标题没有突出袁可嘉这一个案，讨论的内容其实以袁为中心，所以改为"袁可嘉的新诗现代化构想"更符合实际。原文还有第四章，讨论诗歌观念冲突造成诗坛队伍分裂，意在说明对现代化本身有不同的理解，由此决定不同身份的诗人和学者对新诗现代化方案的想象存在多种可能。此次修订删去第四章，部分内容稍加整理，归入结语部分。硕士学位论文篇幅要求在 3 万字左右，分为三章，结构和逻辑更容易把握。

论文完成以后，它的缺点与不足随着时间流逝慢慢呈现，当时曾经有过补充修订的念头，但是人生逐渐被推上既定的轨道，不断有新的任务需要完成，加上 1940 年代诗歌的现代性探索受到越来越多的学者关注，成果层出不穷，相比之下，原先似乎有点新意的论文显得落伍了，修改之事就一直拖下来，无暇顾及。此次修订只是在契合论文结构的基础上，尽量使其达到论文的样子，为再现当时的写作情况，没有吸收 2007 年之后新出的研究成果。

虽然硕士论文的学术价值因为学识积累不足而相对有限，但是它对于一个人的道路会产生深远的形构作用。我后来继续跟吴思敬老师攻读博士学位，仍然选择了中国新诗现代化问题为研究对象，尽管范围和方法有所变化，其实还是相关问题的延续。攻读硕士期间对讨论对象可能带有主观喜好与同情，攻读博士期间则转移到对问题本身的热爱，学术的乐趣在于不断开发新的问题空间，学者亦以此作为生命价值之证明。博士毕业后，我到暨南大学从事世界华文文学博士后研究，专业方向有较大转换，原来主要在中国历史语境中思考文学问题，现在则须要从文化、语言、族裔、传媒、地域等诸多角度考察全球化背景中的文学迁移与离散现象，以及相关的学科建设问题，在北京求学 6 年我曾多次参加中国诗歌研究中心与北京大学新诗研究所联合主办的国际会议，有机会接触台港澳及海外诗人、学者，所以也不算陌生，但是真正要在一个新的领域有所发现和发明，还有相当长的路要走。研究生期间如果能充分利用学术会议增长自己的视野，可以培养比较丰富的学术兴趣，近些年来毕业生就业越来越多元化，将来职业变动的概率还会上升，即便进入高校从事教学和科研工作，未必能完全与所学专业对接，具备较强的适应能力和洞察力会有更多的选择余地。韦伯曾说，学术的最终目的是使人达到头脑的清明。其实洞察力就是在探求规律的过程中培养起来的。

  研究生阶段总是有很多挑战和困难需要应对，回顾在首都师范大学的求学经历，我庆幸自己有机会一直跟随于思敬师身后，在他的指导下做自己喜欢的事情。同时也要感谢王光明、邱运华、张志忠、陶东风、王德胜、王南、张桃洲、王家平、孙晓娅等授业老师，他们不仅向我们慷慨分享了宝贵的治学经验，而且提供了激励我不断前行的精神资源。

图书在版编目(CIP)数据

文艺学与文化研究工作坊.2013/首都师范大学文艺学学科编.—北京：社会科学文献出版社，2015.3
 ISBN 978-7-5097-6622-4

Ⅰ.①文… Ⅱ.①首… Ⅲ.①文艺学-文集②文化研究-文集 Ⅳ.①I0-53②G0-53

中国版本图书馆CIP数据核字（2014）第237112号

文艺学与文化研究工作坊（2013）

编　　者／首都师范大学文艺学学科

出 版 人／谢寿光
项目统筹／宋月华　吴　超
责任编辑／吴　超

出　　版／社会科学文献出版社·人文分社（010）59367215
　　　　　地址：北京市北三环中路甲29号院华龙大厦　邮编：100029
　　　　　网址：www.ssap.com.cn
发　　行／市场营销中心（010）59367081　59367090
　　　　　读者服务中心（010）59367028
印　　装／北京季蜂印刷有限公司

规　　格／开本：787mm×1092mm　1/16
　　　　　印张：23.25　字数：392千字
版　　次／2015年3月第1版　2015年3月第1次印刷
书　　号／ISBN 978-7-5097-6622-4
定　　价／89.00元

本书如有破损、缺页、装订错误，请与本社读者服务中心联系更换

▲ 版权所有 翻印必究